BASTEI
LÜBBE
TASCHENBUCH

Über den Autor:

Matti Rönkä, geboren 1959, ist Chefredakteur und Nachrichtensprecher beim finnischen Fernsehen. Jeder Finne kennt ihn als «Mister Tagesschau» – und als Autor sehr erfolgreicher Krimis. Matti Rönkä lebt in Helsinki.
Er wurde mit dem *Finnischen Krimipreis*, *Deutschen Krimipreis* und dem *Nordischen Krimipreis* ausgezeichnet. In der Begründung für die Verleihung des Deutschen Krimipreises 2008 steht: *„Rönkäs Sprache ist klar, erfrischend geradlinig, jegliche Manierismen sind ihr fremd. Da muss sich keiner beweisen, dass er schreiben kann.“*

Matti Rönkä

Finnische Freunde

Drei Viktor-Kärppä-Krimis in einem Band

Russische Freunde
Entfernte Verwandte
Zeit des Verrats

Aus dem Finnischen von Gabriele Schrey-Vasara

BASTEI LÜBBE
TASCHENBUCH

BASTEI LÜBBE TASCHENBUCH
Band 17011

1. Auflage des Sammelbands: September 2014

MIX
Papier aus verantwortungsvollen Quellen
FSC® C014496
FSC
www.fsc.org

Titelillustration: © Stephen Mulcahey/Arcangel Images;
© shutterstock/idea for life
Umschlaggestaltung: Sandra Taufer, München
Druck und Verarbeitung: GGP Media GmbH, Pößneck
Printed in Germany
ISBN 978-3-404-17011-1

Sie finden uns im Internet unter
www.luebbe.de
Bitte beachten Sie auch: www.lesejury.de

Russische Freunde

Kriminalroman

RAJON KEM, KARELISCHE REPUBLIK, RUSSLAND

Es ist nicht leicht, dir das Ganze zu erklären. Oder mir selbst.

Manchmal hängt alles von einer Kleinigkeit ab.

Und damit meine ich keine von diesen Science-Fiction-Geschichten, in denen ein Zeitreisender vom Pfad abweicht, mit seinem Stiefel einen bescheidenen Pflanzenkeim oder den Kokon einer Schmetterlingsraupe beschädigt und dadurch die ganze Evolution in andere Bahnen lenkt.

So weitreichend sind die Folgen nicht, mein Untergang hätte den Lauf der Welt nicht verändert. Du hast dir lediglich in den Kopf gesetzt, dass du mein Business haben willst, alles, was ich mir aufgebaut habe.

Das Ökosystem kommt deswegen nicht aus dem Gleichgewicht. Aber für mich ist mein Geschäft alles. Oder war.

Ich versuche, fair zu sein, das Ganze objektiv, unabhängig und unparteiisch zu betrachten. Zugegeben, das Startkapital gehörte mir nicht. Es fiel mir einfach in den Schoß, als Ryschkow starb … *charascho*, als er getötet wurde. Aber hätte jemand begründeten Anspruch darauf erhoben, dann hätte ich es zurückgezahlt, mit Zinsen.

Wenn ich mich sehr anstrenge, bringe ich es fertig zu lächeln. »Mach dir nichts aus irdischem Gut, man darf den Dingen nicht nachtrauern, sinnlos, über verschüttete Milch zu weinen. Tand und Trödel, davon gibt es genug auf der Welt.« So redete Mutter immer, mit diesen Worten tröstete sie mich, als ich klein war und die Kanne zerbrochen hatte, die weiße mit den blauen

Blumen. Mutter sprach, aber sie sah mich nicht an. Ich ahnte oder vielmehr hörte, dass ihr Tränen in den Augen standen, und wurde noch viel trauriger. Mit dem Verlust von Geld und Besitz hätte ich mich früher oder später abgefunden. Sogar einen Finger hätte ich opfern können, den Schmerz und die Narben ertragen, den Phantomschmerz. Die Attacke auf mich, die Gefahr, damit wäre ich klargekommen.

Aber ich konnte nicht zulassen, dass du Marja bedrohst. Das war dein Fehler.

1

»Wo bist du?«, fragte der Mann, ohne sich vorzustellen. Auf Russisch. Die heisere Stimme hallte im Telefon. »Na, hier«, erwiderte ich vorsichtig, »auf der Baustelle.« Das Handy verstummte, ich horchte noch eine Weile, dann verstaute ich es in der Brusttasche. Kann ja mal vorkommen, dass ein Telefonat abbricht.

»Hol eine Fuhre Gipsplatten aus der Halle. Von der Ausschussware, die ist gut genug«, wies ich Antti Kiuru an, einen Ingermanländer, den ich als Vorarbeiter eingesetzt hatte.

Das aus sechs Wohnungen bestehende Reihenhaus zog sich im Zickzack über das Grundstück in Hanglage. Es war bereits überdacht. Drinnen stopften die Männer Isolierwolle in die Ritzen, befestigten Wandplatten und nagelten Deckenplatten an.

Ich hatte das Grundstück günstig von einem Baulöwen bekommen, kurz bevor er sein Unternehmen in den Konkurs führte. Auf den Baustellen war damals das Gerücht umhergeschwirrt, die Firma werde so lange blank geputzt, bis sie in den Bankrott purzeln würde. Das hatte mir nicht geschmeckt, denn dem Bauunternehmer gehörte auch das Haus, in dem ich wohnte. Und ich mochte mein Zuhause.

Der Baulöwe war einsichtig, ich brauchte ihm gar nicht groß zuzusetzen. Ich schaute ihm eine Weile in die Augen und machte ihm ein faires Angebot. Der Alte polierte seine dicken Brillengläser, schluckte seine Einwände herunter, nahm das Geld und verdrückte sich. Ich bekam mein Haus und als Dreingabe zwei Baugrundstücke, ordnungsgemäß im Bauplan eingetragen, technisch erschlossen bis zur Grundstücksgrenze.

Später hörte ich, dass der betreffende Unternehmer inzwischen Arbeitskräfte aus Tallinn vermittelte. Er warb in Estland Putzfrauen und Lagerarbeiter und Monteure aller Art an, die er per Schiff für einige Wochen nach Finnland schickte. Die Arbeitskräfte waren sehr flexibel, worüber die eine oder andere Behörde wahrscheinlich gern einmal mit dem Unternehmer gesprochen hätte. Ich nicht.

»Da muss einer als Fahrer mit«, sagte Kiuru zu meinem Rücken.

»Wo steckt denn Matti?«, erkundigte ich mich vorwurfsvoll, womit ich an eine alte Schuld erinnerte. Ich hatte Antti Kiurus Sohn Matti aus der Patsche geholfen, indem ich ihn bei mir anstellte.

»Der ist krank«, sagte Kiuru senior.

»Krank, so so«, höhnte ich.

»Wirklich. Er hat Fieber. Ein Drückeberger ist der Matti nicht. Das weißt du genau«, nahm Antti seinen Sohn in Schutz.

»Dann nimm Iljuscha oder Juri als Fahrer, die haben den Lappen. Hauptsache, ihr holt die Platten. Und zwar heute und nicht am Sankt-Nimmerleins-Tag. Die Arbeit steht, mir kommt der ganze Zeitplan ins Schwimmen.« Ich drehte mich um und ging über den Betonfußboden, setzte über die Verschalung wie ein Hürdenläufer.

»Warte mal«, Antti Kiuru hielt mich zurück und wischte weißen Mörtel vom Ärmel meines Jacketts. Er stand so nah, dass ich das Sägemehl und den Schleifstaub und den warmen, väterlichen Schweiß roch. »Du solltest nicht in diesen feinen Klamotten herkommen«, brummelte er. Zwischen den Zeilen klang ein Vorwurf durch: Früher hast du einen Overall getragen oder eine Trainingshose, Hammer und Nageltasche am Gürtel, jetzt stolzierst du in feiner Hose und Jackett und Polohemd herum.

»Na, weil ich doch zwischendurch auch Büroarbeiten erledigen und zur Bank gehen muss«, verteidigte ich mich. »Ich mach mich jetzt auf den Weg. Ach übrigens, der Elektriker ist eine unbekannte Größe. Guck ihm mal auf die Finger, ob es sich lohnt, ihn zu der Baustelle in Korso mitzunehmen.«

Im Wagen holte ich die Daten des unterbrochenen Telefonats auf das Display. Die Nummer des Anrufers war gespeichert. Die ersten Ziffern verrieten mir, dass es sich um den Anschluss eines Telefonanbieters in Sankt Petersburg handelte, aber der Rest war mir fremd. Ich wunderte mich, denn der Anschluss, an dem der Unbekannte mich angerufen hatte, war nur für wenige gute Freunde reserviert.

Marja saß auf der löchrigen Bank vor dem Haus, auf der Seite, wo die Sonne schien. Sie hatte die Augen geschlossen, ließ sich das Gesicht bräunen.

»Hallo«, sagte ich.

»Ach, hallo«, entgegnete Marja tonlos.

Ich trat zu ihr. Die Grasbüschel am Steinsockel strahlten trockene Wärme aus. »Rück doch mal«, bat ich, da Marja offenbar nicht auf die Idee kam, mir Platz zu machen.

»Hier sind die Bilder vom Architekten und die Ingenieurszeichnungen auch gleich.« Ich entnahm der Klarsichtmappe des Kopiershops einen Stapel Papiere. Marja schob die Sonnenbrille von der Stirn vor die Augen, legte die Bauzeichnung auf die Knie und entfaltete sie.

»Ich finde, der Flügel macht sich gut. Und die Bäume können alle stehen bleiben. Hierher kommt die Terrasse ...«

»Was zum Teufel ist das?«, fiel mir Marja unwirsch ins Wort.

»Was denn?«

»Na, das! Das hier.« Sie pochte mit dem Finger auf den Grundriss.

»Ach, den Duschraum meinst du. Sauna und Duschraum und eine Art Kaminzimmer und daneben der Hauswirtschaftsraum und der Heizungskeller. Das heißt, einen Heizungskeller braucht man ja heutzutage nicht mehr, aber da werden eben die technischen Anlagen untergebracht.«

»Nee, das hier, wo Jacuzzi steht.« Marjas Stimme wurde schärfer. Ihr Zeigefinger drückte eine Falte in den Grundriss.

»Na, Mensch, das siehst du doch! Da hat der Architekt einen

Whirlpool eingeplant. Diese Bubbelblasen braucht man natürlich nicht, wenn man nicht will, aber ein Becken ist schon praktisch, da bleibt der Boden trocken und …«

»Stell die Jacuzzis in deinen Puffs auf. Da kannst du mit deinen Nutten Schaum schlagen!« Marja schmiss den Grundriss auf die Erde und ging ins Haus. Ich sammelte die Papiere auf und säuberte sie, wischte den Dreck am Ärmel ab.

Marja räumte Geschirr in die Spülmaschine.

»Was soll der Quatsch? Ich hatte das Zeug doch schon reingestellt, und zwar ziemlich ordentlich«, wagte ich zu bemerken.

»Es ist kein Quatsch, das Geschirr so einzuräumen, dass es auch sauber wird. Und dass alles reinpasst«, giftete Marja.

»He, im Ernst.« Ich trat hinter Marja, versuchte sie zu beschwichtigen, fasste sie an den Schultern. »Was hast du denn? Du weißt genau, dass keine Freudenmädchen für mich auf den Strich gehen.«

Ich streichelte ihren Rücken und pustete durch ihr T-Shirt.

»Wahrscheinlich nicht – mehr«, sie ergänzte das Wort, das ich ausgelassen hatte. Ihre Schultern bebten, aber die Muskeln blieben hart.

»Häschen, es ist alles in Ordnung. Meine Geschäfte werden immer sauberer. Okay, vielleicht zahle ich nicht alle Rentenbeiträge, aber meine Leute kriegen ihren Lohn, und die Rechnungen vom Holzhof werden pünktlich beglichen. Und Steuern zahle ich mehr als genug. Ich bin ein ganz normaler finnischer Unternehmer. Na, jedenfalls bald, fast normal und fast finnisch«, versuchte ich zu scherzen.

»Ist das dein Ziel, Viktor?« Marjas Stimme wurde schärfer. »Dass das Geld zu allen Fenstern reinströmt, du einen Mercedes fährst und das Wasser im Pool blubbert? Und dass man dich Viki nennt und glaubt, dein richtiger Name wäre Veikko? Manchmal habe ich das Gefühl, du warst netter, als es dir noch nicht so gut ging.«

Sie fixierte mich wie ein junger Fuchs, die kurzen dunklen Haare gesträubt.

»Damals hast du viel öfter gelächelt. Über andere, über dich, einfach über alles. Du hast gelacht, obwohl du allen Grund gehabt hättest zu weinen. Was willst du eigentlich? Das frage ich mich manchmal«. Marja trauerte offenbar vergangenen Zeiten nach. Ohne meine Antwort abzuwarten, bückte sie sich, um Geschirrtabs aus der Schachtel zu nehmen, schaltete die Spülmaschine ein und ging ins Schlafzimmer.

Ich schwieg. Dabei hätte ich sagen müssen, mach dir keine Sorgen, es wird sich schon alles richten, und hast du nicht gesehen, dass der Architekt auch »Kinderzimmer« auf den Grundriss geschrieben hat, oder regst du dich in Wahrheit darüber auf und nicht über den Whirlpool?

Marja kam zurück, bevor ich den Mund öffnen konnte.

»'tschuldige, Viktor, aber ich bin ziemlich nervös. Hier sind zwei Russen aufgekreuzt. Nein, nicht die üblichen Eisschränke in Lederjacken«, fuhr sie hastig fort, als sie merkte, dass ich sie unterbrechen wollte. »Sie waren gepflegt und höflich, mit langen, eleganten Gabardinemänteln und Aktentaschen aus Glanzleder. Sie haben mit ruhiger Stimme Englisch gesprochen. Vorgestellt haben sie sich nicht, aber es waren unter Garantie Iwans … Entschuldigung, Russen.« Auch jetzt gab sie mir keine Gelegenheit, etwas zu sagen. »Sie haben nach dir gefragt, dabei hatte ich den Eindruck, sie wussten genau, dass du nicht zu Hause bist. Ich soll dich von ihnen grüßen und dir sagen, sie kämen ein andermal wieder.«

»Na, das ist doch kein Grund zur Aufregung. Vielleicht waren es alte Bekannte. Oder sie haben irgendwo von mir gehört und wollen Geschäfte mit mir machen. Womöglich sind das ganz ehrbare Leute«, versuchte ich sie zu beruhigen, obwohl ich selbst nicht an das glaubte, was ich redete.

»Mein lieber Viktor, ich bin alt genug, um das eine oder andere zu verstehen. Das waren böse Menschen. Sie hatten kalte Augen und kalte Stimmen. Und sie haben mich angeguckt wie einen Putzlappen. Oder vielleicht wie ein Freudenmädchen, das nicht mehr zu gebrauchen ist. Und der eine hat gelacht und mich in die Backe gezwickt wie ein kleines Kind, dabei war er bestimmt nicht älter als ich.«

Mein Handy klingelte. Nichts als Stille drang an mein Ohr, leeres Rauschen. Aber ich war mir sicher, dass es russische Stille war.

2

Oksana Pelkonen, meine Halbtagssekretärin, wuselte bereits im Büro herum, als ich meinen Mercedes in der Viherniemenkatu in eine Parklücke zwängte. Ich war meinem Büro am Markt von Hakaniemi treu geblieben, obwohl man mir modernere Räume angeboten hatte. Immerhin hatte ich an der Tür und an den Fenstern neue Aufkleber angebracht. Sie verkündeten – meiner Ansicht nach dezent –, dass sich hier die Geschäftsstelle des VK-Konzerns befand, zu dem die Firmen Bau-Kärppä, VK-East-Trade, VK-Consulting und Osthilfe Hakaniemi gehörten. Darunter stand der Werbespruch »Osthandel schon im zweiten Jahrhundert«. »Im zweiten Jahrtausend« wäre nicht weniger zutreffend gewesen, hätte meine Kunden jedoch zum Grübeln gebracht.

»Guten Morgen, Vitjucha, guten Morgen«, begrüßte Oksana mich gleich doppelt. »Ich habe gerade deinen Tee aufgegossen. Schau mal, auf dem Poststapel liegen zuoberst drei Briefe an Viktor Kärppä, daher wusste ich, dass du kommst.«

»Dazu brauchst du kein Orakel. Ich komme jeden Morgen ins Büro, auf fünf Minuten pünktlich«, fauchte ich. »Und die Post, die in mein Büro kommt, ist ja wohl größtenteils an mich gerichtet.«

Oksana machte einen Schmollmund, quasselte aber weiter. »Oje, hast du Herzweh, Vitja? Ist die Liebe zerknüttert?«

Ich hütete mich, ihr mein Herz auszuschütten, obwohl ihre Vermutung der Wahrheit recht nahekam. Marja hatte sich am Abend aufs Sofa gekauert und gelesen, war früh schlafen gegangen und hatte mich allein im Wohnzimmer hocken lassen.

Am Morgen war sie zeitig aus dem Haus gegangen, nach einem hartlippigen Kuss und einem flüchtigen Tschüs.

»Es heißt zerknittert, nicht zerknüttert. Aber über die Liebe kann man das sowieso nicht sagen«, korrigierte ich und goss mir Tee ein. Den Becher mit der Aufschrift *Boss* hatte Oksana auf dem Markt erstanden. Sie verzichtete auf weiteres Schmollen und begann geschäftig Rechnungen auszudrucken und Briefumschläge zuzukleben.

Ich brauchte keine Vollzeitbürokraft. Oksana Pelkonen kam nur zwei oder drei Tage pro Woche ins Büro. Sie schrieb Rechnungen, beherrschte die Regeln der einfachen Buchführung, beantwortete Faxe und E-Mails und schaltete das Bürotelefon bei Bedarf auf ihr Handy um, an dem sie sich auch in ihrer Freizeit mit den Worten meldete: »VK-Konzern, guten Tag.«

Ich hatte Oksana kennengelernt, als ich noch für Ryschkow arbeitete. Er hatte sie im früheren Rajon Leningrad angeworben, in irgendeiner vergessenen Kleinstadt oder einem lahmgelegten Kombinat.

Da Oksana ganz passabel aussah, war sie zusammen mit anderen Mädchen in einem Ikarus-Bus mit blinden Fenstern nach Helsinki gekarrt worden. Aber aus der Arbeit war nichts geworden. Oksana war brav und gefügig, dabei aber kindlich und ungeschickt und ungefähr so erregend wie eine Strumpfhose im Kühlschrank. Ryschkow hatte sie aus dem Geschäft gezogen und mit Kochen und Waschen beschäftigt, während sie auf den Rücktransport nach Sankt Petersburg wartete. Oksana war einen Monat lang geblieben, dann einen zweiten, war zwischendurch nach Russland gefahren, um ihr Visum zu erneuern, aber immer wieder nach Helsinki zurückgekehrt, um für Ryschkow zu arbeiten.

Und als Ryschkow gestorben war, hatte ich neben seinem geschäftlichen Erbe auch die Verantwortung für Oksana übernommen. Oksana war väterlicherseits finnischer Abstammung und sprach ein wenig Finnisch. Ich schickte sie zum Sprachkurs, brachte ihr bei, wie die Büroarbeiten für meine kleinen Firmen zu erledigen waren, und verschaffte ihr einen Zweitjob in einer Reinigung. Inzwischen hatte Oksana einen finnischen Pass und wohnte mit ihrer Oma im Vorort Vuosaari.

»Apropos Besucher, die Petersburger Männer kommen gleich«, zwitscherte Oksana wie ein Buchfink, der den Frühling ankündigt.

»Was für Petersburger Männer, zum Teufel?«, krächzte ich.

Oksana sah mich verschreckt an. »Warrum schreist du so … Zwei Bisnezz-Männer, junge, ordentliche.« Vor Schreck vergaß sie die finnische Intonation und klang zu drei Vierteln russisch. »Am vorigen Tag waren sie hier. Haben geredet, als wärst du ein Bekannter … und dass sie ein Meetink hätten … wie hätte ich denn da Böses ahnen sollen«, sprudelte sie hervor, holte zwischendurch quiekend Luft.

Bevor ich sie beschwichtigen konnte, schrie Oksana auf und bekreuzigte sich fahrig. »Da kommen sie, um Himmels willen … was soll ich nur tun?«

»Schon gut, keine Panik, alles ist in Ordnung«, beruhigte ich sie. »Setz dich nur an deinen Schreibtisch und tu deine Arbeit.«

Ich musste meine Aufforderung wiederholen, denn Oksana flatterte immer noch kopflos im Büro herum. Sie machte den Mund auf, sagte aber nichts, als sie meinen warnenden Finger sah. Stumm verschwand sie hinter der Stellwand in ihrem Teil des Kontors.

Ich trank meinen Tee aus. Die Türfeder knarrte. Ich legte beide Hände auf den Tisch, mit gespreizten Fingern, und konzentrierte mich.

Bei der Spezialausbildung in der Armee hatte man uns getestet, geprüft und darauf getrimmt, Stress auszuhalten. Wir waren durch Wälder gestiefelt und über Steppen getrottet, bis wir vor Erschöpfung zitterten. Wir hatten unter Hunger und Schlafmangel gelitten und waren verhört worden, so realistisch, dass mancher bereitwillig seine eigene Mutter des Landesverrats bezichtigt hätte. Man hatte uns isoliert und gegeneinander aufgehetzt, hatte durch finstere Andeutungen dafür gesorgt, dass einige aus unserem Kreis abgesondert und misstrauisch beäugt wurden, ohne zu wissen, weshalb.

Und die ganze Zeit über hatte man uns eingebläut, dass man fähig sein musste, seine Handlungsfähigkeit zu bewahren. Behalte einen kühlen Kopf, denk nach, überlege, konzentriere dich auf das Wesentliche, hatte der Leiter der Einheit, Major O. A. Sorokin, uns eingehämmert. Befiehl deinem Herzen, ruhiger zu schlagen, gib ihm den Rhythmus vor. Das Herz gehorcht, hatte er versichert. Und wenn du deine Gesichtszüge unter Kontrolle hast, gleichmäßig atmest und deinen Puls zügelst, funktioniert auch dein Verstand. Du musst sein wie Kohlenmonoxyd – geruchlos, geschmacklos, farblos, aber tödlich.

Anfangs hatten wir über den Genossen Major und seine Sprüche gelacht. Der junge Mann, ein vierschrötiger Bursche mit gutmütigem, gerötetem Gesicht, sah aus wie ein ukrainischer Bauer, zu dem es besser gepasst hätte, auf einem Getreidesack zu sitzen und auf einen Schnaps zu warten. Aber nach und nach war uns das Grinsen vergangen. Sorokin wusste, wovon er sprach. Und als wir begriffen, wozu wir nach der Ausbildung fähig sein würden, waren auch die letzten Spuren eines Lächelns aus unseren Gesichtern verschwunden.

Aber ich war hier nicht in einem Kurs über psychophysische Operationstaktik. Ich saß auf meinem Bürostuhl, ohne zu wippen oder mich hin und her zu drehen, und bereitete mich auf meine Besucher vor.

Es waren zwei. Sie waren mittelgroß, schlank, pfirsichhäutig und so modisch individuell gekleidet wie Zwillingsbabys, denen man Jäckchen und Strampelhosen in verschiedenen Farben anzieht. Der eine war dunkelhaarig, der andere blond. Der Dunkelhaarige trug eine rahmenlose Brille, der Blonde hatte einen Diamantstecker im Ohrläppchen. Der Anzug des Dunklen war blau, sein Hemd kariert, und die Krawatte hatte Schrägstreifen. Der Blonde trug ein graubraunes Jackett, sein Hemd war gestreift und seine Krawatte kariert.

Ich war eher an Zweigespanne gewöhnt, bei denen der eine Muskeln und der andere ein Gehirn besaß, aber beide tätowiert waren. Wenn man mit solchen Typen eine Weile plaudert, entdeckt man bald gemeinsame Bekannte, und dann tischt man ein Gläschen Wodka auf, wir haben doch keine Eile, man heizt die Sauna und quasselt über Frauen, die Gesichter röten sich und schließlich singt man gemeinsam wehmütige Lieder. Und die eigentlichen Verhandlungen führt man am nächsten Tag, in versöhnlicher Stimmung, bei einem Glas Salzgurkenlake gegen den Kater. Mit diesen beiden hätte ich dagegen allenfalls über die richtige Fermentierung von Teeblättern plauschen können.

»*Sdrastwite*, Jungs«, begrüßte ich sie, als trügen sie noch kurze Hosen. Ich versuchte, Herr der Lage zu bleiben.

»Guten Morgen, Viktor Nikolajewitsch«, erwiderte der dunklere Zwilling huldvoll, während der Blonde sich mit einer knappen Verbeugung begnügte. Mir schoss der Gedanke durch den Kopf, dass ich die Vorzeichen womöglich völlig falsch gedeutet hatte, vielleicht waren die Herren richtige Geschäftsleute und in ehrbarer Absicht gekommen, und ich hatte mit meiner unhöflichen Bemerkung ein einträgliches Projekt verspielt.

»Das heißt, der Morgen war nur bis jetzt gut«, fuhr der Dunkelhaarige fort. »Ich will nicht mehr Zeit vergeuden als unbedingt nötig. Also kurz und bündig: Wir möchten, dass du deine Firmen und deine Geschäftstätigkeit und sämtliche Gewinne, die sie dir eingebracht haben, uns überträgst … wir haben die Papiere schon vorbereitet.«

Er nickte seinem blonden Genossen zu. Der holte eine kleine schwarze Mappe aus seiner schmalen Aktentasche, zog die Gummibänder über die Ecken und ließ mich säuberlich beschriftete Papiere sehen.

»Ja. Wir möchten dieses Unternehmen … zurück. Du verstehst schon«, lächelte er.

Auch ich lächelte. Hatte ich also doch recht gehabt. Die beiden waren Räuber.

Der Dunkelhaarige holte ebenfalls saubere, ordentliche Bögen aus seiner schmalen Aktentasche. Er legte keine Eile an den Tag, als er den Stapel durchblätterte und sich vergewisserte, dass alle Unterlagen vorhanden und richtig geordnet waren. Dann las er in gleichmäßigem Tonfall die Besitztümer meiner Firmen ab. Der Kurswert der Börsenaktien und Fondsanteile entsprach auf den Cent genau dem gestrigen Stand, die Grundstücke waren nach dem jeweiligen Baurecht und die unvollendeten Bauprojekte nach dem Grad der Fertigstellung bewertet, Werkzeuge und Materialien mit Stückzahlen und laufenden Metern aufgelistet. Ich saß still da und hörte zu.

»Und dann noch Sun-Rise Enterprises, registriert in Gibraltar … Ryschkow war ja der unmittelbare Besitzer, auch wenn er das Unterschriftsrecht delegiert hatte. Wir schlagen vor, dass du die Wohnungen, die dieses Unternehmen besitzt, direkt auf uns überschreibst oder zuerst auf deine finnischen Firmen. Wir hatten keine Zeit, diesen Teil komplett auszuarbeiten«, sagte mein dunkelhaariger Besucher entschuldigend.

Sein blonder Partner fasste das Ganze noch einmal zusammen. »Du überträgst also deine gesamte Geschäftstätigkeit auf die von uns zu benennenden neuen Besitzer. Das Personal wird zu den bisherigen Bedingungen weiterbeschäftigt, die Damen aus der Vergnügungsbranche bleiben als Mieterinnen in den Wohnungen …«

»Die Frauen arbeiten nicht für mich. Ich besitze lediglich die Wohnungen. Was die Mieterinnen dort tun, ist ihre Sache«, unterbrach ich ihn.

»… nur der Besitzer wechselt. Beziehungsweise der ursprüngliche Besitzer kehrt zurück«, ergänzte der Dunkelhaarige den Satz des Blonden, ohne eine Miene zu verziehen.

»Nee, zum Teufel! Das ist doch Humbug«, protestierte ich. »Zugegeben: Nach Ryschkows Tod ist mir sein Eigentum zugefallen. Die Wohnungen sind Ryschkows Erbe. Ihr könnt sie haben, ich erstatte euch auch die Mieteinnahmen, mit Zinsen. Aber das Bauunternehmen und der Im- und Export und der sonstige Handel – das habe ich mir alles selbst aufgebaut. Damit hatte Ryschkow nichts zu tun. Der Mann hat in seinem ganzen Leben keinen Hammer angefasst, jedenfalls nicht beim Hausbau. Das hier habe ich mir hart erarbeitet. Und mit legalen Mitteln«, erklärte ich und deutete mit ausladender Geste in den Raum, in dem sich sämtliche Büromöbelstile von den 1960er-Jahren bis heute abgelagert hatten.

»Viktor, übertreibe nicht, dramatisiere nicht«, mahnte der Dunkelhaarige. Der Blonde stützte sich auf meinen Schreibtisch und musterte mich von oben herab.

»In Sankt Petersburg war bekannt, dass du dir Ryschkows Erbe unter den Nagel gerissen hast wie ein selbstherrlicher Bastard. Du hast dort Beziehungen zu hohen Leuten, das wissen wir. Vielleicht wurde dein Treiben deshalb toleriert. Oder man wollte abwarten, bis deine Firmen reif sind. Pflückreif, verstehst du? Wir brauchen Geschäftstätigkeit, und wir brauchen Firmen, die einige Jahre lang sauber gewesen sind. Finnland gehört zur EU, Estland ist inzwischen auch beigetreten – das ist unsere Version der Globalisierung. Wir belassen die Produktion hier und verlagern dich nach China«, gluckste der Blonde. Das Lachen wirkte fehl am Platz.

»Entschuldige, Viktor, dein Business in allen Ehren, aber es geht hier wirklich nicht um ein Cornering bei Nokia. Wir reden hier von einem kleinen Unternehmen, nicht wichtig, aber im Prinzip wesentlich«, beschwichtigte er.

»Um es klar und deutlich auszudrücken: Du hast keine Alternative, kein Einspruchsrecht, keine Möglichkeit, die Entscheidung anzufechten. Oder willst du die Polizei verständigen?«

Die Männer legten die Papiere in die Mappen und die Mappen in die Aktentaschen.

»Man sagt, du bist ein vernünftiger Mann, ein Realist. Wir hoffen es, obwohl das ehrlich gesagt scheißegal ist. Trotzdem möchte unser Auftraggeber ausdrücklich betonen, dass du nicht am Hungertuch nagen wirst. Du bekommst irgendeinen Job von uns. Also lies dir die Papiere genau durch und unterschreib sie. Und keine Mätzchen! Auf Wiedersehen, Viktor Nikolajewitsch.«

Der Dunkelhaarige beendete die Unterredung so gönnerhaft, wie er sie begonnen hatte. Dann gingen die beiden. Die Türfeder knarrte wieder und hallte verstimmt nach.

Oksana kam hinter ihrem Wandschirm hervor, huschte zwischen Schränken und Tischen herum, ließ Papiere fallen.

»Tippel hier nicht rum«, fuhr ich sie an.

»Aber was soll denn nun aus unserem Viktor werden?«, klagte Oksana und zerknüllte ein Taschentuch in der Faust.

»Mach dir keine Sorgen, Oksana, Kindchen«, beruhigte ich sie. »Uns passiert nichts. Ich werde mir schon was einfallen lassen.«

Ich bemühte mich, ruhig und überzeugend zu lächeln, brachte aber keinen wirklich hilfreichen Satz zustande. Das Einzige, was mir einfiel, waren die liebevollen Sprüche, mit denen Mutter Missgeschicke immer abgetan hatte. Auch auf den Reisighaufen scheint die Sonne. Wir werden schon nicht untergehen, so tief ist der Brunnen nicht. Wenn die Sauna brennt, braucht man wenigstens nicht zu frieren. Das hätte Mutter gesagt. Aber diesmal hätte ihr melancholischer Optimismus wie leeres Geschwätz geklungen, Friede ihrer Seele.

»Putz dir die Nase, bring deine Wimperntusche und sonstige Schminke in Ordnung und mach ein paar Erledigungen. Du bringst diese Rechnungen und ein paar andere Briefe zur Post. Und dann holst du in der Markthalle frisches Brot und ein paar Scheiben Kochschinken und zum Nachtisch diese kleinen Berliner mit Quarkfüllung. Danach sieht das Leben gleich viel freundlicher aus«, redete ich ihr zu.

Oksana schniefte und schluchzte und verschwand in der Toilette. Ich hörte Wasser laufen.

Keine Mätzchen. Das hatte das Jüngelchen gesagt. Ein Rotzbengel war er, auch wenn er kultiviert redete und nach teuren Wässerchen roch. Solche Pappkameraden schmeiß ich kopfüber auf den Misthaufen, stachelte ich meinen Kampfgeist an. Und gleichzeitig lauschte ich dem Gewisper des Zweifels und der Angst, die hinter meinem Rücken lauerten und mich daran erinnerten, dass die ungleichen Zwillinge einen Grund für ihre Forderungen hatten.

Ich hatte lange für Ryschkow gearbeitet, war ihm bei Geschäften behilflich gewesen, die bei böswilliger Betrachtung den Tatbestand des Schmuggels, der Kuppelei, der Nötigung und ähnlicher Bagatelldelikte erfüllt hätten. Als mein Arbeitgeber in den estnischen Heroinhandel eingestiegen war, hatte ich mich losgerissen. Ryschkow war bei der Gelegenheit ums Leben gekommen, und ich kann nicht behaupten, dass ich an dem Zwischenfall ganz und gar unschuldig gewesen bin.

Jedenfalls waren Güter und Firmen ohne Besitzer und Nachfolger geblieben. Ryschkows Frau war sofort nach Russland zurückgekehrt und hatte ihre Tochter mitgenommen. Ich wusste, dass sie keineswegs als arme Witwe und Waise darbten. Auch in Russland hatte sich genug Familieneigentum angesammelt. Zudem besaßen sie wahrscheinlich nicht genug Informationen, um auf den finnischen Nachlass Anspruch zu erheben. Ryschkow hatte seine Firmen nämlich so geschickt verkettet, dass sich die Spuren verloren, fast im Unsichtbaren endeten. Ich hatte ein Glied nach dem anderen aufgespürt, Unternehmen und Wohnungen und Gelder entdeckt, die niemand vermisste. Ich hatte aus der Erbmasse Kapital und Sicherheiten entnommen – das Fundament für all die Firmen, die ich jetzt führte.

Und die gehören mir, wiederholte ich in Gedanken.

»Grüß dich, Kärppä, altes Haus, wie sieht's mit dem Bauern aus?«, rief eine fröhliche Stimme. Der Mann war lautlos hereingeschlüpft, hatte es geschafft, das Knarren der Türfeder zu dämpfen, und grinste nun zufrieden über die gelungene Überraschung. Er war eine Spur zu elegant gekleidet, ein Mann mittleren Alters mit erschlafftem, schönem Gesicht und trotz des Lächelns traurigen Augen.

»Oksana, bring für Korhonen auch einen Berliner mit«, seufzte ich. »Einen von gestern, wenn es die noch gibt.«

»Na was?«, fragte Korhonen und setzte sich.

»Was was?«, fragte ich zurück.

»Heilige Scheiße, ein Dialog auf höchstem Niveau«, seufzte Korhonen. »Erzähl Onkel Teppo, was es Neues gibt, unter Freunden.«

»Unter Freunden?«, fragte ich mit übertriebener Verwunderung und sah mich um. »Oksana ist schon gegangen, ich sehe also nur dich, und du bist Polizist. Sicher, vom Hund sagt man, er sei der beste Freund des Menschen. Aber von einem Polizisten?«

Korhonen lachte.

»Weißt du, Viktor, es ist schon komisch. Ich komme demütigen Sinnes zu dir, um dich zu fragen, wie es dir geht. Dieses eine Mal habe ich dich wegen gar nichts in Verdacht, jedenfalls wegen nichts Größerem. Von deinen kleinen Schwindeleien weiß ich natürlich. Zu deiner Warnung sei gesagt, dass der Nachrichtendienst deine Männer abgecheckt hat, diejenigen, die ein Visum zum Beerenpflücken haben, aber mit Pranken gesegnet sind, denen keine Blaubeere standhält, und die einen Pflücker höchstens benutzen würden, um sich die Zähne zu säubern. Also sei ein bisschen vorsichtig, stell nicht zu viele ehemalige Klassenkameraden aus der Agentenfachschule ein.«

Ich kannte meine Männer und glaubte auch zu wissen, was die Polizei überwachte und was nicht. Aber aus Korhonen wurde ich nicht schlau. Ich stützte die Ellbogen auf den Schreibtisch und sah dem Polizisten in die Augen. Bei der Armee hatte man uns gelehrt, dass Schweigen oft die beste Verhörmethode ist. Ich hatte kein Problem damit, drei Minuten lang auf einen Punkt zwischen Korhonens Augenbrauen zu starren, aber er hielt es nicht durch.

»Na schön, du verfluchter Indianer. Ich brauch deine Hilfe. Vernünftige Informationen. Mit meiner Arbeit gegen die organisierte Kriminalität läuft's nicht ganz glatt. Früher durfte ich schalten und walten, wie ich wollte, und ab und zu hat sich auch immer mal ein Verbrechen aufgeklärt, oder wir haben einen Tipp gekriegt, wenn jemand etwas plante. Aber jetzt hab ich einen neuen Chef.

Und nun hock ich verdammt noch mal mit Ohrhörern in irgendeinem Scheißkeller und hör mir an, wie ein drittklassiger Pavian mit seiner Freundin darüber klönt, ob sie jetzt gleich zur Sexmesse gehen sollen oder erst zu der größeren im September. Die Tussi sagt, sie will sich auf jeden Fall einen neuen Vibrator kaufen, und der Kerl stottert, wozu denn, Honey. Und gleich danach ruft er einen besoffenen Kumpel an und erkundigt sich, warum das Modem bloß vier komma fünfeinszwei Geschwindigkeit hat und ob das wohl an dem Bitzen liegt, und danach beschwert er sich bei irgendeinem baumwollhosigen Knallkopf vom Kundendienst über dasselbe Problem. Und ich schnall überhaupt nix und kann verdammt noch mal nicht mal sicher sein, ob die nicht vielleicht irgendeine Kacke planen. Außerdem krieg ich Sodbrennen, weil keiner mehr Schamgefühl und Manieren hat.«

Wieder wartete ich schweigend, mit ausdruckslosem Gesicht. Diesmal hielt Korhonen vierzig Sekunden durch.

»Ja, ja, keine Bibelsprüche mehr. Bei der atheistischen Gehirnwäsche, der man dich unterzogen hat, wären die sowieso vergeudet, schade um die ewigen Weisheiten. Ich geb ja zu, dass ich ein bisschen von der Rolle war, als wir uns das letzte Mal begegnet sind. Aber jetzt will ich endlich mal wieder an einem richtigen Fall arbeiten. Im Prinzip beobachte ich immer noch die Russenfront, sprich den Komplex Einwanderer und Ostkriminalität. Aber nichts tut sich, man hört und sieht nichts. Und prompt heißt es bei der Besprechung, Korhonen hat im Moment nichts zu tun, der kann das Abhören übernehmen.«

Ich schwieg weiterhin und betrachtete Korhonen. Er hatte vor Zeiten versucht, die dunkle Seite von Ryschkows Business aufzudecken, und mich dazu erpresst, ihm Informationen zu liefern. Ich hatte ihm die Organisation der Petersburger Kasse erklärt, ihn über die in Finnland operierenden Gruppierungen unterrichtet und vor Auseinandersetzungen zwischen Drogendealern gewarnt, die das geregelte Leben durcheinanderbrachten und allen schadeten. Als Gegenleistung hatte Korhonen großzügig über meine Aktivitäten hinweggesehen.

Wir hatten zweifellos beide voneinander profitiert. In letzter Zeit hatte ich mich allerdings von Korhonen ferngehalten. Ich hatte seine Hilfe nicht gewollt und nicht gebraucht. Und vor allem hatte ich keine Lust gehabt, den unberechenbar herumspinnenden Polizisten zu beaufsichtigen und zu hüten. Er war nicht mein Bruder, gehörte nicht zur Familie, war nicht einmal entfernt verwandt. Ich hatte genug damit zu tun, für die Meinen zu sorgen.

»Ich weiß, dass ich ziemlich von der Rolle war. Aber jetzt habe ich alles im Griff. Ich bin wieder im Lot«, untermalte Korhonen meine Gedanken.

»Hör mal, Teppo«, sagte ich sanft. »Ich bin nicht undankbar und auch sonst kein Arschloch. Ich habe keineswegs vergessen, was du für mich getan hast, und ich weiß es zu schätzen. Aber diesmal kann ich dir nicht helfen. Weder aus deiner Midlife-Familienkrise noch aus deiner beruflichen Sackgasse und auch nicht bei dem religionsmoralischen Knoten, den du zerschlagen willst, indem du ein Standgericht hältst und alle Verbrecher umlegst. Ich versuche mich rein auf das Geschäftliche zu konzentrieren. Ich habe keine Informationen für dich.«

»Hör mal, Viktor«, ahmte Korhonen mich nach. »Ich bin mit einer finnlandschwedischen Psychologin verheiratet. Wenn ich etwas Unverständliches hören möchte, bitte ich meine Alte, mir einen Vortrag über Freudianismen in der Sprache zu halten.«

Er stand auf. An der Tür drehte er sich noch einmal um.

»Kann sein, dass du demnächst wieder meine Hilfe brauchst, Kärppä. Ein kleiner Hinweis: Wir beobachten routinemäßig Aufträge und Anfragen an die Behörden. Gewisse Leute zeigen großes Interesse an deinen Firmen, beim Handelsregister sind alle möglichen Erkundigungen eingezogen worden. Also ruf rechtzeitig, wenn Onkel Teppo dich retten soll.«

Er ging, ließ die Tür zuschlagen.

Ich überlegte eine Weile, ob ich mit Korhonen über meine Sorgen hätte sprechen sollen. Immerhin hatten mich gerade zwei waschechte Ganoven aufgesucht. Ich wusste nur nicht, welche Verbrechen ich ihnen anhängen könnte.

3

»Eine Million, eine Million …«, sang Aleksej beinahe schön und nur wenig tiefer als Alla Pugatschowa, dabei war er immerhin Bariton. »… eine Million Euro.« Ächzend hievte er die Registrierkasse auf den Tresen. »Ab jetzt singt die Maschine und das Geschäft brummt«, grinste er fröhlich.

Ich dämpfte den Eifer meines Bruders nicht, denn ich hielt seine Geschäftsidee und sein Betriebsmodell für durchaus realisierbar. Aleksej war vor zwei Jahren nach Finnland gekommen. Er hatte seinen Posten als Ingenieur und die Anwendungen der Reibungslehre beim Forschungsinstitut der Sibneft in Moskau aufgegeben. Nun verkaufte er in einem Zubehörladen Öl in Vierliterkanistern statt in Millionen Barrels.

Ich hatte ihn ein wenig zurechtstutzen müssen, meinen großen Bruder, aber nach dem ersten Rausch hatte Aljoscha sein Gleichgewicht wiedergefunden, hatte tagsüber im Laden gearbeitet und abends und an seinen freien Tagen für mich und meine Kumpane. Auch seine Frau Irina hatte dazu beigetragen, das Leben meines Bruders in vernünftige Bahnen zu lenken. Sie hatte zu guter Letzt ihren glänzenden Nussbaumschreibtisch und ihre weitläufige Verwandtschaft in der Umgebung von Rjazan aufgegeben und war ihrem Mann nachgereist.

In Helsinki lackierte sich Irina die Nägel, färbte sich die Haare von Woche zu Woche röter und konzentrierte sich darauf, die Spitzendeckchen gerade und das Leben unter Kontrolle zu halten. Über die Stränge schlagen geht nicht mehr, sagte Aljoscha immer wieder, nicht klagend, sondern eher zufrieden.

Ich hatte ihm einige meiner eigenen Geschäfte übertragen. Dann hatte ich ihm meine Hälfte der Industriehalle in Tattarisuo vermietet, wo er seinen eigenen Ersatzteilhandel eröffnen wollte. Die Lichtreklame war bereits fertig. Ganz zuoberst stand in großen Lettern *Auto-Alex*. Darunter versprach ein kleinerer Text in russischer Sprache Autobedarf aller Art und guten Service, und auf all diese Druckbuchstaben folgte in nachempfundener Handschrift *Alexej Cornostayev JR*.

»Wie zum Teufel bist du auf X und C in deinem Namen verfallen? Und was soll der Junior? In meinem Pass steht als Vatersname jedenfalls Nikolai«, setzte ich meinem Bruder zu.

»Schau, bei der Transliteration von einer Sprache in die andere eröffnen sich viele Möglichkeiten«, begann er, und ich wusste, dass er bei einem Satz mit so vielen Worten selbst unsicher war, was am Ende herauskam. »Dieser Fußballer, Eremenko, der schreibt sich auch Alexej. Und nennt sich Junior. Kornostajew sieht einfach zu bäurisch aus, und Kärppä erst recht. Marketing, Visionen, Branding, immaterielle Werte, das gehört zum modernen Business«, predigte Aleksej selbstzufrieden.

»Aha. Dann lass uns mal die materiellen Werte an ihren Platz stellen. Sonst geht der ganze Sonntag für nichts und wieder nichts drauf«, drängte ich und stapelte Autowachs und Schwämme und Wildledertücher in die Regale.

Aleksej reckte sich und starrte mich an. »Ist alles in Ordnung?«, fragte er.

»Ja«, ächzte ich und hob Akkus auf ein Podest. »Nun tu endlich was, ist schließlich dein eigener Laden.«

»Aha. Du siehst ganz so aus, als ob dein Leben perfekt wäre«, spöttelte Aleksej. »Komm schon, sag deinem großen Bruder, was los ist. Hat dich jemand geärgert? Wie steht es mit den spirituellen Fragen, bist du bereit für die Begegnung mit Jesus? Oder lassen die Frauen dich nicht mehr ran? Hat dir womöglich dein kleiner Mann den Dienst gekündigt?«

»Was? Welcher kleine Mann, verdammt noch mal? Lass mich bloß in Ruhe!«

Aleksej betrachtete mich liebevoll wie ein kleines Kind. »Viktor, du kommst allmählich in ein Alter, in dem Erektionsstörungen ganz normal sind. Ich selbst hab damit zwar keine Erfahrung ... die Härteklassifizierung für Stahl ist nach meinem Ständer standardisiert«, schwätzte er.

»Ja ja, und deinen Schwanz haben sie nach Paris ins Museum gebracht, da liegt er neben dem Urmeter«, unterbrach ich ihn. »Als Maß für den Zentimeter. Nur um die Sache klarzustellen, Aleksej, ich hab noch nie Probleme wegen mangelnder Potenz gehabt, ganz im Gegenteil. Liegt wohl in der Familie. Aber mal ehrlich«, fügte ich hastig hinzu, als ich merkte, dass mein Bruder einen weiteren Spruch vom Stapel lassen wollte, »in Wahrheit ist Marja schlecht gelaunt. Vielleicht ist sie wegen der Renovierung gestresst, schon im Voraus. Und im Geschäft steh ich auch unter Druck. Schuldeneintreiber aus Sankt Petersburg. Aber damit werde ich schon fertig«, versicherte ich. Ich bemühte mich, sorglos zu wirken, obwohl mir der Besuch des Zwillingspaars das ganze Wochenende durch den Kopf gegangen war.

»Na, wenn nötig, bittest du deinen großen Bruder um Hilfe«, erklärte Aleksej fröhlich. »Und die Frauen beruhigen sich, sie bocken eine Weile wie wilde Fohlen, aber dann erwarten und verlangen sie, dass man sie mit harter Hand zügelt.«

Ich sah ihm in die Augen.

»Okay, daran glaub ich selber nicht«, räumte er ein.

Ich sagte, ich ginge nach Hause. Aleksej blieb noch, um Sonderangebotsschilder zu schreiben. Er richtete mir Grüße an Marja aus. Ich mochte ihm nicht sagen, dass ich keine Ahnung hatte, wo Marja steckte. Sie war am Morgen aus dem Haus gegangen, hatte nur gesagt, sie würde in der Stadt einen Salat essen und ich solle mir selbst etwas zurechtmachen, in der Gefriertruhe sei genug. Und ich war weggefahren, um Aleksej zu helfen, und hatte das Haus leer zurückgelassen.

Ich schloss die Aluminiumtür der Halle. Am Kotflügel meines Mercedes lehnten die Businesszwillinge.

»Ihr geht wohl auch gemeinsam scheißen«, begrüßte ich sie.

»Es gibt keinen Grund, ausfällig zu werden«, antwortete der Blonde liebenswürdig. Seine Stimme wirkte glättend wie Sandpapier der Körnung sechshundert. »Du bist ein intelligenter Mann. Nimm die Sache nicht persönlich. Betrachte sie als Geschäftsangelegenheit.«

Ich legte keinen Wert darauf, ihm zu erklären, dass Frotzeleien meine typische Reaktion auf Angst sind. Manche waren vor Furcht wie gelähmt oder begannen zu zittern, aber bei mir funktionierte der Kopf in solchen Momenten besonders klar und schnell, meine Miene wurde abweisend, und meinem Mund entströmten provozierende Äußerungen oder Schmähungen. Das passierte mir immer wieder, einfach so, obwohl die Stimme der Vernunft mich auch jetzt warnte: Ts, ts, blas dich nicht auf, denk daran, dass diese Burschen dich nur am Leben lassen, weil es schwieriger ist, mit einem Toten einen Vertrag zu schließen.

»Geht weg von dem Auto, Jungs. Sonst wird es noch schmutzig«, hörte ich mich sagen. Mir wurde klar, dass ich wirklich Angst hatte.

Der dunkle Zwilling richtete sich hoch auf und ballte die Fäuste, doch der Blonde fasste ihn am Ärmel.

»Sehr dumm von dir. Oder zumindest unsachlich«, sagte er mit süffisantem Lächeln. »Zu so etwas geben wir uns nicht her. Aber wir haben Männer, die gerade auf dem Niveau operieren, das du dir da ausgesucht hast.«

Er holte eine Schachtel aus der Manteltasche, steckte sich eine Zigarette an und rauchte in aller Gemütsruhe. Ich erinnerte mich, dass nach dem Besuch des Duos ein leiser Hauch von Tabak in meinem Büro in Hakaniemi zurückgeblieben war, ein Geruch, der nicht zu dem geschäftsmäßig eleganten, gesunden und durchtrainierten Erscheinungsbild der beiden passte.

»Auf Wiedersehen«, sagte der Blonde. »Erledige deinen Anteil bis morgen. Wir lassen von uns hören.«

Er öffnete die Tür meines Mercedes und warf die Zigarette auf den Sitz.

»Oops«, lächelte er und gab dem Dunklen mit einem Kopfnicken das Signal zum Aufbruch. Die beiden Männer gingen zu einem metallicgrauen BMW, setzten vom Hof zurück auf die Straße, ohne den Motor aufheulen zu lassen, und brausten davon.

Ich riss die Tür auf. Die Zigarette glimmte auf dem Beifahrersitz. Sie hatte bereits ein kleines Loch in den Bezug gebrannt. Ich warf die Kippe auf den kiesbestreuten Hof und löschte den kokelnden Stoff mit der Hand.

Mein Handy klingelte. Die Melodie durchschnitt die Stille mit brutaler Fröhlichkeit. *Karpow ruft an*, stand auf dem Display.

»Grüß dich«, schnaufte ich.

»Was macht die kämpferische Jugend? Hast du schon angefangen, dich auf den Schnee des kommenden Winters vorzubereiten? Rollskilauf, Jogging mit Skistöcken, Rudern und dergleichen«, redete Karpow drauflos.

»Ach weißt du, ich trag keine Wettkämpfe mehr aus, ich lauf bloß noch mit einem x-beinigen *starik* um die Wette. Und der stammt aus dem hungernden Karelien, ist von Rachitis gezeichnet, und soweit ich mich erinnere, war sein größter Erfolg der dritte Platz im Parkskilauf von Petrozawodsk, in der Klasse Omas, sonstige Rentner und Tuberkulöse«, gab ich zurück. Ich malte mir aus, wie Karpow grinste und zufrieden das Gesicht verzog, das dem des Opernsängers Jorma Hynninen glich.

»Ach ja, jetzt erinner' ich mich. Das war der Wettkampf, den du abbrechen musstest, weil dir nach knapp dreihundert Metern die Puste ausging«, schlug Karpow zurück und mischte karelische Wörter unter sein fast korrektes Finnisch. »Na, gibt's was Neues? Viktor, der Kapitalist, wird immer fetter, fährt im Mercedes, und die Armen müssen sich in den Graben werfen, barmherziger *gospodin*. Und die Liebe hat sich für immer in Vitjuchas und Marjuschkas Herzen eingenistet.«

»*Normalnyj*«, quittierte ich die Frage. »Eine vorübergehende Tiefdruckphase in der Abteilung zwischenmenschliche Beziehungen. Und ein paar Feineinstellungen im Businessbereich. Nichts Weltbewegendes, aber es kann sein, dass ich Hilfe brauche. Zuverlässige Hilfe«, betonte ich.

Karpow schwieg eine Weile. »Du weißt, ich helfe dir immer«, sagte er dann feierlich. Als er davon sprach, wie wir uns schon als Jungen gemeinsam durchgeschlagen hatten, musste ich schlucken. Karpow war nicht der Mutigste, aber er hatte in vielen brenzligen Situationen an meiner Seite gestanden oder sich zumindest hinter meinem Rücken versteckt.

»Ich weiß«, bestätigte ich. »Aber sag mal, hast du irgendwas Richtiges zu bereden?«

»Nein, ich wollte nur mal hören, was mit der Halle ist, da steht immerhin auch meine Ware drin. Wird es eng, wenn Aleksej jetzt mein Nachbar wird?«

Die eine Hälfte der Halle füllten gebrauchte, leicht angestoßene oder sonstwie billig erstandene Kühltruhen und Elektroherde, die Karpow nach Karelien verfrachtete. Als Rückladung kamen Kiefernholz und Schlauchboote, Ersatzteile und Beiwagen für Motorräder und manchmal auch ein wenig Wodka und Zigaretten nach Finnland.

Ich versicherte Karpow, dass friedliche Koexistenz, Zusammenarbeit, Freundschaft und gegenseitiger Beistand unverändert Bestand haben würden, auch wenn mein Bruder die Stelle des Kompagnons übernahm und ich in eine neue Halle zog.

»Also auf bilateraler Basis, gemäß den Verhandlungen über Warenaustausch und dem Fünfjahresplan, zur Festigung der Schicksalsgemeinschaft unserer Völker im Kampf gegen den Faschismus«, kommentierte Karpow, und ich sah ihn förmlich vor mir, mit seiner gespielt feierlichen Miene. Ich beendete das Gespräch.

Durch das Tor fuhr ich auf die Straße. Die Halle auf dem Nachbargrundstück beherbergte eine Kfz-Werkstatt. Das Firmenschild versprach fachmännische Ausführung sämtlicher Arbeiten, von den Bremsen über Unfallschäden und Lackarbeiten bis zu den elektrischen Anlagen, neben den normalen Inspektionen. Es war Sonntagabend, aber auf dem Hof waren noch Leute. Vor den Toren parkte ein alter roter Opel Vectra, dahinter standen drei im Hip-Hop-Stil gekleidete junge Schwarze in grellfarbigen, weiten Collegepullovern.

Der Besitzer der Werkstatt hatte die Hände in die Seiten gestemmt und pumpte den Bizeps auf, sodass die kurzen Ärmel seines bunten Hemdes bis zum Platzen gefüllt waren. Er war ein großer Mann, dem Aussehen nach Kroate. Der schmale Haarstreifen auf seinem Scheitel wirkte wie eine Drahtbürste. Ich kannte ihn nur flüchtig. Vielleicht sollte Aleksej sich mit ihm bekannt machen, überlegte ich, die beiden konnten sich geschäftlich von Nutzen sein. Der Nachbar war auf dem Hof ein paarmal in Hörweite gekommen, hatte auf Russisch gegrüßt, aber mit fremdem Akzent. Mein Wagen rollte langsam vorbei. Der Nachbar winkte. Ich fuhr nach Hause.

Im Traum saßen Mutter und Ryschkow in Sesseln an einem kleinen runden Tisch. Die Tischdecke war weiß und mit roten und blauen Mustern bestickt. Die Vorhänge strahlten im hellen Sonnenschein, der durch das Fenster fiel. Die Tapete war geblümt.

Karpow, Aleksej und ich saßen auf Bänken an einem größeren Tisch. Natürlich in getrennten Gruppen, Mutter und Ryschkow sind schließlich tot, musste ich schmunzelnd denken.

Ich war ein wenig besorgt, ob Ryschkow meiner Mutter von den Geschäften erzählen würde, an denen wir uns beteiligt hatten. So was dürft ihr nicht, Jungs, würde Mutter sagen, und das wäre uns Tadel genug.

Aleksej schwieg, Karpow dagegen sprach über Skilaufen, erinnerte daran, wie wir gemeinsam trainiert und alle Skiläufer jenseits des Ural hinter uns gelassen hatten. Im nächsten Moment schmiedete er Pläne, meinte, wir sollten nach Karelien fahren und Urlaub von allem Trubel machen, in aller Ruhe Ski laufen.

»Kommt an unseren Tisch, Jungs«, bat Mutter, und selbst im Traum lief es mir kalt über den Rücken. Mutters und Ryschkows schwarze Kleider wirkten brüchig wie auf dem Dachboden vergesse-

ne Sonntagsanzüge alter Menschen. Ins Gesicht wagte ich den beiden nicht zu sehen.

Ich wachte auf und starrte ins Halbdunkel des Zimmers. Es dauerte eine Weile, bis meine Augen sich Gewissheit über die Stühle und den Schrank, die Umrisse des Fensters hinter dem dicken Vorhang und den grauen Streifen der Türritze verschafft hatten. Und darüber, dass am Fußende des Bettes niemand stand.

»Du hast was gerufen«, sagte Marja, ohne den Kopf vom Kissen zu heben.

»Nein.«

»Dann eben gestöhnt. Bist du krank?«

»Ich hab nur was geträumt. Alles in Ordnung. Schlaf nur weiter«, befahl ich unfreundlich. Ich spürte, wie sich Marjas Körper versteifte.

»Schlaf nur«, sagte ich noch einmal und stand auf. Dabei hätte ich Marja umarmen und an mich drücken und ihr sagen müssen, dass ich mich fürchtete.

4

Die Morgensonne strahlte die Gewissheit aus, dass ein warmer Tag bevorstand. Ich trank meine zweite Tasse Tee auf der Verandatreppe und vergaß beinahe, dass ich im Dreck steckte. Marja kam gähnend auf die Veranda, zog die Zehen zusammen, ihr Nachthemd roch nach Schlaf. Sie fuhr mir kurz durch die Haare. Ich dachte, dass ich eigentlich nichts zu sagen brauchte, irgendwo im Fundament war ein tragender Balken, auf dem wir wieder aufbauen konnten.

Marja ging zur Arbeit, sie sagte, sie komme zur gewohnten Zeit zurück. Ihr Projekt sei gerade in einem leichteren Stadium, und sie wisse noch nicht, ob sie die Fragebögen vor den Ferien abschicken konnten. Mir wurde klar, dass ich keine genaue Vorstellung von ihrer Arbeit hatte. Sie war im Winter in eine Forschungsgruppe der Staatlichen Forschungs- und Entwicklungszentrale für Soziales und Gesundheit aufgenommen worden, die sich mit dem Alkoholkonsum von Mädchen befasste. Marja war begeistert gewesen, hatte von Kollegen und Hintergrundfakten erzählt und von der Wissenschaftsgemeinschaft gesprochen, als wäre sie daran beteiligt, ein Medikament gegen Krebs zu entwickeln. Und zugleich war sie irgendwie erwachsener geworden, hatte begonnen, sich zu kleiden wie alle anderen jungen Frauen, die in Gipsplattenbüros am Computer saßen, adrett, aber ihrer eigenen Meinung nach individuell.

Antti Kiuru rief von der Reihenhausbaustelle an und fragte nach einem zweiten Tacker. Ich wusste, dass ich zu Hause im Schuppen eine Nagelpistole und einen Kompressor hatte, und versprach, beides vorbeizubringen. Ich zog mich an, sah in der

Küche nach, ob alle Elektrogeräte ausgeschaltet waren, und zog die Haustür fest ins Schloss.

Mein nächster Nachbar, ein alter Mann, stand vornübergebeugt auf dem Rasen und zupfte kaum sichtbares Unkraut aus. Er trug eine graue Hose mit scharfen Bügelfalten, ein Hemd mit steifem Kragen und eine blaue Strickjacke. Ich nickte grüßend und ging zum Briefkasten.

Meine Mutter hatte immer schon im Voraus gewusst, wann wir Besuch bekommen würden; sie hatte gesagt, es kitzle sie im Mund. Mir war nie ganz klar geworden, welche Art von Jucken sie meinte, aber jetzt spürte ich ein seltsames Prickeln im Nacken. Als ob mich jemand beobachtete.

Der Nachbar von gegenüber kam gerade im passenden Moment heraus, um seinen eigenen leeren Briefkasten zu inspizieren. Er war um die fünfzig, band sich die Haare zum Pferdeschwanz, um sich einen jugendlichen Anstrich zu geben. Unter seinen Augen hingen schwere Tränensäcke. Er prahlte und klagte zugleich, am Abend sei es spät geworden, weil man die Kampagne eines wichtigen Kunden begossen habe. Mein Nachbar nahm ohne Weiteres an, dass ich wusste, dass er in der Werbebranche tätig war. Ich hatte eine vage Erinnerung, davon gehört zu haben. Vielleicht hatte er selbst mir einen Vortrag über seine Aufträge gehalten, oder seine Frau, die mich immer zu lange anschaute, hatte seinen Beruf erwähnt. Ich nickte mitfühlend zu den Klagen des Mannes, wandte ihm mein Gesicht zu, während meine Augen langsam über das gesamte Blickfeld schweiften.

Mein Haus stand inmitten der alten, verwinkelten Viertel von Tapanila an einem Abhang. Ich kannte alle Einwohner der näheren Umgebung vom Sehen, ebenso ihre Fahrzeuge. Weiter oben stand ein großer metallicroter Toyota auf der Straße. Ein fremder Wagen.

Ich nickte dem Nachbarn zum Abschied zu, stieg in meinen Mercedes und setzte vom Grundstück auf die kleine Seitengasse zurück. Von dort fuhr ich zur Straße hoch und verlangsamte an der Kreuzung das Tempo, ganz der aufmerksame Autofahrer.

Dem Toyota entstiegen zwei Männer. Sie trugen fast trübsinnig braune Kleidung. Die beiden stellten sich vor ihren Wagen, die Beine gespreizt, die Arme locker hängend. Die Szene hätte direkt aus einem Werbespot stammen können, in dem die Schauspieler betont langsam dahinschreiten und die Bässe dröhnen.

Ich wusste, dass sie sich meinetwegen produzierten. Ich fuhr ausdruckslos an den Mannequins der Gewalt vorbei, zeigte, dass ich sie bemerkt hatte, sonst nichts. Im Rückspiegel beobachtete ich, wie sie ohne Eile einstiegen, dann wurden die Scheinwerfer eingeschaltet, und der Toyota folgte mir.

Ich hob die Nagelpistole und den Kompressor aus dem Kofferraum und bat Paavo Vatanen, sie ins Haus zu tragen. Karpow hatte mir Vatanen empfohlen, da kommt so ein kubikmetergroßer Karelier für einige Wochen mit einem Touristenvisum, hatte er gesagt, und würde gern arbeiten, egal was. Auf Karpows Urteil hatte ich mich meist verlassen können, und tatsächlich scheute Vatanen vor keiner Arbeit zurück. Er war in jeder Richtung groß, in seinen Händen wirkten die Betonklötze wie Legosteine und die Schaufeln wie etwas zu groß bemessene Kochlöffel.

Aus dem Seitenfach des Kofferraums, neben dem Ersatzreifen, nahm ich meine alte CZ-Pistole. Ich warf das Etui zurück in den Kofferraum und steckte die blanke Pistole hinten in den Gürtel. Dann rief ich Vatanen, Antti Kiuru und seinen Sohn Matti zu mir und gab ihnen Anweisungen. Mit forschen Schritten ging ich zu dem roten Toyota, der mir treu gefolgt war, wie ein alter Hund einer Packung Kekse. Meine Verfolger stiegen aus. Beide Männer hatten lehmbraune, struppig vom Kopf abstehende Haare, gleichermaßen schlecht geschnitten. Offenbar waren sie nicht beim Friseur gewesen, sondern hatten selbst geschnippelt.

»*Sdrasdwite*«, nickte ich und fragte weiter auf Russisch: »Habt ihr euch verfahren?«

»Wir sind dir gefolgt. Damit du nicht vergisst, in dein Büro zu gehen und zu tun, was du tun musst«, bekannte der Fahrer offen, professionell. »Wir erstatten regelmäßig Bericht über die Observation.«

Bei diesen Worten klopfte er auf sein Freisprechgerät. Er sah aus wie ein Fluglotse: Knopf im Ohr und Heldenmikrofon unter dem Kinn.

»Ach. Ich dachte, das wäre so ein Ding, das den Speichel absaugt. Wie beim Zahnarzt«, raunzte ich ihn an, nur um etwas zu sagen. Ich fragte mich, wo meine Männer blieben.

»Mit Ausflüchten kommst du nicht weit.« Auch der zweite Mann konnte sprechen. »Momentan haben wir nur Anweisung, dich zu beobachten. Aber ich weiß, welchen Auftrag wir bekommen, wenn du dich nicht richtig verhältst.«

Matti Kiuru rammte den Kleintransporter vor den Bug des Toyota, der ein paar Zentimeter nach hinten rutschte.

»Ein rücksichtsloser Fahrer«, bedauerte ich und zog meine Pistole. Die Männer, die ihrerseits gerade zu den Waffen greifen wollten, erstarrten mitten in der Bewegung.

Matti Kiuru blieb im Wagen, sein Vater Antti hüpfte vom Beifahrersitz und zog die Schiebetür auf. Paavo Vatanen sprang heraus wie ein Gorilla aus seinem Käfig. Er nahm sich die beiden einzeln zur Brust, klopfte sie von den Hosenbeinen bis zu den Achseln ab und entdeckte ihre Pistolen, beim einen hinten im Gürtel, beim anderen in der Brusttasche. Vatanen warf die Waffen in den Toyota, verschloss die Türen per Fernbedienung, schnippte den Autoschlüssel in den Kofferraum und drückte den Deckel zu.

»Fahrsperre«, brummte er und kletterte wieder in den Kleintransporter, musste fast auf den Knien kriechen, damit er durch die Tür passte. Antti Kiuru zog die Schiebetür zu, und Matti setzte den Wagen zurück auf das Baugrundstück.

Ich ging mit Antti zu meinem Auto.

»Die beiden sehen nicht so aus, als kämen sie vom Arbeitsschutz oder von der Baugewerkschaft. Was ist los?«, erkundigte sich Antti.

»Ich weiß es nicht«, bekannte ich. »Aber für den Fall, dass

etwas passiert … mach dir keine Sorgen. Die Arbeiten hier sind ja schon weiter als geplant, ich habe die Zahlungen bekommen und alle Rechnungen erledigt. Kann sein, dass ich mich eine Weile verstecken muss. Du kümmerst dich um die laufenden Projekte, also um diese Baustelle und um die in Korso. Du kannst das. Und als Nächstes wartet das Einfamilienhaus in Sipoo. Da könnt ihr das Fundament legen und den Skelettbau hochziehen, wenn ihr hier fertig seid.«

»Wie lange gedenkst du denn unterzutauchen?«, fragte Kiuru besorgt.

»Vielleicht überhaupt nicht. Ich geb dir nur sicherheitshalber Anweisungen. Und ich melde mich dann, telefonisch oder anders, über den Anwalt. Oder über Aleksej oder Karpow. Du musst vor allem dafür sorgen, dass unsere Männer ruhig bleiben.«

Antti Kiuru blieb auf dem Hof vor den halb fertigen Reihenhäusern stehen. Er wirkte besorgt wie ein Vater, der seinen Sohn zum ersten Mal zur Arbeit ausschickt, ihm die Handschuhe nachträgt und denkt, ich muss ihm noch einmal gute Ratschläge geben und alles wiederholen und sichergehen, aber eigentlich sollte der Junge doch schon allein zurechtkommen.

»Ach ja, noch etwas … der Oleg Lesonen. Aus dem scheint nichts zu werden. Schmeiß ihn raus«, zertrümmerte ich die Stimmung.

Antti sah mich groß an.

»Ganz raus? Schön, er hat Probleme mit dem Rücken, aber wir können ihm doch helfen. Und wir haben so flott gearbeitet, dass du garantiert einen Gewinn einstreichst. Lassen wir ihn doch noch eine Weile mitmachen.«

»Ballast kann ich mir nicht leisten. Setz ihn vor die Tür, mir bleibt keine andere Wahl«, sagte ich, obwohl ich wusste, dass das nicht stimmte.

5

Auf dem Messingschild neben der Tür des Hauses im vornehmen Stadtteil Kruununhaka hatte sich würdevolle Patina gebildet. *Rothovius & Kaarnalahti*, schien es zu flüstern. Ich suchte den Türcode im Speicher meines Handys und piepte mich hinein. Im Treppenhaus schwebten würdiges Dämmerlicht und alter Staub. In diesem Haus wohnte kaum jemand. An den Türen standen die Namen von Verbänden, Vereinen und Firmen.

Mein Anwalt hatte seine Kanzlei im zweiten Stock. Gunnar Rothovius persönlich öffnete mir die Tür. Er ging auf die sechzig zu, ein magerer Mann, der immer trübselig dreinblickte, als warte er vergeblich auf ein Mittel gegen Sodbrennen. Wir gaben uns die Hand.

In der ehemaligen Wohnung waren Wände entfernt und ersetzt worden, sodass der ursprüngliche Grundriss kaum mehr zu erkennen war. Das Vestibül war geräumig. Der Schreibtisch der Sekretärin war unbesetzt, aber Kopierer, Faxgerät und Schredder summten. Die Tür zum Büro des zweiten Rechtsexperten stand offen. Auf dem Monitor seines Computers sausten die Muster des Bildschirmschoners dienstfertig hin und her. Ich hatte Kaarnalahti nie zu Gesicht bekommen, aber vermutlich gab es ihn tatsächlich.

Rothovius führte mich in sein Büro und bot mir einen Stuhl an.

»Na?«, fragte er.

»Ein paar kleine Schutzmaßnahmen«, erklärte ich und nahm einen Stapel Dokumente aus der Aktentasche. »Ich will alle diese Firmen und Wohnungen und Immobilien, den ganzen verdammten Kram, auf einen Konzern überschreiben und den Konzern auf eine Holdinggesellschaft und die weiter irgendwohin, wo der Krempel in Sicherheit ist.«

»Vor dem Finanzamt?«, fragte Rothovius, ohne die Papiere zu berühren.

»Nein, vor russischen Ganoven«, erwiderte ich.

Das leidvolle Gesicht des Anwalts verdüsterte sich noch mehr.

»Aha, verstehe«, sagte er und biss sich auf die Lippen. Ich wusste, dass er in Gedanken bereits seinen Ordner mit Schubladenfirmen durchblätterte. »Das wird eine Weile dauern, und es kostet«, fügte er hinzu. Mir war, als ob seine Mundwinkel ganz leicht nach oben zuckten, in Richtung eines Lächelns.

»Du datierst alles auf den heutigen Tag oder auf gestern und bringst die Änderungen sofort ins Register. Die Kosten sind Nebensache«, wies ich ihn an. »Also mach jetzt schnell die Papiere fertig oder lass mich so viele Blankobögen unterschreiben wie nötig.«

»In Ordnung«, sagte Rothovius gedehnt. Seine dünnen Lippen strebten unaufhaltsam nach oben. Er ließ die Mine seines goldfarbenen Kugelschreibers auf und ab tanzen. Vermutlich erlebte er gerade einen seltenen Anfall von Ausgelassenheit.

»Ach ja, sicherheitshalber noch etwas: Es kann sein, dass dich russische Geschäftsleute aufsuchen und nach diesen Firmen fragen. Möglicherweise sind sie ein wenig aufgebracht. Du sagst ihnen lediglich, dass alles legal vonstattengegangen ist und dass du zu den Angelegenheiten deines Klienten keinen Kommentar abgeben kannst, du kannst ihnen nicht einmal darüber Auskunft geben, ob Viktor Kärppä dein Klient ist. Und auch die Erörterung der Frage, ob es überhaupt eine natürliche oder juristische Person namens Viktor Kärppä gibt, ist aus deiner Sicht bloß allgemeines Theoretisieren. Wenn nötig, verleugnest du sogar Jesus.«

Rothovius blinzelte ein paarmal und setzte wieder seine düstere Miene auf. Ich konnte beinahe hören, wie er in Gedanken seufzte, natürlich, sonst wäre das Geld ja zu leicht verdient. Die Magensäure stieg wieder auf und verätzte ihm die Speiseröhre.

»In Ordnung«, wiederholte er. Naps-naps, wieder drückte sein Daumen die Mine des Kugelschreibers rauf und runter, aber nun schon in ruhigerem Takt.

»Ich glaube nicht, dass du in Gefahr bist. Die wollen mich. Ich versteck mich eine Weile und kläre die Sache. Mach dir keine Sorgen.«

Rothovius nickte und begann die Papiere zu sortieren.

Ich machte kein Licht im Büro, schaltete weder den Computer noch das Radio ein, saß nur still im Zwielicht des Frühsommerabends. Ich konzentrierte mich darauf nachzudenken.

Liste die Fakten auf, befahl ich mir. Füge die ungesicherten Informationen hinzu, stell Hypothesen in verschiedenen Richtungen auf, knüpf nicht nur eine einzige logische Kette. Ich brachte lose Verknüpfungen von ein paar Gliedern Länge zustande.

Ein klarer Fakt war, dass ich nicht wusste, wer die Fäden in der Hand hielt und von wo aus er sie bewegte, festzurrte und locker ließ, sodass ich am anderen Ende sprang. Ich hätte gern mit den wahren Entscheidungsträgern verhandelt. Die Businesszwillinge waren trotz ihrer geschliffenen Umgangsformen und ihres sicheren Auftretens nur Laufburschen.

Ich hatte mich absichtlich von den Sankt Petersburger Bekannten ferngehalten, obwohl ich langjährige gute Beziehungen hatte – bis hoch hinauf. Nun war es an der Zeit, diese Kontakte aufzufrischen.

Ich holte eine Prepaidkarte aus der Schublade, öffnete die unberührte Packung und legte sie in mein Zweithandy. Vielleicht litt ich unter Verfolgungswahn, jedenfalls traute ich der Sicherheit von Mobiltelefonen nicht so recht. Ich legte keinen Wert darauf, dass meine Gespräche abgehört wurden, ob absichtlich oder zufällig, oder dass das Handy in meinem Büro geortet wurde. Ich ging durch die Hintertür ins Treppenhaus, von dort in den Hinterhof und spazierte zum Hochhauskomplex Merihaka hinüber. Der Betonkoloss strahlte die gleiche Atmosphäre aus wie die Millionenvorstädte von Sankt Petersburg, doch ich entwickelte keine nostalgische Sehnsucht nach der Stadt, in der ich studiert hatte.

Ich ging auf dem ebenerdigen Bürgersteig in die Parkhalle, über der sich der Komplex erhob. Vielleicht bildeten die Eisenträger einen Faradaykäfig und hielten die Funkwellen ab, die mich verraten konnten. Aber dann hätte auch mein Handy keinen Empfang … Frustriert überließ ich die physikalischen Grundgesetze ihrem Schicksal und blieb auf einer Stellfläche stehen, die dem Schild zufolge für die Fahrzeuge des Finanzamts reserviert war. Dort hielt ich mein Notizbuch in den schwachen Lichtstreif der an der Decke hängenden Lampe und suchte nach der Rubrik *Verwandte*.

Onkel war zwar nicht mit mir verwandt, aber unter diesem Namen hatte ich ihn im grauen oder halbschwarzen Business von Sankt Petersburg kennengelernt. Er war einer der engsten Vertrauten von Kutuzow, der seinerseits zu den wichtigsten Bossen der Petersburger Kasse zählte. Ich wusste, dass sowohl Onkel als auch Kutuzow ihre Position behauptet hatten. Das war keineswegs selbstverständlich in einem Geschäftsbereich, in dem Arbeitsverhältnisse ohne Verhandlungen mit dem Betriebsrat oder Debatten über unterschiedliche unternehmerische Auffassungen beendet wurden. Eine Kugel in den Kopf machte die Frührente überflüssig, und zum Abschied gab es einen erdigen Händedruck.

Ich hatte Onkels Nummer nach meinem Geheimsystem in zwei Vierergruppen notiert, die von hinten zu lesen waren, beginnend mit der ersten Gruppe. Ich wählte die Vorwahl für Sankt Petersburg, tippte sorgfältig die eigentliche Nummer ein und wartete.

»*Da*?«

Ich erkannte ihn an dem einen Wort.

»Grüße aus Helsinki, Onkel«, sagte ich.

»Vitja, mein Junge, ich müsste mit dir schimpfen. Hast du uns ganz vergessen?«, tadelte Onkel.

»Zu viel Arbeit und Hektik, du weißt ja, wie es ist«, verteidigte ich mich leichthin und kam dann direkt zur Sache. »Ich hab hier ein paar Russen am Hals. Hast du eine Ahnung, wer mir da zusetzt?«

Onkel schwieg eine Weile.

»Davon habe ich nichts gehört«, sagte er dann. »Ist es schlimm?«

»Nein, keine Sorge. Um diese Art von Hilfe bitte ich dich nicht. Ich will nur wissen, wer da zugange ist«, wiegelte ich ab.

»Ich höre mich um«, sagte Onkel. »Und vergiss nicht, du kannst jederzeit herkommen.«

Ich bedankte mich und versprach, in Verbindung zu bleiben.

Während des Gesprächs hatte ich versucht, auf die Nuancen in Onkels Stimme zu achten wie ein Impresario, der auf Unreinheiten im Gesang einer Sopranistin horcht. Onkel hatte so ausgeglichen gesprochen wie immer, aber ganz sicher war ich mir nicht. Und ich konnte niemandem voll und ganz vertrauen.

Ich hatte das Handy gerade eingesteckt, da vibrierte etwas in meiner Manteltasche. Mein Ersthandy.

»Hallo«, meldete ich mich und versuchte, meiner Stimme einen weichen Klang zu geben.

»Komm schon. Ich hab die Sauna geheizt«, bat Marja.

Ich ging zum Marktplatz und setzte mich in meinen Mercedes. Der Bordcomputer zeigte blinkend irgendeine Störung an, doch ich verstand den fremdsprachigen Text nicht. Ich nahm mir vor, am nächsten Tag die Jungs auf der Baustelle zu fragen; sie würden auf Anhieb wissen, was los war, oder wenigstens im Handbuch das richtige Kapitel finden. Es wird sich schon alles einrenken, dachte ich. Keine Not, in einer endlichen Welt.

6

»Jetzt ist Not«, kreischte Oksana. Ich hörte an ihrer Stimme, dass es wirklich schlimm stand.

»Ganz ruhig«, mahnte ich teilnahmsvoll und hohl wie ein Arzt, der einem kleinen Jungen einen Angelhaken aus der Lippe zieht und beteuert, es täte überhaupt nicht weh. »Was ist los?«

»Polizei … Telefon … dein Haus läuft auf die Firma, sie haben hier angerufen. Woher sollten sie auch deine Nummer haben. Na, ich gebe die Nachricht sofort an dich weiter …«, stieß meine Sekretärin hervor.

»Beruhige dich, Oksana«, redete ich ihr zu. »Erzähl mir langsam und der Reihe nach, was passiert ist.«

»Dein Haus …« Oksana Pelkonen holte schniefend Luft und heulte den Rest: »… brennt.«

Ich war in der Nachbarstadt Vantaa, im Vorort Ylästö. Ich hatte telefonisch über den Kauf einer Partie Fenster mit leichten Qualitätsmängeln verhandelt. Nun war ich unterwegs, um sie mir anzusehen und den Preis um zwanzig Prozent herunterzuhandeln. Hastig lenkte ich den Wagen an den Straßenrand.

»Warte einen Moment«, bat ich Oksana.

Ein paar Sekunden lang saß ich still da, mit lockeren Armen, das Handy im Schoß. Ich bemühte mich, gleichmäßig zu atmen, und wartete, bis das Rauschen in meinen Ohren nachließ.

»Also«, begann ich. »Die Polizei hat angerufen, weil mein Haus brennt. Haben sie sonst noch was gesagt?«

»Nein, die nicht«, erklärte Oksana. »Aber diese bösen Männer, die Russen, waren am Morgen hier. Sie haben nach dir gefragt, nach Papieren, nach Unterschriften. Ich habe gesagt, du hättest heute viel zu tun und würdest wohl nicht ins Büro kommen.« Oksana ging mit bebender Stimme zum Russischen über, dem sie nach Businessart halbenglische Brocken beimischte. *Offis*, zischte es in meinem Ohr.

»Aha. Und dann?«, drängte ich.

»Und dann hat der eine seine glühende Zigarette in den Papierkorb geworfen, und die Papiere haben gleich angefangen zu glimmen, obwohl es ja nicht viele waren, ich sortier sie ja immer ordentlich in die Kartons, zum Recycling, aber irgendwelche Schnipsel landen ja doch im Papierkorb, und die fingen an zu glimmen und zu brennen, da hab ich Teewasser drübergegossen, und dann stieg Rauch auf oder Dampf, aber das Feuer ging aus. Und der Mann hat bloß gesagt, oops, oho, so ein Pech.«

Oksana redete wie ein Wasserfall, nahm sich kaum die Zeit, Luft zu holen.

»Und nicht lange danach hat die Polizei angerufen. Und ich dachte, das war kein Zufall. Zuerst die Zigarette und dann das Feuer.«

Ich wendete, fuhr zurück, zu schnell für die kurvenreiche Straße, und versicherte Oksana immer wieder, sie sei eine gute Assistentin.

»Meine kluge Sekretärin«, wiederholte ich im Takt der Kurven, spannte die Kinnmuskeln an und verschärfte das Tempo, pumpte den Schaltknüppel vom zweiten in den dritten Gang und wieder zurück. Es ging jetzt nicht um ökonomisches Fahren, das hier war eine Sonderprüfung, eine Beschleunigungsetappe, wilde Tempojagd in Ouninpohja und Tiergartenrallye und Todeskurve. Die Worte flitzten vorbei, als treibe der Bewusstseinsstrom sie durch eine mit Geröll gefüllte Klamm, sie stiegen überraschend und in willkürlicher Ordnung an die Oberfläche.

In all dem Aufruhr war mir klar, zu klar, um es mir vor Augen zu führen und direkt auszusprechen, dass Marja am Morgen im Haus geblieben war. Sie hatte gesagt, sie wolle heute zu Hause arbeiten.

Marja.

Die engen Straßen und Gässchen waren über mehrere Viertel versperrt. Feuerwehrautos standen kreuz und quer am Hang. Neugierige drängten sich in geschlossener Reihe am Rand meines Grundstücks. Ich stellte den Mercedes an der unteren Straße ab, setzte ihn fast gegen den Plankenzaun eines hellblauen Hauses und rannte los, um nach meinem Haus zu sehen.

Wenn ein Balken siebzig Jahre unter dem Dach trocknet, brennt er lichterloh. Und auch alles andere in meinem Haus, Sparren, Leisten und Bretter, jedes Stück der Wandvertäfelung, und das isolierende Sägemehl war trocken und von guter Qualität. Oder war es gewesen. Nur der Steinsockel, den ich vor zwei Jahren verstärkt und verbreitert hatte, war unversehrt geblieben. Das Dach war eingestürzt, und wo die Wände gewesen waren, ragten verkohlte Balken in die Gegend. Die gemauerten Öfen trotzten der Vernichtung und verwandelten das Löschwasser in lauwarmen, rauchigen Nebel.

Die Feuerwehrleute spritzten immer noch Wasser auf die Überreste des Hauses, wohl um sie abzukühlen, damit das Feuer nicht erneut aufflammte und auf die Nachbarhäuser übergriff. Das Saunagebäude und der angrenzende Schuppen waren verschont geblieben. Die kürzlich erst aufgesprungenen Blätter der Birken waren gelb verschrumpelt, als hätte der verschlagene Herbst den Frühling überrascht, sich hinterrücks angeschlichen und die Bäume erdolcht.

Ich ging nicht zu der Ruine, um in der heißen Asche zu wühlen oder die glühenden Brocken und verformten Eisenteile anzuheben, die einmal meine Möbel und Küchengeräte gewesen waren. Ich wusste, dass mein liebevoll mit Sammlerstücken möbliertes Wohnzimmer Vergangenheit war. Die Einrichtung, stilreine Sowjeteleganz, war die Erfüllung meiner Kinderträume gewesen. Prachtvolle Teetassen hatten hinter Glastüren in Glanzlackschränken gestanden, der Sofatisch hatte eingelegte Ornamente aus verschiedenen Holzarten gehabt, und den Röhren der Rigonda-Bolschoi-Stereoanlage waren staubige Wärme und tiefe Bässe entströmt.

Ich wusste, dass ich diesen Dingen später nachtrauern würde. Jetzt suchte ich nur Marja. Ich spähte hinter die ins Leere führende Vortreppe, suchte nach irgendeinem Hinweis in der Asche und dem Rauch, versuchte mich zu erinnern, was Marja angehabt hatte.

»Viktor! Was um Himmels willen ist passiert?«, fragte eine Stimme hinter mir, vertraut und bestürzt.

Marja, durchflutete es mich heiß. Vor Erleichterung hätte ich beinahe gelacht. Ich drehte mich um, fasste Marja an den Schultern und drückte sie. Marja sah mich durchdringend an. Sie trug einen Windanzug und hatte einen Sportbeutel umgehängt.

»Du warst zur Gymnastik im Verein … oder im Fitness-Center. Vormittags gibt's ja nur Mutter-Kind-Gymnastik. Oder du warst irgendwo zum Spinning … du warst nicht im Haus …«, stammelte ich glücklich.

»Nein. Aber was zum Teufel ist hier passiert? Das Haus hat sich in Rauch aufgelöst«, fragte Marja noch einmal. Ihre Worte hatten etwas Anklagendes, als wollte sie sagen, dass ich das Haus angezündet hatte.

»Ich weiß es nicht«, erwiderte ich, klammerte mich an das, was Marja laut ausgesprochen hatte. »Oksana hat angerufen und gesagt, dass das Haus brennt und die Feuerwehr da ist. Die Sachen kann man ersetzen, aber ich …«

Ich kam nicht dazu, Marja zu erzählen, welche Sorge ich mir um sie gemacht hatte.

»Kornostajew«, wurde ich unterbrochen, wieder von hinten.

Schon bevor ich mich umdrehte, wusste ich, dass der Mann kein Rettungshelfer war. Sein Spezialgebiet war eher Vernichtung.

»Was für ein Glück, dass niemand im Haus war«, sagte er auf Russisch. Er war einer der beiden trübsinnig gekleideten Burschen aus dem roten Toyota, den wir auf der Baustelle abgeschlossen hatten.

»Kommen Hunger und Wind ins Haus, so fliegen Glück und Liebe aus«, zitierte der Mann ein altes Sprichwort und blickte an mir vorbei zu Marja. »Jetzt wird es wohl Zeit, den Stift in die Hand zu nehmen und die Papiere zu unterschreiben.«

Er richtete seine grauen Augen wieder auf mich und deutete mit dem Kopf schräg nach hinten. An der Ecke des Grundstücks stand der zweite Toyota-Mann, und oben am Hügel sah ich die Businesszwillinge. Sie waren umringt von einer Schar Hortkinder, die gebannt die Feuerwehrautos betrachteten, und stachen mit ihren dunklen Anzügen und gestreiften Krawatten wie Freaks von den gelb und rot und hellgrün gekleideten Dreikäsehochs ab.

Ich wandte dem Mann den Rücken zu und sagte leise, aber übertrieben deutlich zu Marja: »Geh in die alte Halle. Ruf Aljoscha an. Die Türen verriegeln!«

Marja öffnete den Mund eher zum Ausrufe- als zum Fragezeichen, doch ich ließ sie nicht zu Wort kommen. »Los«, zischte ich, drehte mich wieder um und lächelte um Entschuldigung bittend.

Der Mann verbarg seine Überheblichkeit nicht im Geringsten. Er lächelte wie ein Jäger, der sich anschickt, seiner verwundeten Beute den Gnadenschuss zu geben. Aber ich war kein Hase, sondern ein schlaues Wiesel. Beinahe hätte ich gelacht.

Ich breitete die Arme aus und holte tief Luft, als wollte ich zu einer langen Erklärung ansetzen. Ohne Vorwarnung schlug ich mit beiden Händen gegen die Kehle des Mannes und rammte ihm ein Knie in den Magen. Das Manöver stammte nicht direkt aus dem Karatelehrbuch des Militärs, war aber deshalb nicht weniger wirkungsvoll.

Ich schaute mich kurz nach Marja um. Sie rannte auf die Bahnstrecke zu. Über die Brücke oder durch die Unterführung am Bahnhof würde sie auf die andere Seite gelangen, auf dem Trimmpfad am Flughafen von Malmi vorbeilaufen, und dann war sie bald in der Halle in Tattarisuo und in Sicherheit. Marja schafft es, sagte ich mir.

Der zweite Toyota-Mann stürmte auf mich zu und tastete nach der Waffe in seinem Gürtel. Ich rannte ihm entgegen, sprang hoch und versuchte, ihm mit geschlossenen Beinen in den Brustkorb zu treten, traf allerdings ein wenig daneben, an Schulter und Hals. Der Mann fiel ungeschickt. Er schwang einen Arm nach hinten, um den Aufprall zu dämpfen. Sein Oberarm knallte gegen den Betonpfeiler des Tors, und ich wusste, dass irgendein Knochen zersplittert war.

Ich rannte zu der kleinen Straße unterhalb des Hügels. Ein kurzer Blick zurück verriet mir, dass die Businesszwillinge in die gleiche Richtung strebten, aber durch die hüpfenden Kinder aufgehalten wurden. Die Männer versuchten sich durch die Schar zu drängen, schubsten die Kinder zur Seite, eine Hand in der Brusttasche. Hoffentlich würden sie ihre Waffen nicht ziehen. Ich hörte, wie die Kinder kreischten und eins der frecheren die Männer anpflaumte. Die Kindergärtnerin eilte herbei und schimpfte; ob mit den Männern oder mit dem Kind, wusste ich nicht.

Ich hielt mich nicht damit auf, die Erziehungsmaßnahme zu beobachten, sondern sprang in den Schatten der Häuser. Normalerweise war die Straße durch Betonklötze versperrt, aber irgendwer hatte sich die Mühe gemacht, sie zu verschieben. Der Zwischenraum war breit genug für einen Wagen. Folglich konnten die Zwillinge mich im Auto hetzen, sobald sie der Kindergruppe entkommen waren.

Ich bog in ein Gässchen zwischen zwei Reihenhäusern ein, das zum neuen Spielplatz führte, lief auf dem Aschenpfad quer über den Platz, wartete gebückt an der größeren Straße und sprintete hinüber. Dann schlug ich noch ein paar Haken zwischen den Einfamilienhäusern und gelangte schließlich in ein Wäldchen, das von kreuz und quer verlaufenden Wanderwegen durchschnitten wurde. Erst bei der Fitnessstation an der Joggingstrecke hielt ich an und setzte mich auf die für Bauchmuskelübungen vorgesehenen Planken, um meine Atmung unter Kontrolle zu bringen und mich zu vergewissern, dass mir niemand folgte.

Der Wald hatte eine beruhigende Wirkung, obwohl es nur ein kleiner Flicken von einigen Hektar war, mit Birken und

Weiden durchsetzter Fichtenwald. Als Kind war ich oft allein im Wald gewesen, war tagelang im Ödwald bei Sortavala und an den Buchten des Ladogasees herumgestreift. Später, als ich Sportler wurde, waren die langen Trainingsläufe auf Skiern ein seltsamer Genuss gewesen, eine fast liebkosende, gleichmäßige Ermüdung in der Dämmerung, die sich über dem weißen Schnee nie in völlige Dunkelheit verwandelte. Und bei der Spezialausbildung der Armee hatte ich die Gewissheit erlangt, dass mich im Gelände niemand einholte. Oder tötete.

Ich trug einen Anorak, eine blaue Hose und Lederschuhe. Wie ein Jogger sah ich nicht aus, und zum Gassigeher fehlte mir der Hund. Vorsichtshalber stemmte ich die als Gewicht dienenden Holzklötze einige Male hoch und machte Bauchmuskelübungen.

Auf der Aschenbahn näherte sich ein Mann. Er trat fest und gewichtig auf, schien vor jedem Schritt zu überlegen. Seine Laufhose war bis zu den Knien hochgekrempelt. Der Mann trug eine Regenjacke und eine am Gesicht anliegende Sonnenbrille, wie sie im TV-Shop angeboten wurden. Er blieb am Hebeblock stehen, schob die Schuhsohlen vor und zurück, bis er die richtige Position gefunden hatte, und stemmte das Gewicht dreimal hintereinander mit einem Arm. Dann hängte er ein Mountainbike, das neben der Halterung stand, als Extragewicht an den Balken und stemmte ihn ächzend noch einige Male.

Der Mann stellte das Rad sorgfältig zurück, rollte die Hosenbeine fester auf und setzte seinen Lauf fort. Seine schweren Schuhe dröhnten über den Pfad. »Laufrichtung«, wieherte er zum Abschied und deutete auf ein Schild, auf dem ein Pfeil anzeigte, in welcher Richtung man die Runde zu drehen hatte.

Ich wartete, bis der Mann hinter der nächsten Kurve verschwunden war, und ging dann weiter. Zwei Frauen kamen mir entgegen, in Röcken, die Hände in die Hüften gestemmt. Sie gingen dicht nebeneinander, und im Vorbeigehen grüßten sie unüberhörbar: »*Dobryj den.*«

7

Ich saß in meiner neuen Industriehalle auf der restaurierten Vorderbank meines alten Wolga. Innen war der Wagen bereits repariert, hatte sogar den Originalgeruch, aber das Getriebe war immer noch ausgebaut und wartete auf neue Ersatzteile. Seltsam, überlegte ich, man setzt sich instinktiv ans Steuer, selbst wenn der Wagen drinnen steht und nicht fahrtüchtig ist. Gleichzeitig gab ich Aleksej per Handy klare Anweisungen:

»Du nimmst Marja für die Nacht mit zu euch. Schließt die Türen ab! Am Morgen fahrt ihr los. Du begleitest Marja bis nach Hause. Ich meine, bis in ihr Elternhaus. Nein, da warst du noch nie, aber Marja kann dir ja wohl sagen, wie du fahren musst. Du bringst sie bis ins Haus und siehst zu, dass sie dort bleibt.«

Mein Bruder versicherte mir, er habe verstanden. Marja sei praktisch schon zu Hause, melke die Kühe und backe mit ihrer Mutter runde Brote.

»Aljoscha, kümmere dich um die Angelegenheit. Ich verschwinde eine Weile. Wenn du gefragt wirst, kannst du ehrlich antworten, dass du nicht weißt, wo ich bin. Lass mich noch kurz mit Marja reden.«

»Was?«, eröffnete Marja das Gespräch eisig.

»Marja, es geht hier um eine Scheißgeschichte, um eine verworrene alte Sache. Ich kläre das«, versuchte ich sie aufzuwärmen. »Aleksej bringt dich zu deinen Eltern, sicherheitshalber. Sag deinem Arbeitgeber, deine Oma wäre gestorben oder du hättest ein Winterekzem oder müsstest auf eurem Hof die Heuschrecken vertreiben. Aber bring dich um Himmels willen in Sicherheit.«

»Hör mal, Viktor. Deine Scheißgeschichten interessieren mich einen feuchten Dreck. Und fang um Himmels willen nicht an, zu erklären und zu lügen. Ich dachte, deine Geschäfte wären legal, wenigstens zum größten Teil, aber Pustekuchen, du Arsch mit Ohren! Du hast unser Haus verbrannt, oder jedenfalls ist es deine Schuld, dass es abgefackelt wurde. Für solche Streichholzspiele bin ich zu alt.«

Marja fauchte ins Handy, sie hatte plötzlich eine spitze Zunge.

»Kapierst du, mein Forschungsbericht lag da, und massenhaft Material war auf dem Computer auf unserem Tisch in unserem verdammten Haus, das jetzt verdammt noch mal Asche ist, aber ohne Diamanten …« Sie lachte halb über ihren Ausbruch. »Aber den Sachen wein ich nicht nach, Viktor. Oder den Berichten. Was soll's, am Arbeitsplatz hab ich frühere Versionen und Entwürfe. Ich bin vor allem traurig über das, was aus dir geworden ist. Ich vermisse den alten Viktor«, fuhr Marja fast sachlich fort, als spräche sie über die Tagestemperatur und über das Notizbuch, in das sie von Jahr zu Jahr die Vergleichswerte eintrug.

»Marja, ich kläre die Sache. Danach wird es besser.«

Ich wusste, wie hohl meine Worte klangen. Doch mehr konnte ich nicht sagen, sonst hätte ich angefangen zu greinen, für mich sei es ja auch kein Spaß, dass das Haus abgebrannt war und mir Räuber und Killer im Nacken saßen.

»Okay«, sagte Marja und schaffte es, in irgendeinem Zwischenraum Zweifel und Anklage und Geringschätzung und Abscheu unterzubringen, obwohl das eine Wort nicht mal eine Zeile füllte. »Na, sieh zu, dass du am Leben bleibst«, fügte sie hinzu und legte auf.

Ich behielt das Telefon in der Hand, obwohl Marjas Abschiedsworte klar und deutlich gewesen waren. Sie würde nicht zurückrufen: Schatz, ich wollte unbedingt noch einmal deine Stimme hören. Aber dem konnte ich jetzt nicht nachtrauern, und ändern konnte ich es auch nicht. Ich musste mich darauf konzentrieren zu überleben, zu entkommen. Und auch ohne die

Kriegslehren der alten Chinesen wusste ich, dass ich mich nicht in einer Höhle verkriechen, sondern in die unwahrscheinlichste Richtung fliehen würde. Geradewegs ins feindliche Lager.

Meine Halle hockte in der hinteren Ecke eines großen Grundstücks, am Ende einer einsamen Stichstraße. Sie wirkte verlassen, die Wände waren mit Graffiti beschmiert. Ursprünglich hatte ein großes Bauunternehmen hier sein Lager und seine Schweißerei gehabt. Unordentliche Haufen von Rohren, Eisenblöcken und grau verfärbtem Holz auf dem Hof hielten die Erinnerung an diese Zeit wach.

Devisenkredite hatten den Baulöwen zu Fall gebracht. Die Halle war im Zuge diverser Bankfusionen von einer Immobilienfirma auf die andere übergegangen, an eine Motorradgang vermietet, geräumt und wieder vergessen worden, bis der größere Konkursschrott beseitigt war und die Immobilie nur noch als störender Müll wahrgenommen wurde. Ein unprofitabler Besitzposten, ein hässlicher Fleck in der sauberen Bilanz der Bank.

Ich war zur Zeit der Motorradgangster einmal in der Halle gewesen, hatte in einer chaotischen Situation, an die ich ungern zurückdachte, verhandeln müssen. Aber später war ich auf meinen Joggingrunden oft hier vorbeigelaufen, hatte das große Grundstück und das hässliche, aber geräumige Betongebäude betrachtet. Und irgendwann hatte ich haltgemacht, war über den umgekippten Zaun auf den Hof gegangen und hatte die Abmessungen der Halle, die Platzierung der Türen und Zufahrtswege in Augenschein genommen.

Dann hatte ich das Grundstück und das Gebäude gekauft, wie ich fand, zu einem günstigen Preis. Der Immobilienchef der Bank, ein Koloss mit einer Vierteltonne Lebendgewicht, hatte mir ausdrücklich geraten, auf dem Gelände nicht allzu tief zu graben, denn dabei würde ich womöglich auf eine obskure Brühe aus Großvaters Zeiten stoßen, gegen die die Bläumittel der alten Sägewerke die reinste Limonade waren. Der Verursacher würde kaum aufzufinden sein, aber mit der Freude am

Besitz wäre es vorbei. Auf dem fraglichen Gelände habe es seit fünfzig Jahren Unternehmenstätigkeit gegeben, und in dieser langen Zeit seien einige Konkurse zu verzeichnen gewesen, erklärte der Bankmensch und trocknete sich mit einem Stofftaschentuch die Stirn.

Es fiel mir leicht, ihm zu versprechen, dass ich nicht im Erdboden wühlen würde. Ich hatte die Absicht zu bauen. Nicht auf dieses Grundstück, sondern auf diesem Grundstück, witzelte ich. Mein Plan war, die Halle in eine kleine Häuserfabrik umzuwandeln. Ich würde meine besten Bauarbeiter zusammentrommeln, und sie sollten in der Halle Elemente für kleine Häuser oder Sommerstuben bauen, in kleinen Serien oder nach individuellen Bauzeichnungen. Dann würden wir die Fertigbauteile auf die Karelische Landenge und in die Umgebung von Sankt Petersburg liefern, als Wohnhäuser oder Ferienvillen für die Reichen in Russland.

Ich wusste, dass auch an erstklassigen Feriendörfern Bedarf bestand, auch auf finnischer Seite mindestens bis hinauf nach Kitee und Tohmajärvi im Norden. Die derzeit verfügbaren Häuser wurden den Ansprüchen der russischen Urlauber nicht gerecht oder waren falsch ausgestattet.

Zuverlässige Arbeitskräfte würde ich zur Genüge finden, davon war ich überzeugt. Meine eigene Mannschaft konnte ich durch ausgewählte Männer aus Karelien und Estland ergänzen, und auch weiter nördlich in Archangelsk gab es vernünftige Burschen, die nicht gleich nach Maschinen riefen, wenn schwerere Arbeiten anstanden. Vatanen, der gerade auf meinen Baustellen schuftete, war so ein Typ. Er war mit einem Touristenvisum nach Finnland gekommen und machte nun Aktivurlaub auf dem Bau.

Logistisch hatte die Fabrikhalle eine hervorragende Lage. Ein Großhandel für Holzwaren hatte sein Zentrallager ganz in der Nähe, die Umgehungsstraße war nur einen Kilometer entfernt, und auf dem Hof konnten notfalls mehrere Laster gleichzeitig wenden. Der Warentransport würde in beiden Richtungen reibungslos verlaufen.

Mit diesen Plänen hatte ich mich abends vor dem Einschlafen beschäftigt. Ich hatte mir ausgemalt, wie meine Leute im Winter und bei Matschwetter in der warmen, hell beleuchteten Halle arbeiteten, sauber und trocken. Im Sommer würden sie dann umherreisen und die vorgefertigten Elemente zusammenbauen. Ich wollte alle Bauteile per Lkw von der Fabrik aufs Grundstück transportieren, nur das Fundament musste vor Ort gelegt werden. Dann kamen die Monteure, und im Handumdrehen war das Haus bezugsfertig.

Hausfabrik Kärppä, lächelte ich über meinen Traum. Ich hatte Marja von meinen Plänen erzählt, hatte bescheiden gesagt, so etwas könnte Erfolg bringen. Kärppäs Nestbau, hatte Marja den Firmennamen weiterentwickelt. Oder Fertignest. Wie gefällt dir das: Kärppäs Heim und Herd, immer Goldes wert, hatte sie gedichtet. Ansonsten hatte ich über das Projekt Stillschweigen bewahrt. Nicht einmal Karpow wusste davon, obwohl ich vorhatte, ihn als Partner zu beteiligen oder als Subunternehmer und Lieferanten einzusetzen. Schnittholz für die Baukörper und Balken für die Wände der Ferienhäuser konnte er mühelos auftreiben.

Neue Träume gibt's kostenlos, und im Wolkenkuckucksheim sind die Quadratmeterpreise billig, holte ich mich vom Höhenflug zurück. In meiner Halle würde ich wohl eine Weile in Sicherheit sein. Ich hatte sie erst vor zwei Wochen auf meinen Namen einschreiben lassen und in den fast realzeitlichen Papieren der Businesszwillinge war sie noch nicht aufgeführt. Ein anorektisch magerer Trost. Ich war im Begriff, mein Eigentum und mein Gewerbe zu verlieren. Auch wenn ich die Halle billig bekommen hatte, würden sich die Zinsen für den Kredit bald auftürmen. Und irgendein Quatschmaul würde bald auch über diesen Ort reden, fürchtete ich.

Ich streckte mich auf der Sitzbank des Wolga aus und beschloss, ein paar Stunden zu schlafen. Dann würde ich Kleider und sonstige Sachen einpacken, mir ein Auto beschaffen und mich auf den Weg machen.

Ein Mann ohne Pferd hat keine Sorgen, hatte Mutter oft tröstend gesagt. Wie sich Sprichwörter doch irren können.

8

Ich war plötzlich hellwach. Vorsichtig hob ich das Handgelenk vor die Augen, sodass ich die grün leuchtenden Zeiger und Punkte auf der Uhr sah. Halb eins. Ich hatte gut eine Stunde geschlafen, war geradewegs in die Tiefe gefallen, als wäre ich in einer kühlen Schlafkammer eingenickt, auf einer weichen Matratze und unter einer schweren Decke. Doch nun erwachte ich auf der leicht schrägen Vorderbank des Wolga. Sie war einteilig wie ein Sofa, aber als Nachtlager zu kurz für einen ausgewachsenen Mann.

Wie eine Katze tauchte ich aus dem Schlaf auf. Ich hörte eine Bewegung, öffnete die Augen und bewegte langsam den Kopf. Sorgfältig suchte ich mein Blickfeld ab, ließ den Blick umherschweifen wie den Kegel eines Radargeräts.

Dann sah ich den Mann. Ich vermutete, dass er durch das zerbrochene Fenster an der Rückwand eingestiegen war. Die Öffnung war mit einer Spanplatte abgedeckt, die man weghebeln konnte. Der Mann ging durch die Halle, blieb bei jeder Kiste und jedem Tisch stehen. Er schwenkte den Lichtstrahl einer kleinen Stablampe wie einen Stock durch das Halbdunkel. Die Sonne hielt sich noch verborgen. Die Nacht schwankte, wusste nicht, ob sie sich noch länger an die Dunkelheit klammern oder aufgeben und vor dem Morgen kapitulieren sollte.

Der Mann kam näher. Ich tastete den Boden ab, fand aber nur den Steckschlüsselkasten. Vorsichtig fingerte ich in der Plastikschale herum und bekam einen Knarrenschlüssel zu fassen, der immerhin einen zwanzig Zentimeter langen Stahlgriff hatte. Rücksichtsvoll drehte ich ihn so, dass der scharfkantige Aufspannbolzen in meiner Faust verschwand. Dann sprang ich aus dem Wagen und schlug dem Mann den gummiumhüllten Dreharm ins Genick. Er sackte auf den Betonboden, gab nur einen leisen, resignierten Laut von sich.

Ich schaltete das Licht ein. Der Eindringling trug ein Leinenjackett, das ich kannte, dazu ein weinrotes Pikeehemd, eine helle Hose und etwas zu elegante Halbschuhe mit Ledersohle. »Korhonen«, sagte ich und brachte es nicht einmal fertig, mich zu wundern.

Ich bückte mich und rüttelte den schlaff auf dem Boden liegenden Polizisten an der Schulter. Korhonen rührte sich nicht. Ich wurde unruhig. Einen Polizisten tot oder auch nur bewusstlos zu schlagen war kein Bagatelldelikt, und im Moment konnte ich wirklich keine zusätzlichen Probleme brauchen.

»Buh!«, rief Korhonen plötzlich und sprang auf. »Au verdammt, das Ohr tut mir weh.« Er hielt sich den Kopf, zwinkerte mir aber gleichzeitig zu. »Haha! Ich hab mich ein bisschen tot gestellt. Der kleine Viktor war schon in Panik«, verhöhnte er mich.

»Ja, ja. Du hast vergessen, die Luft anzuhalten, deine Nase hat gepfiffen. Als du hier rumgeschlichen bist, hab ich mich gefragt, ob eine Dudelsackkompanie aus dem Hochland einmarschiert«, gab ich erleichtert zurück. »Was zum Teufel willst du hier überhaupt?«

»Ich hab mich ein bisschen umgehört und von deinem neuen Schlupfwinkel gehört. Da wollte ich nachsehen, ob deine Pyromanenkumpel auch hier zündeln«, erklärte Korhonen. »Ich hatte das Rätsel um den verschwundenen Kärppä nämlich ganz schnell gelöst. Was glaubst du, wie lange deine heißen Freunde brauchen, um dich zu finden? Ich hab meinen Wagen hier, komm, wir fahren los.«

»Ich fahr nirgendwohin. Jedenfalls nicht mit dir.«

»Na, was hast du denn sonst vor?«

»Das geht dich einen Scheißdreck an.«

Korhonen sah mich mit seitwärtsgeneigtem Kopf an.

»Mir scheint, du brauchst jeden Freund und Kumpel, den du kriegen kannst. Und es herrscht nicht gerade großer Andrang an Leuten, die dir helfen wollen. Jedenfalls seh ich hier keine Batzen fliegen, obwohl gerade jetzt die Kavallerie heransprengen müsste.«

»Hä? Was für Scheißbatzen?«, fragte ich.

»Ach ja, als Kind vom Archipel Gulag hast du natürlich keine Ahnung von gar nichts. Der Schinder, sagt dir das was?«, examinierte Korhonen mich.

»Ist das ein Film, eine Soldatenfarce oder so? Eine Figur von Aku Korhonen?«, riet ich. Ich wusste, dass ich etwas darüber gelesen hatte.

Nach meiner Ankunft in Finnland hatte ich sämtliche Wissensbrocken gesammelt, deren ich habhaft werden konnte, hatte Bücher und Zeitschriften gelesen, von Micky Maus über Welt der Technik bis zu Du und dein Heim. Um nicht blöd dazustehen, wenn jemand fragte, hast du Viljo gesehen, oder über Juha Föhr redete. Trotzdem begegnete mir tagtäglich irgendein Kuriosum, von dem ich keine Ahnung hatte, das aber alle anderen lächelnd wiedererkannten.

»Der Schinder war eines der großen Bücher der Siebziger-Jahre. Ein Epos über die Neusiedlergeneration und ihre Kinder. Es ist auch verfilmt worden. Und im Roman ebenso wie im Film sagen die Leute, wenn jemand besonders langsam ist, da fliegen keine Batzen. Ein Batzen wiederum ist so ein eisiger Schneeklumpen, der von den Hufen eines Pferdes auffliegt. Wenn man so richtig schnell voranprescht, dann fliegen die Batzen«, erklärte Korhonen und zeichnete mit dem Arm einen Bogen in die Luft.

»Schönen Dank für die Vorlesung. Folklorestudien sind genau das, was ich im Moment brauche«, murrte ich.

»Na verdammt noch mal, du hast doch gerade erst behauptet, du hättest keine Eile und keine Not«, schnaubte Korhonen. Er kaute auf den Lippen, sagte dann bittend, fast flehend: »Du könntest mir wenigstens erklären, worum es geht, wer dir zusetzt.«

Korhonen hatte sich vor mir aufgebaut und schob seine Ledersohlen auf dem glatten Beton vor und zurück. Er berichtete, ihm seien verworrene Gerüchte zu Ohren gekommen. Demnach war ein ganzer Trupp von Gangstern auf mich angesetzt, einige in modischen Anzügen, aber auch traditionelle Typen in Anoraks. Und gleich darauf geht ein Haus in Flammen auf, ein Haus im alten Stil mit Mansardendach, auf eigenem Grundstück mit zusätzlichem Baurecht und pittoreskem Garten. Man brauche keine Differenzialgleichung, um zu begreifen, dass der gute Viktor in der Klemme stecke. Und da Onkel Teppo sich gewissermaßen zu Dank verpflichtet fühle, sei er sofort herbeigeeilt. Freilich gebe es hier zugleich auch eine berufliche Herausforderung für ihn selbst, eine Gelegenheit, sich zu bewähren, damit seine Zukunft im Dezernat für Berufs- und Gewohnheitskriminalität gesichert sei und er aus dem fensterlosen Abhörkeller herauskomme.

»Hast du Mist gebaut? Bei der Arbeit? Oder zu Hause?«, fragte ich ziemlich direkt.

Ich erinnerte mich nur zu gut an Korhonens Gemütsschwankungen; sie waren der Grund, weshalb ich ihm in letzter Zeit aus dem Weg gegangen war. Korhonen hatte mit der Waffe herumgefuchtelt und die Stadt von Verbrechern säubern wollen, als hätte er einen göttlichen Auftrag zu erfüllen, er hatte von Sünde, schlüpfrigen Pfaden und Missetätern gesprochen und düstere Choräle gesungen. Auch die Qualen seiner Midlife-Crisis hatte er bei mir abgeladen, mir verwundert erklärt, er könne sich über nichts mehr freuen, alles sei ihm gleichgültig geworden. Dabei hatte er doch alles, was man braucht, ein warmes Heim, kaltes Bier und karierte Pantoffeln.

»Nein. Wie ich dir bereits gesagt habe, bin ich fit und ausgeglichen«, versicherte Korhonen und streckte die Hand aus, um zu demonstrieren, dass sie nicht zitterte. Ich glaubte ihm kein Wort.

»Aber den Fall in Malmi zum Beispiel, den hab ich vergeigt. Den mit der zerstückelten Leiche. Ich sollte die Frau beobachten. Die Sache war unter Kontrolle und am Reifen. Da schlachten die Kerle urplötzlich die Hauptzeugin ab und deponieren sie stückweise auf der Müllhalde. Scheiße, ich war hundert Meter weg auf dem Balkon und hab geraucht, während die Schurken mit Einkaufstüten voll Frauengulasch auf dem Radweg unterwegs waren. Klar reiben die lieben Kollegen mir das unter die Nase. ›Korhonen, hast du genau hingeguckt, ob bei dir im Treppenhaus wieder 'ne Leiche liegt?‹«

Er sah mich ernst an.

»Ich brauch also einen großen Fall. Gleichzeitig kann ich dir aus der Klemme helfen«, erneuerte er Bitte und Angebot. »Als Erstes solltest du mir erzählen, worauf die Kerle aus sind, die dich bedrohen. Ich kenne keinen von denen.«

Mir blieb keine Zeit zu überlegen, ob ich ihm eine erfundene Story auftischen oder ein kleines Stück Wahrheit enthüllen sollte, denn vom Hof kamen ein Knirschen und gedämpftes Poltern. Gleich darauf vernahm ich noch ein leiseres Klappern. Ich wusste, dass ein Auto auf den Hof gefahren war, dessen Türen geöffnet und wieder geschlossen worden waren, und dass irgendwo, vielleicht am Tor, ein zweiter Wagen stand, aus dem ebenfalls jemand ausgestiegen war.

»Du erwartest wohl keine Verwandten zum Übernachten«, wisperte Korhonen und schaltete das Licht aus.

Ich wartete, bis meine Augen sich wieder an das Halbdunkel gewöhnt hatten, und ging dann ohne Hast zu der Wand, an der einige überzählige Büromöbel aufgereiht waren. Ich nahm meinen Schlüsselbund und schloss den Aktenschrank auf. Unter der zweiten und dritten Schublade von oben waren mit Tesastreifen braune Umschläge befestigt. Ich riss sie ab, öffnete sie und leerte den Inhalt auf die Platte des Stahlschranks. Dann packte ich alles, was ich mitnehmen wollte, in eine Schultertasche. Einen russischen Pass und zwei finnische Führerscheine, das alte Modell, mit Fotos eines langhaarigen Mannes, die mich oder einen von zweihunderttausend anderen Männern zeigen konnten. Die Bankkarten für meine Konten bei Sampo und Nordea. Ich hatte ein wenig Geld auf den Konten liegen, als Sicherheitsdepot, für alle Fälle. Die PIN-Nummern hatte ich auf dem Handy gespeichert.

Eine Waffe hatte ich hier nicht. Meine Pistole lag an ihrem Stammplatz im Kofferraum des Mercedes, und die Reservewaffe war in meinem Büro in Hakaniemi in der Schreibtischschublade. In der alten Halle hätten sich genügend Gewehre für eine kleine Revolte gefunden, in den verschlossenen Containern, die Karpow und ich dort untergestellt hatten. Aber dahin konnte ich jetzt nicht, schätzte ich. Ich sah Korhonen an, der allmählich nervös wurde.

»Sollten wir nicht langsam …«, begann er.

»Steht dein Wagen auf dem Hof?«, unterbrach ich ihn.

»Nein, hinter dem kleinen Hügel da hinten. Keine schlechte Stelle, nur meine Schuhe sind auf dem Weg hierher im Gras ein bisschen nass geworden. Ich hab mich verfahren, obwohl ich doch schon mal hier war«, murmelte Korhonen verlegen.

Ich bedeutete ihm, mir zu folgen. Wir gingen zur Rückwand der Halle, sprangen durch das mit der Spanplatte abgedeckte Fenster hinaus und rannten durch ein Loch im Panzerzaun in den Schutz des Erlengebüschs.

Auf einem schmalen Pfad gingen wir zu Korhonens Auto. Die Büsche gaben uns Blickschutz. Ich blieb kurz stehen und sah zur Halle hinüber. Im Halbdunkel entdeckte ich ein halbes Dutzend Männer, die sich zu beiden Seiten der Tür an die Wand drückten. Gleich darauf rannten zwei von ihnen gebückt um die beiden Ecken. Auf dem Hof parkte ein Wagen, vermutlich der Toyota, den ich schon kannte. Quer vor der Einfahrt stand ein zweites Auto, daneben hielten zwei Gestalten Wache.

Korhonen zupfte mich am Ärmel. Wir gingen in der Hocke über einen offeneren Teil des Pfades und liefen dann zu dem Weg, an dem Korhonens alter Renault stand. Wir verständigten uns wortlos, nur durch Gesten. Mit vereinten Kräften schoben wir den Wagen über den Fahrradweg. Korhonen lenkte ihn durch den Türspalt, musste ein paarmal hineinspringen, um zu bremsen. Schließlich erreichten wir eine kleine Straße, die sich zwischen Wohnhäusern hindurchschlängelte. Korhonen ließ den Motor an und wartete, bis auch ich eingestiegen war.

»Fahr nach Jakomäki, von da nach Kontula und dann nach Kivikko. Findest du dich zurecht?«, fragte ich.

»Klar«, sagte Korhonen und klang zufrieden.

9

Slawa Makarow war nicht erfreut.

»Mitten in der Nacht … geweckt … neben der Mutti könnt' ich jetzt liegen, träumen«, murrte er und schloss die Seitentür des Kleintransporters auf. »Na komm, guck's dir an.«

Er schob die Tür ein Stück zur Seite und kletterte auf die Ladefläche. Ich folgte ihm.

»Ist der da vertrauenswürdig?«, flüsterte er so laut, dass Korhonen selbst hätte antworten können, sofern er genug Russisch verstand. Korhonen saß seelenruhig auf der Motorhaube seines Renault und blies Rauchkringel in die Luft.

»Ja, ja«, antwortete ich. »Er ist Polizist.«

Makarow holte entsetzt Luft, doch dann verzog sich sein bartstoppliges Gesicht zu einem breiten Lächeln, das seine Goldzähne zur Geltung brachte. »Ah ja, du hast dir einen Polizisten gekauft. Sehr nützlich.«

Er zog die Teppiche weg, die seine Ware verdeckten.

»Hier sind die Kalaschnikows, vom Fabrikfett gesäubert, eingeschossen und dann leicht geölt«, pries er die Ware an. »Ich hab auch ein paar MPs, aber die würde ich dir nicht empfehlen.«

»Und Pistolen?«, fragte ich.

Makarow holte eine verschlissene Sporttasche hervor, die so alt aussah, dass man erwartet hätte, an der Seite die Aufschrift *CCCP – USSR* vorzufinden. Stattdessen stand dort *Sportfieber*. Er zog den Reißverschluss auf.

»Hier. Eine alte, aber saubere Mauser. Absolut zuverlässig. Dann eine FN. Tolle Waffe. Und eine Ceska Zbrojovka 75, neun Millimeter. Ein anständiges Ding. Neu«, erklärte er.

Ich wog die Waffen ab, probierte aus, wie sie sich in meine Hand fügten und in die Tasche glitten. Die CZ war ein neueres Modell als meine eigene, fühlte sich aber vertraut an. Ich wusste, dass sie ebenso für Rechts- wie für Linkshänder geeignet war.

»Ich nehme die«, entschied ich mich für die CZ und fischte einige Schachteln Patronen aus der Sporttasche. »Und eine Kalaschnikow dazu. Für alle Fälle.«

Makarow steckte das Sturmgewehr in einen Beutel aus grünem Zeltstoff und gab mir noch einen Teppich zum Einwickeln dazu. »Zweitausend«, forderte er.

»Teuer. Aber okay. Du bekommst einen Tausender sofort und den zweiten später – oder die Kalaschnikow zurück«, sagte ich mit fester Stimme, zu keinem Handel bereit. »Die tausend Euro bringt dir Aljoscha oder Karpow. Oder du gibst mir deine Kontonummer, dann kann Korhonen, der Polizist da, dir das Geld überweisen«, schlug ich vor, als der Waffenhändler zögerte. Ich schob mein Gesicht dicht an seine verschwitzte Visage. »Vergiss nicht: Ich hab dir geholfen. Und ich bin dir immer noch freundlich gesonnen.«

»Natürlich vertraue ich einem guten alten Bekannten.« Makarow blies mir seinen Zwiebelatem ins Gesicht. Seine Augen glänzten feuchtkalt wie Oktobermatsch.

Ich bedankte mich und ging zu Korhonens Wagen. Nachdem ich die Teppichrolle im Fond auf den Boden gelegt hatte, stieg ich ein.

»Ein Waffenhändler also. Die Adresse muss ich mir merken.« Korhonen ließ den Motor an und fuhr los.

»Lohnt sich nicht. Das ist ein mobiles Lager oder eher ein rollender Laden. Morgen ist das Zeug schon ganz woanders und obendrein in einer anderen Karre, falls du meinst, das Nummernschild würde dir helfen«, gab ich zurück. »Du, hör mal, ich muss mir einen sicheren Wagen besorgen. Von Crashtests will ich jetzt nichts hören«, fügte ich rasch hinzu, denn Korhonen sah aus, als liege ihm eine entsprechende Bemerkung auf der Zunge. »Du könntest mich hinbringen. Richtung Tuusula.«

»Ja, geht in Ordnung. Ich fahr nur schnell zu Hause vorbei und sag Bescheid, dass alles okay ist. Konnte ja keiner ahnen, dass ich die ganze Nacht auf Bummel sein würde. Birgitta macht sich womöglich Sorgen, und anrufen mag ich nicht, sonst werden die Zwillinge wach und meine Bibi erschrickt«, erklärte Korhonen und fuhr bereits in Richtung Umgehungsstraße.

»Okay. So eilig haben wir es ja nicht. Wir müssen sowieso warten, bis der Morgen anbricht. Allerdings lieber außerhalb von Helsinki«, antwortete ich zustimmend.

»Du wohnst immer noch hier«, stellte ich fest.

Korhonen hatte die Umgehungsstraße beim Friedhof Malmi verlassen, war kurz vor dem Einkaufszentrum abgebogen, in Richtung Schwimmhalle gefahren und hatte den Wagen auf den Parkplatz eines kleinen Etagenhauses gelenkt.

»Ja«, antwortete Korhonen ebenso geistreich. »Warte hier, ich bin gleich wieder zurück.«

Ich blieb im Wagen sitzen. Er war schäbig und dreckig. Auf dem Boden lagen Bonbonpapierchen, Hamburgerschachteln und Sand. In den Staub auf dem Armaturenbrett hätte man Strichmännchen zeichnen können. Ich machte das Radio an, schaltete es aber gleich wieder aus und drehte das Fenster ein Stück herunter. Der Parkplatz war halb überdacht, durch einen Bretterzaun von der Straße abgetrennt und wirkte geschützt. Trotzdem wollte ich sicherstellen, dass ich alle Vorbeikommenden hörte und sah.

Korhonen ließ auf sich warten. Allmählich wurde ich unruhig, obwohl auf der Straße alles still blieb. Ich suchte im Adressbuch meines Handys nach Korhonens Nummer, doch da unter K als erster Karpow stand, rief ich ihn an. Ich wusste, dass Karpow sein Handy über Nacht ausschaltete, und erwartete die übliche Anrufbeantworterlitanei auf Finnisch und Russisch, legte mir schon zurecht, was ich auf Band sprechen wollte.

»Hallo.« Mein Freund überraschte mich, indem er sich schon nach dem ersten Klingeln meldete.

»Ich bin's. Wieso schläfst du nicht?«, begrüßte ich ihn.

»Na ja, ich hatte bis in die Nacht Geschäfte zu erledigen und bin dann noch am Computer sitzen geblieben«, sagte Karpow. »Aber was liegt bei dir an?«

»Ich kann nicht lange reden. Aber ich hatte neulich ja schon angedeutet, dass es einige Schwierigkeiten gibt. Ehrlich gesagt, ich bin in einer beschissenen Lage. Irgendwer bedroht mich und mein Business. Ich muss mich absetzen, um die Sache zu klären. Kann sein, dass ich nach Sortavala komme.«

»Natürlich, wohin sonst als in die alte Heimat, da findest du Geborgenheit, Frieden und Ruhe«, stimmte Karpow zu. »Wann kommst du? Soll ich dich irgendwo abholen oder eine Mitfahrgelegenheit organisieren?«

»Ich komm nicht, um mich zu sonnen, ich will mich nur eine Weile verstecken. Ich werde herausfinden, wer mich jagt. Und dann bringe ich die Sache in Ordnung«, vertraute ich ihm an. »Ich glaube, die alten Freunde in Sankt Petersburg haben umdisponiert. Es reicht ihnen nicht mehr, dass ich ihnen nicht in die Quere komme. Sie wollen mein ganzes Business für sich.«

»Zum Teufel mit den Kerlen«, schimpfte Karpow. »So was von hinterhältig! Sie beteuern ihre Freundschaft, aber wenn der Rubel winkt, stoßen sie einem das Messer in den Rücken und schnappen sich das Geld.«

»Ich bin noch nicht sicher, wer dahintersteckt. Aber bei der Menge an Männern, Autos und Munitzjonn glaub ich nicht, dass es ein Alleinunternehmer ist«, räsonierte ich.

»Der arme Kärppä hat's nicht leicht«, antwortete Karpow Anteil nehmend. »Bist du allein? Ach nein, Aljoscha hilft dir natürlich.«

»Mein Brüderlein ist nicht direkt kampferprobt, den halt ich lieber raus. Er kümmert sich um Marja. Und das ist gut. Aber ansonsten bin ich allein. Das heißt, der Korhonen, dieser Polizist, war vorhin dabei. Er hat mich chauffiert. Jetzt hock ich gerade auf seinem Parkplatz und frag mich, was er so lange rumtrödelt.«

»Ach ja, an den erinnere ich mich. Der ist ja total durch den Wind, völlig unberechenbar. Wenn du mich fragst, der ist nicht ganz gesund, jedenfalls damals, als ich ihn bei dir gesehen hab.« Karpow seufzte. »Komm nur her, dann gehen wir in die Sauna und reden in aller Ruhe. Ich hör mich auch mal um, was in Sankt Petersburg abläuft, obwohl ich hier eigentlich versuche, nicht aufzufallen. Das ist für meine Geschäfte das Klügste.«

Ich versprach ihm, meine Ankunft rechtzeitig anzukündigen, und verabschiedete mich. Korhonen kam auf den Wagen zu. Er hatte sich umgezogen, nun trug er eine saubere Jeans und einen weich aussehenden, hellen Wildlederblouson. Mit der einen Hand schleppte er zwei Sporttaschen, die fast über den Boden schleiften, in der anderen Hand trug er eine Plastiktüte.

»Ich hab Proviant mitgebracht. In der Thermoskanne ist Kaffee, in der Plastikdose Zucker, außerdem eine kleine Flasche Milch …«, pries er seine Mitbringsel an.

»Warum zum Teufel schleppst du das Zeug an? Wir wollen hier doch kein Café eröffnen. Und was ist das für Umzugsgut? Hat es deshalb so lange gedauert?« Ich ahnte Böses.

»Ich musste Birgitta doch erklären, dass ich eine Weile verreise. Und ich hab Klamotten eingepackt. Für dich auch. Deine Garderobe ist doch in Rauch aufgegangen, du Ärmster. Na ja, vielleicht findet sich in den Ruinen ja noch ein rußiges Pikeehemd. Jedenfalls hab ich ein paar Trainingsanzüge, Unterhosen und T-Shirts eingepackt, und eine saubere Zahnbürste, Schuhe und so«, erklärte Korhonen und goss Kaffee ein. »Ich hätte dich gern zum Frühstück reingeholt, aber die Familie schläft noch, und Bibi mag es nicht, wenn ich Arbeit mit nach Hause bringe. Brauchst dich gar nicht zu bedanken, es gibt alle möglichen Sammelaktionen für die Kinder jenseits der Grenze, Babykleidung für Sortavala und so … auch nicht viel anders, als wenn ich dir ein paar von meinen alten Klamotten abtrete.«

Ich sah Korhonen an und versuchte zu erkennen, ob er es ernst meinte oder ob sein Gerede reine Frotzelei war.

»Mein lieber Teppo, bildest du dir etwa ein, ich würde dich mitnehmen?«

»Du nimmst mich mit, weil du musst«, lächelte Korhonen freundlich. »Und du brauchst mich.«

Ich schlürfte meinen Kaffee und aß Butterbrote. Korhonen plauderte weiter und bot mir eine Scheibe Hefezopf an. Ich schüttelte den Kopf. Korhonen aß beide Scheiben.

»Okay. Los geht's«, kommandierte ich. Ich hatte mir überlegt, dass Korhonen so lange bei mir bleiben konnte, bis ich ein Auto hätte. »Fahr erst mal nach Hyrylä. Da sag ich dir, wie's weitergeht.«

Korhonen schraubte die Thermosflasche zu und ließ den Motor an, stieß aus der Parklücke und fuhr auf die Straße. Wir waren bis zur ersten Straßenecke gekommen, als ich von rechts den roten Toyota heranbrausen sah. Der Fahrer scherte sich nicht um die Bremsschwellen, prallte beinahe mit der Stoßstange gegen die Betonkissen und versuchte, Korhonens Renault den Weg abzuschneiden. Doch das Tempo war zu hoch, der Toyota glitt auf die Verkehrsinsel zu. In letzter Minute riss der Fahrer das Steuer herum, und der Wagen rauschte auf seiner eigenen Spur an uns vorbei. Der Versuch, mit einem Handbremsenmanöver zu wenden, misslang, der Schwung reichte nicht aus: Der Toyota stand quer auf der Fahrbahn. Der Fahrer setzte hektisch vor und zurück, um auf der schmalen Straße zu wenden.

Korhonen gab Vollgas. Er fuhr über die Kreuzung hinweg auf eine Straße, die sich vor der Kindertagesstätte verengte und zum Fahrradweg wurde. Korhonen wich den rotgelben Stahlpfeilern aus, indem er auf die Böschung und halb in den Straßengraben fuhr. Der Renault schien umkippen zu wollen, aber Korhonen ließ den Motor aufheulen und schaffte es, seinen Wagen wieder auf den Weg zu bringen. Von der offenen Ladefläche des alten Kombis flogen leere Getränkedosen, und die Scheibenwischer schalteten sich von selbst ein, kratzten und knirschten auf der trockenen Scheibe. »Für Mofas zugelassen«, sagte Korhonen und schmatzte jedes Mal nervös, wenn der Wagen seitlich wegrutschte.

Der Fahrradweg stieg leicht an und führte in einer flachen Kurve an den Schulgebäuden vorbei. Bestimmt singen die Vögel, hier war neulich eine Nachtigall, ging mir unvermittelt durch den Kopf, als Korhonen Kurs auf den großen Schulparkplatz nahm. Er fuhr jetzt fast im Schritttempo und prustete ein halbes Lachen heraus.

»Wir fahren zum Polizeirevier Malmi, mal sehen, ob die sich trauen, uns zu folgen. Zumindest haben wir dort Heimvorteil«, knurrte er. Er zwang den Renault auf den Parkplatz, ohne Rücksicht darauf, dass der untere Rand des Chassis über die Bordkante schabte, und fuhr weiter auf die Straße.

Ich blickte über die Schulter. Unsere Verfolger waren nicht zu sehen.

»Gegen einen Fittipaldi wie mich kommen die Iwans nicht an«, prahlte Korhonen.

Im selben Moment krachte, rauschte und schwankte es. Ich bekam gerade noch mit, dass von rechts ein dunkelbrauner BMW heranschoss. Er traf unseren Renault am hinteren Kotflügel, sodass er sich um die eigene Achse drehte und schwankend zum Stehen kam, mit der Schnauze auf dem hohen Rand der Pflasterung. Am Armaturenbrett brannten Signallampen, die Scheibenwischer fuhren hin und her, und der Motor pfiff kläglich. Das Auto glich einem sterbenden Patienten im Krankenhaus: Die Messgeräte piepten und blinkten alarmierend, die Technik funktionierte hektisch und fehlerlos, aber das Leben entwich.

Der BMW war auf der Verkehrsinsel gelandet und hing fest. Der Fahrer bemühte sich vergeblich, loszukommen. Die Hinterräder drehten sich in der Luft, abwechselnd vor- und rückwärts. Korhonen versuchte, den Renault zum Leben zu erwecken. Er ließ den Starter unablässig mahlen, der Motor lief einige Runden auf einem Zylinder mit und kam dann aufheulend in Gang.

Korhonen setzte vorsichtig zurück. Der beim Aufprall getroffene Hinterreifen bumperte, schien sich jedoch zu drehen.

»Schnell, Richtung Pukinmäki«, wies ich Korhonen an.

»Warte noch einen Moment«, sagte er.

Er stieg aus und nahm seine Glock aus der Jackentasche, stellte sich mit gegrätschten Beinen hin, als wäre er beim Schießtraining, und warte darauf, dass sich die Zielscheibe drehte. Dann hob er die Pistole mit ausgestreckten Armen und drückte zweimal ab. Die erste Kugel prallte vom Dach des BMW ab und landete im Fenster eines Ramschladens auf der anderen Straßenseite. Das grün beschichtete Glas zersprang, und die Alarmanlage schrillte auf. Der zweite Schuss bohrte sich in das Rückfenster des BMW, auf dem sich ein dichtes Netz von Rissen bildete.

Ich riss das Sturmgewehr aus der Umhüllung, befestigte das Magazin und rannte zu Korhonen, der seelenruhig die glitzernden Hülsen von der Straße aufsammelte. Dem Fond des BMW entstiegen zwei Männer. Ich kannte sie nicht, grüßte nicht, hob nur meine Kalaschnikow. Die Männer hoben ganz leicht die Hände, streckten sie nicht etwa in Panik oder um Gnade flehend gen Himmel, sondern signalisierten lediglich, dass sie ihre Waffen nicht ziehen würden und dass dies eine rein pragmatische Entscheidung war.

Wir stiegen ein. Korhonen schnallte sich in aller Ruhe an. »*Safety first*«, sagte er. Der Wagen humpelte und rumpelte, bewegte sich aber vorwärts.

»Du hast geschossen. Die Scheibe in Stücke. Hoffentlich hat es auf der Vorderbank keinen getroffen. Und hoffentlich waren das Ganoven und keine harmlosen Unbeteiligten«, fuhr ich ihn an.

»Du hast die Kerle doch gesehen. Zum Teufel noch mal, das waren keine Zeitungsboten«, gab Korhonen eiskalt zurück. »Derselbe Wagen hat an der Einfahrt zu deiner Halle gestanden. 5er BMWs fahren am frühen Morgen nicht massenweise rum. Außerdem hab ich direkt unters Dach gezielt. Das waren Warnschüsse. Ich glaube nicht, dass die Burschen sich bei der Justiz oder beim Minderheitsbeauftragten beschweren.«

Der Renault schwankte und klagte, er schien kurz vor dem Absterben zu sein. Ich wies Korhonen an, abzubiegen und eine geschützte Stelle zu suchen. Er kurvte an der Kreuzung wieder auf den Fahrradweg, ließ den Wagen im Leerlauf in die Bahnunterführung rollen und hielt dort an. Als ich ihm befahl zu schweigen, sah er mich pikiert an, gehorchte aber.

Ich überlegte. Wie zum Teufel hatten unsere Verfolger uns aufgespürt, welche Fährte hatten sie gerochen? Steckte Korhonen dahinter, hatte er sich von den Petersburgern kaufen lassen, mir scheinbar zur Flucht verholfen und dann von seiner Wohnung aus unsere Koordinaten durchgegeben? Nicht gerade wahrscheinlich, er hätte mich auch mit weniger Aufwand ans Messer liefern können. Der Waffenhändler Slawa Makarow? War er ein Knecht meiner Verfolger? Aber hätte er dem Stoßtrupp den Weg zu Korhonens Wohnung erklären können? Und ich hatte ja auch Karpow angerufen ... Die Scheißkerle hatten mich angepeilt, mein Handy geortet, sobald ich es eingeschaltet hatte.

»Gib mir dein Telefon«, forderte ich. Ich suchte eine Nummer auf meinem Handy und tippte sie dann auf Korhonens Gerät ein.

»Hallo, Jussuf, wer da?«, meldete sich eine heisere Stimme.

»Viktor. Ich bin mit einem Kumpel hier in der Nähe. Hab ein bisschen Trouble, ich brauch ein Auto und einen Fahrer. Dich«, erklärte ich, ohne mich zu entschuldigen, weil ich ihn geweckt hatte. Jussuf stellte keine Fragen, wunderte sich nicht, sagte einfach:

»Okay.«

Ein Mann nach meinem Geschmack.

12

»Das reinste Mogadischu hier. Siebenundsiebzig Prozent Arbeitslose und durchschnittliche Familiengröße sechs Komma neun. Das Sozialamt gleich um die Ecke, damit es nicht so anstrengend ist, Stütze zu beantragen«, erklärte Korhonen.

Mir lag die Bemerkung auf der Zunge, arm könne jeder werden und Leute, die von Sozialhilfe lebten, seien nicht zu beneiden. Doch ich ließ Korhonen schwafeln. Meine Gegenargumente hätten ihn nur beflügelt, er übertrieb absichtlich. Ich lehnte mich an die Wand des überdachten Abstellplatzes und klemmte die Teppichrolle mit der Kalaschnikow zwischen die Beine.

Das Mietshaus war einige Jahre alt. Es war eins von vielen, sie füllten einen ganzen Block im alten Industriegebiet zwischen Malmi und Pukinmäki. Korhonen spähte durch das Fenster eines offenbar ausrangierten Ford Sierra, wunderte sich, dass noch keiner das Autoradio geklaut hatte. Immerhin hatte aber jemand eine Dose weißen Lack über dem hinteren Kotflügel geleert.

Jussuf kam. Er trug seine blaue Arbeitskleidung, hatte eine Schirmmütze auf dem Kopf und eine kleine Ledertasche in der Hand.

»Grüß dich«, sagte er fröhlich. »Meine Schicht fängt um halb sieben an. Bis dahin bin ich wohl zurück?«

»Bestimmt. Du brauchst uns nur nach Hyrylä zu fahren.«

»Kruzitürken, der ist Somali. Und Busfahrer«, zischte Korhonen, als wir zu Jussufs altem Kadett gingen.

»Gut beobachtet«, sagte ich.

Ich verzichtete darauf, Korhonen zu berichtigen oder ihm gar zu erklären, dass ich dem Mann schon in Leningrad begegnet war, an der Universität und später bei der Spezialausbildung in der Armee. Damals hatte er allerdings Shimelles geheißen. Als äthiopischer Student der Staatswissenschaften und des internationalen Rechts hatte er seine Kurse an der Universität absolviert, sorglos von seinem Stipendium gelebt und ein Zimmer im internationalen Studentenwohnheim gehabt.

Wir hatten beide in derselben Studentenclique Fußball gespielt und uns im Winter auf höckrigen Eisbahnen beim Eishockey ausgetobt. Seinen exotischen Namen hatten wir zu Semjon umgeformt, und als freundschaftlicher Spitzname war daraus Semjonka oder Sima geworden. Besonders gut hatte ich ihn nicht gekannt, er war für mich einfach ein guter Spieler und ein stumm lächelnder, netter Kerl gewesen.

Ich war nicht übermäßig verblüfft gewesen, als ich Shimelles später auf dem Flur des Instituts begegnete, in dem ich meine Spezialausbildung erhielt. Wir hatten uns zugenickt, aber es war im Institut nicht üblich, miteinander zu plaudern, über das Studium, den Schnaps oder Freundinnen zu reden. Und dann waren wir beide verschwunden, jeder für sich.

Überrascht war ich allerdings, als Shimelles in meinem Büro in Hakaniemi auftauchte. Er hatte sich vergewissert, dass ich allein war, und dann begonnen, leise Russisch zu sprechen. Karppa, Karppa, hatte er sich meinen neuen Namen über die Zunge rollen lassen und erzählt, er habe über Freunde aus der Zeit in Leningrad von mir gehört. Er selbst sei nun Jussuf Kadir, und die anderen Namen könne ich vergessen, die habe es nie gegeben und wenn doch, seien sie falsch gewesen. Seiner offiziellen Geschichte zufolge war er dem Chaos in Somalia entflohen, durch ganz Europa gewandert und durch ein Familienzusammenführungsprogramm schließlich in Finnland gelandet. Die alten Zeiten habe er hinter sich gelassen, betonte er. Wir sahen uns in die Augen, und Jussuf fragte, ob ich verstanden hätte.

Was kratzte mich das. Ich hatte nichts dagegen oder dafür.

Von mir aus konnte er sich auch als Uigure und zweistimmiger Obertonsänger ausgeben. Shimelles-Jussuf lächelte und schüttelte mir die Hand und sagte, seine Erinnerung habe ihn nicht getrogen, ich sei ein gutherziger Mann.

Jussuf hatte dann noch über die Fahrerausbildung bei den Verkehrsbetrieben und über die Schwierigkeit der finnischen Sprache geredet und sich schließlich für kleine Jobs angeboten. Ich hatte mir seine Telefonnummer notiert und ihn ein paarmal als Fahrer eingesetzt.

Wir waren erst ein paar Hundert Meter vorangekommen, als Korhonen plötzlich Stopp rief. Jussuf bremste, und Korhonen sprang aus dem noch fahrenden Wagen, mit langen Sätzen, um nicht auf die Nase zu fallen. Jussuf brachte den Wagen vor einem grauen zweistöckigen Haus zum Stehen, hinter dem Korhonen verschwunden war. In dem Gebäude hatte sich früher ein Laden befunden, dessen Schaufenster jetzt mit Brettern vernagelt waren.

Ich erinnerte mich, dass vor einiger Zeit, als ich in der Gegend zu tun gehabt hatte, in den Garagen auf dem Hof Autoreifen verscherbelt wurden. Jetzt war der Hof leer geräumt. Das Haus war jedoch allem Anschein nach bewohnt, denn an den Fenstern in der oberen Etage hingen grellbunte Vorhänge.

Wir stiegen aus. Vom Hinterhof war Gebrüll zu hören.

»Was ist denn in den gefahren?«, wunderte sich Jussuf.

Korhonen kam um die Hausecke. Er hatte einen Jungen an der Schulter gepackt und zog ihn mit sich. Der Hosenboden der Jeans hing dem Jungen bis zu den Knien. Er trug eine bunte Rastamütze, hatte ein Piercing im Grübchen unter der Unterlippe und einige sorgsam geflochtene Barthaare an der Kinnspitze.

»Ich hab den Rowdy hier am Haus gesehen. Er wollte wegrennen. Rufen hat nichts genützt, ich musste ihm meine Waffe zeigen«, schimpfte Korhonen, der immer noch die Pistole in der Hand hielt. Mit der freien Hand holte er unter mühsamen Verrenkungen zwei Spraydosen aus den Taschen seines Blousons.

»Und hier sind die Tatwerkzeuge. Die dritte Farbdose hat er da drüben in die Büsche geworfen.«

»Ich hab nix getan! Bin bloß so rumgelaufen, ist doch nicht verboten, oder? Da prescht auf einmal der Irre hier an und schreit und lärmt. Das ist Freiheitsberaubung und Nötigung«, begann der Junge leicht näselnd.

»Schnauze! Dass du 's weißt: Ich bin Dirty Harry Callahan auf Finnisch, nämlich Teppo Korhonen aus Helsinki-Malmi. Und du Weichei hörst mir jetzt zu. Du hattest vor, fremdes Eigentum zu beschädigen, du wolltest irgendeine blöde Sudelei an die Hauswand sprayen. Ich geb zu, sie ist grau und nicht ganz sauber, aber du kleiner Knilch bist keine Fassadenaufsicht von eigenen Gnaden. Du entscheidest nicht über neue Farbtöne oder psychedelische Ornamente«, predigte Korhonen.

»He, ist der total bescheuert? Bist du überhaupt ein Bulle?« Der Junge wandte sich an uns, um Korhonens Autorität anzuzweifeln.

»Auf die Knie. Hände in den Nacken. Und mach dir keine Gedanken darüber, ob ich dich über deine Rechte belehrt hab. Das hier ist Law & Order und Der Alte und The Dudesons, alles auf einmal. Also smack down, du Schmutzfink. Du redest nur, wenn du gefragt wirst.«

Korhonen brüllte und hielt dem Jungen die Pistole an die Schläfe. Ich schluckte so heftig, dass mein Adamsapfel im geschraubten Salto aufstieg und mit einem Auerbach wieder in der Kehle landete.

»Ich hab's leider eilig. Hab jetzt keine Zeit, dich einzubuchten. Ich hab nämlich einen russischen Killer bei mir, den Schrank da«, erklärte Korhonen.

»Aber das ist doch ein Schwarzer, ein Somali oder so, und er ist Busfahrer«, wagte der Junge zu protestieren. Er verzog das Gesicht und verengte die Augen, als ob er glaubte, der Kugel so ausweichen zu können.

»Intelligenzbestie«, höhnte Korhonen. »Und Vorurteile hast du auch noch. Der Schwarze gehört zur Mordkommission, er arbeitet undercover. Wenn du ihn irgendwo siehst, hältst du den Mund. Der andere hat in einer Kiesgrube ein paar Gauner kaltgemacht. Genickschuss.«

Ich versuchte, ausdruckslos in die Luft zu starren. Jussuf musste lachen, trotzdem blies er sich auf und steckte die Daumen lässig in den Gürtel.

»Und weißt du was, diese Gauner waren ganz normale finnische Kleinkriminelle, jedenfalls am Anfang. Zuerst haben sie ab und zu im Laden geklaut und der Oma im Nachbarhaus Geld aus der Zuckerdose stibitzt, dann kamen größere Sachen und Drogen und alle mögliche Scheiße. Und jetzt sind sie tot. Aber weißt du, Junge … wie heißt du?«

»Niilo«, antwortete der Junge artig.

»Weißt du, Niilo, was ihr allererstes Verbrechen war? Sie haben fremdes Gut beschmiert und kaputt gemacht und verdorben. Die Geleegläser der Nachbarn im Keller zerschlagen. In die Schlittschuhstiefel ihrer Mitschüler gepinkelt. Obszöne Bilder in die Hobelbank der Schule geritzt. Und obendrein noch gelacht, die Blödmänner. Das ist die Theorie über den Weg zum Bösen by Teppo Korhonen«, redete er sich in Fahrt.

Niilo hockte auf den Knien. In den zartgrün belaubten Ahornbäumen und Bruchweiden lärmten die Vögel um die Wette. Korhonen klopfte dem Jungen mit dem Pistolenlauf unters Kinn, auffordernd, aber liebevoll, sofern eine Polizeiwaffe liebevoll wirken kann.

»Steh auf, Niilo. Hier, Onkel Teppo gibt dir seine Karte. Du rufst mich nächste Woche an und erzählst mir, was es Neues gibt. Oder wir verabreden ein Treffen. Und du rupfst dir den Knopf aus dem Kinn. Du bist doch hoffentlich nicht tätowiert, Bürschlein?«

»Nur ein kleiner Schmetterling auf der Schulter«, stammelte Niilo.

»Jämmerlich. Der Gorilla da hat einen Adler mit ausgebreiteten Schwingen auf dem Rücken.« Korhonen deutete mit dem Kopf auf mich. Ich betrachtete die Baumwipfel. »Und auf Fingern und Handrücken die Kennzeichen von russischen Gefängnissen. Denk mal drüber nach. Das ist kein schöner Anblick.«

Ich steckte die Hände in die Taschen.

»Geh jetzt«, befahl Korhonen.

Niilo machte vorsichtig ein paar Schritte, beschleunigte dann das Tempo und verschwand in einer Seitenstraße.

»Können wir jetzt endlich weiterfahren?«, fragte ich. »Ich verstehe ja, wie wichtig Erziehung ist, aber man hat ganz in der Nähe nach uns gesucht, also wäre es vielleicht klüger, dass wir uns riffel raffel davonschleichen.«

»Ennege, bennege, rumpeldi, riffel, raffel, mannewi«, trällerte Korhonen. »Ich bin Polizist, ich vertrete Recht und Ordnung. Wenn ich etwas Ungesetzliches sehe, muss ich eingreifen«, erklärte er dann würdevoll und stieg in den Wagen.

»Sind deine Medikamente richtig dosiert?«, fragte ich zweifelnd.

»Der Kerl ist bekloppt. Total bekloppt«, stellte Jussuf entzückt fest.

Wir setzten uns zu Korhonen in den Wagen. Jussuf fuhr los. Er schaltete flüssig von einem Gang in den anderen, schaute regelmäßig in den Rückspiegel und achtete bei jeder Zufahrt auf die Wagen, die sich in den Verkehr einfädelten. Noch bevor wir die Autobahn erreicht hatten, begann Korhonen zu schnarchen, die Nase zum Plafond gereckt. Ich rüttelte ihn wach.

»Schalt dein Telefon aus. Ich fürchte, die verfolgen unsere Bewegungen«, befahl ich. Korhonen murmelte etwas von den Problemen beim Abhören, von Sendemasten und Teledaten. Ich riet ihm, sich als Pressesprecher bei der Telekom zu bewerben, bis dahin aber den Mund zu halten. Mir erschienen nur noch persönliche Gespräche unter vier Augen zuverlässig, am liebsten im Flüsterton.

Es war halb sechs. Ich tippte eine SMS an Ruuskanen, erklärte ihm, ich sei auf dem Weg zu ihm und brauche ein Auto. Sobald ich die Nachricht abgeschickt hatte, schaltete ich das Handy wieder aus. Dann stellte ich die Rückenlehne schräg und schmiegte mich an sie. Ich schloss die Augen und bekam gerade noch mit, dass ich unendlich müde war.

Ich schrak hoch, als Jussuf auf den Hof des Autohändlers kurvte. Er hatte den Weg ganz allein gefunden. Ich schlug ihm vor, Korhonen gleich wieder mitzunehmen, doch Jussuf packte unsere Sachen aus, lächelte verhalten und schüttelte den Kopf.

»Der ist bekloppt«, sagte er noch einmal, sah Korhonen, der sich müde reckte, kopfschüttelnd an und preschte davon. Die Auspuffgase schwebten wie eine Federwolke im dünnen Morgenlicht. Die zartblaue Farbe biss sich mit dem Ölgeruch.

Wir hatten kaum eine Viertelstunde auf einem Stapel Autoreifen gesessen, als Ruuskanen angekurvt kam und sich ächzend aus einem alten blauen Audi hievte. Er hatte lockige Haare, einen weiblich geschwungenen Amorbogen und eine solide Neigung zu birnenförmiger Beleibtheit. Er stand wie eine Statue auf dem Hof, pries lauthals die Sonnenhelle und den Segensreichtum frühen Aufstehens auf dem Pilgerzug einer demütigen Seele.

»Deinen Freund hier kenne ich noch gar nicht. Kommt der Herr von jenseits der Grenze? Ich meine natürlich die Ostgrenze, nicht die zum Jenseits. Oder sind Sie ein einheimischer Kompagnon? Womöglich mit ungesättigtem Autowunsch?«, versuchte sich Ruuskanen einzuschleimen und hielt Korhonen die Hand hin.

»Korhonen. Dezernat für Berufs- und Gewohnheitskriminalität. Diesseits jeglicher Grenzen. Und ungesättigt sind bei mir nur die Fettsäuren«, gab Korhonen barsch zurück und versuchte durch das Bürofenster zu spähen, die Hand als Schirm an die Stirn gelegt.

»Kümmer dich nicht um Teppo. Der hat seine eigene Art von Humor. Wir wollen verreisen. Wenn du mir also ein Auto geben könntest, und zwar schnell«, beruhigte ich Ruuskanen und drängte ihn gleichzeitig zur Eile.

Der Autohändler bot mir seinen eigenen Audi an, ohne Fragen zu stellen. Er prahlte, er habe den Wagen selbst aus Deutschland geholt, höchstpersönlich ausgesucht und auf seinen Namen registriert. Ich unterbrach seine Lobrede und wies ihn darauf hin, dass ich die Karre nicht kaufen, sondern nur ausleihen wolle. Es gehe darum, ans Ziel und vielleicht auch wieder zurück zu kommen, und zwar mit einem Transportmittel, das keine Aufmerksamkeit errege.

Ich war bereits seit Langem Kunde bei Top-Auto Ruuskanen. Zuerst hatte ich preiswerte und unauffällige Wagen gekauft, aber dann hatte Ruuskanen mich bekehrt wie ein Sektenprediger. Er hatte mich dazu überredet, einen alten Mercedes der S-Klasse zu erwerben, obwohl solche Schlitten nur Drogendealer und arabische Terroristen im Film fuhren. Und im letzten Winter hatte ich einen Kaufvertrag über einen fast neuen Mercedes Diesel unterschrieben. Ruuskanen hatte die elektrisch betriebenen Sitze surren lassen und an der Fernbedienung für das Radio hantiert. »Avantgardistische Ausstattung«, hatte er erklärt. Allerdings hatte ich den Eindruck, dass er selbst nur dann Sinn für neue Ausdrucksformen hatte, wenn es darum ging, Steuern zu umgehen und Zölle zu vermeiden.

Ruuskanen hatte seine Geschäfte anfangs in Tikkurila auf einem pfützenreichen Kiesplatz an der Umgehungsstraße geführt, wo ihm eine mobile Holzhütte als Büro diente. Ich hatte ihn beim Verkauf einiger Tax-free-Wagen nach Russland kennengelernt und erfahren, dass er irgendwo in Richtung Sipoo eine Werkstatt betrieb. Und als ich, nun bereits ein vertrauenswürdiger Partner, dort gewesen war, hatte ich erkannt, dass Ruuskanen auch gestohlene Wagen zerlegte und in neuer Kombination wieder zusammenbaute und aus Unfallschrott und importierten Teilen unversteuerte Karren zusammenstückelte.

Die Reform der Kfz-Steuer hatte Ruuskanen neue und legalere Geschäftsaussichten eröffnet. Nun fuhr er kreuz und quer durch Europa und kaufte nutzlos herumstehende Audis, Mercedesse und BMWs, transportierte sie in seine neue Halle in Hyrylä, fabrizierte nötigenfalls ein neues, lückenloses Wartungsheft samt den erforderlichen Stempeln, polierte die Armaturenbretter, bis sie nur noch nach Silikon und Zitrusaroma rochen, und verscherbelte die Wagen.

»Man muss sich weiterentwickeln, auf die Veränderungen der internationalen Wirtschaft reagieren!«, hatte Ruuskanen geprahlt, seinen Kugelbauch vorgestreckt und, ohne sich im Geringsten zu genieren, erzählt, er habe im Hinblick auf die Zukunft schon einen neuen Firmennamen registrieren lassen: Global-Auto Ruuskanen.

Ruuskanen suchte in seiner Schreibtischschublade im Büro nach den Papieren für den Audi. Er nahm einen Stapel Kfz-Scheine in die Hand und blätterte sie durch, feuchtete ab und zu den Finger an. Korhonen schien seinen Akku durch das Nickerchen während der Fahrt wieder voll aufgeladen zu haben. Er stolzierte durch das Büro, kniff dem Mädchen auf dem dreidimensionalen Reifenkalender in die Brustwarze und kreischte im Falsett: »Aiihhh!«

An der Wand hing eine vergessene Einladung zu einer Jahre zurückliegenden Adventsfeier. Auf dem roten Papierbogen lächelte ein stümperhaft gezeichneter Wichtel. Der Text lud zu Reisbrei ins Freizeitheim der Polizei ein und versprach, an der Feier werde auch ein Michelin-Vertreter teilnehmen.

»Da sollte er lieber nicht rein«, stammelte Ruuskanen, als Korhonen die Tür öffnete, die vom Büro in die Wartungshalle führte. Korhonen pfiff durch die Zähne und spähte zu zwei auf den Lackierer wartenden Wagen hinüber, deren Kotflügel entbeult und mit Spachtel geglättet worden waren. Auf dem Fußboden lag das halbe Chassis eines BMW. Korhonen bückte sich und betrachtete den Rahmenträger mit der frisch eingestanzten Fahrgestellnummer, die bis ins Büro zu sehen war.

»Sind Sie Autoliebhaber?«, rief Ruuskanen.

»Mach dir nicht in die Hose und krieg keinen Herzinfarkt. Schön gleichmäßig atmen«, sagte Korhonen ungerührt. »Es interessiert mich nicht so wahnsinnig, ob du den Kilometerstand mit der Bohrmaschine zurücksetzt und ob du deine Buchführung im Karton aufbewahrst oder nachträglich erfindest. Aber einigen wir uns darauf, dass du mir Bescheid gibst, wenn man dir massenhaft Autoteile oder ganze Karren zum Zerlegen anbietet.«

Ruuskanen setzte bereits zu einer Brandrede über die Ehrbarkeit seiner Geschäfte und die Unbestechlichkeit seines Buchhalters an. Ich stand auf und stoppte seinen Redefluss mit einer knappen Handbewegung.

»Korhonen will damit nur sagen, er wäre dankbar für einen Tipp, falls du irgendwann mal auf professionelle Autodiebe oder andere Verbrecherbanden stoßen solltest«, erklärte ich.

Ich setzte mich wieder hin und rollte den Teppich fester um die Kalaschnikow. Ruuskanen klappte den Mund auf und zu. Als ich wieder warnend die Hand hob, presste er die Lippen zusammen.

»Jussuf bringt dir Korhonens Renault zum Glattbügeln. Der hat im Stadtverkehr ein paar Blessuren abgekriegt. Anständige Arbeit zum Freundschaftspreis, nicht wahr?«, schlug ich vor.

Ruuskanen nickte beflissen.

»*Guten Morgen, Finnland, hast du gut geschlafen? Ich bin die ganze Nacht für dich gefahr'n*«, sang Korhonen den Brummischlager im Radio mit. Wir fuhren in östlicher Richtung über die Autobahn nach Porvoo. Der alte Audi war auf dem Asphalt der deutschen Autobahnen ziemlich geschunden worden. Bei kleinen Unebenheiten kam er leicht ins Schwimmen, trug seine Zweimannfracht jedoch mühelos.

»*Das Gummi singt, das ist das Lied der Arbeit*«, schmetterte Korhonen hingebungsvoll. »He, das passt ja auf die Vögelchen, die für dich arbeiten. Die machen's doch hoffentlich nicht ohne Präser?«

»Muss ich es auch dir schwören?«, stöhnte ich. »Ich bin kein Zuhälter, betreibe kein Bordell, vermittle keine Frauen, keine erotischen Dienstleistungen. Ich besitze lediglich ein paar Wohnungen, für die ich die ortsübliche Miete verlange. Wie meine Mieterinnen sich ihre Brötchen verdienen, geht mich nichts an.«

»Mann, das Geschwafel hab ich schon zu oft gehört. In den Wohnungen geben sich die Freier die Klinke in die Hand, aber der Vermieter weiß von nix«, höhnte Korhonen.

»Sei still oder ich setz dich raus. Eigentlich komme ich ohne deine Hilfe sowieso besser zurecht. Was soll ich mit einem Kerl, der pausenlos nörgelt wie ein Weibsbild!«

»Ui, jetzt hat der Viktor was Böses gesagt, das tut Teppo richtig weh«, brabbelte Korhonen. »Oder steckt was Psychologisches dahinter? Nörgelt deine Marja? Irgendwie spüre ich eine angespannte Atmosphäre. Vielleicht haben nach der ersten Verliebtheit Alltag und Kälte Einzug gehalten, und die Partnerin sieht nicht mehr so herrlich aus? Bei genauerem Hinschauen entdeckt man Zellulitis an der linken Pobacke, und morgens hat sie einen fürchterlichen Mundgeruch. Obendrein hat sie die unerträgliche Angewohnheit, ihre Strumpfhose zerknüllt auf dem Boden liegen zu lassen.«

Ich sah in den Rückspiegel und überholte einen Tankwagen. Mein Gesichtsausdruck blieb neutral, aber ich merkte, dass ich auf der Unterlippe kaute.

»Das ist schon wahr«, gab ich zu. »Marja ist irgendwie anders als früher. Dabei macht sie mir den Vorwurf, ich hätte mich verändert, ich wäre total verdorben. Und ich hab das Gefühl, dass nichts gut genug ist, dass alles, was ich tue, irgendwie falsch ist.«

»*Keine Angst, ich tue, was ich ka-a-nn*«, schmetterte Korhonen die letzten Worte des Songs, klopfte den Rhythmus auf den Schenkeln mit. »Ganz normal in dem Alter«, meinte er dann, so wenig tröstlich wie ein Urologe, der bei einem Patienten Prostatakrebs diagnostiziert. »Sag mir mal, was du erwartest. Vom Leben. Und von Marja. Ein vernünftiges Mädchen mit einem kühlen Kopf. Sie klagt bestimmt nicht ohne Grund.«

»Was soll das heißen, ein Mädchen! Sie ist eine erwachsene Frau, trägt neuerdings Jackenkleider«, wandte ich ein. Mir wurden beinahe die Augen feucht, als ich an Marja dachte, in Jeansjacke, verhalten lachend, mit einem roten Band in den

Haaren. Oder im Winter, in ihre Fäustlinge hauchend. Mein Fuchsmädchen, hatte ich sie zärtlich genannt. Ihr scheuer Blick, ihr reserviertes Lächeln und ihre verwuschelten Haare hatten mich einfach an einen Fuchswelpen denken lassen.

»Und?«, erinnerte Korhonen mich daran, dass ich seine Frage nicht beantwortet hatte.

»Bist du neuerdings Therapeut?«, pflaumte ich ihn an.

»Wie ich des Öfteren ausposaunt habe und wie du sehr wohl weißt, bin ich mit einer finnlandschwedischen Psychologin verheiratet. Außerdem habe ich, wenn auch nur halbwegs, einen Jungen großgezogen, der mir über den Kopf wächst, und Zwillingsmädchen, die sich nicht entscheiden können, ob sie sich Strings oder eine neue Bratz-Puppe wünschen. Über meine Kindheit könnte man einen Lehrfilm drehen. Ein Film über mein späteres Leben wäre allerdings für Minderjährige verboten. Und bei der Arbeit sehe und untersuche ich jeden Tag die Taten und Sorgen von zig Menschen. Ich weiß einiges über das Leben als solches«, erklärte Korhonen ernsthaft. »Also noch einmal, Simeoni: Wo sind die Hosenträger?«

»Was?« Ich verstand kein Wort, sah Korhonen verdattert an.

»Sorry. Ich vergess immer wieder, dass du eine kulturgeschichtliche Herausforderung bist. Das war ein Zitat aus einem Lied über die Mondrakete der kleinen Eichhörnchen.«

»Ja natürlich. Klar doch«, spöttelte ich.

»Red nicht um den heißen Brei herum. Ich wiederhole: Was willst du?«

Ich fuhr in gleichmäßigem Tempo, gut hundertzwanzig. Es herrschte kaum Verkehr, also hatte ich keinen Vorwand zu schweigen.

»Das ist nicht so einfach«, sagte ich schließlich. »Oder andererseits doch. Ganz einfach. Ich bin nach Finnland gekommen. Ich wollte mir meinen Lebensunterhalt verdienen. Also habe ich gearbeitet. Ich habe versucht, Menschen kennenzulernen, Frauen und Männer, Freunde zu gewinnen. Ganz allein kommt man schließlich nicht zurecht, und allein will man auch nicht sein.

Das war nicht leicht, weil ich ein Auswärtiger bin. Aber daran hab ich mich schon gewöhnt«, fasste ich zehn Jahre in zwanzig Sekunden zusammen.

»Lass das übliche Diskriminierungsgegreine weg«, sagte Korhonen. »Was tut sich im Marja-Sektor?«

»Na ja, es ist wohl der normale Verlauf. Wir haben uns kennengelernt. Marja hat damals noch studiert. Wir sind halbwegs zusammengezogen. Dann war Marja in Amerika, und als sie zurückkam, haben wir eben festgestellt, dass es Blödsinn ist, zwei Wohnungen zu haben. Und jetzt renoviere ich das Haus. Das heißt, ich wollte anbauen …«, korrigierte ich mich, als mir einfiel, dass von dem Haus in Tapanila nur noch der zerborstene Sockel übrig war.

»Normal? Ist das etwa ein normales Leben, wenn der Mann die Marmelade auf den Toast durch Schmuggelei verdient, durch Kuppelei, Betrügereien, Drohungen …«, zählte Korhonen auf.

»Was für Betrügereien?«, fragte ich beleidigt.

»Na, zum Beispiel führst du keine Steuern ab, weder von deinen Einkünften noch vom Lohn deiner Leute«, gab Korhonen ungerührt zurück.

»Aber ich hab meine Geschäfte ständig näher an die Legalität geführt. Ich hab die alten Zeiten hinter mir gelassen«, beteuerte ich.

»Eben. Die guten alten Zeiten und den guten alten Viktor. Du bist ein Spießer und Korinthenkacker geworden. Früher hast du deinen Slobokumpels geholfen, hast Omas rumkutschiert und für ingermanländische Opas Formulare ausgefüllt. Jetzt hast du Angst, sie könnten dir mit ihrem Hosenboden den Sitz in deinem feinen Mercedes schmutzig machen. Und o je, du hast es ja auch so eilig, und Zeit ist Geld«, beendete Korhonen seine Analyse.

Ich wusste nichts zu sagen. Ich hatte mich bereits darauf eingestellt, zuzugeben, dass mein Leben vielleicht doch nicht ganz in den normalen und vertrauten und sicheren Bahnen verlief. Und dann wollte ich Gegenargumente anführen und zu der

Schlussfolgerung gelangen, dass es auch gar nicht normal sein konnte. Schließlich war ich selbst etwas Besonderes, speziell ausgebildet, getestet und abgehärtet. Und nun warf mir auch Korhonen vor, ich sei kein angenehmer Zeitgenosse mehr.

»Ich halte da vorn an der Tankstelle. Ich muss ein paar Leute anrufen«, sagte ich und versuchte festzustellen, ob meine Stimme belegt klang.

11

Die Frau im Sankt Petersburger Büro zog ihre Ausflüchte in die Länge. Ich erklärte höflich, Onkel würde bestimmt gern mit mir reden, könnten Sie ihm, *paschalsta*, mitteilen, dass ich in ein paar Minuten noch einmal anrufe, oder mir gegebenenfalls sagen, dass Onkel verhindert, beschäftigt oder sonstwie unerreichbar ist. Und Sie verstehen wohl, *djewuschka*, ihr Boss Kutuzow ist ein enger Freund von mir, der Pate meiner künftigen Kinder, so Gott will …

Moment, sagte die Frau, als deklamiere sie ein Gedicht von Lermontow. Ich hatte keine Ahnung, ob meine Worte irgendeinen Eindruck auf sie gemacht hatten. Vielleicht meinte sie wirklich eine kurze Wartezeit, womöglich hatte sie aber auch vor, mich auf eine erdumrundende Linie zu schalten und sich dann weiter die Nägel zu polieren. Die Frau schien den Hörer abzudecken und mit jemandem zu sprechen. Ich hörte Gemurmel und Wortfetzen. Dann rauschte es, und die Verbindung öffnete sich.

»Viktor Nikolajewitsch, mein lieber Junge! Wie geht's?«, fragte Onkel.

Ich entschuldigte mich, weil ich mich unhöflicherweise kurzfassen musste. Ich hatte einfach keine Zeit, mich nach der Gesundheit seiner Mutter und nach der Pfifferlingsernte zu erkundigen.

»Das musst du verstehen, Onkel, ich sitze in der Scheiße«, erklärte ich. »Sag mir als Erstes, ob ihr dahintersteckt.«

»Nein, wir nicht«, erwiderte Onkel.

»Würdest du es mir sagen, wenn ihr es wärt?«, fragte ich.

Ich hörte genau hin, um zu erkennen, ob er zögerte. Ich schloss die Augen, um genauer zu sehen, stellte mir vor, wie Onkel am Schreibtisch der Sekretärin stand. Vermutlich stützte er sich mit der linken Hand auf dem Tisch ab und hielt den Hörer in der rechten.

»Nein. Aber es muss dir doch ohnehin klar sein: Wenn wir zugange wären, würdest du mich nicht mehr anrufen. Im Sarg geht das schlecht«, entgegnete Onkel, ohne beleidigt zu sein oder mich verletzen zu wollen.

Ich wusste, dass er ernst vor sich hin blickte, seine Augen suchten keine Erklärungen und verrieten nichts.

»Denk doch mal nach«, forderte er mich auf. »Wir haben in Helsinki keine Geschäfte dieser Art. Auch sonst praktisch keine Interessen und keine Interessenkonflikte. Ich hab mich umgehört, hier weiß keiner etwas von der Situation. Eventuell sind ein paar entfernte Bekannte an der Sache beteiligt, junge Männer, die auch uns schon mal ihre Dienste angeboten haben. Aber das Ganze wirkt eher hausbacken. Schau dir deinen eigenen Umkreis an. Von Sankt Petersburg geht die Sache jedenfalls nicht aus.«

Ich bedankte mich und beteuerte, wie sehr ich Onkels Hilfe zu schätzen wusste. Er wehrte meinen Dank bescheiden ab, doch wir wussten beide, dass ich ihm einen Riesengefallen schuldete und dass er die Schuld eines Tages einfordern würde.

»Sag mir doch noch, was du getan hättest, wenn wir tatsächlich hinter dir her gewesen wären«, erkundigte sich Onkel. »Rein theoretisch gefragt«, lachte er.

»Ich hätte mich aufgemacht und getötet. Den Boss und den ganzen Vorstand, alle von der Petersburger Kasse. Rein praktisch geantwortet«, gab ich zurück, obwohl ich wusste, dass es nicht das Allerklügste war, auch nur fiktive Morddrohungen gegen die Chefs der Unterwelt von Sankt Petersburg vom Stapel zu lassen.

Onkel schwieg eine Weile.

»Ich verstehe«, sagte er dann. »Und ich merke, dass du dich

verändert hast, als Mensch«, fuhr er fort, als stünde er an einem Kiosk und läse mir die Überschrift einer Frauenillustrierten vor. »Du bist offenbar nicht mehr gewillt, die andere Backe hinzuhalten. Na, mach's gut.«

Damit legte er auf.

Verändert. Alle stimmten sie dieselbe Leier an. Als wären die Treibjagd auf mich und der ganze Schlamassel meine Schuld, verdammt noch mal. Dennoch wusste ich, dass Onkel irgendwie recht hatte. Aber momentan konnte und wollte ich mich nicht mit der Entwicklung meiner Persönlichkeit befassen. Es gab Wichtigeres zu bedenken: Ich musste am Leben bleiben.

In Gedanken rekapitulierte ich die wenigen Informationen, die Onkel mir gegeben hatte. Eine hausbackene Sache. Mein enger Umkreis. Die Worte hallten mir als schrille Dissonanz in den Ohren. Von meiner Familie war ja nur noch Aleksej übrig, und ihm vertraute ich voll und ganz, er war ein Fels in der Brandung. Na ja, metaphorisch gesprochen, lächelte ich. Marja? Gut, sie nörgelte an mir herum, aber sie würde weder Intrigen spinnen noch eine dramatische Rache inszenieren. Und die Männer aus meiner Brigade? Für Kiuru und seine Leute konnte ich die Hand ins Feuer legen, und die neu hinzugekommenen Männer hatten nicht das Zeug zu derartigen Manövern.

Überleg mal, ahmte ich Onkel nach. Was hatte ich denn anderes getan, zum Teufel, als über die vertrackte Situation nachzugrübeln. Abgesehen davon natürlich, dass ich mit angesehen hatte, wie mein Haus abbrannte, weggerannt war, mich in der Halle versteckt, einen Polizisten niedergeschlagen, illegale Waffen gekauft und in einem Unfallwagen gesessen hatte, in eine Schießerei geraten war … Ein ganzer Tag war vorbeigerauscht, ohne große Gedanken, gestand ich mir ein. Und jetzt fror mir allmählich der Kopf, ohne Denkmütze.

Ich ging auf dem Parkplatz hin und her. Auch Korhonen war ausgestiegen, rauchte und dehnte die Wadenmuskeln, indem er die Fußsohle gegen den Autoreifen presste. Ich wollte ihn schon darauf hinweisen, dass Rauchen die Adern verengt und

Dehnungsübungen deshalb für die Katz waren. Was soll's, ist ja nicht meine Achillessehne, zügelte ich meine Trainernatur und verzog mich hinter einen Laster mit russischem Nummernschild.

Wieder tippte ich eine Telefonnummer ein. Karpow meldete sich sofort.

»Waleri, mein Freund, wie geht es dir?«, grüßte ich herzlich.

Karpow sagte nichts. Ich hörte seinen Atem und begriff, dass irgendetwas nicht in Ordnung war.

»Rede über die Fischgründe in Wysotsk, wenn du nicht frei sprechen kannst. Du weißt ja sowieso von nichts, ich bin doch derjenige, der anruft und fragt«, bezeugte ich Karpows Unschuld gegenüber eventuellen Mithörern.

»Nichts dergleichen. Ich war nur überrascht, deine Stimme zu hören, hab einen Schreck gekriegt«, gestand Karpow. »Ich hatte nicht damit gerechnet, dass du anrufst. Ich hab allerhand über dich gehört. Trauriges und Gefährliches, um es offen zu sagen.«

»Ins Auto. Du fährst. Richtung Norden«, kommandierte ich Korhonen ans Steuer, setzte mich neben ihn.

»Fahren wir denn nicht in Vaalimaa über die Grenze? Du wolltest uns doch über einen deiner Kumpel Visa besorgen. Hat dein persönliches Konsulat das Schengen-Abkommen verkramt, oder sind dem Fälscher die Stempel eingetrocknet?«, fragte Korhonen, brachte es nicht fertig, sachlich zu reden, obwohl er besorgt dreinblickte.

»Nicht in Vaalimaa«, antwortete ich.

Ich ersparte mir den Hinweis, dass ich nie davon gesprochen hatte, »wir« würden die Grenze überqueren. Ich hatte vor, mir ein Visum für Russland in meinen finnischen Pass stempeln zu lassen. Falls das zu zeitraubend war, würde ich stattdessen in meinem russischen Pass ein finnisches Visum und einen Stempel über meine Einreise nach Finnland anbringen lassen. Schließlich konnte mein bewährtes Zweit-Ich Igor Semjonow, geboren am 4. 2. 1968 in Wologda, nicht in sein Heimatland zurückkehren, ohne es zuvor verlassen zu haben.

»Und auch nicht in Ylä-Urpula und nicht in Wärtsilä. Fahr du nur. Nach Joensuu und von da nach Norden. Ich muss nachdenken«, erklärte ich.

Korhonen schüttelte den Kopf, ließ den Motor an und fuhr los. Ich stellte die Lehne tiefer und starrte zum Himmel.

»Dein Telefon ist hoffentlich abgeschaltet«, knurrte ich, während ich meinem Handy den Saft entzog.

»Ja, ja. Aber du hast doch einen Prepaidanschluss. Den kann keiner zurückverfolgen«, argumentierte Korhonen.

»Man kann sogar das bloße Gerät orten. Auf einige Meter genau. Ich trau diesen Dingern nicht.«

»Mir scheint, Viktor, du glaubst an Erdstrahlung, Telepathie und paranormale Phänomene«, spottete Korhonen.

»Konzentrier dich aufs Fahren, statt über Dinge zu reden, von denen du nichts verstehst«, gab ich barsch zurück.

Ich erzählte ihm nichts von den Biorhythmuskursen, die ich an der Sporthochschule mitgemacht hatte. Ich hätte Korhonen fragen können, ob er etwa nicht merke, wie sich der Vollmond auf seinen Schlaf auswirke, oder ihn darauf hinweisen, dass die sowjetische Luftwaffe und die Aeroflot ihre Piloten nicht an den Himmel ließen, wenn deren Biorhythmuskurven auf dem niedrigsten Stand waren. Aber ich wusste, dass ich ihn damit nur angestachelt hätte. Er hätte sarkastisch angemerkt, dass die Aeroflot in der Tat bekannt sei für freundliches Bordpersonal und hervorragende Sicherheit. Und obendrein hätte er mir den alten Witz von der Purzelew-Tupolew aufgetischt. Ich war klug genug, den Mund zu halten.

Korhonen lenkte den Wagen lässig mit einem Finger.

»Na los, erzähl mal, was du rausgefunden hast«, drängte er und sah mich interessiert und ganz sachlich an.

Schaden kann es ja nichts, dachte ich mir.

»Mein Freund Karpow, du erinnerst dich wohl an ihn, macht sich ziemliche Sorgen um mich, er war fast in Panik«, begann ich. Dann erzählte ich, was ich von Waleri gehört hatte: Dass alle Ganoven von Wiburg und Sortavala angeheuert worden waren, mich in Empfang zu nehmen, die halbwüchsigen Taschendiebe und Raubkopienverkäufer vom Markt eingeschlossen. An den Grenzübergängen wiederum hatten die tellermützigen Offiziere, die gelangweilten weiblichen Angestellten und sogar die müde mit ihren Maschinenpistolen herumschlurfenden Rekruten strenge Anweisung, nach Viktor Kärppä, richtiger Kornostajew, Ausschau zu halten, und Achtung: Tritt womöglich unter anderem Namen auf.

Über die Grenze könne ich nicht, hatte Waleri wiederholt, zumindest im Moment nicht. Er hatte mich beschwichtigt und gesagt, das sei alles, was er wisse. Er habe sich nicht getraut, genauer nachzuforschen.

Korhonen nickte, als hätte er sich meinen Bericht über die Zunge rollen lassen, die Geschmacksstoffe analysiert und auf den Nachgeschmack gewartet.

»Du verlässt dich zu sehr auf diese Brüder. Ich tu dir nur einen Gefallen, wenn ich sie mit den Augen und Ohren eines Außenstehenden misstrauisch prüfe. Schau, vielleicht bist du zu nah dran, um das Muster ganz erkennen zu können. Dieser Karpow, der Doppelgänger von Jorma Hynninen, was ist das für ein Mensch? Kann man ihm trauen?«, fragte Korhonen.

»Ja, das kann man«, antwortete ich.

Ich mahnte mich zur Ruhe. Vor zwölf Stunden hatten bewaffnete Gangster mich gejagt, und es war gut möglich, dass mir bald wieder Ähnliches bevorstand. Aber im Moment war alles in Ordnung, ich saß im Auto und wir kamen voran. Die Musik im Radio wurde immer wieder durch Ansager unterbrochen, die in gekünstelt zwanglosem Ton Veranstaltungstipps gaben, vom Basar des Hausfrauenvereins bis zum Webkurs, aber selbst das klang einfach nur harmlos und sicher. Und Korhonen neben mir quasselte drauflos, war netter, als er aussah und als man es bei seinem Beruf erwartet hätte. Ich konnte nichts tun, außer ruhig im Wagen zu sitzen und die Fahrt zu genießen. Ungeduld und Jammern waren reine Energieverschwendung.

»Ich will dir mal von Waleri Karpow erzählen«, sagte ich und stellte die Rückenlehne hoch. Ich begann mit der Bemerkung, dass Waljucha und ich ungefähr gleichaltrig waren. Ich erinnerte mich noch gut daran, wie eines Tages ein blonder Junge mit rundem Gesicht auf dem Schulhof auftauchte. Er war von irgendwo aus dem Norden nach Sortavala umgezogen, aus einem der perspektivlosen Dörfer Weißmeerkareliens, die der Planung nach einem Staudamm zum Opfer fallen sollten oder einfach keine Zukunft hatten.

In Waljuchas Elternhaus ging es etwas ungeordnet zu, sein Vater trank, und auch seine Mutter war keine Vorzeigemama. Deshalb latschten wir nach der Schule oft gemeinsam zu uns, schöpften aus dem Sperrholzbottich Preiselbeermus in einen Becher, mischten Zucker und Wasser darunter und tranken die Mischung zu einem Stück Hefezopf. Oft saß Waleri auch noch mit uns am Abendbrottisch, ging erst nach Hause, wenn es schon dunkel war.

Ich erzählte Korhonen von unseren Skiläufen im Winter. Wir stampften unsere eigenen Pisten in den Schnee, fieberten der Aufnahmeprüfung zur Sportschule entgegen und wurden auch beide in die Schule in Petrozawodsk aufgenommen. Dort lebten wir im Wohnheim und fuhren in den Ferien mit dem Zug oder einem nach Abgasen stinkenden Bus nach Hause.

»Waleri ist Karelier, hat von seiner Oma und seinem Opa noch Karelisch gelernt und spricht auch gut Finnisch«, erklärte ich. Korhonen sagte, er sei über Karpows sprachliche Fähigkeiten und über seine Geschäftstätigkeit im Bilde, aus eigener Erfahrung und aus dienstlichen Gründen, und habe seine Rechtfertigungen zur Genüge gehört.

Ich schwieg eine Weile und überlegte, ob Korhonen verstehen oder nur höhnen und spotten würde. »Karpow und ich haben auch zusammen an der Parade zum siebzigsten Jahrestag der Revolution teilgenommen. Das war eine Riesensache, wir durften auf den Roten Platz«, begann ich vorsichtig, als erzählte ich von einem Angelausflug.

»Sag bloß!«, begeisterte sich Korhonen. »Ich hab die Parade im Fernsehen gesehen, ich erinnere mich noch gut an all die Kanonen und Raketen und die Soldaten im Stechschritt.«

Ich erzählte ihm, dass wir unbewaffnet gewesen waren. Karpow und ich waren in eine Marschgruppe von tausend jungen Sportlern gewählt worden. Wir trugen alle die gleichen rot-weißen Trainingsanzüge und Mützen, der kalte Winterwind fegte über den Platz, und wir froren und hüpften auf und ab, während wir auf den Abmarsch warteten.

Nachträglich hatten mich viele gefragt, wie Breschnew ausgesehen hatte und ob ich einen Blick auf Castro, Honecker oder Kádár und Jaruzelski erhascht hatte. Ich wusste, dass ich an ihnen vorbeidefiliert war, erinnerte mich aber nur an eine schwarzgraue Reihe alter Männer mit plüschigen Fellmützen. Natürlich war mir nicht aufgegangen, dass es ein historischer Moment war: die kommunistischen Führer zum letzten Mal beisammen, eine Macht demonstrierend, die sich schon bald verflüchtigen würde.

Ich hatte mich darauf konzentriert, als Eckmann meiner Gruppe im Takt zu marschieren und an den richtigen Stellen triumphierend zu winken und kleine Fähnchen zu schwenken.

Ganz aus der Nähe hatte ich beobachtet, wie Marschall Sokolow in einem offenen Zili über den Platz gefahren wurde. Es war großartig und beeindruckend, und doch dachte ich, sicher beißt dich der Frost, Genosse Marschall, zwickt dir in die Wangen und in die unbedeckten Ohren. Es war schneidend kalt in Moskau, der offene Wagen bot keinen Schutz vor dem Wind – du standest da, ein alter Mann, machtest Ehrenbezeugungen und nahmst sie entgegen, kämpftest um dein Gleichgewicht, als der Chauffeur überraschend beschleunigte.

Bei uns zu Hause hatte die Reise zur Parade rege Geschäftigkeit ausgelöst. Mutter hatte Proviant gebacken und es geschafft, neue Winterschuhe für mich zu ergattern, obwohl ich ihr erklärt hatte, dass die Sportschule mich für die Reise ausstatten würde. »Dein Vater wäre stolz auf dich«, hatte Mutter geseufzt, eine Träne im Augenwinkel, und ich hatte ihr nicht widersprochen.

»Es war eine tolle Reise«, seufzte ich. »Falls du das überhaupt verstehen kannst. Ich war bis dahin erst einmal in Leningrad gewesen, um meinen Vater im Armeehospital zu besuchen, ansonsten war ich immer nur zu Hause oder in Petrozawodsk. Moskau war eine Riesensache, und das Revolutionsjubiläum war noch grandioser.«

»Das kann ich mir gut vorstellen«, sagte Korhonen ernsthaft, ohne jeden Spott. »Ich weiß noch, wie Sepi Koistinen, ein Junge aus der Nachbarschaft, zum Sportfest nach Helsinki durfte. Er hatte blaue Shorts und ein weißes Turnhemd, und er gehörte, glaube ich, zu einer Gruppe von Dreikäsehochs, die im Stadion eine Pyramide bilden sollten. Ich war nicht mal neidisch, er war größer als ich, älter, und meine Eltern hätten mich sowieso nicht gehen lassen, zu irgendeinem Saltotraining oder sonstigem urbanen Firlefanz. Es hieß immer, nicht während der Heuernte, oder es war gerade Aussaat oder der Kohl musste verzogen werden, Kartoffelernte oder Dreschen oder Mist ausfahren, immer gab es irgendwas Wichtiges und Notwendiges, weshalb kleine Jungen zu Hause bleiben mussten. Und wenn es bloß der Gottesdienst im Radio war – jetzt schickt es sich nicht, auf dem Hof zu toben, seid still, Jungs.«

Korhonen sah in den Rückspiegel und machte höflich einem Bus Platz, der das Sonnenlicht verdeckte, als er langsam an uns vorbeizog.

»Vielleicht fällt es mir deshalb manchmal schwer, diese Graffitimaler und mit Partydrogen spielenden Teenager zu verstehen. Denen geht's im Prinzip doch gut, warum müssen die sich beklagen und unsereins Arbeit machen? Es gäbe nämlich genug, die wirklich Hilfe brauchen. Bei vielen geht es zu Hause schlimmer zu, als es sich diese Wohlstandsgören überhaupt vorstellen können. Womöglich spielen die sogar im Gemeindeclub Billard miteinander, aber da sagt doch keiner, come on, bei mir zu Haus, das is' voll die Härte, aber echt, Mutti hat'n neuen Papa angeschleppt, für 'ne Viddelstunde, aba der hat wahscheinch Aids.«

»Dazu kann ich mich nicht äußern. Ich hab ja keine Kinder«, sagte ich vorsichtig. Ich war mir nicht sicher, ob Korhonen sich so in Fahrt geredet hatte, dass er unberechenbar wurde.

»Vielleicht solltest du dir ein paar Blagen zulegen, alt genug bist du ja. Und Marja auch. Aus dir könnte ein ganz passabler Vater werden, du bist ein Typ, der sich kümmert. Zumindest warst du das früher. Gut möglich, dass Kinder wieder einen anständigen Mann aus dir machen würden«, grinste Korhonen und sah mich nachdenklich an.

»Kümmer du dich lieber darum, dass im Rückspiegel kein Auto mit russischem Kennzeichen auftaucht. Und auf finnische BMWs und Mercedesse solltest du auch achten«, befahl ich ihm.

Ich ruckelte die Lehne wieder tiefer, legte mich zurück und tat, als ob ich schlief.

12

Ich wurde wach und wusste, dass wir falsch fuhren. Der Wagen schaukelte auf einem Kiesweg um das Ende eines kleinen Sees herum, wirbelte Steinchen in das hohe Gras am Wegrand. Der Weg wand sich um einen Ackerkringel zu einer Anhöhe und warf sich auf den Hügel, tauchte in den Nadelwald ein wie in eine Höhle.

»Korhonen, wohin zum Teufel fährst du? Das sieht hier nicht aus wie Joensuu, auch nicht wie Sotkamo oder Kajaani«, brüllte ich.

»Reg dich ab. Wir sind in Tuusniemi. Am Rathaus hängt ein Bronzeschild: Terho Korhonen was born here.« Korhonen zeichnete ein Quadrat in die Luft und redete weiter, als müsse das alles so sein. »Ich hab einen kleinen Abstecher in meine Heimat gemacht. Die Wahnsinnsstrecke schaffen wir sowieso nicht an einem Tag. Man muss sich auch mal ausruhen.«

Er gab Gas und preschte hügelaufwärts. Oben ging der Wald in Felder über. Im Norden endeten die langen, leicht abschüssigen Ackerstreifen an einem bläulich pulsierenden Nadelwald. Im Süden fielen die Felder steil ab, stürzten fast in den schmalen See. Auf der höchsten Erhebung stand ein Bauernhof: ein helles längliches Wohnhaus, ein roter Speicher, eine Sauna und ein vergrauter Stall, der vor sich hin zu modern schien.

Der Weg gabelte sich. Korhonen fuhr auf dem Hügelrücken am Haus vorbei und hielt erst auf der anderen Seite der Lichtung an. Obwohl es keinen Zaun mehr gab, sah man sofort, dass sich an dieser Stelle das Tor befunden hatte. Korhonen wendete, wich souverän jedem Felsen aus, ohne hinzusehen. Er stellte den

Motor ab, öffnete die Tür und zündete sich eine Zigarette an, ließ das linke Bein nach draußen baumeln.

»Das ist mein Zuhause«, erklärte er. »Komisch. Ich hab verdammt noch mal mehr Jahre meines Lebens in Malmi verbracht als hier, aber bei dem Wort Zuhause denk ich an das da.«

»Du sprichst auch anders hier, bei dir zu Hause«, sagte ich.

»Ja«, nickte Korhonen. »Obwohl man das nicht romantisieren sollte. Ich bin hier nicht willkommen. Ich hab mich vor zwanzig Jahren mit meinem Alten überworfen. Wir sind immer noch über Kreuz.«

Er stieg aus, machte seiner Zigarette mit dem Absatz den Garaus und blieb stehen, die Ellbogen auf das Autodach gestützt.

»Weiter geht's. Genug Nostalgie für heute«, brummte er schließlich.

Er fuhr auf dem gleichen Weg zurück, warf nur einen kurzen Blick auf sein Elternhaus und biss sich auf die Lippen. Auf dem Hof rührte sich nichts, nicht einmal Wäsche flatterte im Wind. Die dunklen Fenster des Hauses starrten uns nach.

Ich stellte keine Fragen, aber Korhonen erzählte von sich aus, wir würden ein mustergültiges Nachtquartier in einem Feriendorf bekommen, das seinem Onkel gehörte. Die ganze Gegend sei voll von Korhonens, behauptete er, die ihren berühmten Verwandten gern beherbergen würden. Wir würden gut essen, in die Sauna gehen und ein paar Bierchen trinken, vielleicht auch den Tanzboden unsicher machen. Die Bezeichnung Feriendorf sei eigentlich eine Untertreibung, prahlte er, eher handle es sich um ein gut ausgestattetes Freizeitzentrum, einen Funpark für Erwachsene. Ich seufzte schwer, doch Korhonen sagte, ich solle nicht dauernd mosern.

»Ich sehne mich wirklich hierher zurück, vor allem jetzt im Sommer.« Korhonen musste fast brüllen, um das Orchester zu übertönen. »Gut, ich musste als Kind hart arbeiten und kämpfen, aber im Sommer war es immer heiß. Und unter dem Dach im

Speicher lagen alte Illustrierte und Jawa-Ersatzteile, und morgens kam Oma mich wecken, die Melkmaschine brüllte, und Mutter klapperte mit den Milchkannen. Ach so, bei euch gab's wohl keine Alfa-Laval. Die Agrartradition ist dir eher fremd, nehme ich an.«

Die Musik setzte überraschend aus, sodass die letzten Worte laut über die runde Tanzfläche schallten.

»Meine Mutter war Hauptbuchhalterin auf einer Kolchose. Über Viehzucht weiß ich schon das eine oder andere«, berichtigte ich ihn.

»Na schön, dann war sie eben Inseminatorin oder Kuhschwanzhalterin, egal«, wischte Korhonen meinen Einwand beiseite und setzte seinen Monolog fort. »Ich hab mir manchmal ausgemalt, wieder hierherzuziehen. Wenn ich mich mit meinem Vater aussöhnen würde ... na ja, das bringt die Natur sowieso bald in Ordnung, er ist schon ein alter Mann. Aber ich kann meine Familie nicht herbringen. Bibi würde sich beklagen, weil sie mit niemandem Schwedisch sprechen kann und alles so primitiv ist, die Gören würden jammern, hier gibt's nichts zu tun und die Mücken stechen und an den Grashalmen schneidet man sich.«

Die Musik setzte wieder ein und legte sich über Korhonens Jeremiade. Ich fing nur hier und da einzelne Wörter auf. Korhonen schimpfte offenbar über die hässlichen neuen Häuser und die riesigen modernen Kuhställe, warf mir einen Blick zu und stellte Vergleiche mit der Produktionsarchitektur der Sowjetzeit an. Ebenso vehement verurteilte er die großen Traktoren, die die Äcker steinhart walzten, und die gierige Intensivforstwirtschaft. Noch widerwärtiger seien allerdings deren Gegner, die Köttel von Flughörnchen in der Gegend verstreuten.

Wir hatten eine kleine Ferienhütte als Nachtquartier bekommen. Das Ufergrundstück war übersät mit diesen Blockhäuschen, in gleichmäßigem Karomuster angeordnet, jeweils mit einigen Metern Abstand zum Nachbarhaus. Der Komplex wirkte wie das Miniaturmodell einer Gartenstadt. Jedes Sommerhaus stand präzise in der Mitte seines Minigrundstücks, die Wege waren sauber mit Kies bestreut und begrünt war das Ganze mit Lineal und Wasserwaage.

Korhonen hatte dafür gesorgt, dass wir die Hütte umsonst benutzen durften. Die Frau seines Onkels hatte die Betten bezogen, uns den Schlüssel zur Sauna am Seeufer gegeben und sich dafür entschuldigt, dass sie uns für Essen und Trinken etwas berechnen müsse. Wir hatten in der Sauna geschwitzt und waren im See geschwommen, obwohl das Wasser an den tieferen Stellen noch kalt war. Korhonen hatte sich zuerst gesträubt und erklärt, er habe nicht die Angewohnheit, zwischen Eisschollen zu planschen, und Eislochangeln sei ihm auch zuwider.

Das Büfett war schon abgeräumt, aber wir luden uns in der Küche Piroggen und Roggenbrot und Rohkost und Kartoffeln und Karelischen Fleischtopf aufs Tablett. Wir nahmen auch von der Kaltschale, die Korhonen als Hängolin-Pudding bezeichnete. Als er meinen verständnislosen Blick bemerkte, klärte er mich auf.

Ich aß mit gutem Appetit. In der Sauna hatte ich gemerkt, dass mir leicht schummrig war. Ich brauchte keine Blutuntersuchung, um die Diagnose zu stellen, dass die Zuckerwerte in den Keller gesackt waren; immerhin waren vierundzwanzig Stunden vergangen, seit ich zum letzten Mal richtig gegessen hatte.

Auch Korhonen langte tüchtig zu, trank schon zum Essen zwei Glas Bier und machte dann trotz meiner Einwände an der Bar weiter. Ich leistete ihm Gesellschaft, nippte am Bier und schaukelte auf dem Barhocker. Die Band eines ehemaligen Tango-Königlichen begann zu spielen, und als eine halbe Stunde später der Prinz selbst die Bühne betrat, hatte sich das Parkett bereits mit Tänzern gefüllt und die Gaststätte war prallvoll, mitten in der Woche.

»Ich bin auf immer und ewig verbittert, weil mein Bruder bei den Aufsatzwettbewerben der Abstinenzler spannende Bücher gewonnen hat, zum Beispiel ›Die Schlingel der Garnison‹ oder ›Admiral Spoofs Trommler‹ … richtig dramatische Geschichten«, erzählte Korhonen zwei Cidre trinkenden Frauen. »Es war so unfair! Ich war in Bestform, hab scheißklug über die Gefahren des Alkohols und die teuflischen Folgen des Nikotins geschrieben. Und was gewinne ich? Ein Opus namens ›Der Tatzenhügel in Sommer und Winter‹! Der Höhepunkt in der Geschichte bestand darin, dass die Kinder riefen, jetzt aber schnell ans Gatter, die Kühe werden auf die Weide getrieben. Oh verdammt, das war echt ein Klassiker.«

Korhonen spielte den Empörten und brachte die Frauen zum Lachen.

Die beiden, die sich als Titta und Ansku vorgestellt hatten, waren irgendwann neben uns aufgetaucht, hatten sich im Gedränge zur Bartheke vorgekämpft, um ihre Getränke zu bestellen. Korhonen hatte sie in ein Gespräch verwickelt. Die Frauen erzählten, sie seien sozusagen auf Dienstreise. In Tittas Sommerhaus, weitab vom Lärm der Stadt, wollten sie in aller Ruhe eine neue Marketingstrategie entwickeln.

Korhonen kramte weitere Kindheitserinnerungen hervor. Ich saß freundlich lächelnd dabei, sträubte mich, als Korhonen mich aufforderte, aus meiner Pionierzeit zu berichten. Immerhin erzählte ich von der Schule Nummer Zwei in Sortavala, von den ersten blauroten Stiften und den weißen Möwen, die wir ausgeschnitten und auf Glanzpapier geklebt hatten, und davon, wie Mutter das Bild mit einer Reißzwecke an der Stubenwand befestigt, es gelobt hatte, und dass es immer noch dort hing, an der Wand unter der Uhr, obwohl Mutter nicht mehr lebte.

Ich stimmte *Tjomnaja notsch* an, auf Russisch, sang dann auf Finnisch weiter: »*Tumma on yö* …« Korhonen stimmte ein, enthüllte dann laut flüsternd, sein Freund Viktor sei einer der tragenden Baritone im Chor der Roten Armee gewesen. Soldat sei ich geworden, nachdem ich aus dem Kloster Nowospasski geflohen war, weil mich die Aussicht entsetzt hatte, als Mönch mein Leben lang nur Kirchenlieder zu singen.

Wir tanzten. Titta sagte, ich könne gut führen. Ich erklärte ihr ernsthaft, bei den Tests an der Sporthochschule habe man festgestellt, dass ich das Rhythmusgefühl eines Trommlers besaß. Außerdem sei es mir ganz egal, in welcher Richtung wir uns beim Tanzen drehten, für mich sei die Welt symmetrisch und in beiden Richtungen gleichermaßen schön. Ich prahlte, obendrein sei ich ziemlich ambidexter, mit beiden Händen gleich geschickt. Titta nahm meine Arme, legte sie um sich und bat mich, sie festzuhalten, mit beiden Händen. Ich lachte, drückte Titta an mich und fühlte ihre Weichheit.

Ich war blau wie ein Veilchen.

Im Allgemeinen betrank ich mich nicht unter Fremden. Lieber holte ich mir meinen Rausch wie ein Waldtier, das sein Bedürfnis verrichtet, suchte vorsichtig nach einer geschützten und ruhigen Stelle, wo ich allein wegdämmern konnte und im verletzlichsten Moment sicher war. Ein lärmendes Tanzlokal und eine angetrunkene, grölende Menschenmenge waren etwas anderes als meine eigene Sofaecke oder die Kumpels, mit denen ich in der Sauna hockte.

Ich schärfte mein Bewusstsein und sah mich um. Ich wusste, dass ich immer eine gewisse Handlungsfähigkeit behielt, selbst wenn ich mir Schnaps hinter die Binde goss, und die gutmütige Meute im Lokal wirkte nicht direkt gefährlich. Dennoch bat ich Korhonen, nicht ganz so laut zu reden. Es war nicht nötig, die ganze Provinz Ostfinnland wissen zu lassen, dass Viktor Kärppä sich in Tuusniemi aufhielt.

Das Orchester spielte den letzten Walzer, und wir spazierten hinaus in die helle Nacht. Korhonen erklärte, wir würden die Damen nach Hause bringen. Ansku drehte ihren Ring und sagte, er habe ihren Zivilstand falsch erraten. Und ihre Hütte sei nicht einmal einen Kilometer entfernt, liege hinter zwei Landzungen, einfach nur den Pfad lang, sie würden alleine hinfinden, ohne Kompass und Orientierungshilfe. Korhonen erwiderte, das Verheiratetsein sehe er nicht so eng und als Gentlemen würden wir selbstverständlich dafür sorgen, dass weibliche Wesen ungefährdet nach Hause kamen. Gleichzeitig könnten wir für die Meisterschaft im Orientierungslauf trainieren.

Das Sommerhaus stammte aus der Hobelbalkenkollektion einer Villenschreinerei. Praktischer Grundriss, geräumig, mit großem Alkoven und soliden Ökowänden, so war es vermutlich im Katalog beschrieben. Die hausbreite Terrasse lag zum See, die Fenster hatten kleine Scheiben, und das Dach war steil wie in den Alpen. Korhonen verschwand mit Ansku im Haus. Ich folgte Titta auf den Bootssteg.

»Bist du verheiratet?«, fragte sie und blickte über das Wasser. Die Sonne kündigte ihren Aufgang an, indem sie die Umrisse einer Insel vergoldete.

»Verheiratet nicht, aber auch nicht ganz frei«, antwortete ich ehrlich.

»Hast du Kinder?«

»Nein.«

Ich wusste, dass Titta mir gleich von Nichtenneffen oder Patenkindern erzählen würde, deren Lieblingstante sie sei und mit denen sie Qualitätszeit verbringe. Ich sah eine saubere Dreizimmerwohnung in halbwegs guter Lage vor mir, Trockenblumen in einem Tonkrug und Grafiken an den Wänden, ein Kunstbuch auf dem Sofatisch, und hörte, wie die biologische Uhr Kinderalarm schrillte.

»Mein Bruder hat zwei Kinder, Oskari und Viivi. Sie besuchen mich oft, dann kochen wir lecker und gehen ins Kino«, sagte Titta. »Ich finde es toll, ihre junge, interessante Tante zu sein, beinahe eine Art Freundin.«

Wir küssten uns. Titta umklammerte mich wie einen Rettungsring, drückte mich, zog zwischendurch den Kopf zurück und schaute nach oben, irgendwohin, keuchte fast und kehrte dann wieder zu meinen Lippen zurück, gierig.

»Schläfst du mit mir?«, fragte sie.

Bruchstücke aus einem Lied oder Gedicht fielen mir ein, in dem es um die Frage ging, ob man den traurigen Augen oder dem buntfröhlichen Tuch eines Mädchens glauben soll. Ich bekam den Vers nicht zusammen, konnte mich nicht einmal mehr erinnern, ob ich ihn auf Finnisch oder Russisch gekannt hatte.

»Ich glaube nicht«, lehnte ich so freundlich wie möglich ab. Ich umarmte Titta zum Abschied und dachte, jetzt bist du enttäuscht, aber glaub mir, die Enttäuschung wäre schlimmer, wenn ich morgen früh wegginge und du mir ganz umsonst deine Handynummer mitgäbest.

»Ich meinte bloß, es wäre schön, morgen nicht allein aufzuwachen«, sagte Titta. Sie bemühte sich, leichthin zu sprechen, klang aber wie ein Kind, das genau weiß, dass ein Monster unter dem Bett hervorkriecht, sobald es die Augen schließt. Sie gab mir noch einen Kuss und ging ins Haus.

Ich machte mich auf den Weg ins Feriendorf. Während ich dem Pfad folgte, dachte ich an Korhonen, der sich mit Ansku vergnügte. Ich war ein wenig neidisch und überlegte, ob ich umkehren sollte.

Die Tür zu unserer Hütte war abgeschlossen. Den Schlüssel hatte Korhonen. Ich ging prüfend um das Haus und beschloss, ein Fenster aufzuhebeln. Mit der Klinge meines Taschenmessers ruckelte ich an der Stelle, wo der Riegel sitzen musste. Die Zunge wollte gerade aus ihrer Vertiefung springen, als ich merkte, dass jemand hinter mir auf dem Sandweg stand. Ich hätte nicht sagen können, ob ich einen schwachen Reflex in der Fensterscheibe wahrnahm, ob der Kies unter einer Schuhsohle knirschte oder ob der Wind mir das Geruchsmolekül eines Rasierwassers zugetragen hatte. Aber ich war sicher, dass mir jemand auf den Nacken starrte.

Es waren drei Männer. Sie hatten sich mit herabhängenden Armen in einer Reihe aufgebaut.

Schon wieder knallbunte Sommerhemden, erbärmliche dunkle Anoraks und verfilzte Haare, meckerte ich in Gedanken. In welchem Schweinestall werden diese Typen eigentlich gezeugt oder aufgezogen? Eine Schande für Mütterchen Russland.

»Um diese Zeit solltet ihr längst schlafen, Kinderchen. Oder soll der liebe Onkel euch zudecken und in den Schlaf singen?«, säuselte ich auf Russisch.

Mein Spott flog ihnen ins Gesicht wie giftige Spucke, und ich wusste, dass ich wieder Angst hatte. Ich stellte mir vor, wie das Adrenalin den Alkohol in meinem Blut verdampfen ließ, und war schlagartig stocknüchtern.

»Ein Scheißrusse beim Einbrechen«, grölte der Mittlere der Männer. »Eikka, renn ma' gleich zum Büro von dem Korhonen-Pali, da hockt immer einer zum Aufpassen. Sach ihm, er soll die Pollerzei anrufen, wir halten den Kerl so lang in Schach.«

»Halt, halt, Jungs«, versuchte ich sie auf Finnisch zu besänftigen und möglichst friedlich und ehrlich zu klingen. »Kein Grund zur Aufregung. Das ist alles nur ein Missverständnis …«

»Mannomann, der is' mit allen Wassern gewaschen. Vorsicht, Aaro, er hat 'n Messer«, rief der Mittlere und stürzte sich auf mich. Der zweite Mann versuchte ihm zu folgen, während der dritte erstarrte. Ich duckte mich und wich dem ersten Angreifer aus, packte ihn mit Schwung am Jackenkragen und beförderte ihn unter den nächsten Zierstrauch. Er plumpste weich auf das Hackgut.

Auch der zweite setzte seinen Ansturm fort, obwohl ihn schon die zwei Zentimeter hohe Bordkante fast zu Fall gebracht hätte. Rasch klappte ich das Messer zusammen, damit er mir nicht versehentlich in die Klinge lief. Dann packte ich ihn am Arm und warf ihn zu Boden, drehte ihm den Arm so weit in den Rücken, dass er vor Schmerz aufstöhnte. Er roch nach reichlich Schnaps.

»Ihr habt das falsch verstanden«, sagte ich.

»Ja, Leute, das kann ich bestätigen«, rief Korhonen durch den Fensterspalt. »Ich bin Korhonen von der Helsinkier Polizei«, erklärte er und zeigte seinen Dienstausweis. »Und der Campingkaiser Korhonen-Pali ist mein Onkel. Meinen Freund hier könnt ihr meinetwegen Salvador Dali nennen. Er ist von der Einheit für Ostkriminalität und dienstlich hier. Also verzieht euch zu euren Reusen oder zur Mutti in die Heia und haltet das Maul.«

Korhonen stützte die Ellbogen auf die Fensterbank und beobachtete, wie das Trio sich auf dem Pfad gruppierte. Die Männer klopften sich Erde von den Hosenbeinen und beteuerten ihr Verständnis und ihre Unterstützung. Ihr Wortführer, der mich als Erster angegriffen hatte, demonstrierte mit den Fingern, dass seine Lippen versiegelt seien.

»Wir hätten uns ja gar nich' so aufgeführt, aber auf dem Parkplatz stand ein Auto mit russischem Nummernschild. Da is' so ein Riesenkoloss rumgerannt, mit Gaunervisage, und hat überall hingeluchst. Na ja, und da ham wir eben eins und eins zusammengezählt und sind auf drei gekommen ...«

»Verdammt noch mal, die haben uns aufgespürt«, wetterte ich und lief zur Tür. Korhonen winkte die Männer fort und schloss mir auf.

»Einpacken und los«, sagte ich.

Korhonen begnügte sich ausnahmsweise damit, stumm zu nicken.

13

Der staubige schwarze Opel stand in derselben Reihe wie unser Wagen. Dem Kennzeichen nach war er in Sankt Petersburg zugelassen, aber die Aufkleber am Rückfenster bezeugten, dass er ursprünglich irgendeinem Helmut oder einer Esther in Mannheim gehört hatte. Von seinem gegenwärtigen Fahrer oder weiteren Passagieren war nichts zu sehen.

Wir lagen im Schutz einer Hecke am Rand des Parkplatzes. Nichts regte sich. Nur die Vögel priesen zwitschernd ihre Qualitäten als Nestbauer an.

»Hier ist keiner«, schnaubte Korhonen. »Die Karre gehört bestimmt einem harmlosen Reisenden aus Sortavala, der sich für die Nacht eine Hütte gemietet hat.«

»Wir haben doch vertrauenswürdige Zeugen. Deine Aboriginalverwandten«, erinnerte ich ihn. »Und du hast zugelassen, dass sich die ganze Horde auf mich stürzt.«

»Drei betrunkene Kerle. Mit solchen Typen wirst du doch fertig.«

»Aber zuerst hast du mich bei einem Einbruchsversuch beobachtet.«

»Es war eine Freude, dir dabei zuzuschauen. Allerdings möchte ich dich an den moralischen Aspekt der Sache erinnern. Ich gebe fleischlichen Versuchungen nicht so leicht nach wie gewisse andere Leute«, brüstete sich Korhonen.

»Ich hab nichts getan«, verteidigte ich mich blöderweise.

»Ach. Unser Viktor ist also auch leer ausgegangen«, konstatierte Korhonen.

Von der Landstraße schallte das Brummen eines näherkommenden Lasters herüber. Ich nickte Korhonen zu, und wir sprinteten zum Audi. Der Motor sprang anstandslos an. In der nächsten Sekunde rollte der Wagen bereits auf den Asphalt. Ich beschleunigte gleichmäßig und behielt den Rückspiegel im Auge, entdeckte aber keine Verfolger. Korhonen schaute eine Weile durch das Heckfenster, drehte sich dann in Fahrtrichtung und suchte im Radio nach einem Sender, der auch in den ersten Morgenstunden Programm ausstrahlte.

Der Sommer wurde jünger, je weiter wir nach Norden kamen. Die Blätter an den Bäumen waren noch am Anfang ihrer Wachstumsphase, das Grün war dünner und zarter. Korhonen nickte ein, wurde im Lauf des Morgens aber frischer und hielt mir einen Vortrag über die Besonderheiten der Landwirtschaft in dieser Gegend. Er erklärte, in der Provinz Kainuu seien die Felder nur kleine Flicken, es gebe kilometerweit Sümpfe und Graswüsten, auf denen nichts gedeihe. Ich nickte und schwieg. Auch ohne Vorlesung sah ich, wie sich die Natur veränderte.

Korhonen schilderte mir die Geschichte der verlassenen Höfe. Er rührte sich selbst fast zu Tränen, als er sich zuerst in die harte Arbeit des Rodens und dann in die Landflucht einfühlte: Man ließ die Felder brachliegen, verriegelte die Türen und machte damit das Ergebnis all der Plackerei zunichte. Bald darauf jauchzte er jedoch wie ein Kind, denn er hatte am Straßenrand einen Elch entdeckt, und gleich darauf sah er auf einem See ein Schwanenpaar.

Ich fuhr und brummte gelegentlich zustimmend, dachte in Wirklichkeit jedoch an ganz andere Dinge. Ich versuchte, mich zu konzentrieren und alle meine Gedanken in eine einzige Röhre zu lenken, sodass Druck und Strömung zunahmen und kein einziger Tropfen verloren ging. Ich brauchte alle meine Informationen, Ideen und Geistesblitze.

Helsinki und die Baustellen und die Halle und mein verbranntes Haus blieben immer weiter zurück. Mein Unterbewusstsein zog mich jedoch zu dem Haus in Tapanila. Ich trauerte um meine Sammlung von Melodija-Schallplatten und um die Offiziersmütze meines Vaters, die an der Wand gehangen hatte und am Haken verbrannt war. Ich dachte an die Zuschauer, die das Wüten des Feuers verfolgt hatten wie eine Theateraufführung und denen zum selben Preis außer dem Lodern der Flammen und dem Nebel des Löschwassers auch noch ein Kampf geboten worden war.

Was mochten die Nachbarn denken? Einige Bekannte hatten verwundert zugesehen, als ich meine Verfolger zusammenschlug, und dank der Kinder im Publikum würde die ganze Ortschaft erfahren, was passiert war. Mehr als um alles andere trauerte ich darum, dass mein Versuch, ein normaler Eigenheimbewohner zu sein, mit dem Löschwasser in die Asche gespült worden war.

Ich hatte mich bemüht, der Ehrbarste unter den Ehrbaren zu sein. Ich ging zum Basar des Sportvereins und unterschrieb die Bürgerinitiative gegen die Schließung der Bibliothek, ich kaufte Schülerzeitungen und die kleinen Plastikblümchen bei der Spendensammlung am Ersten Mai und Lose zugunsten von Ferienlagern und spendete bei jeder karitativen Aktion einen Fünfer. Gegenüber den Nachbarn war ich betont höflich, aber zugleich zwanglos, ich verlieh mein Werkzeug und meinen Anhänger und half bei allen Arbeiten mit, schippte Schnee über meinen eigenen Anteil hinaus.

Im Herbst machte ich mit Marja brav die Runde, trank Weißwein unter Apfelbäumen, hörte mir die Klagen von Architekten und Lehrern und irgendwelchen Computerexperten über die Härte des Lebens und des Geschäfts an, darüber, dass mit den Kindern nichts anzufangen war und dass die Zuschüsse für Kulturprojekte viel zu knapp bemessen waren. Ich lächelte teilnahmsvoll, bis mir die Backen schmerzten, und schwieg zustimmend. Und all das nur, damit mir keiner nachsagte, ich wäre ein Gauner oder einer von diesen Sozialbetrügern und Parasiten. Oder ein Schürzenjäger, einer der berüchtigten karelischen Shemeikkas, zum Teufel. Und vor allem, damit niemand mich einen verdammten Iwan nannte.

»Bist du schon alterssichtig?«, fragte Korhonen plötzlich, holte mich zurück auf die Landstraße.

»Hä?« Ich erwartete eine Wiederholung oder Erklärung, doch Korhonen studierte das Etikett einer Entfrosterflasche, die er im Handschuhfach entdeckt hatte. Er hielt sie mit ausgestreckten Armen weit von sich ab, dann wieder dicht vor die Augen und murmelte die Produktinformation vor sich hin.

Ich schaltete in den Leerlauf, ließ den Wagen ausrollen und parkte auf dem Seitenstreifen.

»Gib mir dein Handy«, kommandierte ich. »Und deine PIN.«

Das Telefon akzeptierte die vier Ziffern. *Ciao Teppopo*, erschien als Begrüßung auf dem Display.

»Das haben die Kinder gemacht. Ich hab keine Ahnung, wie man das wegkriegt«, verteidigte sich Korhonen.

Ich ging hinter den Wagen und rief meinen eigenen Anrufbeantworter an. Aleksej hatte am vorigen Abend die Nachricht hinterlassen, alles sei einigermaßen in Ordnung, mal abgesehen davon, dass Russland das Eröffnungsspiel der Fußball-EM verloren hatte. Danach sagte Marja, mach dir keine Sorgen, Viktorschatz, aber pass auf dich auf. Ich hätte Lust gehabt, den Anrufbeantworter noch einmal anzuklingeln, um Marjas Stimme ein zweites Mal zu hören. Doch stattdessen rief ich Karpow an.

»Eine fremde Nummer«, wunderte er sich.

»Ich bin immer noch auf Achse«, erwiderte ich ausweichend. »Ich versuche, dorthin zu kommen, und es kann sein, dass ich deine Hilfe brauche.«

Karpow schwieg eine Weile. »Ja gut, in Ordnung. Wie ich dir ja schon gesagt hab, wirst du offenbar erwartet. Aber ich helf dir natürlich. Wann kommst du, was hast du vor?«

»Ich fange gerade erst an, das Bild zu erkennen«, antwortete ich. »Und deswegen brauche ich dich und deine Männer. In Sankt Petersburg kommt garantiert keiner auf die Idee, dass ich nicht wegrenne, sondern mich verstecke, einen Haken schlage und direkt ins feindliche Hauptquartier vorstoße.«

»Na, du hast ja schon eine fertige Strategie. Nach Petersburg also. Tja, du musst wissen, was du tust. Was meinst du, wann du kommst? Und auf welchem Weg?«

»Ich melde mich dann«, sagte ich und beendete das Gespräch.

Korhonen war zu mir getreten. »Du erzählst nicht viel von deinen Plänen. Weder mir noch anderen«, meinte er verwundert und ein wenig vorwurfsvoll.

»Nein. Es ist sicherer für dich und Karpow, wenn ihr möglichst wenig wisst«, erklärte ich und ging noch ein Stück weiter weg. Die Nummer, die ich nun eintippte, wusste ich auswendig, vorwärts wie rückwärts und notfalls auch im Schlaf.

»Bei Juutilainen.« Die Männerstimme betonte den letzten Teil des Namens..

»Spreche ich mit Eljas?«, vergewisserte ich mich.

»Am Apparat«, sagte der Mann, und ich konnte förmlich sehen, wie er sich straffte.

»Stromgesellschaft Kainuu, guten Tag. Möglicherweise gibt es eine Unterbrechung der Stromversorgung am frühen Abend. Wegen Arbeiten an der nordöstlichen Hauptader.« Der Satz ging mir mühelos über die Lippen.

»Aha. Ja. Heute Abend also? Na schön, ich stelle mich darauf ein«, sagte Eljas Juutilainen und legte auf.

Ich löschte die Nummer aus der Liste der Telefonate, brachte Korhonen das Handy und forderte ihn auf, zu Hause oder bei seiner Dienststelle anzurufen.

»Erzähl ihnen, dass du ein paar Tage, vielleicht auch eine Woche wegbleibst. Sag meinetwegen, du hast Bauchschmerzen und Menstruationsbeschwerden oder läufst einer Frau nach, machst Urlaub oder jagst Räuber. Egal was, aber du sagst auf keinen Fall, dass du in Kuhmo bist und bald über die Grenze gehst.«

»Dann gehen wir also in Vartius rüber? Wirst du da nicht gejagt?«, erkundigte er sich.

»Telefonier, statt dumme Fragen zu stellen. Und danach gibst du mir das Handy«, kommandierte ich.

14

In der letzten Phase der Spezialausbildung hatte man mir zwei persönliche Grenzübergangsstellen zugeteilt. Ich wusste, dass es sich um eine Anerkennung handelte, um ein Zeichen für eine gewisse Reife und Leistungsfähigkeit. Ich hatte die Anweisungen auswendig gelernt und die Landkarten studiert, mir Höfe und Buchten, Hügel und blanke Felsen und einen einsamen Teich eingeprägt.

Für die nördliche Etappe hatte ich eine Telefonnummer und Kennworte. Wenn ich dagegen die Grenze im Südosten bei Ilomantsi überqueren wollte, musste ich eine Ansichtskarte vom Vergnügungspark Linnanmäki schicken. Den Weg zu den Kontaktpunkten würde ich unter allen Umständen finden, durch die Wälder oder auf der Straße, bei Tageslicht so gut wie in der finstersten Nacht.

Bisher hatte ich meine Etappen nicht gebraucht. Ich war nicht zu geheimen Missionen entsandt worden, und als ich ein paarmal zu Skiwettkämpfen nach Finnland reisen durfte, hatte ich die offiziellen Grenzstationen benutzt. Bei der Gelegenheit hatte ich einige Berichte über meine Beobachtungen abliefern müssen, aber ansonsten schien meine gründliche Ausbildung in Vergessenheit geraten zu sein. Ich hatte mich nicht weiter darüber gewundert. In der Sowjetunion liefen die Dinge nun mal wie ein riesiger Zug. Ein kleiner Passagier merkte oft gar nicht, dass der Zug sich bewegte, und wusste auf keinen Fall, in welcher Richtung er fuhr.

Und dann gab es keine Sowjetunion mehr, und ich hatte nicht einmal mehr die früheren geringfügigen Spezialaufgaben.

Russlands Sicherheitsorgane traten allerdings das Erbe ihrer Vorgänger an, die Armee ebenso wie die Spezialtruppen des Innenministeriums und der Sicherheitsdienst. Auch die Namen blieben dieselben.

Ich war aufgefordert worden, mich im Büro für Spezialausbildung des Stabs der 17. Armee des Wehrbezirks Leningrad am Voznesenski-Prospekt in der Nähe der Admiralität zu melden. Ich glaubte, irgendein Lokalhengst wolle mich wegen meiner Absicht, nach Finnland auszureisen, ins Verhör nehmen oder mir einen Partisanenschlafsack in Rechnung stellen, dessen Verschwinden erst nachträglich aufgefallen war. Doch in der Dienststelle eskortierte man mich zu einem schweigsamen Oberst. Er reichte mir einen versiegelten Umschlag, salutierte und ging, zeigte mir nur mit einer Geste, dass ich das Papier in einem großen Aschenbecher verbrennen sollte. Der Umschlag enthielt einen einzigen beschriebenen und abgestempelten Bogen. Die meisten Eintragungen waren geschwärzt worden, nur zwei Absätze waren lesbar. Sie enthielten ein neues Kennwort für Kuhmo und die Information, dass Ilomantsi vorläufig nicht in Gebrauch war.

Wir ließen den Audi hinter einer Tankstelle stehen und deponierten den Schlüssel an der Kasse. Ich erklärte dem Pächter, ein Touristenbus würde uns auflesen. Wir wollten die Schlachtfelder des Fortsetzungskriegs besichtigen, sagte ich, die Kis-Kis-Hügel und den Eldanka-See. Anschließend würden wir den Wagen wieder abholen. Ich bot an, eine Parkgebühr zu zahlen, doch der Pächter meinte, das sei nicht nötig, Platz sei ja genug. Ich bedankte mich, und wir gingen mit unseren Taschen zum Straßenrand.

An der Haltestelle vergewisserte ich mich, dass uns niemand beobachtete, befahl Korhonen, mir zu folgen, und lief in den Wald. Anhand von Uhr und Sonnenstand stellte ich die Richtung fest, erkannte den Landrücken und die Stromleitung und bald darauf den kleinen Tümpel, alles genau so, wie ich es von der Landkarte in Erinnerung hatte. Der Pfad war teilweise zugewachsen, und die Furchen, die die Kufen der Motorschlitten in den Boden gezeichnet hatten, wirkten ein wenig irritierend, doch ich wusste, dass wir in einer guten halben Stunde auf das richtige Haus stoßen würden.

Auf der Treppe erwartete uns ein alter Mann. Er trug seine Sonntagshose und ein kariertes Hemd, an dem noch die Verpackungsfalten zu sehen waren. Ich erinnerte Korhonen daran, dass er die Lippen einzurollen hatte. Korhonen grummelte, er könne sich auch in eine Biskuitrolle verwandeln, wenn er mich damit glücklich mache.

»Allen Ernstes. Du bist stumm und taub, oder ich versenk dich im Moor«, drohte ich. Korhonen verdrehte die Augen und grunzte irgendwas, verstummte aber, sobald wir in Hörweite des Mannes kamen.

»Guten Tag.« Eljas Juutilainen begrüßte uns mit Handschlag und bat uns ins Haus.

Er wolle Piroggen aufwärmen, und Kaffee könne er uns auch anbieten.

»Hier ist man ungestört«, versicherte er. »Ich bin schon mehr als zehn Jahre Witwer, lebe allein, und zu den nächsten Nachbarn sind es anderthalb Kilometer. Die sind auch schon alt geworden, rennen nicht im Wald herum. Höchstens, um Beeren oder Pilze zu sammeln, aber an den Abhängen hier wachsen nicht viele Beeren. Und jetzt im Frühling, oder eigentlich ist es ja schon Frühsommer, na egal, jedenfalls geht jetzt noch keiner in die Beeren. Es sei denn, man sieht sich die unreifen Früchte an, prägt sich schon mal die Stellen ein, wo man dann im Herbst Blaubeeren findet. Obwohl es mit den Blaubeeren ja keiner so genau nimmt. Multbeeren, ja, das ist was anderes, die sind so wertvoll, dass man keinem verrät, wo sie wachsen, lieber lässt man sie im Sumpf verfaulen, als dass man sie dem Nachbarn gönnt …«

»Guten Tag. Danke. Wir wollen gleich weiter«, unterbrach ich den Redefluss des einsamen Mannes. Juutilainen nickte verständnisvoll. Er hielt sich immer noch gerade, war aber im Alter hager geworden. Die schlotternde Kleidung erinnerte an die vergangene Masse und Kraft seiner Muskeln.

Juutilainen ging uns voran ins Haus. Veranda und Diele hatten holzgetäfelte Wände und Decken. Das Holz war unter dem klaren Lack gedunkelt.

»Das Haus haben wir sechsundfünfzig gebaut. Wir hatten ein paar Kühe, und in der Saison war ich als Holzfäller auf Achse«, erzählte Juutilainen, öffnete eine niedrige Tür mit Birkenholzfurnier und bedeutete uns, nach oben zu gehen. Der Fußboden war eine einzige offene Fläche aus Dielen. Es roch nach Sägemehl und alten Zeitungen, und unter dem Blechdach war es warm. In die Dachbalken waren Nägel eingeschlagen, an denen Kleiderbeutel aus Papier hingen.

Ich öffnete das Giebelfenster einen Spaltbreit und räusperte mich. Juutilainen schrak aus seinen Erinnerungen auf, murmelte halblaut eine Entschuldigung, kniete dann an der Wand nieder und löste zwei Planken am äußersten Rand. Er nahm einen Stoffbeutel aus dem Versteck, legte ihn auf den Boden und zog einen dunkelgrünen, länglichen Blechkasten heraus.

»Es ist kein einziges Mal benutzt worden. Jedenfalls nicht in unserer Zeit«, präzisierte er und hielt mir den schweren Kasten würdevoll hin. Ich nahm ihn entgegen und blieb abwartend stehen. Juutilainen räusperte sich und sagte, er werde doch Kaffee kochen.

Ich wies Korhonen an, einen alten Stuhl ans Fenster zu rücken, stellte die Kiste auf den Stuhl und ließ die Riegel am einen Ende aufschnappen. Dann schob ich die mit Scharnieren versehene Luke zur Seite und nahm Antennendraht und Kabel aus dem Stoffbeutel.

»Das ist ja ein Funkgerät«, wisperte Korhonen.

»Ja. Eine R 105 D. Ein zuverlässiges Ding. Die wurden bei uns viel verwendet. Und in Ostdeutschland auch. Braucht wenig Saft und hat trotzdem eine Reichweite von an die fünfzig Kilometer«, erklärte ich.

Im Zubehörbeutel lag ein Kompass. Ich überprüfte am Fenster die Richtung und schickte Korhonen nach draußen.

»Ich werf die Drahtantenne aus dem Fenster. Du ziehst sie über einen Ast an der Birke da drüben, so hoch, wie du klettern kannst. Dann befestigst du sie in Bodennähe an einem passenden Baum, sodass ein Dreieck entsteht. Die Seiten sollten aber möglichst die gleiche Richtung haben.«

Ich nahm die Akkus des Funkgeräts aus ihrem Gehäuse. Sie waren nicht ausgelaufen, aber mir war klar, dass sie schon seit einer Ewigkeit leer sein mussten. Deshalb hatte ich an der Tankstelle Isolierband und vier flache Taschenlampenbatterien gekauft. Ich klebte die Batterien gleichpolig aneinander und verband die Kontaktzungen mit Kupferdraht zur Parallelschaltung, um eine gleichmäßige Spannung von viereinhalb Volt zu erhalten. Zum Schluss verband ich die Drähte der Plus- und Minuspole mit dem Funkgerät.

Korhonen kam zurück. »Die Antenne ist am Platz. Funktioniert das Ding?«, zischelte er.

Ich schaltete das Funkgerät ein. Brummend erwärmte es sich. Vorsichtshalber drehte ich die Lautstärke herunter und schaltete die Beleuchtung der Messanzeige ganz ab, damit der Strom aus den Batterien auch sicher reichen würde.

»Ja, es läuft. Still jetzt«, kommandierte ich.

Ich vergewisserte mich, dass das Kabel der Sprechvorrichtung, die die Form eines Telefonhörers hatte, ordentlich befestigt war, und begann die vereinbarte Litanei aus zehn Städtenamen herunterzubeten. Dann überprüfte ich die Einstellung und wollte gerade von vorn beginnen, bei Omsk, Tomsk und Topolsk, als es im Hörer rauschte.

»Hier Station Norden, ich höre«, sagte eine Männerstimme klar und deutlich. *Sever*, Norden, die Baritonstimme artikulierte das Wort so sorgfältig wie der Ansager, der bei Radio Moskau den Wetterbericht verlas.

Ich verschwendete keine Zeit damit, die makellose Verbindung zu bewundern, sondern spulte aus dem Gedächtnis die

Angaben über meinen Code und dann eine Kombination aus Ziffern und Buchstaben ab. Der Funker bat mich, das Ganze zu wiederholen, und schrieb die Zeichen auf, ließ sie sich noch einmal von mir bestätigen und brach die Verbindung ab. Ich schaltete den Strom aus.

Der Funkverkehr hatte störungsfrei funktioniert, und die Empfangsstation hatte sich in keiner Weise über meine Kontaktaufnahme gewundert. Nun konnte ich nur hoffen, dass der Funker meine Nachricht an einen Offizier weiterleitete, der hochrangig genug war, um den Identifizierungscode zu erkennen, und der sich die Mühe machte, die alten Dechiffrierungstabellen hervorzukramen und meine Nachricht zu entschlüsseln. Na ja, die Grenztruppen unterstanden nach wie vor dem FSB, also waren die Leute wohl diensteifriger als anderswo, tröstete ich mich.

Ich packte das Funkgerät in seine Kiste und riss den Kupferdraht und das Isolierband von den Batterien ab. Korhonen baute die Antenne ab, und ich stopfte das Zubehör in den Stoffbeutel.

»Wir brechen jetzt auf. Der Alte wird uns ein Stück begleiten«, sagte ich.

»Mensch, lass uns wenigstens den Kaffee trinken. Du warst so barsch zu dem alten Mann, hast ihn glatt rausgeschmissen, als du deine Stereoanlage getestet hast. Du könntest ein bisschen rücksichtsvoller sein«, tadelte Korhonen.

»Ich habe exakt nach Vorschrift gehandelt und von dem Alten nur verlangt, dass er das ebenfalls tut. So ist es am sichersten für uns. Sonst fragt der Mann sich nur, Moment mal, wer sind diese jovialen Typen eigentlich. Die verhalten sich ja ganz anders, als es vorgeschrieben ist«, verteidigte ich mich.

»Ja, ja, aber ein bisschen Menschlichkeit könntest du trotzdem zeigen, das ist immerhin ein alter Mann.«

»Na gut, trinken wir Kaffee. Aber du hältst weiterhin den Mund, machst ihn nur auf, um Kaffee zu schlürfen und Kekse zu essen«, mahnte ich.

Korhonen gelobte es feierlich.

Eljas Juutilainen hatte den Küchentisch für uns gedeckt. Er goss Kaffee in weiße, mit Goldrand und braunen Blumen verzierte Tassen. Auf die Untertassen hatte er kleine Servietten gelegt. Wir plauderten über das Wetter und über den Einzug des Sommers. Den größten Teil der Unterhaltung bestritt Juutilainen selbst, ich stimmte ihm zu und lobte die Bewirtung.

»Dann wollen wir mal«, sagte ich nach der zweiten Tasse. »Wir nehmen die Geräte mit und lassen sie verschwinden. Es gibt sie also nicht mehr, und es hat sie auch nie gegeben. Falls sich noch jemand mit Ihnen in Verbindung setzt und die Parole kennt, verstehen Sie nur Bahnhof. Und dann rufen Sie die Polizei an und sagen, hier seien verdächtige Personen unterwegs. Die Unsrigen sind das ab sofort nicht mehr«, erklärte ich langsam und deutlich und sah Juutilainen fest in die Augen.

»Aha, soso. Na, mir soll es recht sein. Lange genug habe ich ja in Bereitschaft gestanden. Gut, dass es nicht vergeblich war«, meinte Juutilainen und bot an, uns Proviant zurechtzumachen.

Ich lehnte ab und erklärte, wir müssten unbedingt aufbrechen. Juutilainen sagte, er verstehe, Anschlussverbindungen und vereinbarte Treffen, die dürfe man natürlich nicht verpassen.

Der Alte zog einen Anorak und flache Gummistiefel an und setzte eine Schirmmütze auf, die an beiden Seiten einen perforierten Streifen hatte. Er drückte die Haustür sorgfältig ins Schloss und führte uns auf einen Pfad, der am Kuhstall begann. Wir gingen an einem verwilderten Acker vorbei zum Ufer. Korhonen trug den Rucksack und beide Taschen, ich hatte mir das Funkgerät an den Tragriemen über die Schulter gehängt und hielt den Beutel mit dem Zubehör in der Hand.

Juutilainen setzte sich auf die Achterducht seines Bootes, schlug mit dem Steuerruder den Zapfen fest. Ich bedeutete Korhonen, sich in die Mitte zu setzen, schob das Boot aufs Wasser und sprang in den Bug. Dann passte ich die Ruder in die Dollen ein und legte mich in die Riemen. Juutilainen paddelte eine Weile mit dem Steuerruder mit, beschränkte sich dann aber aufs Steuern. Als wir uns ein gutes Stück vom Ufer entfernt hatten, hob ich die Ruder ins Boot und fragte leise, ob es hier richtig sei. Juutilainen nickte, ich las ihm von den Lippen ab, dass der See hier an die zwanzig Meter tief war. Ich hievte das Funkgerät auf das Dollbord und kippte es ins Wasser. Den Zubehörbeutel warf ich auf der anderen Seite hinein.

Juutilainen steuerte uns an das kiesige Ufer einer kleinen Landzunge. Ich zog das Boot nur ein kleines Stück aufs Trockene. Juutilainen vertäute es vorsichtshalber an einem Stein. Im Wasser sah ich Bojen und Schilder und an der anderen Seite des Sees einen breiten abgeholzten Streifen.

»Sie macht hier komische Windungen«, flüsterte Juutilainen. »Die Grenze. Sie verläuft mitten durch den See, und da drüben wächst reiner Ödwald, Kiefern auf festem Erdreich.« Er deutete in die Ferne. »Hier auf dieser Seite ist nichts als nasser Schlick, tiefster Sumpf überall. Den Kahlschlag konnten sie nur im Winter machen. Zu Fuß können da nicht mal die Grenzschützer patrouillieren. Aber wenn man sich auskennt, kommt man doch trockenen Fußes rüber. Und ich kenne mich aus, ich bin mein ganzes Leben lang hier rumgelaufen. Als Kinder haben wir in dieser Gegend Beeren gesammelt und bloß so aus Neugierde rübergeguckt, obwohl die Grenze damals, gleich nach dem Krieg, scharf bewacht wurde.«

Juutilainen ging los. Er trat leichtfüßig auf, suchte tragende Stellen in dem immer feuchter werdenden Gelände, sprang beinahe graziös auf Mooshöcker und umgestürzte Baumstämme. Korhonen und ich konzentrierten uns darauf, genau in seine Spuren zu treten und die saugenden Moortümpel zu vermeiden. Auf einer kleinen Insel aus mehreren festen Bülten machte ich kurz halt, um Atem zu holen und zur Abwechslung etwas anderes als meine Füße zu betrachten. Wir waren mitten im Reisermoor. Die vermoosten Bäume waren zum Sterben in das sumpfig modernde Wasser gestürzt, und alles schien im Schatten zu liegen.

Unser alter Führer wieselte in gleichmäßigem Tempo vorwärts. Ich musste mich sputen, um ihm auf den Fersen zu bleiben. Allmählich stieg der Boden an, die trockenen Streifen wurden breiter und fester, die Bäche strömten schneller, ihr Wasser wurde klar und frisch. Vor einem steil aufragenden, mit Fichten bewachsenen Abhang blieben wir stehen.

»Also dann. Hier kehre ich um. Weiterhin alles Gute«, verabschiedete sich Juutilainen, wusste nicht, ob er winken oder salutieren sollte.

»Danke, und leben Sie wohl«, sagte ich und gab ihm die Hand. »Und denken Sie daran, dass es uns nie gegeben hat, uns nicht und auch sonst nichts. Das ist das Klügste.«

Ich holte den Kompass, den ich dem Zubehörbeutel entnommen hatte, aus der Hosentasche.

»Das ist ein Erinnerungsstück für Sie. Wenn jemand fragt, sagen Sie einfach, Sie hätten ihn im Wald gefunden.«

Juutilainen schüttelte uns noch einmal die Hand und machte sich auf den Rückweg. Eine Zeit lang war sein Anorak noch zwischen dem Weidengestrüpp und den kümmerlichen Krüppelbirken zu sehen, dann verschwand er.

Das Gelände blieb anstrengend. Ein Hügel folgte dem anderen. Bei jedem zweiten Schritt mussten wir uns von weichen Mooshöckern abstoßen oder über Gestrüpp hechten. Wir wanderten leise und ohne Stopp, obwohl Korhonen eine Zigarettenpause forderte. Ich erinnerte ihn daran, dass unsere Marschgeschwindigkeit nur einige Kilometer pro Stunde betrug und dass wir uns mitten in der Grenzzone befanden.

»Außerdem ist es nicht opportun, überflüssige Duftspuren zu legen. Was würden zum Beispiel die finnischen Grenzsoldaten denken, wenn ihr Hund unbefugte Wanderer wittert und sie daraufhin mitten im Ödwald zwei Kerle in Turnschuhen aufgreifen, die eine zerlegte Kalaschnikow mit sich rumschleppen?«, gab ich zu bedenken.

»Uuih«, schüttelte sich Korhonen. »Hunde kann ich überhaupt nicht leiden. Als ich klein war, hat mir mal einer einen Riesenschreck eingejagt. Der hieß Teddy und hat zwei von unseren Hühnern so erschreckt, dass sie tot umgefallen sind.«

Ich beruhigte ihn. Tatsächlich seien wir bereits auf russischem Boden. Hier seien auch die Grenzschutzhunde nur Memmen, die einem die Hand leckten und sich anschließend auf dem Boden wälzten und gekrault werden wollten.

»War das übrigens klug?«, fragte Korhonen mit neuem Mut.

»Was denn?«

»Na, diesem Einödphilosophen den Sowjetkompass zu geben. Am Ende wundert sich noch jemand, wo der gute Eljas ein russisches Orientierungsinstrument herhat.«

»Den hat er im Wald gefunden, das hab ich doch gesagt. Und selbst wenn der Alte irgendwann alzheimert und die Geschichte ausbrabbelt, wird ihm keiner glauben. Das Funkgerät liegt im See. Und du hältst den Mund, Korhonen, ist das klar? Die Sicherheitspolizei hat wichtigere Aufgaben, als alten Leuten wegen nichts und wieder nichts auf den Pelz zu rücken«, sagte ich in drohendem Ton.

»Ja, ja, schon gut«, brummte Korhonen. »Aber ein waschechter Kommunist ist der Alte auf jeden Fall. Ich hab mir die Wimpel auf seiner Kommode angeguckt. Wer weiß, welche Parteischulen der besucht hat.«

Ich marschierte weiter, ohne die Tirade loszulassen, die mir durch den Kopf ging. Ein Kommunist, ha! Verdammt noch mal, wenn hier einer Kommunisten kennt, dann doch wohl ich, vor allem ehemalige, davon kenne ich Tausende, giftete ich stumm.

»Ich hab es nie als Verrücktheit oder Charakterstörung oder Krankheit betrachtet, dass einer Kommunist ist. Egal, welchem Ismus oder welcher Religion oder Idee sie anhängen, die Menschen sind klein oder groß. Na ja, vorwiegend klein«, sagte ich dann ruhig.

»Weißt du was, Viktor, du hast eine wahrhaft christliche Gesinnung«, schnaubte Korhonen. »Aber zurück zum Weltlichen. Einem knauserigen Menschen wie mir tut es in der Seele weh, dass ein Funkgerät zwanzig Sekunden lang benutzt und dann im See versenkt wird.«

»Es hatte seine Aufgabe erfüllt. Und Armeegerümpel gibt es mehr als genug«, tröstete ich ihn.

Ich versicherte Korhonen, dass garantiert noch Tausende von Divisionsfunkgeräten übrig waren. In unzähligen Höhlen und Kasernenbaracken lagerten Waschschüsseln und Ferngläser, Handtücher mit dem Emblem einer Flugzeugfabrik, optische Messgeräte, in Ölpapier gewickeltes Präzisionswerkzeug, Gabelschlüssel und massige Hämmer … Waren dieser Art hatte ich selbst schon vermittelt, sowohl an Hobbysammler in Finnland als auch an einen Unternehmer, der in seinem Webshop Ausrüstungsgegenstände der Roten Armee verscherbelte. Wenigstens waren das nicht ganz so morbide Sammelobjekte wie die Waffen oder die aus der Erde ausgebuddelten, durchlöcherten Helme und Schädelknochen, nach denen ebenfalls Nachfrage bestand.

Wir kamen an einen zehn Meter breiten, baumlosen Streifen, von dem man selbst die kleinsten Hiebreste entfernt hatte. An beiden Seiten des Streifens verlief ein mehrfacher Stacheldrahtzaun. Wir waren ein wenig von unserer Route abgekommen, aber gut hundert Meter weiter südlich sah ich den mit Farbe markierten Zaunpfahl und den Findling, den ich mir auf der Landkarte eingeprägt hatte. Wir gingen am Zaun entlang zu der Stelle. Vor dem mit einem weißen Streifen bemalten Pfosten kniete ich nieder. Korhonen witzelte über meine patriotische Huldigung, doch mein wütender Blick ließ ihn verstummen.

Die untersten Drähte waren durchtrennt, die anderen mit kurzen Federn an dem Zaunpfahl befestigt. Ich löste sie und wies Korhonen an, quer über den Streifen zum gegenüberliegenden Pfosten zu gehen. Er kroch durch die Lücke und über den Streifen und begann die Drähte am zweiten Zaun zu lösen. Ich verschloss die Lücke und folgte ihm.

Nach einem halben Kilometer kamen wir an einen weiteren, etwa zwanzig Meter breiten Kahlschlag. Am östlichen Ende folgte ein mehrere Meter breiter Streifen mit dünnem Sand, dahinter eine Fahrspur, auf der an feuchten Stellen Abdrücke von Geländereifen zu erkennen waren.

»Die Grenzschützer fahren hier entlang und gucken, ob Spuren zu sehen sind«, erklärte ich, brach einige Fichtenzweige ab und fegte den Sand glatt.

»Und wenn die ausgerechnet jetzt vorbeikämen?«, fragte Korhonen.

»Tja. Mich könnte ich irgendwie rausreden. Vielleicht. Und dich würde ich als meine Geisel ausgeben«, sagte ich.

Korhonen wirkte auf einmal nachdenklich.

»Du selbst hast darauf bestanden mitzukommen«, erinnerte ich ihn. »Na, egal was passiert, du hältst den Mund. Das Reden übernehme ich.«

Wir gingen knapp einen Kilometer durch schütteren Wald.

»Da ist sie ja, genau richtig«, stellte ich zufrieden fest, als ein Bahndamm vor uns aufragte. »Die Kostamus-Bahn. Hier werden Eisenpellets transportiert. Und Passagierverkehr gibt's auch. Jetzt ist es nicht mehr weit.«

Wir schlugen einen Pfad ein, der an den Gleisen entlangführte. Ich wusste, dass wir nicht mehr weit vom Treffpunkt entfernt waren. Und ich war sicher, dass sich irgendwo in der Nähe Menschen befanden. Ich blieb stehen, schloss die Augen und versuchte, Motorengeräusche oder Stimmen zu hören, Abgase oder Zigarettenrauch zu riechen.

Ich befahl Korhonen, beide Taschen zu tragen, nahm selbst nur den Rucksack und hängte ihn an beiden Riemen über eine Schulter. Korhonen wollte protestieren, doch ich hielt warnend einen Finger an die Lippen.

Die Bahnstrecke beschrieb eine weite Kurve. In der Ausbuchtung, die dadurch entstand, endete ein Fuhrweg, der knapp die Breite eines Wagens hatte. Am Wendeplatz stand ein grauer Uaz-Jeep. Ein Mann mit Uniformmütze stieg aus. Seinen Offiziersrang konnte ich auf die Entfernung nicht erkennen.

»Obacht«, knurrte ich zu Korhonen hinüber. Dann straffte ich mich und marschierte auf den Wagen zu wie bei einer Parade. Korhonen schleppte mir keuchend die Taschen nach.

15

»Willkommen, willkommen«, grüßte der rotgesichtige Major eifrig, legte die Hand an die Mütze und streckte sie mir anschließend hin. Er trug eine flache Schirmmütze, eine Jacke in Tarnfarben und eine grüne Diensthose mit leicht ausgebeulten Knien. Die Jacke ließ seinen muskulösen Oberkörper noch stämmiger erscheinen. Sie ragte an den Schultern hoch wie eine Schwimmweste aus dem Billigladen und ließ am Rücken einen Streifen Haut frei. Ich dachte bei mir, dass dieser Streifen im kühlen Herbst die richtige Zielscheibe für den Hexenschuss war; der Major würde krumm gehen und vor Schmerz stöhnen.

»Ich bin Major Nikiforow.« Der Mann schlug die Hacken zusammen. »Sergej Andrejewitsch Nikiforow.«

Ich sagte nichts, nickte nicht, sah den Major nicht einmal an. Ich ging an ihm vorbei zum Jeep und blieb vor der hinteren Tür stehen. Korhonen schleppte die Taschen an und ließ sie neben mir auf die Erde plumpsen. Ich bedachte ihn mit einem strengen Blick. Korhonen seufzte und hob die Taschen wieder auf, ließ sie an gekrümmten Fingern über die Schultern baumeln.

Ein pickelgesichtiger Soldat eilte im Laufschritt herbei, um die Tür zu öffnen, salutierte und verstaute Korhonens Taschen hinter der Rückbank.

»Wir konnten in der kurzen Zeit leider nicht viel vorbereiten. Aber die Sauna wird gerade geheizt, es gibt einen kleinen Imbiss und etwas zu trinken«, schleimte Major Nikiforow und leckte sich die Lippen.

Da ich ihm keine Antwort gab, redete er weiter.

»Abgelegen ist es hier und bescheiden. Weit weg von der Zivilisation. Ich selbst komme aus dem Süden, aus Krasnoarmejsk in der Nähe von Saratow. Aber die Armee wirft einen herum, ach, wie sie einen herumwirft. Ich war in Swobodnyi an der chinesischen Grenze und danach zum operativen Einsatz in Groznyi, Gott behüte. Damals habe ich gesagt, wenn man bloß hier rauskäme, mit heiler Haut und bei vollem Verstand. Aber dass ich als Nächstes in diesem gottvergessenen Winkel lande … na, hier ist es primitiv, aber ruhig.«

Nikiforow warf mir einen Blick zu.

»Aber die Sauna ist gut. Man nennt sie die Finnenhütte. Als Kostamus gebaut wurde, haben dort hochrangige Gäste gesaunt und gejagt. Als das Stahlkombinat gebaut wurde, oder die ganze Stadt. Jetzt dient sie als Freizeitstube für die Offiziere, die Sauna, meine ich.«

Die Erklärung des Majors mäanderte, brach aber plötzlich ab, als ich ihm in die Augen sah. Ich hob das Kinn und ließ die Augenlider müde herabhängen.

»Major, halten Sie den Mund. Sie reden zu viel, haben schon zu viel geredet. Sie haben simple Instruktionen. Die wichtigste lautet, dass Sie alles und nur das tun, was ich anordne«, sagte ich so kalt, dass ich beinahe erwartete, mein Atem würde dampfen wie im tiefsten Winter.

Nikiforows Mundwinkel zuckten.

»Schnauze«, kühlte ich weiter ab. »Vielleicht sind Sie wegen Trunksucht hier gelandet oder weil Sie einen Rekruten zu Tode schikaniert haben. Möglicherweise haben Sie in Tschetschenien heldenhaft gekämpft, doch jetzt geistern die Frauen und Kinder von Groznyi durch Ihre Träume. Oder es macht Ihnen einfach Spaß, die Rekruten beim Duschen zu überwachen.«

Der Muskelkrampf stieg von Nikoforows Lippen in die Wangen und Augenwinkel. Seine Gesichtsfarbe näherte sich dem Ton einer Roten Bete.

»Mir ist das egal. Aber ich weiß, was Sie denken. Dass es ein unerhörter Glücksfall ist, einen wichtigen Gast zu bekommen.

Und schon beginnen Sie zu kriechen und zu liebedienern.«

Ich verzog das Gesicht im Versuch, Ekel auszudrücken. Nikiforow lief der Schweiß über die Stirn.

»Also«, ließ ich die Leine ein wenig locker. »Jetzt überlegen Sie sich bitte, ob Sie ein Soldat dieser ruhmreichen Armee sein wollen oder ein korrupter Versager. Und dann handeln Sie dementsprechend.«

Nikiforow nahm noch strammere Haltung an.

»Ich wollte Sie keineswegs beleidigen, Genosse … Genosse Oberst«, riet er aufs Geratewohl. »Natürlich freue ich mich über die Abwechslung vom Alltag. Aber es liegt mir fern, Gott bewahre, daraus persönlichen Vorteil ziehen zu wollen. Erholung von den Strapazen der Reise, Rast, Speise und Trank, ein warmes Saunabad, nur das wollte ich Ihnen anbieten. Als Offizier und als Mensch …«

»Nicht. Wieder. Anfangen«, unterbrach ich ihn. »Und über mich sagen Sie kein Wort. Nicht zu mir und auch sonst zu keinem. Ich existiere überhaupt nicht. Geben Sie mir Ihre Instruktionsmappe.«

Nikiforow eilte zum Wagen, beugte sich mit hochgerecktem Hintern über die Rückbank und kam mit einem eckigen Aktenkoffer zurück. Er ließ die Schlösser aufschnappen und präsentierte mir den Inhalt.

»Der graue Umschlag«, sagte er.

Ich nahm den großen, an der Seite aufgerissenen Umschlag heraus. Er war aus dickem, weich aufgerautem Papier und mit dem Kennzeichen PC3 bestempelt. Ich kannte es nur zu gut. Es war mein und nur mein Kennzeichen, und ich hatte gehofft, es nie mehr zu Gesicht zu bekommen.

»Diese Operation hat es nie gegeben, und es gibt sie auch jetzt nicht. Die Instruktionen des Funkers und die anderen Akten, all das bringen Sie zur Sauna. Dort verbrennen wir es.«

»Sie besuchen also unsere Sauna.« Nikiforows Miene hellte sich auf.

»Wir bleiben über Nacht«, entgegnete ich. »Aber wir wollen keine Geselligkeit. Wir essen zu Abend, gehen in die Sauna, ruhen uns aus.«

»Verstanden.« Nikiforow schlug die Hacken zusammen.

Korhonen aalte sich auf dem Sofa und zog die nackten Zehen zusammen.

»Du hast den Burschen ganz schön zusammengestaucht. Soweit ich es verstanden habe. Drei Jahre Russisch im Gymnasium plus *Kapusta*-Sprachkurs im Fernsehen.«

Der Geländewagen hatte uns zuerst eine Viertelstunde durchgerüttelt, bis wir zum Stab des Wachbataillons kamen, dann noch einmal eine halbe Stunde bis zur Hütte. Dem Tacho nach hatten wir allerdings nur rund zwanzig Kilometer zurückgelegt. Der Weg schlängelte sich durch Kurven und über Hügel; ein schneller Läufer hätte unser Tempo ohne Weiteres mithalten können. An manchen steilen Abhängen hatte der Frühjahrsregen den Sand fortgespült und Felsbrocken und Baumwurzeln freigelegt. Der Fahrer musste die Strecke zu Fuß erkunden wie ein Formel-I-Pilot.

Die Hütte der Offiziere war aus dicken Balken gezimmert und stand an einem einsamen See. Sie bestand aus einer Art Wohnstube an der Uferseite, zwei Schlafkammern am anderen Ende und Diele und Küche in der Mitte. Major Nikiforow hatte uns durch das Haus geführt, die fertig bezogenen Betten und die Sauna unmittelbar am Ufer gezeigt, die vorbereiteten Speisen angepriesen und uns dann widerstrebend allein gelassen. Nikiforow und der auf die Rückbank abkommandierte kleine Koch, dem Aussehen nach ein Burjate, hatten zum Abschied salutiert, als der Jeep in einer Wolke von Staub davonschaukelte.

Wir waren nicht allein am Seeufer. Das einige Hektar große Areal war von einem drei Meter hohen Stacheldrahtzaun umgeben. Die Zufahrt zum Weg war durch einen Schlagbaum gesichert, neben dem ein Schilderhäuschen mit zwei Wachtposten stand. Ich vermutete, dass es irgendwo zwischen den Birken eine Wachstube gab, in der zwei weitere Zweiergruppen auf ihre

Schicht warteten. Ohne ausdrücklichen Befehl würden sie nicht zur Hütte kommen, aber ich hielt es für unklug, unter freiem Himmel Finnisch zu sprechen.

»Ich musste den Major ein bisschen einschüchtern«, erklärte ich Korhonen und warf die Etappenanweisungen, die Nikiforow in seinem Stab eingesammelt hatte, in den Kamin. »Ich möchte nicht, dass irgendwer erfährt, dass ich hier war. Oder dass die Etappe überhaupt benutzt wurde. Major Nikiforow wird es nicht wagen, darüber zu sprechen, selbst wenn man ihn direkt fragt. Er wird annehmen, dass der Fragesteller nur seine Zuverlässigkeit und Verschwiegenheit testet.«

Korhonen stand auf und spazierte leicht gekrümmt über die Dielen, die nach Birkenholz aussahen. Er stemmte die Hände in die Seiten und ließ die Hüften kreisen.

»Instabile Lendenwirbelsäule«, erklärte er und reckte sich vorsichtig. »Ich krieg gleich einen Krampf.«

»Schwache Muskeln«, diagnostizierte ich. »Oder es ist psychosomatisch, du reagierst mit dem Rücken auf die nervliche Anspannung. Jedenfalls solltest du sorgfältig Dehnübungen machen und die tiefen Bauchmuskeln kräftigen.«

»Viktor markiert den Trainer«, murmelte Korhonen.

»Viktor weiß Bescheid und gibt guten Rat«, lächelte ich.

Die Codelisten, die Anweisungen über Funkfrequenzen und die übermalten Landkarten flatterten als dünne Aschenblätter im Kamin. Ich stocherte mit dem Feuerhaken in den verkohlten Papieren und blies in die Glut, damit alles restlos verbrannte.

»Das war es«, sagte ich, als ich die letzten mit meinem Code versehenen Blätter in den Kamin warf. Zuerst hatte ich vorgehabt, sie als eine Art Lebensversicherung zu behalten. Bei genauerer Überlegung war ich jedoch zu dem Schluss gekommen, dass es kaum von Vorteil sein konnte, Militärdokumente durch Russland zu tragen, schon gar nicht, wenn ich in Begleitung eines Finnen unterwegs war, eine Kalaschnikow in der Reisetasche hatte und einen Personalausweis besaß, der keiner allzu mikroskopischen Untersuchung standhielt.

In der Sauna bedachte Korhonen die Schwitzbänke mit einem misstrauischen Blick. Ich goss Wasser auf die Steine und erklärte ihm, dass er hier keine Sitzkissen finden würde. Auch am Esstisch seufzte er schwer. Er drehte und wendete die geräucherten Barsche und fetten Würste mit der Gabelspitze und schob den mit reichlich Mayonnaise angemachten Salat beiseite. Ich schmatzte geräuschvoll und versuchte Korhonen zum Essen zu ermuntern, indem ich ihm erklärte, in meiner Risikoanalyse sei eine Magenverstimmung als zweitrangig eingestuft. Außerdem habe der sibirische Koch sich in dieser Woche sicher schon einmal die Hände gewaschen.

Schweigend legten wir uns schlafen. Die Betten standen beide in einer Kammer, und ich drohte Korhonen, ihn aus dem Haus zu werfen, wenn er schnarchte. Die Sonne hatte sich gerade erst hinter dem gegenüberliegenden Ufer verborgen. Der helle, dünne Vorhang dimmte das Licht kaum.

»Genosse … *polkownik*. So hat er dich angeredet«, sagte Korhonen unvermittelt.

»Ach, Nikiforow. Na ja, man sagt eben immer noch Genosse«, erklärte ich.

»Aber heißt das nicht Oberst?«, fragte Korhonen mit unverhohlenem Misstrauen.

»Der arme Major war in Panik, er hatte Angst.«

»Und was bist du wirklich?«

»Nur Hauptmann.«

Korhonen schwieg. »Ach so, nur Hauptmann«, äffte er mich dann nach.

Ich lag auf dem Rücken, starrte an die Decke und dachte darüber nach, wie schwer das alles zu erklären war. Dass es allein im Militärdistrikt Leningrad achtzig große Militärkapellen gab und folglich tonnenweise Messinghörner und ein Gros Dirigentenstäbe mit rundem Knauf. Und Exhauptmänner gab es in ganz Russland hunderttausend.

Und dann irrte ich im Grenzland zwischen Traum und Bewusstsein, hatte mich verlaufen, fürchtete mich aber nicht. Mutter kam mir ent-

gegen und mein ehemaliger Boss, der tote Ryschkow, und dann noch mein Freund Karpow. Wir waren auf irgendeinem Hof, ich wusste nicht wo, konnte mich jedoch nicht aufraffen, es herauszufinden. Ein mit Brettern verschaltes altes Blockhaus stand dort, gelb-rötlich gestrichen.

Das Fenster mit den kleinen Scheiben stand einen Spaltbreit offen, die Rahmen schwitzten den Kitt aus, und die Farbe blätterte ab. Von drinnen war Klavierspiel zu hören. Ich musste mich auf die Zehenspitzen stellen, um ins Zimmer zu schauen. Lena saß am Petrof-Flügel. Auch ich sprang hups hinein, auf den alten Sessel, wir waren in Lenas Zuhause in Leningrad, sie übte, und ich hörte zu, saß auf den Knien, die Füße unter dem Gesäß wie als kleiner Junge, aber diesmal, weil ich das Loch in meinem Strumpf verstecken wollte.

Lena spielte, und ich stellte mir vor, die Noten flögen zum Fenster hinaus wie kleine Vögel.

Aber wieso stand das Fenster offen, mitten im Winter, ich hatte ja Wollsocken an? Und die Wohnung von Lenas Eltern war doch in der Stadt, im dritten Stock?

Als ich wieder auf meine Füße blickte, sah ich, dass ich blank gewienerte Schuhe trug, dazu meine komplette Paradeuniform, die Kragenspiegel ein golden flimmerndes Geflecht, in der Mitte ein tiefroter Streifen, die Sterne millimetergenau an ihrem Platz.

Major Nikiforow wuselte um mich herum, ein Zentimetermaß um den Hals. Er lobte den perfekten Sitz der Schulterlinie und wischte den Staub von der Uniformmütze, indem er sie vorsichtig drehte wie eine Schallplatte aus Vinyl.

Ich musste an meine Melodija-Schallplatten und an das Feuer denken und wachte auf, wurde aus dem Traum in helle Angst geschleudert, in das Wissen, dass ich gejagt wurde und dass mein Haus abgebrannt war und dass ich drohen und zurückschlagen und mich rächen musste.

Die Müdigkeit begnadigte mich langsam. Ich sank nach und nach wieder in den Schlaf.

16

Major Nikiforow kurvte in einem Lada auf den Hof. Sein Fahrer folgte ihm im Jeep. Ich schüttelte dem Major huldvoll die Hand und erklärte ihm, dass ich den Wagen einige Tage lang brauchen würde. Nikiforow versicherte mir, der Fahrer, ein zuverlässiger und guter Mann, habe Anweisung, meine Befehle zu befolgen. Der Wagen sei gewartet, das Öl gewechselt und jeder Schmiernippel mit der besten Vaseline eingefettet. Der Tank sei randvoll gefüllt, und mit den Propuski des Fahrers bekämen wir weiteren Treibstoff, das Benzin würde uns nicht ausgehen, selbst wenn wir bis nach Sankt Petersburg fahren würden.

»Keine Vermutungen über das Ziel, keine Fragen nach der Route, Major«, sagte ich scharf und hob warnend einen Finger. Nikiforow beteuerte hastig, das sei nur ein schwankendes Symbol, eine Metapher, er habe mich keineswegs nach unseren Plänen aushorchen wollen.

Er blieb leicht vorgebeugt stehen und sah uns nach, als wir den Hügel hinauf zum Kontrollpunkt brummten. Ein verschlafen aussehender junger Bursche drückte das Gegengewicht herunter, sodass sich der rotgelbe Schlagbaum hob. Der zweite Soldat stand mit ausdruckslosem Gesicht da, das Sturmgewehr vor der Brust. Seine Stiefel wirkten zu groß und schwer, es sah beinahe aus, als wären sie mit dem Boden verwachsen oder festgedübelt, und bei der Wachablösung würde einfach ein neuer Mann in die alten Stiefel steigen.

»Nach Kostamus«, befahl ich dem Fahrer knapp.

Wir schlängelten uns südlich des Bergwerks in die Stadt. Die gewaltige Grube des Tagebaus war hinter einem Wall verborgen.

Ich hielt Korhonen keinen Vortrag über die Sehenswürdigkeiten, obwohl er den Kopf hin und her drehte und sich über die Größe der Fabrikanlagen und das vertraute Aussehen der Häuser wunderte.

»Die sehen aus wie in … Lieksa. Oder wie in einer Art Sowjet-Hakunila«, meinte er.

»Die Finnen haben diese Stadt gebaut, nach dem Muster finnischer Betonsiedlungen«, erklärte ich. Ich ließ Korhonen reden, denn über einen stummen Passagier hätte der Fahrer sich gleichermaßen gewundert. Ich bat den Mann, zum Einkaufszentrum zu fahren.

»Was jetzt?«, fragte Korhonen, als wir vor einem Kaufhaus hielten.

»Geh einkaufen«, sagte ich. »Ich geb dir Geld, hier. Du kaufst Brot und Kekse und etwas zu trinken, ein wenig Proviant. Ich höre inzwischen nach, ob in Helsinki alles in Ordnung ist, und rufe dann Karpow an. Er soll uns hier oder irgendwo unterwegs aufsammeln. Den Fahrer schicken wir dann für ein paar Tage auf Reisen, nach Kantalahti zum Beispiel, um irgendwas abzuholen.«

Korhonen zögerte.

»Ich schalte das Handy nur ganz kurz ein«, beruhigte ich ihn.

»Darum geht es nicht. Aber ich weiß nicht, ob ich in dem Laden zurechtkomme.«

»Du gehst rein, legst die Sachen in einen Einkaufskorb, und an der Kasse gibst du dem Tantchen deine Geldbörse und sagst *paschalsta*, dann nimmt sie raus, was du zu zahlen hast«, riet ich ihm.

Korhonen schnappte sich die Geldscheine, die ich ihm hinhielt, und ging.

»Warten Sie hier«, sagte ich zum Fahrer und ging zur Seitenwand des Einkaufszentrums. Auf den Trampelpfaden, die die Grünfläche durchzogen, vollführten kleine Jungen akrobatische Kunststücke auf ihren Rädern. Eine junge Frau schob mit einer

Hand einen Kinderwagen, in der anderen hielt sie ein Waffelhörnchen mit schmelzendem Eis. Die Räder des Kinderwagens blieben an einem Grashöcker hängen. Ich half der Frau. Sie lächelte zum Dank und leckte sich verlegen das Eis von der Lippe. Sie trug hochhackige Schuhe, hatte rot gefärbte Haare und stark geschminkte Augenlider.

»VK-Konzern«, meldete sich Oksana.

»Ich bin's. Ist alles in Ordnung?«

»Oje, Viktor Nikolajewitsch, lieber Viktor«, jammerte Oksana.

»Oksana, ich kann nicht lange sprechen. Was ist los?«, fragte ich.

»Nichts, nichts. Hier ist alles in Ordnung, alles bestens. Soweit überhaupt etwas in Ordnung sein kann, wenn das Haus meines lieben Arbeitgebers und Freundes angezündet wird, wenn ein Mensch in die Nacht hinausgetrieben wird wie ein Fuchs aus seinem Loch …« Oksana beherrschte sich gerade mal zwei Sekunden, bevor sie ein neues Klagelied anstimmte.

»Oksana, nimm dich zusammen«, mahnte ich. Ich hörte, wie sie aufschluchzte und sich geräuschvoll die Nase putzte.

»Entschuldige, Viktor. Das alles macht mich so empfindsam. Aber für dich ist es natürlich am schwersten, ich weiß …« Ich wollte Oksana erneut anfahren, doch als sie meinen scharfen Atemzug hörte, unterbrach sie ihre Klage. »Im Büro habe ich alles erledigt. Einige Rechnungen habe ich beiseitegelegt, eine Anfrage nach einer Offerte auch. Und allen, die nach dir gefragt haben, habe ich gesagt, dass du in Bulgarien Urlaub machst.«

»In Bulgarien?«

»Schau, ich hatte gerade eine Zeitung aufgeschlagen, da waren Inserate von Reisebüros, die stachen mir ins Auge, und da habe ich mich erinnert, als ich ein kleines Mädchen war, haben Mutter und Vater oft gesagt, wenn wir doch nach Sotschi fahren könnten oder gar nach Varna an die Goldküste. Ich hab hoffentlich nichts falsch gemacht?«, fragte Oksana aufgeregt.

»Nein, nein. Ich war nur verblüfft. Bulgarien ist ein schönes Land«, beruhigte ich meine Sekretärin. »Aber sag mir, ist irgendwer ins Büro gekommen und hat nach mir gefragt? Diese Russen zum Beispiel?«

»Nein. Karpow hat ein paarmal angerufen und gefragt, wo du steckst, aber er meinte, ich sollte dir nichts ausrichten, er würde dich sicher irgendwie erreichen.«

Ich dankte Oksana und beruhigte sie. Wo ich war, verriet ich ihr nicht, erklärte nur, ich würde noch ein paar Tage unterwegs sein. Genaueres wisse ich noch nicht. Dann bat ich sie, Marja und Aleksej anzurufen, ihnen Grüße von mir zu bestellen und zu sagen, ich sei wohlauf.

»Vielleicht solltest du Marja lieber selbst anrufen«, riet mir Oksana.

»Das geht jetzt nicht. Tu, worum ich dich gebeten habe«, beendete ich das Gespräch.

Ich latschte zur Vorderfront des Einkaufszentrums und blieb neben einem Kiosk stehen. Gleich daneben war eine Bushaltestelle, es wimmelte von Menschen. Ich wählte Karpows Nummer, doch eine automatische Ansage erklärte, er spreche gerade mit einem anderen Teilnehmer. Gut, dann musste ich es eben in einigen Minuten noch einmal versuchen. Vielleicht kaufte Waleri gerade illegal kopierte Platten oder verhandelte über den Export einer Ladung Zigaretten, feixte ich.

Routinemäßig beobachtete ich die Passanten, obwohl ich nicht damit rechnete, dass ich schon hier observiert wurde. Zudem verließ ich mich auf die alte Weisheit, eine Menschenmenge sei das beste Versteck. Ein großer Citroën glitt langsam vorbei. Plötzlich wurde mir klar, dass ich ihn gerade eben schon einmal bemerkt hatte, als er in entgegengesetzter Richtung vorbeigefahren war. Ich hatte überlegt, ob der alte Franzose für die hiesigen Straßen geeignet war, hatte auch den Rost an den Türkanten und die abgebrochene Antenne registriert.

In dem Wagen saßen zwei Männer. Sie schauten nicht auf die Menschenmenge, sondern starrten die graue Wand des Plattenbaus auf der anderen Straßenseite an, als sie an mir vorbeifuhren. Der Citroën bog auf den Parkplatz, blieb schaukelnd und zischend stehen. Die Männer stiegen aus. Ich ahnte Böses.

Ich bemühte mich, gelassen zu wirken, während ich auf die Ecke zuging, hinter der unser Fahrer im Jeep wartete. Die Männer aus dem Citroën setzten sich in Trab und schnitten mir den Weg ab. Ich blieb stehen und lächelte arglos.

Der Mann, der am Steuer gesessen hatte, blieb etwa zwei Meter vor mir stehen. Er steckte verlegen die Hände in die Gesäßtaschen seiner Jeans, spuckte aus und bohrte die Spitze seines Turnschuhs in eine Kuhle im Asphalt. Der andere Mann war untersetzt, sein Gesicht war gerötet und schweißüberströmt. Er trat zu mir und zeigte mir, wie die Pistole in seiner Jackentasche den Stoff spannte.

»Viktor Nikolajewitsch, kommen Sie bitte mit uns«, sagte er mit bäurischer Höflichkeit.

Die Männer führten mich zu ihrem Wagen. Der Fahrer öffnete die Tür zum Fond und bückte sich, um diversen Krimskrams von der Rückbank zu räumen. Ich lächelte verständnisvoll und anteilnehmend, ach ja, es sammelt sich immer so viel Zeug an. Sei vorsichtig, mahnte ich mich in Gedanken.

Ich sprang hoch und trat mit beiden Füßen gegen die Tür des Citroën. Sie schlug dem Fahrer von hinten gegen die Waden. Er heulte auf. Die zerbeulte Tür federte zurück und knirschte, als sie anschlug. Ich wirbelte herum und schlug dem Dicken mit der linken Hand an den Hals, achtete darauf, ihm nicht den Kehlkopf zu zertrümmern. Der Mann verdrehte die Augen und fiel ordentlich gefaltet zu Boden, sein Körper knickte ein wie ein Endlosformular.

Der Fahrer ergriff die Flucht. Er jammerte leise vor sich hin und hinkte erstaunlich schnell, trat nur bei jedem dritten Schritt mit dem linken Fuß auf und hüpfte dazwischen zweimal auf dem rechten. Ich ließ ihn laufen.

Der untersetzte Mann wimmerte. Obwohl er bewusstlos war, hielt er die Pistole in seiner Tasche immer noch umklammert. Ich löste sie aus seinen Fingern und warf sie unter den Wagensitz.

Dann öffnete ich den Kofferraum, hievte den schweren, schlaffen Mann auf die Kante und ließ ihn hineinrollen. Der Zwischenfall hatte sich in aller Öffentlichkeit abgespielt. Ich blickte mich langsam um und tat, als wäre es ganz alltäglich, bewusstlose Männer in Kofferräume zu laden. Die Passanten beschleunigten den Schritt, die Autofahrer entdeckten plötzlich etwas ungemein Interessantes am Armaturenbrett, und die Männer, die vor dem Einkaufszentrum herumlungerten, lösten sich in nichts auf, verschwanden spurlos wie Wasser im Sand.

Ich setzte mich ans Steuer des Citroën und atmete tief durch. Das Duo, das mich geschnappt hatte, gehörte wahrhaftig nicht zur ersten Garde von Sankt Petersburg, die beiden waren die letzten und schwächsten Glieder in der Kette, die sich bis hierher in die Provinz wand.

Ich glaubte immer noch nicht, dass die Männer mir gezielt aufgelauert hatten. Vielleicht hatten sie gehört, dass man weiter südlich in den Städten nach mir Ausschau hielt, oder sie hatten mich zufällig erkannt, ihre Beobachtung gemeldet und den Befehl erhalten, mich aufzulesen. Von dem Armeewagen und Korhonen hatten sie offenbar nichts gewusst.

Ein verschwommenes Bild schoss mir durch den Kopf, der vage Verdacht, dass ich den davongehinkten Fahrer schon einmal gesehen hatte. Irgendeine Geste oder Haltung war mir bekannt vorgekommen. Doch ich bekam das Bild nicht in den Griff, konnte es nicht noch einmal vor mein inneres Auge holen, um nach Fixpunkten für eine Identifikation zu suchen.

Im Wagen stank es nach Tausenden von Zigaretten. Das Bündel tannenbaumförmiger Geruchsneutralisierer, das am Rückspiegel hing, reicherte den Mief mit süßlichen, unnatürlichen Aromen an. Hastig durchsuchte ich das Handschuhfach und die sonstigen Staufächer. Sie enthielten zerknüllte Zigarettenpäckchen, Streichholzschachteln, einige CDs, Münzen, ein deutschsprachiges Verzeichnis der autorisierten Citroënwerkstätten und eine kleine, polierte Holzdose mit einem Heiligenbild auf dem Deckel.

Das Mobiltelefon ruhte in seiner Halterung. Es war mit einem Spiralkabel an den Zigarettenanzünder angeschlossen. Zuerst kam ich mit dem Menü des Samsung nicht zurecht, doch nach einigen Fehlversuchen fand ich die Liste der Telefonate. Die Männer hatten vor einigen Minuten den *Boss* angerufen.

Ich kannte die Nummer gut.

Nun erinnerte ich mich auch, wo und in wessen Begleitung ich den schüchternen Citroënfahrer gesehen hatte, vor langer Zeit.

Ich steckte das Handy zurück in seine Halterung, wo es sich brav weiter auflud. Dann stieg ich aus und öffnete den Kofferraum. Der beleibte Mann war inzwischen zu Bewusstsein gekommen. Er legte die Arme schützend auf die Brust, blinzelte in der plötzlichen Helligkeit.

»Richte deinen Auftraggebern in Sankt Petersburg Grüße aus«, sagte ich und hoffte, dass er die Botschaft wortwörtlich übermitteln würde. Der Mann sah mich an, die Augen in seinem runden Gesicht weit aufgerissen wie ein Uhu. Ich schlug den Deckel zu.

17

Ich musste die verschlüsselte Nummer auf einem Zettel in die richtige Form bringen. Meine Hände zitterten, der Stift zog überzählige Kringel auf das Karopapier. Ich holte tief Luft und tippte die Nummer ein, verglich sie noch einmal mit meinem Zettel, bevor ich auf die Taste mit dem grünen Hörer drückte.

»Ja«, meldete sich der Mann.

»Oka. Hier ist Vitjucha, Viktor Nikolajewitsch«, stellte ich mich vor.

»Vitjucha«, sagte der Mann gedehnt, als lasse er sich jede Silbe einzeln auf der Zunge zergehen. »Es ist lange her.« Er machte lediglich eine Feststellung, fragte nicht und wunderte sich nicht.

»Ja«, erwiderte ich und kam mir dumm vor, wie immer mit Oka.

»Ich frage nicht, woher du die Nummer hast. Ich frage auch nicht, für wen du arbeitest und ob du es mir verraten darfst. Ich erwarte nur, dass du mir sagst, warum du anrufst«, nahm Oka mehrere Stufen auf einmal.

»Ich vertrete keinen anderen. Nur mich selbst. Ich bitte um Rat und Hilfe«, sagte ich.

»Aha«, entgegnete Oka. »Aber was gibt dir die Gewissheit, dass du mir trauen kannst und dass ich irgendwas ausrichten kann? Immer noch?«, diktierte er mir meine logischen Schlussfolgerungen.

»Nichts«, gab ich zu. »Ich habe dir damals vertraut und vertraue dir jetzt.«

»Gut. Komm her. Du kennst den Ort. Ich warte«, erklärte

Oka. Ich wusste, dass er alles verstanden hatte, was ich gesagt hatte. Und noch mehr.

Korhonen ließ sich mit seinen Tüten auf die Rückbank des Uaz fallen.

»Ganz schön kompliziert, aber unsereins hat sich wacker geschlagen. Ich hab sogar auf Russisch nach Wodka gefragt. Der wird an einem Extraschalter verkauft, aber ein Sprachgenie findet sich überall zurecht«, prahlte er. »Viele Sorten im Angebot. Ich hab eine hiesige Marke gekauft, mit finnischem Etikett. Kalevala, Spritfabrik Petroskoi.« Er zeigte mir die Flasche. »Nicht geeignet für Minderjährige, Schwangere, Autofahrer und mechanisch arbeitende Personen«, wieherte er über die Aufschrift.

Ich fragte den Fahrer nach seinem Namen. Firsow, sagte er. Ich erklärte ihm die Route und drängte zum Aufbruch. Firsow meinte bedauernd, in der Gegend kenne er sich nicht aus, er sei bisher nur die Strecken zwischen Kostamus, dem Grenzstab und den Wachstationen gefahren. Ich versicherte ihm, dass ich keine Landkarten brauchte, um den Weg zu finden. Firsow nickte, warf einen Blick in den Rückspiegel und manövrierte den Uaz vom Parkplatz auf die Straße.

Ich wandte mich an Korhonen.

»Wir machen einen längeren Abstecher in Richtung Weißes Meer, nach Sokol. Auf Finnisch heißt der Ort Haukkala. Da gab es noch vor Kurzem einen Militärflugplatz und eine Garnison. Ein alter Kumpel von mir bewacht dort die letzten Lager«, erklärte ich beinahe wahrheitsgemäß.

»Aha«, sagte Korhonen. »Mir erklärt keiner, warum und weshalb, man fährt einfach. Mir werden alle schweren Arbeiten aufgebrummt. Aber ich beklage mich nicht.«

Er runzelte die Stirn. Nach einer Weile erklärte er, nach dem anstrengenden Shopping brauche er ein Schnäpschen, und drehte den Verschluss der Wodkaflasche auf. »Aah, das wärmt!« Er schnitt eine Grimasse und blies mir seinen Schnapsatem ins Gesicht.

Wir fuhren an düsteren Sümpfen vorbei, aus denen tote

Bäume wie verkohlte Kreuze aufragten. Korhonen mokierte sich über den schlechten Zustand der Straße und kritisierte die Vergeudung bei der Abholzung. Von den gefällten Stämmen waren so viele liegen geblieben, dass sie seiner Schätzung nach den Jahresbedarf einer ganzen Papierfabrik gedeckt hätten. Ich stimmte ihm nicht zu, obwohl das Ärgernis auch mir in die Augen stach.

Korhonen betrank sich in stetigem Tempo, quasselte vor sich hin und trällerte seine Lieder. Auf einer besonders öden Etappe wurde er beinahe schwermütig, lachte aber bald wieder, als er in einer überfluteten Talsenke Baumstämme sah, die die Form frisch gespitzter Bleistifte hatten.

»Der Biberingenieur hat die Norm übererfüllt«, meinte er bewundernd.

Ich bat ihn nicht um einen Schluck Wodka, obwohl ich das Gefühl hatte, einen Schnaps vertragen zu können. Oder vielleicht eher eine ganze Flasche, einen alles auslöschenden Rausch, das Gefühl, mich in warme Besinnungslosigkeit zu verkriechen wie in Mutters Schoß.

Ich betrachtete die vorbeihuschenden Birkenwälder, die reißenden Flüsse in den schluchtartigen Tälern, umgestürzte Strommasten, vergessene Röhren und Backsteinhaufen, denen vielleicht noch der Geruch eines längst erkalteten Schornsteins anhaftete.

Aus den Fängen des Bären ins Maul des Wolfes, so eilig hat es der Hase, hätte Mutter wohl zu dieser Reise gesagt. Es hätte sich nach Schimpfen und Vorwürfen angehört, aber ich hätte gewusst, dass unmittelbar unter dem Tadel Sorge und Zustimmung lagen.

Korhonen wurde wach, als der Uaz an der Kreuzung mit der Fernstraße ruckelnd zum Stehen kam. Er hatte immer schneller getrunken, je besser die Straße wurde. In Lietmajärvi war er noch fähig gewesen, Werbesprüche für den Ort zu erfinden: »Lietmajärvi – Platz für Unternehmer« und »Lietmajärvi – die Perle im Morast«. Aber dann war er bald eingeschlafen, schnarchend, einen Speicheltropfen im Mund, die Flasche unter den Arm geklemmt.

»M 18. Das ist wohl die Nummer der Straße. Murmansk 654, Sankt Petersburg 822. Oh verdammt, da sind wir aber weit weg, Freunde«, kommentierte Korhonen das Hinweisschild.

Zu beiden Seiten der Fernstraße waren breite Streifen abgeholzt worden. Von oben sieht das wahrscheinlich aus wie abgespult, als hätte ein Riese eine Luftschlange aus Asphalt in die Ödnis geworfen, dachte ich. Das Band verlief gerade, passte sich aber der Bodenform an.

Firsow blickte mit übertriebener Sorgfalt nach links und rechts und wartete auf ein herankommendes Fahrzeug, das im Norden in Fliegengröße zu sehen war. Der schwarze Punkt wuchs und wurde zum Holztransporter. Es war ein alter Gaz, fast noch aus der Sowjetzeit. Er schaukelte an uns vorbei wie ein löchriges Frachtschiff, mit einem rußgeschwärzten Fetzen statt Billigfahne am Heck. Firsow überquerte die Fernstraße und fuhr weiter in Richtung Weißmeer-Kemi.

»Jetzt ist es nicht mehr weit. Sieh zu, dass du einen klaren Kopf bekommst«, warnte ich Korhonen.

»Mach dir keine Sorgen, junger Freund«, antwortete er, und ich wusste, dass ich allen Grund zur Sorge hatte. »*Fürchte nicht die Nacht, wir halten dir die Wacht*«, schmetterte er. Firsow beobachtete sein Treiben im Rückspiegel.

Der Zaun um das Flugplatzareal verlief stellenweise unmittelbar am Straßenrand. Die mit Kies und Erde landschaftsgestalteten Hangars bildeten große, grasbewachsene Hügel. Wir kamen an ein paar Brettertoren vorbei. Ich wagte nicht, Firsow die Abkürzung über die Startbahnen nehmen zu lassen, deshalb riet ich ihm, durch das Zentrum von Sokol zu fahren.

»Au verdammt«, sagte Korhonen, als wir eine MiG auf einem Stahlsockel passierten. Er bewunderte das alte Kampfflugzeug und schüttelte zugleich den Kopf über die Ortschaft, die in Vergessenheit geraten war und nun langsam dahinsiechte.

»Hier war es früher ganz lebhaft. Piloten, Leute vom Stab,

Radarexperten, Mechaniker, Funker … es gab Reparaturwerkstätten und Garküchen und Bäckereien und Reinigungen, in den Geschäften waren Bananen zu kaufen, und für die Offiziere gab es Hotelurlaub in Jalta. Aufs Gehalt wurde eine Nordzulage draufgeschlagen, und die Flugzeuge waren die neuesten Suchois und MiGs«, erklärte ich. »Dann reichte das Geld nicht mehr zum Fliegen, die nördliche Strategie wurde neu überdacht und das Kampffliegerregiment aufgelöst.«

Korhonen nickte zwar, aber ich war mir nicht sicher, wie viel er mitbekommen hatte. Er schüttelte den Kopf und schnaubte verächtlich über die grauen Ziegelhochhäuser, an deren Eingangstüren der Wind rüttelte. Auf den Dächern wuchs ein wüstes Gestrüpp aus Fernsehantennen, und auf den Höfen stromerten Hunde verschiedener Farbe und Größe herum.

Wir fuhren durch den Westteil des Dorfs zum Flugplatzareal zurück. Die Straße traf auf den Grenzzaun und führte weiter an ihm entlang. Dann wurde der Zaun zur Mauer. Sie hatte dicke Pfeiler aus rotem Backstein, die dazwischenliegenden Mauerwände waren aus grauen Ziegeln gemauert, mit plusförmigen Öffnungen.

Ich ließ Firsow vor einem Tor halten. Der Rahmen war aus Rohren geschweißt, in der Mitte befand sich ein aus Kammstahl zurechtgebogenes Ornament, das die Sonne und ihre Strahlen darstellte. Ein uniformierter Soldat kam aus dem kioskartigen Schilderhaus hinter dem Tor. Ich hievte mich aus dem Wagen und ging ans Tor, schob mein Gesicht an die Stangen, grüßte höflich und erklärte, wen ich besuchen wollte.

»In Ordnung«, sagte der Soldat. Seinen Kragenspiegel zierten das Band und der kleine Stern des Jungleutnants, am Ärmel hatte er das Emblem der Luftlandetruppen, am Gürtel hing eine Pistole. Ich wusste nicht, ob er uns erwartet hatte, und fragte auch nicht nach. Als der Leutnant das Tor aufzog, wies ich Firsow an hineinzufahren.

»Stabsgebiet und Wohnhäuser der Offiziere«, erklärte ich Korhonen. Das Gelände war eben und trocken. Die Blätter der kleinwüchsigen Birken scheuten sich noch, aus ihren Knospenhüllen auszubrechen. Die flachen Wohnhäuser waren mit Brettern verschalt und in regelmäßigem Wechsel rot, blau und gelb gestrichen. Sie standen nicht auf geschlossenen Sockeln, sondern auf Pfeilern. Ich überlegte mir, dass in diesen Häusern wohl viele Zehen gefroren hatten, wenn im Winter der Wind von Osten wehte, der im Ural einen scharf-trockenen Anlauf nahm und auf der letzten Strecke die eisige Feuchtigkeit des Weißen Meeres mit sich riss.

Wir passierten einen holperigen Bolzplatz und einen Kinderspielplatz mit Wippen und Kletterseilen und Hürdenbahnen aus halb in den Boden eingelassenen Autoreifen. Eine verrostete Leiter führte in eine Spielzeugrakete aus Aluminium.

Ein Bild tauchte aus meiner Erinnerung auf, hell und in verblichenen Farben wie ein altes Dia. Wir hatten Tante Zoja in Petrozawodsk besucht. Sie war Leiterin eines neuen Kinderheims und zeigte uns stolz die Spielzimmer, die mit Klavieren und spitzenbesetzten Gardinen, bunten Holzklötzen und Puzzlespielen ausgestattet waren. Auf dem Hof gab es Schaukeln und sogar ein ausrangiertes Feuerwehrauto zum Spielen.

Ich hätte die funkelnagelneuen Spielsachen zu gern ausprobiert, traute mich aber nicht, um Erlaubnis zu bitten, denn Mutter wirkte ohnehin schon wütend.

Auf dem Heimweg saß ich im Fond des Wolga. Ich war so klein, dass ich im Seitenfenster nur die vorbeihuschenden Baumwipfel sah. Ich hörte Mutter und Vater reden und reimte mir zusammen, dass Mutter auf die Säufer und Herumtreiber wütend war, die sich nicht um ihre Kinder kümmerten, sondern sie ins Heim steckten. Da fühlte ich mich plötzlich schuldig. Am liebsten hätte ich erklärt, ich wollte zwar mit den Sachen spielen, aber zu Hause habe ich es gut und besser, denkt bloß nicht, ihr wärt schlechte Eltern.

Ich rief mich in die Gegenwart zurück, in den grauen Geländewagen, der gerade auf den ehemaligen Zentralplatz des 265.

Kampffliegerregiments rumpelte. Die Sektoren mit den Wohnquartieren schmiegten sich eng an den Platz. Im Westen und Norden standen einige größere Etagenhäuser aus Backstein und verputzte Gebäude, deren Giebelfassaden, Eingänge und Fensterrahmen klassische Eleganz ausstrahlen sollten.

»Zum Kulturhaus«, wies ich Firsow an. Auch Korhonen wurde klar, dass wir am Ziel waren. Sobald der Wagen hielt, stieg ich aus, stützte mich am Chassis ab und dehnte die Muskeln. Die Rasenflächen waren verwildert und im Schatten der Hauswände wucherten Sträucher. Die meisten Häuser wirkten unbewohnt. Hinter einer Fensterscheibe zeichnete sich jedoch eine menschliche Gestalt ab, und einige Fenster waren einen Spaltbreit geöffnet. Der Wind versuchte in die Vorhänge zu fahren, die sich in einer Grünpflanze verfangen hatten, lockte sie ins Freie.

Die hohe Tür schwang auf, und ein großer Mann kam die Treppe herunter. Er ging leichtfüßig, fast graziös, seine Schuhe steppten rhythmisch auf den Steinstufen.

»Viktor Nikolajewitsch«, begrüßte er mich. »*Long time no see.*« Er sprach die Floskel mit russischem Akzent aus, »lonkh«. Sein Bass rumpelte aus der Tiefe seines Körpers herauf wie ein Grubenwagen aus dem Schacht.

»Kolja, mein Kleiner!« Ich musste lächeln. Kolja nahm mich in die Arme und beugte sich aus seiner Höhe nieder, um mich auf beide Wangen zu küssen.

»Was ist denn das für ein hohes Tier?«, lallte Korhonen. Er hatte unsere Reisetaschen aus dem Wagen genommen und gab sich alle Mühe, aufrecht zu stehen. »Ist Barry White nach Russland übergesiedelt? Ach nein, das ist ja ein Schwarzer, schwant mir, der White, nicht dieser. Der hier ist weiß, dieser Recke. Der Ritter von der hohen Gestalt, ein richtiger Etzel, nein Hagen, ein Edelhagen ist das. Und stolz wie Robert, was?«

Korhonen trat gegen eine der Taschen, stimmte eine Melodie an und machte Tanzschritte, als wäre er auf einer Bühne.

»*Was kann der Sigismund dafür, dass er so schön ist, was kann der Sigismund dafür, dass man ihn LIEBT*«, schmetterte er und brüllte das letzte Wort heraus. »Die Liebe … Marmor, Stein und Eisen bricht, aber unser Breitband nicht, Baby bye-bye. Ein Netz geht um die Welt, starring Ringo Starr. Rring-rring, Flatrate plus hundert Euro, saubillig. Für Neukunden ein Bettlerstabmixer und kostenlose Redezeit als Dreingabe. Wollt ihr nicht den Anbieter wechseln, Jungs, und habt ihr euch schon überlegt, welcher Anschluss der beste ist …«

Ich baute mich vor Korhonen auf, packte ihn an den Schultern und stoppte seine Pendelbewegung.

»Hör auf zu labern, Teppo. Du hast dein Konto überzogen, die Redezeit ist alle«, sagte ich in ruhigem Ton und sah ihm fest in die Augen.

Korhonen wehrte sich, kniff mir in die Backe wie einem Kind.

»Hat der liebe Viktor Nörgelkekse gegessen und Meckermeckermilch getrunken?«, brabbelte er schlurrend.

Ich schlug seine Hand weg und presste einen Finger auf einen Punkt hinter seinem Ohr. Korhonen stöhnte vor Schmerz und ging in die Knie.

»Teppo, du hältst jetzt dein Schandmaul, oder es gibt wirklich Zoff. Ich kann dir versichern, dass Kolja ein Provider ist, der deinen Anschluss ganz schnell kappt, und zwar endgültig. Diese Männer waren früher meine Freunde, aber ich habe sie seit Jahren nicht mehr gesehen. Und du bist ein völlig Unbekannter, tauchst hier auf und fängst als Erstes an, Kolja anzupflaumen. Du redest so wüst, wie ein Fuchs kackt … Denk doch mal nach!«

»Gulp«, imitierte Korhonen ein Schluckgeräusch, kicherte dann aber wie ein Erstklässler. »Hat der wirklich schon Leute umgebracht?«

»Ja. Genauer habe ich nie nachgefragt, und du solltest es auch lieber sein lassen. Jetzt kratzt du alle Höflichkeiten zusammen, die du auf Russisch parat hast, und sagst Nikolai Medwedkin Guten Tag.«

»Dann ist der also das Superhirn, mit dem wir uns hier treffen wollten?«, fragte Korhonen.

»Nein«, sagte ich und machte die Männer miteinander bekannt. Sie schüttelten sich die Hand. Medwedkin lächelte sanftmütig.

»Ich habe Korhonen gerade erklärt, dass du ein alter Freund von mir bist, Kolja, und dass Oka mein ehemaliger Chef ist«, dolmetschte ich für Medwedkin.

»Ehemaliger?«, hörte ich eine vertraute, leise Stimme von der Treppe. »Ich kann mich nicht erinnern, dass du den Dienst quittiert hättest. Und auch jetzt hat man mir mitgeteilt, dass du die Hilfe deines alten Arbeitgebers in Anspruch genommen hast«, stellte der Sprecher fest, wusste mehr als erwartet, wie immer. »Aber wer ist dein Freund da? Ein Mann wie eine Ziehharmonika. Von außen prächtig, spielt eine fröhliche Melodie und jault dann plötzlich auf.«

Der Mann auf dem Treppenabsatz wirkte so wohlwollend, wie ich ihn in Erinnerung hatte. Er war etwas kleiner als das Durchschnittsmaß und ein wenig korpulent, ein Mensch, an dessen Gesicht man sich erst wieder erinnert, wenn man es auf einem Klassenfoto sieht, obwohl man weiß, dass er in die gleiche Schule gegangen ist.

»Korhonen, das ist Oka. Oka Andrejewitsch Sorokin«, sagte ich.

Korhonen machte einen tiefen Bückling.

Ich hatte den damaligen Major O. A. Sorokin bei der Spezialausbildung kennengelernt. Er hatte unsere Abteilung geleitet, theoretischen Unterricht erteilt und die praktischen Übungen abgehalten, auf dem gleichen Flur gewohnt, wenn auch in einer eigenen Stube.

Nach Abschluss der Ausbildung hatte Sorokin mir unter vier Augen eröffnet, dass er mich in seine eigene operative Einheit gewählt hatte. Über ihn würde ich Anweisungen und Befehle und eventuelle Aufträge erhalten. Gleichzeitig hatte er mir das Du angeboten, mich aufgefordert, ihn Oka Andrejewitsch zu nennen.

Sein richtiger Vorname war natürlich Oktjabrin. Seine Eltern hatten den großen Oktober ehren wollen, indem sie ihren Sohn nach ihm benannten. Ich vermutete, dass Oka gegenwärtig Stillschweigen über diese historischen Wurzeln bewahrte und die Kurzform seines Namens bevorzugte.

Wir saßen im Speisesaal des ehemaligen Kulturhauses und tranken Tee. Bei unserer Ankunft war der Tisch bereits gedeckt gewesen: Teekanne und Tassen, Brot und Butter, Wurst und Salzgurken.

Ich musterte Oka verstohlen, versuchte zu erkennen, ob er gealtert war. Seine Haare waren schütter geworden, in den Augenwinkeln hatten sich bleibende Falten eingenistet, und sein ganzes Wesen war behäbiger als früher.

»Wir sind ziemlich gleichaltrig«, ertappte er mich wie einen Fischwilderer am fremden Netz.

»Du bist gut in Form«, lobte ich. »Was treibst du so? Ich wusste, dass du in Sokol bist. Aber was machst du hier eigentlich?«

»Eigentlich müsste ich ja eher dich fragen, wo du abgeblieben bist«, sagte Oka. Ich versuchte zu erkennen, ob seine Worte einen Vorwurf enthielten. »Na ja, ungefähr weiß ich es ja, obwohl du ein wenig überraschend verschwunden bist«, fuhr er fort, ließ meine neugierige Frage unbeantwortet.

»Die Lage hatte sich verändert. Verdammt noch mal, das ganze Land war verschwunden«, erklärte ich, als ginge es um eine Naturkatastrophe.

»Aber, aber, Vitja. Dein Umzug nach Finnland ist nicht gerade im Handumdrehen vonstattengegangen. ›Rücksiedler‹ – das ist wohl der Fachausdruck?«, spottete Oka gutmütig.

»Ja«, nickte ich und überlegte, wie weit ich meine Entscheidung begründen sollte. »Du musst das verstehen, Oka. In meinem Pass stand die richtige Nationalität, ich konnte Finnisch und … und hier war alles durcheinander. Ich hatte keine Arbeit, zum Teufel, von den Spezialtruppen war nichts mehr zu hören, und Sporttraining hatte hierzulande auch nicht gerade die höchste Priorität«, ereiferte ich mich.

»Und dein Liebesleben damals ... du hast dich sicher einsam gefühlt«, sezierte Oka das Geheimnis, demonstrierte, dass er über alles informiert war. Er bestrich eine Scheibe Brot und spießte eine kleine Gurke auf, stieß mit der Gabel zu wie mit einem Fischspeer.

»Beruhige dich, Viktor. Ich stehe doch auf deiner Seite. Und ich weiß, dass du nicht ganz undankbar gewesen bist«, erinnerte er mich an die kleinen Gefälligkeiten, die ich hatte leisten müssen. »Es ist dir damals wohl gar nicht aufgefallen, dass dein Antrag ungewöhnlich schnell bearbeitet wurde. Dafür haben wir gesorgt! Und jetzt? Du hoppelst über die Etappenroute und bildest dir ein, du könntest den kleinen Major vor Ort dermaßen einschüchtern, dass er den Mund hält. Natürlich hat er weisungsgemäß Meldung gemacht. Und zwar mir, zu deinem Glück.«

Ich starrte Oka an. Ich erinnerte mich, dass ich auch früher ähnlich verwirrt vor ihm gesessen hatte, während der Ausbildung. Ich hatte mir irgendwelche Erklärungen für missratene Übungen oder unerlaubte Abkürzungen bei einer Orientierungsaufgabe aus den Fingern gesogen. Oka hatte mich mit einem einzigen Schulterwurf auf die Matte befördert, hatte wie nebenbei zu erkennen gegeben, dass er von Anfang an über den tatsächlichen Sachverhalt informiert gewesen war.

»Oka, trotz allem habe ich dir immer vertraut«, flüsterte ich beinahe.

»Viktor, ich wusste, dass du kommst. Und ich bin froh, dass du mich um Hilfe oder Rat bittest. Ich bin nicht verpflichtet, dir zu helfen. Aber ich will es tun«, erklärte Oka. »Jetzt erzähl mir, was dich bedrückt. Du bist traurig. Wer ist gestorben?«

»Niemand. Noch nicht«, antwortete ich.

»Aha«, nickte Oka. »Und wer hat dich verraten?«

Ich zögerte den Moment hinaus. Wenn ich den Namen laut aussprach, würde das Böse hervorspringen, es würde wahr und sicher und unwiderruflich.

»Mein bester Freund. Waleri Karpow.«

18

Medwedkin und Korhonen saßen vor dem Fernseher. Korhonen fläzte sich im Sessel, es fehlte nicht viel, und er wäre auf den Boden gerutscht.

»Die Russen verlieren gegen Portugal«, überraschte er mich. Ich hatte geglaubt, er sei eingenickt.

»Kolja sagt, das ganze Land ist durcheinander. In der Mannschaft gibt es irgendwelche Konflikte. Das Volk erwartet, dass Putin persönlich eingreift. Ich weiß allerdings nicht, ob der gute Wladimir wirklich der passende Coach wäre. Er hat es doch eher mit den Budo-Sportarten, oder?«, redete Korhonen weiter. Er schien wieder bei Verstand zu sein.

Das Fernsehbild flimmerte körnig. Portugal drängte heftig nach vorn, und die russische Verteidigung unternahm einen kopflosen Versuch, die Situation zu retten.

»*Bardak*«, wetterte Medwedkin, hielt den Atem an und pfiff erleichtert, als der Innenverteidiger den Ball aus dem Strafraum über die Torlinie kickte.

»Ihr habt euch lange unterhalten«, sagte Korhonen, ohne sich aufzusetzen oder den Bildschirm aus den Augen zu lassen.

»Wir sind alte Bekannte.«

»Erzähl mir bloß nicht, dass ihr in jungen Jahren miteinander Schach gespielt habt. Und abends habt ihr Tee getrunken, habt alle in Okas Zimmer zusammengesessen, und der Samowar brodelte, und es war gemütlich, während ihr Texte aus der Literatur deklamiert habt.«

»Nein«, entgegnete ich, dachte allerdings, eigentlich war es beinahe so.

Ich forderte Korhonen auf, schlafen zu gehen, denn wir mussten am nächsten Morgen früh aufstehen und handlungsfähig sein.

»Ja, ja«, nickte Korhonen, machte aber keine Anstalten, sich von seinem Sessel zu erheben. »Aber man beachte, mir wird wieder mal absolut gar nichts verraten. Na, das ist das Los des Stoppelhopsers«, seufzte er, brachte ein Gliedmaß nach dem anderen in Position und stand auf wie eine Giraffe.

Medwedkin hatte uns unser Nachtquartier gezeigt. Es befand sich im Erdgeschoss des Kulturhauses, ein hoher Raum mit zwei Betten und einem Kleiderschrank aus poliertem Holz. Zum Zähneputzen gingen wir quer über den Flur in einen hallenden Waschraum. Korhonen stellte erfreut fest, dass die türlose Toilette mit einer richtigen Kloschüssel ausgestattet war und nicht nur aus einem Loch im Boden bestand. Er pinkelte ausgiebig, hielt mir einen Vortrag über perlenden Morgenurin und über die segensreiche Wirkung des Vollrauschs, der den ganzen Organismus reinige.

»Es ist wie Fasten«, resümierte er. »Letzten Endes nicht nur eine körperliche, sondern auch eine geistige Reinigung. Hattet ihr bei euren Skiwettkämpfen Wodkatage? Die gab es angeblich bei den sowjetischen Eishockeyspielern. Meistens vor dem Spiel gegen Japan oder dergleichen. Nachträgliche Grüße und eine höfliche Entschuldigung an die ausdauernden Kämpfer, die Samurais der Eishockeybahn im Lande der aufgehenden Sonne«, schloss er im Tonfall eines Sportreporters.

Ich sagte ihm, er solle seine Vergeistigung still für sich betreiben. Doch er meckerte immer noch, als er schon im Bett lag, wies mich ausdrücklich darauf hin, dass das Kioto-Protokoll auch Emissionen in geteilten Schlafzimmern betraf. Schließlich drehte er sich zur Wand, klopfte das Kopfkissen zurecht und verstummte.

Draußen dämmerte es kaum. In Helsinki war es viel dunkler. Ich überlegte, welchen Teil des Himmels man dort sah und was man eigentlich betrachtete, wenn man glaubte, in die Leere des Alls zu starren. Aber dort gab es ja auch Fixpunkte, Sterne und Sternenbilder, zumindest bei klarer Sicht.

Ich wusste sehr wohl, dass mein Geist mit aller Macht versuchte, mich von Kummer und Furcht abzulenken. Er kramte trigonometrische Funktionen und physikalische Gesetze, deutsche Wortketten und wissenschaftliche Pflanzennamen aus der Erinnerung hervor. Meine Gedanken wanderten zu Marja. Ich fragte mich besorgt, ob sie wirklich bei ihren Eltern geblieben war, und versuchte mich zu erinnern, ob die Bauzeichnungen verbrannt waren oder auf dem Rücksitz des Mercedes gelegen hatten. Die Brust wurde mir eng, als ich mich korrigierte: Die Papiere spielten keine Rolle mehr, ein abgebranntes Haus konnte man nicht vergrößern. Ich hatte kein Zuhause mehr, und wie es mit Marja weitergehen würde, wusste ich auch nicht.

Aber ich war imstande, mir auszurechnen, dass seit dem Feuer erst drei Tage vergangen waren. Ich war weit gekommen, umkehren konnte ich nicht.

Oka war im Kinosaal des Kulturhauses geblieben, hatte allein in der Mitte der sechsten Reihe gesessen, auf einem roten Plüschsitz. »Mein Lieblingsplatz«, hatte er gesagt und dem Filmvorführer ein Zeichen gegeben. Das Licht war ausgegangen, nicht langsam gedimmt, sondern auf einen Schlag. Der Projektor hatte zu surren begonnen, und seine Lampe hatte einen grauen Trichter in die Dunkelheit geworfen, in dem Staubflöckchen schwebten.

An der Tür hatte ich mich noch einmal umgedreht. Ziffern flimmerten über die Leinwand, dann erschien das vertraute Markenzeichen des Mosfilm-Studios, Muchinas Statue eines Arbeiters und einer Kolchosenbäuerin, die hoffnungsfroh in die Zukunft blicken. Und ich hätte mich gern für ein paar Stunden in meine Kindheit geflüchtet, in einen der Filme, in denen der Sommer nackte Waden wärmte, auf einem neuen Herd in der eigenen Küche Essen gekocht wurde, die jungen Leute bescheiden und handwerklich geschickt waren und auf riesigen Feldern Mähdrescher in Formation vorrückten wie Kampfflugzeuge zwischen den Schönwetterwolken am Himmel.

»*All Morgen ist ganz frisch und neu des Herren Gnad und große Treu*«, sang Korhonen voller Inbrunst und weckte mich. Er stand mit nassen Haaren und bloßem Oberkörper im Zimmer, strich sich Deo unter die Achseln. »Erhebe dich, sündiger Mensch, und empfange die Gnade des neuen Tages«, sagte er und zog den Reißverschluss seiner Toilettentasche zu. Dann ließ er vor dem kleinen Spiegel über dem Bett seine Muskeln spielen, posierte wie ein Kraftsportler.

Ich spähte zum Fenster hinaus in den sonnigen Morgen.

»Das richtige Wetter für kurzärmlige Hemden. Und wenn du ein richtig harter Bursche bist, kommst du vielleicht sogar ohne lange Unterhose aus«, plapperte Korhonen.

Wir gingen zum Frühstück. Eine vor sich hin summende Frau wünschte uns einen guten Morgen und stellte Breischüsseln und eine Aufschnittplatte auf den Tisch, kam dann noch einmal, um uns Tee einzugießen. Sie kam und ging durch eine Pendeltür am Ende des Speisesaals, die von einer Feder langsam zugezogen wurde. Durch den schmaler werdenden Spalt sah ich die stählernen Arbeitsflächen und weiß gekachelten Wände der Küche.

»Ich hab mich gestern mit Medwedkin unterhalten«, sagte Korhonen und warf einen Blick nach draußen. »Er scheint zu wissen, dass die Gauner in Petrozawodsk und Sortavala eine neue Organisation haben. Er meinte, der Boss sei jemand aus dem Norden.«

»Aha. So, so.«

»Ostjakische Gauner haben im Repertoire bisher auch noch gefehlt«, fuhr Korhonen fort und pustete mit gespitzten Lippen über den heißen Brei.

»Die Ostjaken leben hinter dem Ural, am Ob. Deine Kenntnisse über die finnisch-ugrischen Völker sind ein wenig lückenhaft«, korrigierte ich ihn.

»Hast ja recht. Am Ob, wo sich die Wogulen gern mit den Ostjaken suhlen«, alberte Korhonen. »Und was gehört nicht in die Reihe: Armagnac, Wotjak oder Kajak? Oje, die Anekdoten drängen mit Macht hervor.«

»Nun hör schon auf mit dem Quatsch. Und iss ordentlich, damit du nicht schlappmachst. Wir haben einen harten Tag vor uns«, kommandierte ich, als wäre er ein Kind.

»Ich bin superfit und allzeit bereit, wie die Pfadfinder«, versicherte Korhonen.

Eigentlich war es nur recht und billig, dass auch Korhonen Bescheid wusste, überlegte ich mir. Ich beugte mich vor und erzählte ihm, dass der Boss der krummen Geschäfte in Karelien tatsächlich aus dem Norden kam, allerdings nicht aus weiter Ferne, sondern von hier, aus Weißmeerkarelien. Und dass seine Unternehmensakquisition sich nicht auf diesen Landstrich beschränke, sondern dass dieser Mann sich auch meine Geschäftstätigkeit in Finnland unter den Nagel reißen wolle. Er, Korhonen, kenne den Mann, es sei mein Freund Karpow. Und vor uns, nicht in ferner Zukunft, sondern am heutigen Tag, lägen nun Konfrontation und Nachlassabwicklung.

Korhonen hörte aufmerksam zu. Ich fügte hinzu, in diesem Kampf befänden wir uns im Nachteil. Karpow sei in seinem eigenen Revier, habe Leute um sich geschart, und allem Anschein nach bestehe seine Armee aus Hunderten von Männern. Ich könne nicht garantieren, dass unsere Mission von Erfolg gekrönt sei.

»Mit anderen Worten, du brauchst nicht mitzukommen. Oka und Medwedkin schleusen dich nach Finnland zurück und besorgen mir Unterstützung«, erklärte ich.

»Nee, nee«, wehrte Korhonen ab. »Wir beide sind hier auf Fernpatrouille im karelischen Ödwald, da lässt man einen Kameraden nicht im Stich. Außerdem kommst du armes Würstchen ohne mich ja gar nicht zurecht«, sagte er schmunzelnd.

Er aß weiter, hielt aber plötzlich inne und starrte mich an, den Löffel vor dem offenen Mund. »Vielleicht werde ich mir angewöhnen, zu Hause auch Brei zu essen. Der scheint dem Magen richtig gutzutun. Du solltest es auch mal probieren, dann würdest du nicht immer aussehen, als ob du Sodbrennen hast«, sinnierte er.

19

Wir gingen mit Oka von den Wohnquartieren zum eigentlichen Flugplatz. Oka führte uns, ohne anhalten zu müssen, durch die bewachten Tore in den Stacheldrahtzäunen. Wir passierten verriegelte Depots mit dunklen Fenstern und Wartungshallen, von denen nur einige in Betrieb waren. Männer in Overalls machten sich am Motor eines Transporthubschraubers zu schaffen, und eine Gruppe von fünf Soldaten schleppte Kisten von der Ladefläche eines Lasters auf Karren mit lächerlich kleinen Rädern. Ein altes Frachtflugzeug wartete mit offenen Luken. Am Rumpf stand *Jakutia Airlines*. Das Fenster zum Cockpit war geöffnet. Ein Pilot im kurzärmligen Hemd ließ den Arm hinausbaumeln wie ein Taxifahrer, der auf Kundschaft wartet.

Meiner Schätzung nach maß das ebene Flugfeld in jeder Richtung mehrere Kilometer. Die Startbahnen waren zwischen dem hohen Gras, den Birkenschösslingen und Weidenbüschen kaum auszumachen. Aus der Luft würden sie wohl wie das Straßennetz einer Stadt aussehen, überlegte ich, wie ein Stadtplan ohne Häuser. Ich machte einen Satz zur nächsten Startbahn. Der Asphalt war verblasst, flimmerte aber in der Wärme der Morgensonne. Weiter weg zauberte die Luftspiegelung Wasser auf die Bahn.

»Die längste hat fast zwölftausend Fuß«, sagte Oka stolz, hatte wieder einmal meine Gedanken erraten. »In einigen Hallen sind noch Flugzeuge und Ersatzteile und Waffen, auch Raketen. Da solltest du deine Nase nicht reinstecken. Dasselbe gilt auch für deinen Gehilfen.«

Bei dem Hinweis auf Korhonen zeichnete Oka Gänsefüßchen in die Luft.

»Ich habe einen Teil des Areals gemietet«, eröffnete er mir dann überraschend. »Vielleicht mache ich daraus die nördlichste Formel-1-Strecke der Welt oder ein Testzentrum für einen Autohersteller. Oder ich gründe eine ökologische Gemeinschaft, die im kurzen, aber intensiven Sommer des Nordens Kräuter anbaut.«

Oka lachte auf und sprach weiter, bevor ich eine Frage stellen konnte.

»Na ja, im Ernst, ich habe meinen Rang und einige Aufgaben in unserer alten Organisation … nur hier oben im Norden«, spielte er seine Bedeutung herunter. »Und ich möchte auch gar nicht mehr in irgendwelchen Trubel. Aber wie du weißt, ist das Gehalt nicht besonders hoch, deshalb betreibe ich Nebengeschäfte. Touristenreisen nach Kantalahti, Weißmeer-Kemi, Solowetsk, auf die Halbinsel Kola … Ich organisiere Kontakte für Geschäftsleute. Und gleichzeitig schaffe ich mir selber welche.«

Ich versuchte den Vogel zu identifizieren, der unter gellenden Schreien auf uns niederstieß. »Da im Gebüsch ist sicher ein Nest. Ja, ja, wir gehen schon, wir tun deinem Gelege nichts«, beruhigte ich ihn. »Wenn ich lebend aus der Sache rauskomme, kannst du meine Geschäfte hier übernehmen. Ich bin an Karpows Firmen beteiligt. Ein Hotel in Sortavala, die Kioske in Valamo … eindeutig Synergie. Im Moment ist ein Forstprojekt von Ikea im Bezirk Karelien in Vorbereitung. Da ist noch Wachstumspotenzial. Und Kiefern kannst du gar nicht so viele fällen wie sich in Finnland verkaufen lassen.«

Oka legte den Kopf schräg und sah mich aus halb geschlossenen Augen an.

»Vitjucha, Vitjucha. Du sollst den Pelz nicht verteilen, ehe du den Bären erlegt hast. Zurück zum heutigen Tag, Viktor, zur Taktik.«

Ich nickte gehorsam. Es kam mir vor, als wäre ich wieder

in der Ausbildung, in der mündlichen Prüfung über Kampfführung. Ich hatte die Berechnung von Risiken und Ressourcen rekapituliert, mir ins Gedächtnis gerufen, dass die Faktoren keine festen Werte hatten, sondern veränderliche Funktionen der Zeit waren. Doch die mathematischen Formeln schienen nur Minusresultate zu erbringen. Entweder ich wurde als Verlust verbucht oder mein bester Freund.

»Die Ausgangslage ist die, dass ich kräftemäßig unterlegen bin. Du kannst mir einige Männer zur Verfügung stellen, aber einen Krieg kannst du nicht für mich führen«, analysierte ich.

Oka nickte nur, entschuldigte sich nicht.

»Also …« Ich holte Luft. »Also setze ich auf den Überraschungseffekt und versuche eine Situation herbeizuführen, in der Karpow aus seiner Übermacht keinen Nutzen ziehen kann.«

Oka spitzte den Mund, was ich als Zeichen vorsichtiger Zustimmung deutete.

»Ich treffe mich mit Karpow an einem Ort, wo er schlicht und einfach keine Gewalt anwenden kann und will«, fuhr ich fort.

»Im Lenin-Mausoleum? Oder ist Karpow neuerdings religiös, und du lockst ihn in eine Kirche?«, lachte Oka.

»Genau. Ich treffe mich mit Karpow an dem einen Ort, der für ihn das Allerheiligste ist, bei Menschen, in deren Gegenwart er mich nicht töten kann. Ich gehe zu ihm nach Hause.«

Zuerst hatte ich diesen Plan verworfen, weil Karpow ja keine Familie hatte, irgendeine Frau natürlich, zumindest zeitweise, aber keine Kinder. Ich wusste, dass seine Eltern sich längst totgesoffen hatten. Dann war es mir wie Schuppen von den Augen gefallen: *babuschka* und *djeduschka*. Natürlich! Oma und Opa waren Waleri heilig, ihr Haus würde er nicht beflecken wollen.

Je mehr ich über meinen Plan nachgedacht hatte, desto machbarer und besser war er mir erschienen. Außerdem hatte ich keinen anderen.

Das Handy suchte eine Weile nach Empfang, präsentierte dann fast volle Balken.

»*Allo*«, meldete sich Karpow. Seine Stimme war klar und deutlich zu hören.

»Grüß dich, ich bin's«, begann ich, wollte die Sache schnell hinter mich bringen. »Ich bin bei Kostamus rüber. Eine alte Etappenroute, von der Armee gelernt. Kaum zu glauben, aber sie funktioniert immer noch.«

Ich hielt mich an die alte Lügnerregel: Sag die Wahrheit, wann immer du kannst, streu wahre Details ein.

»So, so«, sagte Karpow. Ich lauschte auf Anzeichen von Überraschung und Fassungslosigkeit.

»Ich muss mich ein bisschen ausruhen«, seufzte ich theatralisch. »Ich dachte mir, ich versteck mich in Tuohisjärvi, vielleicht kannst du mich da abholen. Ich hab eine Mitfahrgelegenheit gefunden, bin schon ganz in der Nähe, wie heißt denn das Dorf …« Ich legte eine Hand vor das Mikrofon, sprach mit mir selbst Russisch und hob das Handy dann wieder ans Ohr. »Wir sind in der Gegend von Schomba. Deine Großeltern habe ich schon angerufen. Sie freuen sich sehr. Und ich habe ihnen versprochen, dich auch zu einem Besuch zu überreden.«

»Na schön, so eilig habe ich es nicht. Ich komme«, versprach Karpow.

Rasch kappte ich die Verbindung. Ich konnte mich selbst nicht leiden.

»Karpow weiß Bescheid«, sagte Oka und unterstrich seine Schlussfolgerung, indem er seine hellen Augenbrauen hochzog. »Und was willst du deinem Freund antun? Wozu bist du fähig?«

Ich wusste genau, worauf er anspielte. Ich hatte die Zusammenfassungen und Analysen in meinen Ausbildungsberichten gelesen.

Kornostajew, Viktor Nikolajewitsch: Ist außergewöhnlich resistent gegen physische Belastung und psychischen Druck. Bleibt selbst unter extremen Bedingungen handlungsfähig und denkt rational.

So hatte es die psychophysische Untersuchungskommission zu Protokoll gegeben. Aber auf dem letzten Bogen des Berichts, in der Rubrik *Sonstiges*, hatte der Oberstarzt handschriftlich seine persönliche Einschätzung vermerkt: *Fähigkeit zu extremen Maßnahmen Fragezeichen! Offenbar nicht geeignet für operative Eliminierungsaufträge, sofern die Tat nicht rationalisiert werden kann.*

Ich erinnerte mich an jedes Wort, an die schwungvolle Handschrift des Oberst, an jedes übertriebene Satzzeichen und jede Formulierung.

»Karpow ist zu weit gegangen«, antwortete ich an der Frage vorbei. »Wir waren wie Brüder. Oder noch mehr als das. Er hat mich verraten und andere Menschen in Gefahr gebracht. Das darf man nicht zulassen. Und, verstehst du, auch ein Verräter hat seine Ehre. Karpow verdient eine Strafe.«

Wir packten unsere wenigen Sachen. Ich entfernte das Magazin aus meiner Pistole, zog den Schieber zurück und drückte ein paarmal ab. Korhonen beobachtete meine Inspektion und tat seinerseits, als würde er das Sturmgewehr abfeuern, schnalzte Schussgeräusche. Ein erwartungsvolles, fast feierliches Gefühl überkam mich. Am liebsten hätte ich meine Jacke gebügelt wie für eine Parade und die Schuhe auf Hochglanz poliert. Selbst Korhonen hielt den Mund.

Wir trugen die Taschen aus dem Haus. Medwedkin, der wartend neben einem blauen Wolga stand, öffnete den Kofferraum. Oka kam um die Hausecke. Er trug Sandalen und eine Schirmmütze, ein gestreiftes Hemd, Hosenträger.

»Ist ansonsten alles in Ordnung? In deinem Leben?«, fragte er.

»Ja, schon. Manchmal hat man nur das Gefühl, dass man alles allein machen muss. Und man wird enttäuscht, wenn man von anderen Menschen Gutes denken will«, sagte ich und bereute es sofort. Ich hätte die Frage mit irgendeiner Floskel quittieren sollen, danke bestens oder na ja, könnte schlimmer sein.

»Glaube an das Gute. Und hilf anderen«, erwiderte Oka ernst. »Schau, der Mensch fühlt sich sicher, wenn er anderen hilft. Dann weiß er, dass auch er Hilfe bekommt, wenn er selbst einmal schwach ist.«

Ich hätte mich mit einem Scherz darüber hinwegsetzen können, mit einer flapsigen Antwort. Darauf, dass ich schlapp herumtapse und Unterstützung brauche, kannst du lange warten. Stattdessen nickte ich und versuchte zu verstehen.

»Du bist immer pflichtbewusst gewesen, Vitjuscha. Und du machst es deinen Mitmenschen zum Vorwurf, dass du dich aufopfern willst. Du jammerst, damit sie merken, was für ein Märtyrer du bist«, fuhr Oka fort.

»Soll ich mich aufs Sofa legen und über meine Mutterbeziehung sprechen?«, versuchte ich die Stimmung aufzulockern und zu lächeln.

Oka sah mich immer noch ernst an. »Nicht nötig, ich weiß ja alles über dich«, erinnerte er mich ohne Prahlerei. »Geh. Medwedkin fährt mit euch. Beim Sägewerk im Dorf sind zwei von unseren Männern. Sie beobachten die Lage.«

Ich schüttelte ihm die Hand und bedankte mich. »Ach ja, der Chauffeur«, fiel mir noch ein, als ich gerade einsteigen wollte. Firsow war am Abend in die Mannschaftsstube der Hauptwache geschickt worden, und ich hatte ihn seitdem nicht mehr gesehen.

»Mach dir keine Sorgen. Ich schicke ihn nach Kostamus zurück«, versprach Oka und winkte uns ein wenig unbeholfen zu. »Und lass dich von nichts überraschen«, sagte er dann noch. Ich dachte, er wolle weiterreden, aber er klappte den Mund zu.

»Fantastisch viel Platz«, lobte Korhonen. Er saß auf der Rückbank des Wolga, die Arme auf der Lehne ausgebreitet. Der Wagen, das neueste Modell, schaukelte sanft, als Medwedkin sorgsam den Löchern auswich, die der Regen in die Straße gefressen hatte.

»Und da draußen gibt es auch Raum genug«, nickte Korhonen zum Flugfeld hinüber. »*Die Steppe schläft, die Puszta Argentiniens …*« sang er.

»Was? In Argentinien gibt es keine Puszta. Da sind Pampas. Die Puszta ist in Ungarn«, knurrte ich.

»Der liebe Viktor kommt ja richtig in Fahrt«, freute sich Korhonen. »In dem Lied heißt es ganz bestimmt die Puszta Argentiniens, großes Ehrenwort. Und auf der Gitarre spielt der Hirt, wenn es draußen dunkel wird und die Señorita lockend girrt …«

»Sei still, Korhonen«, flehte ich.

Medwedkin verließ das Flugplatzareal auf demselben Weg, auf dem wir gekommen waren. Die Ortschaft Sokol wirkte auch in der Morgensonne trübselig. Korhonen schwieg, doch als wir die Landstraße erreichten, hielt es ihn nicht mehr.

»Leb wohl, edles Sokol. In deinen Mauern bleibt Oka Sorokin allein zurück, während der getreue Kolja die Reisenden begleitet.« Er salutierte zum Rückfenster hin. »Was glaubst du übrigens, sind die Brüder schwul?«, fragte er dann, ohne eine Miene zu verziehen.

»Du kannst einem echt auf die Eier gehen, du alter Sack! Diesmal hast du dich selbst übertroffen, oder eher untertroffen«, motzte ich ihn an.

»Reg dich nicht gleich auf, Mann. Ich frag doch bloß. Zwei erwachsene Männer leben allein inmitten der herrlichen Natur. Frauen sind nicht in Sicht, außer beim Küchenpersonal. Ich ziehe lediglich logische Schlüsse und frage aus rein akademischem Interesse«, erklärte Korhonen. Er nickte Medwedkin, der unseren heftiger werdenden Wortwechsel im Rückspiegel beobachtete, lächelnd zu.

»Ich weiß es nicht. Es interessiert mich nicht und geht mich nichts an«, setzte ich einen Schlussstrich. Ich hatte keine Lust, Korhonen zu erklären, dass es zwischen Oka und Kolja eine langjährige Kameradschaft und ein starkes Band gab, die Beziehung zwischen Vorgesetztem und Untergebenem, zwischen zwei Soldaten unterschiedlichen Rangs, aber auch zwischen zwei langjährigen Genossen. Natürlich war das Liebe. Und auf die gleiche Weise liebte ich Karpow.

»Wie du sehr wohl weißt, bin ich ein unvoreingenommener Mann«, insistierte Korhonen. »Außerdem, wenn du ein wenig älter bist, wirst auch du einsehen, dass brennende Liebe und Leidenschaft vielleicht doch nicht so wichtig sind. Sondern eher eine dauerhafte Kameradschaft. Vor allem, dass man nicht allein ist.«

Er lästerte und spottete kein bisschen.

20

Die Straße wand sich durch niedrige Birkenwäldchen ans Flussufer. Medwedkin wendete und parkte so, dass die Nase des Wolga in die Richtung zeigte, aus der wir gekommen waren. Wir nahmen unsere Taschen und gingen zu dem massiven Anleger. Von hier wurden schwere Lasten oder Autos mit einer Fähre oder einem Prahm übergesetzt, doch weder auf dem Fluss noch am gegenüberliegenden Ufer war ein Fährschiff zu sehen. »Die Jungs holen uns mit dem Boot ab«, antwortete Medwedkin, bevor ich fragen konnte.

Das alte Dorf Tuohisjärvi lag ein wenig weiter östlich jenseits des Flusses. Der Anleger war für die neuere Siedlung und das Sägewerk errichtet worden. Es war windstill, und der breite Fluss strömte eher geruhsam als reißend dahin. Von der Landkarte her wusste ich, dass er hier unmerklich zu einem weiten Bogen ansetzte, fast einen Kreis zog. Er kehrte zum Dorf zurück und verbreiterte sich zu einem kleinen See.

Die Häuser des alten Ortsteils hockten in einer Reihe auf einem flachen Hügel. Die Ackerstreifen fielen zum Ufer hin sanft ab. Das Sägewerk beherrschte den neueren Ortsteil und die höchste Erhebung wie eine zerfledderte Festung. Die Anbauten, die sich an das Hauptgebäude anschlossen, waren mit Planen und Blechplatten bedeckt.

Zwischen Sägewerk und Ufer grünte eine breite, leere Parzelle. Den Spuren nach waren dort Baumstämme gelagert worden. Lastwagen und Traktoren hatten sich auf dem Gelände ausgetobt, waren in der Matschzeit bis zu den Achsen im Schlamm versunken und hatten sich gegenseitig herausgezogen. Sie hatten dem Rasen Quetschungen und bogenförmige Schnitte zugefügt, die sich als schwarze Narben vom Grün abhoben.

Der Platz war zugemüllt. Im aufsprießenden Gras lagen lange Holzsplitter, ausgesonderte Holzblöcke, Autoreifen, unidentifizierbare Maschinenteile, diverse Rohre und Eisenstangen. Mittendrin grasten Kühe, deren Wiederkäuen über den Fluss hinweg eher zu ahnen als zu sehen war.

»Nettes Kombinat«, kleidete Korhonen seinen Eindruck in Worte. »Ist das ein Reservat für Lebensstilindianer mit eigens entwickeltem Ökosägewerk? Sieht so richtig umweltfreundlich aus, geradezu nach Vollbio. Typische Russenwirtschaft, verdammt noch mal!«

»Ist das Werk vielleicht stillgelegt? Man hört jedenfalls keine Maschinen kreischen«, überlegte ich.

Wir schwiegen eine Weile und lauschten der Stille.

»Der stille Don. Nicht mal die Melkmaschinen heulen«, freute sich Korhonen.

»Irgendwo läuft ein Motor«, stellte ich fest und drehte den Kopf, um die Geräuschquelle zu orten. Vom alten Dorf her näherte sich ein flaches Boot.

»Da kommen die Jungs«, sagte Medwedkin.

Das Boot steuerte auf den Anleger zu. Es war schmutzig blau, hatte eine nach innen gewölbte Windschutzscheibe und hinten zwei kleine Querruder, die ihm Stabilität geben sollten. Zwei Männer saßen im Boot. Der eine bediente auf der hinteren Ducht den Außenbordmotor, der andere lehnte sich mit den Knien an die Seitenwand und griff nach dem Bootssteg.

Die beiden nickten zur Begrüßung, sagten aber kein Wort. Auf eine offizielle Vorstellung legte ich auch keinen Wert. Ich wusste, dass die Männer unter Oka Sorokins Befehl standen, sie mochten Leutnants sein, nur trugen sie statt Uniform Jeans und Anoraks. Sie gehörten zur Schar der gleich großen, wie genormt aussehenden jungen Männer, die in den Hotels herumstanden, wenn dort eine Delegation von Geschäftsleuten logierte, oder in einem grauen Wolga vorfuhren, wenn ein Bus mit Kriegsveteranen am Fuß der Kis-Kis-Hügel hielt.

»Ist dieser kleine Trog der berüchtigte Witwenmacher?«, erkundigte sich Korhonen interessiert, während wir uns einschifften. Als Medwedkin sich ins Heck setzte, lag der Bootsrand nur noch eine knappe Spanne über dem Wasserspiegel.

»Nein. Die Witwenmacher sind flache Aluminiumboote, ungefähr wie Schneeschieber«, erklärte ich. »Ich hab selbst ein paar verkauft. Zum Glück ist von meinen Kunden keiner ertrunken. Die Dinger halten nämlich nicht der kleinsten Welle stand.«

Der eine Bootsmann stieß uns vom Anleger ab, während der andere mit dem kleinen Evinrude-Außenborder am Heck steuerte. Korhonen griff nach dem Steuerrad. Es drehte sich haltlos, die Ruderleitungen hingen schlaff herunter. Korhonen ging in die Hocke, drehte das Handrad nach links und rechts und knatterte mit dem Außenbordmotor um die Wette.

»Der Mann macht noch im Sarg Lärm«, rief Medwedkin von hinten. Ich drehte mich um und nickte. Auch Sorokins Männer lächelten.

»Was sagt er?«, erkundigte sich Korhonen. »Ich hab's nicht verstanden.«

»Sei still.«

»Das hat er nicht gesagt.«

»Nein, aber das hat er gemeint. Und ich meine es auch.«

Der Bootssteg beim alten Dorf war schmal, er bestand aus brüchig gewordenen Planken, die jeweils paarweise auf morschen Böcken lagen, und sah aus wie ein langer Rentierzug. Man musste vorsichtig auftreten und warten, bis der Vordermann das nächste Plankenpaar erreicht hatte, bevor man weiterging.

Sorokins Männer stiegen als Letzte aus. Medwedkin gab ihnen Anweisungen und fragte nach der Ausrüstung. Die Männer nickten und holten längliche grüne Stoffbeutel unter der Ruderbank hervor. Mir war klar, dass die Beutel Sturmgewehre enthielten.

Wir gingen den Pfad hinauf. Die Sonne brannte auf die Uferböschung, ließ Gerüche aufglühen. Ich roch die Brennnesseln an den Zäunen, die hinter den kleinen Viehställen gärenden Misthaufen, Teer, von der Sonne aufgeheizte alte Balken und einen kühlen Hauch Feuchtigkeit vom Fluss, eine Erinnerung an die Vergänglichkeit des Sommers.

Alle Häuser des Dorfes säumten einen einzigen holprigen Sandweg, auf dem sich kein Mensch blicken ließ. Aus einem angelehnten Fenster drangen Lebenszeichen nach draußen, das Klappern von Geschirr beim Spülen und Radionachrichten über ferne Ereignisse. Eine kleine Katze, fast noch ein Junges, versuchte Fliegen zu fangen, sprang in die Luft und schlug mit den Pfoten ins Leere. An einer Hauswand entwirrte ein Mann seine Netze und nickte uns grüßend zu.

Vor dem Tor der Karpows blieb ich stehen. Medwedkin ging ein Stück weiter und setzte sich auf einen Stein. Sorokins Duo machte kehrt und spazierte zwanzig Meter zurück. Dort blieben die beiden stehen, an ein Motorrad mit Beiwagen gelehnt.

»Und du benimmst dich jetzt«, zischte ich Korhonen zu. Er nickte, bedachte mich allerdings mit einem beleidigten Blick. Wir betraten das Haus.

Die Stube hatte sich nicht verändert, nur der Kühlschrank schien neu zu sein. Vor den Fenstern hingen dünne helle Vorhänge, an den Wänden auf Spannpappe geklebte, leicht runzlige Tapeten mit spärlichem Blumenmuster. Hier und da waren Kunstdrucke und Ansichtskarten an die Wand gepinnt.

»Guten Tag!«, rief ich in den leeren Raum und klopfte noch einmal an den Türrahmen.

»Güt'cher Himmel, sint ihr al do?«, war aus der Schlafkammer zu hören.

Karpows Großmutter Nasti kam in die Stube, leicht schlenkernd, um die Hüften zu schonen. Sie band sich ein Tuch um den Kopf, trat zu mir und umarmte mich, babbelte über die alten Zeiten und wischte sich die Augen.

»Das ist mein Reisegefährte aus Finnland«, stellte ich meinen Begleiter vor.

»Korhonen, Teppo.« Korhonen machte einen artigen Diener wie ein Schulbub.

»Wie geht es euch denn?«, erkundigte ich mich.

»Ach Gottchen.« Nasti schlug die Hände zusammen. »Nu, in der Seite tut's weh, und die Hüften tun knarzen, aber sonst fühl ich mich ... Ich darf nit jammern. Santeri is arjer dran, der Arme liegt im Bett«, sagte sie und schickte mich in die Kammer.

Vorsichtig öffnete ich die Tür. Stickige Luft empfing mich. Aleksandr Karpow lag zugedeckt im Bett, schaute mich aber durch seine dicken Brillengläser an.

»Santeri krank im Bett. Wenn ich das geahnt hätte, wäre ich nicht gekommen«, sagte ich und wusste, dass ich die Wahrheit sprach.

»Viel Freud wirst nit an mir habe, ich kann nit laufe, nit eens oppe stan. T'Harze ebent.«

Santeri blinzelte mir zu und hielt meine Pranke mit beiden Händen umfasst. Ich sagte ihm, er solle sich nur schön ausruhen, machte eine aufmunternde Bemerkung über den heranreifenden Sommer und begriff im selben Moment, wie hohl meine Worte klangen. Mit jedem Sommertag, der verging, rückte Aleksandr Karpows letztes Stündlein näher.

Ich kehrte bald in die Stube zurück, denn sonst hätte ich womöglich von meiner Mutter angefangen, hätte erzählt, wie sie in den letzten Monaten vor ihrem Tod dahingesiecht war. Opa Karpow blieb liegen. Auf einem Stuhl neben seinem Bett hatte er ein Glas Saft und einige Lutschbonbons. Am Fußende stand als Ersatzklo ein emaillierter Eimer auf dem Boden, mit einem Handtuch zugedeckt.

»Nu, der guteste Moment ist's nit«, räumte Nasti ein, als ich ihr sagte, wie leid es mir tat, dass Santeri krank war, und mich für unseren Überraschungsbesuch entschuldigte. »Aber nimm's nit zu arch. Ihr sint hungerich, ek weiß, ein kalter Gast im leeren Magen. Ich tu euch im Mikro Piroggen oppwarmen. Waleri, nu, der Junge schleppt so viele Geräte an, gut, dass der Strom inne Leitung reicht. Zum Nachtessen gibt's Kartüffelchen und Fleisch und Fisch, wir heizen die Sauna, und im Oberstock is' Platz zum Schlafen. Ihr bekommts das eine Zimmer, Waleri und seine Freundin das andre«, plapperte Nasti drauflos.

»Seine Freundin?«, hakte ich ein. Nastis Stimme hatte an diesem Punkt ihrer Aufzählung einen seltsamen Beiklang bekommen, irgendwie schüchtern oder verlegen. Nasti drehte mir den Rücken zu und klapperte mit dem Geschirr.

»Ja«, gab sie sich einen Ruck. »Du kennst sie auch. Hab mir schon denkt, dass Waleri dir's nit gesagt hat. Hat so merkwürdig getan, der Bub.«

»Wen soll ich kennen?«, drängte ich.

»Nu, Waleris Freundin. Bald seine Frau, so Gott will.« Nasti bekreuzigte sich. »Lena. Ihr kennt's euch aus Leningrad.«

Die Treppe zum Obergeschoss knarrte, und die Tür mauzte, und Lena stand in der Stube.

»*Priwjet Viktor*«, grüßte sie.

Als hätten wir uns gestern zuletzt gesehen.

»Es ist lange her«, sagte ich, weil ich etwas sagen musste.

»Ist das nicht dieser … amerikanische *small talk*? Früher hast du leeres, unnützes Gerede und belanglose Floskeln gehasst«, zitierte Lena mich wortwörtlich.

»Mir ist nichts anderes eingefallen. Ich bin ziemlich perplex«, gestand ich.

Ich merkte, dass mir immer noch daran lag, Lena gegenüber aufrichtig zu sein. Wir saßen im Garten, auf einem Stein am Ende des Gemüsebeets. Ich hatte im Haus eine Begrüßung gekrächzt und Lena dann vorgeschlagen, nach draußen zu gehen. Korhonen war uns gefolgt, seine Sporttasche in der Hand. Er hatte irgendetwas von verliebten Pärchen gemurmelt, doch ich hatte ihn mit einem wütenden Blick zum Schweigen gebracht. Nun saß er auf der Schwelle zur Sauna, im Schatten der halb offenen Tür. Medwedkin und Sorokins Männer lungerten auf dem Dorfweg herum, nicht versteckt, sondern offen sichtbar.

»Du siehst gut aus«, sagte Lena und blinzelte in die Sonne.

»Du übertreibst«, sagte ich. Ich brachte es nicht einmal fertig, das Kompliment zurückzugeben. »Und was hast du in den letzten Jahren gemacht?«, erkundigte ich mich, und auch die Frage klang lahm. Bevor Lena antworten konnte, erklärte ich, dass ich es wusste. Sie war schon vor längerer Zeit aus Sankt Petersburg fortgezogen. Mutter hatte es mir damals erzählt, ein wenig zögernd. »Sie soll jetzt in Petrozawodsk sein, die Lena, unterrichtet am Konservatorium«, hatte sie gesagt. Ihre Stimme hatte ein wenig tiefer geklungen als sonst, wie um zu betonen, dass sie nicht von irgendwem sprach.

»So sind die Mütter. Ach ja, mein Beileid. Ich habe gehört, dass Anna Sergejewna von uns gegangen ist«, sagte Lena teilnahmsvoll.

Sie schwieg eine Weile.

»Was habe ich gemacht … Eine mittelmäßige Pianistin wird in diesem Land nicht gebraucht. Hauptsächlich habe ich Unterricht gegeben. An Schulen. Und Privatstunden für die Kinder der Reichen. In der Datscha von einem dieser Halboligarchen bin ich … Waleri begegnet«, erzählte sie dann mit leisem Zögern.

»Sei unbesorgt. Ich bin nicht hier, um euch auseinanderzubringen. Ich habe mein eigenes Leben«, beeilte ich mich zu versichern. »Waleri und ich haben andere Dinge zu klären, geschäftliche«, fügte ich hinzu.

»So hatte ich es auch verstanden«, seufzte Lena. Sie blies sich die Haare aus der Stirn, warf sie dann mit einer Kopfbewegung zur Seite. Die Geste war mir allzu vertraut, sie schnitt mir ins Herz.

Lena war auf ihre eigene, gleichgültige Art schön geblieben. Das Alter hatte eine leise Müdigkeit in ihre Bewegungen gebracht und Fältchen um ihre Augen gezaubert; mir war nicht klar, warum Frauen sie bekämpfen wollten. Ich wusste, dass ich immer noch fast jeden Tag an Lena dachte. Ich trauerte ihr nicht direkt nach, und die Sehnsucht war nicht mehr schmerzhaft. Aber ich dachte an sie, trotzdem.

»Das Leben war nicht leicht. Damals, als du einfach gegangen bist«, sagte Lena leise.

»Ich werde mich nicht darüber streiten, wer von uns weggelaufen ist oder wer sich versteckt hat. Du hast deine Entscheidung getroffen, ohne mich zu fragen. Und ich habe sie ja verstanden, zumindest im Nachhinein.« Ich gab mir Mühe, mich nicht zu verteidigen und Lena nicht anzugreifen.

»Es wäre jetzt schon groß«, sagte Lena und sah mir plötzlich direkt in die Augen. Mit einem einzigen Schnitt öffnete sie die verblasste Narbe, legte die brennende Wunde bloß.

»Manchmal überlege ich, wie es aussehen würde, ob es ein Junge oder ein Mädchen wäre. Oder gewesen wäre. Ich weiß nicht, welche Zeitform die passende ist«, suchte ich nach Worten.

Lena stützte die Ellbogen auf die Knie und das Kinn auf die Handflächen.

»So bist du, Viktor. Oder vielmehr, das ist deine Art zu sprechen, knapp an der Sache vorbei, obwohl du vieles begreifst. Vielleicht sogar so viel, dass du nicht wagst, alles anzusehen und aufzunehmen«, sagte sie fast zärtlich.

Die Sonne blendete mich. Die Düfte wurden schwerer, verdichteten sich zu Gerüchen, die meine Bronchien überfrachteten. Hammerschläge in weiter Ferne und das Rattern eines Außenbordmotors auf dem Fluss schwollen in meinen Ohren zu einem Lärm an, den der Wind und die Vögel und all die üblichen Geräusche der Natur noch verstärkten. So etwas konnte ich nicht brauchen. Ich musste mich auf die Begegnung mit meinem Feind konzentrieren, statt einer verflossenen Liebe nachzuweinen und mich zu zanken, nein du, nein ich, und damals hast du es ganz genauso gemacht.

»Geh rein, Lena«, bat ich.

Lena stand auf, strich nicht vorhandenen Schmutz von der Hose.

»Mach's gut«, sagte sie und ging. Ich sah ihr nicht nach.

Mit einem leisen Räuspern machte Korhonen mich taktvoll darauf aufmerksam, dass er in Hörweite war. Vermutlich hatte er mit seinem *kapusta*-Russisch Teile unseres Gesprächs verstanden und sich den Rest aus unserem Tonfall zusammengereimt. »Ich heize dann mal die Sauna«, sagte er fast teilnahmsvoll.

Ich beobachtete ihn schweigend. Er verglich den Rauchfang und das Ofenblech und den Aschenfänger mit der Sauna auf dem Hof seiner Eltern. Zwischendurch ging er in den Holzschuppen und spaltete Scheite, schwang die Axt lässig und geschickt.

»Holzhacken ist ein vernünftiges Hobby, eine nützliche Art, sich Bewegung zu verschaffen«, sagte er mit geschwellter Brust. »Und man beachte: Es sind genug fertige Scheite da, aber es gehört zum guten Ton, so viel neue zu hacken, wie man verbraucht, und noch ein bisschen mehr«, fügte er besserwisserisch hinzu und ließ sich anschließend über Dialektunterschiede aus, erklärte mir genau, wo man einen Holzscheit *halko* nannte und wo *klapi* oder *nalikka* oder *hellakalikka*.

Ich wusste, dass Korhonen mit seinem Geschwätz ein unendliches, nahtloses Strickwerk produzierte, einen eintönig grauen Strumpf. Es sollte mich wärmen.

21

»Karpow kommt«, übersetzte ich Medwedkins Winken. Ein strahlend weißer Jeep kam in Sicht, schaukelte über die löchrige Straße.

Rasch ging ich Oka Sorokins Konzentrationstechniken durch. Ich schloss die Augen, atmete tief durch und schaltete alle überflüssigen Gedanken aus. Ich dehnte den Nacken, schüttelte die Arme aus und konzentrierte mich auf meine Hände, auf jede einzelne Fingerspitze. Ich spannte Bauchmuskeln und Oberschenkel an und stellte mich auf die Zehenspitzen. Dann vergewisserte ich mich noch, dass ich meine Pistole kühl und eckig im Rücken unter dem Hosenbund spürte.

Ich hatte den Geschmack von Eisen und Blut im Mund wie auf der Zielgeraden beim Skiwettkampf. Ich war bereit.

Den Bug des Jeeps zierte ein verchromter Kuhfänger, darüber prangte eine Batterie Zusatzscheinwerfer. Die Fenster waren dunkel getönt und nahezu undurchsichtig. Fast lautlos öffneten sich die Vordertüren, und zwei junge Männer stiegen aus. Den einen kannte ich gut, und auch von dem anderen wusste ich, dass er auf Karpows Gehaltsliste stand. Die Männer murmelten einen Gruß, gaben mir aber nicht die Hand. Sie blieben an den offenen Türen stehen, den einen Fuß auf dem Trittbrett, den anderen auf der Erde. Hinten kletterte Karpow aus dem Wagen. Die Rückbank war so hoch, dass er beinahe springen musste.

»Mit einer halben Armee bist du gekommen, zu den alten Leuten«, begann Karpow auf Russisch.

Er nickte zu Medwedkin hinüber, bemerkte dann auch Korhonen und schnaubte leise, als er ihn erkannte. Ein Hauch von

Eifersucht flog über sein Gesicht, als der Wind den ersten Rauch aus der Sauna auf den Hof blies.

»Und deine eigene Miliz hast du auch dabei.« Karpow lächelte etwa eine Sekunde lang. »Nur wir beide, das wäre besser gewesen. So haben wir uns doch immer durchgeschlagen, selbst im Tiefschnee. Beim einen die Bindung kaputt, beim anderen der Skistock gebrochen. Und keine Ahnung, wohin es gehen soll«, ließ er den alten Waljuscha aufblitzen.

Ich erinnerte mich an die Geschichte. Wir waren in Otepää im Skilager, hatten uns verlaufen. In den Fichten knackte der Frost, und der Abendhimmel war tiefblau.

»Auch damit sind wir fertig geworden. Aber jetzt bringt Nostalgie nichts«, riss Karpow mich barsch aus meinen Gedanken.

»Lass uns Finnisch sprechen«, ordnete ich an.

»Meinetwegen. Aber warum bist du nicht allein gekommen? Und warum nicht zu mir, nach Sortavala? Ausgerechnet hierher musstest du fahren!«

»Waleri, hör auf, dich zu drehen und zu winden. Du weißt genau, dass ich es nicht wagen konnte.« Ich zwang mich, ruhig und leidenschaftslos zu sprechen. »Ich musste vor meinem besten Freund Schutz suchen. Einen Treffpunkt finden, an dem er mich nicht töten kann.«

Karpow lächelte fast zufrieden, nickte bestätigend, das habe er sich gedacht.

»Lass uns ein Stück spazieren gehen, durchs Dorf. Ich mag es nicht, wenn die mir in den Nacken starren«, schlug er vor. Er machte ein paar Schritte und drehte sich um, wartete auf mich. Den Männern am Jeep gab er mit beiden Händen ein Zeichen, beim Wagen zu bleiben, deutete mit den Handflächen zur Erde, wie man einem Hund befiehlt, sich zu setzen.

Wir gingen gemächlich durch das Dorf, bis hinauf auf den Hügel. Dort blieb Karpow stehen und lehnte sich an den neuen Zaun. Finnische Pfingstler hatten ein kleines Bethaus für die Dorfbewohner gebaut. Im Gras lagen noch Bretter und Kabelreste. Unter die Regenrinne hatte man einen Farbeimer gestellt, der das Wasser auffing.

Korhonen hatte immer behauptet, Karpow sehe genauso aus wie der Sänger Jorma Hynninen. Ich musterte ihn, suchte in seinem Gesicht nach vertrauten Zügen, nach einer Verbindung zu meinem alten Freund. Waleris Antlitz war nicht mehr so rund und weich wie früher. Seine Schädelknochen schoben die Jochbeine hoch und legten Schatten über seine Augen und Schläfen. Ich fürchtete, Hass oder Trotz in seiner Miene zu finden, hoffte, Beschämung zu entdecken.

Karpow erwiderte meinen Blick offen. Und wieder setzte sich in meinem Innern die Stimme durch, die mir sagte, dieser Mann sei mein Freund Waleri, Walja, Waljuscha. Dieser Partner hatte meine Holzgeschäfte vermittelt, Zigaretten importiert und den Wodkaverkauf organisiert. Diesen zuverlässigen Mann hatte ich um Hilfe gebeten, als meine Mutter in Sortavala erkrankt war. Und mit diesem Kumpel hatte ich Witze gerissen, wir hatten uns ohne große Worte verstanden, aus derselben Flasche getrunken.

Auch jetzt hätte ich über das Produktionskombinat für geistlich-diakonische Dienstleistungen witzeln müssen. Waleri hätte mit einem Zitat aus einem unserer Schulbücher geantwortet, hätte mit Kommentatorenstimme erklärt, »vor zwei Jahrzehnten gab es hier inmitten der Taiga nur ein kleines Fischerdorf, doch heute ragen Fabrikbauten in die Höhe, besonders stark ist die Holz- und Maschinenindustrie vertreten, und auch Aufklärungsinstitute sind entstanden.«

»Warum?«, zwang ich mich zu fragen.

»Wegen Geld natürlich. Obwohl das ja keine Erklärung ist. Oder doch. Aber sie ist zu simpel«, spie Karpow eine Selbstverständlichkeit aus und schluckte am Nachgeschmack. Er schüttelte den Kopf, versuchte enttäuscht dreinzublicken. »Du hast nie etwas verstanden, Viktor. Mich nicht, unsere Familie nicht, überhaupt nichts. Meine Urgroßmutter ist früher von hier bis nach Oulu gefahren, als Wäscherin, hat für die Finnen Bettlaken gewaschen. Die alten Leute erinnern sich immer noch daran, wie es vor hundert Jahren war.«

»Warum?«, wiederholte ich. »Verdammt noch mal, es geht ja wohl nicht um irgendeine Stammesgeschichte!«

»Vielleicht doch«, beharrte Karpow. »Rückwanderer ... bei dir verstehe ich es ja. Aber viele haben sich nach Finnland mogeln können, weil irgendein entfernter Cousin der Großmutter die richtige Nationalität im Pass hatte. Und ich? Ich geh nicht als Finne durch, ganz egal, wie gut ich die Grammatik beherrsche. Ich bin Karelier. Also muss ich hierbleiben ... im Elend, verdammt. Weißt du, Viktor, was für ein Gefühl dat is, hier simmer un hier bleimmer un die Armut wird immer arjer. Un eigentlich will man gar nit wech von hier, aus der Heimat, aber hier bleim nur die Allerdümmschten.«

»Lass die Ausflüchte«, unterbrach ich Karpows Erguss. Ich hatte den Verdacht, dass er aus kalter Berechnung zum Dialekt überging.

Karpow wurde sofort wieder kühl und sachlich. »Warum wolltest du dich mit mir treffen? Warum bist du nicht einfach gegangen, geflohen?«, fragte er.

»Weil auch ein Verräter eine ehrenhafte Behandlung verdient. Du musst eine Strafe bekommen, und du musst Gelegenheit haben, zu bereuen«, sagte ich, wie ich es mir zurechtgelegt hatte.

Karpow lachte höhnisch. »Oje, Viktor, hast du zum Glauben gefunden? Alles vergessen, was man dir über den wissenschaftlichen Materialismus beigebracht hat? Die Götter helfen dir nicht.« Er brach ab und ging zum Russischen über. »Serjoscha, komm hervor.«

Hinter dem Gebetshaus glitt ein blonder, langnasiger Mann hervor, dem Aussehen und der Größe nach ein gewöhnlicher Verbrecher. Auch die Maschinenpistole in seiner Hand war von Aussehen und Größe her ganz gewöhnlich. Einzigartig wurde sie nur dadurch, dass sie auf mich gerichtet war. Ich blickte in den Lauf und dann in die Augen des Mannes. Er reckte auffordernd das Kinn in die Höhe und schniefte, als wäre er erkältet. Ich hob die Hände langsam in Schulterhöhe.

Ich ließ mir keine Gemütsregung anmerken, schoss aber hundert zischende Vorwürfe auf mich selbst ab. Wie konnte das passieren, wieso hatte ich mich so leicht überraschen lassen? Ich hätte mit dieser Finte rechnen müssen, und selbst ohne Vorahnung hätte ich keinesfalls die primitive Vorsichtsmaßnahme vernachlässigen dürfen, meinen Weg abzusichern und für Rückendeckung zu sorgen. Zeit hätte ich genug gehabt. Aber statt mich um die Routine zu kümmern, hatte ich mit Lena geplaudert, Blumenduft geschnuppert, *Sultsina*-Pasteten gegessen und war als Saunamajor herumflaniert. Und so was wollte Offizier mit Spezialausbildung sein.

Ich bemühte mich, meine Gedanken zu ordnen und mich zu konzentrieren. Du bist nicht müde, du steckst voller Energie, betete ich mir vor. Und mir wurde klar, dass der Hauptgrund, weshalb ich mich hatte überraschen lassen, mein Freund Karpow war. Trotz aller logischen Überlegungen hatte ich es nicht fertiggebracht, ihn als Bösewicht anzusehen, als Gefahr für mein Leben.

»Du hast nicht geglaubt, dass ich dazu fähig wäre«, hämmerte Karpow den Nagel auf den Kopf. »Du bist immer gelobt worden. Das macht unaufmerksam und schlaff. So war es schon beim Skilaufen. Alle haben nur gejubelt, guckt euch Viktors Blutwerte an und seine Zellteilung und seine Ergebnisse beim Gewichtheben …«

»Verdammt noch mal, Waljuscha, es war doch nicht meine Schuld, dass du Langstreckenläufer warst und ich Sprintereigenschaften hatte«, schimpfte ich. »Außerdem hatte ich das Skilaufen längst an den Nagel gehängt, als die Kurzstreckenläufe erfunden wurden, zum Teufel … und ich stand immer im Schatten von Smirnow oder Rotschew.«

»Im Schatten, pah! Man hat große Hoffnungen auf dich gesetzt. Du hast sogar deren Skier gekriegt. Mir haben sie irgendwelche Bretter aus Galina Kulakowas Zeiten gegeben.« Karpow grinste unwillkürlich, zwang sich aber sofort wieder zu schmallippiger Härte. »Und versuch nicht, Scheiß zu reden, Zeit zu schinden und mich abzulenken. Ich hab nicht gewollt, dass es dazu kommt, aber jetzt ist Schluss.«

Ich beobachtete seinen Handlanger Sergej. Die Maschinenpistole zielte lehrbuchmäßig auf meinen Magen. Der Mann hatte einen festen Stand, das Gewicht gleichmäßig auf beide Beine verteilt. Als Profi hatte er darauf geachtet, nah genug heranzutreten, aber auch nicht zu nah. Er war zu weit entfernt, als dass ich mich auf ihn stürzen konnte, aber wenn ich wegzulaufen versuchte, würde er mich treffen und hätte sogar Zeit genug, eine ganze Serie abzufeuern.

Ich fixierte den Blick auf Sergejs Stirn, auf einen Punkt unterhalb seiner blonden Stirnlocke. Eine schwarze Stange schob sich langsam auf seinen Kopf zu. Der Lauf der Kalaschnikow machte fünf Zentimeter vor seiner Schläfe Halt.

»Wer ist denn dieser Seelenbruder? Singt der auch in der Oper?« Korhonen genoss die Situation. Er kam vorsichtig hinter der Hausecke hervor und stellte sich schräg hinter Sergej in Positur. Seine Augen glänzten, doch seine Hände zitterten nicht.

»So, Herr Bariton, nun erklär deinem Chorknaben mal, dass jetzt diese Zauberflöte auf dem Programm steht. Und den Papageno gibt Teppo aus Tuusniemi. Wenn der junge Mann gern ein Loch im Ohr hätte, findet er in Käkisalmi oder was weiß ich wo bestimmt einen Tattoo and Piercing Saloon Tatjana, wo die Sache sauber erledigt wird. Ich kann das zwar auch übernehmen, aber dann bleibt womöglich nichts übrig, woran man Ohrringe hängen könnte. Und sag ihm auch, dass ich in dieser mathematischen Gleichung der *last man standing* bin, der Letzte, dem er noch steht. Wenn dein junger Freund auch nur eine Kugel verspritzt, erledige ich ihn und anschließend dich, Karpow«, erklärte Korhonen mit heiserer Stimme.

»Das war jetzt ein bisschen zu lang zum Dolmetschen«, mischte ich mich ein. »Waleri, sag Sergej, er soll die Waffe fallen lassen. Es ist vorbei«, fügte ich auf Russisch hinzu, damit auch Sergej verstand, was Sache war.

Karpow brummte und nickte. Sergej legte seine Maschinenpistole vorsichtig in den Sand und trat zwei Schritte zurück. Korhonen ging langsam in die Hocke und schob die Waffe hinter den Zaun. Anschließend klopfte er Karpow und Sergej ab, entdeckte bei beiden eine Pistole, die er an die Seite des Bethauses warf.

»Meine Fresse, ich hab mich echt gut angeschlichen, kein Zweig hat geknackt«, bewunderte Korhonen seine Leistung. »Ich bin in die Sauna gegangen, hab so getan, als wollte ich Holz nachlegen, aber dann bin ich durch das Fenster im Waschraum rausgeschlüpft. Auf nackten Füßen. Und natürlich wuchsen da Brennnesseln, zum Teufel! Aber ich bin euch nachgetapst, trotz der unerträglichen Qual. Und ich hab mich nicht umsonst auf meine Nase verlassen. Die riecht jeden Gauner«, prahlte er und ließ zugleich Dampf ab.

»Danke, Korhonen. Und jetzt komm mal zur Ruhe. Karpow und ich haben noch was zu bekakeln«, dämpfte ich ihn und befahl Sergej, sich auf die Erde zu setzen.

»Danke!«, schnaubte Korhonen. »Ein bisschen mehr Gefühl hätte ich schon erwartet.«

»Jetzt pass auf den Kerl auf!«, giftete ich. Korhonen setzte eine verdrossene Miene auf, richtete sein Sturmgewehr aber gehorsam wieder auf Sergej.

Die Sonne war hinter den Fichten verschwunden und hatte uns im Schatten zurückgelassen. Es wurde allmählich kühl. Karpow stand ausdruckslos da, ließ die Arme locker herunterhängen.

»Warum?«, fragte ich erneut. »Du hast doch hier gute eigene Geschäfte. Und du hättest sie alle ganz allein für dich bekommen. Ich hätte auf meine Anteile verzichtet. Wenn du nur was gesagt hättest.«

»Wenn ich gebettelt hätte … um eine milde Gabe.«

»So habe ich es nicht gemeint.«

»Sicher nicht. Aber es wäre trotzdem ein Almosen gewesen.«

»Hat Lena dir das eingeredet? An einer Frau sind schon viele Freundschaften zerbrochen«, versuchte ich zu lachen.

»Nein. Aber Lena ist auch so ein Fall. Du hast ihr Leben durcheinandergebracht und bist dann mir nichts, dir nichts verschwunden.« Auch Karpows Augen klagten mich an.

Wir standen uns schweigend gegenüber.

»Aber du warst mein Freund«, hielt ich ihm schließlich entgegen.

»Dein Freund? Ich war immer nur eine Art Gehilfe oder Adjutant. Du hast es für selbstverständlich gehalten, dass ich irgendwo im Hintergrund bereitstehe, um dich zu unterstützen.«

Ich schüttelte den Kopf. So sei es nicht gewesen, behauptete ich und erklärte hilflos stammelnd meinen Standpunkt. Ich bat Karpow, mir zu glauben, dass ich mich nicht für unantastbar hielt. Man dürfe mich durchaus mal anrempeln. Und Waren gebe es genug auf der Welt, für Geld bekomme man neue. Doch Menschen, die man liebt, könne man nicht neu kaufen. Diese Menschen dürfe man nicht in Gefahr bringen, nur wegen unserer Geschäfte und unserer Beziehung. Waleri habe einen schlimmen Fehler begangen, indem er Marja bedrohte. Das sei schwer zu vergeben und kaum wiedergutzumachen. Es sei mir zwar gerade noch gelungen, Marja und mich zu retten, aber meinen Freund würde ich verlieren.

Karpow hörte mir zu, sagte aber nichts. Er protestierte nicht, gab aber auch nicht zu, dass er mich verstand.

»Vom Guten zum Bösen ist es nur ein Schritt. Du bist schwach geworden«, sprach ich weiter.

»Ach, Viktor. Den Sermon hast du einstudiert, vor dem Spiegel aufgesagt«, höhnte Karpow.

Ich packte ihn im Nacken und zog seinen Kopf so nah heran, dass seine Stirn beinahe an meine stieß. Ich spürte seinen Atem auf meiner Haut, wusste, dass mir auch sein Geruch vertraut war. Aus der Nähe sah ich das kleine, ängstliche Flackern in seinen Augen.

»Komm nie mehr nach Finnland, auch nicht nach Sortavala,

ach was, nach ganz Karelien nicht. Ich verbanne dich. Hast du kapiert?«, flüsterte ich und schüttelte Waleri sanft. »Und denk jeden Tag daran, dass du mich verraten hast.«

Korhonen zerriss die andächtige Stille. »Wie herzig. Gleich weint der eine«, frotzelte er, verlegte sich dann aber aufs Jammern. »Scheiße, wie das juckt und brennt«, fluchte er über die Brennnesselquaddeln. Er stand schwankend auf einem Bein und schubberte sich mit den Zehen des freien Fußes den Knöchel.

Ich setzte zu einer Warnung an, doch da sprang Sergej schon auf, brachte Korhonen zu Fall und warf sich auf seinen Rücken. Das Sturmgewehr lag quer unter den beiden.

Der blonde Russe versuchte einen Ringergriff anzubringen. Er schob die Arme unter Korhonen, ruckelte so lange, bis seine Hände sich trafen, und verschränkte sie zum Fesselgriff. Dann machte er eine Drehbewegung, führte sie aber nur zur Hälfte aus, sodass er zuunterst lag. Korhonen zappelte mit hochgestreckten Beinen und versuchte, seine Arme aus Sergejs Umklammerung zu befreien.

Karpow ging in die Hocke, wie ein Mattenleiter, der genau aufpasst, damit ihm keine punktreife Leistung entgeht. Doch Waleri ergatterte alle Punkte für sich und ließ mich leer ausgehen. Er sprang plötzlich auf und rammte mir seine Schulter gegen die Brust, drückte mich an den Zaun, wie ein Eishockeyspieler den Gegner an die Bande checkt.

Dann stürzte er sich auf das Ringerpaar. Er umfasste die Kalaschnikow, die zwischen den beiden herausragte, und schob den Lauf nach oben, bis er auf Korhonens Kopf zielte. Dann warf er mir einen Blick zu, lächelte, als biete er mir eine Lösung an. Schießen wir den Störenfried ab. Dann sind nur wir beide übrig, zwei alte Kameraden. Serjoscha ist auch einer von uns, ein guter Mann. Wir verhandeln, und wir einigen uns.

Korhonen versuchte, die Waffe aus Karpows Griff zu lösen, doch Karpow schob seine kraftlos wedelnde Hand beiseite. Klong, klack, ich hörte das blecherne Geräusch, als die Sicherung in Dauerfeuerposition einrastete.

»Hör auf, Waljuscha!«, brüllte ich. Ich zog meine Pistole aus dem Gürtel und rannte zu dem ächzenden Männerhaufen. Karpow schob das Sturmgewehr näher an Korhonens Kinn heran.

»Nein, Waljuscha, nein«, rief ich wieder und drückte die Pistole gegen Karpows Knie, fest genug, dass er das Rohr spürte. Er reagierte darauf, indem er die Kalaschnikow mit seinem ganzen Gewicht gegen Korhonens Gesicht presste. Der Lauf bohrte sich in die Wange, Korhonens Mund öffnete sich schief, und seine Augen schielten auf das Korn.

Karpow tastete blindlings nach dem Abzug, sein Daumen schlüpfte in den Bügel.

Ich schoss zweimal.

Ich wusste, dass Waleri Karpow nie mehr auf Skiern stehen, nicht mehr joggen, nie wieder ohne Krücke gehen würde.

Alles rauschte an mir vorbei, als starrte ich betrunken auf einen verdreckten Fluss oder auf die klumpige Masse im Produktionsprozess irgendeiner Fabrik. Ich nahm unzusammenhängende Einzelheiten wahr, Steine auf dem Pfad und Baumwurzeln, eine wippende Bachstelze, ein Hufeisen an einem Gatter.

Die Waffe hatte gezuckt wie ein kleines Tier, das zu fliehen versucht. Das Knallen der Schüsse betäubte mir die Ohren und erstickte in einem dumpfen Rauschen.

Karpow rollte auf die Erde, wand sich vor Schmerz und schnappte nach Luft. Sergej erstarrte zuerst, stand dann betont langsam und mit erhobenen Händen auf, zeigte mit der Geste des Profis, dass der Kampf beendet war.

Korhonen federte hoch und rannte ruhelos im Kreis. Er strich sich immer wieder Schmutz von der Hose, betastete seine aufgescheuerten Wangen, lachte und murmelte vor sich hin.

Ich wollte weder Karpow noch die Überreste seines Knies sehen. Ich befahl Sergej, sein Hemd zu zerreißen und Karpow einen Druckverband anzulegen. Dann ging ich zurück zum Haus der alten Karpows. Korhonen folgte mir.

Medwedkin und seine Söldner erwarteten uns. Sie hatten die

Waffen gezogen, behielten Karpows Jeep und die dahinterhockenden Männer im Visier. Ich gab mir Mühe, so laut zu sprechen, dass mich alle hörten. Alles ist vorbei, rief ich, geht und bringt Karpow ins Krankenhaus, nach Sortavala oder Weißmeer-Kemi oder wohin ihr wollt.

Lena und Nasti kamen aus dem Haus. Ich hätte es vorgezogen, ihnen nicht mehr zu begegnen.

»Waleri hat einen Unfall gehabt«, sagte ich. Dann gab ich Lena einen Zettel mit den Kontaktdaten eines Bekannten in Usbekistan. Ich trug ihr auf, Karpow möglichst bald aus diesen Breitengraden fortzuschaffen, oder waren es Längengrade, egal, jedenfalls würden sie zehn Grad weiter östlich, in Taschkent, ein neues Leben beginnen können, ich würde Geld hinschicken. Eine einmalige Entschädigung wie bei einer Unfallversicherung, witzelte ich, doch niemand lachte. Ihr zieht dort hin und kommt nicht zurück, wiederholte ich zur Sicherheit.

Lena nickte. Ich vergewisserte mich, dass sie meine Worte verstanden hatte und handlungsfähig war. Zu Nasti, die sich die Hände aufs Herz presste, konnte ich nur sagen, dass es mir leidtue und ich sehr traurig sei, dass ich aber auch für sie und Santeri sorgen würde. Sie würden in ihrem Dorf, in ihrem Haus bleiben können.

Ich schaute nicht zurück, als ich zum Ufer ging, aufrecht und ungedeckt. Korhonen, Medwedkin und Sorokins Männer folgten im Seitenschritt, fielen abwechselnd zurück und knieten sich hin, um unseren Rückzug zu sichern.

Im Boot ließ ich mich auf die Bank fallen und erklärte, in diesem Turnier sei jetzt der Wodkatag an der Reihe.

»Du hast mir das Leben gerettet, Viktor«, sagte Korhonen, als wir auf der Mitte des Flusses waren. »Der verdammte Setukese hat mich überrascht«, fügte er leise hinzu, krakeelte nicht mehr. Seine Augen waren rund und ernst.

Er ließ die Hand ins Wasser hängen, blickte zum Dorf zurück und klagte darüber, dass er die Sauna ganz umsonst geheizt und seine Schuhe im Vorraum stehen gelassen hatte.

22

Ich erwachte und wusste, dass ich zu Hause war. Als ich die Augen aufschlug, fand ich die Astlöcher in der Zimmerdecke auf Anhieb. Als Kind hatte ich sie in der Abenddämmerung betrachtet, mir eingebildet, auf dem lackierten Holz die Augen und Ohren von Tieren zu sehen, die ich zu ausdrucksvollen Gesichtern kombiniert hatte. Ich stand vorsichtig auf und ging auf die Veranda.

Die Haustür war ordentlich abgeschlossen, dabei hatte ich nicht die kleinste Erinnerung daran, dass ich den Schlüssel umgedreht, abgezogen und an den Nagel gehängt und danach gewohnheitsmäßig noch einmal am Türgriff gerüttelt hatte.

Ich setzte mich auf die Vortreppe. Ich fühlte mich gleichzeitig schlapp und frisch, als hätte ich mich gerade von einem harten Sportwettkampf erholt. Am Tag danach waren die Muskeln hart und steif, die Achillessehnen knirschten und die Schultern schmerzten. Aber nach ein paar Ruhetagen schrie der Körper wieder nach Anstrengung und Wärme und Schweiß, gab keine Ruhe, bis man die Skier anschnallte, wenigstens für einen kleinen Sprint.

Kolja Medwedkin hatte uns nach Sortavala gefahren. Ich hatte darauf bestanden, in mein Elternhaus gebracht zu werden, und war unnachgiebig geblieben, als Kolja vorschlug, doch lieber in Sokol zu übernachten, aus Sicherheitsgründen und überhaupt. Schließlich hatte Medwedkin nachgegeben und aus dem Kofferraum des Wolga Wodkaflaschen für unterwegs geholt.

Korhonen hatte sich zuerst geziert. Ich habe ja selbst etwas dabei, hatte er die Getränke in seiner Tasche gepriesen, dann aber doch Koljas Wodka akzeptiert und mit seiner eigenen Limonade heruntergespült. Er hatte eine Tüte Kartoffelchips hervorgekramt und gegrinst, er fühle sich wie auf einem Schulausflug. Etwas Salziges, Knackiges gehöre dazu, man müsse schließlich auch Gemüse essen.

Ich hatte mich in den Fond gesetzt, meine Flasche aufgeschraubt und angefangen zu trinken.

Dann kamen einige verschwommene Abschnitte, zwischendurch überbelichtete oder zu laute Szenen, vorwiegend jedoch verworrenes Rauschen.

So viel wusste ich noch, dass wir in Sortavala in die Sauna gegangen waren. Korhonen hatte singend auf der Schwitzbank gesessen und die weiche Hitze gelobt. Ich hatte in drohendem Ton erwidert, ihm bleibe keine andere Wahl, als meine Sauna zu preisen, sonst würde ich auch ihm das Knie zertrümmern. Korhonen hatte seine Schmeicheleien fortgesetzt und gemeint, Lena sei eine attraktive Frau, vorausgesetzt, man möge diesen etwas kühleren Typ. Als ich ihm riet, seine Zunge im Zaum zu halten, hatte er erklärt, Lena sei beileibe keine Golgatha-Olga oder Kühlfach-Kyllikki, eher eine Walküre wie Carmen, wenn ich ihm einen solchen mythisch-librettistischen Vergleich gestatte. Teppo, verdammt, hatte ich gebrüllt, und Korhonen hatte endlich begriffen, dass er dieses Thema besser fallen ließ.

In den hellen Nachtstunden hatten wir Schuppen und Speicher durchwühlt. Ich hatte Korhonen die aus Beton gegossenen Gewichte und die übrigen Kraftsportgeräte gezeigt, die ich aus Drahtseilen, Riemenrädern und Gewichtscheiben zusammengebastelt hatte. Dann hatte ich ihm eine Flaschenzugübung vorgeführt, die der Armarbeit beim Skilaufen nachempfunden war. Korhonen hatte lang und breit darüber doziert, auf welche Muskeln sich die Übung auswirke, woraufhin ich ihn daran erinnerte, dass nur einer von uns beiden eine Universitätsausbildung im Fach Physiologie erhalten hatte und dass dieser eine nicht Korhonen hieß.

Ich selbst, das wusste ich noch, hatte einen Vortrag über Skier gehalten. Im Schuppen standen estnische Visu-Ekstras und einige Fischer-Skier mit Stempeln und Tuschemarkierungen von internationalen Wettkämpfen. Korhonen hatte sie ehrfürchtig bestaunt und sich beeindruckt gezeigt, als wir ins Haus gegangen waren und die Vitrine mit meinen Pokalen betrachtet hatten.

Auch meine Uniform hatte er sehen wollen. Also war ich auf den Dachboden geklettert und hatte den braunen Kleidersack aus Papier geholt, in den Mutter sie gepackt hatte. Korhonen hatte die Uniform unbedingt anziehen wollen und sich stolz vor dem Spiegel aufgebaut.

»Ein Hauptmann hat auf dem Kragenspiegel ein rotes Band und vier kleine Sterne. Ein Major hat einen großen Stern, zwei Streifen und in der Mitte einen Zopf. Und das hier sind nur Dienstabzeichen«, hatte ich das bunte Ordensband heruntergespielt und mich über das Fledermausemblem der *Speznaz* am Ärmel, das Korhonen ein wenig zu lange betrachtet hatte, ausgeschwiegen.

Irgendwann in den frühen Morgenstunden waren wir eingedöst. Ich erinnerte mich, dass Korhonen mich an der Grenze zum Schlaf noch einmal an der Schulter gerüttelt hatte. »Du hattest keine andere Wahl. Als Erwachsener muss man manchmal schlimme Dinge tun, um zu verhindern, dass Unschuldige leiden oder dass noch Schlimmeres geschieht. Das ist nicht immer leicht zu verstehen.« Korhonen hatte erstaunlich klar gesprochen, mir väterlich die Wange getätschelt und war schlafen gegangen.

Ich erinnerte mich nicht an den Sonnenaufgang. Plötzlich war einfach ein neuer Tag angebrochen, und die Menschen hatten sich auf den Weg zur Arbeit gemacht. Auch an unserer kleinen Straße waren kurz nacheinander mehrere Ladas angelassen worden. Der Lärm hatte mich aus dem Schlaf gerissen, und ich hatte mich darüber amüsiert, wie alle in der gleichen Tonlage vorbeibrummten, wie die Motoren in regelmäßiger Unregelmäßigkeit einige Takte aussetzten und die Fahrer an derselben Stelle in einen höheren Gang schalteten.

Nun saß ich auf der Treppe, lauschte und schnupperte. Die Sonne hatte sich hinter einer Wolke verborgen, doch aus ihrem Stand schloss ich, dass es bereits Nachmittag war, und zwar offenbar an einem normalen Werktag, denn durch das Gebüsch war das gleichmäßige Summen des Stadtverkehrs zu hören.

»Jetzt geht's wohl bald nach Hause. Wir sind ja schon fast eine Woche unterwegs.« Korhonen erschien in der Unterhose auf der Veranda.

»Ich bin doch zu Hause«, entgegnete ich und schirmte die Augen vor der Sonne ab.

»Nach Helsinki, meine ich. Da hast du doch auch alles. Okay, dein Haus ist abgebrannt, aber du hast deine Arbeit und deine Geschäfte.«

»Die gäbe es hier auch. Jobs und Möglichkeiten, Geld zu verdienen«, wandte ich ein.

»Sicher«, sagte Korhonen. »Aber Marja ist in Finnland.«

Ausgerechnet er musste mich daran erinnern.

Wir überlegten uns gerade, wie wir an ein Frühstück kommen sollten, als Medwedjew im Wolga vorfuhr. Oka Sorokin, der neben ihm saß, stieg aus und fächelte sich mit seinem Hut Kühlung zu.

»Unser Mann hat heute Nacht in der Gasse da drüben Wache gestanden, vorsichtshalber. Er hat angerufen und gesagt, ihr würdet allmählich wach, deshalb bringen wir euch etwas zum Frühstück. Wir sind allerdings schon seit dem frühen Morgen auf den Beinen, haben Verschiedenes organisiert. Und der arme Nikolai musste in der Nacht die ganze Strecke zweimal fahren«, berichtete Oka trocken. Kolja Medwedkin nickte nur und ging mit einer Plastiktüte ins Haus.

»Korhonen, geh Kaffee kochen und hilf Kolja in der Küche«, kommandierte ich.

»Ich mag jetzt nichts essen«, klagte Korhonen.

»Danach hab ich dich nicht gefragt. Ich habe gesagt, du sollst in die Küche gehen«, stellte ich klar.

Korhonen zog einen Flunsch und verschwand im Haus.

»Ich will keine Zeit verschwenden. Es ist alles geklärt«, begann Oka. »Ihr fahrt heute zurück nach Finnland. Ein Busfahrer aus Helsinki holt euch ab, Jussuf Kadir, oder unser alter Freund Shimelles, wie es dir lieber ist.« Er schmunzelte zufrieden, weidete sich an meiner Verblüffung. »Jussuf chauffiert ab und zu Touristen, ein Nebenjob. Er ist mit einem Kleinbus und einer Touristengruppe hier, die in Valamo übernachtet hat. Irgendwelche Schweden auf Klostertour. Wir haben eure Namen in das Gruppenvisum eingefügt.«

Oka pfiff beinahe vor Wohlbehagen. In seinem Sommerhemd sah er aus wie ein sowjetischer Berater in Kuba oder zumindest wie ein Schauspieler, der in einem Agentenfilm einen Botschaftsangestellten spielt.

»Danke, Oka, für alles. Du bist effektiv, immer noch.« Ich bemühte mich, an der richtigen Stelle ernst zu werden. »Ich habe es ehrlich gemeint, als ich dir Karpows Geschäfte anbot. Willst du sie?«

Oka Sorokin sah mich freundlich an, doch ich wusste, dass man aus dem warmen Leuchten seiner Augen keine Schlüsse ziehen durfte. Möglicherweise dachte er gerade an Katzenjunge, es konnte aber auch sein, dass er in Gedanken die Flugbahnen ballistischer Raketen berechnete.

»Ich möchte nur, dass das Leben weitergeht oder erhalten bleibt«, sagte er und merkte selbst, dass er allzu feierlich redete. »Ich meine, dass die Menschen hier Arbeit und ein halbwegs anständiges Auskommen haben. Du hast ja gesehen, wie hier alles verfällt. Zuerst wurden für die Sowchosen keine neuen Maschinen mehr angeschafft, dann hat man auch die alten nicht mehr gewartet, die Löhne nicht mehr bezahlt … Weil anderswo billiger produziert wurde. Und Industrie gibt es in dieser Gegend nicht, jedenfalls keine richtige. Alles geht bergab, und das ist traurig. Ich möchte nur, dass es hier Menschen und Arbeit gibt.«

Er hatte meinen Vorschlag nicht abgelehnt.

»Dann überschreiben wir Karpows Unternehmen auf dich. Er hat gute Leute beschäftigt. Ich glaube nicht, dass die dir Probleme machen werden. Und ich schicke dir noch einen Mann zur Unterstützung, einen gewissen Oleg Lesonen. Er kennt die Abläufe, und er war dabei, als wir über die Holzlieferung für Ikea verhandelt haben«, versprach ich. »Oleg ist ein rechtschaffener Mann, aber sein Rücken macht ihm Probleme, als Bauarbeiter ist er nicht mehr einsatzfähig. Er braucht einen neuen Job.«

»Das ist ja wie früher bei den westkarelischen Stromwerken. Wenn ein Monteur vom Mast fiel und nicht mehr klettern konnte, hat man ihn zum Vorarbeiter gemacht«, stichelte Oka. »Aber das geht schon in Ordnung, mach dir keine Sorgen. Du meinst es ja nur gut, mit allen.«

Seine Worte klangen wohlwollend, und es war beinahe, als hätte auch er mir die Wange getätschelt.

»Allerdings gibt es einen Gegendienst, den du für mich arrangieren könntest«, fügte Oka hinzu, winkte mich noch näher heran und dämpfte die Stimme. »Es dürfte machbar sein, über diesen Korhonen ...Es gibt nämlich bei unserer Botschaft in Helsinki ein kleines Problem ... Die haben Borschtsch und Schaschlik verwechselt.« Er suchte schamhaft nach einem passenden Vergleich. »Oder Diplomatie und Vergnügungsbusiness. Ach, zum Teufel, ein paar Idioten haben Botschaftswohnungen als Bordelle vermietet. In die Sache sind verschiedene Gauner und kleine Beamte verwickelt«, sagte er schließlich geradeheraus.

»Wird erledigt, und zwar tatsächlich mit Korhonens Hilfe«, versprach ich. Es wunderte mich ein wenig, dass man Finnen heranziehen wollte, aber in den Botschaften gab es ja ständig irgendwelche Intrigen und Ränkeleien. Die Niederlage des einen war immer der Sieg eines anderen. Abteilungen und Sektionen und Einheiten wetteiferten miteinander und beobachteten sich misstrauisch.

Der Gewinner bei diesem Spiel würde Korhonen sein. Er bekam die Chance, seinen Vorgesetzten zu beweisen, dass er immer noch fähig war, auf eigene Faust brisante Fälle aufzuspüren.

Ich selbst hatte mir überlegt, Korhonen einen ausreichend großen Drogenfall zuzuschanzen, aus ganz und gar egoistischen Gründen. Die geschniegelten Businesszwillinge aus Sankt Petersburg hatten mich dermaßen geärgert, dass ich mich an dem Gedanken ergötzt hatte, ihnen eine ordentliche Abreibung zu verpassen. Ich hatte mir die Szene ausgemalt: Korhonen hebt die Tür zu ihrer Zweizimmerwohnung in Helsinki aus den Angeln, brüllt so laut, dass Speicheltröpfchen auf den Seidenkrawatten der Bubis landen, und entdeckt in der Kommodenschublade einige Beutel mit weißem Pulver. Die Zwillinge schwören, sie hätten den Stoff nie gesehen, und Korhonen gibt gelangweilt zurück, den Satz hätte er schon oft gehört.

»Die jungen Männer, die Karpow zu dir geschickt hat, waren dem Vernehmen nach Handlanger der Petersburger Kasse.« Oka tauchte zu meinen Gedanken hinab, als hätte er sie in einem Wasserbecken beobachtet. »Sie haben sich abwerben lassen. In Sankt Petersburg will man sie nicht mehr.«

Kolja kam von Kaffeeduft umweht aus dem Haus. Er wiegelte brummend ab, als ich ihm für alles dankte, ging zum Wagen und stieg ein. Der Wolga schaukelte unter dem Gewicht des großen Mannes.

Auch Oka verabschiedete sich. »Vielleicht sehen wir uns wieder, vielleicht nicht. Wenn du mich besuchen willst, komm auf der Straße, nicht durch die Wälder.«

»Danke, Oktjabrin«, sagte ich und gab ihm die Hand.

Oka stieg ein, schlug die Tür zu, drehte aber das Fenster herunter. »Aus deinem Mund klingt der Name ganz anständig«, sagte er und winkte.

Korhonen saß in der Wohnküche am Tisch. »Nach Hause also«, sagte er und legte Wurst auf eine Scheibe Brot. »Das hat dieser Medwedkin jedenfalls erklärt. Manches habe ich nicht ganz verstanden, er hat zum Beispiel von einem schwarzen Mann geredet.«

»Am späten Abend sind wir in Helsinki«, bestätigte ich. »Du kannst zu Hause und an deinem Arbeitsplatz Bescheid sagen.«

»Hast du schon telefoniert?«, erkundigte er sich.

»Ich ruf gleich im Büro an.«

»Und Marja?«, fragte Korhonen. Ich befahl ihm, sich um seinen eigenen Telefonverkehr zu kümmern, den Tisch abzuräumen und zu spülen. Ich würde später essen.

Ich ging auf den Hof und setzte mich auf die Bank vor der Sauna. Ich erinnerte mich, wie Aljoscha und ich als Kinder dort gesessen und Saft getrunken hatten. Wir hatten Flanellschlafanzüge an und zählten die Kuckucksrufe. Mutter kam rotwangig und gut gelaunt aus der Sauna, ein Handtuch um den Kopf gewickelt. Vater blieb am längsten in der Dampfstube.

»Kärppä-Konzern«, meldete sich Oksana beim ersten Klingeln.

»Ich bin's – Viktor«, begann ich und hörte einen Aufschrei, Gepolter, leises Klappern. »Oksana?«, rief ich alarmiert.

»Ich bin nur erschrocken. Die Knie sind mir weiche geworden, und das Telefon ist runtergefallen und der Stuhl weggerollt, als ich mich setzen wollte, und dann ist noch der Papierkorb umgekippt. Aber es ist nichts kaputtgegangen …«, legte Oksana los. Beim Einatmen rief sie alle Heiligen an.

»Ich wollte dir nur schnell sagen, dass jetzt alles in Ordnung ist. Morgen früh komme ich ins Büro, dann bringen wir die Geschäfte wieder in Gang«, versuchte ich sie zu beruhigen und das Gespräch zu beenden.

»Aber zuerst holst du doch Marja ab? Das arme Mädchen hockt immer noch auf dem Land. Aleksej ist in die Stadt zurückgekommen, aber Marja ist dort unter Kühen, Ziegen und allen möglichen … Farnen«, erklärte Oksana entrüstet.

Ich hatte keine Lust, über die Nuancen der modernen Landwirtschaft zu diskutieren, sondern versuchte, direkt zur Sache zu kommen.

»Hör mal, ich muss mich um zwei Baustellen und um viele andere wichtige Geschäfte kümmern. Und eine Wohnung muss ich mir auch suchen. Ich hole Marja später ab.«

»Vitja, nun sei nicht so klauserig«, protestierte Oksana.

»Es heißt knauserig, nicht klauserig«, belehrte ich sie.

»Na schön, Vitja, sei nicht knnauserig.« Oksana ließ sich nicht beirren. »Jetzt rufst du Marja an, und dann fährst du schwups zu ihr. Ich kümmere mich um das *offis*.«

Damit legte sie auf.

Ich starrte verwundert auf mein Handy. Marjamarjamarja, alle spielten dieselbe Platte.

Natürlich wollte ich Marja anrufen, ihre Nummer war auf meinem Handy gespeichert, mit Auslandsvorwahl und allem Drum und Dran, ich brauchte nur auf die Taste mit dem grünen Hörer zu drücken. Die Wellen würden vom Telefon zur Antenne rauschen, von dort zur nächsten und vielleicht zu einer sechsten, mit Lichtgeschwindigkeit durch das unfassbare Netz pulsieren. Oder bremste der Widerstand der Kabel auf irgendeiner Etappe den Vormarsch der Signale? Na, schnell genug würden sie trotzdem reisen und in Marjas Handy ankommen. Ich wusste nicht, welchen Klingelton sie momentan eingestellt hatte, und das machte mich ein wenig traurig.

Ich wollte ja mit ihr sprechen, ihr sagen, dass ich sie vermisst hatte, aber nicht anrufen konnte, es schlicht und einfach nicht fertiggebracht hatte. Ich hatte zu viel am Hals gehabt, Notwendiges und Schlimmes, aber davon würde ich ihr später erzählen. Als mein Handy plötzlich vibrierte, zuckte ich zusammen. Auf dem Display stand: *Marja gsm ruft an.*

»Was gibt's, Marja?«, meldete ich mich. Auf die Schnelle fiel mir nichts Besseres ein.

»Hallo«, sagte Marja, klang vertraut und patent und warm. »Ich wollte nur mal fragen, ob du bald zurückkommst. Die

Frau ist in Umständen, und der Mann treibt sich in der Weltgeschichte rum.«

Bevor ich fragen konnte, von welchen »Umständen« die Rede war, sprach Marja weiter.

»Ich meine bloß, es ist doch traurig, wenn ein Kind vaterlos zur Welt kommt. Du solltest dich wirklich besser kümmern, um deine Familie.«

Mich kümmern. Darauf verstehe ich mich, dachte ich.

Entfernte Verwandte

Kriminalroman

1

Dorf Porajärvi, Bezirk Suojärvi, Republik Karelien, Russland

Pawel Wadajew saß auf der Bank unter dem Vordach und atmete tief durch. Er stellte sich vor, wie die Lunge sich beim Ausatmen in einen harten, runzligen Klumpen verwandelte, wie ein Fausthandschuh, den man auf dem Ofen vergessen hat.

Seine Haut glühte noch vom beißenden Dampf, obwohl die Hitze sanft war in der Sauna, diesem um eine halbe Balkenbreite ins Erdreich gesackten Holzanbau am Ende des Kuhstalls.

Otschen charascho, vieles war fraglos gut, gestand Pawel sich ein.

Seine Frau war ein vortrefflicher Mensch. Energisch bei allem, was sie tat. Und reinlich, sie wusch die Wäsche, schrubbte die Fußböden. Gutes Essen machte sie, buk Piroggen, Brote und Aufläufe, kochte Grütze, Brei und Marmelade, legte Pilze ein. In den Regalen im Keller standen reihenweise Weckgläser, sorgfältig mit Pergamentpapier und Gummibändern verschlossen, genug Vorrat für ein Jahr und mehr.

Und einen besseren Sohn als Sergej könnte ich mir nicht wünschen, dachte Pawel. Die Augen wurden ihm feucht. Er schalt und bestrafte den Jungen zu oft. Natürlich macht ein Bub gelegentlich Fehler, das muss ja sein, wie soll er sonst etwas lernen.

Pawel kraulte die Katze am Ohr und hörte Wasser plätschern. Offenbar goss Xenja sich noch einmal kalt ab. Er wusste, dass seine Frau die emaillierte Waschschüssel bald umgedreht auf die Saunabank stellen würde, dann würde sie herauskommen und Wohlgefühl und Samstagsfrieden ausstrahlen. In ihrem Bademantel aus Waffelstoff und mit einem Handtuchturban auf dem Kopf würde sie gelassen über den Hof schreiten wie bessere Leute in der großen Welt, obwohl sie nur Gesundheitsfürsorgerin war in der Elementarschule des Dorfes Porajärvi, Bezirk Suojärvi, Republik Karelien.

Eine kluge Frau, die viel wusste, das gab Pawel Wadajew bereitwillig zu. Sein Nachbar, der alte Trifon, hätte wohlwollend hinzugefügt, Pawel selbst sei ein wenig schwer von Begriff. Pawels Gedanken bewegten sich wie ein Opa, der auf den Dachboden steigen will, sich Stufe um Stufe nach oben kämpft, ab und zu eine Verschnaufpause einlegt, irgendwann aber doch ans Ziel kommt, wenn er sich nur immer am Geländer festhält und stur weitergeht.

Nein, ich bin nicht schnell von Begriff und auch sonst nicht clever, gestand sich Pawel ohne Verbitterung ein. Aber meine Arbeit tue ich, niemand kann mir vorwerfen, ich würde mir keine Mühe geben, mich nicht ins Zeug legen, verteidigte er sich, obwohl ihn gar keiner tadelte, nicht einmal die träg auf dem Rasen liegende Katze.

Terpenie lutsche spasenija, sagte Pawel halblaut, so hatten sich die Leute früher getröstet. Geduld ist besser als Erlösung. Wenn man fleißig arbeitete, wurde man von Gott belohnt, am Ende winkten die strahlendste Krone und die göttliche Gnade … Pawel brach mitten in seiner Schlussfolgerung ab, denn ihm kam plötzlich der Verdacht, dass er irgendetwas falsch verstanden oder falsch in Erinnerung hatte. Das Wertvollste müsste doch die Erlösung sein, nicht die Erwartung. Aber mit etwas blendend Weißem, Reinem und Schönem wurde sicher jeder belohnt, der seine Arbeit verrichtete, einigermaßen anständig lebte und sich darauf verließ, dass der Sohn Gottes den Rest erledigte.

An diesen halbfertigen Gedanken beschloss Pawel zu glauben.

Ein Frömmler war er nicht, auch wenn er ein Kreuz um den Hals trug. Er war in der Sowjetzeit aufgewachsen, doch seine Mutter und seine Großmutter hatten auch damals das Kreuzzeichen geschlagen und altslawische Gebete gemurmelt. Und als aus Vereinshäusern und Kinos wieder Gotteshäuser geworden waren, hatte auch Pawel gelernt, sie zu besuchen, hatte dünne Wachskerzen angezündet und mit dem langbärtigen Popen im Wechsel gesungen.

Auch das diesseitige Leben ist gut, dachte Pawel. Am Samstagabend braucht man sich nicht zu sputen, und in unserem Dorf ticken die Wanduhren auch sonst gemächlich.

Dennoch war Pawel unruhig. Sollte er es jetzt erzählen? Xenja würde ihn verstehen, vielleicht würde sie eine Weile schmollen, doch dann würde sie sagen, tu es, Paavo Pawelka, geh nur, wir kommen so lange allein zurecht.

Pawel Wadajew seufzte schwer. Nun habe ich wohl doch beschlossen, zu gehen, überlegte er. Die Katze maunzte, machte einen Buckel und schlug mit dem Schwanz, wollte gestreichelt werden.

2

Tapanila, Helsinki

Als ich aufwachte, war alles still, und ich gab mich der Hoffnung hin, es wäre noch Nacht und ich dürfte weiterschlafen. Ich machte die Augen zu, doch in meinem Kopf rührten sich bereits die Gedanken. Die Armeezeit kam mir in den Sinn. Du schreckst in der Schlafstube auf, begreifst, dass es zu hell ist, und gleich darauf schlurft der Diensthabende über den Flur, reißt die Tür auf und das Gebrüll geht los …

Das Mädchen schrie im Gitterbettchen. Ich sah zu Marja hinüber, aber sie lag auf dem Bauch, alle viere von sich gestreckt, und rührte sich nicht. Sie trug ein T-Shirt und meine Boxershorts und hatte sich die Decke über den Kopf gezogen. Ich stand auf. Der Radiowecker zeigte 6:52.

»Was ist denn?«, sagte ich zu dem Mädchen. Die Kleine hörte mit dem Weinen so plötzlich auf, wie sie angefangen hatte, quiekte noch einmal leise beim Einatmen. Ich hielt ihr den Schnuller hin, doch sie streckte die Arme aus, wollte hochgenommen werden.

»Mach sie sauber und zieh ihr eine neue Windel an. Aber vergiss das Puder nicht. Ihr Po war gestern ziemlich rot«, sagte Marja in meinem Rücken. Sie war leise aufgestanden und stapfte in die Küche.

»Warum bist du nicht im Bett geblieben? Das schaff ich auch allein«, sagte ich und dachte, warum bist du nicht selbst zu der Kleinen gegangen, wenn du doch wach warst.

»Es wird sowieso Zeit, aufzustehen.«

Diese Bemerkung war auf mich gemünzt, das war mir klar.

Ich zog das Wärme ausstrahlende Mädchen aus. Die nasse Windel war so schwer wie ein kleiner Sandsack. Dann drehte ich den Hahn auf und wusch das Mädchen unter der Dusche.

»Wo ist das Handtuch?«

»Wo die Handtücher immer liegen.«

So leise wie möglich öffnete ich die Schranktüren und versuchte zu erraten, welche Tücher für das Geschirr gedacht waren und welche für die Hände, welche für Gäste reserviert waren und mit welchen man sich nur das Gesicht abtrocknete.

Ich setzte das Mädchen auf unser Bett. Da saß es und sah mich ernst an. Es hatte dicke dunkle Haare und dunkle Augen.

Da wächst sie nun wie eine Erbse oder irgendeine andere Schotenfrucht, schießt in die Höhe und entwickelt sich, dachte ich voller Staunen, dieses schelmische Wesen, eine zusammengesetzte Kopie von uns beiden, von Marja und mir. Für eine Frau musste das Mysterium noch unbegreiflicher sein, oder vielleicht doch etwas ganz Natürliches, das Kind war in der Frau gewachsen und schließlich herausgekommen. Der Mann war nur einmal gebraucht worden, fast ein Jahr vorher, vor einer halben Ewigkeit.

Das Mädchen nahm den Schnuller und saugte mit eingezogenen Backen daran.

»Kleiner Kobold«, sagte ich, drückte die Lippen auf ihren Bauch und prustete. Dann streckte ich mich neben dem Mädchen aus.

Ich nannte sie Mädchen, obwohl sie einen schönen Namen hatte, Anna, nach meiner verstorbenen Mutter. Anna war außerdem ein unverfänglicher Name, von dem keiner sagen würde, das ist ja ein urfinnischer Name, oder, was für ein exotischer Name, ist der etwa russisch?

Wir hatten uns nicht einmal darüber gestritten. Annas zweiter Vorname war Helena, nach Marjas Mutter. Ich hatte nichts dazu gesagt, obwohl er mich an Lena erinnerte, ein Mädchen aus meiner Vergangenheit, in der sie auch bleiben sollte, wenn es nach mir ging.

Wir hatten eine Weile darüber diskutiert, ob wir unsere Kinder taufen oder nur standesamtlich registrieren lassen sollten, denn ich gehörte ja keiner Glaubensgemeinschaft an, ich war ein in der Lüge und im Atheismus aufgewachsener Heide. Auch Marja war nicht gläubig, aber sie meinte, es wäre schön, eine Taufe zu feiern, Verwandte, Nachbarn und Freunde einzuladen. Ich erhob keine Einwände, obwohl ich selbst nur meinen Bruder Aleksej und seine kleine Familie einladen konnte. Unter meinen Kollegen und Geschäftspartnern wäre keiner als Pate in Frage gekommen.

Auch über Annas Familiennamen hatten wir uns nicht wirklich gestritten. Ich hatte vorsichtig angedeutet, es wäre mir lieb, wenn unser Kind Kärppä hieße, auch wenn wir nicht verheiratet waren. Marja hätte sicher nicht meinen Namen angenommen, wenn wir geheiratet hätten, vermutete ich, sie war eine moderne Frau.

Die Namensfrage war allmählich zu einem heiklen Thema geworden. Mal waren wir um die Wette konstruktiv und einer Meinung, mal starrten wir stumm auf den Garten. Manchmal hatte ich den Verdacht, dass Marja doch gern Kärppä heißen würde oder zumindest erwartete, dass ich es ihr vorschlug.

Ich wusste, dass ich eingeschlafen war. Zwischendurch schrak ich hoch, doch der Traum schien immer weiterzugehen. Ich hatte viele Kin-

der und offenbar auch Enkelkinder, aber sie waren alle ein, zwei Jahre alt, gleich groß, alle trugen Strampelhosen, gleichartige, aber in verschiedenen Farben. Kinder krabbelten über den Fußboden und auf den Betten und Sofas. Marja war im selben Zimmer, ein Baby in den Armen, aber dort waren auch Lena aus der Zeit in Sankt Petersburg und andere Frauen, aus Finnland und Russland, oder genauer gesagt, aus der Sowjetunion, auch die Studentin aus Leningrad, mit der ich mich in der Kommunalka hastig gepaart hatte, während die anderen Studenten hinter der dünnen Wand für ihre Prüfungen büffelten und einer von ihnen nur einen Meter von uns entfernt die lateinischen Namen der Knochen und Muskeln des Zwischenfußes aufsagte.

Ich sah auch mich selbst, mit faltenfreiem Gesicht und in dem Adidas-Sportanzug, den ich beim Training in der Jugendnationalmannschaft bekommen hatte. Ich spürte seinen Geruch sogar im Traum. Ein neuer Anzug, aus dickem Material, mit Rippenbündchen an den Ärmeln und einem Schildchen am Nacken, auf dem stand: Made in Germany.

Um halb neun wachte ich erneut auf. Ich trottete in die Küche. Der Kaffee war vom langen Stehen eingedickt, aber ich goss ihn brav in eine Tasse und gab Milch dazu, um den bitteren Geschmack zu mildern.

»Hättest dir besser neuen gekocht.«

Marja sortierte die Wäsche. Sie hatte das Mädchen angezogen und gefüttert, und die Spülmaschine surrte bereits.

»Bei dir ist es gestern … spät geworden.« Marjas Tonfall änderte sich. Die Pause ersetzte das Wort »wieder«.

Das Barometer in meinem Stirnhirn prophezeite auch an diesem Morgen stürmische Verhältnisse. Ich kaute schweigend mein Butterbrot.

»Ich versteh das nicht, Viktor. Wieso halten sich deine Firmen und Geschäfte nicht an die normalen Bürozeiten? Dass du nicht die halbe Nacht wegbleiben musst?«

Marja kam aus dem Hauswirtschaftsraum und strich sich ebenfalls ein Brot.

Ich hatte keine Lust, den Tag mit Nörgeln oder Streiten zu beginnen. Also versuchte ich konstruktiv zu sein und zu erklären, dass man tagsüber baut und manchmal Überstunden macht, um im Zeitplan zu bleiben. Abends muss man mit Kunden verhandeln, Geschäfte abschließen oder auch nur Leute kennen lernen und Kontakte knüpfen. Man muss sich vernetzen, erklärte ich routiniert wie ein Firmenberater.

»Glaubst du etwa, das ist ein Vergnügen? Für einen Mann von meiner Art?«, heischte ich um Sympathie und Anteilnahme. »Ich tue es für uns. Das weißt du doch.«

»Ich will keine Charakteranalyse, sondern eine einfache Antwort auf meine Frage«, fauchte Marja und warf das Buttermesser so schwungvoll auf den Tisch, dass es herunterfiel.

»Schnell, wisch das Fett auf, sonst zieht es in den Klinker ...«, wies ich sie an.

»Zum Teufel noch mal, vergiss die blöden Kacheln und bleib beim Thema. Du willst bloß raus hier.«

»Ist dir das Haus etwa auch nicht gut genug? Ich hab verdammt hart geschuftet, damit wir ein Dach über dem Kopf haben und warme Zimmer. Für dich und für Anna.«

»Klar doch, besten Dank auch. Es war doch deine Schuld, dass unser Haus abgebrannt ist. Mir wäre das alte Haus gut genug gewesen.«

Das tat weh, denn es entsprach der Wahrheit. Man hatte versucht mich zu erpressen, ich sollte auf meine Geschäfte verzichten, und als ich mich geweigert hatte, war unser Haus abgebrannt. Ich hatte das Problem beseitigt, hatte dafür gesorgt, dass wir nicht mehr bedroht wurden, hatte sogar ein neues Haus gebaut, doch ich wusste, dass ich nicht alles so wiederherstellen konnte, wie es vorher war.

»Ich muss gehen«, sagte ich.

»Hätte ich mir denken können«, stichelte Marja. »Ich hab heute Abend etwas vor, hoffentlich hast du das nicht vergessen. Du hast versprochen, rechtzeitig zu Hause zu sein.«

»Ja, ja. Wenn ich es nicht schaffe, schicke ich eins von den Mädchen rüber«, versprach ich.

»Soll ich etwa mein Kind deinen Mädchen anvertrauen?«, giftete Marja.

»Na gut, dann schicke ich einen Jungen«, gab ich zurück.

Ich zog mich an, putzte mir die Zähne und versuchte mich zu beruhigen. Dann ging ich hinaus, um Anna über die Wange zu streicheln. Sie lag bäuchlings im Kinderwagen auf der Terrasse und schlief. Auch von Marja verabschiedete ich mich.

»Vielleicht solltest du anfangen, Golf zu spielen, damit du überhaupt nicht mehr zu Hause herumzuhängen brauchst«, war ihre Antwort.

Marja hatte eine spitze Zunge, wenn sie wütend war.

3

Als ich den Rückwärtsgang einlegte, um vom überdachten Stellplatz zu fahren, klopfte jemand ans Seitenfenster. Ich drückte auf den Knopf, das Fenster ging surrend auf, und ein kraushaariger Männerkopf schob sich herein.

»Der riecht ja noch nach Stuttgart. Kein Machorka-Mief in den Bezügen. Warte mal, wie heißt das Zeug, das ihr pafft? Weißmeerkanal oder so?«, frotzelte der Kriminalbeamte Teppo Korhonen.

Ich fuhr die Scheibe wieder hoch. Korhonen zog hastig den Kopf zurück.

»Ich komm lieber raus zu dir, ehe du mir meinen Mercedes verpestest«, sagte ich und stieg aus. »Sie heißen *Belomorskaja Kanal*. Die Zigaretten. Aber ich bin Nichtraucher. Und in meinem Wagen raucht auch sonst keiner.«

Korhonen hielt den Kopf schief und sah mich an. Ich kannte ihn seit Langem, sogar zu gut. Korhonen war bei der Polizei im BGK-Dezernat für Berufs- und Gewohnheitskriminelle zuständig, vor allem für solche, die Verbindungen nach Estland oder Russland hatten.

»Was willst du?«, fragte ich.

Korhonen verzog den Mund. Er schien es nicht eilig zu haben. Ich hatte ihm gelegentlich geholfen, und im Gegenzug hatte er mir einiges durchgehen lassen, des Öfteren ein Auge zugedrückt und mitunter in die andere Richtung geschaut. Aber ich wusste auch, dass Korhonen unberechenbar war. Manchmal verlor er die Geduld und fing an zu toben, und dann musste man nicht nur die Menschen in seiner Umgebung vor ihm schützen, sondern auch ihn selbst. Ich hatte wenig Lust, auf einen erwachsenen Mann aufzupassen, auf einen Polizisten schon gar nicht.

»Na?«, drängte ich.

»Der liebe Viktor hat sich gar nicht mehr blicken lassen. Hast auch nicht angerufen, ›Teppo, mein Freund, lass uns ein Tässchen Kaffee trinken.‹ Eigentlich wärst du an der Reihe, mir eine Tasse Bohnenkaffee zu spendieren, Viktor. Das heißt, heute trinkt man ja Latte oder Lotte oder wie das Zeug heißt. Zum Mitnehmen, Halterungen für die Becher hat deine Karre bestimmt, gehört doch zur Ausstattung«, legte Korhonen los.

Ich wusste sehr wohl, wofür ich ihm Dank schuldete, und zwar größeren Dank, als mit Kaffee und Kuchen abzugelten war. Korhonen hatte mir geholfen, gegen meinen Willen, aber geholfen hatte er mir, hatte mir sogar das Leben gerettet, als ich herausfinden musste, wer mich und mein Business bedrohte. Im Gegenzug hatte ich allerdings meine Feinde in Korhonens Netz getrieben, denn er hatte etwas vorweisen müssen, wichtige Erkenntnisse, richtige Verbrecher.

»Na, immerhin hab ich dir doch repräsentative Kunden zugeführt«, erinnerte ich ihn.

»Stimmt, stimmt, kein Wort mehr darüber, unter alten Kumpels«, flüsterte Korhonen hastig und begann zu pfeifen. »Ich darf jetzt auch wieder richtig arbeiten, statt Telefonate abzuhören. Und Ypi Parjanne ist auch mitgekommen, den kennst du ja schon.« Korhonen deutete auf den jüngeren Mann, der schweigend hinter meinem Mercedes gewartet hatte.

»Ciao«, nickte ich. Ich erinnerte mich an Parjanne. Er hatte Korhonen früher begleitet und sich bemüht, die Frotzeleien und Schikanen seines älteren Kollegen zu ertragen.

»Guten Tag«, sagte Parjanne sachlich.

Ich wusste, dass er mir etwas Unangenehmes zu sagen hatte, und wartete.

»Besser, im Schatten zu stehen … die Sonne brennt so«, begann Parjanne mit dünnem Lächeln. Er war ein mittelgroßer, schlanker Mann. Graue Jacke, graue Hose, graues Gesicht.

»Ja, es ist heiß und sonnig und trocken«, antwortete ich teilnahmslos, stellte klar, wie langweilig ich die Höflichkeitsfloskeln fand.

»Ypi hat nämlich Angst vor Hautkrebs«, mischte sich Korhonen ein. Er lehnte sich an den Kotflügel, zündete eine Zigarette an und schnippte das Streichholz auf den Rasen.

»Lass den Scheiß«, seufzte Parjanne. In seinen Worten schwang eine leise Drohung mit, vielleicht auch Überdruss oder Enttäuschung: Darüber haben wir doch schon gesprochen.

»Na, du sagst doch selbst immer, wenn es eng wird, probieren wir es mit der Wahrheit. Gerade eben hast du mir einen Vortrag über die Gefahren der ultravioletten Strahlen und den Hauttyp A gehalten. Fang nicht an, den Chef rauszukehren, Bubi«, erregte sich Korhonen wie ein Pubertierender, der in den Worten seiner Eltern einen moralischen Widerspruch entdeckt hat. Ich hatte den Verdacht, dass er eine Show abzog.

»Hör auf, Terho«, gab Parjanne zurück und erzielte damit einen Punkt. Korhonen mochte seinen Taufnamen nicht, er wollte Korhonen genannt werden oder allenfalls Teppo.

»Ich rede jetzt ganz offen, unter alten Bekannten«, wandte Parjanne sich schließlich an mich.

In meinem Kopf schrillten die Alarmglocken. Die Gefahr,

verscheißert zu werden, ist dann am größten, wenn der Andere einem in die Augen sieht und seine Aufrichtigkeit beteuert. Allerdings konnte ich mir Parjanne nicht als Betrüger vorstellen. Meines Wissens war er ein ehrlicher Polizist, der sich ernsthaft und unbeirrbar abrackerte.

»Ich leite jetzt unsere Einheit, oder unser kleines Team. Korhonen und ein paar andere gehören dazu. Wir haben auch bei uns in der BGK-Abteilung die Organisationsstruktur ein wenig umgestaltet.«

Parjanne bemühte sich, bescheiden zu wirken, aber er hatte bestimmt selbst an diesen Besprechungen teilgenommen, Vierecke und Matrizen gezeichnet, von Synergien und Effektivierung und Kernkompetenz geredet.

»Wir konzentrieren uns auf Wirtschaftskriminalität, speziell auf den Arbeitsmarkt. Also auf Schwarzarbeiter, Leiharbeiter, ausländische Saisonkräfte, Menschenhandel …«, erklärte Parjanne. »Dieser Bereich ist im Ministerium und auf sämtlichen Ebenen der Polizeiverwaltung als besonders wichtig eingestuft worden«, begeisterte er sich, verstummte jedoch, als er merkte, dass ich ihn ausdruckslos ansah.

Genauer gesagt, blickte ich ein wenig an ihm vorbei und über ihn hinweg, sodass er keinen Blickkontakt herstellen konnte. Ich wollte ihm nicht helfen oder entgegenkommen. Es dauerte eine Minute, bevor Parjanne nervös wurde. Eine lange Zeit, wenn man still dasteht und ins Leere starrt.

»Das ist also zum Schwerpunkt erklärt worden … und den nehmen wir ernst. Wenn jemand in Finnland oder in der EU arbeitet, müssen die Löhne und sonstigen Arbeitsbedingungen dem ortsüblichen Standard entsprechen, egal, woher die Arbeitskräfte kommen. Missbrauch wird ausgemerzt. Das ist eine Frage der Gerechtigkeit, aber auf lange Sicht geht es auch um den gesunden Wettbewerb … die Arbeitgeberseite macht ebenfalls mit«, erklärte Parjanne und entfernte sich immer weiter von seinem Pfad.

Ich schnaubte so leise, dass er meine Geringschätzung eher ahnen als hören konnte. Ich hätte ihm sagen können, dass auch ich einiges darüber wusste, über das Leben als Schwarzarbeiter, über echte Scheißjobs, bei denen man nur ein einziges Recht hatte, nämlich zu malochen, und obendrein dankbar sein musste, weil einem dieses Glück widerfahren war.

Ich hätte auch fragen können, warum man sich erst dann für dieses Elend interessierte, wenn es sichtbar war, näher rückte und den finnischen Arbeitern gefährlich wurde. Dass anderswo in der Welt Menschen für einen Hungerlohn arbeiteten, regte keinen auf. Solange die Arbeit nicht in Finnland getan wurde, fragte niemand, ob ausreichende Ruhepausen vorgesehen waren, ob die Arbeiter auch wirklich Schutzschuhe trugen und ob die Patrone im Atemschutzgerät regelmäßig ausgewechselt wurde.

Doch ich schwieg. Mir war nicht klar, was Parjanne eigentlich von mir wollte. Er stand in der Polizeihierarchie so weit unten, dass es unsinnig war, ihm die Schuld an globalen Ungerechtigkeiten zuzuschieben. Und ich selbst hatte längst beschlossen, dass meine Moral und meine Verantwortung ungefähr so weit reichten, wie ich sehen, hören und fühlen konnte. Schon auf diesem kleinen Feld gab es genug zu ackern.

»Die Sache ist die, dass wir uns auf Wirtschaftskriminalität konzentrieren. Und Schwarzarbeit gehört dazu wie das Tattoo auf der Schulter eines Motorradgangsters«, übersetzte Korhonen Parjannes Sermon in Umgangssprache. »Wenn man ein bisschen stöbert, findet man fast immer Handel mit Quittungen und Steuerhinterziehung, Bankrottdelikte und Konkursbetrug und ähnliche nette Kleinigkeiten.«

Korhonen öffnete die obersten Knöpfe an seinem Leinenhemd und ließ sich die Sonne auf die Brust scheinen. Er war älter als ich, kleidete sich aber modisch und jugendlich. Diesmal trug er eine weite Hose und weiche Schuhe, das Hemd hing über die Hose.

»Und jetzt möchte mein Vorgesetzter Ypi, dass wir einen kleinen Vertrag über Freundschaft, Zusammenarbeit und gegenseitige Hilfe schließen. Warenaustausch auf bilateraler Ebene, ein Clearing-Konto für die Devisen und Verpachtung des Saimaa-Kanals für tausendzwanzig Jahre«, fügte Korhonen hinzu. Er schloss die Augen und tat, als ob er sich auf das Sonnenbad konzentrierte. »Das waren wohl die wesentlichen Punkte, das Communiqué kann gedruckt werden«, meinte er abschließend.

Ich trat ein paar Schritte auf Parjanne zu. Ich kam ihm ein wenig zu nahe, drang absichtlich in sein Revier ein und versuchte die Oberhand zu gewinnen. Allerdings war er doch so groß, dass ich ihm nicht von oben herab in die Augen blicken konnte.

Parjanne ließ sich von meinen Tricks nicht beirren. Als läse er von einem Notizblock ab, zählte er auf, welche Lohnnebenkosten ich noch nicht bezahlt und wie viel Mehrwertsteuer noch nicht entrichtet hatte. Dem könne man einige frühere kleine Verstöße hinzufügen, vielleicht die Buchführung prüfen und dem Finanzamt einen dezenten Hinweis auf seltsame Quittungen geben und auf Überweisungen von einer Firma zur anderen und wieder zurück. Nach und nach käme genug zusammen, um vor Gericht zu gehen. Eine Menge Ärger und Unannehmlichkeiten, stundenlange Gerichtsverhandlungen … Das Ergebnis wären letzten Endes sechs Ordner voll Ermittlungsmaterial, eine kleine Geldstrafe und ein Geschäftsbetriebsverbot, fasste Parjanne gleichmütig zusammen, ohne mir weiter zu drohen.

»Ich glaube nicht, dass wir eine Haftstrafe erreichen würden, nicht einmal auf Bewährung, aber viel Ärger können wir dir schon bereiten. Und ich würde dir diesen Vorschlag auch gar nicht machen, wenn du ein schlimmer Verbrecher wärst.« Parjanne ließ Gnade walten. »Wir möchten lediglich, dass du Augen und Ohren offen hältst und uns sagst, wo auffällige Arbeitskräfte eingesetzt werden. Du verstehst schon.«

»Würdest du bitte den Weg freigeben, Yrjö? Ich muss zur Halle«, sagte ich.

Parjanne sah mich gelassen an, lächelte dünn, drehte sich um und ging. Ich wusste, dass jeder Versuch, ihn einzuschüchtern oder zu erpressen, sinnlos war. Parjanne war allenfalls süchtig nach Tee, sein einziges Glücksspiel war Lotto und die sonstigen Perversionen beschränkten sich auf ein Pornoheft, in dem er als Halbwüchsiger mal geblättert hatte.

Korhonen knöpfte sein Hemd zu, allerdings nicht bis zum Hals, und folgte Parjanne. Dabei fuchtelte er mit den Armen und ahmte den gleichmäßigen Gang seines Chefs nach.

»Er heißt nicht Yrjö. Es gibt einen alten Schauspieler namens Yrjö Parjanne, das hat uns auf die Idee gebracht, ihm den Spitznamen Yrjö zu verpassen. Oder Ypi oder Ykä. Eigentlich heißt er Jorma«, erklärte Korhonen mir zischelnd.

»Verdammt noch mal, Korhonen«, brummte Parjanne, ohne sich umzudrehen.

»Ja, ja, ich komm ja schon, meine Lippen sind versiegelt.« Korhonen quasselte immer noch, als die beiden in ihren Wagen stiegen. Ich wartete, während sie zurücksetzten und auf die Straße bogen, sah ihnen noch eine Weile nach.

»Komm raus, Frolow. Ich hab dich längst entdeckt«, sagte ich zu dem Mann, der hinter meinem Stellplatz stand.

4

Maxim Semjonowitsch Frolow ließ sich auf der Sonnenliege auf meiner Terrasse nieder und trommelte mit dem Finger auf die Lehne. Auch er schien es nicht eilig zu haben. Wenn das so weiterging, würde ich frühestens gegen Mittag zur Arbeit kommen. Sollte ich Marja damit überraschen, dass ich diesmal zum Mittagessen zu Hause blieb? Vielleicht würde sie sich darüber freuen, andererseits bestand die Gefahr, dass ich ihre Pläne hinsichtlich Babyturnen und Peer-group-Treffen am Sandkasten durcheinanderbrachte.

»Wer waren die beiden?«, begann Frolow das Gespräch. Er war groß und hager und hatte die rötlichen langen Haare im Nacken zusammengebunden. Auf seinem blassen Gesicht schimmerten Sommersprossen, das Einzige an ihm, was sonnig oder freundlich war.

Ich lächelte, denn Frolow hatte eine frappierende Ähnlichkeit mit dem boshaften Jurymitglied beim Superstar-Wettbewerb, der falsch singende junge Leute gnadenlos mit Spott übergoss. Beinahe hätte ich laut aufgelacht, als mir klar wurde, dass er auch mit meinem Klassenkameraden Jurij aus der Elementarschule einiges gemeinsam hatte. Allerdings hatte Jurij millimeterkurze Haare und eine ständig laufende Nase gehabt. Er hatte kleinere Mitschüler gepiesackt, mit dem Recht des Stärkeren und geschützt durch die allgemein bekannte Tatsache, dass sein Vater Kandidat der KPdSU war und die ganze Familie aus einigermaßen wichtigen Persönlichkeiten bestand.

Als Frolow mich misstrauisch ansah, setzte ich eine ausdruckslose Miene auf. Ich mochte Maxim Frolow nicht unbedingt, aber ich machte Geschäfte mit ihm.

»Vitjuha, ich habe dich etwas gefragt.« Frolow richtete sich auf, wies mich damit auf mein unhöfliches Schweigen hin und darauf, dass ich ihn nicht ins Haus gebeten und ihm nicht einmal eine Tasse Tee offeriert hatte.

»Möchtest du etwas trinken, Maxja? Kaffee, Bier … ich habe auch einen guten Wodka, Standart Platinum«, bot ich an, machte aber keine Anstalten, aufzustehen.

»Mach dir keine Umstände«, quittierte Frolow die Höflichkeiten, gleichmütig wie eine Kassiererin, die nach der Bonuskarte fragt.

»Die Kerle?«, fragte er erneut.

»Polizisten. Sie haben mich nach Schwarzarbeitern gefragt«, erwiderte ich offen.

Frolow blinzelte zweimal. Er war nicht erschüttert oder erschrocken, sondern lediglich überrascht, und selbst diese Gemütsbewegung legte sich innerhalb einer Zehntelsekunde.

»Und was hast du geantwortet?«, fragte er, den Blick auf mich geheftet.

»Ich habe sie gefragt, ob das Leute sind, die nachts arbeiten, mit einer Stirnlampe und so. Oder Leute, die nicht ganz helle sind.«

Marja kam aus dem Haus, den Wäschekorb auf der Hüfte. Sie blieb stehen und sah uns zornig an, stellte den Korb auf der Terrasse ab, ging wieder hinein und knallte die Tür zu, dass die Fensterscheiben klirrten.

»Der Familie geht es gut?«, erkundigte sich Frolow so sachlich, dass es kaum ernst gemeint sein konnte. »Und dem Kleinen, es ist doch ein Junge, oder?«

»Ein Mädchen.«

»Ach ja.« Frolow saugte an seiner Lippe. »Na, wo wir gerade beim Thema sind … brauchst du Leute? Ich kann dir auf die Schnelle ein halbes Dutzend kräftige Männer für jeden beliebigen Job besorgen. Sie haben Arbeitsgenehmigungen für Tischlerarbeiten auf der Werft, aber ich habe sie auf Baustellen eingesetzt. Zuverlässige, starke Burschen«, pries er seine Ware an.

»Im Moment nicht. Die Geschäfte gehen ziemlich schlecht.«

»Aha, aha«, nickte Frolow. »Ich hoffe, du meinst, was du sagst. Unsere gemeinsamen Freunde sind der Meinung, dass du meine Männer einsetzen solltest, statt dir eigene Leute von anderswo zu holen oder Finnen einzustellen.«

»Nein. Das heißt ja. Ich meine, was ich sage. Momentan gehen die Geschäfte einfach schlecht.«

Frolow sah mich immer noch ausdruckslos an.

»Dass du mir die Sache nicht … in die lange Kiste schiebst«, wandelte er eine alte Redensart ab, die besagte, dass unangenehme Pflichten, die man auf später verschob, oft in Vergessenheit gerieten und nie erledigt wurden, denn in der Ewigkeit gab es viel Zeit.

»Sei unbesorgt. Wir setzen die Dinge in Gang, lassen die Räder rollen. *Skoro*«, zahlte ich ihm in gleicher Münze heim. *Skoro* bedeutete bald, und konnte alles meinen, in ein paar Tagen oder in vielen Jahren.

Maxim Frolow stand auf und streckte seine langen dünnen Glieder.

»Eigentlich bin ich vorbeigekommen, um dir zu sagen, dass in Punavuori ein Waschbecken verstopft ist. Und der Abfluss an der Dusche soll auch stinken. Schickst du jemanden hin? Es geht um die Wohnung im Erdgeschoss.«

»Wird erledigt«, versprach ich, in einem Tonfall, der besagte, vielleicht ja, vielleicht auch nicht, das hängt von den sonstigen Aufträgen, von der Stellung des Mondes und den Bläschen auf dem Tee ab. Es gefiel mir nicht, dass man mich springen ließ wie einen Klempner.

»Und muss ich mir wegen diesen Polizisten Sorgen machen? Oder aus irgendeinem anderen Grund?«

Ich schüttelte den Kopf.

Frolow lächelte, nickte und ging. Er wusste, dass ich ihn nicht mochte. Aber er wusste auch, dass es bei unseren Geschäftsbeziehungen nicht um Freundschaft ging. Maxim rechnete sich aus, dass er mir vertrauen oder sich zumindest darauf verlassen konnte, dass ich ihn nicht an die Polizei verraten würde.

Das war in dem Land, aus dem wir kamen, nicht üblich gewesen. Es sei denn, man versprach sich einen Nutzen davon.

5

Fernstraße 75, zwischen Kuhmo und Nurmes

Pawel Wadajew war müde, aber irgendwie feierlich gestimmt.

Das Fahrzeug war nicht besonders erhebend. Der alte Audi war schmutzig und müffelte, und bei größeren Senken auf der mit Ölsplitt belegten Straße gab seine Federung nach. Den Straßenrand säumte niedriges, mickriges nordfinnisches Gestrüpp.

Und dennoch, Pawel war aufgeregt und genoss die mannhafte Fahrt.

Er war in Porajärvi in den Frühzug gestiegen, durch stille Ödwälder und als perspektivlos deklarierte Dörfer gefahren, in Lietmajärvi umgestiegen und schließlich in der nach Eisenpellets riechenden Stadt Kostamus angekommen.

Die südliche Route wäre kürzer gewesen, aber Andrej Gawrilow hatte die nördliche gewählt und Pawel eingeschärft, unbedingt pünktlich am Treffpunkt zu sein. Andrej selbst würde ihn dort abholen, vor dem Einkaufszentrum, bei dem roten Kiosk.

Der dunkelblaue Audi war mit nur zehn Minuten Verspätung vorgefahren, und Pawel hatte seine Reisetasche in den Kofferraum gestopft und sich auf den Sitz hinter Andrej gezwängt, neben einen großen Mann mit schwarzen Augenbrauen. Auf dem Beifahrersitz saß ein dritter, etwas älterer Mann, der einzige, der Pawel kurz begrüßt hatte.

Pawel war schon mehrmals in Finnland gewesen, in Kuhmo und Kajaani, manchmal sogar zwei Wochen hintereinander als

Beerenpflücker, aber weiter in den Süden war er nie gekommen.

Helsinki klang beeindruckend, allerdings war die Baustelle wohl in der Nachbarstadt, in Vantaa. Sie hatten zu Hause versucht, die Ortschaften auf der Karte zu lokalisieren, Pawel, Xenja und sogar der kleine Serjoscha. Zuerst hatten die Eltern den Jungen weggescheucht, er solle die Erwachsenen nicht stören, aber dann hatten sie ihm doch erlaubt, am Tisch zu bleiben und zuzuhören, während die Eltern die Sache beredeten und sich schon im Voraus über das Geld freuten und über all das, was man damit kaufen konnte.

Und jetzt bin ich weit weg von den beiden, hätte Pawel beinahe laut geseufzt, doch der finstere Blick seines Nachbarn auf der Rückbank ließ ihn schweigen.

Der andere Mann hatte sicher keine langen Unterhosen und Wollsocken in seinem Koffer, wie Xenja sie eingepackt hatte, obwohl Pawel protestiert hatte, es sei doch Sommer. Für alle Fälle, hatte Xenja gesagt, und Pawel wusste, dass seine Frau oft recht hatte.

Bei diesem Einsatz werde ich alles geben, schwor sich Pawel. Ich habe ja schon auf Großbaustellen gearbeitet, sogar in Murmansk, allerdings musste ich da vorzeitig aufhören, wegen der Augenentzündung, wahrscheinlich haben der Schmutz und der Frost die Augen gereizt, wer weiß das schon so genau.

An der Grenze war es Pawel ein wenig mulmig geworden, obwohl alle Papiere in Ordnung waren. Das hatte Andrejka jedenfalls versichert, und der hatte schon öfter solche Arbeitstrupps und Reisen organisiert. Aber die Grenze war und blieb die Grenze, in der alten Zeit hatte man sich nicht einmal vorstellen können, dorthin zu fahren oder sie gar zu überqueren. Jetzt hatten die russischen Grenzschützer die Pässe und die

Visa nur flüchtig angesehen und den Wagen durchgewinkt. Der junge Mann in grüner Uniform auf der finnischen Seite war immerhin genau gewesen. Er hatte Pawels Gesicht gemustert, ernst und konzentriert, hatte die Seiten des Passes unter irgendeiner speziellen Lampe an seinem Schalter betrachtet und zum Schluss nur genickt, sein bitte sehr, *pozaluista*, verschluckt.

Andrej hielt an einem Rastplatz, und die Männer gingen pinkeln. Pawel hätte sich gern nach der Baustelle erkundigt, hielt aber den Mund, weil auch seine Reisegefährten schwiegen. Andrej hatte anfangs vom Bau eines Einfamilienhauses gesprochen, aber auch andere Aufträge erwähnt. Genug Arbeit für einen Monat, und da sie sechs lange Tage pro Woche arbeiten sollten, würden sie mehr Geld verdienen als zu Hause in einem ganzen Jahr.

Pawel waren Bedenken gekommen, als Andrej ihre Pässe eingesammelt hatte. Ihr bekommt dann Baustellenausweise mit eurem Bild und finnischem Namen, hatte Andrej erklärt, das macht es leichter, in jeder Hinsicht.

»Und du bist jetzt Paavo Vatanen«, hatte Andrej zu Pawel gesagt und ihm aufgetragen, das Reden zu übernehmen, da die anderen Männer kein Finnisch konnten.

Na, mir ist alles recht, und den Namen kenne ich, klingt fast wie mein eigener, dachte Pawel selbstsicher und demütig zugleich, fragte sich jedoch, ob er nicht doch hätte sagen sollen, dass er an seinen Finnischkenntnissen zweifelte.

Es wird schon alles gut gehen, sprach er sich Mut zu, um die Unruhe zu vertreiben, die ihn beschlich. Andrej ist ein alter Bekannter. Und in Finnland habe ich Verwandte, an die ich mich wenden kann. Xenjas Verwandte.

Kein Grund zur Sorge.

6

Stadtteil Punavuori, Helsinki

Die Tür hatte ein Teakfurnier und auf dem Schild stand HARTIKAI EN. Die Mieter hatten sich nicht über den fehlenden Buchstaben beschwert, denn sie hatten ganz andere Namen, die normalerweise mit kyrillischen Buchstaben geschrieben wurden. Ich war mir ziemlich sicher, dass ich in meiner Halle irgendwo eine Tüte mit kleinen weißen Buchstaben hatte. Also konnte ich das fehlende N selbst anbringen. Den Immobilienservice wollte ich nicht in diese Wohnungen lassen.

Ich besaß in der Punavuorenkatu 21 zwei Dreizimmerwohnungen, in übereinanderliegenden Stockwerken im selben Treppenaufgang an der Giebelseite des Hauses. Es war ratsam, die Anzahl neugierig lauschender Nachbarn möglichst gering zu halten, so viel hatte ich gelernt.

Die Wohnungen waren mir bei einer komplizierten Umstrukturierungsmaßnahme zugefallen. Ich selbst war der Meinung, dass ich sie von meinem ehemaligen Arbeitgeber geerbt hatte, zog es allerdings vor, mich nicht daran zu erinnern, wie mein Boss ums Leben gekommen war.

Jedenfalls waren die Wohnungen nun auf meine Firmen eingetragen, und dem Finanzamt meldete ich regelmäßige, angemessene Mieteinnahmen. Die Miete für die eine Wohnung zahlte ein gewisser V. Hartikainen, die für die andere ein H. Huttunen. Bei Bedarf konnte ich auch Quittungen und Überweisungsbelege vorweisen.

Dass die Mieten regelmäßig eingingen, entsprach der Wahrheit, aber überwiesen wurden sie von Maxim Frolow, der die Wohnungen als Bordelle nutzte.

Ich klingelte zweimal, wartete eine Weile und war gerade im Begriff, mit meinem Reserveschlüssel aufzuschließen, als die Tür geöffnet wurde. Vor mir stand eine Frau im weißen Frotteebademantel und mit dunklen Ringen unter den Augen.

»*Dobroje utro*«, wünschte ich ihr einen guten Morgen. »Ich bin Viktor Kornostajew. Ich bin gekommen, um den Abfluss zu reparieren.«

Die Frau drehte sich um und ließ die Tür offen, sagte kein Wort. Ich folgte ihr.

Die Wohnung hatte eine kleine Diele, rechts davon lag das Wohnzimmer, an das die Küche angrenzte, links führten zwei Türen in die Schlafzimmer. Ich hatte die Wohnung renoviert, die Wände gestrichen und die Fußböden mit billigem, aber sauberem Laminat in Parkett-Optik belegt. Das heißt, natürlich hatte ich nicht selbst den Pinsel geschwungen oder die Keilpresse angesetzt. Ich hatte das Material besorgt und meine Männer arbeiten lassen. Verstopfte Abflüsse zu reinigen zählte auch nicht zu meinen Lieblingsbeschäftigungen, aber ich hatte gerade Zeit und wollte die Gelegenheit nutzen, um die Wohnungen zu inspizieren.

Ich ging schnurstracks ins Badezimmer und legte mein Werkzeug auf den Boden. Dann schraubte ich den Geruchsverschluss unter dem Waschbecken ab und holte einen schleimigen Haarklumpen aus der Krümmung des Abflussrohrs. Nachdem ich die Teile unter der Dusche abgespült hatte, schraubte ich sie wieder fest und vergewisserte mich, dass die Dichtung richtig saß und das Becken nicht leckte.

Als Nächstes hebelte ich das Gitter vom Bodenabfluss der

Dusche. Ich tastete mit den Fingern, packte zu und zog ein dickes Seil aus verflochtenen Haaren heraus. Es hatte das Abwasser in sich aufgesogen und den Gestank im Bad verbreitet.

Die dunkelhaarige Frau war ins Bad gekommen und sah mir zu. Sie trank Kaffee aus einem großen Becher.

»Jetzt läuft das Wasser wieder ab. Ich wusste schon vorher, was ich da finden würde. Typisch für Frauenwohnungen.«

Sorgfältig wusch ich mir die Hände und betrachtete das Handtuch. Durfte ich es benutzen? Die Frau nickte.

»Möchten Sie Kaffee oder Tee?«, fragte sie höflich.

»Nein danke, ich habe keine Zeit. Für einen Hausmeister gibt es immer viel zu tun.«

»Hausmeister? Da habe ich aber etwas ganz anderes gehört, Viktor Nikolajewitsch«, sagte die Frau, nicht neckend, sondern wissend.

Ich kannte sie nicht, wollte sie auch nicht kennen. Sie war jung, ihre Haare waren schlafverwuschelt und die graue Blässe ihres Gesichts verriet, dass sie kaum an die frische Luft ging, aber davon abgesehen sah sie nett aus. Irgendwo anders und zu einer anderen Zeit hätte ich mit ihr gescherzt, einfach nur, um höflich zu sein, um anzudeuten, dass ich sie reizend fand. Es gefiel den Frauen, das gesagt zu bekommen, und mich kostete es nichts.

Aber ich wusste, dass diese Frau eine Prostituierte war, und wollte nichts mit ihr zu tun haben.

In diesem Punkt nahm ich es sehr genau. Ich vermietete eine möblierte Wohnung, verkuppelte und vermittelte niemanden, forderte keinen Anteil, nahm lediglich Miete dafür, dass jemand in diesen Räumen wohnte. Natürlich ließ ich die Wohnung putzen und die Wäsche waschen, aber es wäre mir nicht eingefallen, die schmutzigen Laken zu zählen. Falls jemand in der Wohnung seine eigenen Geschäfte betrieb, wusste ich nichts davon. Jedenfalls konnte man mir nichts nachweisen.

Außerdem hatte ich die Wohnungen mitsamt den Mietern geerbt, war ich ihnen jemals begegnet? Wenn ja, dann waren Huttunen und Hartikainen wohl mittelgroße, normale Männer, heller Anzug und graue Sommerschuhe, die Haare bereits ein wenig schütter. Wer achtet so genau darauf, alle Finnen sehen gleich aus, und woher hätte ich wissen sollen, dass sie ein leeres Grundstück neben dem Gemüsegroßhandel und die Teboil-Tankstelle in Ruskeasuo als Adresse angegeben hatten … Das würde ich der Polizei gegenüber behaupten, ahnungslos mit den Schultern zucken.

»Es ist besser, nichts zu hören und nicht zuzuhören, und vor allem, nicht zu sprechen«, sagte ich zu der Frau. Ihr halbes Lächeln verflog. Sie legte den Kopf schräg, hielt sich den Kaffeebecher an die Wange und sah mich an. »Wie Sie wollen«, erwiderte sie.

Ich sah mir das Wohnzimmer und die Küche an und warf einen Blick durch die offene Schlafzimmertür. Überall sah es sauber aus, sogar das Bett war bereits gemacht. Die Tür zum zweiten Schlafzimmer war zu. Ich zeigte mit dem Finger darauf.

»Jelena liegt noch im Bett«, erklärte die Frau vornehm wie eine Kammerzofe.

Vorsichtig klinkte ich die Tür auf. Im Halbdunkel sah ich einen Bettüberwurf, der ordentlich zusammengefaltet auf dem Stuhl lag, einige Kleidungsstücke auf dem Fußboden und eine schlafende Frau im Bett. Sie trug ein kurzes Nachthemd, hatte den Po hochgestreckt und die Bettdecke über Kopf und Schultern gezogen.

Genau wie Marja.

Marja, die sich jeden Abend einrollte. Bevor sie einschlief, musste sie die richtige Lage finden. Immer wieder strich sie das Kissen und die Decke zurecht und rollte sich schließlich ein wie ein Fuchsjunges. Füchslein, das war mein Kosewort für sie. Marja.

Leise schloss ich die Schlafzimmertür.

7

Ich saß vor dem Haus in meinem Wagen und dachte nach. Vor einer Anklage wegen Kuppelei hatte ich fast weniger Angst als davor, dass Marja erfahren könnte, dass ich meine Wohnungen immer noch an einen Zuhälter und seine Prostituierten vermietete und nichts gegen den Bordellbetrieb unternahm.

Das Haus war ein wenig zu neu für diesen Stadtteil. Es war Anfang der 1970er Jahre aus Betonelementen zusammengesetzt worden, die Etagen übereinandergestapelt wie Kartons auf dem Tisch mit den Sonderangeboten. Zum Freudenhaus taugt offenbar auch ein eher traurig aussehendes Gebäude. Etwas in der Art würde Marja sagen, wenn sie es wüsste.

Ich betete mir vor, dass es um die Finanzlage meiner Firmen schlechter stand als um mein Familienglück, und dass ich in dieser Richtung etwas unternehmen musste, statt im Auto zu hocken und mich düsteren Gedanken hinzugeben. Außerdem lehrte ja sogar das Sprichwort, dass die Liebe zur Tür hinausläuft, wenn Armut und Elend ins Haus kommen.

Irgendwie musste ich Betriebskapital auftreiben. Sonst stand ich bald auf der Protestliste und bekam keinerlei Waren auf Kredit. Dann musste ich auch meine Außenstände abschreiben, denn in der Situation würde kein Schuldner mehr zahlen, weil das Geld ja sowieso in die Konkursmasse floss.

Ich kannte die Geschäftsmoral nur zu gut und hatte kein Recht, mich darüber zu beschweren. Schließlich hatte ich selbst kleine Firmen, die in Schwierigkeiten geraten waren, blankgeputzt, hatte ein paar Scheine bar auf die Hand gezahlt und dann Nagler und Kompressoren, Isolierwolle und Blähtonblöcke von der Baustelle gekarrt. Ich hatte Eigentum, aber keine flüssigen Mittel. Mein ganzes Geld steckte in der Industriehalle, den Werkzeugen, dem Lkw … in all den Dingen, die man brauchte, um eine Baufirma mit rund zwanzig Arbeitern zu betreiben. Und ein ziemlicher Batzen war auch für unser Haus draufgegangen und für den Mercedes und den kleinen Volkswagen, den ich Marja gekauft hatte.

Schon wieder Marja. Ihretwegen hatte ich meine Geschäfte legal gemacht, mich bemüht, aus der Grauzone oder doch wenigstens aus dem halbkriminellen Bereich herauszukommen. Und jetzt produzierten meine fast ehrlichen Firmen Verlust, und nur die Wohnungen, dieses ungesetzliche Relikt, brachten regelmäßig Geld ins Haus.

Ich ließ den Motor an, stellte ihn aber gleich wieder ab. Da ich einmal hier war, konnte ich auch gleich einen Blick in die zweite Wohnung werfen.

Meine Schritte hallten im Treppenhaus wider, als ich in den zweiten Stock ging. Ich klingelte ein paar Mal, aber niemand öffnete. Also schloss ich auf und ging hinein, rief in der Diele vorsichtshalber noch Guten …

Das zweite Wort schluckte ich herunter. Irgendetwas in der schlaffen Stille wirkte alarmierend. Ich schnupperte, nahm einen dumpfen Geruch wahr, lauschte auf Geräusche. Es war jemand in der Wohnung. Ich glaubte die Atemzüge eines Schlafenden zu hören.

Vorsichtig stellte ich die Werkzeugkiste ab und zog die Tür langsam zu, zog die Falle des Schlosses zurück und ließ sie Millimeter für Millimeter einschnappen, geräuschlos. Wer auch immer hier schlief, sollte nicht von einem Luftzug oder dem Einrasten des Schlosses geweckt werden.

Ich ging in die Hocke und bewegte mich vorsichtig auf allen vieren vorwärts, oder genauer gesagt, auf drei Gliedmaßen, wie ich es in der Spezialausbildung gelernt hatte. Streck einen Arm vor, die Waffe in der Hand. Halte dich niedrig, dann bist du wahrscheinlich unterhalb der Schusslinie.

Meine Pistole lag im Wagen, in einem Werkzeugbeutel im Reservereifen. Ich redete mir ein, dass hier drinnen wohl niemand auf mich schießen würde. In flachen Sätzen preschte ich voran wie ein Menschenaffe, die freie Hand vorgestreckt, bereit, den Angreifer zu schlagen oder ihm die Finger gegen den Kehlkopf oder in die Augen zu rammen.

Die Wohnung war eine genaue Kopie der anderen im Erdgeschoss, bis hin zu den einfachen Möbeln. Sie stammten aus der Konkursmasse eines Hinterwäldlermotels. Ich hatte mir überlegt, dass die gebrauchten grauen Sofagarnituren ordentlich genug aussahen, Küchentisch und Stühle zum Frühstücken taugten und die Betten professionellem Gebrauch gewachsen waren.

Das Wohnzimmer war leer. Auf dem Fußboden lagen zusammengeknüllte Kleider, einige Pizzakartons und eine leere Bierflasche sowie Postwurfsendungen, die offenbar mit einem Fußtritt aus der Diele ins Wohnzimmer befördert worden waren.

Noch war die Wohnung einigermaßen aufgeräumt, doch die Warnzeichen waren unverkennbar.

Ich hatte genug Fixerbuden gesehen, die sich innerhalb einiger Monate aus menschlichen Behausungen in Sauställe verwandelt hatten. Diese Wohnung stand am Beginn desselben Prozesses.

Das eine Schlafzimmer war leer, allerdings war das Bett benutzt worden. Ich legte die Hand auf das zerknautschte Laken. Es fühlte sich kühl an.

Die Tür zum zweiten Schlafzimmer war angelehnt. Vorsichtig, damit sie nicht in den Angeln quietschte, schob ich sie auf. Schwere, verbrauchte Luft flutete mir entgegen. Ich hatte keine trainierte Spürnase wie ein Drogenhund, doch den zugleich süßen und säuerlichen Geruch witterte auch ich.

Der Mann hing halb aus dem Bett. Der Anblick erinnerte an ein Foto, das Klicken des Verschlusses hatte die Bewegung unterbrochen. Man hatte den Eindruck, der vom Bett gerutschte Oberkörper müsse weitergleiten und den Rest des Körpers mit sich ziehen.

Im schwachen Licht schimmerte die Haut des Mannes gelblich. Er hatte Pickel auf den Schultern, seine Extremitäten waren dünn und staksig wie Vogelbeine. Der Mann atmete schwer. Rotz hing ihm unter der Nase, und aus dem halboffenen Mund floss zäher Speichel. Ich wusste, dass er sich auf einem Herointrip befand, überprüfte meine Diagnose aber, indem ich einen Finger hinter sein Ohr presste und sein Augenlid anhob. Er war tief bewusstlos.

Ich kannte den Mann. Wjatscheslaw Bursow, genannt Slawa, behauptete, er stamme aus Moskau. Wahrscheinlich kam er tatsächlich aus einer der Millionenvorstädte der Hauptstadt, war in einem der Betonwohntürme aufgewachsen, wo die heile Welt an der gepolsterten und mit drei Schlössern gesicherten Wohnungstür endete.

Slawa hatte sich in Russland als kleiner Ganove durchgeschlagen, hatte gestohlen, Schuldner eingeschüchtert und auf den Toiletten der Tanzbars Drogen verkauft. Bald war er selbst seiner Ware verfallen, und zwar vollständig. Doch er hatte es geschafft, sich zu retten, den Leimschnüfflergangs in der Kanalisation und den vollgepinkelten Treppenhäusern zu entkommen. In letzter Minute hatte er sich an Jesus und an eine verständnisvolle Frau geklammert und seine Sucht überwunden. Dann war er nach Finnland gekommen, hatte seine bisherigen Kreise verlassen.

Eines Tages hatte Slawa bei mir vor der Tür gestanden und nach Arbeit gefragt, egal welcher Art. Ich hatte zuerst den Kopf geschüttelt, ihn dann aber probeweise eingestellt, hatte ihn Baumüll entsorgen und Waren über die Grenze bringen lassen. Schließlich hatte ich ihm die Aufgabe übertragen, meine Mietwohnungen zu putzen und zu kontrollieren.

Slawa Bursow war hochgewachsen, und in voller Bekleidung wirkte er kräftig und einschüchternd. Auf seinen Armen prangten klecksige Tätowierungen wie Leistungsabzeichen auf dem Halstuch eines Jungen Pioniers. Halbnackt, wie er jetzt war, sah er aus wie ein Schwächling.

Am Fußende des Bettes entdeckte ich das Spritzbesteck. In einem offenen Etui lagen ein Feuerzeug und ein Löffel, mit denen Slawa den Stoff erhitzt und geschmolzen hatte, außerdem eine Spritze aus Metall und ein Gummischlauch zum Abbinden des Oberarms.

Ich ging in die Diele, holte dünne Installateurhandschuhe aus dem Seitenfach meines Werkzeugkastens und streifte sie über. Zwischen großen und kleinen Zangen kramte ich einen Putzlappen hervor, der früher einmal die Vorderseite eines T-Shirts gewesen war. Auf dem Stoff stand in verblichenen Buchstaben »Reebok«.

Mit dem Lappen putzte ich die Klinke an der Innenseite der Tür und das Schloss auf beiden Seiten. Zwar war es eine

Leichtigkeit, mich als den Besitzer der Wohnung zu identifizieren, doch meine Fingerabdrücke wollte ich auf keinen Fall hinterlassen.

Dann kehrte ich ins Schlafzimmer zurück. In den Wandschränken lagen nur einige Decken und Kissen, eine Tube Gleitcreme und ein paar Rollen Küchenkrepp. Ich guckte unter das Bett. Nur Staub.

Ich fand das Zeug schließlich im unteren Teil des Kühl- und Gefrierschranks. Niemand hatte sich die Mühe gemacht, den Stoff hinter eingefrorenen Beeren oder Tiefkühlgemüse zu verstecken. In den Drahtkörben lagen Plastikbeutel, angefüllt mit flachen Päckchen in Aluminiumfolie.

Ich zog einen Korb nach dem anderen hervor. Sie waren nicht vollgestopft, und doch enthielten sie kiloweise Stoff. Die Mehltüten brauchte ich nicht zu öffnen, ich wusste auch so, dass es kein Hirschhornsalz war, was man hineingefüllt hatte. Die flachen Päckchen hatten nur äußerlich Ähnlichkeit mit Schokoladentafeln, und die Pillen halfen vielleicht gegen irgendwas, aber mit Sicherheit nicht gegen Vitaminmangel.

Ich knallte die Tür des Gefrierschranks zu und ließ mich auf den nächsten Stuhl fallen. Auf dem Tisch stand schmutziges Geschirr, der Dreck hatte eine kittartige Konsistenz. Der Spültisch dagegen glänzte noch vor Sauberkeit. Auf der Edelstahlplatte standen zwei Waagen, die eine mit rundem Ziffernblatt, die andere mit Digitalanzeige, auf Grammbruchteile genau.

»Das hatte mein Traum also zu bedeuten«, seufzte ich, wie meine Mutter es früher getan hatte. Ein Fluch wäre zu naheliegend gewesen, irgendwie blutarm und kraftlos.

In einer Wohnung, die mir gehörte, wurde kiloweise Heroin gehortet, dazu massenhaft Haschisch und diverse Drogen in Pillenform, genug, um eine kleine Apotheke zu füllen. Und vermutlich handelte es sich nicht nur um ein Lager, sondern das Zeug wurde hier verkauft. Ich malte mir aus, dass zig Junkies den Nummernkode kannten, mit dem die Haustür zu öffnen war, und dass bald zitternde Käufer im Treppenhaus herumirren würden.

Ich kannte Frolows *gruppa* nicht genau. Vielleicht gehörten ihr einige fähige Leute an, aber der verantwortliche Verkäufer in der Punavuorenkatu, der sich eine Vollnarkose verpasst hatte, war nicht unbedingt eine Spitzenkraft.

Eine Sorge mehr. Die Wohnung würde bald auffliegen. Und dann würde sich auch Kärppä die Finger verbrennen.

Ich mochte Maxim Frolow noch weniger als zuvor.

Ich musste ihn loswerden.

8

Ich stellte den Wagen vor meinem Büro in Hakaniemi ab, auf dem Pflaster zwischen den mickrigen Bäumen. Ich wollte nicht lange bleiben und hatte keine Lust, das Auto wegen der paar Minuten in die enge Parklücke auf dem Hof zu rangieren. Die Tür war nicht abgeschlossen. Die Türfeder gab das übliche Maunzen und Knarren von sich.

»Bist du es, Vitjuscha?«, turtelte meine Teilzeitsekretärin Oksana Pelkonen.

Mir lag eine spöttische Antwort auf der Zunge, doch ich verkniff sie mir. Oksanas ständiges Getue ging mir gelegentlich auf die Nerven, aber sie meinte es nicht böse. Ich wünschte ihr einen guten Tag, stichelte dann freundlich, sie könne mich wohl nicht mit einem Kunden verwechseln, da wir ja praktisch keine mehr hätten.

»So ist es«, stimmte Oksana zu und schüttelte den Kopf, als trüge sie persönlich die Schuld für die schlechte Geschäftslage. »Man muss unangenehm sagen … also, sagen wir so, dass … ich sage bedauernd«, tastete sie sich vor, betrachtete es als Ehrensache, den korrekten Ausdruck zu finden. »Es gibt eine große unangenehme Sache. Der Postillon bringt Rechnungen. Der Postillon bringt kein Geld. Die Bank ist leer, füiii …« Sie spitzte den Mund und pustete, winkte graziös mit ihrer molligen Hand, versuchte wohl einen kalten Windstoß nachzuahmen.

Oksana Pelkonens ökonomische Analyse traf ins Schwarze,

dabei hatte sie ihre kaufmännische Ausbildung auf dem praktischen Markt erworben, allerdings nicht etwa als Aushilfe beim Schlussverkauf. Oksana war als Prostituierte nach Finnland gekommen, hatte sich aber als erschütternd unbegabt erwiesen. Dennoch war sie geblieben, hatte Wäsche gewaschen, Essen gekocht, Taschen und Koffer von einem Ort zum anderen transportiert, ohne Fragen zu stellen, und nachdem ich sie gewissermaßen geerbt hatte, war sie meine treue Sekretärin geworden.

Eine ganztägige Assistentin brauchte ich nicht, Oksana kam nur ein paar Tage pro Woche in mein Büro. Sie schrieb Rechnungen und kümmerte sich um die einfache Buchführung, beantwortete E-Mails und Anrufe, die von den Bürotelefonen auf ihr Handy weitergeleitet wurden. »VK-Konzern, gutten Tag«, flötete sie dann und vermittelte sogar Illustriertenwerbern das Gefühl, mit ihrem Anliegen ernst genommen zu werden.

Aber jetzt klingelte das Telefon nicht, niemand versuchte, Abonnements zu verkaufen, und Bauherren riefen erst recht nicht an.

»Das weiß ich, Oksanka«, erwiderte ich freundlich. »Irgendwie kommen wir schon zurecht, keine Sorge, immerhin haben wir es warm und bekommen genug zu essen«, redete ich ihr gut zu und tätschelte ihr den Arm.

»Ja-a.« Oksana schniefte und tupfte sich mit einem zerknüllten Stofftaschentuch, das sie aus der Tasche ihrer dünnen Strickjacke gezogen hatte, die Tränen aus den Augen. »Ich weiß ja, dass du dein Besseres tust, Vitjuscha …«

»Dein Bestes«, korrigierte ich.

»Was?«, fragte Oksana verwirrt.

»Also, ich tue … dein Bestes … oder mein Bestes …«

»Ich weiß, dass du mein Bestes tust und verlasse mich darauf. Wir vermeiden Kürzerarbeit und Entlassungen«, erklärte

Oksana würdevoll und wuselte in die Kochnische. »Bleibst du lange, wenn ich Quarkbällchen hole?«, fragte sie dann und hob eine Teetasse hoch.

»Hol ruhig welche. Ich besorge inzwischen ein bisschen Geld. Und dann trinken wir Tee.«

Oksana sagte, sie werde sofort in die Markthalle eilen und schlug die Hände zusammen, als gebe sie sich das Startsignal.

Ich wartete. Oksana zog die Lippen nach und legte Puder auf. Sie dachte laut darüber nach, ob sie die Haare mit einem Tuch zusammenbinden oder offen lassen sollte, und ob sie die Strickjacke überhaupt brauchte, aber ein erwachsener Mensch kann doch nicht mit nackten Armen … Endlich ging sie.

Als ich die Tür hinter ihr abschloss, hörte ich, dass sie ihr Selbstgespräch fortsetzte.

Ich trat an meinen Aktenschrank und ruckelte das mannshohe Ungetüm aus Stahlblech von der Wand. An der Rückwand des Schranks waren zwei große braune Briefumschläge befestigt. Ich riss sie ab und stellte tastend fest, welcher der beiden meine Notkasse enthielt. Den anderen Umschlag klebte ich wieder an den Schrank. Darin lagen ein paar Reservepässe und andere russische Dokumente, die ich jetzt nicht brauchte.

Was ich brauchte, war Geld. Die gebündelten Banknoten waren für überraschende Anschaffungen vorgesehen, die bar bezahlt werden mussten, oder für Notfälle. Und von einem Notfall war ich nicht weit entfernt.

Rasch zählte ich zehntausend Dollar ab. Es war ein Fehler gewesen, meinen Reservefonds in dieser Währung anzulegen, der Dollarkurs war in letzter Zeit instabil und schwach gewesen. In Euros hätte meine Sparstrumpfeinlage sich besser gemacht.

Ich schob den Aktenschrank wieder an die Wand und verrieb die Schmutzspuren auf dem Fußboden mit der Hand. Dann zog ich eine Schublade auf und warf den leichter gewordenen Umschlag hinein. Die Dollarnoten teilte ich in Stapel unterschiedlicher Größe auf, bemühte mich, in jedem Stapel auch kleinere Scheine unterzubringen und alle ein wenig zu zerknittern, damit sie gebraucht wirkten. Oksana sollte die Dollarbündel an einige vertrauenswürdige Personen verteilen, die sie in Euro umtauschen und das Geld auf meine Firmenkonten überweisen oder ins Büro bringen würden.

Der unbekannte, vor Zeiten verstorbene Präsident der Vereinigten Staaten, dessen Konterfei die Scheine zierte, schien mich spöttisch anzusehen.

Ich musste mehr über Frolow erfahren. Als ich die Drogen im Gefrierschrank inventarisiert hatte, war mir klar geworden, dass ich meinen Geschäftspartner und seinen Hintergrund kaum kannte. Bei dieser Erkenntnis war es mir fast so kalt den Rücken heruntergelaufen wie bei der Entdeckung der eisigen Drogen.

Die Zusammenarbeit mit Frolow hatte sich zufällig ergeben, ungeplant und ohne genaue Recherchen. Zuerst hatte ich ihm geschmuggelte Zigaretten und einen Satz CDs abgekauft, Raubkopien natürlich, dann hatte ich ihm einen meiner Ansicht nach legalen Chemikalientransport vermittelt und gedolmetscht, als seine russischen Kompagnons in Taipalsaari Ferienwohnungen kauften. Und bald darauf hatten wir festgestellt, dass ich einige Mietwohnungen besaß, in denen Frolow seine Mädchen unterbringen konnte.

Die verschlafene Frau hatte sich nur ein wenig gewundert, als ich erneut geklingelt hatte. Sie hatte ein paar Tanzschritte gemacht, den Gürtel ihres Morgenmantels um ihr Handgelenk kreisen lassen und mich mit heiserer Stimme hereingebeten.

Ich hatte ihr befohlen, mit dem Tanzen aufzuhören, sich an den Tisch zu setzen und zu reden.

Die Frau war zuerst erschrocken, hatte dann aber gesagt, sie heiße Zinaida, und auf meine weiteren Fragen mit wachsendem Mut geantwortet. Viel wusste sie allerdings auch nicht. Einmal hatte sie beobachtet, wie Drogen angeliefert wurden. In einem weißen Kleinbus, mit finnischem Kennzeichen, glaubte sie. Der Wagen hatte auf dem Bürgersteig gehalten, und zwei junge Männer hatten die Lieferung in Kartons ins Haus getragen, als handle es sich um Computer. Zinaida glaubte, die beiden Männer später noch einmal gesehen zu haben. Da waren sie in einem grauen BMW gekommen, auf dem Nummernschild hatte Zinaida lateinische Buchstaben gesehen und am Kofferraum einen ovalen Aufkleber mit der Aufschrift EST.

Ich hatte zweifelnd die Stirn gerunzelt, aber Zinaida hatte erklärt, es mache ihr Spaß, zu beobachten, was sich auf der Straße tat, und außerdem habe sie ein gutes Gedächtnis, über das schon viele gestaunt hätten.

»Und wer holt bei euch das Geld ab und verkauft den Stoff?«, hatte ich ihr weiter zugesetzt.

Ich hatte damit gerechnet, dass sie verstummte und die Hände vor den Mund schlug wie ein erschrockenes Schulmädchen. Aber Zinaida hatte nur die Achseln gezuckt und erklärt, über den Drogenhandel wisse sie nichts, sie kenne sich nur mit ihrer eigenen Arbeit aus. Sie hatte erklärt, die Freier kämen zu festgesetzten Zeiten, und das Geld werde einmal in der Woche abgeholt. Es werde 70/30 geteilt. Dabei hatte sie den Mund verzogen und gemeint, das sei gar nicht mal so schlecht.

Zinaida und ihre Kollegin Jelena hatten eine Telefonnummer; dort sollten sie anrufen, wenn es Probleme gab. Ansonsten war Jelena nur Frolow und zwei anderen Männern begegnet, die sie für Frolows engste Kompagnons hielt. Der eine hieß Vadim und war nett, und dann war da Imran, ein schweigsamer dunkler Mann.

»Was meinst du damit, ist er Afrikaner?«, hatte ich sie unterbrochen.

Das hatte Zinaida verneint. Imran komme aus Zentralasien oder vom Kaukasus, jedenfalls sei er Muslim. Nein, sie habe nicht mit diesen Männern geschlafen, Jelena auch nicht.

»Und mit Frolow schon gar nicht! Mit diesem *Zhurawl*!«, hatte Zinaida ihren Boss kichernd zum Kranich erklärt und an ihrem Ohrring gespielt, der vielleicht sogar ganz elegant ausgesehen hätte, wenn der falsche Edelstein etwas kleiner und das Kettchen, an dem er baumelte, ein wenig kürzer gewesen wäre.

Ich hatte mich bei der jungen Frau bedankt und gesagt, ich würde ihre Hilfsbereitschaft nicht vergessen. Sie hatte sich spöttisch geräuspert und dann eilfertig erklärt, sie wolle mich nicht beleidigen, aber man habe ihr schon viel versprochen, und sie sei allzu oft enttäuscht worden.

Dann hatte Zinaida mich zur Tür begleitet. Ihre letzten Worte, weich geflüstert, waren mir in das leere Treppenhaus gefolgt.

»Das sind böse Männer. Sie verkaufen Menschen.«

Ich hatte darüber nachgedacht, dass es viel schlimmer ist, andere zu verschachern, als sich selbst zu verkaufen.

Seufzend saß ich an meinem alten Büroschreibtisch. Bei den Namen Vadim und Imran klingelte es leise, aber ich konnte das Glöckchen nicht genauer lokalisieren. Offenbar hatte ich von den beiden schon einmal gehört, kannte sie aber nicht näher. Überhaupt hatte ich bei dem Verhör des verschlafenen Freudenmädchens nicht viel Neues über Frolow erfahren. Und wahrscheinlich hatte Zinaida, obwohl sie geschworen hatte, den Mund zu halten, Frolow inzwischen schon berichtet, dass ich die Drogen gesehen und sie ausgefragt hatte.

Ein Blick durch die Tür gab mir die Gewissheit, dass Oksana noch nicht auf dem Rückweg war. Ich kannte die Nummer auswendig, obwohl ich es nach Möglichkeit vermied, sie zu wählen.

»Russische Botschaft«, meldete sich ein Mann. Mit seiner tiefen Stimme hätte er sich ohne weiteres beim Chor des Klosters Nowospasskij bewerben können.

»Ich möchte bitte Arkadi Malkin von der Abteilung Wissenschaft und Kultur sprechen. Mein Name ist Kornostajew.«

Der Bass bat mich, zu warten. Ich wusste, dass meine Nummer überprüft und registriert und das Gespräch auf Band aufgenommen wurde. Aus der Länge der Wartezeit und daraus, ob mir überhaupt jemand antwortete, konnte ich schließen, für wie wichtig man mich hielt.

»Viktor Nikolajewitsch, womit kann ich behilflich sein?«, meldete sich Malkin höflich nach acht Sekunden.

»Ich brauche Informationen, und vielleicht auch ein wenig Hilfe«, sagte ich leise, fast flüsternd. Dergleichen auszusprechen war nicht leicht.

9

Rudi saß an einem Fenstertisch in seinem Lokal, einer Mischung aus Pub und Pizzeria, und las das Abendblatt. Meiner Vermutung nach ging er bereits auf die sechzig zu; allerdings ist bei Indern das Alter schwer zu schätzen. Ich verbeugte mich grüßend. Rudi nickte. Seine schwarzen Haare waren von breiten grauen Streifen durchzogen, und zum Lesen setzte er ungeniert eine Brille mit dicken Gläsern auf.

Hinsichtlich seiner indischen Herkunft war ich mir auch nicht ganz sicher. Ebenso gut konnte Rudi auch aus Pakistan, Nepal oder Bangladesh stammen. Wie auch immer, er lebte schon seit Jahren in Helsinki. Er betrieb zwei Nachtclubs und ein halbes Dutzend von morgens bis abends geöffnete Restaurants. Bei einigen dieser Lokale wies der Name auf den indischen Hintergrund hin, doch sie konzentrierten sich ebenso wie die anderen auf den Ausschank von Bier und Cider und boten hungrigen Kunden ein Lunchbüffet oder internationale Gerichte wie Pizza und Kebab.

Betont höflich faltete Rudi die Zeitung zusammen und steckte die Brille in die Brusttasche seines kurzärmligen Hemdes. Er stützte die Ellbogen auf den hohen Tisch und stellte die in Sandalen steckenden Füße auf die verchromte Querleiste des Barhockers. Mir fiel auf, dass die aus den Sandalen hervorblitzende Haut zu den Fußsohlen hin heller wurde; so war es auch an seinen Handflächen. Rudi bot mir etwas zu essen an.

Huhn und Reis vielleicht, oder Lammklößchen, na, wenigstens Tee, schlug er vor und gestikulierte dabei wie der Besitzer eines Feinschmeckertempels.

Ich lehnte ab, obwohl man in Rudis Lokalen ohne Angst vor Magenbeschwerden essen konnte und auch nicht zu befürchten brauchte, beim Abnagen eines Kotelettknochens überraschende Gattungsbestimmungen vornehmen zu müssen.

»Ich hätte etwas Geschäftliches zu besprechen … wenn es dir recht ist«, setzte ich höflich hinzu.

»Gehen wir nach hinten«, sagte Rudi.

Ich folgte Rudi, der vor mir her patschte, mit gleichmäßigen Schritten. Er war so klein, dass ich ihm von oben auf den Kopf blicken konnte. Wir gingen an den Toiletten vorbei in einen Durchgangsraum, in dem Vorräte aufbewahrt wurden, und von dort weiter in den hinteren Teil der Küche. Eine alte Frau schnippelte gemächlich Salatgemüse.

»Sprich. Sie versteht uns nicht.«

»Ich könnte wieder liefern. Wodka. Oder vielmehr reinen Sprit. Eine größere Menge.«

»Wie viel?«, fragte Rudi.

»Zehntausend Liter.«

»Ziemlich viel. Wie?«

»Literflaschen oder Kanister à vier Liter. Oder beides. Ich importiere das Zeug als Scheibenputzmittel. Mein Bruder handelt mit Autobedarf. Ansonsten keine Mittelsmänner. Eine sichere Sache.«

»Wie viel?«

»Zehn pro Liter.«

Rudi seufzte, legte den Kopf schräg und flatterte mit den Armen, sparte sich die Antwort.

»Na gut, acht«, gab ich nach.

»Sechs fünfzig«, sagte Rudi.

Wir schüttelten uns die Hand.

Ich versprach, der Schnaps sei in einer Woche in der Halle in Tattarisuo, allerdings würde ich bei Verspätung keine Konventionalstrafe zahlen. Rudi nickte. Wir hatten früher schon Geschäfte miteinander gemacht. Ich hatte die Ware pünktlich geliefert, und Rudi hatte umgehend bezahlt.

Ein junger Bursche kam in die Küche und begann die großen Töpfe zu spülen, und zwei nur unwesentlich ältere Männer trugen Gemüsekisten herein. Ich nickte Rudi zum Abschied zu.

»Woher bekommst du übrigens deine Arbeitskräfte?«, fragte ich an der Hintertür.

»Verwandte.«

Ich wusste, dass ich nicht genauer nachhaken durfte.

»Und du, hattest du nicht vor, mit diesen Geschäften aufzuhören?«, erkundigte sich Rudi seinerseits.

»Doch. Aber ich brauche dringend Geld.«

»Ein Unternehmer unternimmt so lange, wie das Geld reicht«, meinte Rudi mild, und es hörte sich nicht so an, als mache er einen Witz. »Grüß deinen Bruder von mir!«, rief er mir noch nach.

Ich hatte gar nicht gewusst, dass die beiden sich kannten.

10

Ich hockte in der Uudenmaankatu und beobachtete die Kneipe, in der Frolow die Zeit totschlug und Hof hielt. Ich hatte nicht vor, mit ihm Kaffee zu trinken. Egal, ob Frolow Freund oder Feind war, ich wollte ihn für alle Fälle observieren.

Überhaupt vermied ich es, meine Geschäftspartner zu besuchen. Frolow tauchte gelegentlich ungebeten bei mir auf, was mir nicht gefiel. Ich wusste, wo er wohnte, setzte mich aber lieber telefonisch oder über die Postfächer unserer Firmen mit ihm in Verbindung.

Frolow fläzte sich auf dem Ecksofa des Lokals. Immer wieder blieben junge Leute bei ihm stehen. Was ich sah, überzeugte mich davon, dass in der Kneipe nicht mit Drogen gehandelt, kein Auftragsmord vereinbart und kein Raubzug geplant wurde.

Frolows Freunde mochten gegen die Sittlichkeitsnormen verstoßen, aber ich war nicht engstirnig und wusste auch nicht so genau, welche sexuellen Orientierungen in Finnland illegal waren. Dennoch erkannte ich, dass zu Frolows Bekanntenkreis außer Schwulen auch Menschen gehörten, deren Sexualität nur mit einer Kombination von Fremdwörtern und einigen erläuternden Sätzen zu charakterisieren war.

Ich gab acht, dass Frolow mich nicht bemerkte. Ich hatte mir einen fremden Wagen geliehen, einen grauen Toyota Avensis, und war ständig auf dem Sprung, mich nach unten zu bücken und aus seinem Gesichtsfeld zu verschwinden, falls Frolow zur Parkuhr gehen und Geld nachwerfen oder in seinen neuen Chrysler steigen sollte.

Gegen drei Uhr am Nachmittag stand Frolow auf und verließ das Lokal mit einem jungen Burschen. Der Junge trug eine altmodische Stoffjacke, eine grüne Schirmmütze chinesischen Zuschnitts und eine helle Brille ohne Fassung. Ich erkannte ihn, kam aber nicht auf seinen Namen. Soweit ich mich erinnerte, war er russischer Herkunft, hatte in Estland gelebt und war nach Finnland gekommen, weil ein paar Tropfen ingermanländisches Blut in seinen Adern flossen und im alten Sowjetpass seines Opas oder seiner Oma unter Nationalität »finnisch« stand.

Noch vor zwei Jahren hatte sich der Junge bei den Cliquen am Bahnhof herumgetrieben, mit lauter Stimme am Handy gesprochen und auf den Boden gespuckt, gekleidet in überlange Jeans und eine weiße Kapuzenjacke oder irgendein anderes gerade angesagtes Outfit. Nun war er schon alt genug, um Kneipen zu besuchen, war vom Fruitcake zum Metrosexuellen herangereift oder zum Vertreter irgendeiner anderen Sparte von Männern, die Feuchtigkeitscreme benutzten. Ich hätte wetten mögen, dass er ein Klapphandy besaß.

Die beiden gingen zum Wagen, den Frolow auf die Esplanade, am Meer entlang nach Sörnäinen und dann auf die Ausfallstraße nach Osten lenkte. Ich ließ den beiden reichlich Vorsprung, denn ich vermutete, dass ihr Ziel Frolows Wohnung in Kulosaari war.

Die Straße lag, vom Zentrum aus gesehen, am Ende des Stadtteils und der Insel Kulosaari. Es war eine schmale Sackgasse, an der vorwiegend flache Reihenhäuser und einige höher aufragende Einfamilien- und Doppelhäuser standen. Die autobreiten Zufahrten, die zu den Grundstücken führten, waren die einzigen Öffnungen zur Straße hin. Im Übrigen schotteten Gartenmauern das Leben und den Wohlstand der Bewohner ab.

Langsam und ohne zur Seite zu sehen, fuhr ich an Frolows Haus vorbei. Frolows abweisend kantiger, großer Wagen stand so dicht vor der Garage, dass der Kühlergrill fast das Tor berührte. Beim Durchfahrtsverbot wendete ich, fuhr langsam zurück und parkte in etwa zwanzig Metern Entfernung von dem Haus, dessen dunkle Fenster in die Gegend glotzten.

Das Gebäude war groß und asymmetrisch. Es beherbergte zwei separate Wohnungen, die sich über mehrere Etagen und Ebenen zum Ufer hin öffneten. Das Haus war vermutlich in den Siebzigern erbaut worden. Die Wände waren aus hellem Backstein gemauert, die Holzelemente dunkel gebeizt. Der wilde Wein an der Giebelseite bildete dicke, lianenartige Seile.

Ich wartete. Das Radio lief leise, ich öffnete die Fenster einen Spaltbreit, stellte die Rückenlehne flacher, lag da und betrachtete und belauschte die Straße, die so aufregend war wie der Seewetterbericht. Kallbådagrund, Südwind, sieben Meter.

Der kleine Nissan eines Chinarestaurants hielt am Tor, setzte flott einige Meter zurück und flitzte die Rampe hinab bis vor die Haustür. Ein junger Mann stieg aus. Meiner Einschätzung nach kam er aus irgendeinem Land im Nahen Osten. Aber ich wusste, dass er genauso gut in Finnland geboren sein konnte.

Der Bote ging mit zwei Papiertüten zur Tür und klingelte. Ich konnte nicht erkennen, wer aufmachte, sah aber, dass der junge Mann die Tüten abgab und ein paar Geldscheine bekam, in der Gesäßtasche nach Wechselgeld kramte, das er jedoch behalten durfte. Der Bote setzte den Nissan rückwärts auf die Straße, wendete und fuhr mit quietschenden Reifen davon.

Der Wagen tauchte kurz in meinem Rückspiegel auf, dann war er verschwunden.

Ich beschloss, die Lage zu Fuß zu erkunden. Ich nahm meine blaue Bauarbeiterweste aus dem Kofferraum, zog sie an und füllte die Taschen mit diversem Zubehör und hängte Werkzeug in die Schlaufen. Nach kurzem Überlegen kramte ich noch meine CZ-Pistole aus ihrem Beutel im Reserverad und steckte sie an Stelle des Multimeters in die Tasche. Das Gewicht der Waffe gab mir ein Gefühl der Sicherheit. Wenn ich den Multimeter in der Hand hielt, war es außerdem leichter, neugierigen Passanten eine plausible Erklärung zu geben. Ich soll hier den Aa-de-es-el-Anschluss legen, hat es bei Ihnen auch Störungen gegeben, und gibt es hier Antennenverstärker, ich muss das Digi-Signal messen … Ich zog mir noch eine Schirmmütze in die Stirn und setzte eine Sonnenbrille auf. Auf den ersten Blick war ich nicht zu erkennen, und ich würde niemandem auffallen.

Ich ging am Rand des Grundstücks entlang. Die Backsteinmauer reichte bis ans Ufer. Hinter dem Haus sah ich eine verglaste Terrasse, und am Ufer wuchsen junge Birken und kugelförmige Bäume aus der Familie der Weiden. Ich erinnerte mich, dass sie in Finnland Terijoki-Bruchweiden genannt wurden. Eigentlich sollte ich ein Bestimmungsbuch kaufen und mir die Namen der Bäume einprägen, überlegte ich. Man muss mit den Kunden auch über die Anlage des Gartens und über den Sichtschutz durch Bäume und Sträucher reden können … Bei meinen derzeitigen Auftraggebern reichen da jedoch ein paar Ebereschen, spottete ich über mich selbst.

Ich machte kehrt. Gegenüber vom Haus, auf der anderen Straßenseite, standen zwei graue Verteilerkästen. Sie trugen keine Kennzeichen des Elektrizitätswerks oder einer Telefongesellschaft, aber beide hatten solide Schlösser. Die Schutzplatte am unteren Rand des einen Kastens war nur mit vier Blechschrauben befestigt. Vorsichtig schraubte ich die Platte ab. Dicke Kabel kamen in Sicht, die aus Schutzrohren in der Erde kamen und durch isolierte Durchlässe in den verschlossenen oberen Teil des Kastens geführt wurden. Ich vermutete, dass sie sich dort in Tausende von Anschlüssen aufspleißten, die mit Schaltleisten und Verteilerzentralen verbunden waren.

Ich holte meinen Werkzeugkasten aus dem Wagen und stellte ihn neben dem Verteilerkasten ab, damit der Eindruck entstand, hier habe ein Monteur seine Arbeit kurz unterbrochen.

Auf dem Nachbargrundstück neben Frolows Haus stand ein etwas älteres Einfamilienhaus aus rotem Backstein, niedrig, fast anspruchslos im Vergleich zur Umgebung. Ich klingelte. Nichts. Ich drückte in kurzen Abständen mehrmals auf die Klingel, insgesamt wohl eine halbe Minute lang, aber niemand öffnete.

Daraufhin ging ich über die Schiefersteinplatten zur Giebelseite des Hauses. Dabei rechnete ich damit, von einem Hund angefallen zu werden, oder von einer wütenden Oma, einer erschrockenen thailändischen Gemahlin oder einer estnischen Putzfrau. Ich hielt den Multimeter und einen Zettel in der Hand, um mich herausreden zu können, ich sei nur der Fernsehmonteur und der Breitbandmann.

Die Türen blieben zu, die Gardinen bewegten sich nicht, im stillen Garten hörte ich nur die Blätter rauschen.

Vorsichtig spähte ich um die Ecke in den rückwärtigen Teil des Gartens. An der Haustür warnten keine Aufkleber vor

Alarmanlagen, aber ich wollte weder über einen Bewegungsmelder Alarm auslösen noch in eine Überwachungskamera lächeln.

Ich musterte den Garten vorsichtig und genau, ließ meine Augen Streifen für Streifen absuchen, sah dann alles noch einmal aus zwei Richtungen im Raster an. Die Bewohner dieses Hauses schienen mehr in das Grillen zu investieren als in ihre Sicherheit. Mitten im Garten stand ein Steinofen. Auf der Terrasse aus wetterfestem Holz befand sich außerdem ein Gasgrill nach amerikanischem Vorbild, mit separatem Gasherd zum Kochen an der Seite. Gegen diese sommerliche Ausstattung protestierten an die Wand gelehnte Skier und eine vergessene Hafergarbe.

Ich nahm einen Sonnenstuhl aus Holz und trug ihn zu der Mauer zwischen den Grundstücken. Dann stieg ich vorsichtig auf den schmalen Sitz und schob mich Zentimeter für Zentimeter hoch, bis ich hinübersehen konnte.

Maxim Frolow war kein begeisterter Hobbygärtner, wie die verwilderten Rosenbüsche, die verwelkten Blumenbeete und das lange, grobe Heu auf den Rasenhügeln verrieten. Am Zaun standen zwei Mountainbikes und eine Hantelbank, dem Aussehen nach aus dem TV-Shop. Außerdem lagen auf dem Grundstück prallvolle Plastiktüten und Kartons herum, Abfall, der schon lange auf den Transport zur Müllhalde wartete.

Frolows Fitness- und Recycling-Aktivitäten interessierten mich jedoch nur am Rande. Ich trug den Stuhl in Ufernähe und kletterte erneut auf den Sitz. Nun hatte ich einen besseren Blick auf das Haus. Ich bemühte mich, mir Einzelheiten zu merken, in meinem Kopf eine Bildserie zu speichern, wie sie ein Immobilienmakler auf seine Webseite stellt. Stück für Stück prägte ich mir die Feuerleiter ein, die Satellitenschüssel am

Schornstein, die Seitentür, die offenbar in den Kesselraum und die Garage führte, zählte die Kuppeln über den Lichtschächten auf dem Dach, schätzte die Breite der Fenster und stellte fest, in welcher Richtung sie zu öffnen waren. In Gedanken skizzierte ich den Grundriss, zog aus den Vorhängen und Lampen Rückschlüsse auf den Verwendungszweck der Räume, suchte das Milchglasfenster des Badezimmers ... War dort hinter den Glasziegeln die Sauna?

Über der Haustür hatte ich eine Überwachungskamera gesehen, und nun entdeckte ich unter der Traufe der verglasten Terrasse eine zweite. Beide sahen modern aus. Ich konnte mir nicht vorstellen, dass Frolow Filmkassetten auswechselte und zurückspulte. Vermutlich surrte in irgendeinem Winkel ein Festplatten-Recorder.

Ich duckte mich, als Frolow und der Junge auf die Terrasse kamen. Nach einer Weile schob ich mich langsam wieder hoch, noch vorsichtiger als zuvor.

Die beiden saßen sich am Tisch gegenüber. Sie pickten mit Essstäbchen einzelne Bissen aus den Schachteln des Chinarestaurants, unterhielten sich lebhaft und lachten fröhlich.

Langsam zog ich mich zurück und verwischte meine Spuren.

Ich fuhr ein paar Straßen weiter, rief Antti Kiurus Sohn Matti an und trug ihm auf, die Observation zu übernehmen. Einen Grund nannte ich nicht, und Matti fragte auch nicht nach, warum er meinen Geschäftspartner überwachen solle. Ich erklärte ihm, dass Maxim Frolow mit seinem jungen Freund möglicherweise noch einmal in die Stadt fahren würde. Als Matti meine Prognose anzweifelte, sagte ich, natürlich sei es auch denkbar, dass die beiden zu Hause blieben, um die Debatte im Aktuellen Studio zu verfolgen oder sich *Die Brücken am Fluss* auf Video anzusehen.

Matti meinte, ja, ja, es sei schon recht. Man werde ja wohl fragen dürfen.

Ich mochte den ältesten Sohn von Antti Kiuru. Als Kind war er ernst und nachdenklich gewesen, und ich hatte versucht, ihm Zutritt zu besseren Fußballmannschaften und vernünftigem Training zu verschaffen, ihn zu fördern. Als junger Bursche war Matti abgerutscht, hatte kleine Missetaten begangen, war dann aber auf den Weg der Tugend zurückgekehrt. Ich hatte ihn angestellt, und nun war er mein Vertrauensmann, nicht nur in handwerklichen Fragen.

»Ruf Andrej an, bevor du kommst«, fügte ich hinzu. Die Idee war mir gerade erst gekommen. »Sag ihm, er soll das Nummernschild von dem älteren Volvo beschmieren und den Laster herbringen. Ein paar hundert Meter von hier ist eine Baustelle, da wird gerade der Estrich gelegt. Die Leute haben Blöcke, Mörtelsäcke und so einen transportablen Lagerschuppen einfach am Straßenrand stehen gelassen. Andrej soll sie mit der Winde auf die Ladefläche heben und in die Halle bringen.«

Ich versprach, solange in der Nähe der Baustelle Posten zu beziehen, damit ich eingreifen konnte, falls jemand von der Wach- und Schließgesellschaft die Runde machte.

Dabei plagten mich Schuldgefühle. Ich schickte mich an, der Firma Skanska Baumaterial zu stehlen, was ich vor meinem Gewissen noch einigermaßen rechtfertigen konnte. Schlimmer war, dass ich Matti Kiuru ein schlechtes Vorbild gab. Ich erinnerte mich allzu gut an Mattis Bruder Eino, der wegen seiner Drogengeschäfte verschwunden war, ohne dass ich es hatte verhindern können.

Außerdem konnte ich vor mir selbst nicht verbergen, dass es mir durchaus entgegenkam, möglichst lange in Kulosaari zu bleiben. Denn sonst hätte ich nach Hause fahren und Marja erzählen müssen, was ich den ganzen Abend lang getrieben hatte.

Ich überlegte, ob Maxim Frolow sich eine Familie oder Kinder wünschte, oder ob er genau das Leben führte, das er führen wollte. Anstatt so zu leben, wie es sich gehörte.

11

Ich schnitt vorgestrichenes Paneel-Holz für die Außenverkleidung passgenau zu. Ich hatte Antti Kiuru gebeten, mir irgendeine körperliche Arbeit zu geben, etwas Einfaches, womit auch der Chef fertig wurde, das zugleich aber auch von Nutzen war.

Ich brauchte Bewegung und Anstrengung, gleichmäßige physische Belastung. Wenn die Muskeln arbeiten, funktioniert auch der Kopf besser. Man kann das Gehirn in aller Ruhe rattern lassen wie einen Computer und sich inzwischen mit etwas anderem beschäftigen.

Wenn ich vor einem schwierigen Problem stand, ging ich oft joggen oder Ski laufen. Nach zwanzig Kilometern auf der Loipe wirkte alles einfach. Aber diesmal fürchtete ich, dass ich selbst nach einem Marathonlauf mit anschließendem Zirkeltraining in einem gut ausgestatteten Fitnessraum keine Lösung finden würde.

Meine Halle stand am Rand eines kleinen Industriegebiets. Über die Grenzen der ehemaligen Dörfer und heutigen Vororte der Stadt und der ehemaligen Landgemeinde Helsinki war ich nicht genau informiert. Ich nahm an, dass das Gebiet zum Vorort Suutarila gehörte. Es lag jedenfalls südlich der äußeren Umgehungsstraße, also gerade noch in Helsinki, ungefähr auf halber Strecke zwischen Tikkurila und Malmi.

Auf dem Gelände war bereits seit Langem Kleinindustrie

angesiedelt. In den unordentlich dahingewürfelten, hässlichen Gebäuden wurden Leim, Stahlzäune und Safes produziert, Klima-Anlagen repariert und Baugerüste vermietet.

Im vergangenen Herbst hatte man begonnen, die Umgebung aufzupeppen. Die alten Ackerstreifen, auf denen sich Erlenbüsche und Weiden breitgemacht hatten, wurden mit großen Maschinen gerodet und in eine gleichmäßige Humusfläche verwandelt. Dann erschienen die Vermesser, markierten ihre Messlatten, nivellierten die Fundamentabtreppungen und das Gefälle der Kanalisation. Bald darauf war das Gelände in Viertel aufgeteilt, deren Ränder vom schwarzen Asphalt noch namenloser Straßen gezeichnet wurden. Auf mehreren Grundstücken war im Lauf des Winters die im Bebauungsplan ausgewiesene maximale Quadratmetermenge hochgezogen worden, auf den meisten anderen hatte man zumindest die für die Fundamentplatte vorgesehene Fläche mit grobem Schotter belegt.

Ich sägte die letzten Planken zurecht und stapelte sie auf, um alle Enden auf einmal streichen zu können.

In der Halle waren nur ein paar Männer. Sie fertigten Wandelemente für Garagen, die ich als Halbfertigprodukte verkaufen wollte. Antti Kiuru baute mit dem Nagler Dachstühle zusammen. Er war gebürtiger Ingermanländer, ein gutes Stück älter als ich. Antti arbeitete schon seit Langem bei mir, ich hatte ihn auf vielen Baustellen als Vorarbeiter eingesetzt, weil er der geborene Schreiner war und obendrein Bauzeichnungen lesen konnte. Er war fähig, die komplizierten Konstruktionspläne der Ingenieure zu korrigieren, und fand Mittel und Wege, die verrückten Einfälle der Architekten zu verwirklichen.

Antti blickte mich verstohlen an. Es war mir klar, dass er etwas mit mir bereden wollte. Ich brachte es nicht über mich, zu fragen, ob er und seine Frau jemals ein Lebenszeichen von ihrem verschwundenen Sohn erhalten hatten, und sei es auch nur eine Ansichtskarte aus irgendeinem fernen Land. Insgeheim war ich überzeugt, dass Eino Kiuru sich auf finnischem Boden befand, oder vielmehr einige Fuß darunter.

»Was gibt's? Ist zu Hause etwas passiert?«, fragte ich, als die Männer Pause machten.

»Nein, aber hier.« Antti deutete in die Halle. »Es läuft nicht gut«, fügte er hinzu.

»Das weiß ich selbst.« Ich gab mir Mühe, mich nicht aufzuregen.

Antti stellte den knatternden Kompressor ab, fummelte an dem Gerät herum, als ob tatsächlich irgendein Ventil repariert werden müsste.

»Es waren Inspektoren hier«, brachte er schließlich heraus. Es klang beinahe, als wolle er sich entschuldigen.

»Was für Inspektoren, zum Teufel?«

»Ah, vom Arbeitsschutz und von der Gewerkschaft«, erklärte Antti. »Aber keine Sorge. Sie haben die Gerüste geprüft und die Kräne angeguckt, aber nix gefunden. Fast alles war in Ordnung, bloß bei einem Feuerlöscher, da war die Wartung überfällig. Dafür haben wir eine Beanstandung gekriegt. Sie schicken den Bericht per Post.«

Auch wenn ich heikle Unterlagen nicht auf dem Schreibtisch liegen ließ, schmeckte es mir nicht, dass irgendwelche Offiziellen auf meinen Baustellen oder in meiner Halle herumliefen. Zumindest wollte ich dabei sein.

»Ich wollte dich damit nicht belasten. Du hast sowieso genug um die Ohren«, erklärte Antti, obwohl ich ihn gar nicht gefragt hatte. Er trat näher, sah mich aus seinen grauen Augen an und verströmte väterlich warmen Schweißgeruch.

»Und wo war Jaatinen?«

Antti wirkte verlegen. Ich wusste, dass er meinen Geschäftsführer nicht mochte. Trotzdem wollte er ihn nicht verpetzen.

»Wer weiß, wo der gesteckt hat«, schnaubte er schließlich. »Der kommt und geht wie der Wind, bringt weder Nutzen noch Schaden …«

»Scheiße!«, fluchte ich und machte mich sofort auf den Weg. Ich lief durch den Umkleideraum und die Waschräume in das Foyer des Büroflügels, das mit straff gepolsterten Kunstledersofas möbliert war, wie es sich für den Empfangsbereich einer honorigen Firma gehört. Auf dem leeren Schreibtisch stand sogar eine große Telefonanlage, eine regelrechte Zentrale. Nur die Sekretärin, die freundlich erklärt: »Er spricht gerade, soll ich es am Mobilanschluss versuchen?«, fehlte. Noch.

Jaatinens Tür war zu. Statt zu klingeln und zu warten, bis die grüne Lampe aufleuchtete, marschierte ich schnurstracks in sein Büro. Jaatinen schob seinen Stuhl zurück, doch als er sah, dass ich es war, rollte er ihn wieder an den Schreibtisch, stützte die Ellbogen auf und starrte auf seinen Monitor.

»Was führt den Aufsichtsratsvorsitzenden zu mir?«, erkundigte sich Jaatinen affektiert. Er war ein großer, schlaff wirkender Mann, einer von den Typen, die im Sommer kurzärmlige Hemden tragen und das Jackett ihres hellen Anzugs ablegen, aber nicht auf die Krawatte verzichten.

»Es waren Inspektoren hier. Warst du dabei, als sie die Firma unter die Lupe genommen haben?«, fragte ich ohne Umschweife.

Jaatinen setzte sich ein wenig gerader hin.

»Vom Bezirk? Der Arbeitsschutzbeauftragte und einer von der Gewerkschaft«, riet er.

Ich nickte.

»Verflixt. Um die hatte ich mich doch gekümmert.«

Selbst Jaatinens Flüche waren irgendwie weich und schlaff. Er war von Kopf bis Fuß das Söhnchen aus gutem Hause, das Klavierunterricht bekommen und Modellflugzeuge aus Balsaholz gebastelt hatte. In Wahrheit wusste ich nichts über Jaatinens Herkunft. Ich hatte ihn aufgrund seiner Ausbildung und Berufserfahrung eingestellt, einen Ingenieur, der sich mit Projektverwaltung auskannte.

»Da ruf ich gleich mal an. Ich schalte auf Lautsprecher«, erklärte er und griff nach seinem Smartphone. Das hatte er verlangt, als wir seinen Arbeitsvertrag aufsetzten, mit der Begründung, er brauche es für seine Kontakte und wegen der Kalenderfunktionen.

»Wo willst du anrufen?« Mir schwante Böses.

»Beim Bezirk. Zum Teufel, ich hab dafür bezahlt, dass keiner herkommt. Und mit der Gewerkschaft haben wir den gleichen Deal. Das hat die Firma eine schöne Stange Geld gekostet, da kann man ja wohl erwarten …«

»Verdammte Scheiße! Leg sofort auf, Jaatinen!«, brüllte ich.

Ich trat ans Fenster, zog die Jalousie hoch und betrachtete den mit Erlengebüsch bewachsenen Hügel, an den mein Grundstück grenzte.

Lange Überlegungen waren überflüssig. Ich hatte Jaatinen eingestellt, weil mein Bauunternehmen legal werden und expandieren sollte. Ich wollte weg von den schmutzigen, schwierigen und unberechenbaren Miniaufträgen, bei denen schon die Offerte mit einem Augenzwinkern eingeholt wurde. Unterlagen und Rechnungen sollten dabei so weit der Wahrheit entsprechen, dass das Bauvorhaben offiziell angemeldet werden konnte, aber alle Beteiligten gingen davon aus, dass möglichst viel in Schwarzarbeit und hintenherum erledigt wurde.

Es war Jaatinens Job, überzeugende Angebote für große Aufträge zu berechnen, die Arbeiten auf Subunternehmer zu verteilen, bei der Materialbeschaffung seine Beziehungen zu nutzen und die Baustellenlogistik zu rationalisieren. Ich hatte ihn als professionellen Leiter einer legalen Baufirma eingestellt. Mit einem Ruck ließ ich die Jalousie herunter.

»Du gehst, Jaatinen. Ohne Kündigungsfrist. Leg das Handy und die Autoschlüssel auf den Schreibtisch. Wenn du ein Foto von deiner Frau in der Schublade hast, nimm's mit, von mir aus auch deinen Lieblingsrechenschieber, und dann raus mit dir zur Bushaltestelle. Mit der Dreiundsiebzig kommst du in die Stadt oder zur S-Bahn.«

»Ich wohne in Oulunkylä ...«, murmelte Jaatinen. Erst dann kam er auf die Idee, zu protestieren. »Du kannst mich doch nicht einfach so entlassen. Ich habe noch Urlaubsansprüche. Und mit dem Wagen wollte ich am Wochenende zu Verwandten an der Westküste.«

»Doch, das kann ich. Und ich tue es«, sagte ich leise. »Ich zahle dein Gehalt bis Ende August weiter. Unter der Bedingung, dass du sofort gehst. Und weder zurückkommst noch über meine Angelegenheiten redest. Du sagst einfach, es gab Differenzen über die weitere Entwicklung der Firma, und du sehnst dich nach neuen Herausforderungen. Allerdings glaube ich nicht, dass das Handelsblatt dich interviewen wird.«

Jaatinen stand auf, zuckte, als wisse er nicht, ob er mich schlagen oder in Würde gehen sollte, wortlos. Dann sackte er wieder auf seinen Stuhl, den Mund halb offen, mit hängenden Armen.

Auch ich setzte mich, obwohl ich nicht vorhatte, ein langes Relokationsgespräch zu führen. Ich wusste, dass ich die richtige Entscheidung getroffen hatte. Die Schmier- und Schutzgelder waren nur der letzte Tropfen. Über kurz oder lang hätte Jaatinen mein Fass ohnehin überlaufen lassen.

»Das Geschäft läuft nicht so, wie ich es geplant und erwartet hatte. Unser Auftragsvolumen liegt weit unter dem, was wir budgetiert hatten«, erklärte ich fast freundlich, sprach absichtlich von ›uns‹. »Und da es keine Aufträge gibt, kann ich es mir nicht leisten, einen Direktor zu behalten, der die Firma so viel kostet wie drei Zimmerleute. Auch von denen muss ich einige entlassen.«

»In der Tat, inklusive Nebenkosten entspricht das Gehalt in etwa dem von zweieinhalb, nein zwei Komma sieben Männern …« Jaatinen klammerte sich an die Zahlen, an etwas, das er beherrschte.

»Ja, in der Tat. Ich lasse dich als Ersten gehen«, wiederholte ich und beugte mich vor. »Du kündigst selbst und bekommst ein anständiges Zeugnis. Aber wenn du mir irgendwelche Schwierigkeiten machst oder schlecht über mich redest, sorge ich dafür, dass du nicht so leicht einen neuen Job findest. Und solltest du doch auf irgendeiner mickrigen Baustelle unterkommen, dann tauchen da die seltsamsten Klempner und Elektriker auf, und der Bauinspektor kommt jeden Tag vorbei und lässt alles wieder abreißen, was ihr geschafft habt. Und wenn du es dann immer noch nicht glaubst, geht jemand bei dir zu Hause vorbei und verkündet anschließend, dass Jaatinen in nächster Zeit flüssige Nahrung bekommt und mit dem Strohhalm trinkt, da er, so wie sein Kinn jetzt aussieht, kaum essen kann.«

Ich stand auf. Jaatinen saß hinter seinem Schreibtisch und sah mich wütend an.

»Verdammt, das hat man davon, wenn man für die Iwans arbeitet«, fauchte er.

Ich lächelte und nickte zum Abschied.

Als ich mich in meinen Wagen setzte, kam Antti Kiuru über den Hof geschlendert. Ich zögerte die Abfahrt hinaus, weil ich ahnte, was er wissen wollte. Doch er blieb stumm.

»Wir müssen ab sofort ohne Geschäftsführer auskommen. Ich habe Jaatinen gefeuert«, sagte ich schließlich, da er sich offenbar nicht traute, direkt zu fragen.

»So so«, brummte Antti sichtlich erleichtert. Er zündete sich eine Zigarette an und rollte die Ärmel seines karierten Flanellhemds hoch. Antti arbeitete nie ohne Hemd, egal wie heiß es war. Allenfalls knöpfte er das Hemd auf und rollte die Ärmel hoch. Die Sonne hatte ihm ein rötliches Dreieck unter das Kinn gebrannt und seine Hände und Arme bis unter die Ellbogen gebräunt. Es sah aus, als trüge er hautenge Schutzhandschuhe.

»Das hast du richtig gemacht. Der Jaatinen taugt nichts … und außerdem bist du hier der Boss. Den Männern ist es auch lieber, wenn du die Schweißarbeit ihnen überlässt«, sagte Antti Kiuru. »Bestell deinen Mädels schöne Grüße.«

12

Auf der Straße hängte sich ein metallisch glänzender Volvo Kombi an meine Stoßstange. Der Fahrer betätigte die Lichthupe. Im Rückspiegel sah ich nur die getönte Windschutzscheibe und die Umrisse eines Menschen auf dem Fahrersitz. Doch ich wusste, wer in dem Wagen saß. Ich winkte zum Zeichen, dass ich das Aufflammen der Scheinwerfer bemerkt hatte, und bog hinter der ehemaligen Eisenwarenhandlung zu den Fußballplätzen ab.

Der Volvo hielt neben mir auf dem Parkplatz. Wir stiegen beide gleichzeitig aus.

»Lass uns ein Stück gehen«, sagte ich und nickte zu den Spielfeldern hinüber. Arkadi Malkin schien allein zu sein, doch irgendwie fühlte ich mich in einiger Entfernung von den Autos sicherer, sozusagen auf neutralem Boden.

Ich versuchte mich von den Männern der Botschaft fernzuhalten und hoffte, sie würden mich vergessen. Allerdings hatte Arkadi Malkin ein gutes Gedächtnis und ausführliche Akten über meinen Hintergrund. Er hatte mich in der Tasche, aber bisher hatte er sich damit begnügt, mich ab und zu leicht anzustupsen. Die Aufträge, die er mir gegeben hatte, waren harmlos gewesen, zumindest hatte ich es so empfunden.

Und nun hatte ich ihn angerufen, um ein Treffen und um Hilfe gebeten. Ich war aus eigenem Antrieb in die Höhle des Löwen marschiert.

»Ein bisschen Bewegung an der frischen Luft tut immer

gut«, stimmte Malkin zu. »Aber du hast mich angerufen, Viktor, hast um Informationen oder um Rat gebeten … wenn ich dich richtig verstanden habe. Also entscheide dich – entweder vertraust du mir oder nicht.« Er hatte mich durchschaut, war aber nicht beleidigt.

Wir gingen langsam den mit Schotter bedeckten Fahrradweg am Rand des Sportparks entlang. Ein großer Sprinkler wässerte den Rasen auf dem Hauptfeld. Eine Gruppe von kleinen Jungen war an den Rand der Anlage gescheucht worden, auf ein sandiges, holpriges Spielfeld mit halb vertrockneten Grasbüscheln. Die Jungen wechselten sich beim Elfmeterschießen ab und ahmten Spieler der WM-Teams nach.

»Ich brauche Informationen über einen Mann, der mein Geschäftsfreund ist, oder mein Kunde. Maxim Semjonowitsch Frolow, aus Moskau, wohnt jetzt in Helsinki. Informationen jeder Art.«

Malkin nickte, sagte aber nichts. Er war nicht eigentlich hochgewachsen, wirkte aber groß mit seinem muskelbepackten Oberkörper. Ihm schien ständig ein wenig heiß zu sein. Auch jetzt blieb er stehen und wischte sich mit einem karierten Taschentuch den Schweiß vom Gesicht. Die dunklen Haare klebten ihm am Schädel. An den Schläfen hatte er tiefe Geheimratsecken, und auch über der Stirn wurden seine Haare bereits schütter.

»Möchtest du, dass wir ihn fortschaffen?«, fragte Malkin gleichmütig wie ein Arzt, der seinem Patienten vorschlägt, ein Muttermal zu entfernen. Er sah mir ausdruckslos, aber aufmerksam in die Augen.

»Nein. Ich erledige ihn selbst. Falls nötig. Nur weiß ich nichts über seinen Hintergrund. Mit wem operiert er, wer schützt ihn?«

»Für uns arbeitet er nicht«, erwiderte Malkin ein wenig zu schnell.

Ich beschloss, über diesen Aspekt später nachzudenken.

»Ich muss einige Punkte überprüfen«, fügte Malkin hinzu. »Sei unbesorgt, ich mache mich kundig«, versprach er dann.

Wir gingen zurück zum Parkplatz. Malkin setzte sich in seinen Wagen.

»Ich möchte mir keine allzu große Dankesschuld aufladen. Verstehst du?«

»Keine Angst. Von Freunden und Kollegen erwartet man nicht immer eine Gegenleistung. Außerdem ist Spionage für dich doch ein Kinderspiel, schließlich bist du ein Kornostajew. Ihr wart immer schon flink und wendig.«

Malkin lachte kalt, schlug die Tür zu und brauste davon.

Wir waren keine Freunde und schon gar keine Kollegen. Und Arkadi Malkin würde alles, was er für mich tat, genau notieren. Eines Tages musste ich die Rechnung dafür zahlen, das war mir klar. Aber die Anspielung auf das Familienerbe der Kärppäs verstand ich nicht.

Marja sortierte wieder einmal Wäsche. Anna stand am Wohnzimmertisch, hielt sich mit beiden Händen fest und machte vorsichtige Schritte. Ich fasste sie unter den Achseln und hob sie hoch, rieb meine Nase an ihrem Kugelbäuchlein. Das Frottee der Strampelhose war vom Waschen aufgeraut.

»Papas kleines Rackerchen«, plapperte ich.

Ich legte die Kleine aufs Bett und streckte mich neben ihr aus. Marja kam ins Schlafzimmer, setzte sich auf ihre Bettseite, zog die Beine an und lehnte sich an die Wand.

»Was hast du gemacht?«, fragte sie.

Ich überlegte, ob ich es ihr erzählen sollte. Ich könnte ihr erklären, dass ich in dieser Woche mit einem Polizisten, einem Drogen- und Sklavenhändler und gerade auch noch mit einem Spion verhandelt, bei zwei Freudenmädchen den Geruchsverschluss am Waschbecken gereinigt, fremder Leute Wohnungen beobachtet, nebenbei einen Diebstahl organisiert und – die beste Tat des Tages – meinen Schmiergelder verteilenden Geschäftsführer entlassen hatte.

»Ich hatte in der Stadt Verschiedenes zu erledigen. Und dann habe ich in der Halle beim Sägen ausgeholfen«, gab ich Auskunft.

»Viktor …«, begann Marja.

Ich lag auf dem Rücken, hatte einen Arm über die Augen gelegt und wartete schweigend. Marja saß immer noch auf dem Bett. Anna schob sich an die Bettkante und ließ sich langsam auf den Boden fallen.

»Ich frage mich, ob du mir gelegentlich zwei Sätze hintereinander sagen könntest.«

»Das waren doch gerade zwei«, gab ich zurück, beeilte mich aber, weiterzureden. »In der Firma gibt es ein paar Probleme. Und ich musste Jaatinen entlassen.«

»Aha«, sagte Marja und schwieg wieder eine Weile.

»Viktor?«

»Ja?«

»Hast du immer noch Geschäfte, über die du nicht reden kannst?«

»Ja.«

»Gehst du heute noch mal weg?«

»Nein.«

Marja legte sich neben mich. Ich spürte ihren gleichmäßigen Atem an der Schulter. Anna plapperte fröhlich im Wohnzimmer. Ein Spielzeug schepperte.

13

Stadtteil Kuninkaanmäki, Vantaa

Pawel Wadajew versuchte sich auszuruhen. Oder Paavo Vatanen, so hatte es ja auf seinem Baustellenausweis gestanden, unter dem Foto, auf dem er erschrocken aussah. Pawel posaunte seinen Namen nicht heraus, weder den finnischen noch den russischen, er verhielt sich lieber still und unauffällig.

Vor zwei Tagen hatte der finnische Vorarbeiter die Ausweise eingesammelt, hatte gesagt, die seien jetzt überflüssig, denn auf der nächsten Baustelle gebe es keine Kontrollen. Nun wusste Pawel nicht, wie er sich vorstellen sollte, falls sich jemand nach seinem Namen erkundigte. Das bereitete ihm ein wenig Sorgen. Andrej Gawrilow hatte immer klare, präzise Anweisungen gegeben, doch jetzt war niemand da, den man fragen konnte. Andrej war verschwunden, vermutlich nach Karelien zurückgekehrt, um neue Visa und Arbeiter zu besorgen.

Auf der ersten Baustelle hatte Pawel in einer Gruppe von sechs Männern das Fundament für ein großes Bürogebäude vorbereitet. Er hatte den Zimmerleuten, die die Gussformen für die Wandfundamente zusammenbauten, Bretter und Kantholz gebracht, hatte dann Bewehrungsstangen für die Eisenflechter zurechtgeschnitten und schließlich alles sauber gefegt, sodass der Beton gegossen werden konnte.

Gestern waren die Männer in einen Kleintransporter gepfercht und zur nächsten Arbeitsstelle gebracht worden. Es handelte sich um eine große alte Schule, die von oben bis unten umgebaut werden sollte. Nur Wände und Fußboden sollten bleiben, als Rumpf eines ansonsten praktisch neuen Hauses.

Pawel seufzte, verschränkte die Hände im Nacken und starrte an die Decke, deren schmutziggraue Isolierplatten hoch über ihm hingen. Die hohe Halle war ein einziger Raum ohne Zwischenwände, nur an der einen Giebelseite gab es zwei Büroräume und ein Klo, auf deren Zwischendecke eine Treppe führte. Wahrscheinlich hatte man dort früher irgendetwas gelagert.

Pawel wusste nicht, was in dem Gebäude ursprünglich hergestellt worden war. Der Betonfußboden war ungestrichen, alle Maschinen und Anlagen waren abtransportiert worden, und die Dachbalken ließen nur ahnen, wo sich die Schienen der Laufkräne befunden hatten.

Hier haben wir reichlich Platz, bemühte Pawel sich um positives Denken. An der Wand standen zehn Etagenbetten, und obwohl alle belegt waren, wurde die Luft in der Halle nicht knapp. Und zu heiß war es auch nicht, obwohl draußen die Sommerhitze immer schlimmer wurde.

Aber die sanitären Anlagen waren für so viele Leute knapp bemessen, das musste Pawel zugeben, auch wenn er kein tägliches Wannenbad erwartet hatte. Ein Klo für zwanzig Männer, im Vorraum ein Waschbecken, dazu ein Stahlbecken an der Hallenwand. Hände und Gesicht konnte man sich einigermaßen abspülen, aber Wäschewaschen war schwierig.

Ein Mann von der Firma, dessen Namen Pawel nicht kannte, hatte am Samstag einen Sauna-Abend organisiert. Im engen Kleintransporter waren sie zu einem Sommerhaus gefahren, wo der Vorarbeiter und Andrej sie erwartet hatten. Andrej hatte die Männer aufgefordert, in die Sauna zu gehen und dann ordentlich zu essen und zu trinken.

Bei der Erinnerung an den Geschmack von warmem Schnaps mit halb versengten Würstchen, dazu auch noch Bier, drehte sich Pawel immer noch der Magen um. Aber immerhin hatte er in der Sauna baden können, auch wenn der Dampf nicht scharf genug gezischt hatte und das Waschwasser lauwarm gewesen war. Dafür war der See groß genug zum Schwimmen gewesen, und Pawel hatte im Wasser gelegen, bis die Haut an seinen Fingern ganz faltig geworden war.

Die Arbeit war schmutzig, vor allem jetzt bei der Renovierung der Schule, wo sie alte Abflussrohre entfernten, Schächte für die Lüftungsrohre bohrten und alte Fußbodenbeläge abrissen. Einer der Arbeiter hatte mit hohlem Lachen gesagt, der Asbest, der kleine Teufel, steigt einem in die Nase und sticht in der Lunge, hatte sich dann mit Daumen und Zeigefinger geschnäuzt und den Rotz an der Hose abgewischt.

Der war gefährlich, der Asbest, das wusste Pawel, doch er arbeitete still und demütig, ohne nach Entlüftung und Atemschutz zu fragen. Bei all dem Staub, Schmutz, vorstehenden Nägeln und offenen Treppenschächten musste man gut aufpassen.

Pawel drehte sich auf die Seite und versuchte zu schlafen. Man nimmt das Ohr als Kissen und den Gürtel als Decke, so hatte der Vater gesagt, hatte mit seinen Kindern Finnisch gesprochen, wenn er überhaupt einmal etwas gesagt hatte, so ein stiller Mann. Und auch Pawel machte sich nichts aus eitlem Geschwätz. Hier schon gar nicht. Die anderen Männer spielten Karten und fluchten und beschimpften sich gegenseitig. Und schmiedeten Pläne, wie sie wochenlang faulenzen und sich besaufen würden, sobald sie den Lohn bekämen. Pawel mochte ihr Gerede und ihr Johlen nicht, der Lärm hatte etwas Rohes, Hässliches an sich, genau wie die Tätowierungen, die die Kerle sich irgendwo hatten machen lassen, im Knast wahrscheinlich oder in der Kaserne.

Andererseits war es schade, dass Pawel keinen der Männer gut genug kannte, um sich ein Handy bei ihm zu leihen. Er hätte gern zu Hause bei Xenja angerufen, nur um ihr zu sagen, dass er angekommen war und genug zu tun hatte. Und dass sie sich keine Sorgen zu machen brauchte.

Pawel schloss die Augen und spürte sekundenlang den sauberen Geruch seines Zuhauses in der Nase. Er war warm und leicht süßlich, aber kein bisschen muffig.

14

Stadtteil Pakila, Helsinki

Ich stupste die Nase liebevoll gegen die Schulter der Frau. Sie schlug die Augen auf. Irgendwer hatte einmal behauptet, man könne es einer Frau an den Augen ansehen, dass sie kürzlich Sex gehabt hatte, am schlaffen Blick, an der Größe der Pupillen oder was weiß ich. Selbstverständlich, hatte ich geantwortet, ich kann sogar riechen, in welcher Phase ihres Monatszyklus die Frau gerade ist.

»Worüber lächelst du?«, fragte Marjatta.

»Nichts weiter, eine alte Geschichte.«

Marjatta hätte ich die Geschichte sogar erzählen können, als Witz. Sie war unkompliziert, oder sie behielt ihre Verkrümmungen für sich und hatte nicht die Absicht, sie von mir geradebiegen zu lassen.

Sie stand auf, zog den Slip, die weiche Trainingshose und das T-Shirt an und band ihr halblanges Haar mit einem Zopfgummi zusammen.

»Es wird Zeit für dich, wenn du zum Essen zu Hause sein willst«, sagte sie mit einem ganz leisen Anflug von Spott. »Außerdem muss ich mit Rollo Gassi gehen.«

Der Hund kam sofort ins Schlafzimmer, legte die Schnauze aufs Bett und sah mich eher traurig als vorwurfsvoll an. Ein Setter, wiederholte ich in Gedanken, denn ich musste mir seine Rasse jedes Mal von neuem ins Gedächtnis rufen. Ich kannte mich mit Hunden nicht aus, und sie interessierten mich nicht.

Ich kraulte Rollo am Ohr und stand auf.

»Eigentlich finde ich das nicht ganz richtig. Wo du doch ein Kind hast und so. Auch wenn es noch so schön heißt, auf eigene Verantwortung und erwachsene Menschen und wir zerstören keine Ehen«, sagte Marjatta ruhig und verzog den Mund. Sie regte sich selten auf. Vor Jahren hatte sie festgestellt und auch gesagt, sie könne mit mir ins Bett gehen, und das hatten wir dann getan, ohne große Umstände, und ab und zu taten wir es immer noch.

Als wir uns kennen lernten, hatte Marjattas zehnjährige Partnerschaft gerade ein enttäuschendes Ende genommen. Ihr Lebensgefährte hatte erklärt, er suche etwas anderes, und dieses andere waren eine kleine dunkelhaarige Frau, eine Luxuswohnung in Lauttasaari und ein Ferienhaus am Rand eines Golfplatzes.

Marjatta spielte weder Golf noch besuchte sie das Jazz-Festival in Pori oder andere Events, bei denen in die Jahre kommende, gepflegte weibliche Führungskräfte auf Männerjagd gingen. Schwanzfalken, sagte sie mit aufrichtiger Verachtung.

»Mach dir keine Sorgen. Das tue ich schon zur Genüge«, sagte ich und umarmte Marjatta, presste die Kinnspitze in das Grübchen über ihrem Schlüsselbein und spürte ihren süßen Geruch in der Nase. Auf eine genauere Erklärung verzichtete ich, aber ich wusste, dass ich es genossen hatte, eine Weile an nichts zu denken.

Ein grauer Ford Mondeo kurvte in weitem Bogen auf den Hof vor der Halle. Die Reifen quietschten auf dem frischen Asphalt. Ein paar Zentimeter vor meiner Stoßstange kam der Wagen zitternd zum Stehen.

»Teufel auch, was bin ich heute kindisch«, rief Korhonen und stieg aus dem Ford. »Ich hab so gute Laune gekriegt, als ich dir von Paloheinä an gefolgt bin. Ich bin hinter dir hergezockelt und hab gesehen, wie Geheimagent 69 an seinen Fingern schnuppert, ob sie noch nach Fotze riechen. Wirklich rührend, so ein romantischer Mann.«

»Ich wusste gar nicht, dass man dich zur Sitte versetzt hat«, versuchte ich meinen Ärger zu verbergen.

Korhonen hatte mich bis zu Marjattas Haus und anschließend zu meiner Firma verfolgt, und ich hatte nichts gemerkt.

»Der Kärppä und sein Schwänzchen, die sind gar nicht faul«, trällerte Korhonen zur Melodie eines Kinderliedes. »Weißt du übrigens, was eine Frau nach dem vierten Orgasmus sagt? Na, weißt du's?«

»Was denn?«

»Ich weiß es!«, frohlockte er.

»Du brauchst deinem Vater nicht beizubringen, wie man fickt«, versuchte ich im gleichen Ton zurückzugeben.

»Na, war bloß ein Witz«, lachte Korhonen zufrieden. »Und mit so unmoralischen Dingen sollte ein Familienvater weder Spaß treiben noch prahlen. Ich bin kein Kantor, aber ein Kirchenlied kann ich immerhin singen, wenn ich das Gesangbuch an der richtigen Stelle aufschlage.«

»Was quasselst du da?«

»Religiöser Wortschatz, oder eher kirchlicher. Zum Selbststudium empfehle ich dir das Bibellexikon von Aapeli Saarisalo und den schönen Bildband *Kirchen und Pfarrhöfe Finnlands in Farbe*, mit Sammelkarte zum Aufkleben von Bildchen aus dem Bibelkreis. Dazu gratis die Schallplatte *Unsere schönsten Kirchenlieder gepfiffen*«, redete Korhonen sich in Fahrt.

»Danke«, sagte ich und machte Anstalten, hineinzugehen.

»Stopp, stopp«, bremste Korhonen mich und setzte eine ernste Miene auf. »Ich muss wirklich mit dir reden.«

Ich starrte ihm in die Augen.

»Ehrlich. Und im Gedenken an einen alten Freund«, sagte Korhonen und wunderte sich gleich darauf über seine Formulierung. »Das klingt ja direkt nach einem Spruch für die Schleife am Kranz.«

»Worum geht es?«, drängte ich.

Korhonen steckte sich in aller Ruhe eine Zigarette an und schob sich die Sonnenbrille auf die Stirn. Er wolle eine gleichmäßige Bräunung, erklärte er, keine weißen Ringe um die Augen wie ein Waschbär. Und er meine jetzt nicht die Waschmaschine von Upo, quasselte er weiter, die Firma hätte nämlich mal ein Modell gebaut, das Waschbär hieß, aber heutzutage würden ja alle Haushaltsgeräte in der Türkei oder in Ungarn hergestellt.

Ich versuchte ihn mit der Bemerkung zu unterbrechen, die Geschichte der finnischen Industrie sei mir vertraut und unter den Unmengen von gebrauchten Waschmaschinen, die ich nach Karelien verfrachtet hatte, seien alle bekannten und auch einige unbekannte Marken vertreten gewesen.

Korhonen verbreitete sich aus reiner Bosheit noch über die Globalisierung und den Klimawandel und die merkwürdige Hitzewelle in diesem Jahr.

»Ich habe mir Parjanne vom Hals geschafft. Ich habe ihm gesagt, ich observiere eure Sippe, aber dafür reicht ein Kriminalhauptmeister völlig, die Chefs werden für wichtigere Aufgaben gebraucht«, erklärte er schließlich. »Der gute Parjanne ist Feuer und Flamme. Und seiner Sache sicher. Er sagt, jetzt ziehen wir dem Kornostajew die Hammelbeine lang.«

»Ich heiße Kärppä.«

»Klar, aber er meint ja auch deinen Bruder, den Businessmann Alexej.«

15

Alexei Cornostayev JR, schrie das Schild am Dach der Halle. Mich irritierte es, aber Alexej meinte, Lichtreklame sei modern. Sie locke Kunden an und gebe ihnen die Gewissheit, dass hier Qualitätsware zu günstigen Preisen verkauft werde.

Ich stürmte geradewegs in Alexejs Büro. Mein Bruder hatte die Füße auf den Schreibtisch gelegt und aß eine mit Kebab gefüllte Pita, stocherte mit der Plastikgabel in der knittrigen Folienverpackung herum.

»Schick die beiden raus«, sagte ich auf Russisch und wartete. Auf dem Sofa hockten zwei dunkelhaarige junge Männer. Sie sahen Alexej fragend an. Als er nickte, gingen sie hinaus und versuchten den Anschein zu erwecken, sie hätten ohnehin auf dem Hof etwas zu erledigen.

»Die sprechen Russisch. Oder verstehen es jedenfalls. Polen.«

Alexej vertilgte den Rest seiner Mahlzeit, knüllte die Aluminiumfolie zusammen und warf sie in den Papierkorb. Dann wischte er sich mit Küchenkrepp den Mund und die Finger ab und erzielte auch mit der Papierkugel einen Volltreffer.

»Setz dich doch, Bruderherz. Brauchst du neue Reifen für deinen Mercedes? Ich habe gerade eine preiswerte Partie im Lager, mit winzigen Oberflächenfehlern, aber die sind allerhöchstens eine kosmetische Beeinträchtigung.«

Alexej hatte wieder zugenommen. Sein Business schien gut

zu laufen. Ich hatte ihm nach und nach meine eigenen Geschäfte übertragen. Er verfrachtete Elektronik und Autoersatzteile nach Russland und importierte auf dem Rückweg Kriegsschrott, Kiefernholz, Spinnangeln, Anstecknadeln aus der Sowjetzeit oder Kranbeerengelee, kurzum alles, was in Russland billig zu haben und in Finnland gut zu verkaufen war.

»Du warst auch schon mal schlanker«, sagte ich.

»Brüderchen, mach dir keine Gedanken über mein Taillenmaß. All diese Bohnenstangen mit ihrem klugen Geschwätz über Grünfutter! Salzgurken, Rote Bete in Essigmarinade, Sauerkraut, Pilze … das ist Gemüse genug. Und dazu reinen, guten Wodka, damit die Kohlenhydrate nicht zu langsam werden.«

Alexej ließ die Füße auf den Boden knallen. Er wuchtete sich vom Stuhl, zog die Hose hoch und machte ein paar halbe Kniebeugen.

»Aljoscha, hör auf mit dem Sport«, riet ich ihm. Schon als Kind hatte mein Bruder sich lieber mit Karopapier und einem Rechenschieber beschäftigt als hinter einem Ball herzurennen oder Ski zu laufen. Schach hatte er gespielt, aber das galt in Finnland nicht als richtiger Sport, außer beim Arbeitersportbund.

Auch über diese Zweiteilung des Sportlebens hatte ich mich durch Bücher informieren müssen, begriff aber immer noch nicht ganz, weshalb die Männer von den Vereinen Pakilan Visa und Pakilan Veto sich beim Skilaufen erbitterte Gefechte lieferten, nur weil der eine aus dem bürgerlichen Lager und der andere aus dem Arbeitersportbund hervorgegangen war.

»Wo kommen deine Michelins denn her?«

»Michis sind es nicht, aber trotzdem beste Qualität«, erklärte Aleksej. »Weißt du, Nokia-Reifen hat eine Fabrik in Wsewoloschsk eröffnet, und da wird eben manchmal Ausschuss produziert, mit kleinen Fehlern und so weiter. Das heißt, es gibt so viel Ausschuss wie der Kontrolleur zur Seite legt. Na, je höher man die Qualitätsnorm ansetzt, desto mehr zweite Wahl kriegt man. Die Ausschussware kommt in einen offenen Container, wird zermahlen und wieder in die Produktion gegeben. Aber wir recyceln nur einen Teil der Reifen, und der Rest ist in ausgewählten Geschäften erhältlich, poschaluista«, pries Alexej seine Geschäftsidee.

Ich kannte die Reifenfabrik gut, denn als sie gebaut wurde, hatte ich für einen der Subunternehmer gedolmetscht. Zudem war mir die Gegend vertraut. Wsewoloschsk lag etwa zwanzig Kilometer nördlich von Sankt Petersburg, im selben Bezirk wie Kawgolowo, das nordwestliche Skitrainingszentrum der Sowjetunion, wo ich tausende von Kilometern auf Skiern zurückgelegt hatte.

»Das ist ja beinahe unsere Heimat.« Alexej schien an meine Gedanken anzuknüpfen. »Vaters Familie kam doch aus Toksova und Rääpyvä. Oder stammte von da. Oder musste da weg.«

Wir schwiegen eine Weile, nickten bei diesen Erinnerungen.

»Es ist jetzt schon Jahre her, seit Mutter von uns gegangen ist«, sagte Alexej nach einer Weile. Wieder einmal traf er genau die richtige Stimmung. »Immer hat sie sich Sorgen um uns gemacht. Aber jetzt wäre sie zufrieden, wenn sie uns hier sehen könnte.«

»Nur würde sie uns das nicht sagen«, ergänzte ich. Die Augen waren mir feucht geworden. »Sie hätte sich umgeschaut und gesagt, aha, so hast du deinen Laden also eingerichtet, na, so kann man es sicher auch machen.«

Ich betrachtete meinen Bruder und dachte daran, dass wir

vom selben Fleisch und Blut waren. Wir hatten beide dasselbe gesehen und gehört, es gab vieles, was der eine dem anderen nicht zu erklären brauchte. Ich wusste aber auch, dass unsere Erinnerungen leicht voneinander abwichen, wir hatten die Ereignisse aus unterschiedlicher Perspektive gesehen, und Aljoscha hatte vielleicht mehr Erinnerungen als ich, weil er der Ältere war. Auch an unseren Vater erinnerte er sich besser als ich, denn vor Vaters Tod war er schon fast zum Mann herangewachsen, hatte ihm auf gleicher Höhe in die Augen sehen können. Ich nicht.

Plötzlich kamen mir Arkadi Malkins merkwürdige Anspielungen in den Sinn.

»Ich habe zufällig einen Mitarbeiter der Botschaft getroffen, aus dem Kulturbereich«, sagte ich und zeichnete mit den Fingern Gänsefüßchen in die Luft.

»Aha«, murmelte Aljoscha gleichgültig. »Die hier ist übrigens eine tolle Sängerin. Maarita Taavitsainen, kennst du sie?« Er nahm eine Zeitung vom Tisch und zeigte auf ein Foto.

»Die ist bestimmt sehr nett. Hör mal, dieser Botschaftstyp hat angedeutet, dass in unserer Familie in jeder Richtung spioniert wurde oder dass man immer mal die Seite gewechselt habe … so habe ich ihn jedenfalls verstanden. Aber darüber wurde ja nie geredet, jedenfalls nicht vor uns Kindern.«

»Vor Viktor, dem Baby, ganz bestimmt nicht«, grinste Aljoscha.

»Mal im Ernst. Hast du irgendwas gehört …? Es muss mit Opa zu tun haben, mit dem Krieg und der Zeit davor.«

»Na ja, Vater hat manchmal darüber geredet. Mit Mutter. Du warst noch so klein, dass du dich nicht daran erinnerst«, sagte Aljoscha und wirkte plötzlich verlegen.

»Na und, was haben sie gesagt?«

»Irgendwelche alten Geschichten, ich erinnere mich nicht

mehr …«, versuchte Aljoscha sich herauszureden, gab dann aber klein bei. »Opa ist 1937 abgeholt worden. Er musste ins Lager, 10 Jahre bei voller Briefsperre … aber dann haben sie ihn zurückgebracht.«

»Zurückgebracht? Wieso? Weil er unschuldig war? Das heißt, wer war damals schon schuldig oder unschuldig.«

»Ich weiß es nicht. Aber Opa kam zurück. Und im Krieg haben sie ihn dann als Spion nach Finnland geschickt«, erklärte Aljoscha. Er zuckte die Achseln, als er sah, dass ich auf eine Fortsetzung wartete. »Als ich klein war, habe ich Opa gebeten, mir vom Krieg zu erzählen, daran erinnere ich mich noch. Und er hat bloß gesagt, da wurde verdammt viel geschossen und Böses getan. Mehr wollte er nicht verraten.«

Ich kannte meinen Großvater nur von Fotos und aus den wenigen Geschichten, die über ihn erzählt worden waren. Aber ich hatte immer gespürt, dass die Erwachsenen irgendwie verlegen waren, wenn sie von ihm sprachen. Und ich hatte nicht verstanden, warum.

»Aljoscha«, kehrte ich in die Gegenwart zurück. »Ich habe eine Nachricht, die die Gegenwart betrifft, etwas Ernstes. Man hat vor, dich auffliegen zu lassen.«

»Weswegen denn?«, fragte Alexej scheinbar unbeeindruckt.

Ich zählte alle Straftaten auf, die mir von Parjannes und Korhonens Liste im Gedächtnis geblieben waren. Alexej schaukelte auf seinem Stuhl und betrachtete die Wände. Als ich meinen Lagebericht fortsetzte, versuchte er Einspruch zu erheben, doch ich brachte ihn mit der Bemerkung zum Schweigen, ich sei kein Richter und seine Erklärungen seien mir egal, ich wolle lediglich helfen und dafür sorgen, dass mein Bruder auf freiem Fuß bleibe. Alexej nickte und trommelte mit den Fingerspitzen auf die Stuhllehne.

Ich riet ihm, die Verkaufsständer und Lagerpaletten zu überprüfen, für sämtliche Waren authentisch wirkende Quittungen und Frachtbriefe und Zollbescheinigungen auszustellen. In meinem Büro hätte ich geeignete Stempel und eine große Auswahl an leeren Formularen, fügte ich hinzu. Er müsse sie mit verschiedenen Stiften ausfüllen, lochen und abheften, und einige Papiere solle er ein wenig zerknüllen oder beschmieren.

Alexejs Gesicht wurde immer fahler. Er tat mir leid. Im Grunde war er ein anständiger Ölingenieur. Mit Theorie und Praxis der Tribologie und mit der Berechnung der Viskositätsindexe kannte mein Bruder sich bestens aus, aber was die Verwaltung der dunkelgrauen Wirtschaft betraf, war er ein Anfänger.

Ich beruhigte Alexej und erklärte ihm, es sei ratsam, die Mehrwertsteuer pünktlich zu entrichten und die Arbeitszeiterfassung für seine Verkäufer rückwirkend für die letzten zwei Jahre zu erstellen. Tröstend fügte ich hinzu, wenn die Lage trotz aller Vorsichtsmaßnahmen brenzlig werde, würden meine Juristen Rothovius & Kaarnalahti eben Kaufverträge aufsetzen, die es unmöglich machten, nachzuweisen, dass Alexei Cornostayev Junior Besitzer dieser Firmen war.

Alexej nickte.

»Ach ja.« Mir war gerade noch etwas eingefallen. »Demnächst kommt eine Fuhre Schnaps für mich. Auf den Namen deiner Firma. Lass die Ware in meinen Teil der Halle bringen, falls ich gerade nicht da bin«, erklärte ich, ohne um Entschuldigung zu bitten.

»Schnapsschmuggel und die Polizei im Nacken. Besten Dank, kleiner Bruder«, motzte Alexej.

»Du brauchst weiter nichts davon zu wissen und dich um nichts zu kümmern. Ich muss Geld reinholen. Ende der Debatte.«

»Aha«, sagte Alexej. Ich sah, dass er zu einer längeren Predigt ansetzen wollte.

»Kein Wort mehr«, mahnte ich. »Ich tue das alles in deinem Interesse und zu deinem Schutz.«

Dass jemand, der mir nahestand, in Gefahr geriet, war viel schwerer zu ertragen, als die Schwierigkeiten und Bedrohungen, denen ich selbst ausgesetzt war.

Alexej schien sich zufriedenzugeben. Wir umarmten uns und küssten uns auf die Wangen und waren ein wenig verlegen.

»Kennst du eigentlich einen gewissen Frolow? Maxim Semjonowitsch?«, fragte ich dann noch.

Alexej schien nachzudenken.

»Ich glaube, ich weiß, wen du meinst. Ein schmächtiger Kerl, trägt einen Pferdeschwanz, sieht aus wie ein Kranich im Sumpf, mit langem Schnabel«, beschrieb Alexej den Mann wortreich. Er redete wie die Figur des Greises in einem alten Schauspiel, der daran zurückdenkt, wie er irgendwo hinter Ljudinowo Pilze gesammelt hat, in den ewigen Birkenwäldern, seufzend die Fülle an makellosen Steinpilzen preist und sich nach dem Heimatboden sehnt.

»Verarsch mich nicht, Brüderchen. Du bist so glaubhaft wie die Laienschauspieler im Kulturhaus.«

Ich kannte meinen Bruder. Genau so hatte er schon als Kind ausgesehen, wenn er eine Mitteilung über Nachsitzen versteckt hatte oder wenn im Keller ein Glas Himbeermarmelade fehlte.

»Tu ich doch gar nicht«, protestierte Aleksej und spitzte die Lippen.

»Sag bloß nicht, du hast dich in Frolows Geschäfte oder in seinen Sklavenhandel verwickeln lassen! Auf Vermittler von Schwarzarbeitern wird gerade im Moment Jagd gemacht, kapierst du? Wo hast du deine Polaken her?«, setzte ich ihm zu.

»Schon kapiert, ich bin doch nicht blöd«, gab Alexej beleidigt zurück. »Ich bin in gar nichts verwickelt.«

»Maxim Semjonowitsch Frolow …?«

»Na ja, gelegentlich habe ich ein paar Männer von ihm geliehen. Er sagte, er hätte öfters mit dir Geschäfte gemacht. Ich habe probeweise einige Bulgaren und einen Moldauer genommen, als Packer für einen Auftrag, den ich von Onninen bekommen hatte … und für einen ähnlichen Auftrag im Kühllager von Kesko. Da herrscht ziemlicher Frost …«

»Lenk nicht ab, Aljoscha«, knurrte ich.

»Du hast es gerade nötig, mir gute Ratschläge zu erteilen. Deine eigene Karre steckt doch am allertiefsten im Dreck!«

»Was soll das heißen?«

»Du selbst kungelst am allermeisten mit diesem Frolow. Und wenn ich noch was sagen darf … Du hast eine Frau und ein kleines Kind. Was treibst du dich bei fremden Weibern rum?«

Ich marschierte hinaus und knallte die Tür hinter mir zu.

16

Der geliehene Toyota stand vor der Halle und erinnerte mich daran, dass ich ihn längst hätte zurückgeben sollen. Ich überlegte mir, dass ich auf dem Weg auch gleich Matti Kiuru fragen konnte, wie Frolow den weiteren Abend in Kulosaari verbracht hatte. Also holte ich den Autoschlüssel aus meiner Schreibtischschublade und fuhr nach Kallio. Ich hatte einen Subunternehmerauftrag in einem Etagenhaus ergattert, in dem die Wasserleitungen erneuert wurden. Matti Kiuru kachelte die renovierten Badezimmer. Er war schon im vierten Stock des zweiten Treppenaufgangs.

»Sieht gut aus«, lobte ich von der Badezimmertür her. Matti kniete auf dem Boden und verstrich sorgfältig Mörtel auf der wasserdichten Wandplatte. Er sah mich ernst an, sagte aber nichts, sondern drehte sich um und arbeitete weiter.

»Hab ganz schön üben müssen«, brummte er lustlos.

Ich hatte Matti Kiuru als professionellen Fliesenleger angepriesen, hatte die mehr als dreißig Euro pro Stunde, die ich für seine Arbeit berechnete, mit seiner außergewöhnlichen Geschicklichkeit begründet. Der Hauptunternehmer hatte zweifelnd eingewandt, viele Bewohner hätten italienische Mosaikfliesen und Zierkanten ausgesucht, die man nicht einfach irgendwie an die Wand klatschen könne. Darauf hatte ich erwidert, wenn nötig, könne mein Experte den Fliesen italienische Lieder vorsingen oder von mir aus auch mähen, wenn es sich um

Kacheln der Firma Bocksberg handelte. Der Bauunternehmer hatte eine Weile auf den Lippen gekaut und dann eingeschlagen, mit der Bemerkung, es herrsche ein solcher Mangel an Fliesenlegern, dass ihm nichts anderes übrig bleibe, als es mit Kärppäs Wunderkind zu versuchen.

In der Halle hatte ich Matti sofort zum Unterricht verdonnert, hatte selbst versucht, ihm etwas beizubringen, und auch seinen Vater Antti gebeten, dem Jungen zu erklären, wie man den Fußboden spachtelt und das richtige Gefälle zum Abfluss errechnet, wie man gleichmäßige Fugen zustande bringt und wie man für Rohre oder Lichtschalter ein Loch in die Fliese schneidet.

»Übung macht den Meister«, sagte ich wohlwollend. Ich konnte mir denken, dass Matti einige Badezimmer mehrmals hatte fliesen müssen, bevor der Aufseher zufrieden war. Immerhin war er nicht weggeschickt worden, hatte folglich halbwegs annehmbare Arbeit geleistet.

»Wie war es bei Frolow? Sind die beiden noch ausgegangen? Kennst du den jungen Mann?«

»Na ja«, sagte Matti gedehnt.

Ich wusste, dass es sinnlos war, ihn zu drängen. Ich würde die Geschichte zu hören bekommen, stückweise und in Mattis Tempo. Er flieste die Reihe zu Ende, überprüfte, ob die Fuge gerade war.

»Schwule, pfui Teufel«, schnaubte er schließlich und zog angewidert die Schultern hoch. »Sie sind spät am Abend in die Stadt gefahren, ins Lost. Das ist eine Kneipe, Lost and found. Da treffen sich … alle möglichen Typen«, fuhr er politisch fast korrekt fort. »Na, ich nichts wie hinterher. Das ist eine ziemliche Höhle.«

»Und dann? Was ist mit Frolows Begleiter, hast du ihn erkannt?« Nun wurde ich doch ungeduldig.

»Na ja. Sie sind bis zur Sperrstunde geblieben. Dann sind sie nach Hause gefahren. Zu zweit. In der Kneipe war Hochbetrieb. Es waren auch ein paar Esten und Russen da, die ich kenne. Und Frolows Freund. Toni. Eigentlich Anton. So'n kleiner Hänfling. Den kenne ich. Und er hat mich auch gesehen. Ist das schlimm?«

»Nein. Es steht doch jedem frei, welche Kneipen er besucht. Und die menschliche Sexualität ist eben so eine Art Kontinuum«, antwortete ich betont sachlich.

Matti fand das gar nicht lustig.

»Scheißkontinuum …«, zischte er.

»Ich habe den Verdacht, dass Frolow am Drogenhandel beteiligt ist, an einem großen Deal«, vertraute ich Matti an, der keine Fragen zu stellen pflegte. »Hast du irgendetwas in der Art gesehen?«

Matti zuckte die Achseln.

»Meiner Meinung nach war Frolow nur zum Zeitvertreib da. In solchen Lokalen gibt's immer Leute, bei denen man was kriegt. Amphetamin oder Ecstasy, selten Heroin. Es waren ein paar da, die Pillen verscherbelt haben. Die Unsrigen.«

Damit wollte er sagen, dass die Pillenhändler aus dem Gebiet der ehemaligen Sowjetunion stammten.

»Bei ein paar Typen bin ich nachdenklich geworden. Sie schienen Frolow gut zu kennen«, fing Matti wieder an, und ich gab mir Mühe, geduldig auf die Fortsetzung zu warten. »Adrette Burschen. Die reißen alte Männer auf. Und manchmal arbeiten sie auch für die Botschaft. Obwohl man nicht immer weiß, was privates Business ist und was ein Auftrag der Botschaft. Oder beides gleichzeitig.«

Matti bereitete mit einem Rührquirl, den er an die Bohrmaschine angeschlossen hatte, die nächste Portion Mörtel vor.

Ich überlegte, ob ihm eigentlich bewusst war, dass ich ihn zu einer Art Assistent ausgebildet hatte, dass er eher ein Ratgeber und Gesprächspartner für mich war als ein bloßer Helfer oder gar ein demütiger Lohnempfänger. Matti war intelligent, auf leicht altmodische Art sogar weise und ausgeglichen, einer, der nachdachte, bevor er etwas tat, und Druck aushielt. Und was das Wichtigste war: Ich vertraute ihm.

»Bevor die beiden schwofen gegangen sind, waren zwei Männer am Haus«, begann Matti erneut.

»Wer? Warum hast du das nicht gleich gesagt?«

»Du hast doch bloß gefragt, ob Frolow ins Zentrum gefahren ist und ob ich diesen Anton kenne.«

Matti schmollte eine Weile.

»Da ist ein alter oranger Mercedes-Kleinbus vorgefahren«, sagte er schließlich. »Zwei Männer sind ausgestiegen. Ein Fettsack und einer aus dem Süden, schwarze Haare und dunkle Haut, ein stämmiger Bursche. Sie haben geklingelt, und Frolow hat mit ihnen gesprochen. Nur kurz. Ich weiß nicht, worum es ging, aber so wie die genickt haben, ist Frolow ihr Boss. Jedenfalls waren die nicht unterwegs, um sackweise Pferdedünger zu verkaufen.«

Dieselben Männer, die Zinaida in der Punavuorenkatu beschrieben hatte.

»Hast du die Männer früher schon mal gesehen? Der eine ist Russe, der andere kommt wohl aus Georgien, aus Aserbaidschan oder aus der Ecke.«

»Nein …«, antwortete Matti gedehnt. »Aber die rostige Karre kam mir bekannt vor. Ich glaube, damit sind mal Männer auf eine Baustelle gebracht worden. Türen auf und eine Kompanie Chinesen raus. Das hab ich irgendwo gesehen.«

Vadim und Imran, jetzt erinnerte ich mich auch an die

Namen der Männer. Und Frolow hatte ja auch mir Arbeitskräfte angeboten. Mattis Vermutung konnte durchaus richtig sein.

»Kommst du mal mit?«, fragte ich. »Ich muss Ruuskanen einen Wagen zurückbringen. Du fährst mir nach und bringst mich dann zur Halle oder nach Hause.«

Matti strich Mörtel an die Wand, zog Furchen hinein und begann eine neue Reihe Fliesen zu verlegen. Ich fragte nicht noch einmal.

»Fahr schon mal vor. Ich komm gleich. Nach Hyrylä?«, vergewisserte sich Matti.

»Nach Hyrylä«, wiederholte ich.

»Na, Herr Direktor, wie geht's? Darf es ein Avensis sein?«, begrüßte mich der Autohändler Ruuskanen strahlend. Sein kugelrunder Bauch wabbelte fast unmittelbar unter seinem Doppelkinn, und der hoch oben zugeschnürte Gürtel ließ seinen Brustkorb merkwürdig kurz erscheinen. »Viele sorglose Kilometer. Und was japanische Ingenieure entwickeln, das kippt nicht und bleibt nicht stecken. Das Wägelchen fährt und summt und singt, Juchhu, juchhe, Sorgen ade, Viktor Kärppä fährt zur See …« Ruuskanens Verkaufsgespräch wurde zum Geträller.

»Nein, darf es nicht. Danke für den Leihwagen. Über die Bezahlung reden wir, wenn du mal Hilfe beim Bauen brauchst. Und heißt es in dem Lied nicht irgendwo, dein Boot ist klein, ein Spielball der Wellen? Mit anderen Worten, Viktor Kärppä kauft kein japanisches Auto.«

»Oho! Ein Russenjunge zu Land, zur See und in der Luft, aber er kennt Malmsténs Lieder von A bis Z«, wunderte sich Ruuskanen.

Er legte den Kopf schräg und spitzte die fast feminin geschwungenen Lippen. Von seinem Mund abgesehen, war nichts an ihm nach klassischem Maßstab schön. Er war ein mittelgroßer, untersetzter Mann, der unter seinem Gewicht schnaufte. Das dichte, gewellte Haar über seinem geröteten Gesicht wirkte wie nachträglich hinzugefügt, als hätte ein Kind einen Mann gezeichnet und zum Schluss mit einem zu dicken Buntstift den Schopf gemalt.

»Klar, lass dir Zeit mit der Bezahlung. Auch wenn ich nicht die Heilsarmee bin«, brummte Ruuskanen. Ich wusste, dass er sich ärgerte, sowohl über den Verlust des Geldes als auch über seinen eigenen Geiz. Ruuskanen war ein kleiner Geschäftsmann, in seinem Beruf waren Gier und skrupelloses Profitstreben lebensnotwendig.

Ruuskanen hatte an der äußeren Umgehungsstraße einen Gebrauchtwarenhandel betrieben, mit einer kleinen Blockhütte als Büro. Allmählich hatte er seine Firma erweitert, Gebrauchtwagen aus Mitteleuropa importiert und eine Halle in Hyrylä gebaut. Auch den Firmennamen hatte er aufgebauscht, zu Global-Auto Ruuskanen, hatte sicher davon geträumt, bald eine ganze Kette von Autohäusern zu besitzen und viele große Marken zu vertreten.

Aber manch anderer hatte dieselbe Geschäftsidee gehabt, und bald war Finnland voll von Importwagen aus Deutschland, Vorbesitzer ein alter Opa in Hannover, alle Quittungen vorhanden. Besonders Schlaue holten sich ihren BMW oder Mercedes selbst, ohne Zwischenhändler. Selbst Ruuskanens Halle wirkte verfallen und deprimiert. Die hoffnungsfrohen Schilder waren verblasst, und die Wand war mit einem klobigen Graffiti besprüht.

»Verdammt noch mal, die Scheiß-Esten – entschuldige, Viktor, ich bündele die Menschen nach Herkunft und Nationalität –

also, die verfluchten Balten haben mir endgültig das Geschäft verdorben. Die kaufen sämtliche Autos auf und verhökern sie auf irgendwelchen Äckern an der Via Baltica«, erklärte Ruuskanen, dem mein Blick in die Halle nicht entgangen war. »Sie klauen Nobelwagen und zerlegen sie in ihre Einzelteile. Lenkradschlösser helfen da nicht viel«, fügte er mit tiefer Stimme hinzu und nickte, als wolle er seiner Aussage größeres Gewicht geben.

Ich verkniff mir die Bemerkung, dass auch in Ruuskanens Werkstatt Autos in nicht mehr identifizierbare Einzelteile zerlegt und auf dem Gestell eines Schrottwagens wieder zusammengeschweißt worden waren, und dann nichts wie ab über die Grenze, mit einer sauberen Chassisnummer als Garantie für Legalität. Einige Bestellungen hatte ich sogar selbst an Ruuskanen weitergeleitet, aber vom eigentlichen Handel hatte ich mich ferngehalten. Die Kunden waren suspekt, die Ware musste bei Gaunern bestellt werden, beim Umbau der Wagen brauchte man notgedrungen mehrere Männer, und man musste nicht nur vor der Polizei auf der Hut sein, sondern auch vor Versicherungsdetektiven … Meiner Risikoanalyse nach waren zu viele gefährliche Faktoren im Spiel.

»Ich habe vielleicht ein Business für dich«, sagte ich. »Ein legales«, präzisierte ich, als ich Ruuskanens verschlagenes Grinsen sah.

»Bekannte aus Sortavala und Kontupohja haben sich nach alten Bussen für den Stadtverkehr erkundigt. Sie wollen die Ikarusse und sonstigen Ostkarren loswerden. Du hörst dich hier nach Bussen um, die abgestoßen werden, und kaufst sie en gros. Die Busunternehmer sind froh, wenn sie die Dinger loswerden. Dann lässt du sie rasch warten und schickst sie im Treck über die Grenze«, erklärte ich.

»Zum Teufel noch mal, das ist ja eine tolle Sache, auch im Hinblick auf die nachhaltige Entwicklung«, freute sich Ruuskanen, merkte dann, dass ich mich wunderte. »Na, meine Alte ist so eine Öko-Tante, sie kauft Biogemüse und kompostiert und filzt und was weiß ich … und wir haben zu Hause Sonnenkollektoren auf dem Dach und heizen mit Erdwärme. Wir müssen alle an die Umwelt denken«, schloss Ruuskanen in salbungsvollem Ton.

Ich nickte und ließ den Blick zur Giebelwand der Halle wandern, wo ein halbes Dutzend Autokadaver und stapelweise alte Motoren und Schaltgehäuse herumlagen. Daneben standen einige Fässer mit Filtern, Putzlumpen und sonstigem öltriefenden Müll.

»Ja genau, hier fehlt nur noch ein Brutkasten für Flughörnchen«, spottete ich.

»Ich bin in letzter Zeit nicht dazu gekommen, das Zeug zum Sondermüll zu fahren …«, verteidigte sich Ruuskanen. Unsere umweltpolitische Evaluation brach ab, als Matti Kiuru vorfuhr. Ich verabschiedete mich.

»Man sieht sich.« Ruuskanen winkte mir zu. »Und deine Geschäfte gehen ja blendend, zumindest wenn die alte Volksweisheit stimmt. Glück in der Liebe, Glück im Business. Die holde Weiblichkeit ist dir gewogen, besonders in Pakila, habe ich mir sagen lassen.«

»Werden meine Bettgeschichten jetzt schon im Käseblättchen kommentiert, zum Teufel!«, brüllte ich.

Ruuskanen zuckte zusammen und trat ein paar Schritte zurück, die Hände schützend unters Kinn gelegt.

Ich stieg in Mattis Wagen und sagte, er solle mich nach Hause fahren. Zu mir nach Hause, präzisierte ich.

17

Marja stand vor der Haustür wie ein Sturmzeichen, hatte offenbar auf das Motorgeräusch gelauscht. Beinahe hätte ich gleich wieder kehrtgemacht und gesagt, es ist nun mal passiert, mehr kann ich dazu nicht sagen. Reden wir später darüber, wenn sich der Sturm gelegt hat oder es zumindest nicht mehr gewittert.

»Wo warst du?«, fauchte Marja, wartete meine Antwort aber nicht ab. »Da drin ist eine komische Frau, sie spricht gebrochen Finnisch, redet von ihrem Vetter Viktor oder so ähnlich. Mehr will sie mir nicht sagen. Wahrscheinlich hält sie mich für deine Putzfrau, so wie ich aussehe.«

Ich stichelte nicht zurück, sondern ging wortlos ins Haus. Aus dem Wohnzimmer kam eine Frau, ungefähr in meinem Alter. Sie trug einen engen, knielangen Rock und eine geblümte Bluse, hatte rot gefärbte Haare und roch nach schwerem Parfüm.

»Vitja, Vitjuscha, da bist du endlich!« Die Frau warf sich in meine Arme und fing an zu weinen. Sie sprach Russisch. »Ach, lieber Vetter, ich wusste nicht, was ich tun sollte. Aber dann dachte ich: Viktor, er ist hier, hat ein Herz aus Gold und einen stahlharten Verstand. Wenn irgendwer helfen kann, dann ist es Cousin Viktor.«

Ein kleiner Junge, der auf dem Sofa gesessen und mit den Beinen geschlenkert hatte, sprang auf und zupfte mich am Hosenbein.

»Guten Tag, Viktor Nikolajewitsch, ich bin Sergej Pawlowitsch Wadajew«, grüßte er mich auf Finnisch, so wie er es zu Hause gelernt und geübt hatte, und machte einen Diener mit Kratzfuß.

Der Junge mochte sieben oder acht Jahre alt sein. Er hielt sich immer noch an meiner Hose fest und sah zu mir auf. Er hatte dunkle Augen und dicke braune Haare und sah seiner Mutter sehr ähnlich, oder vielmehr dem Mädchen, das seine Mutter gewesen war, als ich sie kannte.

Sergejs Haare erinnerten mich daran, wie wir zum Haareschneiden ins Elternhaus des Mädchens gegangen waren. Der Vater der Familie war eigentlich Chauffeur, aber er hatte eine elektrische Haarschneidemaschine. Haarbüschel waren auf den Fußboden der grünlich gestrichenen Küche gefallen, und die Maschine hatte gerattert und geziept, wenn unser Verwandter Aleksej und mich kahl geschoren hatte. Jetzt schneiden wir den Jungs eine leichte Sommerfrisur, hatte er jedes Mal gewitzelt und die Hosenträger knallen lassen.

Xenja, meine Kusine zweiten Grades, hatte auf einem Stuhl gesessen und zugeschaut, hatte ihre langen Haare um den Finger gedreht.

»Marja, das ist Xenja, die Tochter des Vetters meines Vaters«, stellte ich sie auf Finnisch vor und versuchte ein wenig Abstand von der Frau zu gewinnen, die sich immer noch an meinen Arm klammerte. »Meine Kusine zweiten Grades, eine Verwandte, und ihr Sohn Sergej.«

Xenja und Sergej verbeugten sich und versuchten zu lächeln.

»Aber was ist denn los? Ist in Karelien etwas passiert?«, fragte ich und versuchte mich zu erinnern, was ich zuletzt von Xenja gehört hatte. Meine Mutter hatte mir immer erzählt, was es bei Verwandten und Nachbarn Neues gab, aber seit ihrem Tod hatte ich von der Verwandtschaft nichts mehr gehört.

»Nein, dort ist alles in Ordnung, dem Herrn sei Dank.« Xenja bekreuzigte sich, wie es die alten Leute taten. »Aber hier. Pawel ist verschwunden. Er ist hergekommen, um zu arbeiten, und jetzt lässt er nichts von sich hören, musiziert und singt nicht, mein Mann, Paavo Vatanen«, erklärte Xenja in einer Mischung aus Finnisch und Karelisch.

Der Junge zupfte mich am Hosenbein.

»Mutter hat gesagt, du hilfst uns.«

Sergej sah mir in die Augen und lächelte.

»Das ist wie eine Szene aus dem Paten«, meckerte Marja und räumte den Tisch ab. »Die Leute kommen angerannt und bitten Don Viktor um Hilfe, und der große Held verspricht, sich um alles zu kümmern. Der einzige Unterschied ist, dass in Corleones Haushalt alles in Ordnung war.«

»Verdammt noch mal, bei uns zieht es nicht durch die Fenster und die Türen sind auch dicht, wir haben fließendes Wasser, und im Kühlschrank gibt's Alete und Milch, Brie und Rucola. Worüber regst du dich auf?«

»Du solltest mich nicht für dumm verkaufen, Viktor. Ich weiß, dass du es schwer gehabt hast und dass es immer noch nicht leicht für dich ist«, antwortete Marja. Ihr Ton wurde langsam versöhnlicher. »Oder nicht leicht für uns. Ich weiß, dass deine legalen Geschäfte noch nicht richtig laufen.«

Ich schwieg und räumte das Geschirr in die Spülmaschine.

Wir hatten zu Abend gegessen und dann im Arbeitszimmer ein Nachtlager für Xenja und den Jungen eingerichtet. Marja hatte geschimpft, nun komme sie mit dem Schreiben überhaupt nicht mehr voran, und ich hatte sie angefaucht, Herrgottnochmal, das sind arme Leute. Boshafter als nötig hatte ich hinzugefügt, auf ihre Lizentiatenarbeit könne die finnische Frauenforschung getrost noch ein Weilchen warten.

Aus dem Arbeitszimmer drang gedämpftes Reden, manchmal ein Ausruf von Sergej, den Xenja zur Ruhe mahnte.

Wir gingen schlafen. Anna lag auf dem Bauch und schnaufte, saugte ab und zu schmatzend am Schnuller.

»Ich habe von klein auf gehört, dass eine gute Mutter in ihrem Herzen nicht nur Platz für die eigenen Kinder hat«, sagte ich. »Auf Russisch heißt es auch, Kinder sind einem lieb, selbst wenn sie nicht *rodnyje* sind … wie heißt das auf Finnisch? Als die eigenen geboren.«

»Hör auf, mir Schuldgefühle einzureden. So hatte ich das doch nicht gemeint«, schnappte Marja und ließ sich nicht besänftigen, obwohl ich gefühlvoll über Kinder redete.

Ich lag auf dem Rücken, die Hände im Nacken und sah an die Decke. Wehmütig dachte ich an meine Mutter, die mir keinen Rat mehr geben konnte. Allerdings hätte ich sie wohl auch nicht fragen können: »Was soll ich tun, mein Mieter betreibt einen Drogengroßhandel, und die Polizei sitzt mir im Nacken.« Irgendwie, um fünf Ecken, hätte ich trotzdem mit ihr reden können, und nachdem ich ihr die Sache erklärt hätte, wäre ich selber darauf gekommen, dass ich bereits die ganze Zeit über gewusst hatte, was ich tun musste.

Als wäre das Frolow-Problem nicht schlimm genug. Nun musste ich auch noch nach Paavo Vatanen suchen, der nur indirekt mit mir verwandt war.

Ich wusste, dass auch Marja wach lag, obwohl sie keinen Laut von sich gab. Sie brauchte Zeit, um ihre Meinung zu ändern. Marja war flexibel, aber manchmal verbiss sie sich in eine

Auffassung und ließ sich nicht von ihr abbringen. Man konnte nur warten, bis sie sich von selbst besann.

Die Mutterschaft hatte Marja noch schroffer gemacht, willensstärker und irgendwie egoistischer. Sie konzentrierte sich auf ihre Familie und betrachtete alles andere als zweitrangig. Ich brachte die Worte »unsere Familie« nicht recht über die Lippen, denn sie klangen wie von einem IT-Assistenten, der Fotos seiner Kinder in der Brieftasche herumträgt.

Für Marja waren die Schwangerschaft und die Vorbereitung auf das Kind ein überdimensionales Projekt, zu dem auch ich herangezogen wurde. Ich musste die Wände im Kinderzimmer mehrmals streichen, bis der Farbton endlich richtig war, bei der Geburtsvorbereitung musste ich allen Ernstes hecheln, und dann erhob sich die Frage, ob wir uns nach dem neuesten Testbericht nicht doch für einen Kinderwagen von Brio entscheiden sollten statt für Emmaljunga. Und wehe, ich hätte gesagt, hallo, ich kriege keine Wehen, und zum Stillen muss man auch nicht zu zweit sein.

»Natürlich hilfst du anderen, und vor allem Wildfremden. Man muss sich um seine Mitmenschen kümmern, das ist schon richtig«, gab Marja überraschend zu.

Sie drehte sich auf die Seite, mit dem Gesicht zu mir. Ich blickte ins Halbdunkel und wusste, dass sie mich mit ernstem Blick ansah, obwohl ihre Augen unter den in die Stirn gefallenen Haaren halb verborgen waren. Marja, wie ein Fuchsjunges, oder vielleicht eher wie eine Fuchsmutter.

»Und diese Xenja macht einen vernünftigen Eindruck. Sie hat mir gleich ihre Hilfe angeboten, wirkt ordentlich und sauber. Die beiden werden ja sicher ein paar Tage hierbleiben, da kann sie vielleicht auf Anna aufpassen. Wo mag wohl ihr Mann stecken? Vielleicht macht er bloß eine Sauftour, dieser Paavo.«

»Pawel trinkt nicht.«

Ich machte mir nicht die Mühe, zu erklären, dass Pawel ein wenig anders oder besser gesagt, simpel war. Aber anständig war er, daran konnte kein Zweifel bestehen. Und auch Xenja schien ihr Leben wieder im Griff zu haben, obwohl sie in früheren Jahren auf die schiefe Bahn geraten war. Irgendein Verwandter hatte sie gerettet, hatte sie von den St. Petersburger Straßen geholt, wo sie gefixt und sich verkauft hatte.

Ich erinnerte mich, dass Mutter mir davon erzählt und später die Vermutung geäußert hatte, Sergej sei womöglich nicht Pawels Sohn. Ist vielleicht auch besser so, hatte Mutter gemeint und hinzugefügt, Vaterschaft sei überhaupt ein relativer Begriff. Pawel hält den Jungen für seinen Sohn, damit basta, und jetzt trinkt eure Milch, Kinder.

»Sie sind beide anständige Leute, Paavo und Xenja«, sagte ich, doch Marja schlief bereits.

Am nächsten Morgen hatte ich gerade meinen Kaffee ausgetrunken, als es klingelte. Ich ging zur Tür und öffnete. Auf der Eingangstreppe stand ein alter Opa, die karierte Schirmmütze in der Hand. Unter dem Arm trug er eine braune Ledertasche, der man schon von außen ansah, dass sie säuberlich gestapelte Papiere enthielt, die zur Hälfte überflüssig und zur Hälfte unklar waren.

Der Alte stellte sich vor. Antti Hiisku, ein entfernter Verwandter, er stamme aus Miikkulainen, aus dem Dorf Toksova. Und da er ganz in der Nähe wohne, in Hiekkaharju – schau, der Zug fährt alle naselang – und gehört habe, Kärppäs Sohn Viktor kenne sich mit den Bumagas in diesem Land aus … also, ob ich mir vielleicht einmal diese Staatsbürgerschaftssachen ansehen könnte und den Rentenantrag, und seine Frau habe da so einen seltsamen Brief bekommen …

»Kannst mir helfen?«, fragte der Opa.

»Na, ich guck's mir mal an«, versprach ich.

Antti Hiisku trat ein, schnallte seine Tasche auf und reichte mir sein Mitbringsel, eine Pralinenschachtel.

»Lass es dir schmecken«, sagte er.

Ich öffnete die Schachtel. Die Pralinen waren einzeln eingewickelt, auf den Papierchen prangten Bilder von Iljuschin-Flugzeugen. Ich steckte eine Praline in den Mund und genoss den vertrauten, kratzig dunklen Geschmack.

18

Es gefiel mir überhaupt nicht, dass ich in einen Pistolenlauf starren musste. Aus einem halben Meter Entfernung war es völlig gleichgültig, ob die Waffe ein Kaliber von zweiundzwanzig Zoll oder neun Millimetern hatte. Aus dieser Distanz war die Kugel mit Sicherheit tödlich, unabhängig von ihrem Durchmesser.

Ich hatte keine Waffe dabei. Meine CZ-Pistole lag im Kofferraum, in einem weich gefütterten Etui zwischen dem sonstigen Werkzeug.

Vielleicht ist es besser so, dachte ich. Wjatscheslaw Bursow hatte Angst. Der vor Entsetzen zitternde Mann würde womöglich unvorhersehbar schnell schießen. Wenn sein Zeigefinger sich im Reflex auf meine Bewegungen verkrampfte, konnte ein Schuss losgehen, ohne dass er es wollte. Einem ausgeglichenen, ruhigen Menschen konnte man die Waffe leichter aus der Hand schlagen oder treten als einem furchtsamen Junkie, aber besonnene Musterbürger richteten selten eine Pistole auf mich.

»Hör mal, Slawa. Du hast mehr Angst vor dem Ding als ich«, sagte ich ruhig, gab ihm zu verstehen, dass mich die Waffe nicht kümmerte. »Du bittest mich wohl herein.«

Langsam ging ich an Bursow vorbei.

In der Hütte herrschte Halbdunkel, doch ich sah, dass der Bewohner seine Arbeit nicht mit nach Hause gebracht hatte.

Die Küche starrte vor Schmutz, und Slawa Bursow war Putzmann. Oder war es jedenfalls gewesen. Er hatte die Aufgabe gehabt, meine Wohnungen in der Punavuorenkatu sauber zu halten und zu überwachen, aber als ich ihn zuletzt gesehen hatte, lag er bewusstlos in einer der Buden, auf die er aufpassen sollte.

»Du bist umgezogen«, sagte ich und spähte in die Schlafkammer, die ebenfalls unaufgeräumt und dreckig war. Ich war zu Slawas Adresse in Kontula gefahren, doch die Frau, die mir dort die Tür öffnete, meinte, ich solle in Vuosaari nach ihm fragen. In Slawas neuer Wohnung sehe man vom Balkon aus das Meer, wenn man sich ein bisschen reckte, und sie liege wohl in der Nähe der Kaffeerösterei.

Ich hatte mich nicht auf einen urbanen Orientierungslauf begeben, sondern ein wenig herumtelefoniert. Slawas Handy war abgeschaltet, aber ein Kioskbesitzer in Vuosaari, den ich kannte, hatte versprochen, sich zu erkundigen. Drei Minuten später hatte er zurückgerufen und berichtet, Slawa sei ein bisschen schlecht drauf und wohne jetzt in Vantaa. Ich hatte Fahranweisungen und eine Beschreibung des abbruchreifen Hauses an der äußeren Umgehungsstraße bekommen.

Nach einigen Irrfahrten hatte ich das Holzhaus mit der abblätternden Farbe gefunden. Es stand einsam auf einem Felshügel. Unmittelbar daneben waren Schluchten in den Fels geschlagen worden, auf deren Grund neue Straßen gebaut worden waren, und an einer Seite grenzte das Grundstück an ein Industriegebiet. Bald würde auch hier irgendein Ersatzteilladen errichtet werden.

»Nur vorübergehend … nicht besonders komfortabel, aber billig«, stammelte Slawa, kratzte den Rest seiner Würde zusammen und versuchte zu reden wie einer, der ein ererbtes

Häuschen renoviert. Er deutete mit der Pistole auf Fenster und Wände, kam dann aber doch auf die Idee, die Waffe auf den Tisch zu legen. »Ich konnte ja nicht wissen, wer vor der Tür steht. Hatte keine Gäste erwartet …«, entschuldigte sich Slawa wie eine Hausfrau, die bedauert, dass sie kein frisches Gebäck im Haus hat. Doch ich stoppte ihn, bevor er auch noch anfing, Tee aufzusetzen.

»Halt die Schnauze«, fiel ich ihm ins Wort. »Wie ist die Sache in Punavuori zustande gekommen? Kanntest du Frolow schon vorher? Der hat doch da sein Lager untergebracht.«

Ich hing der vagen Hoffnung nach, dass Slawa meine Hypothese bestreiten würde, ehrlich und überzeugend, und dass hinter dem Drogenhandel jemand anders steckte, ein kleinerer oder ungefährlicherer Ganove.

Slawa setzte sich an den Tisch und rieb sich mit zitternder Hand das Kinn. Er wagte nichts zu sagen, wog zwei Übel gegeneinander ab, mich und Frolow.

»Die Sache ist klar«, erleichterte ich ihm das Abwägen. »Slawa, du machst jetzt den Abgang.«

Slawa zuckte zusammen, sprang auf und streckte die Hand nach der Pistole aus.

»Nein.«

Ich nahm die Waffe in die Hand. Es war eine kleine, abgegriffene FN.

»Du hast sie nicht mal entsichert, du armer Tropf.«

Ich fummelte an der Waffe herum, dann hob ich die Hand und zielte auf Slawa, hielt beide Augen offen wie ein Sportschütze. Slawas Adamsapfel bewegte sich auf und ab, als er leer schluckte.

Ich hob den Lauf um ein paar Grad und drückte ab. Aus der Nähe klang der Schuss fast schrill, doch die Druckwelle ließ ihn in meinen Ohren nachhallen. In der rauen Faserplatte an der Wand erschien ein sauberes schwarzes Loch.

»Ich leg dich nicht um. Diesmal noch nicht«, erklärte ich kalt. »Du machst den Abgang von hier. Aus dieser Stadt. Verdammt noch mal, ich weiß gar nicht, ob wir hier in Vantaa oder in Helsinki sind. Aber geh mal davon aus, dass ich der Bürgermeister der ganzen Region bin, Sipoo mit sämtlichen Einödwäldern eingeschlossen, das restliche Finnland und die nordöstlichen Gebiete Russlands ebenfalls. Du verziehst dich ins tiefe Russland und kommst mir nie mehr unter die Augen. Meine Strategie ist Null-Toleranz.«

Dann erinnerte ich Slawa Bursow daran, dass ich ihm aus reiner Gutmütigkeit einen Job gegeben hatte. Ein gerade erst clean gewordener russischer Ex-Junkie war nicht unbedingt der Wunschkandidat auf dem finnischen Arbeitsmarkt. Ich hatte ihm eine Chance gegeben, ihn Wohnungen und fertige Bauobjekte putzen lassen und ihn bei anderen Hilfsarbeiten auf meinen Baustellen eingesetzt, bei Jobs, denen der schwächliche Slawa gewachsen war.

»Jetzt erzählst du mir alles, was du über Maxim Frolow weißt. Und ich sorge dafür, dass er dir nicht nachspürt«, sagte ich, wusste allerdings nicht, wie ich dieses Versprechen halten sollte. »In wessen Namen operiert Frolow, wer arbeitet für ihn?«

Slawa starrte mich an und ließ sich auf den Stuhl fallen. Er war nur noch ein Häuflein Elend.

»Da weiß ich nicht viel drüber … Der Stoff kommt über Estland. Aber Frolow hat gerade erst angefangen, ist gar nicht lange her, dass er die ersten großen Lieferungen gekriegt hat.« Slawa wirkte direkt erleichtert, als ihm dieser mildernde Umstand einfiel. »Er sucht noch nach Vertriebswegen. Aber reichlich Geld steht dahinter. Er selbst redet immer von Kontakten in Moskau. Ich weiß nicht, vielleicht schneidet er ein bisschen auf. Der Stoff kam jedenfalls aus Estland.«

»Und wer arbeitet für Frolow?«

»Zinaida und Jelena im Moment, Warwara und Rozalina und Inna sind gerade in Russland und kommen in zwei Wochen zurück …«, zählte Slawa eifrig auf.

»Die Huren meine ich nicht«, unterbrach ich ihn unwirsch und merkte selbst, wie mies es war, Frauen so zu nennen.

»Ja, ja, klar, natürlich nicht«, sagte Slawa eilfertig. »Also, fest arbeiten zwei für ihn, erstens Vadim, den Nachnamen weiß ich nicht, er ist Estlandrusse, glaube ich, und dann dieser Kaukasier, Imran Gelajew. Ich hab ihn gefragt, ob er Georgier ist, und da ist er furchtbar wütend geworden. Ich glaub, der ist Tschetschene.«

Nun flüsterte Slawa beinahe.

»Sonst keiner?«

»Nein. Außer Anton natürlich. Aber der ist ja fast noch ein Kind. Der ist eher Frolows Begleiter oder sein Maskottchen. Na ja, und dann vermittelt Frolow ja auch Leute, auf Baustellen und sonst wohin, wo billige Arbeiter gebraucht werden.«

Ich stand auf.

»Verzeih mir, Viktor«, bat Slawa und blickte unterwürfig wie ein Spitz zu mir auf. »Ich habe es nicht böse gemeint. Maxim hat gesagt, er will die Wohnung eine Weile für sich nutzen, weil er keine passenden Mädchen gefunden hat … und er hat mir verboten, es dir zu erzählen.«

Slawa schlug die Augen nieder und biss sich auf die Lippe. Ich erinnerte mich an die russische Lebensweisheit, mit einer Schuld könne man fertig werden, aber an der Scham trage man sein Leben lang. Gleichzeitig fühlte ich mich unwohl, ich hatte den Verdacht, dass ich es genoss, Schwächere zu drangsalieren.

Manchmal lächelte ich insgeheim, wenn ich finnischen Schuldnern hart zusetzte, lachte gelegentlich sogar über ihre Angst und ihre Erklärungen. Aber beim Schuldeneintreiben wurde die Lage nur ausgeglichen oder zurechtgerückt, ich verlangte nur, was mir gerechterweise zustand, plus Verzögerungszinsen natürlich. Jetzt war ich dagegen im Begriff, Slawa Bursow zurück in die Kloake zu stoßen, aus der er sich mühsam herausgestrampelt hatte.

Es klopfte. Ich knurrte ein Herein. Durch die Tür kam eine Frau, dieselbe, die ich in Slawas erster Wohnung in Kontula angetroffen hatte.

»Ich möchte nur … dass du ihn nicht umbringst«, sagte sie halb flehend. Hinter ihr stand ein kleines Mädchen, an den Türrahmen gelehnt, schlenkerte mit dem Fuß und lutschte an seinem Zopf.

Ich steckte die Pistole in die Tasche und suchte auf meinem Handy nach einer gespeicherten Nummer.

»Ich bring ihn nicht um. Setz Slawa in den Zug nach St. Petersburg. Und ruf diesen Mann an.«

Ich schrieb die Nummer auf die Rückseite meiner Visitenkarte. Die Vorderseite wies mich als *President and Chairman of the Board* der VK-Group aus.

»Das ist ein alter Freund von mir. Sag ihm, Slawa kommt zur Kur, und Viktor zahlt zwei Tausender. Das entspricht Slawas ausstehendem Lohn. Großzügig gerechnet. Urlaubsgeld gibt's nicht.«

Die Frau nickte. Slawa Bursow schwor, er werde fahren und sei fest entschlossen, clean zu werden. Ich wollte nichts mehr hören und ging hinaus.

Die Sonne stach mir in die Augen. Ich wusste, dass zweitausend für die volle Behandlung in der Klinik nicht reichten.

»Aber auch mein Maß hat einen Boden und der Eimer einen Rand«, sagte ich laut. Ein Spruch meines Vaters, und deshalb eine Rarität. Meiner Erinnerung nach hatte mein Vater wenig gesprochen und selten gescherzt, zumindest auf Finnisch, obwohl Mutter immer wieder geseufzt hatte, wie lustig ihr Niilo Nikolai gewesen war. An seine Stimme konnte ich mich überhaupt nicht erinnern.

Mit einem Taschentuch wischte ich meine Fingerabdrücke von Slawas Pistole, bevor ich das Magazin in das Weidengebüsch hinter dem Graben warf und den Rest zwischen den Felsbrocken verschwinden ließ.

Auch das Mädchen war aus dem Haus gekommen und lehnte sich an den Kotflügel eines alten roten Nissan.

»Onkel Slawa muss verreisen. Er hat ein paar Dummheiten gemacht und ist krank.«

Selbst in meinen Ohren klang diese Erklärung nach Märchenstunde. Da hätte ich auch gleich trällern können, Wjatscheslaw hat ein bisschen Aua-Aua. Ich wusste nicht, ob ich in vernünftigem Ton weiterreden oder lieber schweigen sollte. Vielleicht war es für das Kind besser, nicht zu lernen, dass auch Männer, die in der Küche schossen und sich drohten, ganz normale Gesprächspartner sein können.

»Der is kein Onkel«, schnaubte das Mädchen und fing an, auf einem Bein von Stein zu Stein zu hüpfen, ohne den Rasen zu berühren. »Der war bloß 'ne Weile als Papa bei uns. Total behämmert, phiuh phiuh, in dem seinem Kopp laufen ganz komische Filme.«

Sie ließ den Finger über dem Kopf kreisen und rollte die Augen.

»Aber Mutti ist trocken«, sagte sie stolz.

»Das ist ja fein«, lobte ich.

Im Wagen merkte ich, dass der Pulvergeruch noch an mir hing. Ein angenehmer, vertrauter Geruch. Aber eigentlich hätte ich mich nach dem Duft von warmem Hefegebäck sehnen sollen.

19

Seit einigen Tagen taten mir die Muskeln weh, sie brauchten Bewegung. Also ging ich joggen. Ich trabte über die Gleise und zwischen den Mietshäusern hindurch zu dem gut fünf Kilometer langen Joggingpfad rund um den Flugplatz Malmi. Dort schlug ich ein Tempo ein, bei dem der Puls niedrig genug blieb.

Auch während meiner Zeit als aktiver Skisportler war ich kein besonders guter Langstreckenläufer gewesen. Trainer und Physiologen hatten den Kopf geschüttelt und die Vermutung geäußert, meine Papiere seien durcheinandergeraten und ich sei deshalb für die falsche Sportart ausgewählt worden. Bei meiner Zellstruktur hätte ich Sprinter, Hochspringer oder Gewichtheber werden müssen, eine Sportart betreiben, bei der die eigentliche Leistung in wenigen Sekunden erbracht wurde und explosive Kraft erforderte.

Trotzdem ließen sie mich Ski laufen, da ich allen Naturgesetzen zum Trotz in dieser Disziplin erfolgreich zu sein schien. Im Gutachten an das zentrale staatliche Sportkomitee wurde allerdings empfohlen, Kornostajew auf Kurzstrecken und im Staffellauf einzusetzen, vor allem dann, wenn die Schneeverhältnisse ungünstig waren und die Strecke starke Steigungen aufwies.

Die Route rund um den Flugplatz war durchweg eben. Ich rannte in meinem eigenen, schweren Takt und versuchte mir nichts daraus zu machen, dass ein schmächtiger junger Mann, der am Rücken eine Wasserflasche unter den Gürtel geschoben hatte, mich mit den weit ausgreifenden Schritten eines Marathonläufers überholte.

Ich joggte die Runde zu Ende und machte dann an der Stelle, wo Holzklötze zum Gewichtheben bereitlagen, sorgfältig meine Dehnungsübungen. Dann beschloss ich, auch noch den kleinen Trimmpfad abzuarbeiten. Ich machte Klimmzüge, stemmte die mit Holzschutzfarbe bestrichenen Baumstämme, die als Gewichte dienten, und trainierte Bauch- und Rückenmuskeln. Dabei hielt ich mich an die bulgarischen Krafttrainingslehren, begann mit langen Serien und verringerte die Zahl der Wiederholungen bei jedem Zyklus. Als ich die Spitze der Pyramide erreicht hatte, führte ich jede Übung nur noch einmal aus, dafür aber mit voller Konzentration, richtig und effektiv.

Auf dem Fahrradweg neben der Straße trabte ich nach Hause. Ein Ford Mondeo bremste ab und fuhr dann im Schritttempo neben mir her. Das Seitenfenster wurde geöffnet.

»Grüß dich, oh sportliche Jugend Finnlands. Hier trainiert Elmo für den Anden-Cup, oder wo findet die nächste Winterolympiade statt? Na, es ist natürlich gut, die Basiskondition jetzt schon aufzubauen. Kurz vor den Spielen dann Blutaustausch, Plasma-Expander in die Adern, neue Zündkerzen und Filter, Kontrolle der Bremsbeläge. So läuft es«, blökte Korhonen, der mit dem ganzen Oberkörper auf dem Lenkrad lag.

»Fahr weiter … Du behinderst … den Verkehr«, keuchte ich.

Korhonen ließ auch auf der Fahrerseite das Fenster herunter, setzte das Blaulicht aufs Dach und schaltete es ein. Auch hinter dem Kühlergrill blinkte blaues Licht. Wie zur Probe ließ Korhonen die Sirene ein paar Mal aufheulen. Aus der Bahnunterführung schallte ein höllisches Echo zurück.

»Wollen wir mit Blaulicht und Sirene bis zu deinem Haus fahren? Deine Nachbarn würden sich bestimmt amüsieren.«

Ich lief auf den kleinen Parkplatz an der Sportanlage von Tapanila. Korhonen ließ den Staub aufwirbeln und fuhr mir beim Wenden fast über die Füße. Er stieg aus, steckte sich eine Zigarette an und drehte die Sonnenbrille zwischen den Fingern, sah mich mit zusammengekniffenen Augen an.

»Gute Brille. Habe ich bei deinem Bruder gekauft, als ich Öl für meinen Wagen geholt habe. Original copy, not fake. In den südlichen Touristenhochburgen werden die bestimmt als Ray-Bans verkauft.«

Er setzte die Brille wieder auf.

»Genug Blickkontakt. Genau nach dem Leitfaden für Polizisten, Teil zwei, Kapitel ›Befragung eines Spitzels‹: Bauen Sie durch kleine Gesten ein Vertrauensverhältnis zu ihrem Gesprächspartner auf. Wenn ich's richtig anstelle, wirst du zur Plaudertasche, Kärppä, zum Plappermäulchen. Oder zur Maultasche. Scheiße, da hab ich schon wieder einen Witz vergeudet, mit den regionalen Spezialitäten kennst du dich ja immer noch nicht aus«, redete Korhonen sich in Fahrt.

»Schönes Wetter heute«, antwortete ich. »Hast du mir irgendwas halbwegs Vernünftiges zu sagen? Wenn ich hier rumstehe, geht die ganze schöne Wärme verloren.«

»Wärme ist wichtig, in zwischenmenschlichen Beziehungen und erst recht für die Muskeln«, alberte Korhonen unbeirrt weiter. »Ich war früher selbst ein ziemliches As im Sport. Die hundert Meter bin ich unter elf Sekunden gelaufen, gestoppt mit Omas frisch aufgezogener Junghans. Der Weitsprung ging in die Binsen, weil ich eine so gewaltige Sprungkraft hatte, dass die Planke an meinen Spikes hängen blieb. Na, immerhin bin ich fast sechs Meter weit gehüpft, obwohl ich ein Stück

Kantholz an der Sohle hatte. Da gab es endlich mal einen deutlichen Abdruck im Sand. Und den Heuspeer hab ich bis in die Mitte des Feldes geworfen, zwischen Klee und Timotheegras, dass es nur so rauschte.« »Bei dir rauscht es höchstens, wenn du pinkelst.«

»Autsch, das tut weh! Mir so eine Retourkutsche zu verpassen!« Korhonen wand sich vor Schmerzen, presste die Hand aufs Herz. »Du darfst mich nicht so aufstacheln, mir gehen sowieso schon ständig neue Witze durch den Kopf. In Bars ist so was übrigens von Vorteil, witzigen Männern liegen die Frauen zu Füßen.«

»Na schön, dann stenografiere ich mit.«

»Sei nicht so ein Miesepeter, Viktor. El Bimbo ist nur ein Mann. Um die Wahrheit zu sagen, als Kind habe ich wirklich Sport getrieben. In unserem Kaff gab es ja keinen anderen Zeitvertreib. Im Radio lief einmal in der Woche Pop gestern und heute, ältere und neuere rhythmische Musik mit Holle Holopainen. Jeden Mittwochabend haben wir in der Bibliothek eine Fuhre Bücher ausgeliehen, im Prosabereich waren wir echte Heavy User. Ansonsten gab es nur Arbeit und Sport. Einmal hatten wir in Tuusniemi Vereinsmeisterschaften, es tut mir heute noch weh, wenn ich daran denke. Mein Vater hat erst fürchterlich gebrüllt, aber dann durfte ich doch teilnehmen. Ich habe beim Hochsprung eins fünfundsiebzig geschafft, mit dem Wälzer, aber dann kam, verdammt noch mal, der Leivonen, Arztsohn, der ging woanders zur Schule und hatte den Flop gelernt. Der Aufsprunghügel war mit Schaumstoff aufgefüllt, und Leivonen hat beim zweiten Anlauf eins achtzig übersprungen. Ich hatte zu Hause auf Sägemehl trainiert und im Winter auf Stroh. Völlig undenkbar, mit dem Kopf voran zu landen. Einen Silberlöffel habe ich gekriegt, das war der zweite Preis. Mein

Alter hat den angeguckt und mich ausgelacht: ›Bloß Zweiter, nachdem du das ganze Jahr trainiert hast.‹«

»Du hattest eine harte Kindheit, ja, ja«, sagte ich vielleicht eine Spur zu unfreundlich. »Die Sauna wartet auf mich. Also, was willst du von mir?«

Durch das offene Autofenster klang das Zeitzeichen aus dem Radio. Korhonen war entzückt.

»Weißt du, wie eine Zenith-Uhr ist? Exakt ist die, genau wie ich. Jetzt fängt meine Schicht an«, witzelte er, setzte dann eine ernste Miene auf. »Du solltest mir dankbar sein, statt zu greinen, weil dir der Schweiß trocknet. Ich bin gekommen, um dich zu warnen, mein lieber Freund. Wieder einmal.«

Korhonen machte eine Pause, sprach dann mit tieferer Stimme weiter.

»Jemand von der Sicherheitspolizei hat mich angesprochen. Er sagt, du feierst zu häufig Verbrüderung mit einem Burschen von der russischen Botschaft. Malkin, Referat Wissenschaft und Kultur. Angeblich. Was zum Teufel treibst du, Viktor?«

»Ich organisiere ein Balalaika-Konzert«, entschlüpfte mir, obwohl ich sah, dass Korhonen ungewöhnlich ernst war.

»Ach, was sind wir schlau … Denk doch mal nach: Ich kann dir nützlich sein. Und du mir, klar, wir haben eine Art Symbiose. Aber ich kann dir nicht helfen, wenn du mit irgendwelchen Spionen herummauschelst.«

Ich stand ganz still und konzentrierte mich darauf, locker zu bleiben und nachzudenken, in aller Ruhe, obwohl Korhonen ungeduldig wartete. Er würde mir tatsächlich helfen können, aber ich wollte selbst entscheiden, wobei.

»Ein Mann ist verschwunden. Ein Verwandter. Russischer Staatsbürger. Wahrscheinlich Schwarzarbeiter«, verriet ich. »Ich habe versucht, ihn zu finden. Seine Familie macht sich Sorgen.

Ein anständiger Kerl, aber es kann sein, dass ihn jemand hinters Licht geführt hat. Er ist nicht gerade der spitzeste Bleistift im Federmäppchen.«

Korhonen hörte mir andächtig schweigend zu, notierte sich dann die Fakten und versprach, sich umzuhören und die Sache weiterzugeben. Ich sei ja keineswegs seine einzige Informationsquelle im grauen Business, das immer dunkler zu werden scheine, je mehr sich der Sommer dem Ende zuneige.

Ich versuchte, Korhonen zu zügeln, damit er sich nicht von seiner eigenen Rhetorik davontragen ließ. Es gehe um Schwarzarbeit auf Baustellen, berichtigte ich, nicht um die herbstliche Düsterkeit. Mittsommer sei gerade erst vorbei, die Hitzewelle dauere an, es sei viel zu früh, Herbstlaub und Weihnachtszeit heraufzubeschwören.

»Vielleicht habe ich bald etwas für dich«, fügte ich zögernd hinzu.

Korhonen beugte sich vor, um besser zu hören.

Ich betonte, dass ich selbst absolut nichts mit Drogen zu tun haben wollte. Nun hätte ich von einer größeren Lieferung erfahren. Und derjenige, der sie bestellt hatte, solle ruhig aus dem Verkehr gezogen werden, denn er störe die Tätigkeit ehrlicher Unternehmer.

Korhonen ließ den Finger kreisen, als wolle er ein Tonband weiterdrehen, und versuchte mir weitere Enthüllungen zu entlocken. Ich schüttelte den Kopf, versprach aber, ihm später mehr zu berichten. Korhonen gab sich damit zufrieden und setzte sich in seinen Wagen.

»Ach übrigens, die Kollegen in der Abteilung Eigentumsdelikte hatten da einen merkwürdigen Fall«, sagte er kopfschüttelnd. »Kam auch bei uns auf den Tisch, weil wir gerade das Baugewerbe unter die Lupe nehmen. Von einer Baustelle in Kulosaari sind Betonblöcke und eine Baracke und Werkzeug verschwunden, Sachen im Wert von einigen tausend Euro. Lauter Luxusvillen in der Nachbarschaft, aber von den Leuten da hat keiner gemerkt, dass gleich nebenan haufenweise Zeug geklaut wurde. Auf den Aufnahmen der Überwachungskameras ist ein dreckiger Scania zu sehen. Da hat doch nicht etwa der Fuhrpark des VK-Konzerns logistische Operationen zum Zweck der Eigentumsaneignung durchgeführt?«

»Keine Ahnung, wovon du sprichst«, sagte ich.

20

»Da will jemand zu dir«, sagte Marja verdrossen. Ich ging zur Tür. Auf der Vortreppe stand Legationssekretär Arkadi Malkin vom Kulturreferat der russischen Botschaft.

»*Dobryj wetscher*«, grüßte er.

»Setzen wir uns auf die Terrasse«, sagte ich, führte den Mann von der Botschaft außen herum hinter das Haus und forderte ihn mit einer Handbewegung auf, sich auf einen der Gartenstühle zu setzen.

Malkin lächelte gutmütig, pries den warmen Abend und den ganzen heißen Sommer. Mir lief es kalt den Rücken hinunter, denn ich wusste, dass sein Geplauder halbautomatisch in einer einzelnen Hirnwindung generiert wurde, während der Rest seines Gehirns tausend Dinge gleichzeitig prozessierte, Wahrscheinlichkeiten berechnete, Einschätzungen vornahm und Beobachtungen registrierte. Wer im Nachrichtendienst arbeitet, muss sich so verhalten, ohne Unterbrechung. Es gibt keine überflüssigen Informationen, sondern allenfalls solche, für die man noch keine Verwendung hat.

»Wie geht es im Bauwesen?«, fragte Malkin, und ich überlegte, ob er mir als Nächstes vorschlagen würde, ein paar überzählige Kabel durch die Zwischenwände eines zu renovierenden Hauses zu ziehen.

»Wenig los«, antwortete ich knapp.

»Den Eindruck habe ich auch«, brummte Malkin und ging

unvermittelt zum nächsten Thema über. »Maxim Frolow. Du hast um Informationen gebeten. Aus Moskau, Mutter Apothekerin, Vater Richter. Gute Schulbildung. Universitätsstudium abgebrochen. Mathematik. Hat sein Geld mit Buntmetall verdient. Anklage wegen Unterschlagung und Diebstahl. Frolow hatte ein paar Waggonladungen Kupfer für sich abgezweigt. Eigentum der staatlichen Kabelgesellschaft, aber Frolows Anwalt konnte nachweisen, dass das Kupfer eigentlich niemandem gehörte. Juristische Unklarheiten, die Anklage wurde abgewiesen.«

Malkin schloss die Augen und schien die Wärme der tief am Himmel stehenden Abendsonne zu genießen.

»Der Scheißkerl hat den Staatsanwalt bestochen. Fünftausend Dollar plus eine Woche in Rimini mit einer gut riechenden Frau«, fuhr er mit geschlossenen Augen und in nur ansatzweise missbilligendem Ton fort.

»Du bist genau informiert«, sagte ich, obwohl ich besser nur schweigend zugehört hätte.

Malkin hob den Kopf von der Rückenlehne. »Meine Männer haben sich umgehört und die Computer befragt. Manchmal wundert man sich, wie viel man über einen Menschen erfährt, wenn man Querverbindungen zwischen verschiedenen Datenbanken herstellt. Gut, dass die Sache ans Licht gekommen ist. Der Mann klagt keinen mehr an. Außer sich selbst.«

Malkin wieherte genau drei Sekunden lang. Mir war nicht zum Lachen. Ich dachte an Archive hinter dicken Türen, an Regale mit Mappen und Ordnern und Kuverts, und auf allen stand: *Kornostajew, Viktor Nikolajewitsch*. Ich hatte mich darauf verlassen, dass die Vergangenheit in grauen Ordnern abgelegt wurde, die man mit weißen Stoffbändern zuband und allmählich vergaß. Aber es schien immer wieder jemanden zu geben, der in den alten staubigen Papieren herumwühlte, und zudem war mir gerade klar geworden, dass die Archive auf Computer übertragen wurden. Die Vorstellung gefiel mir nicht.

»Frolow treibt sich schon eine ganze Weile in Finnland herum«, fuhr Malkin gut gelaunt fort. »Eine Aufenthaltsgenehmigung hat er nicht, er reist mit einem Touristenvisum ein, den Unterlagen nach alle zwei Monate. In Wirklichkeit reist jemand anders für ihn. Frolow hält sich ständig hier auf. Er hat zwei Kumpane: Wadim Korsakow, der mit einem estnischen Pass, ausgestellt in Kohtlajärvi, herumläuft, obwohl er Russe ist, und Imran Gelajew aus Wladikawkas in Tschetschenien, Bürger der russischen Föderation, hat unseren Informationen nach Asyl in Finnland beantragt. Ein Terrorist, wenn man uns fragt.«

Ich wartete. Unter dem, was ich bisher gehört hatte, war nicht viel Neues oder jedenfalls nur wenig Nützliches.

»Maxim Frolow ist ein mittelklassiger Gauner.« Malkin dämpfte die Stimme. Aus seinem Tonfall schloss ich, dass Frolow eine verzichtbare Größe war, ohne Nutzen für die Botschaft. »Aus Moskau. Jude. Keine politischen Verbindungen«, fasste Malkin zusammen. Er überließ es mir, zu erkennen, dass Frolow dem falschen Lager angehörte: Er stammte nicht aus St. Petersburg, war nicht orthodox und kein Anhänger Putins.

Noch bevor ich all das verdaut hatte, nahm Malkin die nächste Stufe.

»Wir schlagen vor, dass du Frolow erledigst, endgültig. Er hat einen falschen Ehrgeiz, der nur Schwierigkeiten und Probleme bringt. Er hat sogar für einige Wohnungen unserer Handelsvertretung Mieter besorgt. Freudenmädchen, ein bisschen Rauschgift. Und sein Geschäft expandiert, auch über deine Wohnungen«, wusste Malkin zu berichten, und ich fragte nicht, woher er seine Informationen hatte. »Es gefällt uns gar nicht, was der Bürger Frolow treibt. Jetzt importiert er Arbeitskräfte aus der Ukraine, aus Weißrussland, Estland … und er hat ganz falsche Kontakte.« Malkin redete erschreckend offen.

»So was tue ich nicht. Das habe ich früher nicht getan, und ich tue es auch jetzt nicht.«

»Es ist nicht schwierig. Frolow hat keine Armee«, versuchte Malkin mich zu überreden.

»Darum geht es nicht. Ich mache so was nicht, basta.«

Malkin beugte sich vor und sah mir in die Augen. »Selbst wenn Mütterchen Russland dich bittet?«

»Das ist nicht mehr mein Land«, sagte ich in gewollt leichtem Ton und dachte dabei, dass es nie meins gewesen war. »Ich war Offizier der Sowjetunion.«

»Manche Schwüre sind weiterhin gültig.«

»Ich habe das Schwören an den Nagel gehängt.«

»Vitjuha, Vitjuha«, sagte Malkin freundlich tadelnd, als wäre ich ein kleiner Junge in kurzen Hosen. »Du kannst alles kaufen und verkaufen, nur deine Vergangenheit nicht.«

Er sprang auf, als sei die Sache klar und abgemacht.

»Ich hatte dich so verstanden, dass du ein Problem zu klären hast. Wir stellen fest, dass wir dasselbe Problem haben. Du hättest davon profitieren können. Aber tu, was du willst. Ich wiederhole: Wir haben nichts dagegen, wenn das Frolow-Problem von der Tagesordnung verschwindet.«

Noch bevor ich versichern konnte, dass ich verstanden hatte, überraschte Malkin mich erneut.

»Du hast Besuch von Verwandten.« Er spähte durch das Wohnzimmerfenster.

Xenja Wadajewa saß mit untergeschlagenen Beinen auf dem Sofa und las. Sergej lag bäuchlings auf dem Fußboden, das Kinn auf die Arme gestützt, und starrte auf den Fernseher.

»Hatte Xenja Fjodorowna nicht irgendwann einmal Schwierigkeiten, mit Narkotika und auch sonst?«

Malkin wartete meine Antwort nicht ab.

»Der Onkel war ein Russe«, sagte Serjoscha mit heller Stimme. Er war leise aus dem Haus gekommen.

»Stimmt. Woher weißt du das?«, fragte ich und überlegte, was der Junge gehört haben mochte.

»Solche habe ich schon gesehen«, erklärte Serjoscha in wissendem Ton. »Vater sagt immer, Herren sind Herren, die Troika fährt, und der Bauer kriegt den Dreck ins Gesicht.«

Sergej vergrub die Hände in den Taschen und trat ein Loch in den Rasen. Ich brachte es nicht über mich, ihn zurechtzuweisen.

»Hast du etwas … von meinem Vater gehört?«, fragte der Junge wie nebenbei.

»Nein. Aber ich versuche ihn zu finden, ganz bestimmt.«

Ich überlegte, ob ich Sergej den Schopf streichen, ihm auf die Schultern klopfen oder ihn in die Arme nehmen sollte.

»Wollen wir Fußball spielen? Wir könnten beide Torwart sein«, rettete er mich aus meinem Dilemma.

21

Auf dem alten Ackerland am Flussufer im Stadtteil Tammisto in Vantaa wurden dutzende von langen, niedrigen Etagenhäusern gebaut. Ich hatte gehofft, bei diesem Projekt Aufträge zu bekommen, aber entweder hatte Jaatinen, mein ehemaliger Geschäftsführer, die Angebote falsch berechnet, oder man war einfach nicht bereit, meiner Firma größere Arbeiten zu übertragen.

In der Hitze waren das Gras und sogar die Weidenbüsche an der Uferböschung vertrocknet. Das Gebiet nördlich des Flusses kannte ich eigentlich nur von Katasterkarten und aus den Bauplanzeichnungen der Angebote. Am Südufer, auf Helsinkier Gebiet, war ich umso öfter unterwegs gewesen, auf den Joggingpfaden und im Winter auf den Loipen, die man, wenn genug Schnee lag, zu Rundstrecken von an die zwanzig Kilometer kombinieren konnte.

Ich vermutete, dass bald auch einer der Stadtväter in Helsinki auf die Idee kommen würde, die Äcker am Fluss zu bebauen. Er würde argumentieren, dass Mangel an Bauland herrschte, du liebe Güte, dieses Areal muss genutzt werden, Verkehrsverbindungen und Dienstleistungen gleich nebenan. Natürlich müssen wir Grünzonen erhalten und urbane Parks anlegen, aber hallo, in einer Stadt gibt es nun einmal Häuser und Siedlungen, wer in der Einöde leben will, soll gefälligst nach Nurmijärvi ziehen.

Mir wäre es nur recht, wenn die Gegend bebaut würde. Ich würde mit Freuden im Wohnzimmer in die Pedale treten und in Hakunila Ski laufen, wenn der Helsinkier Wohnungsbau Aufträge für den VK-Konzern abwarf. Und wieder spürte ich eine leise Verbitterung, als ich das Gewimmel auf der Baustelle beobachtete, zu der meine Leute keinen Zutritt hatten. Ja, weißt du, das ist eine patriotische Angelegenheit, hatte ein Bauleiter mir zugeflüstert und mich schwören lassen, die Information vertraulich zu behandeln. Deshalb müsse man darauf achten, dass die großen Aufträge an finnische Unternehmen gingen. Ich wies ihn darauf hin, dass auf den Baugerüsten ziemlich viele Esten und Russen herumkletterten, und er flüsterte, na also, jetzt kapierst du es, Viktor. Du besorgst billige Leute für die Arbeit, dann reicht das Geld für alle. Der Lohn richtet sich nicht unbedingt nach der geleisteten Arbeit, aber alle sind zufrieden, und das große Geld bleibt in Finnland.

Ich hatte unverbindlich genickt und mich zurückgezogen. Dabei hätte ich dem Mann zu gern erklärt, dass ich, verdammt noch mal, schon seit Jahren finnischer Staatsbürger war und dass auch meine Arbeiter in Finnland Steuern zahlten und damit rechneten, im Alter hier eine Rente zu beziehen. Ich versuchte, mein Unternehmen legal zu führen, zumindest annähernd.

Doch jetzt war ich nicht hier, um nach Arbeit zu fragen oder über schlechte Behandlung zu meckern, obwohl die Männer, auf die ich wartete, daran gewöhnt waren, Beschwerden anzuhören und die Behebung von Missständen zu fordern. Ich sah auf die Uhr und fragte mich, wo die Funktionäre Kääriäinen und Minkinen von der Baugewerkschaft blieben.

Ein kleiner blauer Pkw kurvte auf den Parkplatz. Das Logo der Gewerkschaft an der Tür des Wagens bestand aus Dreiecken und Parallelogrammen, die ein Haus bildeten. Ich überlegte, dass an der Geometrie oder Perspektive der Figur irgendetwas nicht stimmte. Sie wirkte irreal wie die Beispielzeichnungen im Lehrbuch für Gestaltpsychologie.

Ich winkte. Kääriäinen und Minkinen nickten nur kurz, bevor sie die roten Jacken und Schirmmützen der Gewerkschaft anzogen. Ich kannte beide, hatte aber kaum Kontakt mit ihnen, nicht einmal mit Minkinen, der immerhin Spätaussiedler war.

Ich ging auf die beiden zu.

»Hallo. Ich hab schon gewartet. Weil wir am Telefon abgemacht hatten, dass wir uns hier sehen …«

»Teufel noch mal, wir haben auch noch was anderes zu tun. Bloß weil wir nicht auf die Sekunde dann eintreffen, wenn es dem gnädigen Herrn genehm ist, brauchst du uns noch lange nicht anzupflaumen … Wir sind dazu da, unseren Mitgliedern zu helfen, den zahlenden Genossen«, fauchte Kääriäinen, während er versuchte, den Reißverschluss wenigstens ein Stück über dem Bauch zu schließen.

Ich dachte bei mir, dass ›Genosse‹ sich auch auf Finnisch altmodisch anhörte.

»So war es nicht gemeint«, begütigte ich. »Ich wollte euch nur um Hilfe bitten, weil ein Mann verschwunden ist. Ein Verwandter von mir, Pawel Wadajew. Ich habe den Verdacht, dass er sich zu einem Sklavenjob hat überreden lassen. Seine Familie ist vor Sorge außer sich. Und ich wundere mich auch, ein anständiger Kerl ist spurlos verschwunden.«

»Schau an, der Bock macht sich zum Gärtner. Und junge Konservative kämpfen für das Proletariat. Was für ein Quark, verdammt noch mal!« Kääriäinen schüttelte angewidert den Kopf.

»Arvo will damit sagen, über die Firmen, die die Eurigen beschäftigen, weißt du wohl besser Bescheid«, erklärte Minkinen.

Andrej Minkinen war ein agiler junger Mann, der schon als Junge mit seinen Eltern aus Ingermanland gekommen war und in Finnland die Berufsschule für Bauarbeiter besucht hatte. Trotzdem hatte er sein Russisch nicht verlernt, und die Bauarbeitergewerkschaft hatte gemerkt, dass ein Mann wie er hilfreich war, wenn man die Mitgliederzahl wenigstens annähernd auf dem früheren Stand halten wollte. Minkinen verstand sich darauf, auf den Baustellen Männer jeden Kalibers anzusprechen und als Gewerkschaftsmitglieder zu ködern. Leicht war das nicht, schon gar nicht bei denjenigen, die aus der ehemaligen Sowjetunion stammten. Gewerkschaft, Bezirk, Betriebsrat, Tarifvertrag … Die Worte klangen fremd, oder eher auf fatale Weise vertraut, sie erinnerten an die alte Zeit und das Sowjetreich, an alles, wovon man loskommen wollte.

»Frag doch deinen Bruder. Und deinen Geschäftsfreund, wie heißt der noch gleich, der Kranich, dieses verdammte Langbein … Wroloff.«

Kääriäinen streifte das Achselband über den Kopf und ächzte, als müsse er sich dabei schwer anstrengen.

»Komm schon, Antsu. Auf in den Kampf für das Wohl der Arbeiterschaft. Verdammt noch mal, die ist heute so international, dass man an jeder Ecke einen Dolmetscher braucht. Früher hat es gereicht, wenn man die Internationale singen konnte und aus dem Gerede der Kapitalisten schlau wurde«, meinte Kääriäinen fast nostalgisch, wandte sich ab und ging zur Baustelle.

»Die Solidarität mit dir ist im Bezirk minimal«, erklärte Minkinen. »Von deinen Leuten kriegen wir kaum Beiträge. Und Bestechung mag man bei uns überhaupt nicht.«

Verdammter Jaatinen, das Unheil, das dieser Spargeltarzan angerichtet hat, muss ich noch lange ausbügeln, schimpfte ich.

»Ich habe meinen Geschäftsführer geschasst. Er hat nicht in meinem Auftrag gehandelt. Kommt schon mal vor, dass ich Dampf mache, wenn ich irgendeine Genehmigung brauche, aber ich würde nie im Leben die Gewerkschaft oder Leute vom Arbeitsschutz bestechen.«

Kääriäinens runder Rücken verschwand bereits in einem der halbfertigen Gebäude, aber Minkinen stand immer noch neben mir.

»Mein Opa war zusammen mit deinem Großvater als Kriegsgefangener in Finnland. Pekka Pietari Kärppä, von dem hat Opa manchmal erzählt«, sagte er überraschend.

Ich sah Minkinen an und überlegte, wie die Vergangenheit meines Großvaters sich auf meine Vertrauenswürdigkeit auswirken mochte. Die Geschichte eines sowjetisch-finnischen Kriegsgefangenen ließ sich aus allzu vielen Perspektiven betrachten, im heutigen Russland ebenso wie in Finnland.

»Ich habe meinen Großvater nie gesehen«, gab ich zurück. »Er ist Anfang der 1960er Jahre als Pjotr Kornostajew gestorben. Sie haben ihn so weit rehabilitiert, dass mein Vater Offizier werden konnte. Ansonsten wurde nicht viel über ihn geredet.«

Minkinen nickte verstehend.

»Opa hat immer gesagt, der Kärppä war ein harter Bursche, der hat nie eine Miene verzogen. Hat den Wächtern und denen, die ihn vernommen haben, bloß in die Augen geguckt, oder über ihren Kopf weg, weil er größer war. Als mein Opa halb am Verhungern war, hat er ihm ein Stück Brot zugesteckt«, beendete er seine Familienerinnerungen und ging zu einem härteren Ton über. »Ich schicke dir eine Liste von einigen Baustellen und eine Kontrollkarte der Gewerkschaft. Lass den Matti Kiuru nach diesem Wadajew fragen. Mit dem reden die Leute eher als mit dir«, riet er.

Wir schüttelten uns die Hand. Minkinen ging Kääriäinen nach, kam noch einmal zurück und rief:

»Du suchst doch nicht etwa aus anderen Gründen nach diesem Wadajew? Wegen irgendwelcher Schulden?«

»Nein. Er ist wirklich mein Verwandter. Und verschwunden.«

An der Ampel warf ich einen Blick in den Rückspiegel, betrachtete meine grauen Augen und meine gerade Nase und erinnerte mich, wie meine Verwandten die Hände zusammenschlugen und ausriefen, mein liebes Gottchen, der Viktor ist das Ebenbild seines Opas.

Plötzlich zerriss es mir das Herz vor Heimweh nach Karelien und Sortavala. Auch nach Mutter sehnte ich mich. Ich fühlte die von der Sonne hartgebackene Erde auf dem Hof unter meinen Fußsohlen. Ich spürte die feuchte Hitze des Gewächshauses, das vielfarbig duftende Reifen der Tomaten und Gurken. Und ich trauerte darüber, dass Mutter ihre kleinen Freuden nicht mehr genießen durfte, die Blumen, die auf den Beeten der Reihe nach in schüchterner Pracht aufblühten, oder die Sanftheit des Abends, wenn sie auf dem Hof auf der Schaukel saß und keine Eile hatte. Und jetzt hatte ich sie nicht mehr, meine Mutter.

Ich versuchte mich mit dem Gedanken zu trösten, dass ich Menschen hatte, um die ich mich kümmerte, Anna und Marja und auch die Männer in meiner Firma. Ich hatte ein gutes Haus und ein Auto, das surrte wie eine feine Uhr.

Die Ampel sprang auf Grün, und hinter mir hupte jemand.

22

Dorf Porajärvi, Bezirk Suojärvi, Republik Karelien, Russland

Warwara Wadajewa drehte vorsichtig den Schlüssel um, öffnete die Tür und schlüpfte hinein. Sie schlug das Kreuz und murmelte ein Gebet. Es machte ihr ein wenig Angst, das leere Haus zu betreten. Ich bin doch kein dummes junges Mädchen mehr, versuchte sie sich Mut zuzusprechen. Und das Haus kenne ich ja, das Zuhause meines Sohnes.

Wenn doch mit Pawel nur alles in Ordnung wäre, sorgte sich Warwara zum tausendsten Mal. Freilich hatte sie protestiert, als Xenja ihrem Mann nachreisen und obendrein noch den Jungen, den kleinen Serjoscha, mitnehmen wollte.

Männer bleiben manchmal ein Weilchen aus, hatte Warwara die Sache heruntergespielt. Sie erinnerte sich noch gut an all die Male, als Jefim mit dem Motorrad zu einer Stippvisite ins Dorf gefahren und erst nach einer Woche zurückgekommen war und dann eine zweite Woche jammernd und klagend in der Sauna gelegen hatte.

Friede deiner Seele, möge dir die Erde leicht sein, bekreuzigte sich Warwara, sie wollte ihren verstorbenen Mann nicht verleumden. Aber ein Trinker war mein Jefimka, dachte sie. Das war er, und wenn er noch so beteuerte, nur zum Aufwärmen, weil einem bei der Waldarbeit die Kälte bis in die Knochen kriecht. »Und warum trinkst du jetzt, frierst du etwa?«, hatte Warwara im Sommer gestichelt. Doch dann hatte er ihr leidgetan, als er die Schultern hängen ließ, als wolle er aufgeben. Warwara hatte begriffen, dass Jefim genug gequält worden war. Zuerst hatte er sich jahrelang im Krieg fürchten müssen und danach auch noch bei den Verhören. Die Verhöre damals, die haben seine Männerwürde gebrochen, seufzte Warwara. Sie wusste, dass ihr Mann unter Zwang gegen Nachbarn und Verwandte ausgesagt hatte. Jefim war dem Lager entgangen, aber er hatte sich selbst zu lebenslänglich verurteilt.

Warwara schöpfte Wasser aus dem Eimer, füllte es in die Kanne mit der angeschlagenen Tülle und begann die Blumen ihrer Schwiegertochter zu gießen. »Ai jai jai … die Eberesche wächst am Ufer heran, ein junges Mädchen hübsch und fein … doch einem andern gehört sie an«, sang sie auf Finnisch, während sie von einem Blumentopf zum anderen ging.

In Pawels und Xenjas Schlafkammer konnte Warwara nicht an sich halten. Sie schaute in die Kommodenschubladen. Sie schnaubte verächtlich über Xenjas Unterwäsche, eine verheiratete Frau aus dem Dorf, Mutter eines kleinen Kindes, und trägt solch frivole Dessous. Aber so war Xenja eben. Pfui! Warwara tat, als spucke sie aus, und schlug die Hände zusammen.

Zwischen Slips und Strümpfen lagen auch die Dinger, deren Namen Warwara nie über die Lippen gebracht hätte. Als sie jünger war, fragte man in der Apotheke danach, unter der Produktbezeichnung »Gummiobjekt Nummer 2«. Oder man hätte danach gefragt, wenn es welche gegeben hätte, kicherte Warwara. Jefim und sie hatten ohnehin keine gebraucht, nur einen einzigen Sohn hatten sie zustande gebracht, obwohl sie mehr Kinder gewollt hatten.

Aber Pawel und Xenja hätten sich mehr Kinder zulegen sollen. Pawel war so ausgeglichen und anständig und trank nicht. Und Xenja hielt das Haus in Ordnung. Auch Sergej immer sauber gekleidet und die Haare ordentlich gekämmt, auf meine

Schwiegertochter lasse ich nichts kommen, revidierte Warwara ihr Urteil. Ein Junggeselle wäre Pawel geblieben, wenn er Xenja nicht gefunden hätte. Er hat sie bekommen, weil sie kein anderer genommen hätte, nickte Warwara einsichtig.

Die Katze war auf den Hof gekommen. Warwara goss die mitgebrachte Milch in die Katzenschüssel und wickelte das Futter aus, ein wenig Bratenrest und einen gebratenen Barsch. Dann prüfte sie noch einmal nach, ob die Tür abgeschlossen war. Die Katze schlich über den Rasen, kam aber nicht näher, obwohl Warwara nach ihr rief.

Es hängt so an meinem Pawelka, das Kätzchen, dachte Warwara. Immer schon hatte der Junge seine Katzen verwöhnt und mit Leber gefüttert, hatte die Arme vor dem Körper zum Kreis geschlossen und der Katze beigebracht, hindurchzuspringen, wieder und wieder.

Wie steht es wohl um dich, Pawelka, dachte Warwara besorgt. Es ist nicht alles in Ordnung, das hatte mein Traum zu bedeuten. Ohne Grund wäre Xenja doch nicht so überstürzt nach Finnland gereist. Zum wer weiß wievielten Mal schlug Warwara das Kreuz, *Gospodin*.

23

Tapanila, Helsinki

»Matti ist da«, verkündete Marja und bot meinem Vertrauensmann im selben Atemzug Abendessen an. »Magst du etwas essen? Wir sind gerade fertig geworden. Spaghetti mit Hackfleischsoße. Es ist noch warm.«

Matti Kiuru stand schüchtern an der Tür.

»Ja, er mag«, entschied ich für ihn und fügte hinzu, in einem Junggesellenhaushalt stünden doch meist nur Fertiggerichte auf dem Speiseplan, deren oranger Rabattpreiszettel vor dem bevorstehenden Verfallstag warnte. Frisches, selbstgekochtes Essen sei eine gesunde Abwechslung.

Marja deckte für Matti, und Xenja eilte herbei, um ihr zu helfen. Matti setzte sich mir gegenüber an den Tisch. Ich las Zeitung, während Matti die Nudeln aufgabelte, Salat und Brot dazu nahm, geriebenen Käse auf die Pasta streute. Xenja lehnte sich an die Spüle und Marja stand wartend neben ihr.

Matti bedankte sich für das Essen und trank sein Saftglas leer.

»Ich wollte Zwischenbericht erstatten, über Ihren Mann«, wandte er sich höflich an Xenja. »Ich habe ihn noch nicht gefunden.«

Xenja holte tief Luft und nickte, wandte uns dann den Rücken zu und wischte nicht vorhandene Krümel weg, während sie gegen die Tränen ankämpfte.

»Aber es gibt viele Baustellen. Und da arbeiten viele Männer aus Russland und Estland, auch einige aus der Ukraine und aus Moldawien. Die Klempner sind Polen«, zählte Matti optimistisch auf. »Der Gewerkschaftsausweis hat magische Kräfte. Fast wie ein Zauberstab. Zuerst herrscht ein fürchterliches Gewimmel, aber wenn man den Ausweis schwenkt, fährt ein Windstoß über die Baustelle. Plötzlich ist keiner mehr zu sehen. Der Mörtel trocknet ein, weil die Maurer plötzlich dringend zum Baumarkt müssen«, versuchte er zu witzeln.

In der Küche wurde es still. Niemand wusste etwas zu sagen. Auch ich hatte ein schlechtes Gewissen. Ich wusste, welche Sorgen sich Xenja machte, aber ich hatte mich auf meine eigenen Geschäftsprobleme konzentriert.

»Du suchst weiter, Matti. Das ist jetzt deine Hauptaufgabe. Ich schicke jemand anderen, der die restlichen Fliesen legt. Vielleicht deinen Vater, der macht das ordentlich«, sagte ich. »Wir finden Pawel. Ganz bestimmt«, wandte ich mich tröstend an Xenja.

Marja legte ihren Arm um Xenjas bebende Schulter.

»Ihr könnt so lange hierbleiben, wie ihr wollt und wie es nötig ist. Das macht gar keine Umstände. Es ist schön, dass ihr da seid«, versicherte sie.

Xenja schnäuzte sich die Nase und lächelte unter Tränen über das trötende Geräusch, das dabei entstand.

»Mein Pawelka ist noch nie so vom Boden verschwunden. Irgendwas ist passiert. Er ist krank oder hat einen Unfall gehabt«, sagte sie düster. »Ich danke euch, ihr guten Menschen. Wie kann ich das je vergelten.« Nun flossen die Tränen wieder. »Wenn ihr irgendeine Arbeit habt, wenn ich irgendwo helfen kann. Ich tu alles, und auch Serjoscha tut, was er kann.«

»Nicht nötig«, wehrte ich ab, und auch das klang hohl.

Wieder wurde es quälend still am Tisch. Sergej ging zu

seiner Mutter, fasste sie am Rocksaum und sah mit altkluger Besorgnis zu ihr auf. Anna kam jauchzend angelaufen, stürzte sich auf mein Bein und versuchte, auf meinen Schoß zu klettern.

»Vitto äppä«, sagte sie. In meinen Ohren klang es jedenfalls so.

»Viktor Kärppä. Anna hat Viktor Kärppä gesagt«, triumphierte ich, fasste das Mädchen unter den Armen und stemmte es hoch.

»Die ersten richtigen Worte«, nickte Marja.

Anna hatte sich mit dem Sprechenlernen Zeit gelassen. Die Füße überrennen die Zunge, vor lauter Herumlaufen kommt das Mädchen nicht zum Reden, hatte ich alte Volksweisheiten zitiert, denn Marja machte sich bereits Sorgen.

»Viktor Kärppä«, wiederholte ich und blies dem Mädchen prustend auf den Bauch.

Marja sah zufrieden aus. Aber auch neidisch.

»Der Kerl ist untergetaucht. Oder nach Schweden abgehauen. Vielleicht plant er einen Einbruch. Oder einen Mord?«, überlegte Matti Kiuru.

Er setzte seinen Wagen vom Grundstück auf die kleine Straße zurück und fuhr den steilen Hügel hinunter. Wir hatten noch eine Tasse Tee getrunken, doch dann hatte ich gesagt, bei der Halle treffe bald eine Lieferung ein, die heute Abend noch unter Dach und Fach gebracht werden müsse. Daraufhin hatte Matti sich verabschiedet und war hinausgegangen. Marja hatte spitz gefragt, was denn das für eine Fuhre sei, die nicht direkt bis in die Halle gefahren werden könne, in das hektargroße Ding! Außerdem sei für die Nacht trockenes und warmes Wetter vorhergesagt, folglich sei nicht zu befürchten, dass die

Ware nassgeregnet wurde. Ich hatte entgegnet, ich sei kein Experte für Meteorologie, aber diese spezielle Ware würde unter freiem Himmel höchstwahrscheinlich verschwinden und müsse deshalb in Sicherheit gebracht werden. Marja war ein wenig freundlicher geworden, hatte mich nur noch gebeten, vorsichtig zu sein, als Vater eines kleinen Kindes.

»Pawel ist kein Ganove«, sagte ich zu Matti. »Frag nur weiter herum. Du findest bestimmt etwas heraus.«

Was ich Marja erzählt hatte, entsprach fast der Wahrheit. Ich erwartete tatsächlich eine Lieferung, die in Sicherheit gebracht werden musste, aber sie sollte nicht vor meiner neuen Produktionshalle abgeladen werden, sondern in Tattarisuo, hinter meiner ehemaligen Halle, die ich zusammen mit meinen früheren Geschäften an Alexej abgetreten hatte. Anfangs hatte auch ich dort noch Waren gelagert, doch Alexejs Business blühte, und er brauchte alle Regale und jeden Quadratmeter des Betonfußbodens. Unmittelbar hinter dem Grundstück lag ein Schrottplatz, dessen Tore immer geschlossen und mit einem Vorhängeschloss gesichert waren. Ich hatte den Besitzer ausfindig gemacht und die alte Bogenhalle gemietet. Als Erinnerung an die Zeit des Metallsammelns lagen hier und da noch Kupferrohre und Stahlstücke herum. Den Rest der Halle hatte ich mit Dingen gefüllt, deren Entsorgung problematisch war und die ich nicht in meinen neuen Räumlichkeiten aufbewahren wollte.

Der Fahrer des Schnapslasters hatte angerufen, sobald er die Grenzkontrollen in Torfjanowka und Vaalimaa hinter sich hatte, und erklärt, er werde zwischen acht und neun Uhr abends ankommen. Uns blieb also reichlich Zeit, Platz für die Ware zu schaffen.

»Wie viel Schnaps erwartest du?«, fragte Matti.

»Zehntausend Liter.«

»Ziemlich viel.«

»Wenn er in Vierliterkanistern geliefert wird, sind es genau zweieinhalbtausend.«

Matti schwieg eine Weile, er schien nachzudenken. »Für wen ist das Zeug? Du wirst es doch wohl nicht selbst verkaufen?«

»Nein. Rudi übernimmt die ganze Ladung. Er hat viele Lokale.«

Ich fragte mich, ob Matti wohl begriff, dass ich ihm mehr erzählte als nötig und ihm sogar eine eigene Meinung zugestand.

»Eigentlich geht es mich ja nichts an«, meinte er.

»Das darf es aber«, sagte ich.

Matti sah mich an und nickte.

Als wir gerade von der schmalen Wohngasse auf die größere Straße einbogen, schnitt uns ein dunkler Cityjeep den Weg ab. Matti trat voll auf die Bremse, musste aber zum Straßengraben ausweichen, sodass die Schnauze unseres Wagens über dem Nichts hing.

Dem Jeep entstiegen zwei Männer. Der Fahrer hatte ein gutmütiges, fast kindliches Gesicht; er trug eine Brille, ein hellblaues Kurzarmhemd und eine Hose, die etwas zu hoch über den Schmerbauch gezogen war. Der zweite Mann hatte millimeterkurze dunkle Haare und war klein und kompakt wie ein Ringer. Die tiefen Furchen neben seinem Mund zeigten senkrecht nach unten und ließen ihn aussehen, als sei er grundsätzlich unzufrieden.

Den untersetzten Typen hatte ich schon einmal gesehen, aber mir war ohnehin klar, wer die beiden waren: Frolows Handlanger Wadim Korsakow und Imran Gelajew.

Meine Pistole war weit weg, sie lag immer noch gut verstaut

im Kofferraum des Mercedes. Ich stieg aus und lächelte dem Duo zu.

»Da schau her! Korsakow und Gelajew, nicht wahr? Euer Fahrstil ist ein bisschen hektisch. Meiner Meinung nach kamen wir von rechts. Seid ihr auf dem Weg zu Jaskas Grillbude? Der Knoblauch-Jaska ist längst in Rente. Die Buden führen jetzt andere Leute«, pflaumte ich die beiden an.

»Nicht reden«, erwiderte Gelajew. Das überraschte mich. Ich hatte angenommen, dass Korsakow das Reden übernehmen und sein tschetschenischer Kumpan allenfalls ein gelegentliches Grunzen beisteuern würde.

»Ach, versteht der sogar unsere Sprache?« Die Bemerkung entschlüpfte mir unwillkürlich. Ich versuchte mich zu erinnern, wie tief der Graben hinter mir war. Würde ich es schaffen, in den Durchlass zu kriechen, oder würden Frolows Männer mich auf offener Straße erschießen?

»Nicht reden«, brummte Gelajew erneut. Schon bei diesen zwei kurzen Worten wurde sein kaukasischer Akzent hörbar. »Wir sind nicht gekommen, um uns zu unterhalten. Wir bringen nur Grüße«, mischte sich Korsakow ein. Seine Stimme klang so gutmütig, wie er aussah. Er machte ein paar Schritte auf mich zu, beugte sich vor und hielt mir einen kleinen durchsichtigen Plastikbeutel mit Verschlussrillen hin. »Grüße von Zinaida.«

Ich erkannte das Schmuckstück in dem Beutel. Zinaida, die schläfrige junge Frau aus der Punavuorenkatu, hatte an dem Ohrring gespielt, hatte die dünnen Kettchen, die daran hingen, bis zum Mund gezogen, während sie mir von ihrem Arbeitgeber Frolow erzählte.

»Hängt ein bisschen Knorpel und Haut vom Ohr dran. Pass auf, dass es nicht von irgendeinem Hund geschnappt wird. Wäre doch schade, wenn sich ein unschuldiges Geschöpf den Magen verdirbt und Bauchweh kriegt«, sagte Korsakow teilnahmsvoll. »Ein nettes Mädchen, die Zinja. Nett, aber geschwätzig«, fügte er hinzu. Die Männer stiegen ein und schlugen die Türen zu. Korsakow manövrierte den Wagen auf die Straße. Bei jeder der heftigen Wendungen schienen die tief profilierten Reifen des Jeeps die Straßendecke aufzureiben.

Ich starrte auf den Ohrhänger im Beutel. Am Stecker hing ein dunkelbrauner Fetzen, der durchaus von Zinaidas Ohrläppchen stammen konnte.

Ich nahm mein Handy und tippte Oksanas Nummer ein. Sie meldete sich sofort, zwitscherte fröhlich drauflos, sie habe gerade an mich gedacht, das sei ein Vorzeichen für meinen Anruf gewesen, und …

»Oksanka, ich kann es dir jetzt nicht genauer erklären, aber du musst die Schlüssel für die Wohnungen in der Punavuorenkatu aus dem Büro holen, hinfahren und nachsehen, ob die Mädchen dort sind. Wenn ja, nimm sie mit. Ob du befiehlst, überredest oder flehst, egal, Hauptsache, sie gehen mit. Bring sie heute Nacht bei dir unter«, kommandierte ich. »Und entschuldige, Oksanka, aber es ist wichtig: Sei vorsichtig!«

Ich verspürte ein leises Schuldgefühl, auch deshalb, weil Oksana womöglich etwas anderes vorgehabt hatte.

»Mach dir keine Sorgen, Viktor«, sagte Oksana, und ich wusste, dass die Sache geregelt war. Für ein, zwei Tage.

24

»Grüß dich, Bruderherz. Wir sind bereit«, meldete Alexej und nahm Haltung an. Er trug den Tarnanzug russischer Soldaten, mit einem wirren Muster in Grau, Schwarz, Weiß und zwei verschiedenen Grüntönen. Vom Sofa an der Wand seines Büros erhoben sich zwei schwarze Männer und nickten eifrig.

»Aljoscha, was hast du denn an?«, fragte ich. »Ich meine, warum zum Teufel? Bist du auf dem Weg ins Pfadfinderlager? Oder zum nächtlichen Fischstechen?«

»Zum Speerfischen sind die Nächte doch viel zu hell«, erklärte mein Bruder. »Ich dachte, bei so einem leicht dubiosen Geschäft … da muss man sich entsprechend kleiden.«

»Du dachtest, aha. Und was sind das für Gestalten? Völlig unbekannte Größen. Ich hatte dich gebeten, zwei vertrauenswürdige Männer zu besorgen.«

»Viktor, Viktor, bist du etwa ein verkappter Rassist? Die Jungs sind aus Gambia. Ich habe sie als Putzmänner vermittelt. Der eine hat Betriebswirtschaft studiert, der andere ist Automechaniker. Und sie haben ganz legale Papiere.« Alexej bemühte sich um einen empörten Ton.

Die Afrikaner hörten sich unser Geplänkel mit ernster Miene an und drehten den Kopf jeweils zu dem, der gerade sprach, als verfolgten sie ein Tennismatch.

»Und da hast du dir gedacht, für Schwarzarbeit sind Schwarze am besten geeignet, weil man sie nicht sieht.« Ich holte tief

Luft. »Ach zum Teufel, was soll's. Von mir aus hättest du auch gelbe Atomphysiker aus Neuseeland anheuern können, Hauptsache, sie sind stark genug zum Schnapsschleppen. Die Fuhre kommt bald. Also nehmen wir die beiden, da sie einmal hier sind. Aber lass dir eins gesagt sein, Brüderchen: Wenn du etwas tun willst, ohne aufzufallen, mach es am helllichten Tag, mit ordentlich Lärm und gut sichtbar. Dann achtet keiner drauf. Wenn du klammheimlich in der Dunkelheit herumschleichst, fragt sich jeder, was da wohl Spannendes passiert. Und irgendwer sieht dich immer.«

»Es ist doch noch hell draußen«, entgegnete Alexej und setzte das Barett auf.

Der Inder Rudi stapfte zur Tür herein. Eine kleine alte Frau folgte ihm wie ein Schatten, versteckte sich fast hinter seinem Rücken. Sie machte komische Trippelschritte, schlenkerte einen Fuß nach vorn und setzte die Ferse knapp vor den Zehen des anderen auf.

»Ich dachte, du brauchst vielleicht Unterstützung.« Rudi verbeugte sich höflich und legte die Handflächen vor der Brust zusammen. »Meine Schwester hilft auch beim Tragen.«

Wieder ging die Tür. Der Polizist Korhonen betrat Alexejs Büro. Ich nahm mir vor, mich nicht zu wundern, selbst wenn als Nächster Leonid Breschnew hereintänzeln und sagen würde, Kossygin suche noch nach einem Parkplatz.

Korhonen stolzierte durchs Büro und blickte sich mit übertriebener Verwunderung um.

»Ich bin zufällig vorbeigekommen und habe mich gewundert, was für ein Andrang in Kornostajews Einkaufszentrum herrscht. Wird hier der Friedenspreis von Tattarisuo verteilt oder einfach nur das multikulturelle Finnland gefeiert? So viele Farben wie auf dem Fächer des Spielführers beim Pesäpallo in

Pattijoki! Aber wo steckt denn die Filmcrew von der Basar-Serie? Die Hottentotten fangen sicher gleich mit ihrem Volkstanz an, und Nehru trommelt den Rhythmus. Oder ist das Gandhis Bruder, der Star von Bollywood, Hauptdarsteller in dem Film ›Für eine Handvoll Rupien‹? Zum Donnerwetter, das ist überhaupt die Idee: Tandoor-Western. ›Nimm die Sitar und spiel mir das Lied vom Tod‹ und ›The Good, the Bad and the Hindu‹, in der Hauptrolle Ravi Shankar, Indiens berühmtester Schankwirt.«

Korhonen hüpfte rastlos hin und her, während er schwafelte.

»Das Tantchen hier ist bestimmt Golda Meir, oder vielleicht doch eher Tyyne Leivo Larsson. Mosche Dajan schwingt den Zauberstab und sagt, da Hamas Problem«, deklamierte er und fuchtelte dabei mit dem Arm in der Luft herum. »Aber mal im Ernst, ihr kleinen Eichhörnchen, was ist das für eine Konferenz?«

»Ähm … guten Abend, Korhonen.« Alexej hüstelte verlegen wie ein Schuljunge im Apfelbaum und sah mich hilfesuchend an.

Ich atmete tief durch und lächelte Korhonen unbefangen an. Im selben Moment hörte ich den Laster hupen.

Korhonen war viel zu ungeduldig, um auf meine Erklärung zu warten.

»Ich hatte mit Viktor eine Kleinigkeit zu bereden. Bei ihm zu Hause hieß es, der Papi ist zur Halle gefahren. Na, die ganze Fabrik war dunkel, die Türen verriegelt. Da hab ich mir in den Kopf gesetzt, den guten Mann ganz allein aufzuspüren. Hat mich fast eine Viertelstunde gekostet«, erklärte er stolz.

Ich versuchte so zu tun, als hätten wir alle Zeit der Welt. Plaudern wir ein wenig, und dann kochen wir Kaffee, oder möchte jemand Tee?

»Wir sind zum Arbeiten hier. Vorhin ist eine Ladung Schmuggelware aus Russland angekommen, Schnaps, Zigaretten und Raubkopien. Zwei Gangster sind gerade weggefahren, wahrscheinlich bist du ihnen sogar begegnet«, erklärte ich gleichmütig. Aus den Augenwinkeln sah ich, dass Alexej vor Schreck die Knie zitterten und seine Gesichtsfarbe zwischen grau und violett changierte.

»Ach ja, und wenn ihr fertig seid, spielt Sakari Kukko zum Tanz auf«, witzelte Korhonen, und ich lachte mit.

»Zur Sache. Es macht zwar Spaß, Witze zu reißen, aber ich hab nicht den ganzen Abend Zeit«, mahnte ich dann. »Komm, wir gehen nach draußen.«

Korhonen hatte seinen Wagen direkt vor dem Eingang zu Aleksejs Geschäft abgestellt. Es war sein Privatauto, ein alter Renault Kombi. Er stand vor der breiten Betontreppe, der Vorderreifen berührte das Gestell, aus dem zwei feste Bürsten für die Schuhe ragten. Sie erinnerten an die Vergänglichkeit der Sommerhitze wie eine alte Oma, die den ganzen Sommer hindurch lamentiert, bald werde es wieder Herbst und Winter, dann würden Wind und Frost einem durch die alten Glieder fahren.

Korhonen kramte in den Fächern am Armaturenbrett und neben dem Schaltknüppel, fand seine Zigarettenschachtel, wiederholte die ganze Operation auf der Suche nach Streichhölzern.

»Die Mädchen sind zur Bandprobe in Siltamäki. Ich muss sie gleich abholen«, sagte er, als seine Marlboro endlich brannte.

»Wie alt sind deine Zwillinge jetzt? Zwölf? Leenu und Liinu?«, erkundigte ich mich.

»Vierzehn. Färben sich die Haare und verarschen ihre Mutter. Die Schule ist uninteressant. Und zum Glück spielen Zeugnisse keine Rolle, denn die Zukunft liegt in der Rockmusik«, spottete Korhonen ein wenig kraftlos. »Ich hab solche Früchtchen ja zur Genüge gesehen, mir fällt es nicht schwer, ihnen zu sagen, don't fuck with me, aber für ihre Mutter ist es schwierig, Berufsehre und so.« Korhonens Frau war Psychologin.

»Ellen. Stimmt's?«

»Jawollja. Stell dir mal vor, ich würde Allan heißen. Die Leute würden sagen, da geht Allans Ellen.«

»Witzig«, sagte ich trocken. Korhonen ließ sich davon nicht beirren.

»Eigentlich heißt sie Ellen Birgitta Helander-Korhonen. Aber die Finnlandschweden von der Küste haben alle einen Kosenamen, ihrer ist Bibi. Die Mädchen legen es neuerdings darauf an, sie nur noch Ellen oder Mutsch zu nennen. Und Bibi ärgert sich, weil sie weiß, dass die beiden das absichtlich machen. Na ja, eine Sekunde später sind sie dann wieder so klein und harmlos und Mamas Schätzchen und brauchen ein klitzekleines bisschen Geld für den Bus.«

Korhonen zog noch einmal an seiner Zigarette und trat sie mit dem Absatz aus, sah sich dann besorgt nach einem Mülleimer um und entdeckte die für Kippen vorgesehene Blechdose an der Treppe.

»Und du, junger Vater, bist auch nicht zu Hause. Fühlst du dich nutzlos, oder bist du gar im Weg? Frauen sind grausam. Sie hüten ihr kleines Babylein, und in ihrem Leben ist kein Platz mehr für andere. Mal abgesehen davon, dass du das Essen ins Haus bringst. Ach ja, ab und zu muss man auch gemeinsam stillen. Aber das hat bloß den Zweck, dir zu zeigen, dass du nicht gebraucht wirst, jedenfalls aber nicht zum Stillen fähig bist. Und die Windeln wickelst du auch irgendwie falsch.

Husch, raus mit dir aus der Höhle, sobald du das Lagerfeuer angezündet hast.«

Korhonen entdeckte eine halbleere Limoflasche unter dem Beifahrersitz, hielt sie gegen das Licht und betrachtete die Flüssigkeit, trank dann gierig. »War wohl noch kein Schimmel drauf«, grinste er. »Ja, ich weiß, meine Einstellung ist ziemlich vorsintflutlich. Bibi würde das nicht unbedingt unterschreiben. Aber ich bin halt selber ein lebendes Beispiel. Mir soll keiner erzählen, so könnte ich das nicht empfinden.«

Ich wusste nichts zu sagen, obwohl mir klar war, dass Korhonen es bei all seinem Getöne ernst meinte. Mitunter war ich ihm aus dem Weg gegangen, wenn er sich in seiner Midlife-Qual gesuhlt hatte, aber jetzt sprach er ohne jeden Genuss über seine Traurigkeit. Ich hörte ihm zu und lauschte gleichzeitig auf die Geräusche vom Hinterhof, rechnete mir aus, dass bei sechs Leuten jeder gut vierhundert Mal in die Bogenhalle gehen musste, jedes Mal mit einem Kanister. Aber es gab ja Stechkarren, oder vielleicht waren die Kanister auch in Rollcontainern geliefert worden oder auf Paletten, die man mit dem Gabelstapler transportieren konnte …

»Natürlich bin ich selbst bloß halb erwachsen, das geb ich zu«, sagte Korhonen leise. »Bibi kann das sogar erklären, sie sagt, es liegt daran, dass meine Mutter gestorben ist, bevor wir uns ausgesprochen hatten. Und mit meinem Vater habe ich auch nichts geklärt. Das sind dann Dinge, die man nicht unter Kontrolle hat, wenn man selbst Vater wird. Ich weiß nicht. Es ist die reine Hölle, sich mit seinen Kindern rumzuschlagen. Und verdammt traurig, wenn es vorbei ist. Du kannst kaum gucken, schon sind sie groß. Mein Sohn ist ja schon erwachsen, und die Mädchen habe ich auch nicht mehr lange am Hals.«

»Dazu kann ich noch nichts sagen. Anna ist noch nicht mal zwei.«

»Ich schon«, sagte Korhonen. »Natürlich kann man immer erklären, wieso man nicht perfekt ist. Armut und Hunger, als Kind in der Einkaufstasche rumgeschleppt und nie in die Arme genommen worden. Aber sag mir mal, Viktor, warum hast du dir ein Kind zugelegt, eine Familie?«

»Das musste eben sein«, antwortete ich, bevor ich Zeit hatte, nachzudenken, wie sich dieser Satz anhörte. Zu Marja hätte ich das nicht sagen dürfen. »Es gehört irgendwie dazu.«

Korhonen nickte zustimmend.

»Vater werden? Alles klar. Darüber braucht man keine großen Worte zu verlieren. Und ein erwachsener Mann ist ja sowieso die ganze Zeit eine Art Vater. Bei der Arbeit gibt er Ratschläge oder sagt, wo's langgeht, bei der Nachbarin repariert er das Scharnier am Schrank, und auf dem Hof schimpft er anderer Leute Kinder aus. Und in den Sportvereinen? Zwanzigtausend Männer, die fremde Kinder erziehen. Spiel zum Rand rüber, gut gemacht, Niko-Jonas-Jalmari, nicht aufgeben. Mütter lassen sich da nicht blicken, die kümmern sich nur um ihre eigene Brut.«

Korhonen kramte seinen Autoschlüssel aus der Tasche. Die Sonne glitt bereits hinter die Birken am Rand des Industriegebiets, doch es wurde kein bisschen kühler. »Ich muss los«, sagte Korhonen plötzlich, stieg ein und ließ den Motor an. Er zog die Handbremse, gab reichlich Gas und wendete fast auf dem Punkt.

»Ach ja, was ich dir sagen wollte«, fiel ihm in letzter Minute ein. »Erkundige dich mal nach einem gewissen Luoma. Veikko Luoma. Ein altes Schlitzohr, steht unter Geschäftsbetriebsverbot, annonciert aber fröhlich, er hätte demnächst acht Zimmerleute an der Hand. Vielleicht findest du da deinen verschwundenen Verwandten.«

»Luoma ist wieder da? Ich kenne ihn.«

»Weiß ich. Sonst würde ich dich ja nicht auf ihn hetzen.« Korhonen schüttelte den Kopf über meine Begriffsstutzigkeit. »Ich will Informationen über den Burschen. Er hatte früher Ostkontakte, und zwar nicht nur zu dir. Und im Süden ist er auch gewesen, in Estland. Von da schickt er Leiharbeiter nach Finnland. Ich interessiere mich für diesen Luoma und für alle Himmelsrichtungen seiner Tätigkeit. Wir sind auf seinen Namen gestoßen, als wir uns nach deinem Vetter erkundigt haben. Eine schwache Spur, aber vielleicht interessiert sie dich.«

»Ja, das tut sie«, brummte ich, doch Korhonen hörte mich nicht mehr. Er bog bereits mit quietschenden Reifen um die Ecke.

Ich dachte bei mir, dass er ein trauriger Mann war.

Der Laster stand nicht mehr auf dem Hinterhof. Matti Kiuru war mit dem Gabelstapler in der Halle zugange, während Alexej wachsam an der Tür stand. Sein Tarnanzug spannte über der Brust. Aljoscha sah aus wie ein politischer Offizier an der Heimatfront, der die Stimmungslage beobachten und das Sammeln von Schrott organisieren soll.

»Ist dein Polizistenfreund endlich weg? Mich hätte fast der Schlag getroffen, als er ins Büro spazierte.«

»Das habe ich gemerkt.«

»Wir haben alles ins Lager geschafft. Ich hatte schon überlegt, ob ich einen von den Kanistern präparieren sollte. Ein bisschen Pril unter den Fusel mischen und ein paar Bröckchen Wunderbaum wegen der Duftnote. Hätte sich problemlos aufgelöst. Die Etiketten auf den Dingern sind genau richtig: ›Clean Window

Skandinavia Special‹. Kein schlechter Name. Autozubehör verkauft sich umso besser, je schriller es aussieht«, plapperte Alexej. Allmählich erholte er sich von seinem Schock.

»Und was hättest du mit dem Kanister gemacht?«

»Den hätte ich Korhonen gegeben und gesagt, das ist ein neues Scheibenputzmittel, soll ich deine Waschanlage damit auffüllen? Und dann hätte ich ihm einen Vortrag über Kohlenwasserstoffe, synthetische Tenside und kationaktive Polymerverbindungen gehalten. Ich hätte ihm klargemacht, dass Lasol im Vergleich zu diesem Zeug Pipikram ist. Entschuldige, Viktor, ich bin immerhin Ingenieur und verstehe etwas von organischer Chemie, auch wenn mein Hauptfach die Tribologie ist.«

Offenbar war Aljoscha über meine skeptische Miene beleidigt. Ich rechnete damit, dass er gleich noch etwas über seine Position als großer Bruder sagen, mich daran erinnern würde, dass ich noch im Gitterbettchen strampelte, als er bereits Gleichungen dritten Grades löste, und zwar mit dem Füller.

»Wollen wir die Sudokus in der Zeitung lösen, um die Wette? Ich nehme den schwierigsten Grad und du den mittleren«, forderte er mich heraus.

Das halbdunkle Treppenhaus in der Punavuorenkatu 21 roch trocken und sauber. Ohne Licht zu machen, ging ich mit langsamen, gleichmäßigen Schritten hinauf, Stufe für Stufe. Im zweiten Stock stellte ich die leeren Taschen ab. Ich atmete ein paar Mal durch, zog die Handschuhe zurecht und steckte den Schlüssel langsam in das Schloss an der dunklen Tür, die Waffe in der rechten Hand.

Eine Sekunde lang fragte ich mich, ob ich Matti nicht doch hätte mitnehmen sollen. Während wir die Schnapslieferung verstauten, hatte ich über meinen nächsten Schachzug nachgedacht und war zu dem Schluss gekommen, dass Frolows Drogen die optimale Lebensversicherung für mich waren. Im nächsten Moment hatte mich wieder das Schuldbewusstsein gepackt, weil mir klar wurde, dass ich Matti wahrhaftig kein gutes Vorbild lieferte. Ich hatte meine Zweifel beiseitegeschoben und mir vorgenommen, später über meine Verantwortung nachzudenken. Diese Operation würde ich allein durchführen, und zwar unverzüglich.

Die Wohnung war leer und ein wenig sauberer als bei meinem vorherigen Besuch. Die Reklamesendungen waren aufgestapelt, Pizzaschachteln und Bierdosen in einen Müllsack gesteckt und die schmutzigen Teller vom Tisch geräumt worden. Ich schüttelte meine großen Einkaufstaschen auf. Marja hatte sie vom Einkaufen bei Ikea mitgebracht, und ich hoffte, dass sie sie nicht gleich vermissen würde.

Ich öffnete den Gefrierschrank und warf Frolows Drogenvorräte in die Taschen, bunt durcheinander, ohne sie zu sortieren. Obenauf legte ich eine alte Zeitung zum Schutz vor neugierigen Blicken. Dann schob ich die Pistole in den Hosenbund und hängte mir die Kälte ausstrahlenden Taschen über beide Schultern. Leise zog ich die Tür hinter mir zu. Im Treppenhaus war es so still wie bei meiner Ankunft.

25

»Könnte schon passen … allerdings eine ziemliche Baumasse … das Fassadenmaterial muss sich natürlich in die Umgebung einfügen. Und die Dachneigung. Kein übertrieben hoher Sockel, wie sie neuerdings Mode sind.« Esko Helminen, der Ingenieur vom Bauamt, drehte sich hin und her und zeigte mit dem freien Arm die Richtungen an; unter den anderen Arm hatte er eine altmodische braune Aktentasche geklemmt.

»Helminen, red keinen Stuss!«, unterbrach ich ihn. »Ich habe die Papiere schon vor einer Ewigkeit eingereicht. Wo zum Teufel hakt es? Früher war keine Ortsbesichtigung nötig.«

Helminen sah mich an wie ein Grundschullehrer im Vollgefühl seiner Macht. »Aber jetzt ist sie nötig. Und das ist noch nicht alles.« Er lächelte triumphierend. Ich war der ABC-Schüler, der grundlos in der Ecke stehen musste.

Wir befanden uns auf einem tiefliegenden Grundstück in Tapanila. Am Nordrand führte ein kleiner Abhang zu einer feuchten Senke. Mitten auf dem zweitausend Quadratmeter großen Karree stand ein wackliges Haus aus den 60er Jahren, und der Garten war in diesem Jahrtausend noch kein einziges Mal gepflegt worden. Ich hatte den Verdacht, dass auch nie Schnee geschippt worden war. Trotzdem war das Grundstück hervorragendes Bauland. Und es gehörte mir. Ich hatte die Bauzeichnungen für zwei Doppelhäuser und separate, überdachte Autostellplätze. Aber keine Bauerlaubnis.

»Dein Geld hast du auch schon gekriegt, verdammt noch mal. Alles ist in Ordnung. Und ich will gar keine Überschreitung der Nutzungsmaße und keine Sonderrechte, sondern nur eine ganz normale, mir ganz normal zustehende Baugenehmigung«, meckerte ich.

Helminen schwieg. Seine Augen waren hinter den kleinen, ovalen Brillengläsern verborgen, die sich in der Sonne dunkel färbten. Er trug eine helle Sommerhose und ein helles kurzärmliges Hemd, hatte dünne helle Haare, die er bestimmt sorgfältig kämmte, obwohl sie dadurch auch nicht fülliger wurden. Helminen drehte sich langsam zu Matti Kiuru um und sah dann wieder mich an.

»Matti weiß alles über meine Geschäfte«, übertrieb ich, und Matti korrigierte mich nicht.

»Du bekommst die Genehmigung, daran besteht gar kein Zweifel«, nickte Helminen. »Aber das kann dauern. Es kann immer mal passieren, dass ein Satz Kopien fehlt. Oder dass die Zeichnungen falsch gefaltet sind. Ach ja. Du hast dir hoffentlich die Diariennummern notiert? Manchmal wandern die Papiere einzeln durchs Amt. Vielleicht musst du eine neue Bescheinigung über die Grundstückshöhe einreichen. Und die Oberflächennivellierung, für das ganze Grundstück … Man weiß nie, was der Oberarchitekt sagt, und die Kommission ist völlig unberechenbar, wenn der Antrag nachlässig begründet wird«, erklärte Helminen und schien auf seine Durchtriebenheit stolz zu sein. »Ich nehme also noch zehn Riesen. Als Antrieb oder Bonus oder Schnelligkeitsprämie. Ganz wie du willst«, beendete er seine Darbietung.

»So sieht dein Plan also aus.«

Helminen nickte zufrieden.

Ich trat zu ihm, so nahe, dass er meinen Atemgeruch und

den warmen Schweiß auf meiner Haut roch, die Kälte in meinen Augen sah. Helminens Lächeln gefror, seine Mundwinkel zuckten, er wich meinem Blick aus.

»Du bist ein kleiner Mann und wirst nicht mehr größer«, sagte ich leise. »Kleine Männer bekommen kleine Honorare, weil große ihnen den Kopf verdrehen würden. Und kleine Männer haben kleine Schwänze und kleine Autos und kleine Familien. Aber sie können trotzdem glücklich sein. Weil sie auch kleine Sorgen haben.«

Helminen blinzelte mit den Augen. Auf seiner Nase erschienen Schweißtropfen, als ob sich ein Druckventil geöffnet hätte und die Poren das leckende Wasser durchließen.

»Und ich helfe dir, glücklich zu sein, genau in deiner Größenordnung«, fuhr ich in gleichmütigem Ton fort. »Du hast ein Zuhause und eine Frau und Kinder. Ich brauche bloß deinen Namen oder deine Telefonnummer bei Fonecta Finder einzugeben, und schon klärt sich vieles. Erinnerst du dich an Gennadij aus meiner Firma, an den Burschen, dem man vor Jahren in Leningrad alle Zähne mit Metall überkront hat? Dieses Krokodil namens Genja könnte auf dem Schulhof deinem Söhnchen oder deiner Tochter über den Weg laufen oder deiner Frau am Arbeitsplatz seine Aufwartung machen. Und dann kannst du zu Hause erklären, der Onkel hätte nur Spaß gemacht. Aber deine Gören machen nachts ins Bett oder fangen an zu stottern, und deine Frau glaubt dir auch nicht, sondern erinnert sich plötzlich, dass sie sich über die komischen Einzahlungen auf deinem Konto gewundert hat und über das Geld für die Yacht, und nun fragt sie, hör mal, Esko, was geht hier vor?«

Der Klingelton war irgendeine Marschmelodie. Ich erinnerte mich, dass im Text von Grabhügeln die Rede war, unter denen die Väter lagen und ihre Söhne beobachteten.

»Helminen«, hauchte der Bauaufseher. »Du, im Moment ist es schlecht, bin in einer Besprechung … ich rufe dich zurück«, sagte er hastig, unterbrach die Verbindung und steckte das Handy ein.

Ich sah ihm immer noch in die Augen. Helminen hob die Aktentasche wie einen Schild vor die Brust und klackte das Schloss auf und zu. Ich zog mich ein paar Zentimeter zurück, ließ ihm Platz zum Atmen.

»Ist zwischen uns alles klar? Dann will ich dich nicht länger aufhalten.«

»Ja. Du kannst mit den Arbeiten anfangen, aufgrund meiner mündlichen Erlaubnis. Frag in zwei Wochen nach den Papieren.« Helminen räusperte sich. »Verdammte Scheiße, das hat man davon, wenn man mit den Iwans Geschäfte macht.«

Damit drehte er sich um und eilte zu seinem Wagen.

Matti Kiuru trat zu mir. »Eine komplette Memme ist er aber nicht, sonst hätte er sich nicht getraut, so zu reden.«

»Nein. Außerdem hat er leider nicht unrecht.«

Ich fühlte mich überhaupt nicht wohl. Auf das, was ich als Nächstes zu erledigen hatte, passte Helminens Ausspruch nur allzu gut.

»Matti, du machst dich jetzt auf die Suche nach dem Bauunternehmer Veikko Luoma. Das heißt, mittlerweile betreibt der wohl eine Leiharbeiterfirma. Ich besuche inzwischen Maxim Frolow.«

»Allein?«, fragte Matti halb besorgt, halb warnend.

»Allein«, bestätigte ich.

Ich brauchte keine Karte, um Frolows Haus zu finden. Die letzte Straße am hintersten Ende von Kulosaari endete in einer Sackgasse, was die stumpfsinnige Zurückgezogenheit und Wohlsituiertheit, die die selbstbewusst aufragenden Häuser ausstrahlten, noch zu betonen schien.

Ich kam mir vor wie der Hase im Märchen, der gleich beim Wolf anklopfen wird. Um mich aufzumuntern, malte ich mir aus, ich würde das Fenster herunterdrehen und laut rufen, passt auf eure Sachen auf, Herrschaften, sonst nehme ich sie mit. Daraufhin hätten sich vielleicht ein paar Leute blicken lassen, die Blinklichter der Autos wären aufgeflackert, weil die Alarmanlagen sicherheitshalber noch einmal eingeschaltet wurden, und die teuersten Mountainbikes wären ins Haus geholt worden, hinter feste Türen mit drei Schlössern. Doch ich fuhr schweigend weiter, bugsierte den Mercedes durch das Tor und hielt direkt hinter der Stoßstange von Frolows Chrysler. In der schmalen Einfahrt stand auch der dunkelblaue Cityjeep, den ich bereits kannte.

Der Junge öffnete mir die Tür. Ich überlegte, ob ich ihn als Gehilfen oder als Gespielen bezeichnen sollte, erinnerte mich dann jedoch, dass Matti Kiuru seinen Namen genannt hatte: Anton. Statt der Baseballkappe trug der Junge nun eine Wollmütze. Wenn ich ihn besser gekannt hätte, wäre mir sicher eine flapsige Bemerkung entschlüpft, irgendetwas über Gehirnverkühlung, die besonders in der Sommerhitze droht und zu rheumatischen Beschwerden führen kann, vielleicht hätte ich ihm auch vorgeschlagen, sich bei einer der Reality-Shows zu bewerben, deren Existenz mich mit unendlicher Verwunderung erfüllte. Doch bevor ich auch nur einen Gruß herausbrachte, winkte der Junge mich herein, trat stumm zur Seite und wies mir mit ausgestrecktem Arm den Weg zu dem hell erleuchteten Wohnzimmer am Ende des dämmerigen Flurs. Er selbst flitzte die Treppe hoch und verschwand in der oberen Etage.

»Viktor Nikolajewitsch, wie nett, dass du dir die Zeit nimmst, mich zu besuchen«, begrüßte mich Frolow, schüttelte mir die Hand und bat mich gleich weiter in den Garten. Auf dem Gartentisch standen eine Kanne Saft und zwei Gläser bereit. Wadim Korsakow und Imran Gelajew saßen in der Hollywood-Schaukel. Korsakow hob grüßend sein Glas und lächelte freundlich, während Gelajews schwarze Augen mich finster anstarrten.

»Natürlich komme ich, wenn du mich rufst«, wies ich die höfliche Floskel zurück.

»Vitjuscha, Vitjuscha! Ich habe dich doch nicht herzitiert. Ich habe dich gebeten, zu kommen«, stellte Frolow richtig.

Seine Stimme klang wie das Krächzen eines großen Vogels. Sie kam knarrend unter seiner Hakennase hervor und würde wohl auch dann nicht wärmer klingen, wenn Frolow angetrunken und in sentimentaler Stimmung wäre und mit einem Kleinkind plapperte, das eine Mütze mit Tierohren trug.

»Lass mich offen mit dir reden, ohne Umschweife, wie es unter alten Geschäftsfreunden üblich ist«, begann Frolow.

Ich sagte nichts, ermutigte ihn nicht, machte keine Einwände, trank nur einen Schluck von dem Moosbeerensaft und lutschte am Eiswürfel.

»Du hast offenbar aus der Wohnung in Punavuori … etwas mitgenommen, was dem Mieter gehört …«, wand sich Frolow, obwohl er gerade erst erklärt hatte, offen reden zu wollen.

»Ja.«

»Ich weiß, dass du vorher schon einmal in der Wohnung warst. Und dass dir nicht gefallen hat, was du dort gesehen hast. Slawa Bursow ist verschwunden. Man sagt, du hast ihn … entfernt.«

»Es wird so viel geredet, und das meiste ist dummes Zeug.

Ein kluger Mensch überlegt genau, was er hören will und was nicht«, wandelte ich alte russische Volksweisheiten ab und sah zum Himmel auf, als hätte ich meinen rückfällig gewordenen Putzmann tatsächlich umgebracht. Ich fühlte mich äußerst unbehaglich in Frolows Haus, obwohl ich mir meine Taktik genau zurechtgelegt hatte. Beim Auswärtsspiel musste man auf Nummer sicher gehen, und auf feindlichem Boden war es ratsam, sich zu verstecken, so lautete das Motto im Sport und in der Kriegskunst.

Oder man musste den Gegner überraschen, ihn mit einem skrupellosen Angriff überrempeln.

Ich wusste, dass Angst mich dazu brachte, kalt, selbstsicher und aggressiv zu handeln. Kornostajew, Sie fürchten sich vor Feigheit, hatte man mir nach den psychologischen Tests bei der Spezialausbildung gesagt. Die Vorstellung, vor Furcht wie gelähmt zu sein, ist Ihnen unerträglich, Sie wollen um jeden Preis handlungsfähig bleiben und die Kontrolle behalten. Der Wissenschaftler, ein Kahlkopf mit dicker Brille, war über seine Schlussfolgerung geradezu begeistert gewesen und hatte mich von allen Seiten gemustert, als wäre ich ein exotischer Schmetterling, den er mit einer Pinzette vorsichtig hin und her wendete.

Ich massierte mir das Gesicht, versuchte mich auf die Hartholzplatten in Frolows Garten zurückzuholen, hinaus aus den grauen Ziegelgebäuden der zweiten separaten Speznaz-Brigade der 7. Armee des Leningrader Militärbezirks. Mein Gesicht würde mich nicht verraten, das wusste ich, aber ich durfte nicht zu viel erklären. Am wirksamsten war das, was ungesagt blieb.

»Ich handle nicht mit Drogen, aber irgendeine Sammelstelle für Giftmüll wird das Zeug schon annehmen. Wozu hat man Bekannte bei der Müllabfuhr.«

»Halt, halt«, rief Maxim Frolow besorgt. »Wir sind Geschäftsleute. Wir finden einen Kompromiss. Und ich darf dich daran erinnern, dass die Ware mir gehört. Auf die Frauen soll es mir nicht ankommen, für die finde ich schon Ersatz. Wenn du die Mädchen für dich laufen lassen willst, handeln wir einen Prozentsatz aus. Aber ich hoffe, du weißt es zu schätzen, dass ich gesprächsbereit bin.«

»Mein lieber Maxja, brav zu sein ist das Klügste, was du tun kannst«, gab ich zurück. »Wenn du auch nur ein Gramm von deinem Stoff wiedersehen willst. Ich wiederhole: Ich verkaufe keine Drogen. Ich behalte sie vorläufig als Sicherheit, als Pfand, als Garantiefonds. Bis wir alles geklärt haben und bis du die ausstehende Miete gezahlt und meine Wohnungen geräumt hast.«

Ich stand auf und bedankte mich für den Saft, für nichts anderes.

»Und vergiss nicht, Maxja, nur ich allein weiß, wo die Ware liegt. Es bringt dir gar nichts, anderen zuzusetzen. Aber sollte mir oder irgendwem aus meinem Umfeld etwas zustoßen, wird man dich und deine Verwandten ausfindig machen. Den Auftrag habe ich schon vergeben«, drohte ich. An sich hatte ich damit gerechnet, ähnliche Drohungen von Frolow zu hören. Ich sah zu Korsakow und Gelajew hinüber. Die Schaukel hielt an, doch dann setzte Korsakow sie wieder in Bewegung.

Frolow stand auf und streckte Gelenk für Gelenk seine langen Glieder.

»Viktor, Viktor … Du solltest besser an meiner Seite bleiben. Wir haben hier viel in Gang gebracht. Große Sachen. So groß, dass ich nicht darüber reden darf, und wenn ich es doch täte, würdest du mir nicht glauben.«

Frolow kam näher, legte den Kopf in den Nacken, obwohl er

größer war als ich und beim Sprechen merkwürdig schief nach unten gucken musste.

»Denk doch mal nach. Nehmen wir zum Beispiel die Renovierung einer Tankstellenkette. Dutzende von Tankstellen. Und wir haben Geld im Rücken. Es lohnt sich, mitzumachen. Sommerwohnungen. Feriendörfer. Geschäftsstellen großer Firmen. Gasrohre. Stromleitungen. Und jedes Mal wird ein zuverlässiger Bauunternehmer gebraucht.«

»Ich muss los, hab noch einiges zu erledigen, kleinere Sachen. Und ich will dir und Anton nicht länger den Abend verderben«, sagte ich höflich.

»Lass das«, erwiderte Frolow. »Ich wiederhole, es lohnt sich, zu mir zu halten. Und es gibt keine Alternative. Es ist sinnlos, mir zu drohen. Gegen mich kommst du nicht an. Und niemand wird dir helfen. Wenn du mir Ärger machst, töte ich dich«, sagte er kühl, ohne jede Regung.

Ich wandte ihm den Rücken zu und ging durch das Haus zu meinem Wagen. Als ich auf die Straße zurücksetzte, dachte ich, dass ich vermutlich dankbar sein musste, weil ich das Haus lebend und aus eigener Kraft verlassen konnte. Ich überlegte, wen Frolow eigentlich repräsentierte. Wen meinte er, wenn er von ›uns‹ sprach?

Am Abend las ich meine Mails. Frolow hatte mir eine Nachricht geschickt.

Viktor, die Probe, die du geliefert hast, ist erstklassig. Mein Freund sagt, er nimmt so viel, wie du importieren kannst. Er bietet dasselbe wie für die vorige Lieferung. Ich übermittle dir diese Nachricht, weil er mich darum gebeten hat. Maxja.

Frolow war schlau. Die Nachricht war auf seinem Computer und in der Mailbox auf dem Server seines Providers gespeichert.

Die Zeilen brachten mich mit dem Drogenvorrat in Verbindung und ließen mich obendrein als Haupttäter erscheinen, als Schmuggler und Großhändler. Auch unter Frolows Telekommunikationsdaten würden sich genügend Verbindungen zu mir finden, ganz zu schweigen von dem Mietverhältnis und dem sonstigen Geldverkehr, trotz aller Decknamen.

Es lag auch in meinem Interesse, dass Frolow am Leben und auf freiem Fuß blieb und die Polizei keinen Grund hatte, seinen Computer zu untersuchen.

26

Träskmossa, Sipoo

Was für eine Bruchbude, schimpfte Pawel Wadajew und kratzte an den Mückenstichen am Arm. Die verdammten Biester kommen durch irgendeinen Spalt herein und sirren pausenlos, sodass man nicht schlafen kann. Na, wenigstens friert man nicht, die Nächte sind noch warm, murmelte er dann. Der Mensch darf nicht zu anspruchsvoll sein und über alles meckern, das Häuschen ist doch gut genug für mich …

Aber gleich morgen oder übermorgen frage ich nach, wann der Lohn gezahlt wird und ob ich ein Handy kriegen kann. Wir sind hier doch nicht im Arbeitslager, und ich will ja nur zu Hause anrufen, versuchte Pawel sich in Wut zu reden und spürte doch nur Heimweh.

Er wusste, dass er nicht den Mut haben würde, entschiedene Forderungen zu stellen. Und wen sollte er überhaupt ansprechen? Andrej Gawrilow, der die Fahrt nach Finnland organisiert hatte, war gleich nach der Ankunft verschwunden, und Chefs und Baustellen wechselten ständig. Man hatte kaum Zeit, den Namen seines Nebenmannes zu lernen.

Von den Renovierungsarbeiten in der Schule war Pawel mit zwei Esten auf eine andere Baustelle geschickt worden, wo sie helfen sollten, das Fundament einer Industriehalle zu legen. Er wusste nicht genau, wo die Baustelle war, sie waren jedenfalls mindestens eine Stunde gefahren, von Helsinki in Richtung Osten, da war er sich ziemlich sicher. Mitten im finsteren

Nadelwald war eine Lichtung geschlagen worden, zu der eine breite, gerade Asphaltstraße führte. Pawel nahm an, dass in der Einöde ein ganzes Industriegebiet entstehen sollte. Doch die Arbeiten hatten gerade erst begonnen, und die Baustelle war nur ein einsamer Betonguss.

Als Chef lief hier ein großer junger Mann herum, der so brutal wirkte, dass Pawel schon zusammenzuckte, wenn er nur an ihn dachte. Die Haare millimeterkurz geschoren, auf dem Kopf eine hässliche Narbe. Pawel hatte versucht, mit ihm zu reden, hatte gefragt, bist du Finne oder woher kommst du, ich versuche es an deiner Sprache zu erkennen. Der Mann hatte ihm keine Antwort gegeben, hatte nur geschnaubt und ihm befohlen, die Verschalung zu entfernen und anschließend die Entwässerungsgräben zuzuschaufeln. Das Einzige, wofür du zu gebrauchen bist, hatte er boshaft hinzugefügt, und dagegen gab es keinen Einspruch, keine Verteidigung. Pawel war kein Zimmermann, das wusste er selbst.

Gelegentlich hatte Pawel auch einen etwas älteren Boss gesehen, einen Finnen.

Der schien Leute aus allen möglichen Ländern zu beschäftigen, sprach Estnisch und Englisch, auch einige Worte Russisch. Vielleicht konnte man es wagen, mit ihm zu sprechen. Obwohl auch dieser Mann kalte Augen hatte. Pawel hatte sich seinen Namen gemerkt. Luoma, Veikko Luoma. Pawels Großmutter hatte gern und oft eine finnische Wendung gebraucht, die so ähnlich klang: *Luojan luoma*, vom Schöpfer geschaffen sei der Mensch, hatte sie gesagt. Das hatte sich in seinem Kopf festgesetzt, während ihre übrigen finnischen Geschichten oft an ihm vorbeigerauscht waren.

Unsereins darf die Herren nicht einfach so belästigen, überlegte Pawel. Und vor zwei Tagen waren zwei neue Mänädscher oder Bosse aufgetaucht. Ein fetter Russe und ein zweiter Mann, wer weiß was für ein Mohr, mit stechenden Augen und einem breiten Nacken wie ein Ringer. Sie waren in einem teuren Jeep gekommen. Ein alter Kleintransporter war hinterhergezockelt. Pawel hatte sich ein wenig gewundert, als ein halbes Dutzend Männer, dem Aussehen nach Chinesen, aus der alten Karre gesprungen waren. Der Vorarbeiter hatte lediglich gesagt, das seien Steinmetze, und sie blieben über Nacht.

Na, Raum ist in der kleinsten Hütte, hatte Pawel gedacht. Die fremden Männer hatten in einer unverständlichen Sprache miteinander geredet und sofort begonnen, ihre eigenen, seltsam riechenden Speisen zuzubereiten. Der Vorarbeiter hatte für sie den Strom der Baustellenanlage angezapft und gelacht, er habe die Kabel nur so lala verlegt, aber es regne ja nicht, und hier liefen ja auch keine Kinder herum, die an den Leitungen spielen und sich einen Stromschlag holen konnten.

Am nächsten Morgen waren die Steinmetze wieder eingesammelt und weggebracht worden.

Pawel blieb allein in der Baracke und auf der ganzen Baustelle. Die Fundamentplatte der Halle musste regelmäßig angefeuchtet werden, damit der Beton nicht zu schnell trocknete, und im Schuppen lagen teures Werkzeug und Baubedarf, auf die er nebenbei ein Auge haben sollte. Die estnischen Bauarbeiter wurden zur nächsten Baustelle gebracht.

Jetzt war in der Baracke reichlich Platz zum Schlafen. Die Lebensmittel reichten noch für ein paar Tage, dann würde der Chef Nachschub bringen. Pawel zog die schmuddelige Decke hoch bis zu den Ohren. Das Laken auf der Matratze war immerhin beinahe sauber. Er machte die Augen zu und versuchte, an etwas Angenehmes zu denken, malte sich aus, wie er zum Angeln auf den See fuhr und dicke Barsche aus dem Wasser zog. Einen

Augenblick lang mischte sich Verdruss in das friedliche Bild, als ihm einfiel, dass der Außenbordmotor sich festgefressen hatte, das elende Ding. Doch er schob den Ärger so mühelos beiseite wie Pulverschnee, den man vom Gartenweg fegt. Von dem Geld, das ich hier verdiene, kaufe ich einen neuen, vielleicht einen Evinrude oder einen Honda, die Japaner bauen gute Motoren …

Pawel glitt in einen Zustand tiefen Friedens und schlief ein.

Im Schlaf ging Pawel nach Hause. Er heizte die Sauna an, spürte alles wie im richtigen Leben, bis hin zum Geruch. Mit einem brennenden Streifen Baumrinde zündete er die Birkenscheite an, die knisternd Feuer fingen. Einzelne Scheite von der verdorrten Fichte brannten krachend. Das Feuer im Saunaofen erhitzte ihm Stirn und Hände, versengte ihn beinahe.

Und dann knallte es. Pawel lag rücklings zwischen Weidenröschen und der Rücken tat ihm weh und im Kopf rauschte es. Er fuhr sich mit der Zunge über die Lippe und erkannte an dem salzigen Geschmack, dass die Feuchtigkeit auf seinem Gesicht Blut war. Seine Ohren waren wie verstopft, es war, als ob er einen Stummfilm betrachtete, allerdings in Farbe.

Die Baracke, oder was davon noch übrig war, stand in Flammen. Pawel reimte sich zusammen, dass ein Feuer ausgebrochen und anschließend irgendetwas explodiert war. Vielleicht haben Sprengkapseln im Schuppen gelegen oder Dynamit, Anit oder was es sonst noch für Sprengstoffe gibt, überlegte er und bestätigte sich selbst, dass er die Kochplatten der Chinesen nicht angerührt hatte. Sogar das Teewasser habe ich im Freien über offenem Feuer heiß gemacht, und dabei ist kein einziger Funke geflogen, beteuerte Pawel halblaut, denn er war daran gewöhnt, dass man ihm die Schuld gab, auch wenn andere einen Fehler machten.

Der Schmerz biss ihn heftig in den Rücken, und auch Hals und Brust taten weh. Pawel rollte sich auf die Seite und versuchte sich von der Hitze des Feuers fortzuschleppen. Er zog sich mit Ellbogen und Händen vorwärts, ohne zu merken, dass sich seine Fingernägel von den Kuppen lösten.

Schließlich ließ er sich in den flachen Graben fallen. Das Wasser war verdunstet, doch selbst die geringe Feuchtigkeit auf dem Grund streichelte ihn kühlend. Pawel schloss die Augen und dachte wieder an sein Zuhause, an Xenja und Serjoscha.

27

Kluuvi, Helsinki

Ich habe eine Aversion gegen Bankbesuche. Die Angestellten fragen zu viel, bemühen sich freundlich, aber zielstrebig, alles über meine finanziellen Angelegenheiten in Erfahrung zu bringen. Ich war keiner von denen, die Bonuspunkte oder Stammkundenrabatte sammelten. Ich wollte nicht, dass irgendwer ein Register darüber führte, bei welcher Gesellschaft ich versichert war, wo ich tankte oder wie viel ich für Kleidung ausgab. Vielleicht litt ich unter Verfolgungswahn, jedenfalls war es sinnlos, mir Bonuskarten aufschwatzen zu wollen. Zudem lagen viele meiner Spareinlagen, Investitionen und Schulden außerhalb der etablierten Finanzinstitute. Für diese Gelder gab es nicht unbedingt Belege oder Sparbücher, doch die Zinsen wurden auf den Cent genau berechnet und die Fälligkeitstage eingehalten.

Allerdings war ich gezwungen, einen Teil meiner Rechnungen und Zahlungen über die Bank laufen zu lassen, und beim gegenwärtigen Zinssatz hatte ich es sogar gewagt, einen nicht unbeträchtlichen Firmenkredit aufzunehmen. Und den musste ich nun aufstocken, um die Bauzeichnungen für das Grundstück in Tapanila in zwei verkäufliche Doppelhäuser verwandeln zu können.

Für Firmenkunden waren mit dunklem Plexiglas ein paar separate Logen abgetrennt worden. Mein Verhandlungspartner war ein junger Mann. Er trug einen dunklen Anzug und ein tadellos gebügeltes Hemd, dessen Kragen die Partie zwischen Kinn und Adamsapfel einzuschnüren schien. Seine schräg gestreifte Krawatte hatte einen breiten Knoten.

»So sieht also unsere Kalkulation aus. Und das Geld wäre dann Ende der Woche verfügbar, wenn die Kreditsicherung geregelt ist. Das lässt sich mit einer Hypothek auf Ihre Wohnimmobilie erledigen, wir können den Inhaberschuldschein gleich hier ausstellen, dann haben Sie keine zusätzlichen Umstände damit«, salbaderte er.

»Mein Haus verpfände ich nicht«, sagte ich in einem Ton, der keinen Spielraum für Verhandlungen ließ. »Ich besorge Ihnen eine Pfandeinlage. Dreihunderttausend, die eine Hälfte für zwei Jahre, die andere für vier. Sie zahlen drei Komma fünf Prozent Zinsen.«

»Drei Komma zwei fünf«, feilschte der junge Mann und merkte im selben Moment, dass er seine Befugnisse überschritt. »Das muss ich zuerst mit meinem Vorgesetzten besprechen. Und ein so hoher Betrag muss der Finanzaufsicht gemeldet werden …« Er wurde rot und biss sich auf die Zunge, denn beinahe wäre ihm eine Bemerkung über Geldwäsche herausgerutscht.

»Natürlich. Das Geld wird von Partnern bereitgestellt, die in Finnland tätig sind … Ich komme übermorgen wieder«, erklärte ich und ließ meinem Gegenüber keine Möglichkeit zu Einwänden.

»Dann machen wir es so …«, murmelte der Angestellte.

Ich stand auf und lächelte zum Abschied.

An der Ecke Aleksanterinkatu standen Straßenmusikanten. Ich rechnete mir aus, dass meine Parkzeit noch reichte, warf einen Fünf-Euro-Schein und ein paar Münzen in den aufgeklappten Geigenkasten, stellte mich bequem hin und hörte zu. Das Streichquartett spielte mit voller Konzentration irgendein vage bekanntes klassisches Stück, die Köpfe der Musikanten nickten im Takt.

Ich merkte, dass ich an Lena dachte, zum ersten Mal seit langer Zeit. Lena war damals in Leningrad meine Geliebte gewesen, sie war die erste und deshalb bedeutsam. Ich hatte sie verlassen, hatte geglaubt, sie verletzt zu haben, doch sie war noch einmal in mein Leben zurückgekehrt, hatte mich überrascht und dann mehrfach betrogen. Ich vermutete, dass auch die Straßenmusikanten am Konservatorium in Sankt Petersburg studierten, suchte in ihren Gesichtern nach vertrauten Zügen und schmunzelte, als mir klar wurde, dass sie viel jünger waren als Lena und ich. Der gleiche Irrtum unterlief mir bei jedem Besuch zu Hause in Sortavala. Mein Blick suchte unter den von der Schule heimkehrenden Jugendlichen nach Freunden und Bekannten, weil ich mich selbst dort nur in diesem Alter sah.

Die Musiker beendeten ihr Spiel, dehnten die Arme und rollten mit den Schultern. Der schnurrbärtige Geiger trank einen Schluck aus seiner Wasserflasche, sah mich an und grüßte höflich auf Russisch. Ich wünschte ihm alles Gute und ging.

Oksana saß im Büro an ihrer Maschine, redete halblaut vor sich hin und trällerte zwischendurch einzelne Zeilen aus einem Lied. Ich lauschte ihr, während ich belanglose Post durchsah. Oksana war grundsätzlich nicht fähig, länger als ein paar Sekunden still zu sein. Stets war ihr geschäftiges Treiben von Gemurmel, Klagen und Gejammer, dem Klappern von Absätzen und Stoffgeraschel begleitet, von einer Art melodischem kleinen Lärm. Doch jetzt war Oksana lauter als sonst. Der Krach hatte einen fiebrigen Rhythmus und die Melodien, die sie trällerte, schraubten sich immer höher. Meine Sekretärin machte sich bemerkbar wie ein Kuckuck auf dem Ast.

»Oksanka, was ist denn?«, fragte ich. »Probleme mit den Mädchen?«

Oksana hatte mir haarklein und immer wieder erzählt, wie sie, Gottstehmirbei, voller Angst zur Wohnung in der Punavuorenkatu gegangen war, an der Tür geklingelt, freundlich gerufen und schließlich aufgeschlossen hatte. Am Küchentisch hatte sie zwei Frauen vorgefunden, mucksmäuschenstill. Die eine hatte einen Verband am Ohr gehabt, die andere hatte verschreckt Tee gekocht. Oksana hatte lange beruhigend auf die beiden Mädchen, Zinaida und Jelena, einreden müssen. Schließlich waren sie bereit gewesen, mit ihr zu gehen, nachdem sie ihnen geschworen hatte, Viktor Kärppä sei ein Gentleman und verteidige die Ehre einer Frau, auch dann, wenn die Frau einen schlechten Ruf habe, hatte Oksana leicht verlegen berichtet. Schon am nächsten Tag hatte sie für die beiden Mädchen eine Zweizimmerwohnung in Suurmetsä gefunden, jemand aus ihrem Bekanntenkreis hatte zufällig eine freie Wohnung und besaß zudem eine Putzfirma, in der gerade fleißige Hände gebraucht wurden.

»Was ist denn, mein kleiner Buchfink?«, drängte ich, denn Oksana blieb zögernd an meinem Schreibtisch stehen.

Sie rang die Hände und spitzte die Lippen, schaffte es ein paar Sekunden lang, harmlos und verwundert auszusehen.

»Ach Viktor … diese Bekanntschaft … ist ein Mann«, gestand sie dann. Die letzten Worte hauchte sie nur noch.

»Ein Mann?«, wiederholte ich und bereute im nächsten Moment meinen verdutzten, ungläubigen Tonfall.

»Ein Mann, ein finnischer Mann. Esko. Ehrbar, ernst. Wir

sehen uns öfter. Seit einiger Zeit«, fuhr Oksana fort, ohne beleidigt zu sein.

Ich bemühte mich, interessiert zu wirken.

»Wir haben … über die Zukunft gesprochen, über eine Familie … auch über Kinder«, wisperte meine Sekretärin mit glühenden Wangen.

»Aha, so so«, stammelte ich.

Vielleicht sollte ich dem Mann auf den Zahn fühlen, überlegte ich. Bestimmt ein heimlicher Trinker oder ein latenter Sadist, der Oksana verprügeln würde, wenn sie erst einmal verheiratet waren. Oder seine Verwandten würden sie schlechtmachen, eine Ausländerin, obendrein eine Russin, zumindest hinter ihrem Rücken. Ich sah Oksana an, die über den Fußboden schwebte und vor Träumen und glücklichen Zukunftsbildern triefte, auch wenn sie versuchte, sich zurückzuhalten.

»Natürlich muss man vorsichtig sein. Und sich nicht Hals über Bein hineinstürzen. Ich bin ja kein schwarmiger junger Bratfisch mehr.« Oksana vergriff sich hier und da im Vokabular, machte aber unmissverständlich klar, dass sie vorhatte, bei klarem Verstand zu bleiben. Ich fühlte mich, als hätte sie mich beim Lesen ihrer Liebesbriefe ertappt oder bei irgendeiner anderen eifersüchtigen Spitzelei, die sich als wohlmeinende Fürsorge tarnt.

»Nun geh schon, mein Quarkbällchen«, sagte ich milde. »Ich muss ein paar Telefongespräche führen, die du besser nicht mit anhörst.«

Oksana strahlte, als hätte ich ihr meinen väterlichen Segen erteilt. »Ich habe etwas in der Stadt zu erledigen.«

»Geh in Kruunuhaka bei Rothovius vorbei«, schickte ich sie zu meinem Anwalt. »Du bringst ihm ein paar Vollmachten und Aufträge, er muss einige Firmen umstrukturieren und Gelder umschichten.«

Ich hatte mir einige Schubladenfirmen zugelegt, die über eine lange und Vertrauen erweckende Unternehmensgeschichte in Finnland verfügten. In einer ehrlichen Firma konnte man gelegentlich Gelder zum Abkühlen parken. Diese Firmen konnten zudem brauchbare Quittungen über Ausgaben produzieren, die ich in Rechnung stellen wollte, und andererseits Entschädigungen für geleistete Arbeiten an den VK-Konzern zahlen, wenn ich eine Erklärung für die Geldbewegungen brauchte.

Die Bank würde ihre Kautionseinlage über eine geschlossene und haltbare Firmenkette erhalten. Nur musste ich zuerst das Geld auftreiben.

28

Ich wählte eines der Handys in meiner Schreibtischschublade und schloss es an das Ladegerät an. Zur Sicherheit hatte ich mir einige Reservetelefone angeschafft, die ich nur gelegentlich verwendete, mit wechselnden Anschlüssen und an verschiedenen Orten. Ich schob eine ungebrauchte, im Voraus bezahlte Sim-Karte hinein. Die Nummer wusste ich auswendig, obwohl ich selten in Sankt Petersburg anrief.

»Sprich«, meldete sich ein Mann nach dem ersten Rufzeichen. Ich hatte eine gedehnte Frauenstimme erwartet, im Hintergrund das leise Geräusch von gelangweiltem Nägelfeilen.

»Ich versuche, Onkel zu erreichen«, sagte ich höflich.

»Natürlich, sonst hättest du nicht hier angerufen«, entgegnete der Mann besserwisserisch und unvermindert unfreundlich.

»Für Spielereien habe ich keine Zeit, mein Junge. Ist Onkel da oder nicht?«

»Wer?«

»Onkel.«

»Nein, wer fragt?«

»Sag ihm, Vitja, der Skiläufer.«

Ich hörte gedämpftes Murmeln, offenbar lag eine Hand auf dem Hörer, dann wurde die Verbindung wieder frei, und Onkel begrüßte mich in aller Ruhe, als wäre er gerade vom Dorfbrunnen zurückgekehrt.

»Vitjuha, mein Junge, bist du hier in Petersburg? Komm doch ins Hauptkontor. Und zwar nicht nur für eine Stippvisite, bring Zeit mit. Komm jetzt gleich.«

Ich musste lächeln, als ich mir vorstellte, wie er seine Worte mit ausladenden Gesten auf den Weg schickte.

Onkel sprach vom Hauptkontor, aber am Dach des Wohnhauses aus der Zarenzeit hätte man vergeblich nach einer Lichtreklame gesucht, und am Eingang wies kein protziges Messingschild den Weg ins Büro. Kaum jemand gab zu, dass das Unternehmen überhaupt existierte, jedenfalls nicht, wenn er selbst dort arbeitete. Der eine oder andere sagte vielleicht, er gehöre zur *semja*, zur Familie, und meinen Gesprächspartner nannten alle Onkel, doch das machte die Firma nicht zum Familienunternehmen. Eher war es ein Zusammenschluss, eine lockere Organisation.

Doch über diese *assosiatsija* lief ein beträchtlicher Teil der organisierten Kriminalität in Sankt Petersburg, und Onkel war ihr unangefochtener und respektierter zweiter Mann.

»Es tut mir leid, ich bin in Finnland.«

Onkel wartete schweigend darauf, dass ich mein Anliegen zur Sprache brachte.

»Ich habe einen Geschäftsvorschlag. Oder Finanzierungsbedarf. Gleichzeitig biete ich euch die Möglichkeit, eine gute Rendite zu erzielen und eventuell problematisches Geld legal zu machen.«

»Sprich weiter. Im Prinzip sind wir an dem Angebot interessiert«, sagte Onkel. Seine bäuerliche Sprechweise war verschwunden, wie immer, wenn er über geschäftliche Dinge sprach.

Ich erzählte ihm offen von meinem akuten Geldmangel, der behoben wäre, sobald ich die Häuser auf meinem leeren

Grundstück hochgezogen und verkauft hätte. Bei der günstigen Marktlage seien die Wohnungen problemlos zu verkaufen, versicherte ich, es würde auf jeden Fall ein Gewinn dabei herausspringen. Das Bauland koste nichts, Kapital werde nur für Arbeit und Material gebraucht. Kurz und präzise schilderte ich mein Kautionsproblem und die Konstruktion, mit der ich es lösen wollte. Mit Unterstützung aus Sankt Petersburg, fügte ich höflich hinzu.

»Ich rufe dich in zehn Minuten zurück«, unterbrach Onkel meinen Vortrag. »Ich muss deinen Vorschlag mit dem Boss besprechen.«

Ich lehnte mich in meinem Bürostuhl zurück, legte die Füße auf den Schreibtisch und betrachtete den Marktplatz von Hakaniemi, auf den die Nachmittagssonne brannte.

Dabei dachte ich an Pawel Wadajew, den ich wahrscheinlich nicht wiedererkennen würde, wenn er neben mir an einer Marktbude stände und Erdbeeren kaufte. Ich erinnerte mich an meine Kusine, das kleine Mädchen mit den baumelnden Zöpfen, das eines Sommers urplötzlich zur jungen Frau heranwuchs und dann etwas wurde, worüber Mutter mit den Verwandten tuschelte, wovon sie mir aber nichts erzählen wollte. Und ich dachte an den kleinen Serjoscha, für den Xenja trotz allem die beste und einzige Mutter war und Pawel der liebste Vater, und fühlte mich schuldig, weil ich nur herumsaß und meine Firmenangelegenheiten regelte.

Ich versuchte mir einzureden, dass ich getan hatte, was ich konnte. Irgendwann würde Pawel sich schon finden, sicher hatte er sich nur verlaufen, oder er hatte Mist gebaut und traute sich nicht aus seinem Versteck. Und wenn er auftauchte, würde ich ihm für eine Weile Arbeit geben, versprach ich meinem Gewissen.

Wenn ich nur Arbeit zu vergeben hätte. Um anderen helfen zu können, musste ich meine Geschäfte ankurbeln.

Ich wusste, dass ich genauso argumentierte wie die Industriebosse im Fernsehen, wenn sie Kündigungen rechtfertigten und erklärten, nur ein gesundes Unternehmen könne seinen Arbeitern den Lebensunterhalt garantieren, vorzugsweise möglichst wenigen, die man vielleicht doch lieber nicht fest anstellte, damit man sie je nach Auftragslage beurlauben oder in drei Schichten rund um die Uhr beschäftigen konnte.

Auch an Maxim Frolow und an meine Wohnungen in Punavuori dachte ich, und an Frolows Fangarme, die überall zu sein schienen. Plötzlich war ich mir ganz sicher, dass Frolow mir gefährlich werden konnte und dass ich ihn loswerden musste. Doch wie ich das anstellen sollte, blieb unklar.

Das Handy schnurrte.

»Ja?«, meldete ich mich.

»Der Boss ist einverstanden«, erklärte Onkel. »Du bekommst ein paar Überweisungen auf deine Firmenkonten. Und den Rest bringt dir einer unserer Kompagnons in Euroscheinen.«

Ich bedankte mich, während in meinem Kopf bereits ein Plan entstand, nach dem Oksana Rechnungen fabrizieren und sie in diversen Bankfilialen bezahlen sollte, damit das Bargeld in Umlauf kam und sich auf dem Konto ansammelte, von dem ich zum Schluss die Kautionssumme überweisen würde.

»Eine Frage noch … hier tummelt sich ein Moskauer, Maxim Semjonowitsch Frolow, er beteiligt sich an vielerlei Geschäften … und schadet und stört bei allen. Hat Petersburg etwas mit ihm zu tun?«

»Sag das noch mal, ich schalte auf Lautsprecher.«

Aus Onkels Tonfall war nicht zu erkennen, ob er mich gerade aufgefordert hatte, ein Urteil über mich selbst zu fällen oder über Frolow. Ich wiederholte meine Frage einschließlich der untertänig unschlüssigen Pausen.

»Wir kennen den Mann. So ein Stelzvogel, ein Langbein. Mach mit ihm, was du willst. Wie das Sprichwort sagt, uns bereitet er weder Sorgen noch Schaden, aber er ist auch kein Verwandter von uns, eher im Gegenteil. Du kannst ihn getrost abschlachten. Er ist ein Moskauer …«

Onkel legte lachend auf, bevor ich richtigstellen konnte, dass ich nicht die Absicht hatte, Frolow zu töten. Vermutlich nicht.

Ich war in Sankt Petersburg. Doch selbst im Traum protestierte ich, die Stadt heiße Leningrad, würde für mich immer so heißen. Ich war irgendwo hoch oben und sah zum Fenster hinaus. Die Autos fuhren als leise schnurrendes Band am Ufer der Newa entlang. Auf der zur Brücke abzweigenden Spur kam der Verkehr zum Stillstand, weil ein Lkw mit kurzer Ladefläche auf der Kreuzung stand und der rotbraunen Straßenbahn den Weg versperrte.

Es war ein wolkenloser Tag, doch in der Luft schwebten dünne, fast graue Rauchschwaden. Ich roch sie und malte mir das Hitzeflimmern auf der Straße aus, denn die Wärme strahlte nicht bis nach oben.

Das Fenster ist doch zu, wunderte ich mich. Da schwoll der Verkehrslärm plötzlich an, und ich stand draußen. Die Sonne brannte auf den Asphalt und weichte ihn auf, sodass man beinahe in ihm versank. Auch die Gerüche passten zu einem heißen, sommerlichen Werktag, der stechende Schweißgeruch, den die Menschen verströmten, die miefige Arbeitskleidung und die Abgase, das nur halb verbrannte Benzin mit niedriger Oktanzahl ließ sich zum Motor eines Wolga-Taxis zurückverfolgen, der Hauch von Petroleum zu einer knatternden Maschine.

Viktor, sagte Lena hinter mir. Sie sprach mich mit meinem offiziellen Vornamen an, statt einen Kosenamen zu benutzen. Lena wirkte gealtert wie eine Filmschauspielerin, die für die letzte Szene zur Greisin geschminkt wird. Ihr Gesicht war runzlig, die Haare waren zu harten Locken aufgedreht. Sie trat vor, stark hinkend und auf einen Stock gestützt, ging in der gleichen Art, wie Menschen mit angeborenem Hüftschaden es taten, früher, heute behandelt man sie ja schon als Säuglinge, fixiert die Hüfte mit Gips … Aber warum humpelt Lena, fragte ich meinen Traum, ich habe doch nicht auf sie geschossen, sondern auf ihren Freund. Meinen ehemaligen Freund … Die hellen Vorhänge, die das Schlafzimmer kaum verdunkelten, wehten in der ein wenig kühleren Morgenluft. Ich stand auf und ging durch das Wohnzimmer nach draußen. Marja saß auf der Terrasse mit einem untergeschlagenen Bein, trank Kaffee und las Zeitung. Ich sagte guten Morgen und war froh, dass Marja keine Unterhaltung anfing.

So leicht würde ich mich dort einfügen, immer noch?, fragte ich mich verwundert. Und sehnte ich mich immer noch nach Russland und nach Lena und auch nach Walerij, meinem Freund, mit dem ich aufgewachsen war und der mich betrogen hatte? Ich konnte mir nur immer wieder sagen, dass man seine Vergangenheit weder kaufen noch verkaufen kann, nicht einmal verändern oder verleihen.

»Was?« Ich schrak aus meinen Gedanken und merkte, dass Marja etwas gesagt hatte.

»Es riecht nach Rauch«, wiederholte sie.

»Waldbrände, weit hinter der Grenze, in Karelien und auf der Landenge«, erklärte ich.

29

»Na, tritt näher, mein Junge. Ein seltener Gast, ich muss mir den Tag im Kalender anstreichen«, frotzelte Onkel Olavi und verbeugte sich in gespielter Verwunderung und Hochachtung. Er ließ mich ein und komplimentierte mich in die gute Stube seiner kleinen Wohnung, hielt mich am Arm fest, als ich einfach in die Küche gehen wollte.

Onkel Olavi war tatsächlich mein Onkel. Meine Großeltern mütterlicherseits waren Ende der 20er Jahre aus Finnland gekommen, voller Optimismus, um den Leninschen Sozialismus mit aufzubauen. Oma lebte noch bei uns, als ich ein Schuljunge war. Ich machte abends im Licht der gelblichen Lampe meine Hausaufgaben. Oma flocht ihren zum Knoten hochgesteckten langen Zopf auf, bürstete sich mit langsamen Strichen die Haare und sang leise auf Finnisch.

Mutter und Olavi waren in Olonetz geboren worden, in der Autonomen Sowjetrepublik Karelien. Gemeinsam hatten sie ihre Jugendjahre im Stalinismus verbracht, hatten die Säuberungen erlebt, die Kriegszeit … Ich kannte den Lebenslauf meiner Eltern und Verwandten in groben Zügen, aber allzu viel war unklar geblieben. Vater war gestorben, bevor ich alt genug war, um Fragen zu stellen, und Mutter hatte viele ungehörte Geschichten mit ins Grab genommen.

Aber Onkel Olavi war am Leben und geistig rege und in Finnland.

»Ein kleines Mitbringsel«, sagte ich und reichte ihm eine in Geschenkpapier gewickelte Flasche. Olavi bedankte sich, echter französischer Kognak, dabei hätte es armenischer doch auch getan. Er wollte uns beiden unbedingt davon eingießen. Ich lehnte ab und sagte, er solle ruhig ein Gläschen trinken, aber ich würde höchstens eine Tasse Tee zu mir nehmen. Mein Onkel eilte in die Küche und deckte den Tisch.

Ich betrachtete die spärliche Möblierung des kombinierten Wohn- und Schlafzimmers. Nur einige Fotos und Bücher auf dem Furnierholzregal und die langsam tickende Wanduhr erinnerten an Onkels Vergangenheit. Olavi war erst vor zwei Jahren von Sankt Petersburg nach Finnland gezogen, und sein Umzugsgut hatte in zwei Koffern Platz gefunden. Gleichzeitig war aus Oleg Melnikow wieder Olavi Mylläri geworden.

Onkel Olavi war schon vor mehr als zehn Jahren pensioniert worden, hatte aber auch danach kaum über seine Arbeit gesprochen. Er war Offizier gewesen, im Majorsrang, hatte jedoch keine Uniform getragen. Stattdessen hatte er ein kleines Büchlein in der Tasche gehabt, das ihm mehr Respekt verschaffte als eine Uniform mit Sternen auf dem Kragenspiegel. Auf dem Pappeinband prangten die Worte *Komitet Gosudarstwennoj Bezopasnosti* und die Abkürzung KGB.

Nach dem Ende der Sowjetunion hatte mein Onkel noch eine Weile im Dienst des FSB gestanden, doch als Rentner war er durch das Raster von Staaten und Systemen gefallen. Die paar hundert Rubel, die er bekam, waren so gut wie wertlos. Olavi hatte versucht, im Privatsektor ein Zubrot zu verdienen, und war einige Jahre in Sankt Petersburg als Sicherheitsberater für finnische Firmen tätig gewesen. Schließlich hatte er eine Einreisegenehmigung als Rückwanderer bekommen und war nach Finnland gezogen, wo er mehr schlecht als recht von der

Grundrente und der Unterstützung der Freundschaftsvereine lebte. Von mir wollte er nichts annehmen. Auch zu Besuch kam er nur selten, wollte nie bei uns essen, wollte seine Würde und seine Selbständigkeit nicht aufgeben.

Vor Jahren hatte ich meinen Onkel um Hilfe gebeten, als der russische Geheimdienst sich allzu sehr für mich interessiert hatte. Olavi hatte leise gepfiffen und dann gemurmelt, seine Befugnisse und Beziehungen reichten nicht aus, um offiziell Einfluss zu nehmen, aber es sei durchaus möglich, dass auf meiner Akte eine falsche Registriernummer auftauchen könnte. Oder sie würde im Archiv zufällig falsch eingeordnet, in großen Organisationen könne man Fehler ja nie ganz ausschließen.

»Na, was hast du diesmal für Sorgen?«, erriet Olavi meine Gedanken. »Zum heutigen Amt habe ich keine Kontakte mehr.«

»Es geht um alte Dinge, um Familiengeschichten und so.«

»Aha, aha«, sagte Olavi und stellte sein Hörgerät ein.

Ich merkte plötzlich, wie sehr mein Onkel gealtert war, und rief mir ins Gedächtnis, dass er bereits auf die achtzig zuging. Ich wartete schweigend, registrierte die abgestandene Atmosphäre einer Alte-Leute-Wohnung, ein wenig zu warm, schlecht gelüftet, eine Tüte Pfefferminzdrops auf dem Nachttisch.

»Aber glaub ja nicht, dass mein Kopf nicht mehr funktioniert, mein Junge«, rief Olavi dröhnend. Wieder schien er meine Gedanken gelesen zu haben. Ich wollte mir nicht vorstellen, wie er bei Vernehmungen in diesem Ton mit Verdächtigen gesprochen hatte, in voller Manneskraft, ein großer, massiger Kerl, dessen Pranken immer noch stark waren. »Na, lass uns Tee trinken«, sagte er.

»*Bolschoje spasibo*«, dankte ich und beschloss, ihm in aller Ruhe zuzuhören.

Ich überquerte gerade in Tikkurila die äußere Umgehungsstraße, als das Handy in meiner Hosentasche vibrierte. Ich musste mich verrenken, um es hervorzuholen. Auf dem Display stand *Korhonen ruft an*.

»Tag Teppo«, grüßte ich jovial. Ich wusste, dass Korhonen seinen Taufnamen nicht mochte.

»Kannst du schlecht reden?«, fragte Korhonen seltsam sachlich.

»Ich bin in der Firma.«

Das war nur leicht gelogen, denn zu meiner Halle hatte ich nur noch einen halben Kilometer zu fahren.

»Du sitzt im Auto, das höre ich. Und bestimmt ohne Freisprechanlage. Gegen alle Gesetze und Vorschriften«, wies Korhonen mich zurecht und redete gleich weiter. »In die Poliklinik in Malmi ist ein Russe eingeliefert worden. Unters Auto gekommen oder zusammengeschlagen worden oder im Suff verunglückt. Keine Papiere, mittlere Größe, mittleres Alter, dunkle Haare, spricht Russisch, hat auch ein paar finnische Worte gesagt, aber bisher ist er noch nicht vernommen worden. Könnte das dein Verwandter sein?«

»Durchaus möglich. Ist er schlimm zugerichtet?«, fragte ich und spürte, wie mir der Schreck die Kehle zuschnürte.

»Genaues weiß ich nicht, aber er atmet aus eigener Kraft. Ich bin gerade auf dem Weg nach Malmi. Die Schupo hat uns informiert, weil Verdacht auf Körperverletzung besteht und es möglicherweise eine Verbindung zur Schwarzarbeit gibt. Die bei uns ja neuerdings der Schwerpunkt ist«, sagte Korhonen bissig. »Bin mit Parjanne unterwegs. Ein dummer Kriminalhauptwachtmeister schafft so was ja nicht allein …«

Im Hintergrund war Parjannes verdrossenes Stöhnen zu hören.

Ich kurvte auf den Hof vor der Halle und trat auf die Bremse, ließ den Motor laufen, um gleich weiterfahren zu können.

»Ich hole seine Frau. Wir kommen hin und sehen uns den Mann an. Fünfzehn Minuten«, erklärte ich.

Matti Kiuru trat aus der Halle. Er trug einen blauen Overall und eine Baseballkappe, mit dem Schirm im Nacken, und hatte einen Zettel in der Hand.

»Man hat Pawel Wadajew gefunden«, rief ich ihm zu. »Er ist in der Poliklinik in Malmi, in schlechter Verfassung. Hast du es eilig?«

»Nicht besonders ... Vater hat mich gerade losgeschickt, ich soll bei Etola und Starkki Material besorgen. Oder ist die Eisenwarenhandlung in Malmi besser?«

»Das kann warten. Fahr mir nach, zu uns und dann zur Klinik. Kann sein, dass wir einen zweiten Wagen brauchen, wenn Pawel zum Beispiel in die Uniklinik gebracht wird, weil er operiert werden muss. Ich weiß noch nicht, was ihm passiert ist, aber für alle Fälle.«

Damit brauste ich davon.

Ich schaute nicht in den Rückspiegel, während ich nach Hause fuhr. Matti kannte den Weg und war fähig, selbständig zu handeln.

Marja hängte gerade die Wäsche auf. Sie sah mir am Gesicht an, dass etwas passiert war.

»Pawel ist vielleicht gefunden worden«, antwortete ich, bevor sie fragen konnte.

Marja hob warnend die Hand. Erst jetzt sah ich, dass Sergej hinter ihr stand und stolz wie ein Postillon Wäscheklammern anreichte, aus einem Stoffbeutel, der ihm um den Hals hing.

»Serjoscha, hol deine Mutter«, sagte ich. Es war zu spät, um die Sache herumzureden, der Junge hatte meine Worte gehört und verstanden.

Xenja kam aus dem Haus und trocknete die nassen Hände an der Schürze, sah aus wie eine Hausfrau auf den scheinbar spontanen Küchenfotos der Illustrierten, mit sorgfältig frisierten Haaren, im Sommerkleid, zierliche Sandalen an den Füßen.

»Herr im Himmel«, rief sie. »Stimmt es, dass Pawelka gefunden wurde?«

»Man hat einen Mann gefunden, der wahrscheinlich Russe ist und Pawel sein könnte«, schränkte ich ein. »Er lebt, ist nur ein wenig verletzt. Wir fahren zur Klinik und schauen nach. Es ist nicht weit.«

Xenja und Sergej setzten sich auf die Rückbank, als wäre ich ein Taxifahrer, doch irgendwie schien das der Situation angemessen. Kies flog auf, die Hinterreifen drehten durch und am Armaturenbrett flammte ein gelbes Dreieck auf, weil die Sensoren festgestellt hatten, dass der Wagen keine Bodenhaftung hatte. Matti Kiuru hatte seinen dunkelroten Mazda weiter unten am Hang geparkt und folgte uns.

Ich war schon ein paar Mal in der Ärztestation und der Klinik in Malmi gewesen. Einmal war mir irgendetwas ins Auge geflogen, einmal hatte ich einen estnischen Zimmermann, der sich mit der Kreissäge in die Hand geschnitten hatte, zum Nähen hingebracht. Dennoch musste ich genau aufpassen, wo es zur Praxis ging und wo der Weg zur Poliklinik abzweigte.

Ich fand einen freien Parkplatz. Matti suchte noch. Ich winkte ihm zu und führte Xenja und Serjoscha zum Eingang. Die Tür glitt auf, ich hörte, wie Xenja tief Luft holte.

Gleich hinter dem Eingang zweigte links und rechts der Krankenhausflur ab. Auf der linken Seite befand sich ein kioskartiger Empfangsschalter, dessen Fenster mit Notizzetteln und Anweisungen zugepflastert waren. Ein Sanitäter stützte sich auf den niedrigen Schaltertisch und wartete darauf, dass die an einer Schreibunterlage befestigten Blätter abgezeichnet wurden. Auf einer Krankenbahre lag eine alte Frau. Sie drehte ihren grauen Kopf hin und her wie ein verschreckter Vogel und blinzelte langsam mit den Augen, stellte dann mit leiser Stimme eine Frage. Der Sanitäter antwortete erst nach einer Weile, ja, so ist es, Tantchen bleibt jetzt eine Weile hier, bis die Schwindligkeit sich legt.

Xenja sah sich aufgeregt um. Über den Flur gingen Pfleger in grünen Anzügen.

Ich fasste Xenja am Arm, führte sie zu einer kleinen, offenen Wartezone und bat sie, mit Serjoscha hierzubleiben, bis ich sie holte. Im Wartebereich standen ein Kunstledersofa und ein paar Stühle, der Fernseher war so hoch an der Wand befestigt, dass man kaum etwas sehen konnte. In der Ecke saß ein Mann mit einem weißen Kopfverband, der nur die Augen und die schon vor Jahren krumm geschlagene Nase frei ließ. Der Mann hatte die Beine gesittet übereinandergelegt, wischte sich aber die triefende Nase am Handrücken ab, der von Tätowierungen gesprenkelt war.

Ich ging den Flur entlang. Zwei grau gekleidete Wächter standen an der Wand und starrten mir nach. Am Schalter wurde offenbar immer noch darüber diskutiert, wohin die alte Frau gebracht werden sollte. Mir schoss der beunruhigende Gedanke durch den Kopf, dass auch ich eines Tages alt sein würde, doch ich verbannte ihn in weite Ferne, wo sich hoffentlich auch das Alter befand. Ich wusste, dass die Besorgnis zurückkehren würde und nahm mir vor, sie dann zuzulassen.

Auf dem Flur standen zwei Krankenbetten, nur durch einen kleinen Stoffschirm voneinander getrennt. Im einen lag ein junger Mann unter einer Wolldecke, neben dem Bett standen Pantoffeln. Der Mann, fast noch ein Junge, atmete mühsam durch den Mund, in den Augenwinkeln und auf den Backen waren die Spuren von Schlägen zu sehen. Im nächsten Bett lag eine Frau in mittleren Jahren, ein Bein geschient und hochgezogen. Sie hielt eine große Handtasche mit Schottenmuster umklammert.

Ich kehrte zum Eingang zurück. Auf Xenjas fragenden Blick antwortete ich mit einem Kopfschütteln. Serjoscha saß auf einem der Stühle und schlenkerte mit den Beinen. Am Ende des Flurs öffnete sich eine Tür. Korhonen und Parjanne traten heraus, sahen uns und kamen in die Wartezone.

»Wenn die gnädige Frau sich den Mann ansehen würde«, sprach Parjanne Xenja an, untertänig, als zerknautschte er seine Dienstmütze zwischen den Händen, und blickte auf den Fußboden, irgendwo in Richtung Ecke.

Xenja ging und blieb eine Weile in dem Zimmer. Wir standen schweigend auf dem Flur. Ich versuchte Korhonens Blick aufzufangen und hob fragend die Augenbrauen. Korhonen seufzte und schüttelte den Kopf, machte eine flatternde Handbewegung. Die Wächter kamen langsam auf uns zu, strafften sich und klemmten die Daumen unter den Gürtel, an dem ihre Ausrüstung hing.

»Geht mal draußen nachgucken, ob da nicht ein armer Schlucker steht, den ihr rumschubsen könnt«, kommandierte Korhonen.

»Kripo Helsinki, alles in Ordnung«, beschwichtigte Parjanne. »Benimm dich, Teppo«, fauchte er Korhonen an.

»Ich kann diese Nazis überhaupt nicht leiden«, sagte Korhonen, schien aber nicht wirklich wütend zu sein. Ich wusste, dass er ganz besonders unberechenbar war, wenn er so aussah wie jetzt, mit einem amüsierten Lächeln auf den Lippen, aber einem harten Blick in den grauen Augen. Die einzelnen Teile seines Gesichts passten nicht zueinander, wie bei dem Kinderspiel, in dem man Ober- und Unterteil verschiedener Gesichter zusammenfügt.

»Benimm dich«, wiederholte Parjanne ein wenig lauter und ernster.

Xenja kam mit hängenden Schultern auf den Flur. Sie warf sich in meine Arme, fühlte sich kompakt und warm an.

»War es Pawel?«, fragte ich in ihre Haare.

»Nein«, schluchzte Xenja. »Ein ganz fremder Mann.«

»Entschuldigen Sie, gnädige Frau, sind Sie ganz sicher?«, hakte Parjanne nach. »Bei den schweren Verletzungen?«

»Ich kenne doch meinen Mann«, fuhr Xenja ihn an. Sie tupfte sich die Augen mit einem kleinen Taschentuch und steckte es in ihre Schürzentasche. Sergej trat zu ihr. Xenja strich dem Jungen über den Kopf und versuchte zu lächeln.

Wir gingen hinaus. Matti Kiuru saß auf dem Geländer vor meinem Mercedes. Korhonen und Parjanne hatten ihren weißen Golf gleich daneben geparkt. Ich drückte auf die Fernbedienung, und Matti hielt Xenja und Serjoscha höflich die Tür auf.

»Der Herr Direktor hat seinen Sekretär mitgebracht. Oder eher seinen Waffenträger, wenn man dem fleckigen Overall traut«, dröhnte Korhonen, während er die Sonnenbrille aufsetzte. »Pass nur auf, dass die Plüschsitze in deinem Führungsstern nicht dreckig werden. Na ja, man kriegt ja auf Bestellung neue Bezüge aus Deutschland. Aber die sind teuer, du gibst dem Autohändler fünf Riesen und kriegst ein paar lumpige Hunderter zurück. Und angepflaumt wirst du gratis. Obendrein prahlt neben dir ein Taxifahrer, er hätte die Leichtmetallfelgen seines Kumpels von der Steuer abgesetzt. Die Kerle machen einem wirklich Laune.«

»Jetzt hast du dich mal ein paar Minuten anständig benehmen müssen, und schon drehst du durch. Hat der arme Teppo die falschen Pillen genommen?« Korhonens leeres Gerede wurde mir allmählich zu viel. Wenn er so weitermachte, würde ich ihn unmissverständlicher zu seelischer Harmonie und geistigem Gleichgewicht anhalten.

»P-R-O pro, F-I fi, H-E-L hel … so schreibt man Profihelfer. Ich kann das schon, brauchst mir nichts mehr beizubringen.« Korhonen sprach mit mir, sah dabei aber Matti an. »Ich denke nur laut darüber nach, in welcher Beziehung ihr zueinander steht, weil ihr dauernd gemeinsam unterwegs seid. Ist das dein Leibwächter? Hat er eine Waffe?«

»Er hat keine Waffe. Die Kalaschnikows sind verkauft, das Maschinengewehr liegt hinter Schloss und Riegel in einem Container in der alten Halle und die Pistole steckt im Reservereifen im Kofferraum. Quatsch, sie liegt natürlich vorschriftsmäßig im Waffenschrank, das weißt du doch«, erläuterte ich gelangweilt, sagte so ernsthaft die Wahrheit, dass sie sich wie ein Witz anhörte.

»Was redest du da?«, fragte Parjanne dennoch interessiert.

»Der liebe Viktor verarscht uns«, mischte sich Korhonen ein und ließ nur mich erkennen, dass er sich amüsierte. »Der Bubi hat höchstens eine Spielzeugpistole in der Hose. Und das ist wahrscheinlich auch bloß eine Billigkopie oder so eine Ballerbüchse mit Gasantrieb. Ha-haa, Viktor schießt im Horizontalkampf mit Farbkugeln.«

»Korhonen, zum Teufel!« Parjanne zuckte zusammen, als er sich beim Fluchen ertappte. »Es sind Kunden in der Nähe, Frauen und Kinder. In dieser Situation könntest du ein bisschen mehr Respekt zeigen«, fauchte er.

»Jawollja, sagt Olga. Wir sind hier wohl fertig, *Chef*.« Korhonen betonte das letzte Wort so, dass man eine Beleidigung dahinter vermuten konnte. Er setzte sich ans Steuer, ließ den linken Arm locker aus dem Fenster hängen, während er den Wagen aus der Parklücke lenkte, und sang mit lauter Stimme. »*Eilt euch, ihr Seelen, unsre Zeit nimmt ein End …*«

Sein Vibrato hallte nach.

»Lied 408«, sagte Matti.

»Woher weißt du das denn?«, wunderte ich mich.

»Mutter ist eifrig zur Kirche gegangen, als sie bei uns in Kolppana eine Gemeinde gegründet haben, und uns Kinder hat sie mitgenommen. Da haben sich die Lieder eingeprägt.«

30

Marja sagte, sie werde das Abendessen zurechtmachen, die Kinder müssten längst im Bett liegen, du lieber Himmel. Und du, Xenja, setzt dich hin und ruhst dich aus, legst die Beine hoch und trinkst ein Glas Wein, ordnete sie fürsorglich an.

Matti Kiuru und ich waren draußen geblieben. Sergej hätte uns gern zugehört. Er stand neben Matti, hatte die Hände genau wie er in die Gesäßtaschen gesteckt, und versuchte, mannhaft auszuspucken. Als Xenja ihn ins Haus rief, gehorchte er widerstrebend.

Matti war uns nach Tapanila gefolgt, obwohl ich ihn nicht darum gebeten hatte. Nun stand er verlegen auf dem mit Steinmehl bestreuten Gartenweg.

»Na, Matti, was hast du auf dem Herzen?«

»Mir geht die Waffensache nicht aus dem Kopf«, begann er zögernd. »Sollte ich nicht eine haben? Wenn ich mir überlege, wozu du mich … sozusagen ausbildest … oder anleitest.«

Matti holte sein Rollbandmaß aus der Tasche und zog das dünne Stahlband vor und zurück, ließ es ab und zu ganz in das Gehäuse zurückschnellen. Ich betrachtete ihn und überlegte. Ich selbst vermied es nach Möglichkeit, eine Waffe bei mir zu tragen, denn dabei bestand immer die Gefahr, dass ich sie auch benutzen musste. Aber manchmal brauchte ich sie, zur Abschreckung oder als Lebensversicherung, um die Angriffsschwelle zu erhöhen.

Bei gefährlichen Situationen hatte ich Matti nicht mitgenommen, bisher jedenfalls noch nicht. Ich dachte auch an seinen Vater Antti, der bereits einen Sohn verloren hatte. Er würde sich sorgen und grämen, wenn er wüsste, was Matti trieb. Aber ich versuche ja, meine Geschäfte in Richtung Legalität zu entwickeln, und ich werde Matti nirgendwo hinschicken, wo auf ihn geschossen wird, beruhigte ich mich selbst. Und Antti brauchte ich nicht alles zu erzählen. Es war ganz unnötig, ihn zu beunruhigen. Väter waren nur dann sorglos und gut gelaunt, wenn sie nicht zu genau über das Treiben ihrer Sprösslinge informiert waren.

»Warte mal.«

Ich ging ins Arbeitszimmer. Marja folgte mir, sie lehnte sich an den Türrahmen. Neben dem Schreibtisch stand ein mit Ordnern und Büchern gefülltes Regal, auf dessen oberstem Brett sich Videokassetten aufreihten. Ich nahm die dritte Kassette von rechts, auf dem Rücken stand *Karelien, Land der Erinnerung*. Aus der untersten Schreibtischschublade holte ich ein paar Schachteln Munition.

»Den Film habe ich noch gar nicht gesehen«, bemerkte Marja trocken.

»Den will ich Matti leihen«, knarzte ich.

»Seid vorsichtig, Jungs«, sagte Marja, als würden wir zum nächtlichen Eisangeln aufbrechen. »Aber Pawel müsst ihr finden. Xenja bricht bald zusammen.«

»Soll ich mich etwa in einen russischen Bauarbeiter verwandeln?«, giftete ich. »Na schön, wenn ich ein bisschen übe, schaffe ich es schon«, fügte ich dann hinzu, als hätte ich nur einen Witz gemacht. »Ich suche ihn. Matti hat Pawels Arbeitgeber schon gefunden. Wahrscheinlich.«

Marja kehrte in die Küche zurück. Beim Hinausgehen sah

ich, dass sie selbst und Anna, die in ihrem Hochstuhl saß, mich mit derselben ernsthaften Miene anschauten.

Matti stand rauchend im Garten. Ich hatte ihn selten mit einer Zigarette gesehen. »Hier.« Ich reichte ihm die Videokassette. Matti wog sie in der Hand und lächelte, als er begriff.

»Eine Walther PPK, alt, funktioniert aber noch. Ein zuverlässiges Ding. James Bond hatte auch so eine.«

Dann gab ich ihm die Schachteln mit den Patronen. Matti öffnete die Videohülle, bewunderte die schwarze Pistole, nahm sie in die Hand und zielte im Schutz des Dachs über dem Autostellplatz, sodass keiner der Nachbarn sah, was er tat. Plötzlich erstarrte er, ließ die Waffe sinken und versuchte sie in der Tasche seines Overalls zu verstecken. Ich drehte mich um. Xenja war lautlos hinter mich getreten.

»Ich wollte nicht stören«, sagte sie.

»Alles in Ordnung. Ich habe Matti nur eine Pistole gegeben, für alle Fälle.« Ich hatte keine andere Wahl, als offen zu sprechen. »Steck sie in einen Stoffbeutel und leg sie in den Kofferraum. Neben dem Reservereifen oder unter ihm liegen wahrscheinlich Ringschlüssel, Wagenheber, Schraubenzieher und so weiter. Da kannst du sie aufbewahren, lieber dort als in der Tasche. Außer natürlich, wenn du sie brauchst.«

Matti nickte, legte die Pistole in die Videohülle und murmelte, er führe jetzt los, denn er müsse noch zur Eisenwarenhandlung und habe auch sonst noch einiges zu erledigen.

»Ja, und hör mit dem Rauchen auf. Das ist ungesund«, gab ich ihm noch auf den Weg.

Xenja wartete, bis Matti gegangen war.

»Pawel ist etwas zugestoßen. Ich weiß es«, sagte sie.

Sie kam näher, ein wenig zu nah. Ich erinnerte mich, wie sie in der Pubertät plötzlich eine unruhige Glut ausgestrahlt hatte.

Sie hatte die Jungen in Verwirrung versetzt, sie dazu gebracht, sich an sie zu drängen und auf der Toilette des Pionierhauses schmutzige Geschichten zu erzählen. Und ich erinnerte mich, dass auch mir heiß geworden war, obwohl Xenja eine entfernte Verwandte und jede Berührung deshalb doppelt verboten war.

»Danke, Viktor, für alles, was du bisher schon getan hast. Ich weiß nicht, wie Sergej und ich ohne dich zurechtgekommen wären.«

Sie umarmte mich leicht. Ich hatte ein schlechtes Gewissen, das noch ärger pochte, als ich den unergründlichen heißen Frauenduft wahrnahm, der von Xenjas Haut aufstieg.

Am Abend lag ich lange wach im Bett. Ich versuchte meine Gedanken zu ordnen, Aufgaben und Befürchtungen in Einzelteile zu zerlegen, die ich dann in Ordnung bringen konnte, Stück für Stück, die eiligsten und wichtigsten zuerst.

Ich schob die Bau- und Genehmigungssorgen für einige Tage beiseite und beschloss, dass auch das Frolow-Problem warten konnte. Ich musste Pawel Wadajew finden, sonst hatte ich keine Ruhe und kam auch mit den anderen Angelegenheiten nicht weiter.

Aber danach hielt mich immer noch etwas wach. Das, was Onkel Olavi mir aus der Vergangenheit erzählt hatte. Und alles schien mit dem Heute in Verbindung zu stehen.

Olavi hatte langsam erzählt, in seinem Gedächtnis gekramt und auch berichtet, was er von anderen gehört hatte. Der Vater meines Vaters war im Herbst 1937 abgeholt worden, ein schwarzes Auto war in der Nacht vorgefahren und unbekannte Männer hatten an die Tür gehämmert. Opa wurde zu Lagerhaft verurteilt, kehrte aber schon im Sommer des nächsten Jahres zurück, abgemagert und schweigsam, mit zwei zerquetschten Fingern, doch er kam zurück, lebendig. Böse Zungen tuschelten, Pekka Kärppä habe Leute verraten, habe andere denunziert, um seine eigene Haut zu retten, so seien die Finnischstämmigen immer schon gewesen, hielten sich für schlauer.

Aber so einfach war es nicht, fügte Olavi hinzu, änderte die Perspektive. Es wurden ja nicht alle Unschuldigen verschleppt. Und schon nach dem achtzehnten Parteikongress wurden die Urteile über zigtausend Menschen aufgehoben und einige angeblich übereifrige Mitarbeiter des NKWD verhaftet. Um eine echte Rehabilitation handelte es sich damals noch nicht, erklärte Olavi. Es war nichts als ein Trick, der es Väterchen Stalin ermöglichte, wenigstens vorübergehend als gerechter Führer zu posieren, der die ungerechten Entscheidungen untauglicher Leute rückgängig machte.

Während des großen Krieges wurde Großvater dann als Spion nach Finnland geschickt, aber er wurde erwischt. Und wieder tratschten die bösen Zungen, verbreiteten das Gerücht, Kärppä habe sich absichtlich abgesetzt, habe davon geträumt, sich dem Stammesbataillon anzuschließen und an der Seite der Faschisten zu kämpfen. Er wurde im Gefangenenaustausch in die Sowjetunion zurückgeschickt und bekam sofort eine Lagerstrafe, zehn Jahre Workuta ohne das Recht, Briefe zu schreiben oder zu bekommen. Auch seine Familie hätte nach Mittelasien ziehen müssen, doch Großmutter und ihre Söhne machten auf der Zugreise kehrt und gingen heimlich nach Karelien zurück, wagten sich schließlich nach Sortavala und konnten sich Papiere verschaffen, die überall akzeptiert wurden.

Nach Sortavala kehrte dann auch Opa zurück, nach einigen Jahren Zwangsarbeit. Über sein Schicksal sprach er nie. Er lächelte nur mit ernsten Augen und sagte, er habe in seinem

Leben manch Böses getan, aber keine der Taten begangen, für die er verurteilt worden war.

Alte Geschichten, was vorbei ist, ist vorbei, hatte Olavi geseufzt, nachdem er mir das alles erzählt hatte. Was dein Großvater wirklich getan hat, kann niemand mehr feststellen. Und irgendjemanden haben wir doch alle schon betrogen, hatte er traurig hinzugefügt.

Es war heiß, obwohl das Fenster offen stand. Ich versuchte, den Schlaf herbeizulocken, ihn mit den sanften Phantasien einzufangen, die ich immer wieder vor meinen Augen abrollen ließ. Ich dachte an Sortavala, dort hatte ich ein Haus, von gleicher Art wie dieses, auch eine Industriehalle, in der Leute arbeiteten. Die Kinder spielten auf dem Hof, in der Sonne, radelten zum Schwimmen an den Ladoga-See …

Ich glitt in einen süßen Halbschlaf. Da begann Anna heftig zu schreien.

»Ich gehe schon«, sagte ich leise.

Ich suchte Annas Schnuller und setzte mich neben ihr Gitterbettchen, beruhigte sie, streichelte den vom Weinen nachbebenden Rücken. Dann ging ich wieder ins Bett. Marja lag in ihrer üblichen Stellung, den Kopf unter dem Kissen.

Ich dachte wieder über Großvater nach, und über Vater und mich selbst. Großvater war im Auftrag der Sowjetunion nach Finnland gekommen, aber hatte er sein Land verraten und sich mit den Finnen verbündet? Und mein Vater, wen hatte er verraten, als er Offizier der Roten Armee wurde, seine Muttersprache aufgab und sich nach dem Willen anderer richtete, die Ungerechtigkeiten vergaß, die man seinem eigenen Vater zugefügt hatte? Und ich, dem das Geburtsland unter den Füßen zerbröckelt war, bevor ich reif genug war, alles zu überdenken, und der dann einfach wegging, alles hinter sich ließ?

Auch ich war dabei, zu betrügen und zu denunzieren, Frolow zu verraten.

Marja gab knarrende Schnarchtöne von sich. Ich ließ sie schlafen, rüttelte sie nicht an den Schultern.

Morgen rufe ich Marjatta an und sage ihr, dass ich nicht mehr komme.

31

Veikko Luoma saß in seinem Büro in Pitäjänmäki und blätterte im Katalog eines Autozubehör-Supermarktes. Genaugenommen war es schwer zu sagen, ob das Büro wirklich seins war. An der Tür stand kein Name, und die Fenster waren mit gelbschwarzer Folie fast ganz zugeklebt. Ich vermutete, dass sich in dem ebenerdigen Raum früher ein Fotogeschäft befunden hatte. Matti hatte die Adresse mühelos herausgefunden. Er hatte die Nummer in Luomas Inserat angerufen, und der Personalvermieter hatte ihm bereitwillig Audienz gewährt.

»Der Herr Unternehmer unternimmt fleißig weiter, obwohl er unter Geschäftsbetriebsverbot steht«, grüßte ich und setzte mich Luoma gegenüber auf einen orangen Plastikstuhl. Matti blieb an der Tür stehen.

Das einzige Möbelstück außer dem Schreibtisch und zwei Stühlen war ein leeres Lundia-Regal, das in krummer Haltung an der Wand stand wie ein zu schnell aufgeschossener Jugendlicher. Das Metallkreuz zwischen den Seitenteilen fehlte, und die Regalbretter machten das Gebilde schief.

»Grüß dich«, sagte Luoma.

Er wirkte nicht im Geringsten überrascht oder erschrocken, obwohl ich ihm bei unserer letzten Begegnung nachdrücklich geraten hatte, sich aus der Baubranche und aus Finnland zurückzuziehen. Ich hatte strikt über meine Interessen wachen müssen, als Luoma einen kontrollierten Konkurs vorbereitete und sich überlegte, welche seiner Gläubiger am schlechtesten davonkommen sollten.

»Ich betreibe in Finnland keine Geschäfte, meine Firmen sind in Estland registriert. Und dort sind sie ganz legal. Es ist erfreulich, wenn man als Unternehmer eine neue Chance bekommt.«

Luoma gab sich alle Mühe, würdevoll zu sprechen, konnte das mit Raucherhusten vermischte Lachen jedoch nicht lange unterdrücken und musste schon bald die Pilotenbrille absetzen, um sich die Tränen aus den Augen zu wischen.

»Meine Tochter hat hier in Helsinki eine Personalvermittlung«, fuhr er fort. »Und soweit ich mich erinnere, hatten wir per Handschlag abgemacht, dass zwischen uns alles geklärt ist.«

»Die alte Geschichte ist in Ordnung«, versicherte ich.

Veikko Luoma sah mich besorgt an, hatte wohl den Verdacht, ich wolle doch noch irgendwelche alten Schulden eintreiben. Luoma war ein Geizhals, der jeden Cent festhielt und sogar leere Flaschen vom Straßenrand aufsammelte.

»Ein Verwandter von mir arbeitet irgendwo in der Helsinkier Gegend. Ich vermute, du hast ihn verkauft«, fügte ich rasch hinzu.

Luoma lächelte erleichtert.

»Welche Branche? Und woher?«

»Er heißt Pawel Wadajew, wird aber auch Vatanen genannt. Aus Russland, aus Karelien. Bauarbeiter, ich glaube nicht, dass er Fliesen verlegen kann«, sagte ich mit einem raschen Blick auf Matti Kiuru.

»Wie soll ich all die Namen behalten? Kann sein, dass er auf meinen Baustellen gewesen ist, ich meine, auf Baustellen, für die ich Männer geliefert habe.«

»Veikko, arbeitet Pawel für dich?«, fragte ich ein wenig schärfer.

Luoma seufzte, zog ein kleines Heft aus der Tasche seiner Khaki-Weste und blätterte die Seiten um, die mit Notizen in winziger Schrift gefüllt waren.

»Ja, der Name kam mir gleich bekannt vor. Ein schlechter Mann«, sagte er und verzog unzufrieden den Mund. »Nicht direkt faul, aber gedankenverloren, irgendwie abwesend. Ich musste ihn weiterleiten.«

»Wohin?«

»Das steht hier nicht. Die Männer kommen auf so vielen Wegen und landen bei vielen verschiedenen Kunden. Dieser Vatanen hat mir wahrscheinlich absolut nichts eingebracht. Ich muss mich erkundigen.«

»Dafür brauchst du doch wohl keinen Computer. Wohin hast du Vatanen geschickt? Und zu wem?«

»Ist in Excel nicht vermerkt«, äffte Luoma mich nach. »Er ist eben weitergereicht worden. Wohin, muss ich klären. Ich erkundige mich, obwohl ich auch daran nichts verdiene«, wiederholte er hartnäckig, ärgerte sich über die unproduktive Arbeit. »Ich rufe dich morgen an. Versprochen.«

Die Tür ging. Eine junge Frau wehte herein. Sie rief zuerst nur Hallo, gab mir dann aber doch die Hand und sagte, sie sei Susanna. Sie benahm sich ein bisschen zu normal, wie es Frauen, die um ihre Schönheit wissen, manchmal tun: geben sich locker und zwanglos, klagen vor dem Spiegel scherzhaft über ihre Falten, wenn die Frau neben ihnen hässlicher ist. Und in Gesellschaft von Männern bewegen sie sich, als wüssten sie nicht, dass man ihnen zuschaut.

»Bei uns findet gerade ein Generationswechsel statt. Das heißt, Susanna hat ja die ganze Zeit hier in Finnland ihre eigene Firma geführt«, erklärte Luoma mit unverhohlenem Stolz.

»Ja, und wir beabsichtigen, stark zu expandieren«, sagte Susanna Luoma. Gutmütig lächelnd betrachtete sie das schäbige Büro ihres Vaters und gab zu verstehen, dass sie eine neue Zeit verkörperte. »Das Seniorenheimkonzept ist bald so weit, dass wir es den Kommunen anbieten können. Da wird reichlich Pflegepersonal gebraucht. Wir haben Rekrutierungsstellen in Bulgarien und Rumänien. Aus den neuen EU-Ländern kommt gutes Material, das man frei importieren kann. Die Leute fordern nicht gleich Urlaub, wenn ihre Kinder mal krank sind.«

Die Tochter ihres Vaters, dachte ich. Sklavenhandel in der zweiten Generation.

32

Träskmossa, Sipoo

Die Frau und der Mann waren sich bereits im Herbst begegnet, hatten gemerkt, dass sie sich auf denselben Wanderwegen in Vantaa dem Nordic Walking widmeten, die Stöcke im selben Takt schwangen. Zuerst hatten sie nur ein paar gleichgültige Worte gewechselt, wahrscheinlich über den Nieselregen, vielleicht sogar über ihre Sehnsucht nach der prasselnden Farbenpracht des Herbstlaubs im Norden. Nachträglich erinnerten sie sich nicht mehr genau, doch Lapplandsehnsucht wäre wohl ein zu kühnes Thema für das erste Gespräch gewesen.

Während sie auf den Winter und den Schnee warteten, waren sie immer öfter gemeinsam gegangen und hatten immer mehr miteinander gesprochen, mühelos und über alles. Auf dem Parkplatz hatten sie sich auf ihre Stöcke gelehnt, den Kies aufgescharrt und sich gewünscht, noch nicht wegfahren zu müssen, obwohl beide ein Zuhause hatten und alles in Ordnung war.

Die Frau war Finanzchefin in einem Familienunternehmen, war mit der Firma gewachsen. Sie hatte einen Ehemann, der Fett angesetzt hatte, eine Kuhle ins Sofa drückte, Formel-1-Übertragungen anguckte und in jeder Hinsicht anständig, aber ganz und gar nicht so war, wie die Frau es sich gewünscht hätte. Das konnte sie einzig und allein sich selbst vorwerfen. Sie hatte die Entwicklung ihres Mannes vollkommen falsch vorhergesehen, oder genau genommen war sie nicht fähig gewesen, ihr eigenes Leben langfristig zu durchdenken, sie hatte bis zur

Hochzeit gedacht, zum Kauf der ersten Wohnung, zur Geburt der Tochter … immer nur ein Stückchen weiter. Nach ihrem vierzigsten Geburtstag merkte die Frau, dass die kurzen Striche zu langen Linien geworden waren und sich als unumgängliche Vektoren fortzusetzen schienen, ein Perspektivbild der Zukunft schufen, ohne Kurven oder neue Richtungen.

Und die Frau wollte die dreidimensionale Zeichnung nicht zerstören. Auch ein Freund passte hinein, als eine Art Innenröhre oder Parallelogramm. Er bewegte sich im selben Raum, in einem begrenzten Universum, in derselben Richtung, und die Frau wollte nicht nach dem Ende des Musters Ausschau halten.

Der Mann war Projektleiter in einem Bauunternehmen, wurde häufig ins Ausland geschickt, was nach dem fünften Einsatz jeden exotischen Reiz verloren hatte. Hätte man ihn früher danach gefragt, hätte er gesagt, seine Ehe und sein Familienleben seien in Ordnung. Aber vor zwei Jahren hatte er seine Frau von der Yogastunde abgeholt, und als sie auf seinen Wagen zugegangen war, hatte er begriffen, dass dieser Mensch ihm vollkommen gleichgültig war, nett zwar, aber das war auch alles.

Der Mann und die Frau waren im Februar zum ersten Mal miteinander ins Bett gegangen, und im März hatten sie einige Tage Skiurlaub in Saariselkä machen können, wo sie allerdings darauf achten mussten, nicht von Geschäftsfreunden des Mannes gesehen zu werden. Dort hatten sie auch ihren ersten Streit gehabt, ein heftiges Gewitter. Nachdem die Blitze verschwunden waren, hatten sie beschlossen, sich die seltenen gemeinsamen Stunden nicht zu verderben, diese hohlen und doch bedeutsamen Momente.

Heute hatten sie beide zu Hause gesagt, sie würden einen Abendlauf machen. Der Mann hatte die Route auf der Karte markiert, hatte sich an den Teich erinnert, den er der Frau zeigen wollte, zwanzig Meter unter einem schroffen Felsen. Die Frau hätte gern am Ufer des moorig duftenden Teichs mit dem Mann geschlafen, hatte aber nicht gewagt, es ihm vorzuschlagen. Eine Ablehnung hätte ihr wehgetan, und der Mann war manchmal schamhaft und auf Reinlichkeit bedacht.

Sie kehrten aus dem Wald zurück, gingen auf die an einem Fichtenwäldchen endende neue Straße zu, auf der sie ihre Wagen abgestellt hatten. Die Frau klagte über die Bauwut, sogar hier im Urwald entstand ein Industriegebiet, die Bäume waren doch bestimmt dreißig oder vierzig Jahre alt. Über hundert Jahre, korrigierte der Mann liebevoll, konnte den Ingenieur nicht verleugnen. Naturwissenschaftliche Fehler musste er immer richtigstellen, und sei es mit einem Lachen.

Der alte Pfad führte sie zu einer Stelle, die einige hundert Meter südlich von ihrem Ausgangspunkt lag. Die Frau stellte verwundert fest, dass es nach Rauch roch, und der Mann erkannte an der bitteren Geruchsnote, dass es sich um frischen Rauch handelte. Er sagte, da sei wohl kürzlich ein Haus abgebrannt. Zwischen Weidenröschen und hohem Gras tauchte überraschend eine gelbliche Lichtung auf, in deren Mitte ein Haufen Asche schwach nachglühte, durchsetzt von Metallteilen, die von verbrannten Möbeln übriggeblieben waren.

Die Frau meinte, man müsse die Feuerwehr alarmieren, aber der Mann argumentierte durchaus vernünftig, es sei nichts mehr zu machen, das Gebäude, eine Hütte oder Baracke, sei restlos verbrannt. Und es bestehe auch keine Gefahr mehr, denn die Umgebung habe erstaunlicherweise kein Feuer gefangen und auch das Gras schwele nicht. Sinnlos, sich einzumischen, am besten gingen sie einfach weiter.

Sie näherten sich dem ovalen Wendeplatz am Ende der

Straße. Die Frau sprang über den Graben und schrie auf. Auf dem Grund der Aushebung lag ein Mensch, mit dem Gesicht nach unten. Der Mann schreckte vor dem Geruch versengten Fleisches zurück, doch er musste es anfassen und sich vergewissern, dass in dem Körper kein Leben mehr war.

Der Mann holte sein Handy hervor, sprach ruhig, in fast alltäglichem Ton mit dem Polizisten. Die Frau und der Mann wussten, dass ihre Affäre vorbei war.

33

Tapanila, Helsinki

Die Haustür war offen. Korhonen und Parjanne traten ein, ohne zu klingeln, klopften in der Diele an die Wand und kündigten ihre Ankunft durch Rufe an. Ich wusste sofort, dass die Polizisten eine traurige Nachricht brachten. Sie gingen wie bei einer Beerdigung, langsam und steif, als wären normale Bewegungen irgendwie beleidigend.

»Zu Frau Wadajew …«, sagte Parjanne heiser, und Korhonen hielt dieses eine Mal den Mund.

Ich brauchte Xenja nicht zu rufen, sie kam von selbst. Als sie die Männer sah, stieß sie einen kleinen, entsetzten Laut aus, wie das Miauen einer Katze.

»Man hat Pawel gefunden«, hauchte sie und atmete gleichzeitig ein, die Hand vor dem Mund. Sie suchte nach Hoffnungszeichen in den Gesichtern der beiden Beamten.

»Leider haben wir allen Grund zu der Annahme, dass Ihr Mann gefunden wurde, und zwar tot«, sagte Parjanne ohne Umschweife. »Mein Beileid. Aber wir brauchen natürlich eine Bestätigung. Das heißt, der Tote muss identifiziert werden. Es könnte ja auch der falsche Mann sein, so wie letztes Mal«, ließ er ein wenig Hoffnung aufschimmern.

»Allerdings hatte dieser Papiere in der Tasche. Denen zufolge wäre er Pawel Wadajew, es tut mir leid«, fügte Korhonen hinzu.

Marja kam und legte Xenja von hinten die Arme auf die Schulter.

»Ich begleite Xenja, damit sie nicht ganz allein ist«, sagte sie. »Bleib du mit Serjoscha und Anna hier, Viktor.«

Ich brummte zustimmend. Xenja gegenüber brachte ich kein Wort heraus, nicht einmal eine Beileidsfloskel. Insgeheim war ich Marja dankbar. Ich hatte einen Horror vor Toten. Leichen ansehen oder auch nur mit einem Toten im selben Raum sein war etwas, was ich nicht konnte, trotz allem, was ich gelernt hatte.

Xenja legte sich eine Strickjacke um, nachdem Parjanne zuerst vor der Kälte inmitten der Sommerhitze gewarnt und dann verlegen gehüstelt hatte, weil in dieser Situation selbst vernünftige Ratschläge unangebracht erschienen. Korhonen hielt den Frauen die Türen auf und erklärte, er werde fahren. Parjanne wollte protestieren, gab ihm dann aber doch den Autoschlüssel. Der Mondeo verschwand beim Zurücksetzen hinter dem Stellplatz, kam dann noch einmal kurz zum Vorschein und brauste davon. Ich winkte.

Niemand winkte zurück.

Serjoscha stand auf der Treppe und wollte wieder Fußball spielen. Wir wechselten uns zwischen den Birken als Torwart ab. Sergej wehrte den Ball mit solchem Einsatz ab, dass seine Hosen bald braungrüne Flecken an den Knien hatten. Ich brachte es nicht übers Herz, ihn zu tadeln.

»Hol dir ein Eis aus dem Gefrierschrank«, sagte ich, als wir aufhörten.

Der Junge ging ins Haus und kam mit einem Hörnchen zurück.

»Ich gucke Fernsehen«, sagte er in fragendem Ton.

Ich erlaubte es ihm.

Vorsichtig sah ich nach Anna, die auf der Terrasse im Kinderwagen schlief. Sie lag leise schnaufend auf dem Bauch.

Durch die dünne Haut des Augenlids sah man, wie sich ihr Auge bewegte.

Im Wohnzimmer hatte sich Sergej im Sessel vergraben, nur seine schlenkernden Knöchel und Füße waren zu sehen. Er hielt ein Stück Küchenkrepp in der Hand, denn Marja hatte gesagt, der Sessel sei wertvoll und er dürfe keine Flecken auf dem Polster hinterlassen. Sergej nahm die Fernbedienungen vom Tisch, konnte sie alle mühelos bedienen. Auf dem Bildschirm flimmerte ein Musikvideo.

Ich fühlte mich wie ein Arzt in Tschernobyl, der einem Feuerwehrmann Salbe für die gerötete Haut gibt und weiß, dass der Patient dieses Jucken nicht überlebt.

Was hätte ich dem Jungen sagen können, dem vaterlosen.

Ich rief Matti Kiuru an und bat ihn zu kommen. Außerdem fragte ich ihn nach der Nummer des Arbeitskräftehändlers Luoma. Auf meinem eigenen Handy hatte ich sie nicht gespeichert, und ich hatte keine Zeit, zum Kiosk zu laufen und die Zeitung zu holen, in der Luoma inserierte. Matti versprach, mir die Telefonnummer zu simsen und zu kommen, sobald er den gerade angerührten Mörtel verstrichen und mit Fliesen belegt hatte. Ich sagte, brandeilig sei es nicht, Pawel Wadajew laufe uns nicht mehr davon.

»Luoma«, meldete sich die heisere Männerstimme. Im Hintergrund war Verkehrsrauschen zu hören.

»Wo bist du?«

»In Tallinn.«

»Verdammt«, entfuhr mir.

»Ich hätte dich angerufen, sicher schon in der nächsten Stunde«, verteidigte sich Luoma in gekränktem Ton, obwohl ich ihm noch gar nichts vorgeworfen hatte.

»Na, bisher hast du dich nicht gemeldet. Aber egal. Vatanen ist tot.«

»Aha.«

»Du trauerst aber sehr«, höhnte ich.

»Komm mir nicht auf die Tour«, empörte sich Luoma. »Ich hab den Burschen bloß ein paar Mal gesehen, und auch nur von Weitem. Der wollte unbedingt in Finnland arbeiten. Wir haben versucht, passende Baustellen für ihn zu finden, wo er zurechtkommt. Das heißt, darum haben sich natürlich meine Kunden gekümmert. Ich bin kein Wohltätigkeitsverein und keine Sozialtante, ich leiste harte Arbeit«, predigte er wie ein Kleinunternehmer beim Wahlgespräch.

»An wen hast du den Vatanen verkauft?«

Eine halbe Minute lang hörte ich nur Rauschen. Ich wollte gerade nach Luoma rufen, da murmelte er eine Antwort.

»Sprich lauter«, kommandierte ich.

»An den, von dem ich ihn gekriegt hatte, an deinen Geschäftspartner, den Frolow. Der konnte ihn irgendwo als Wächter brauchen.«

Nun war ich derjenige, dem es die Sprache verschlug.

»Viktor, das musst du doch verstehen. Bleib sachlich und mach keinen Aufstand. Ich hab mit der Sache nichts zu tun. Das kapierst du bestimmt, wenn du ein bisschen nachdenkst.«

Aus Luomas drängenden Worten glaubte ich herauszuhören, dass er sich Sorgen um seine künftigen Geschäfte machte.

»Na, dann werd ich mal nachdenken«, sagte ich und legte auf.

Der Geschäftsmann Veikko Luoma war gut beraten, wenn er sich in nächster Zeit nicht nach meinem Befinden erkundigte oder gemeinsame Projekte vorschlug.

Der Mondeo der Polizisten kurvte nach überraschend kurzer Zeit wieder auf den Hof.

Das heißt, woher wollte ich wissen, wie lange die Identifizierung einer Leiche normalerweise dauerte. Ich wusste ja nicht einmal, wie weit sie hatten fahren müssen, ob Pawel im Kühlraum irgendeiner Klinik lag, auf dem Stahltisch eines Pathologen oder im Kühlfach des Leichenschauhauses. Mir war klar, dass auch ich versuchte, die Wahrheit abzuwehren, das Unabwendbare hinauszuzögern wie ein zum Tod Verurteilter, der an jedem Bissen seiner letzten Mahlzeit möglichst lange kaut.

Die Hände in den Gesäßtaschen, stand ich in der Diele, die eigentlich eher eine Art Halle war. Der Architekt, ein Bekannter von mir, hatte einen Eingangsbereich entworfen, der sich zum einen Giebelende hin zur Küche und zu den Saunaräumen erweiterte und sich auf der anderen Seite in einem lichten Wohnzimmer fortsetzte; in der Mitte führte eine Glastür zur Terrasse.

Marja kam als Erste herein, mit geradem Rücken wie immer.

»Es war Pawel. Xenja hat ihn identifiziert. Und sie hat sich tapfer gehalten«, lobte Marja, als ginge es um ein Kind beim Impfen, doch sie hatte feuchte Augen.

Parjanne und Korhonen führten Xenja schweigend ins Haus. Xenja ging geradewegs ins Wohnzimmer und setzte sich auf die breite Armlehne des Sessels. Sie streichelte Serjoschas Haare und sprach leise auf den Jungen ein. Ich erinnerte mich, wie eines Nachts bei uns zu Hause das Telefon geklingelt hatte. Ich hatte sofort gewusst, dass es um Vater ging, obwohl ich mich an die Hoffnung klammerte, jemand hätte sich verwählt oder ein Verwandter riefe von weither an und hätte den Zeitunterschied falsch berechnet. Mutter hatte das Gespräch schnell beendet und gesagt, jetzt habt ihr keinen Vater mehr.

Ich sah, wie Serjoscha schlagartig aufhörte, mit den Beinen zu wippen, und Xenja weinend zusammenbrach.

Es klopfte an der offenen Tür. Ein dunkelhaariger, unter seinem Übergewicht ächzender Mann verbeugte sich höflich und wischte sich mit einem Taschentuch über die schweißnassen Haare.

»Legationssekretär Arkadi Malkin von der Botschaft der Russischen Föderation, guten Abend«, grüßte er, wünschte auch auf Russisch *dobryj wetscher*.

Parjanne und Korhonen erstarrten, krümmten sich wie Katzen, die einen Hund fixieren.

»Wieso tanzt hier ein russischer Agent an?«, fauchte Korhonen.

»Ein russischer Bjurger ist gestorben. Seine Familie braucht Unterstjutzung.« Malkin sprach Finnisch, langsam und mit starkem Akzent.

»Deine Kriseninteraction kannst du später anbieten«, wies Korhonen ihn ab. »Wir müssen jetzt mit der Frau sprechen. Möglicherweise steht Wadajews Tod in Verbindung zu krimineller Tätigkeit. Ich beschuldige oder verdächtige weder die Witwe noch den Verstorbenen. Von Schwarzarbeit profitieren ganz andere Leute, und an denen sind wir interessiert. Außerdem ist der tödliche Unfall auf einen Verstoß gegen die Sicherheitsvorschriften zurückzuführen, auch dafür muss jemand zur Verantwortung gezogen werden.«

Malkin lächelte friedfertig, wedelte mit seinem Taschentuch, faltete es dann zusammen und steckte es ein.

»Xenja Fjodorowna kjonnen Sie jetzt nicht vernehmen. Sie ist er… erschru… erschjuttert«, erklärte er. »Sie kjonnen spjater mit ihr sprechen. Und wir sehen uns sicher auch noch. Weil der verdjachtige Arbeitgeber Bjurger der Russischen Föderation ist.«

»Wer?«, fragten Korhonen und ich im Chor.

»Maxim Semjonowitsch Frolow«, sagte Malkin, als verstehe sich das von selbst, und schaute sich harmlos um.

Korhonen warf mir einen bösen Blick zu. Ich versuchte, überrascht auszusehen und ein langes Gesicht zu ziehen.

»Das ist mir ganz neu«, beteuerte ich, dabei hätte ich eigentlich mit den Worten meiner verstorbenen Mutter sagen müssen, das hatte mein Traum also zu bedeuten.

»Umso mehr Anlass haben wir, einige Fragen …«, begann Korhonen, doch Xenja warf sich mit flammenden Augen dazwischen.

»Mein Mann, mein Pawelka, mein lieber Pawlik ist tot. Streitet euch woanders!« Xenja begann würdevoll, doch dann kippte ihre Stimme um. Die letzten Worte schrie sie laut heraus.

Malkin zog sich an die Wand zurück, machte den finnischen Polizisten mit einer Sechstelverbeugung Platz. Parjanne ging als Erster, bat leise um Entschuldigung, kündigte aber an, er werde zurückkommen. Korhonen musterte Malkin wie einen Kadaver, bevor er schnaufend seinem Vorgesetzten folgte.

»Eine Tasse Tee würde Ihnen sicher guttun«, kehrte Malkin zu seinem fehlerfreien Finnisch zurück. Er legte schützend einen Arm um Xenja, führte sie zum Sofa und setzte sich neben sie. Ich sah, dass er sich zu ihr beugte und mit leiser Stimme etwas erklärte. Zwischendurch drückte er Xenja aufmunternd die Hand, dann wieder machte er weit ausladende Gesten.

Ich hätte zu gern gewusst, was Malkin zu Xenja sagte.

Malkin ging bald, verabschiedete sich mit Handschlag und schüttelte auf der Treppe auch dem gerade angekommenen Matti Kiuru die Hand, sagte, er wisse auch ohne offizielle Vorstellung, wer der junge Mann sei. Bevor ich Matti genauere Erklärungen geben konnte, klingelte mein Handy. Korhonen rief an.

»Aufs Dach vom City-Markt, sofort!«, befahl er und legte gleich wieder auf.

Ich rief Marja zu, ich müsse etwas erledigen und sie brauche das Essen nicht warm zu halten. Es war höflich gemeint, doch ich wusste, dass Marja möglicherweise beleidigt war, als wäre das, was sie auf den Tisch brachte, mir nicht gut genug.

»Wir nehmen den Mercedes«, sagte ich, Matti stieg ein, und ich setzte den Wagen rückwärts auf die Straße. Ich fuhr über die Bahn nach Malmi und ins Parkhaus am City-Markt, trieb den Wagen durch sämtliche Etagen bis hinauf auf die offene Dachebene. Korhonen lehnte am brusthohen Betonrand und rauchte. Fast alle Stellplätze waren leer. Ich parkte ein paar Meter vor Korhonen.

»Ypi ist nach Pasila zum Präsidium gefahren. Ich hab ihm gesagt, ich mach jetzt Feierabend und bleib gleich zu Hause.«

Er nickte zu einem kleinen, rotweißen Etagenhaus hinter dem Schwimmbad. Ich erinnerte mich, dass er tatsächlich dort wohnte.

»Verdammt, das sieht vielleicht beschissen aus, vor allem von hier oben«, moserte Korhonen. Er zeigte auf Balkone, die mit schmutzigen Plastikstühlen, bettlakengroßen Fahnen des Eishockeyclubs HIFK und kitschig-bunten Lichterketten bestückt waren. »Und da drüben, du heilige Kacke, die Satellitenschüssel ist so groß wie ein Fallschirm. Da guckt irgendein Asylbewerber al-Jazeera oder den Moskauer Sender.«

»Beschwer dich beim Stadtteilarchitekten oder beim Malmi-Verein«, sagte ich, fest entschlossen, mich nicht zu ärgern.

»Was zum Teufel ist los, Kärppä?« Korhonen drehte sich um und sah mich an. »Dieser Frolow ist ein Kumpel von dir? Und die Botschaft schützt ihn, oder wie? Der liebe Teppo versteht das nicht, überhaupt nicht. Und ich mag es nicht, wenn ich nichts verstehe.«

Ich sah ihm in die Augen.

»Ich begreife auch nicht alles. Aber ich habe dich nicht verschaukelt. Ich werde herausfinden, was da abläuft. Ich suche Frolow. Und bringe ihn dir.«

»Na klar, und auf dem Heimweg stoppst du das Schmelzen des Festlandeises und schaffst die Langzeitarbeitslosigkeit ab. Ziemlich viel versprochen«, meinte Korhonen skeptisch und wechselte abrupt das Thema. »Weißt du was, ich hab da gerade einen interessanten Artikel gelesen. Folgendes, das ideale Tier ist theoretisch eine Raubkatze, ein bisschen kleiner als ein Tiger, so um die einsneunzig groß und knapp hundert Kilo schwer. Haargenau wie ich. Gar nicht nötig, gleich vom metabolischen Syndrom zu reden, wenn man ein bisschen kräftiger gebaut ist.«

»Es ist sinnlos, mir zu drohen«, erwiderte ich mit einem dünnen Lächeln, das Korhonen klarmachen sollte, dass ich es ernst meinte. »Wenn wir da drüben in den Wald gingen, du vom einen Ende her und ich vom anderen ... du würdest nie erfahren, wer dich getötet hat.«

Korhonen sah mich nachdenklich an, fing aber nicht an zu streiten oder Witze zu reißen.

»Du bekommst Frolow, und zwar bald«, wiederholte ich. »Das liegt auch in meinem Interesse.«

Die Reifen quietschten, als ich die Rampe hinunterraste.

»Was jetzt?«, fragte Matti Kiuru vorsichtig.

»Wir holen Frolow«, antwortete ich.

»Meine Waffe liegt im Mazda im Kofferraum«, meinte Matti zögernd. »Vielleicht brauchen wir die?«

»Gut möglich.«

Marja lief uns entgegen, Anna im Arm. Ich wusste, dass etwas nicht stimmte.

»Xenja ist verschwunden«, keuchte Marja. Ihre Unterlippe zitterte, und sie drückte das Mädchen an sich, als könne der Wind es ebenfalls fortwehen.

»Und Serjoscha?«

»Der ist im Haus. Nur seine Mutter ist … irgendwo hingegangen.«

Ich biss mir auf die Lippe und sprach nicht aus, was ich dachte: Du hast sie gehen lassen, konntest du denn nicht aufpassen? Diesen Vorwurf machte Marja sich vermutlich selbst. Ich hätte sie trösten müssen, mach dir keine Sorgen, mein Krümelchen, ich suche und finde Xenja. Doch dazu war ich nicht fähig. Ich trug Marja auf, sich um die Kinder zu kümmern, um Anna und vor allem um Serjoscha.

Sie nickte.

»Ich habe nichts gemerkt. Der Junge saß vor dem Fernseher. Irgendwann ist mir aufgefallen, dass er allein ist. Mutter hat gesagt, sie müsse gehen, so hat Serjoscha es mir erzählt«, versuchte Marja zu erklären.

»Ich versuche, die Sache in Ordnung zu bringen«, versprach ich, ohne zu wissen, was für eine Ordnung das sein sollte. Marja presste die freie Hand um meine Finger und sah mich so dankbar und vertrauensvoll an, dass mir eine kalte Angst über den Rücken lief, mit kühlen Rattenzehen, unter deren Berührung ich schauderte.

Matti Kiuru wühlte viel zu lange im Kofferraum seines Wagens. Erneut ahnte ich Böses.

»Die Pistole ist weg«, bestätigte Matti meine Vorahnung. »Verdammt noch mal, sie ist einfach verschwunden.«

»Xenja«, folgerte ich, addierte meine Erinnerungen. Xenja im Garten, als ich Matti die Pistole gab. Malkin, der Frolow erwähnte und der jungen Witwe tröstende Worte zuflüsterte.

Ich lief ins Haus, geradewegs ins Arbeitszimmer, nahm eine Kassette aus dem Videoregal und holte eine alte Tokarew-Pistole heraus, für die ich nur eine Schachtel Patronen fand.

Draußen gab ich Matti Waffe und Munition. »Keine besonders gute Knarre, aber besser als nichts«, sagte ich und holte meine eigene Waffe aus dem Reservereifen im Mercedes.

34

Die Straße am Ende von Kulosaari schlummerte in friedlicher Unwissenheit. Ich lenkte den Wagen zu den Verteilerkästen, die ich schon kannte, und stellte den Motor ab. Frolows kantiger Chrysler schien sich auch diesmal mit der Stoßstange ans Haus zu lehnen. Ich wartete und beobachtete das Haus. Draußen rührte sich nichts. Alle Fenster zur Straße waren geschlossen, die Gardinen bewegten sich nicht, und es war auch kein Widerschein eines Fernsehers zu erkennen.

Ich brummte Matti den Abmarschbefehl zu und ging ihm voraus zu Frolows Tür. Ich klingelte mehrmals. Das Gebimmel schallte durch das Haus. Obwohl ich das Ohr an den rauen Glasstreifen an der Tür legte, hörte ich kein Lebenszeichen.

Ich wies Matti an, mir zu folgen und aufzupassen, nach Passanten oder neugierigen Nachbarn Ausschau zu halten, während ich um Frolows Haus herumging und hineinspähte. Matti murmelte, er nehme an, alle Bewohner des Stadtteils seien zum Segeln aufs Meer gefahren oder ließen sich in ihren Sommerhäusern vom Personal bedienen. Ich war ein wenig überrascht, sowohl darüber, dass Matti einen ganzen, langen Satz von sich gab, als auch über den beinahe bitteren Ton seiner Bemerkung. Die Revolution veranstalten wir später, sagte ich, vorläufig konzentrieren wir Bolschewiki uns darauf, die Geldsäcke auszuspionieren.

Ich rüttelte an den Seitentüren, spähte durch die Fenster,

und an der Uferseite des Hauses drückte ich mir die Nase an den Scheiben der Terrasse platt, die in der Abendsonne fast undurchsichtig waren.

Das Haus war leer. Zumindest wirkte es verlassen.

Meine bösen Ahnungen wurden immer stärker und ließen meine Unruhe wachsen.

»Wir gehen rein.«

»Bohren wir das Schloss auf?«, fragte Matti. »Oder hebeln wir die Tür mit dem Brecheisen aus dem Scharnier? Bauen wir das Lüftungsfenster aus?«

»Da bleiben hässliche Spuren zurück.«

Ich holte meine Werkzeugkiste aus dem Wagen und kletterte über die Leiter an der Giebelseite des Hauses auf das Flachdach. Die Konstruktion war mir vertraut, ich hatte gelegentlich Dächer dieser Art repariert. Die unterste Dachhaut bildeten mehrere Schichten Filz, die mit heißem Pech verklebt und abgedichtet wurden, und darüber lag gleichmäßiger Kies. Das Dach hatte ein ganz leichtes Gefälle zu ein paar Regenabläufen. Dort kam es leicht zu Verstopfungen, und irgendwann würde auch der Filz lecken. Aber diesmal interessierte ich mich nicht für Wasserschäden und Schimmelbefall, sondern für die kuppelförmigen Oberlichter.

Ich spähte durch die Plastikkuppel und versuchte mich zu erinnern, wo die Lichtschächte endeten. Ich schätzte und hoffte, dass beide über dem offenen Aufenthaltsraum in der oberen Etage und nicht etwa über den Treppen lagen.

Die Oberlichter hatten einen quadratischen Metallrahmen, an dem die Kuppeln mit Anschlussblech befestigt waren. Ich suchte den 17-mm-Gabelschlüssel heraus und begann die Bolzen am Rahmen loszuschrauben. Matti kramte einen Schraubenschlüssel aus dem Werkzeugkasten und machte sich auf der anderen Seite an die Arbeit. Die Bolzen ließen sich leicht lösen, aber das Fensterelement selbst war fest verkittet. Wir mussten vorsichtig zwei Meißel in die Nahtstelle schlagen, um die Kuppel anheben zu können.

Ich steckte den Kopf durch die Öffnung und sah, dass die Strecke zum Fußboden zu lang war, um herunterzuspringen.

»Hol das Abschleppseil aus dem Auto und bring aus dem Garten ein festes Brett oder eine Stange mit«, befahl ich.

Matti kam im Handumdrehen zurück, er schien auch die Leiter im Laufschritt erklommen zu haben. Er hatte sich die Seilrolle um den Hals gelegt und eine Hartholzplatte, gut einen Meter lang, unter den Arm geklemmt.

»Hab kein Brett gefunden … die Platte hab ich von der Terrasse abgerissen«, entschuldigte er sich.

Ich prüfte die Festigkeit der Platte, legte sie quer über die Fensteröffnung und band das Seil mit doppeltem Knoten daran fest. Dann zwängte ich mich in den siloartigen Lichtschacht und ließ mich langsam hinunter. Matti folgte mir.

Ich zog die Pistole aus dem Gürtel und sicherte nach allen Seiten. Dann gab ich Matti mit einer Handbewegung zu verstehen, dass er die Zimmer auf der anderen Seite des Obergeschosses überprüfen sollte, während ich hinter die beiden ersten Türen schauen würde.

Frolows Haus roch sauber und trocken. Die erste der weißen Türen öffnete sich mit leisem Knarren. Das Zimmer war leer, wie nach einem Umzug. Auf dem Fußboden vor dem Fenster lag eine abgeschraubte Jalousie, an der einige Lamellen abgeknickt waren. Ich ging ins nächste Zimmer. An der Wand stand ein einfaches Holzbett, auf dem ein grüner Bettüberwurf lag, und am Fenster ein Schülerschreibtisch, an dem sicher seit Jahren keine Hausaufgaben mehr gemacht worden waren. Ich ging hinaus und wollte gerade die Tür hinter mir zuziehen, als mir das Geräusch auffiel. Im Zimmer war jemand.

Ein Mensch, der hechelnd atmete, ab und zu fast winselte und versuchte, sein Schluchzen zu unterdrücken.

Ich riss die Tür des Kleiderschranks auf.

Frolows junger Begleiter, Anton, saß zusammengekrümmt im Schrank, die zitternden Hände, zur Faust geballt, vor der Brust. Er schrie gellend auf. In seinem Schrei entluden sich Angst und Entsetzen.

Frolows Leiche lag im Wohnzimmer vor dem aus Schiefersteinen gemauerten Kamin. Von außen hatte ich sie nicht sehen können, weil ein breites Sofa sie verdeckte. Frolow hatte sich im Fall halb auf die linke Seite gedreht. Er war von mindestens zwei Schüssen getroffen worden. Die ganze Bauchgegend war rot vor Blut, und über dem Zwerchfell, fast genau in der Mitte, befand sich ein Loch, als hätte man einen bleistiftdicken Stachel hineingetrieben. Ich wollte mir nicht ausmalen, wie die Kugel ihre kinetische Energie verbraucht hatte, indem sie weiches Gewebe und Organe zerriss, und schließlich irgendwo im Brustkorb steckengeblieben war. Der zweite Einschuss saß irgendwo im nicht sichtbaren Teil des Gesichts; ich suchte nicht danach. Das Austrittsloch war schlimm genug. Die Kugel war quer durch den Schädel gegangen und hatte ein Stück vom Hinterkopf mitgerissen.

Ich fasste die Leiche nicht an, nicht einmal, um das Fehlen des Herzschlags festzustellen. Frolow war definitiv tot.

Die Walther PPK lag auf dem Teppich zu seinen Füßen. Sie war mir nur allzu bekannt, es war die Waffe, die ich Matti Kiuru gegeben hatte und die mit Xenja verschwunden war. Abgesehen von der Pistole und dem erschossenen Mann gab es im ganzen

Haus keine Anzeichen, die auf einen Kampf oder Streit hinwiesen. Die Möbel standen ordentlich an ihrem Platz, die Klima-Anlage summte leise, und der Geruch nach frischem Blut entsprang eher der Einbildung als einer echten Wahrnehmung.

Ich ließ Frolows Leiche liegen. Anton sollte mir erzählen, was passiert war. Obwohl ich es ja längst wusste.

Matti Kiuru saß am Küchentisch, locker zurückgelehnt und mit lang ausgestreckten Beinen. Anton hockte ihm gegenüber, ein halbleeres Wasserglas vor sich. Der Junge hatte sich so weit beruhigt, dass er nicht mehr zitterte, und er weinte nicht mehr pausenlos, sondern schluchzte nur noch gelegentlich auf.

Ich setzte mich ans Tischende.

»Anton, alles Schlimme ist jetzt vorbei«, sagte ich auf Russisch, sanft wie ein Pfarrer bei der Taufe. »Wir kümmern uns um dich … ich kümmere mich um dich«, präzisierte ich, als der Junge zu Matti aufsah, der kaum älter war als er selbst. »Du hast deinen … Arbeitgeber nicht getötet. Und ich mache dich auch nicht zu seinem Mörder«, versicherte ich Anton und suggerierte ihm damit zugleich, dass man ihn als den Schuldigen hinstellen konnte. »Erzähl mir mal, wie das passiert ist.«

Anton knetete seine Finger und trank einen Schluck Wasser.

»Es klingelte. Maxja war auf der Terrasse, er rief, mach mal auf. Und das habe ich getan.«

Er holte Luft.

»Da stand eine Frau, eine Russin, in mittleren Jahren, also dreißig, vierzig, so um den Dreh. Sie fragte nach Maxim Semjonowitsch Frolow, wie nach einem Bekannten, aber ganz höflich. Ich habe sie eingelassen und Maxim aus dem Garten geholt. Die Frau stand da im Flur, und als Maxja kam, hat sie auf einmal eine Waffe aus der Tasche gezogen und ganz oft geschossen, und Maxja ist da auf den Boden gefallen. Er hat nicht geschrien, nicht gejammert, nichts gesagt. Bestimmt war er sofort tot, ich habe gesehen, wie ein Stück von seinem Kopf abging.«

Anton nahm ein Stück Küchenkrepp von der Spüle und putzte sich die Nase.

»Ich habe die Frau angeguckt und gedacht, jetzt erschießt sie mich auch, aber sie hat bloß vor sich hin gestarrt, ganz ruhig. Oder wie gelähmt, aber irgendwie ganz kühl«, setzte Anton seine Schilderung fort. Das Sprechen schien ihn zu erleichtern. »Ich bin nach oben gerannt und hab mich versteckt und bloß gewartet. Ich hatte Angst, dass sie mir nachkommt. Aber sie ist wohl einfach verschwunden. Und dann habe ich Geräusche gehört, und dann hast du die Tür aufgerissen.«

Ich schätzte, dass Antons Bericht der Wahrheit entsprach, und entdeckte auch keine Lücken im Ablauf der Ereignisse. Wie Xenja nach Kulosaari gekommen und wohin sie geflohen war, blieb offen, aber das konnte auch Anton nicht wissen.

Der Junge schnäuzte sich erneut.

»Ihr denkt, ich wäre ein Strichjunge. Aber so was war es eigentlich nicht. Ich hab nicht mit Maxja geschlafen. Der war ja auch schon uralt. Er war eher so was wie ein Onkel oder ein großer Bruder«, fuhr er auf Finnisch fort.

Er sah mir in die Augen, mit einem flehenden Blick, der entweder ehrlich oder gut einstudiert war. Ich war versucht, ihn darauf hinzuweisen, dass Maxja ziemlich genau in meinem Alter und Xenja ein Jahr jünger war, doch ich ließ es sein. Anton hatte seine Sonnenbrille mit den bläulichen Gläsern verloren, aber die kleine grüne Mao-Kappe saß auf seinem Kopf wie angewachsen.

»Ich nehme mal an, dass du ein anständiger Junge bist, Anton. Du hast sicher Familie hier?«

»Ja, Vater und Mutter und zwei Schwestern, die wohnen in Malminkartano.«

»Du warst die beiden letzten Tage zu Hause. Von der Schießerei hier weißt du nichts. Ich besorge den passenden Täter«, versprach ich. »Und ich kümmere mich um dich. Du bekommst Arbeit, wirst ein ehrbarer Mann. Als Erstes lernst du, dass man im Haus keinen Hut trägt.«

Anton sah mich entgeistert an, nahm aber vorsichtshalber die Kappe vom Kopf.

»Matti, gib Anton deinen Anorak. Und Anton, du gehst jetzt bis zur überübernächsten Bushaltestelle. Und zwar so, dass dich keiner sieht oder dass du zumindest nicht auffällst. Du steigst an einer anderen Haltestelle ein als sonst. Oder noch besser: Du gehst bis zur Metrostation. Fahr ins Zentrum und von da nach Hause und lass deine Familie schwören, dass du die ganze Zeit dort gewesen bist, Play Station gespielt hast und allerhöchstens mal zu Siwa gegangen bist, um Kartoffelchips zu kaufen.«

Anton holte tief Luft, richtete sich zu einer halbwegs entschlossenen Haltung auf und ging. Die Küchenuhr tickte die Sekunden herunter. Sie stand auf kurz vor neun. Die Digitalanzeige am Herd lieferte dieselbe Information in glühendem Rot: 20:52. Instinktiv schaute ich auf meine Uhr und erhielt die nächste Bestätigung.

Ich tippte die Nummer ein. Die Botschaft meldete sich sofort und Malkin nach nur wenigen Sekunden, als hätte er auf meinen Anruf gewartet und den Griff nach dem Hörer nicht einmal zum Schein hinausgezögert.

»Frolow wurde erschossen«, erklärte ich geradeheraus, ohne Rücksicht darauf, dass das Gespräch höchstwahrscheinlich abgehört wurde.

»Tatsächlich«, sagte Malkin und schien nicht überrascht.

»Tatsächlich«, bestätigte ich. »Es sieht ziemlich schlimm aus. Hier wird eine Putztruppe gebraucht. Und ich meine jetzt keine Leute, die den Mopp schwingen. Das darf doch wohl nicht auf das Konto einer schwachen Frau gehen?«

Malkin stimmte mir zu, er sei ganz und gar derselben Meinung. Ich zählte auf, was nötig war, und brauchte die Liste nicht zu wiederholen. Malkin verstand sofort. Fünfundvierzig Minuten, höchstens eine Stunde, versprach er.

»Wir machen inzwischen einen kleinen Ausflug«, sagte ich zu Matti und war froh, dass ich das vom Tod gezeichnete Haus für eine Weile verlassen konnte.

35

Der Geruch nach gegrilltem Fleisch zog in den Wagen und erinnerte mich daran, dass seit der letzten Mahlzeit viel Zeit verstrichen war. Allerdings hatte ich nicht die Absicht, einfach als ungeladener Gast bei irgendeinem Gartenfest aufzutauchen. Ich kuppelte aus und ließ den Wagen möglichst leise über den Kiesweg rollen, bis ans Tor zu meinem Baugrundstück.

Ich nahm alles, was ich brauchte, aus dem Kofferraum, zog eine Zimmermannsweste an und warf Matti dünne Handschuhe zu. »Wir müssen aussehen wie Bauarbeiter. Na, du hast ja schon das richtige Zeug an«, erklärte ich. Allerdings wurden an Juliabenden wohl selten Bauarbeiten erledigt, zumindest nicht nach neun Uhr abends. »In den nächsten Stunden ziehst du die Handschuhe nicht mal zum Pinkeln aus. Wir dürfen nirgendwo Fingerabdrücke hinterlassen«, mahnte ich halblaut.

Das Gras auf dem Grundstück war hoch aufgeschossen. Jugendliche hatten einen Pfad über die Wiese getrampelt und Abende oder Nächte auf der Vortreppe des unbewohnten Hauses verbracht. Neben den Stufen lagen zerdrückte Bier- und Cider-Dosen. Eine Bierflasche war auf den Steinplatten zersplittert, eine zweite war zur Hälfte mit bräunlichem Wasser und Kippen gefüllt.

Ich sah mich um und ging zu dem alten Brunnen hinter dem Haus. Über der Öffnung lag ein Betondeckel mit einer viereckigen Luke aus Brettern. Ich suchte am Bund nach dem passenden Schlüssel und öffnete das Vorhängeschloss der Luke.

»Ich habe mir überlegt, dass wir diesen alten Brunnen erhalten … und ein Gewächshaus bauen. Wenn wir die Häuser dann verkaufen, malen die Leute sich aus, wie sie mit kostenlosem Wasser ihre Tomaten gießen, und zahlen gut und gern ein paar Zehntausender mehr, weil das doch ein Ökohaus ist«, erklärte ich Matti und übertrieb nur minimal.

Im oberen Ring der Brunnenröhre waren Eisenhalterungen einbetoniert, an denen offenbar früher die Leitung der Handpumpe befestigt gewesen war. An die rostige Stange war ein Nylonseil gebunden. Ich zog das Seil und die daran hängenden großen blauen Taschen nach oben. Matti hob die Augenbrauen, als er sah, dass die Taschen mit Rauschgift gefüllt waren.

Ich gab ihm keine Erklärung, sondern sagte nur kurz, er solle mir helfen. Gemeinsam schleppten wir die feuchtkühlen Taschen zum Wagen. Dann fuhr ich in Richtung Suutarila und widersprach, als Matti meinte, das sei der falsche Weg.

»Wir fahren zur Halle und wechseln den Wagen. Falls Frolows Nachbarn irgendetwas beobachtet haben, sind ihre Aussagen widersprüchlich. Zumindest wird keiner sagen können, dass da immer wieder ein Mercedes aufgekreuzt ist.«

Geschäftsführer Jaatinen hatte sein Büro folgsam geräumt. Der Schlüssel seines Dienstwagens lag ordentlich neben Handy und Taschenrechner in der obersten rechten Schublade. Obendrauf lag ein gelber Zettel, auf dem mit dickem Filzstift stand: »FIRMA!!!« Jaatinen hatte als Dienstwagen einen Citroën verlangt. Ich hatte nur widerstrebend eingewilligt, denn ich vertraute der fremdartigen Technik nicht. Der Wagen schien voll von Röhren und zischenden Ventilen zu sein, die nur darauf warteten, ein Leck zu bekommen.

Jaatinens Autogeschmack und die Ausrufezeichen auf dem Notizzettel ärgerten mich immer noch, obwohl ich den Mann längst rausgeworfen hatte. Jaatinen in seinem Citrönchen, Jazzmusik im Radio, höhnte ich in Gedanken. In der Firma hatte ein Intranet installiert werden müssen, damit er eine E-Mail ins Nebenzimmer schicken konnte.

Er war eben Ingenieur. Pardon, Diplomingenieur.

Ganz hinten auf dem Hof stand der alte rostfleckige Nissan, den Aleksej gekauft hatte, als er gerade erst nach Finnland gekommen war, und ohne auf meine Einwände zu hören. Mein Bruder hatte den Wagen bald aufgegeben, weil er nicht durch die Inspektion gekommen war, doch auch danach waren meine Arbeiter damit gefahren. Jetzt war die Karre endgültig aus dem Verkehr gezogen und wartete darauf, verschrottet zu werden.

In der Tasche meiner Zimmermannsweste hatte ich ein Messer und eine Zange. Ich schraubte die Nummernschilder des Nissan ab und schlug dann die Plastik-Klipse, mit denen die Schilder des Citroën befestigt waren, gnadenlos in Stücke. Dann schraubte ich die Nissanschilder mit stumpfen Blechschrauben notdürftig fest. Matti trug die Drogentaschen in unseren neuen Wagen.

Die Uhr im Citroën zeigte 21:57, als ich vor Frolows Haus hielt. Die Haustür öffnete sich einen Spaltbreit, als wolle man eine Katze hinauslassen.

»Wo wart ihr so lange?«, fragte Malkin verdrossen.

»Du hast gesagt, eine Stunde«, antwortete ich.

»Höchstens eine Stunde«, betonte er. »Na, kommt rein. Ein Mitbringsel für mich?«

Er zeigte auf meine Taschen.

»Nicht für dich, sondern für Frolow. Und das bleibt restlos hier.«

Malkin versicherte, er habe verstanden.

In der Küche saß ein kleiner Mann mit schwarzem Bart. Vor ihm auf dem Tisch standen eine Elektrikertasche und ein Laptop.

»Das ist Ponomarjow, er beseitigt Elektronik- und Datenprobleme«, stellte Malkin ihn vor.

Ich erinnerte mich an den Mann. Er hatte in Pihlajamäki eine nach Lötzinn riechende Werkstatt, die Regale angefüllt mit alten Fernsehern und Videogeräten. Ponomarjow reparierte die Geräte, baute aber auch Decoder für Satellitenempfänger und kodierte Chips für Pay-TV-Sender.

Malkin sah mich forschend an.

»Ich weiß, dass du Ponomarjow kennst«, sagte er dann und lachte zwei Sekunden lang.

»Chef!«, rief Matti aus dem Wohnzimmer.

Zu beiden Seiten der Terrassentür standen zwei junge Männer wie Wachtposten. Sie hatten zu oft Gewichte gehoben. Ihre Schultern begannen unmittelbar unter den Ohren, als wäre der Hals verdorrt, und durch die aufgepumpten Oberschenkelmuskeln wirkten sie x-beinig. Ich vermutete, dass auch sie im Wissenschafts- und Kulturreferat der Botschaft tätig waren, und Malkin hielt es nicht für nötig, sie mir vorzustellen. Der Fußboden hinter dem Sofa war leer.

»Wo ist Frolow?«

Ich fragte mich besorgt, ob Malkin sich eine eigene Strategie ausgedacht hatte.

»Wir haben ihn in die Sauna gebracht. Keine Sorge, der Kopf steckt säuberlich in einer Plastiktüte, und alle Gehirnlappen sind vorhanden. Ungefähr. Wir haben den Ofen ein wenig angeheizt. Das verzögert das Absinken der Körpertemperatur so weit, dass der Pathologe die Todeszeit nicht exakt bestimmen kann«, erklärte Malkin routiniert und ging mir voran zu dem Querflur, der zu den Waschräumen, dem Hauswirtschaftsraum und den Garagen führte.

Ich folgte ihm, obwohl ich nicht unbedingt das Bedürfnis hatte, Frolows Leiche noch einmal zu sehen.

Aus dem Umkleideraum drang dumpfes Stöhnen. Malkin zog die Tür auf. Auf den Holzrosten, die den Klinkerbelag schützten, lagen zwei Männer, an Knöcheln und Handgelenken mit Kabelbindern gefesselt. Auf der Höhe des Mundes hatte man ihre Köpfe mit Isolierband umwickelt.

»Imran Gelajew und Wadim Korsakow«, identifizierte ich Frolows Handlanger.

Malkins Rettungsstreife übertraf meine Erwartungen. Ich war davon ausgegangen, dass wir lediglich alle erdenklichen Spuren von Xenjas Besuch und von unserem Aufenthalt in Frolows Haus beseitigen würden. Die Drogen sollten zurückbleiben, als Beweis für Frolows Verstrickung in kriminelle Geschäfte und als mögliches Motiv für seine Ermordung.

»Wir haben die beiden hergeholt, um sie vom bedauerlichen Ableben ihres Arbeitgebers in Kenntnis zu setzen, und sind dann zu dem Schluss gekommen, dass sie genau die passenden Täter sind«, ergänzte Malkin. Er bückte sich und musterte Gelajew. »Ich war auch in Groschnyi im Einsatz«, zischelte er dem Tschetschenen zu, boshaft wie ein mobbender Schuljunge.

Gelajew brüllte auf, versuchte Malkin zu treten und fuchtelte mit den hinter dem Rücken gefesselten Armen. Seine schwarzen Augen funkelten hasserfüllt.

Wadim Korsakow erklärte sich lammfromm bereit, seine Aufgaben zu übernehmen. Ich erklärte ihm, in Frolows Haus würden genügend Beweise für die Anwesenheit des Duos Korsakow-Gelajew zurückbleiben. Möglicherweise hätten sie sich mit ihrem Geschäftspartner gestritten und ihn erschossen. Angesichts der Situation und der Verhandlungsposition der beiden Männer sei es überaus großzügig, dass sie das Haus lebend und nahezu unversehrt verlassen durften. Die Quetschungen an den Armgelenken hätten sie eigentlich eher sich selbst zuzuschreiben als den Männern von der Botschaft, sie hätten eben nicht an den Fesseln zerren sollen, es sei doch allgemein bekannt, dass Kabelbinder keinen Millimeter nachgeben. Ich versprach Korsakow, er und sein Kumpan bekämen die ganze Nacht und vielleicht auch noch einige Morgenstunden Vorsprung, bevor die Polizei nach den mutmaßlichen Tätern suchen würde. Und in dieser Zeit sollten zwei gescheite Männer es allemal schaffen, das Land in jeder beliebigen Himmelsrichtung zu verlassen. Uns sei es egal, wohin sie gingen, sofern sie nur verschwanden.

Korsakow nickte und hinterließ bereitwillig seine Fingerabdrücke auf den Drogenbeuteln. Er schloss verschämt die Augen, als die Männer vom Kraftsportverein der russischen Botschaft Frolows Leiche ins Wohnzimmer trugen und Korsakow befahlen, die Haut am Arm des Toten zu zerkratzen. Und als Malkin beinahe liebevoll den Arm um ihn legte, schwankte der dicke, gutmütige Mann vor Schwäche. Malkin legte Korsakows Finger um den Griff und den Abzug der Walther-Pistole und drückte ab. Die Kugel riss einen Splitter vom Fuß des Sofas und grub sich ins Parkett.

»Die Waffe kann ruhig hierbleiben«, sagte ich zu Malkin. »Sie ist sauber, man kann sie nicht zu mir zurückverfolgen.«

Meine Kehle war wie ausgetrocknet. Ich bat Matti um die

Tokarew, die er gerade erst bekommen hatte, und reichte auch sie an Malkin weiter. Über die Geschichte dieser Waffe wisse ich nichts, erklärte ich ihm. Sie sei aus irgendeinem Nachlass in meinen Besitz geraten, möglicherweise eine Kriegserinnerung, aber bestimmt sei sie in den letzten Jahrzehnten nicht mehr benutzt worden. Malkin sah sich die alte Pistole neugierig an und lobte ihre Zuverlässigkeit.

»Der Tschetschene darf gezielt schießen«, lachte er kalt.

Ich wusste, dass seine Überlegung vernünftig war. Zwei Waffen, zwei Schützen, zwei Täter ... und dass beide gleichermaßen an dem Mord beteiligt waren, wurde dadurch bewiesen, dass in der Leiche Kugeln aus beiden Pistolen steckten.

»Wenn der Pathologe richtig schlau ist, wird er sich vielleicht wundern, weshalb eine der Schusswunden weniger stark geblutet hat ... ach was, wahrscheinlich landet alles im selben Matsch«, sinnierte Malkin, und es klang nicht einmal grausam.

Ich stimmte ihm kraftlos zu und sagte, ich wolle in die Küche gehen und Ponomarjow Anweisungen geben. Fragend sah ich Matti an, doch er schüttelte rasch den Kopf. Einen Augenblick lang überkam mich die Reue. Gerade aus solchen Situationen hatte ich Matti heraushalten wollen. Außerdem befürchtete ich, dass wir am Ende doch noch in den Mord verwickelt wurden. Es kam mir vor, als würden mit jedem Atemzug Zellen und Partikel und DNA-Stückchen am Tatort verstreut, die uns mit Frolows Tod in Verbindung brachten.

Ponomarjow saß mit verschränkten Armen in der Küche.

»Man hat mich extra hergeholt. Ich stelle die Stunden natürlich in Rechnung, aber ich könnte auch etwas tun, wenn ich einmal hier bin«, meckerte er.

»Das kannst du«, nickte ich und setzte mich ihm gegenüber an den Tisch. Ich berichtete ihm, dass es im Haus Überwachungskameras gab und irgendwo vermutlich auch die dazugehörigen Festplattenspeicher. Die beiden letzten Tage und natürlich dieser Abend müssten gelöscht werden. Ob das ein Problem sei?

Ponomarjow versicherte, im Gegensatz zu dem der Menschen sei das Gedächtnis der Maschinen nur eine Aneinanderreihung von Bits. Er könne die Platte leerputzen, oder solle er statt der gelöschten Aufnahmen Alpenlandschaften und Slalomläufer speichern? Leise kichernd erklärte er, das sei nur ein Witz. Er werde als Ersatz für die getilgten Tage wettermäßig passende Sequenzen aus den älteren Aufnahmen kopieren.

Ich erinnerte mich, gehört zu haben, dass nicht alle Kunden von Ponomarjows Reparaturwerkstatt die Redeweise des Geschäftsinhabers mochten. Er geizte nicht mit trockenen Bemerkungen über die miserable Tonqualität von Stereoanlagen aus dem Supermarkt oder über die Verschmutzung von Videokopfrädern, sodass sich der Kunde für sein Gerät schämte oder sich schuldig fühlte, weil er es nicht richtig gewartet hatte. Das schuf nicht unbedingt die Basis für eine dauerhafte Kundenbeziehung, auch wenn die Reparatur sachkundig und preiswert ausgeführt wurde.

Ich wies Ponomarjow darauf hin, dass sich eventuell eine größere Kooperation ergeben könne, sofern er die hier anstehenden Arbeiten ordentlich und zuverlässig erledigte. Bei meinen nächsten Bauobjekten handle es sich möglicherweise um IT-Häuser, da brauche man bereits bei der Planung technologisches Know-how, ganz zu schweigen von der Kabelverlegung, den Internetzugängen und Fernbedienungen in der Installationsphase. Oder wolle er weiterhin ein Knecht der Botschaft und ein staubige Fernseher aufputzender Kleinunternehmer in einer Kellerwerkstatt bleiben? Ohne ihm Gelegenheit zu einer Antwort zu geben, erklärte ich ihm seine weiteren Aufgaben. Frolows Computer stehe im Arbeitszimmer des Toten, im Obergeschoss. Ponomarjow solle auch dort die Festplatte umgestalten, die Mails vernichten, die Frolow mir geschickt hatte. Und es sei durchaus in meinem Sinne, wenn er eine neue Korrespondenz kreiere, die auch Korsakow und Gelajew in den Drogenhandel und die Vermittlung von Schwarzarbeitern einbinde.

Im Wohnzimmer polterten Möbel, dann fielen zwei Schüsse. Ponomarjow zuckte zusammen und sah mich mit großen Augen an. Ohne flapsige Bemerkungen versprach er, auch den Computer so herzurichten, dass er mir nicht gefährlich werden konnte. Er fragte, ob ich eine Kopie von Frolows Dateien wolle, und ich sagte, ja gern.

»Aber einigen wir uns darauf, Bit-Boris, dass nur ich eine Kopie bekomme, nicht Malkin und auch sonst keiner.«

»In Ordnung«, nickte Ponomarjow. »Wissen ist Macht«, rief er mir noch nach, als ich die Küche verließ.

»Und manchmal macht Neugier bewusstlos«, antwortete ich, ohne mich umzudrehen.

Gelajew saß im Wohnzimmer auf dem Fußboden, die Knöchel immer noch mit Kabelbindern gefesselt. Die Arme hatte man ihm nun vor dem Körper zusammengebunden. Malkins Helfer bewachten den Tschetschenen vorschriftsmäßig aus anderthalb Meter Abstand, die Makarow PM-Pistolen im Anschlag. Gelajew keuchte, prustete und spuckte blutigen Schleim auf den Boden. Seine stachligen schwarzen Haare waren nass von Blut.

»Wollte nicht gehorchen, obwohl ich ihm die Pistole in den Nacken gedrückt habe. Dabei wusste er genau, dass ich verdammt gern geschossen hätte«, schnaufte Malkin. »Vielleicht ist er abergläubisch, hat Angst vor Leichen. Er ist schließlich

Muslim. Aber zu guter Letzt konnten wir ihn doch bändigen. Allerdings hat es dabei einige Spritzer gegeben.« Er bemühte sich, seinen Atem unter Kontrolle zu bringen, rollte die Schultern, als hätten sie sich bei einer plötzlichen Kraftanstrengung verkrampft.

Malkin war ein kräftiger Mann, sein Brustkorb wirkte wie ein Getreidesack, den man mit einer Krawatte zugebunden hat. Ich wusste, dass Kerle seines Schlages dennoch erstaunlich flink sein konnten, sie überraschten einen wie die schwere Pranke eines Bären. Malkin ging zum Couchtisch, auf dessen Glasplatte ein flacher Teller mit Konfekt stand, zog einen Handschuh aus und nahm eine Geleefruchtkugel, sorgsam darauf bedacht, nichts anderes zu berühren.

»Die Grünen Kugeln von Fazer schmecken gut, vor allem, wenn sie ganz frisch sind und noch nicht zu trocken. Und zusammen mit Milchschokolade sind sie ein Gedicht.«

Matti Kiuru stand an der Wand, beobachtete Malkin und sah so aus, als schwanke er zwischen Bewunderung und Verwirrung und kämpfe gleichzeitig gegen Brechreiz an.

Die Männer von der Botschaft sagten, sie würden das Haus an der Uferseite verlassen. Man habe sie vor der Haustür abgesetzt, doch jetzt seien die Wagen in einiger Entfernung abgestellt. Aus der Formulierung schloss ich, dass die Chauffeure gleichzeitig als Wachtposten und Reservekräfte dienten, für den Fall, dass es im Haus wider Erwarten zu einem Handgemenge gekommen wäre. Ich beschwor Malkin, Korsakow und Gelajew laufen zu lassen. Es sei für alle am besten und sichersten, wenn die beiden sich ins Ausland absetzten.

»Wir schmeißen sie im Zentrum aus dem Wagen. Von dort müssen sie auf eigene Faust weiterkommen«, sagte Malkin.

»Halte dich daran! Sonst mache ich deinen Anteil an Frolows Ermordung publik«, drohte ich.

»Huch, da kriege ich ja richtig Angst. Du kannst dich auf mein Wort verlassen. Diesmal sage ich die Wahrheit.« Durch seinen Tonfall gab Malkin zu verstehen, dass ihm das Ganze einigermaßen gleichgültig war. »Gute Nacht, Viktor Nikolajewitsch«, verabschiedete er sich und verbeugte sich andeutungsweise vor Matti.

Malkins Handlanger schnitten die Fesseln an Korsakows und Gelajews Knöcheln durch. Sie stützten die schwankenden Männer und führten sie über Frolows Terrasse und durch den Garten davon.

Ich sah auf die Uhr. Die Zeiger waren gerade dabei, über der Zwölf miteinander zu verschmelzen.

»Wir müssen sicher noch ein paar Stunden auf Ponomarjow warten. Schraub das Oberlicht fest und pass auf, dass du kein Werkzeug liegen lässt«, ordnete ich an.

Matti nickte, blieb aber noch im Wohnzimmer stehen und tippte auf seinem Handy herum.

»Was meinst du, ob das nützlich ist?«, fragte er verschmitzt und hielt mir das Display unter die Nase.

Das Bild setzte sich in Bewegung, zwei Männer rangen stehend miteinander, ein dritter lag auf dem Boden. Aus dem Lautsprecher des Handys drangen unverständliche Rufe, dann hörte man zwei scharfe Schüsse, und die liegende Gestalt zuckte. Der kräftige Mann im Vordergrund warf den anderen stehenden Mann zu Boden und drehte sich um, bewegte sich wie in Zeitlupe. Licht fiel auf sein Gesicht. Der Legationssekretär Arkadi Malkin war klar und deutlich zu erkennen.

»Ja. Das ist nützlich.«

Der Bus schaukelt und rüttelt. Ich umklammere mit beiden Händen den glänzenden Handgriff, der an der Rücklehne der Bank vor mir festgeschraubt ist. Die Sitze sind mit dickem braunem Kunstleder bezogen. Ich kann mich nur mit Mühe auf dem glatten Sitz halten. Der Bus schlingert, wenn er den Löchern auf der frostgeschädigten Straße ausweicht.

Es ist ein altes Modell, das in ländlichen Gegenden und auf entlegenen Strecken eingesetzt wird. Der Bus hat das Chassis eines Lastwagens, eine hohe, kantige Karosserie und Reifen mit grobem Profil.

Ich überlege mir, dass ich auf dem Weg zur Schule bin. Es ist Frühling. An schattigen Stellen liegt noch grobkörniger Schnee. Der Ranzen auf meinem Rücken ist schwer, er zwingt mich, auf der Vorderkante der Bank zu kauern, aber so komme ich auch besser an den Handgriff heran.

Ich schaue nach hinten und sehe, dass dort Soldaten sitzen. Als ich den Kopf wieder nach vorn drehe, ist auch der vordere Teil des Busses voll von jungen Männern in grüner Uniform, alle tragen Kampfwesten und staubige Stiefel. Die Sturmgewehre ragen zwischen den Beinen in die Höhe oder hängen quer über der Brust.

Die Maska 1-Helme weisen die Männer als Speznaz-Soldaten aus, und plötzlich begreife ich, dass ich genauso ausgerüstet bin.

Gerade eben rauschte der vertraute Wald am Fenster vorbei, zu nah, als dass er sich in eine Landschaft verwandelt hätte. Birken mit weißen Stämmen und Erlenbüsche in einer feuchten Senke, zwischendurch dunkle, dichte junge Fichten. Plötzlich wird die Luft trockener, und auch das Licht verändert sich. Ich beuge mich vor zum Mittelgang, damit ich am Fahrer vorbei durch die Windschutzscheibe sehen kann. Das Dröhnen des Motors schwillt wellenartig an, während sich der Bus eine schmale, steinige Straße hochkämpft. Der Abhang ist braun verbrannt, er öffnet sich zu einer trockenen Hochebene.

Ich habe Angst. Man bringt uns nach Afghanistan. Vielleicht sind wir schon dort.

Die Decke war beruhigend weiß. Ich starrte sie an und spürte, dass mein Hemd schweißnass war. Meine rechte Seite schmerzte. Ich hatte mich im Schlaf gekrümmt, die Bauchmuskeln zuckten wie nach einem Krampf.

Durch das offene Fenster drang gedämpfter Lärm, eine Mischung aus Verkehr und Bauarbeiten und Maschinen, zwischendurch der helle Ruf eines Kindes. Tapanila und Malmi waren wach.

Marja kam herein, setzte sich auf den Bettrand.

»Es ist neun Uhr. Stehst du auf, oder willst du noch schlafen? Du bist ziemlich spät nach Hause gekommen. Ist alles in Ordnung?« Sie ließ ihre Fragen ganz unschuldig vom Stapel, ohne Hintergedanken.

»Ja. Vielleicht«, brachte ich heraus.

Marja runzelte die Stirn.

»Mein Rücken tut weh.«

Ich stand auf. Ich musste gehen und Frolow finden.

36

Polizeihauptquartier Pasila, Helsinki

Kriminalmeister Tarkiainen saß in seinem kleinen Dienstzimmer im zweiten Stock des Polizeigebäudes und starrte auf den großen Monitor des Computers. Er hatte die braungrauen Vorhänge zugezogen, damit es ein wenig dunkler wurde und die Aufnahmen klarer zu sehen waren. Tarkiainen hatte ein paar Mal gemerkt, dass er beinahe einschlummerte, die stummen Bilder waren vor seinen Augen vorbeigerauscht. Der blasse, weiche Strom der Aufnahmen der Überwachungskamera war eintönig, und das sanfte Dämmerlicht wirkte einschläfernd wie eine Gutenachtgeschichte. Tarkiainens Gedanken schweiften ab, sie rannten nicht, sondern watschelten eher langsam voran und stolperten, bis sie schließlich zu Fall kamen …

Tarkiainen schüttelte heftig den Kopf und klickte auf die Aufnahme, um sie anzuhalten. Er öffnete das Fenster, doch die Luft in dem miefigen Dienstzimmer schien immer noch kühler und frischer zu sein als die Luft draußen. Der Bahnhof von Pasila vibrierte in der Hitze. Tarkiainen öffnete eine Dose mit einem Energydrink und schüttete die Flüssigkeit in sich hinein, setzte sich dann wieder an den Computer.

Es bleibt mir nichts anderes übrig, als mich durchzukämpfen, dachte Tarkiainen. Erstens geht es hier um Totschlag oder Mord. Und zweitens habe ich gerade erst bei der Kripo angefangen. Ich muss mich bewähren, damit ich demnächst auch selbst vor Ort ermitteln darf.

Tarkiainen hatte Kopien von den Dateien des Überwachungssystems erhalten. Korhonen von der Abteilung Berufs- und Gewohnheitskriminalität war eigens vorbeigekommen und hatte ihm Anweisungen gegeben, die Uhrzeiten genannt, bei denen er besonders genau hinsehen sollte. Tarkiainen hatte nur leise geschnauft, doch dann war Kommissar Parjanne gekommen und hatte ihm dasselbe eingeschärft, und da konnte er sich eigentlich nicht gegen die Anweisungen auflehnen, obwohl ein anderer Kommissar für die Ermittlungen zuständig war.

Die Überwachungskamera hatte unermüdlich die stille Seitenstraße in Kulosaari gefilmt. Ab und zu fuhr ein Auto vorbei. Die Wenigen, die zu Fuß unterwegs waren, führten ihren Hund aus oder waren vitale Rentner beim Nordic Walking. Die beiden Tatverdächtigen waren eine Viertelstunde vor dem Zeitpunkt eingetroffen, den Korhonen ihm als kritischen Moment genannt hatte.

Korsakow. Und ... Gelajew. Wieder hatte er den Namen vergessen und musste einen Blick auf seine Notizen werfen, während er die Angaben über die wesentlichen Aufnahmen in ein Textverarbeitungsdokument tippte. Er notierte die Zeitangaben, es war ihm nichts Besonderes aufgefallen.

Grigori Ponomarjow, Besitzer einer TV- und Video-Reparaturwerkstatt, hatte ganze Arbeit geleistet. Das heißt, eigentlich war diese Umschreibung in seinem Fall viel zu blass. Ponomarjow war ein Meister der Bitreihen, geradezu ein Künstler. Er hatte Aufnahmen von einigen früheren Besuchen Korsakows und Gelajews ausgegraben, die passendsten ausgewählt, sowohl die Kleidung als auch die Richtung der Schatten überprüft und dann Ankunft und Weggang der Männer aus mehreren verschiedenen Besuchen komponiert. Anschließend hatte er die Farbtöne korrigiert und auf einigen Bildern Korsakows Plastiktüte entfernt, weil es einem genaueren Betrachter womöglich aufgefallen wäre, dass sich im ganzen Haus keine Tüte mit dem Aufdruck *Motonet* fand, Korsakow sie aber nicht in der Hand hielt, als er das Haus verließ, der Uhrzeit am oberen Bildrand zufolge kurz nach Mitternacht.

Ponomarjow selbst hätte sich für seine Redaktionsarbeit die Note Befriedigend gegeben. Er wusste, dass die in Shorts gekleidete alte Dame über eine wundersame Kondition verfügen musste, denn sie eilte innerhalb von zwei Tagen viermal mit ihren Nordic-Walking-Stöcken vorbei und kam jedes Mal aus derselben Richtung. Doch er hatte keine Zeit gehabt, dieses Detail zu korrigieren.

Die übrigen nächtlichen Aufnahmen ließ Tarkiainen schneller durchlaufen. Das Halbdunkel wurde zur Dämmerung, die schließlich dem hellen Morgenlicht wich, auf der leeren Straße erschienen Spaziergänger, einige der am Straßenrand geparkten Wagen fuhren fort und andere nahmen ihre Stelle ein. Das letzte Stück überprüfte Tarkiainen wieder bei normaler Geschwindigkeit und mit höchster Konzentration. Ein großer Mann ging zur Tür und streckte die Hand aus, offenbar zum Klingelknopf. Der Mann drehte sich hin und her, sah sich um, verschwand unter der Kamera, drückte vermutlich das Gesicht an die Glasscheibe in der Tür und versuchte ins Haus zu spähen. Dann ging er um die Hausecke.

Tarkiainen hielt die Bildfolge an. *09:32. Viktor Kärppä trifft ein, klingelt. Geht dann vermutlich zur Hintertür*, schrieb er, zögerte einen Augenblick lang über seine Formulierung. Durfte man bei der Überprüfung von Aufnahmen spekulieren? Gesunden Menschenverstand darf man verwenden, sagte er sich. Außerdem unterstützte die Aufnahme der Kamera auf der Rückseite des Hauses diese Vermutung. Kärppä war um das

Haus herumgegangen und hatte durch das Wohnzimmerfenster geschaut. Der junge Kriminalmeister setzte die Aufnahme mit einem Mausklick in Bewegung, und Kärppäs Rücken verschwand vom Bildschirm.

Das Telefon des BGK-Ermittlers Teppo Korhonen hatte um 9:41 geklingelt. Korhonen hatte einen Blick auf das Display geworfen und sich in aller Ruhe die Brotkrümel aus den Mundwinkeln gewischt. Dann hatte er das Gespräch angenommen. Er hatte gewitzelt, Kärppä, das olle Wiesel, krieche endlich aus seinem Loch oder wie auch immer man die Behausungen kleiner Nagetiere nenne. Er kenne sich damit nicht aus, seine Spezialität seien größere, zweibeinige Raubtiere.

Die Frotzelei hatte schlagartig geendet. Korhonen hatte schweigend zugehört, den Anrufer nur kurz unterbrochen, um einen auf der Rückseite leeren Zettel aus dem Papierkorb zu fischen und auszuprobieren, ob sein Kugelschreiber funktionierte.

Nach dem Gespräch hatte Korhonen noch lange auf den Zettel gestarrt. Alle Puzzlesteine fielen an ihren Platz. Allzu ordentlich.

37

Malmi, Helsinki

Der Vertrauensmann, den die Petersburger mir geschickt hatten, war jung und modisch gekleidet. Dass er Russe war, merkte ich erst, als er zu sprechen begann. Allerdings war ich in Nationalitätsfragen wohl kein großer Experte. Meiner Meinung nach sah ich typisch finnisch aus, und doch sprachen Spätaussiedler-Babuschkas und Arm in Arm flanierende Damen mich unfehlbar auf Russisch an, wandten sich zutraulich an mich, als hätten sie einen alten Bekannten getroffen.

Aber dieser Mann war ein Unbekannter und stellte sich auch nicht vor. »Ich habe etwas für Sie«, sagte er lediglich und schwenkte seine makellose, flache Aktentasche.

Onkel hatte mich angerufen und in knappen Worten mitgeteilt, wann der Kurier eintreffen würde. Ich hatte ihm die genaue Uhrzeit und den Ort der Übergabe genannt, die oberste Etage im Parkhaus des City-Markts in Malmi. In ihrer Überschaubarkeit schien sie mir auch für dieses Treffen sicher genug.

Der Gedanke, mit einigen hunderttausend Euro auf der Rückbank durch die Stadt zu fahren, behagte mir allerdings nicht. Je mehr Etappen, desto größer das Risiko, das war mir klar, aber ich konnte das Geld ja nicht gut im Vorraum meiner Bank in Empfang nehmen. Zu Hause oder in meinem Büro wollte ich den Boten keinesfalls empfangen.

Ich stieß mich vom Betongeländer ab, an das ich mich gelehnt hatte, und klopfte den Staub von der Hose.

»Du bist allein?«, fragte ich unnötigerweise. Der junge Mann hatte seinen Audi mitten auf dem Platz abgestellt, deutlich sichtbar, und ebenso sichtbar war auch der zweite Mann, der im Wagen saß.

»Ja«, bestätigte der Kurier und sah mir in die Augen.

»Ich auch«, sagte ich und nickte zu meinem Mercedes hinüber. Matti Kiuru saß auf dem Beifahrersitz.

Wir starrten uns an, und ich wurde allmählich sauer. Ich hatte Besseres zu tun, als darum zu wetteifern, wer als Erster lachte.

»Das Geld.«

»Hier«, sagte der Mann, ohne den Blick abzuwenden. »Onkel weiß, dass du eine große, wertvolle Fracht hattest. Du hast hoffentlich nicht alles weggegeben«, überraschte er mich dann mit einer längeren Rede.

»Wie kommt Onkel denn darauf?«, ging ich auf seinen Plauderton ein.

»Er hat es irgendwo gehört.«

»So.«

Wieder schwiegen wir eine Weile. Ich ließ meinen Blick langsam an meinem Gegenüber hoch- und wieder herunterwandern, als wolle ich den schlanken Körper abmessen und die Größe der Hände taxieren. Ein Knäblein wie den könnte ich zerquetschen, dachte ich, ein paar Bewegungen, und er läge auf dem Boden und würde um Gnade winseln. Gleichzeitig fragte ich mich verwundert, warum er mir so auf die Nerven ging, ein normaler, anständig gekleideter junger Mann, der eine einfache kleine Aufgabe erfüllte. Der einen Befehl ausführte, an einem unbekannten Ort, vor sich einen unbekannten Mann, von dem er obendrein verarscht wurde. Wirst du etwa alt, Viktor?, sinnierte ich.

Ich regulierte meinen Gesichtsausdruck von eisig auf unfreundlich und versuchte, sachlich zu bleiben. Eine Erklärung konnte nicht schaden, ob sie Onkel erreichte oder nicht.

»Ich betreibe keinen Drogenhandel. Drogen mag ich überhaupt nicht. Dafür habe ich zu genau gesehen, wie sie Menschen zerstören.«

Der junge Mann nickte. Seine Schultern lockerten sich ein wenig.

»Wir könnten die Ware anderswo unterbringen. Sodass sie nicht in Helsinki oder in Finnland bleibt«, bot er an.

»Und wohin würde sie gehen?«

»Anderswohin.«

Der Kurier lächelte beinahe.

»Aha«, machte ich. »Von anderswo ist sie auch gekommen. Aber ich habe sie nicht. Also brauche ich mir darüber keine Gedanken zu machen.«

»Wir hätten sie per Schiff nach Schweden weitergeleitet«, vertraute der Bote mir an. »Niedliche, harmlose Studentinnen … die nehmen gern ein bisschen zusätzliches Gepäck mit. Das finden sie einfach nur spannend.«

Nun war der Petersburger Kurier unterwürfig wie ein junger Hund gegenüber einem alten Rüden.

»Leb wohl!«, knurrte ich.

Der junge Mann gab mir seine Tasche und ging.

38

Ein kleiner roter Hyundai brauste auf den Hof, hätte beinahe den Torpfosten gerammt. Oksana verbreitete Hektik.

»Ogottogott, schreckliche Eile, ich läufe und läufe … Setzung mit Marja«, schnaufte meine Sekretärin und ging ins Haus.

Ich folgte ihr und versprach, die Kinder zu hüten, damit sie nicht bei der Arbeit störten. Oksana holte Papiere aus ihrer Tasche und legte sie auf Marjas Schreibtisch, wobei sie unaufhörlich schwatzte. Marja fuhr in aller Ruhe ihren Computer hoch und gab Oksana halblaut Anweisungen.

Frolows Geschäfte hatten mit seinem Tod geendet. Im Baubereich hatte er zuletzt nur ein paar Aufträge als Subunternehmer gehabt, bei denen er ein halbes Dutzend estnische und rumänische Bauarbeiter beschäftigt hatte. Ich hatte dafür gesorgt, dass sie ihre Arbeit zu Ende führen konnten, hatte ihnen auch den ausstehenden Lohn gezahlt, damit sie nicht mit leeren Taschen nach Hause zurückzukehren brauchten. Ich bin nicht das Sozialamt, hatte ich den Männern gesagt, doch sie sollten bekommen, was Frolow ihnen schuldig geblieben war.

Sein teuerstes Erbe hatte Frolow allerdings in den Mietwohnungen in Punavuori hinterlassen. Als Ablösung für Zinaida und Jelena waren neue Mädchen eingetroffen, und so hatte ich mich nun statt um zwei um vier Frauen zu kümmern.

Ich hatte mich rasch mit Oksana beraten. Sie hatte sich bekreuzigt und gejammert, *Gospodin* erbarme dich, es sei einfach nicht möglich, dass sie und ihr lieber Esko alle Mädchen als Putzfrauen beschäftigten. Zwar gebe es auf der Welt Staub und Schmutz genug, doch das Personal müsse angelernt werden, bei der Immobilienpflege gehe es heute eher um Chemie als um das Besenschwingen. Die Sprache müsse man auch beherrschen, wenigstens einige Brocken Finnisch, ach du lieber Himmel, o heilige Verklärung …

Ich unterbrach die Anrufung höherer Mächte mit der Bemerkung, zum Mixen von Putzmitteln brauche man wohl keinen Universitätsabschluss. Oksana solle vorläufig dafür sorgen, dass die Frauen genug zu essen hatten. Wohnen könnten sie weiterhin in Punavuori.

Zu Hause überlegte ich weiter, auch abends im Bett noch, auf dem Rücken liegend, die Arme hinter dem Nacken. Ich dachte an die geschäftstüchtige Tochter des Arbeitskräftehändlers Luoma und ihre Geschäftsidee, an die Kommunen, die private Dienstleister in Anspruch nahmen, und an den Bedarf an Pflegepersonal … und dann erinnerte ich mich an die Themen, die Marja in der Staatlichen Forschungs- und Entwicklungszentrale für Soziales und Gesundheit untersucht hatte, und an ihr Studium der Sozialpolitik.

»Schläfst du schon?«, fragte ich Marja. Ich erklärte ihr in aller Kürze die Situation, in die ich geraten war und die man entweder als lästige Pflicht oder als Chance begreifen könne. Irgendetwas müsse jedenfalls getan werden, man könne die Frauen nicht einfach ihrem Schicksal überlassen, argumentierte ich. Dann präsentierte ich Marja die Geschäftsidee und das Betriebsmodell, sagte, so kommst du von deinen Kurzzeitjobs los und bist dein eigener Herr, oder deine eigene Frau, wie auch immer.

Marja überlegte eine halbe Minute lang, sagte dann okay und begann bald darauf zu schnaufen, fast zu schnarchen. Sie war gleich eingeschlafen.

Wie unkompliziert sie ist, dachte ich zärtlich.

Marja gab Oksana ruhig und gelassen Anweisungen und Ratschläge. Der *Pflegedienst Restum, Takala & Pelkonen* hatte sich rasch entwickelt. Marja hatte rekapituliert, was sie im Studium gelernt hatte, und sich in die Paragraphen vertieft, bis sie die Gewissheit hatte, dass man keinerlei Genehmigungen brauchte, um Menschen zu Hause zu pflegen und ihnen zu helfen. Eine Mitteilung an die Stadt genügte. Daraufhin hatte sie die Gründung sofort in die Wege geleitet, mit Oksana über die Gesellschaftsordnung und den Teilhabervertrag verhandelt und das Unternehmen beim Firmenregister und beim Finanzamt angemeldet.

Bei allem Lärm, den sie machte, war Oksana im juristischen Sinn stille Teilhaberin. Sie hatte als Firmennamen »Pflegeheim Schwalbe« oder »Pflegefirma Pelkonen–Takala« vorgeschlagen, wollte ihren Nachnamen aus alphabetischen Gründen an den Anfang stellen. Daraufhin hatte Marja gesagt, im Namen müsse ein lateinisches oder wenigstens lateinisch klingendes Wort vorkommen, und Takala-Pelkonen klinge viel dynamischer, Harley-Davidson halte sich ja auch nicht ans Alphabet. Oksanas Einwände waren allmählich immer leiser geworden. Sie widmete sich mit Feuereifer dem neuen Unternehmen, hatte allerdings versprochen, weiterhin halbtags für mich zu arbeiten. Doch ich stellte mich darauf ein, dass die eigene Firma sie bald voll auslasten würde.

Marja verhandelte bereits mit der Stadt Espoo über eine Wohneinheit mit sechs Plätzen, in der alte Leute, die nicht mehr allein zurechtkamen, rund um die Uhr betreut werden sollten. In der Praxis handelte es sich bei dieser Einheit um ein Reihenhaus, dessen Wohnungen die Firma VK-Bau gerade zu kleinen Einzimmer-Apartments und gemeinsamen Sanitär- und Aufenthaltsräumen umbaute.

Für die Betreuung von sechs kränkelnden Alten genügte eine Person, kalkulierte Marja. Tagsüber konnte man noch eine zweite Frau beschäftigen, zum Kochen und Putzen, aber auch da plante Marja bereits Einsparungen, wollte den Mahlzeitendienst outsourcen oder zentralisieren, sobald mehrere Einheiten entstanden waren. Für die Gewerbeberechtigung musste eine ausgebildete Krankenschwester beschäftigt werden, die man zum Stundentarif von einer Personalvermietung bekommen konnte. Zum Blutdruckmessen und Händchenhalten brauche sie keine teuren Karbolmäuse einzustellen, meinte Marja.

Es erschreckte mich ein wenig, wie schnell sie unternehmerische Qualitäten entwickelt hatte. Ich hatte ihr erklärt, neben dem Umsatz sei es auch wichtig, dass die Firma Ausgaben habe. Man dürfe nicht zu viel Gewinn ausweisen, besser sei es, den Überschuss zu investieren oder zu verstecken, indem man auf den Namen der Firma beispielsweise einen Motorschlitten oder eine Ferienwohnung kaufte, selbst wenn sie niemand benutzte. Marja hatte meine fiktiven Exempel gründlich verinnerlicht. Sie hatte ihren Wagen sofort auf die Firma überschrieben und auf den Namen des Pflegedienstes Computer gekauft, und wir waren gerade dabei, den Mietvertrag für mein Büro in Hakaniemi auf die Firma *Restum* zu übertragen. Meine eigenen Firmen würden restlos in die neue Halle umziehen.

Ich gab Marja durch ein Zeichen zu verstehen, dass ich nach draußen gehen wolle. Sie hatte das Handy am Ohr, sah mich an und spitzte rasch die Lippen wie zum Kuss. Dann setzte sie ihr Gespräch fort, ließ sich über Qualitätsstandards aus.

In ihren Mundwinkeln zitterten Nervosität und Anspannung. Einen Augenblick lang wusste ich, wie sie in mittleren Jahren aussehen würde.

Anna schlief im Kinderwagen, über den eine Windel gebreitet war. Sergej radelte auf dem Hof im Kreis und riss jedes Mal das Vorderrad hoch, wenn er sich der Birkenwurzel näherte, die sich aus der Erde wölbte. Ich hatte ihm ein gebrauchtes Mountainbike gekauft, hatte Marja erklärt, ich wolle dem vaterlosen Jungen eine kleine Freude bereiten. Sie hatte genickt, das sei das Mindeste, was ich tun könne.

Ich ging durch den Garten zum Schuppen am Rand des Grundstücks. Er war vom Feuer verschont geblieben, und ich hatte ihn stehen lassen, als ich das neue Haus baute. Am einen Ende befanden sich zwei abgeschlossene Verschläge, am anderen, offenen Ende bewahrte ich Brennholz auf.

Ich zog das Schnitzmesser aus der Wand und setzte mich auf den Hackklotz. Im Schuppen lagen Reiser und von der Hecke abgeschnittene Weißdorn-Äste. Ich suchte einen passend gekrümmten Ast heraus und begann zu schnitzen. Nach einer Weile erschien Serjoscha an der Türöffnung und sah mir zu.

»Ich habe versucht, dir ein Schießeisen zu schnitzen … eine Pistole, aber sie ist nicht ganz gelungen«, sagte ich bescheiden und reichte dem Jungen das Werk meiner Hände.

»Die ist gut geworden«, lobte Sergej. Er stellte sich in Positur, kniff ein Auge zu und ahmte Schussgeräusche nach.

»Wirklich *otschen charascho*?«, fragte ich.

Sergej verstummte und ließ den Kopf hängen.

»Auf Finnisch«, sagte er.

»Serjoscha …«, setzte ich an.

»Nicht Serjoscha«, protestierte der Junge.

»Sergej …«

»So auch nicht. Die hänseln mich. Ich wäre ein Iwan und ein Räuber und ein Sowjetler«, sagte Sergej ernst. Er verzog den Mund, um nicht loszuheulen.

»Na, wie könnte ich dich denn dann nennen … vielleicht Erkki«, schlug ich vor und versuchte ihm zu zeigen, dass ich ihn ohne Rückfragen verstand.

»Erkki …« Sergej ließ den Namen über die Zunge rollen. »Das klingt gut.«

Ein Schatten fiel über die Türöffnung.

»Eine Knarre für den Jungen, so reicht man Traditionen weiter«, sagte Korhonen und stellte einen Fuß auf die Schwelle. »Als Nächstes ein Luftgewehr und dann eine Kleinkaliberpistole, versteht sich.«

»Schießen gehört nicht zu meinen Hobbys«, erwiderte ich.

»Nein. Du machst das beruflich«, grinste Korhonen.

»Du weißt genau, dass das nicht wahr ist. Und vor Kindern solltest du schon gar nicht so reden.«

Korhonen meinte wegwerfend, seine Worte seien nichts als leeres Geschwätz und raunender Wind, sie vergingen wie ein Gewitterschauer. Einen Moment lang verspüre man vielleicht wachsende Spannung, doch hinterher sei die Luft frischer, erklärte er. Ich sagte, er habe ein Ozonloch im Kopf.

Korhonen lachte wiehernd und ging neben Sergej in die Hocke.

»Na, und wie heißt du, kleines Mädchen?«, fragte er salbungsvoll.

»Ich bin kein Mädchen, ich bin ein Junge«, erwiderte Sergej

und trat von einem Bein aufs andere, weil er nicht wusste, wie er sich verhalten sollte.

»Na, und wie heißt du, mein Junge?«, machte Korhonen einen neuen Anlauf.

»Erkki.«

»Örkki? Seltsamer Name«, sagte Korhonen in gespielter Verwunderung.

»Nein, Erkki. *Erkki*!«

»Ach so, Vertti. Ich hatte mich auch schon gewundert«, führte Korhonen das Spiel weiter.

Ich sagte, er solle aufhören, das Kind zu quälen. Dann schickte ich Sergej zum Fahrradfahren. Setz den Helm auf, tu dir nicht weh und weck Anna nicht auf.

»Hat man von der Mutter des Jungen etwas gehört?«, fragte Korhonen.

Ich schlug das Messer wieder in die Wand.

»Sie ist in Russland, um ihre Angelegenheiten zu ordnen. Sergej bleibt so lange bei uns«, versuchte ich die Frage sorglos zu übergehen.

Der Legationssekretär Malkin hatte mich angerufen und ungefragt mitgeteilt, man habe Xenja Fjodorowna in Sankt Petersburg gesehen, in weniger guter Verfassung, die Ärmste sei in ihre alten Bahnen zurückgekehrt. Und du, Viktor, hatte er hinzugefügt, du weißt ja, dass wir für einen guten Mann immer Verwendung haben. Ich hatte einen alten Spruch meiner Mutter zitiert, hatte gesagt, schreib es dir hinter die Schürze, Arkadi, ein für alle Mal: Du lässt mich in Ruhe. Mit einem Handy kann man ein überraschend gutes Video aufnehmen, und das könnte man zum Beispiel bei YouTube laufen lassen oder einfach ans Außenministerium schicken … Der Streifen zeigt dich, Arkadi Malkin, während du einen Mann erschießt.

Ich glaubte zu hören, wie Malkin schluckte und die Abhörspezialisten in der Botschaft neue Tonbänder zuschalteten. Es sind genügend Einzelheiten zu sehen, fuhr ich fort. Dein Gesicht ist deutlich zu erkennen und die Wohnung ist Frolows, das Licht fällt genau richtig auf den Orientteppich und auf den Teller mit Konfekt.

Malkin hatte eine Pause gemacht, einen schweren Seufzer unterdrückt. Aha, hatte er schließlich gesagt, und danach hatte es im Hörer nur noch hohl gerauscht.

»Hast du noch etwas von deinem russischen Kontaktmann gehört, von diesem Malkin?« Korhonen schien meine Gedanken zu lesen. »So wie es mich im Mund gejuckt hat, möchte ich wetten, dass er irgendwie in die ganze Sache verwickelt war. In Frolows Freudenmädchen-Business oder in den Drogenhandel. Bei der Sicherheitspolizei wird gemunkelt, der Botschaft hätte sein Treiben nicht gefallen und der gute Mann sei nach Russland zurückgeschickt worden. Oder warte darauf, nach Ruanda abkommandiert zu werden.«

Korhonen steckte ein Streichholz in den Mund und lutschte daran.

»Aha«, sagte ich.

Korhonen lehnte sich an den Türrahmen und sah mich an, eher traurig als vorwurfsvoll.

»Was mir immer noch Kopfzerbrechen bereitet, ist der Motivsektor. Warum haben Frolows Handlanger ihren Boss umgebracht, aber die Drogen im Haus liegengelassen? Klar, die waren ein bisschen versteckt. Sozusagen genau passend. Das Gewaltdezernat hat das Paket geschluckt. Aber ein kleines Licht wie ich kann sich nur wundern.«

»Aha«, wiederholte ich.

Korhonen starrte mich immer noch unverwandt an.

»Frolow war ein böser Mann. Der Sohn einer Mutter, sicher, und man hätte ihn nicht töten dürfen, niemand hätte das tun dürfen. Aber es gab sicher Gründe«, erklärte ich schließlich.

»Das Phantom ist gut zu den Guten, aber grausam zu den Bösen, ein altes Dschungelsprichwort.«

Korhonen trat aus dem Schuppen. Er blieb stehen und sah Sergej zu, der versuchte, nur auf dem Hinterrad zu fahren.

»Weißt du, welches die zwei furchtbarsten Mitteilungen sind, die ein Mensch erhalten kann?«, fragte Korhonen und antwortete gleich selbst. »Deine Mutter ist gestorben, und dein Kind ist unters Auto gekommen. Da ist der Platz des Mannes, zwischen diesen beiden. Zwischen seiner Mutter und seinem Kind. Alles andere ist relativ. Oder optional«, erklärte er gewichtig.

Ich brummte teilnehmend oder verständnisvoll. Ein russischer Freund hatte einmal nachdenklich gesagt, Korhonen sei wie ein Akkordeon, von außen prächtig, gebe laute Töne von sich, doch die Melodien seien recht melancholisch.

Korhonen ließ das Streichholz in seinem Mund eine volle Umdrehung machen und stiefelte zu seinem Wagen.

»Erkki klein, Jüngelein, pass mir gut auf den Viktor auf, er ist wie ein Rohr im Wind und völlig verloren, wenn man ihn allein lässt«, rief er dem Jungen im Vorbeigehen zu.

Sergej lehnte das Fahrrad an einen Baum und vergewisserte sich, dass es nicht umkippte. Dann schlenderte er langsam zu mir.

»Ein komischer Mann, ganz plemplem. Aber nett«, sagte er verwundert. Er legte den Kopf in den Nacken und sah zu mir auf, blinzelte in der Sonne.

»Genau.«

Sergej schob wie aus Versehen seine Hand in meine. Seine

Handfläche fühlte sich heiß und weich an, und seine Finger waren klebrig, wie es die Finger kleiner Jungen eben sind.

Wir standen nebeneinander und sahen zu, wie Korhonen die Straße hochfuhr, dass der Kies aufspritzte. Der ganze Hügel warf das Echo zurück, als er ein paar Mal die Sirene aufheulen ließ.

»Wir kommen schon zurecht«, sagte Sergej.

Nachwort

In Russland – später Sowjetunion und nun wieder Russland – haben seit jeher finnische und mit den Finnen verwandte Menschen gelebt.

Die Karelier, deren Sprache eng mit dem Finnischen verwandt ist, bilden ein eigenes Volk, das in den Gebieten jenseits der Ostgrenze Finnlands angesiedelt ist. Nach dem finnischen Bürgerkrieg 1917 flohen viele, die auf der Seite der Unterlegenen, d.h. der Roten gestanden hatten, nach Russland. Während der Depression in den 1920er – 1930er Jahren siedelten viele Finnen voller Hoffnung ins Nachbarland über, um das »Gelobte Land« für Arbeiter aufzubauen. Tausende Finnen zogen in die Sowjetunion, sogar aus den Vereinigten Staaten und Kanada, wo sie als Emigranten unter der harten Depression zu leiden hatten.

Zu Ingermanland gehört der gesamte schmale Streifen nordöstlich von St. Petersburg, von der Stadt bis an die Küste des Finnischen Meerbusens. Die dortige finnische Besiedlung geht auf das 17. – 18. Jahrhundert zurück, als Schweden versuchte, seine Macht und die Position der lutherischen Kirche im Osten zu festigen. So entstand in unmittelbarer Nachbarschaft von St. Petersburg, dem späteren Leningrad, das von rund zweihunderttausend Finnen bewohnte Ingermanland, wo man Finnisch sprach, finnische Lieder sang, den lutherischen Gottesdienst besuchte und auch die alltäglichen Arbeiten etwas anders – auf finnische Art – verrichtete.

In der sowjetischen Epoche wurde den in der Sowjetunion lebenden Finnen, wie anderen nationalen Minderheiten, hart zugesetzt. Während der Stalinschen Säuberungen wurden Finnen in Arbeitslager geschickt, Familien auseinandergerissen und große Teile der Bevölkerung in entlegene Gebiete Russlands verbannt.

Der Zweite Weltkrieg fügte der Geschichte der Ingermanländer weitere bittere Kapitel hinzu. Deutschland eroberte Ingermanland, und die dort lebenden Menschen wurden nach Finnland übergesiedelt. Dort arbeiteten die Ingermanländer auf Bauernhöfen und in Fabriken, zahlreiche Ehen mit Finnen wurden geschlossen, verwaiste Kinder adoptiert … Ingermanländische Männer, die an der Front in finnische Kriegsgefangenschaft geraten waren, schlossen sich der finnischen Armee an, wo sie in einem speziellen »Stammesbataillon« kämpften.

Insgeheim wurde den Ingermanländern eine gesicherte Zukunft in »Großfinnland« versprochen.

Doch Finnland verlor den Krieg, und die Friedensbedingungen waren grausam. Alle Sowjetbürger mussten unverzüglich in die Sowjetunion zurückgeschickt werden. Nahezu 60 000 Ingermanländer wurden in Züge gepfercht und über die Grenze nach Osten transportiert. Unter ihnen waren Dutzende von Kindern, die von finnischen Familien adoptiert worden waren.

Manche blieben mit gefälschten Papieren in Finnland oder flohen nach Schweden.

In der Sowjetunion erwartete die Ingermanländer ein hartes Los. Sie wurden über das ganze Land zerstreut, doch nach und nach kehrten sie in die Nähe ihrer Heimat zurück. Viele ließen sich in Russisch-Karelien nieder, einige in Estland, einige in Ingermanland.

Nach dem Zusammenbruch der Sowjetunion erklärte der damalige finnische Präsident Mauno Koivisto, dass die ingermanländischen Finnen zur Rückwanderung berechtigt seien – sie konnten nach Finnland ziehen und die finnische Staatsangehörigkeit erhalten. Etwa 30 000 Ingermanländer nutzten diese Möglichkeit. Viele von ihnen hatten keinerlei Verbindung zum heutigen Finnland und sprachen kein Finnisch. Nach der ersten Begeisterung wurden sowohl Finnland als auch die Rücksiedler mit den Problemen des Migrantentums konfrontiert – Arbeitslosigkeit, Diskriminierung, Misstrauen, Heimweh.

Viktor Kornostajew, der Protagonist dieses Buches, wurde in der Sowjetunion geboren und wuchs dort auf. Väterlicherseits ist er ingermanländischer Finne, die Familie seiner Mutter war nach dem finnischen Bürgerkrieg aus Finnland in die Sowjetunion geflohen. Viktor ist nach Finnland übergesiedelt und hat den alten Familiennamen Kärppä angenommen (Kärppä = russisch: gornostai, deutsch: Wiesel).

Matti Rönkä

Zeit des Verrats

Kriminalroman

Prolog

Der Mann war eigentlich völlig unscheinbar. In seinem Beruf war das durchaus von Vorteil.

Die große Nase, die hellen Augen und der Mund befanden sich da, wo sie hingehörten, und das Gesicht hatte nichts an sich, was einem im Gedächtnis haften blieb. Auch die Kleidung des Mannes war grau und unauffällig, und die Brille war stets vom gleichen Modell, er suchte im Regal mit den Sonderangeboten nach einem dünnen Metallgestell, in das er ungetönte Gläser einsetzen ließ.

Seine braunen Haare waren kurz geschnitten. Ich vermutete, dass er sich nicht um die Fragen des Friseurs scherte, sondern nur brummte, Waschen sei nicht nötig, und dann stur in der »Welt der Technik« las, weder über das Wetter plaudern wollte noch über die Spiele der Eishockeymannschaft HIFK.

Oder vielleicht war er Fan eines anderen Eishockeyvereins, SaiPa zum Beispiel. Die Mannschaft, die so heißt wie ich, Kärppä, zählte wohl nicht zu seinen Favoriten.

In einer anderen Situation hätte ich über diesen Gedanken gelächelt. Jetzt nicht. Der unauffällige Mann, der mir gegenübersaß, war Marko Varis, Ermittler bei der staatlichen Sicherheitspolizei Supo.

»Ich interessiere mich nicht für unbezahlte Rentenversicherungsbeiträge oder Steuerschwindel. Wir reden hier von großen Dingen, Kärppä, in Großbuchstaben«, drohte Varis, sprach allerdings leise. »Geplante Sabotage. Gegen die Interessen Finnlands gerichtete Tätigkeit im Auftrag eines fremden Staates. Oder Einmischung in die inneren Angelegenheiten eines mit Finnland befreundeten Landes, Gefährdung seiner Sicherheit …«, führte Varis aus. Es klang wie eine alte politische Liturgie.

Ich blickte auf einen Punkt über seinen Augen und wartete schweigend.

Der zweite Polizist, Teppo Korhonen, stand am Fenster. Er faltete eine Raute in die Jalousien und blickte durch die Öffnung auf den Hof, drehte sich dann wieder zu uns um.

»Ich stimme Kaisa voll und ganz zu. Du Hermelinchen steckst bis zur Bartspitze in der Kacke. Und da hilft dir kein WWF und kein Birdlife Finland oder wie diese Grünpieper heißen«, laberte Korhonen mit bierernstem Gesicht.

»Lass den Scheiß, Korhonen«, murrte Varis.

»Das mag er nicht«, flüsterte Korhonen laut. »Varis. Natürlich wird er Kaisa genannt, nach der Skiläuferin. Aber die Leute von der Supo haben keinen Sinn für Humor.«

»Teppo, verdammt noch mal! Ihr Kripoflaschen könnt es euch nicht leisten, große Töne zu spucken, und du schon gar nicht«, wies Varis ihn in scharfem Ton zurecht.

»Na, immerhin hab ich eine feste Stelle mit Pensionsanspruch. Aber in Viktors Fabrik scheint Flaute zu herrschen.« Wieder blickte Korhonen auf den leeren Hof. »Hast du die Ressourcen auf neue Märkte allokiert? Oder ist die Produktion von Fertigbauelementen nicht mehr deine Kernkompetenz?«

Ich überlegte, ob ich überhaupt antworten sollte. Kriminalhauptmeister Teppo Korhonen hatte die Angewohnheit, draufloszureden, ohne echtes Interesse für das, was andere zu sagen hatten.

»So spät am Abend wird nicht mehr gearbeitet«, sagte ich. »Einige meiner Leute sind auf Montage, Fertighäuser zusammenbauen. Und dann habe ich noch ein paar Renovierungsaufträge, an der Grenze und drüben in Karelien.«

So genau hätte ich gar nicht zu sein brauchen. Korhonen kannte meine Tätigkeit. Er verfolgte Berufs- und Gewohnheitskriminalität – speziell die Machenschaften von Zuwanderern aus der ehemaligen Sowjetunion. Und auch ich kannte Korhonen. Der Polizist war beinahe mein Freund. Schlimmer noch: Ich war ihm zu Dank verpflichtet.

Korhonen ließ die Lamellen der Jalousie zurückschnellen, setzte sich auf das niedrige schwarze Ledersofa und legte die Füße auf den Tisch. Ich mochte die Einrichtung meines Büros in der Industriehalle nicht. Mein ehemaliger Geschäftsführer hatte in jeder Hinsicht zu viel Aufwand betrieben, nur mit seiner Effektivität hatte er gegeizt. Für sein Büro hatte er eine dunkle Holzvertäfelung, teure Möbel und ein Signallicht an der Tür verlangt. Mir hätten Secondhand-Schreibtische und Anklopfen genügt. Diplomingenieur Jaatinen hatte denn auch gehen müssen, ohne goldenen Händedruck.

»Mach mir keinen Kratzer auf den Tisch«, moserte ich. Korhonen grinste zufrieden.

»Guck an, du hast also gemerkt, dass ich neue Schuhe anhabe.« Er hob seine spitzen braunen Treter, damit ich sie bewundern konnte, und ließ sie dann wieder auf den Tisch knallen.

»Ach je, unser Teppo spielt mal wieder Mannequin.«

»Halt dich aus der Modewelt raus, mein lieber Viktor. Oder sollen wir einen Schwulen engagieren, der dich stylt? Aber über dem netten Geplauder vergessen wir am Ende noch, weshalb wir hier sind. Yes, yes, back to business, sagt Eliot Ness.«

Korhonen nahm die Füße vom Tisch und setzte sich gerade.

»Viktor, in deiner Geschichte gibt es eine ganze Menge Lücken. Es klingt nicht unbedingt glaubhaft, dass irgendein Typ in dein Büro spaziert und sagt: ›Hallo Viki, long time no see. Hör mal, lass uns das globale Hungerproblem lösen und nebenbei ein paar unangenehme Zeitgenossen abmurksen. Und wenn du nach Hause kommst, gleichst du das Demokratiedefizit in Russland aus und stoppst den Klimawandel.‹«

»So war es nicht«, sagte ich.

Varis hob die Hand, stoppte Korhonens Redefluss.

»Wie war es denn dann? Am besten erzählst du uns alles.« Varis lehnte sich vor wie ein empathischer Therapeut: Sprich dir nur alles von der Seele, das erleichtert.

Wieder sah ich Varis ausdruckslos an, eine Spur zu lange. »Gut, ich rede, aber nur, weil ich nichts damit zu tun habe. Ich bin doch völlig unpolitisch.«

Ich begann mit den Worten, dass ich nicht überrascht war, als Arseni Kasimirow mein Büro betrat. Ich hatte gewusst, dass er kommen würde.

»Hattest du einen präkognitiven Traum?«, fiel mir Korhonen prompt ins Wort.

»Geträumt hatte ich auch von ihm«, antwortete ich geduldig.

»Du bist eine Wahrsagerin. Solltest dich mit einem Zelt auf den Markt stellen«, spöttelte Korhonen.

Ich brachte ihn mit einem Blick zum Schweigen. »Ich war ihm schon früher begegnet. Bei der Armee, vor Jahren. Während der Spezialausbildung. Und dann sind wir uns im letzten Sommer über den Weg gelaufen, in Petrozawodsk. Inzwischen weiß ich, dass es keine zufällige Begegnung war.«

Korhonen spitzte die Lippen. »So langsam verliere ich den

Faden. Liefer mal ein bisschen Hintergrund. Und eine Chronologie wäre eine wunderbare Überraschung.«

Ich wusste, dass »wunderbar« in seinem Wortschatz ausschließlich für Frotzeleien reserviert war, ging aber nicht darauf ein.

»In Petrozawodsk hat er sich Wronskij genannt«, erzählte ich.

1

Das Grundstück lag auf einer Halbinsel, die sich in den Saimaa-See schob. Es war aus jeder Richtung schwer zugänglich. Die letzten Kilometer auf der Forststraße musste ich vorsichtig fahren, damit die Ölwanne meines Mercedes nicht über die Steine schrammte, die sich in den Grasbüscheln verbargen. Die Straße endete in einer Kehre, wo die Holzlaster beladen wurden und wenden konnten.

»Da wächst kräftiges Jungholz«, erklärte Viljo Ripatti beflissen. Der alte Landwirt fürchtete, ich würde es mir anders überlegen und das Grundstück doch noch ablehnen. Der Kahlschlag sah tatsächlich traurig aus. Weidenröschen, wilde Himbeeren und mannshohes Gras hatten das Gelände erobert. Einige Ebereschen standen noch, aber alles halbwegs wertvolle Holz war bis zum letzten Klotz gefällt worden.

Der Anblick überraschte mich nicht. Ich hatte die Grundstücksparzellen auf der Karte studiert und Kopien des Waldbauplans bekommen. Vor Ort wollte ich mich lediglich vergewissern, dass das Uferareal weit genug von den Nachbarn entfernt lag, verborgen und friedlich. Ich kaufte keinen Nutzwald, sondern ein Grundstück für ein oder zwei Ferienhäuser, für Kunden aus St. Petersburg. Und die wollten ihre Ruhe haben.

Doch das wusste Viljo Ripatti nicht.

»Das Faserholz kann schon in zwanzig Jahren gelichtet werden«, pries er den nachwachsenden Wald.

»Was ist mit dem Weg? Ist dafür eine Wegedienstbarkeit registriert?«

»Nein. Kein Durchgangsverkehr. Er führt nur hierher auf unser Land. Beziehungsweise auf Ihres …«, erklärte Ripatti eilig. »Am nordöstlichen Rand gibt es eine Strecke für Motorschlitten. Im Winter. Da fahren die Leute aus dem Feriendorf entlang«, fügte er hinzu, wie um seine Aufrichtigkeit hervorzuheben.

»Aha«, sagte ich. Die Leute wurde man los. Man konnte ihnen die Durchfahrt verbieten oder den Mietvertrag für die Strecke kündigen, falls es einen gab. »Und das Jagdrecht, ist das verpachtet?«

»Sind Sie Jäger? Als Landbesitzer dürfen Sie sicher an der Elchjagd teilnehmen«, freute sich der Bauer.

Ich verneinte und stellte keine weiteren Fragen. Die örtlichen Jäger und Sammler würden ungestört bleiben, und die zukünftigen Bewohner der Ferienhäuser würden keinen Anteil an der Beute fordern. Wer mit Erlaubnis im Wald umherstreifte, würde automatisch auch darauf achten, dass am Ufer alles in Ordnung war, er würde es merken, wenn sich Unbefugte auf dem Grundstück herumtrieben.

Selbstverständlich würden in den Villen Sicherheitsanlagen installiert werden, das wusste ich, obwohl die Häuser bisher nur auf den Zeichenblättern des Architekten existierten.

Wir gingen ans Ufer. Ein kleiner Birkenwald bot Schutz vor dem Wind, und hinter den Uferfelsen erstreckte sich der weite, saubere See. Ripatti wiederholte noch einmal, dass ich eine Sondergenehmigung für die Uferbebauung bekommen würde, das habe er sich von der Kommune bestätigen lassen.

Ich auch.

Wir fuhren zurück in das Ortszentrum. Die Hauptstraße verlief über einen zum Ufer abfallenden Hügel und war von einigen würfelförmigen Supermärkten und Banken gesäumt, ausnahmslos aus Betonelementen gefertigt. Dazwischen waren wie aus Versehen einige schöne alte Häuser stehen geblieben, und die Holzkirche schlummerte friedlich hinter einer Steinmauer.

Ich hielt vor einer der Banken. Wir hatten uns hier getroffen, und Ripatti hatte seinen Wagen auf dem Parkplatz der Bank zurückgelassen, auf einem Stellplatz, der dem Schild zufolge für die Mitarbeiter reserviert war.

Viljo Ripatti war mit Leib und Seele Kunde der Genossenschaftsbank. Auf der Fahrt hatte er ausgiebig über seinen Werdegang als Landwirt gesprochen und das vorsichtige Verhalten seiner Bank in den Turbulenzen der Kasinowirtschaft gepriesen. Jetzt marschierte er geradewegs in das Büro des Filialleiters, rief den Schalterangestellten kurz zu, der Kaufabschluss sei getätigt und der Termin reserviert.

Der Filialleiter war ein junger Mann, breitbügelige Brille, das Hemd ein wenig zu kariert für die gestreifte Krawatte. Seine Haare hatte er mit irgendeinem Gel so verklebt, dass sie in allen Richtungen vom Kopf abstanden. Der Leiter gab Ripatti die Hand, als fürchte er, das Alter sei eine ansteckende Krankheit, hielt ihm nur schlapp die Finger hin und zog sie gleich wieder zurück. Mich musterte er mit größerem Interesse, schnupperte, ob ich nach Reichtümern roch oder zumindest nach einem Mann, der über Geld verfügte.

»Ich sehe mal nach, ob die Mädchen die Papiere schon fertig haben«, sagte er und ging in die Schalterhalle. Ich dachte bei mir, dass er vermutlich gar nicht fähig war, den Kaufvertrag selbst aufzusetzen, nicht einmal anhand einer fertigen Vorlage. Spätestens beim Ausdrucken würde es Probleme geben, einen Papierstau oder Ähnliches, und er müsste den EDV-Experten aus dem Pausenraum holen.

Der junge Filialleiter kehrte zurück, versicherte, die Papiere seien gleich fertig, und fragte, ob uns ein Kaffee schmecken würde. Ich lehnte dankend ab. Ich rechnete damit, dass der Mann über Hedgefonds, die Finanzkrise in den USA und die unzureichende Leitzinssenkung des FED plaudern und Begriffe einstreuen würde, die man am Ufer des Saimaa-Sees nur brauchte, wenn man das Handelsblatt las.

Na ja, internationalen Handel treiben wir hier ja auch, dachte ich schließlich versöhnlich.

Ein etwa fünfzigjähriges »Mädchen« brachte die Unterlagen, erläuterte sachkundig den Inhalt der Bögen und kreuzte die Stellen an, wo wir unterschreiben sollten. Ich vermutete, dass sie die kompetentere Führungskraft gewesen wäre. Der Leiter dankte der Frau, schickte sie weg und blätterte in den Papieren, als sähe er dergleichen zum ersten Mal.

»Scheint alles in Ordnung zu sein. Die Kaufsumme wurde dem Vorvertrag entsprechend auf ein Sperrkonto überwiesen …«

»Mir hätte ein Handschlag genügt«, warf Ripatti ein. Man sah dem Bauern an, dass er es gewöhnt war, sich ein wenig größer zu machen, den Rücken zu straffen und mit tiefer Stimme zu sprechen, der kleine Mann.

»Und Käufer ist die VH-Trading, sehen wir uns mal die Prokura an … Ja, in Ordnung, zeichnungsberechtigt ist Viktor Kärppä. Wenn ich noch einen Blick auf den Ausweis werfen dürfte …«, sagte der Filialleiter. »Nur eine Formalität, die Kärppä-Unternehmen sind mir ja bekannt. Ich war früher in Lappeenranta, in der Immobilienabteilung. Damals haben wir Ihnen ein ähnliches Ufergrundstück in Rautjärvi vermittelt. Stehen dort schon die Villen für die Urlauber aus dem Nachbarland?«, fragte er schmeichlerisch.

»Ja«, sagte ich und unterschrieb.

Ich ahnte, ohne hinzusehen, dass Viljo Ripattis Stift in der Luft verharrte, über dem letzten Bogen. Der Daumen des Landwirts knipste die Mine des Kugelschreibers rein und raus.

»Das hatte mein Traum also zu bedeuten«, seufzte Ripatti und setzte endlich seinen Namen doch noch unter den Kaufvertrag. Auch seine Handschrift war übergroß. »Ich hätte kapieren müssen, wer hier auf Uferwälder aus ist. Geld im Rücken und einen Mercedes unter dem Hintern. Fragen hätte ich sollen, wer dieser V. Kärppä ist … oh, oh zum Teufel, Viktor«, sagte er eher gequält als fluchend.

Ich hätte gern erwidert, Sie haben aber nicht gefragt, doch ich wollte den Bauern nicht weiter beschämen. Er hörte in Gedanken bereits das Gerede der Nachbarn, das Gewisper der Lions-Brüder und des Vorstands der Handelsgenossenschaft oder wer weiß welcher Viehprüfungsgesellschaft, dem Vernehmen nach habe nun auch der Viljo Ripatti seine Halbinsel an die Reichen aus Russland verkauft. Und dann wäre man bald bei den Abwehrkämpfen von Tali-Ihantala im Krieg gegen die Sowjetunion angelangt und würde sich darüber auslassen, dass das Opfer der gefallenen Helden vergeblich war, weil manche Menschen heutzutage aus Geldgier ihr Vaterland verschacherten.

Andererseits hätte ich mich auch verteidigen und den Bauern fragen können, bin ich wirklich ein schlechterer Mensch, nur weil ich jenseits der Grenze geboren und aufgewachsen bin? Und wenn ich euch gut genug bin, fast ein Finne, wo will man die Grenze ziehen? Genau wie ihr legen sich auch die Russen abends ins Bett und träumen, schauen am nächsten

Morgen zum Fenster hinaus, wieder ein neuer gesegneter Tag und derselbe alte Himmel.

Doch ich schwieg und ließ Viljo Ripatti mit seinem Gram alleine. Die traurige Miene und die gekrümmte Haltung hatte ich schon einmal an ihm gesehen, als er mir erzählt hatte, wie er seine Kühe aufgeben musste, wie er und seine Frau auf den Wagen vom Schlachthof gewartet hatten und ins Haus geflohen waren, als die letzte Färse verladen wurde.

»Hätte ich das gewusst, dann hätte ich nicht verkauft«, klagte Ripatti.

»Viljo, Geld stinkt nicht«, versuchte der Bankdirektor ihn mit den falschen Worten zu trösten. Ich dachte bei mir, dass ich diesen jungen Schnösel ohne Gewissensbisse schlagen könnte. Oder seine Frau vögeln, während sie am Telefon besprachen, was einzukaufen war. Vergiss den Käse und den Rucola nicht.

Ich schlug nicht zu und verteidigte mich nicht, sondern packte den Kaufvertrag in meine Aktentasche, gab dem Landwirt und dem Filialleiter die Hand und marschierte hinaus.

2

Die Fernstraße sechs in Richtung Norden war fast leer. Ich beschloss, zu fahren, wie es mir gefiel, ohne Eile. Höflich ließ ich eine Horde Motorradfahrer passieren, die in einer nicht ganz ungefährlichen Kurve dröhnend vorbeizogen. Ich war beinahe stolz auf mich, weil ich die Geduld aufbrachte, eine sichere Gerade abzuwarten, als ich hinter zwei Lastern hing.

Gleich hinter Lappeenranta hielt ich an einer großen ABC-Station, um zu tanken und Lebensmittel zu kaufen. Ich traf in Kitee ein, bevor die minimale Abenddämmerung einsetzte.

Meine Bauarbeiter-Crew errichtete am Rand des Ortszentrums eine Reihenhaussiedlung, in der ich bereits zwei Dreizimmerwohnungen an Abnehmer in St. Petersburg verkauft hatte. Die Käufer waren keine Geldprotze, aber wohlhabend genug, um Wert auf eine Zweitwohnung in Finnland, in sauberer Umgebung zu legen.

Ich machte mir keine Sorgen über die unverkauften Wohnungen, die Bruttomarge der Firma oder das Tempo des Kapitalumlaufs, obwohl auch in diesem Geschäftsbereich die ersten Anzeichen der Rezession zu sehen waren. Aber ich arbeitete hier nicht auf eigenes Risiko. Und nicht mit eigenem Geld.

Die Euros kamen aus St. Petersburg. Von dem Geld kaufte ich auf meinen Namen Parzellen, Baugrundstücke und auch alte Häuser und Eigentumswohnungen. Auf den leeren Grundstücken errichtete ich nach den Wünschen der Abnehmer Blockhauspaläste oder Häuser im amerikanischen Stil mit umlaufender überdachter Terrasse. Bei den fertigen Häusern und Reihenhausteilen renovierten meine Leute die Wände und Fußböden, verlegten etwas dunklere Kacheln und buntes Parkett. Ich befasste mich mit Präzisionsbau, auf Bestellung, und wurde in der Regel im Voraus bezahlt.

Ich wusste sehr wohl, dass ich in erster Linie mein vertrauenerweckendes Gesicht vermietete, das den Kaufabschluss gewährleistete. Nicht alles in dieser Businesswelt schmeckte mir, doch ich konnte immerhin sagen, dass es sich um ehrliche Geschäfte handelte. Oder um legale, nach den in Finnland geltenden Paragraphen. Nach der Herkunft der russischen Gelder fragte ich nicht.

Die Bauleute waren gerade dabei, ihre Arbeit zu beenden. Sie machten lange Tage, von früh um sieben rund um die Uhr bis abends und auch noch länger. Sie waren zu viert, ein kleiner Trupp, der keinen Polier brauchte. Antti Kiuru, ein Ingermanländer, der schon seit Langem für mich arbeitete, verstand sich bestens darauf, die Bauzeichnungen zu lesen, gab auch den anderen Anweisungen und besorgte das Zubehör.

Letzteres war allerdings selten nötig. Die Reihenhäuser wurden aus Bauteilen zusammengesetzt, die in Helsinki produziert worden waren. Nägel, Eisen und Beschläge, Badezimmermöbel, Elektrozubehör ... alles wurde mit den Wandelementen und Dachstühlen zu dem fertig gegossenen Fundament transportiert, wo die Einzelteile zusammengebaut wurden. Die Profilbleche für die Dächer kamen maßgefertigt direkt von der Fabrik, ordentlich in Plastik verpackt.

Antti Kiuru rollte gerade den Druckschlauch des Naglers auf, als ich eintrat. Er war hochgewachsen und bewegte sich, als müsse er sich jeden Schritt überlegen. Ein wenig mühsam richtete er sich auf. Mir ging durch den Sinn, dass auch Antti älter wurde, er musste bald sechzig sein.

»Na, Herr Direktor«, grüßte Antti und zündete sich eine Zigarette an. Wie immer trug er eine alte Anzughose und ein Flanellhemd, an dem die obersten Knöpfe offen waren, sodass die Sonne ihm ein rotes Dreieck auf die Brust brannte.

»Es geht voran«, stellte ich fest. Alles deutete darauf hin, dass die Männer nicht faul herumgelegen und Wettkämpfe im Präzisionsspucken ausgetragen hatten.

Antti sagte, ohne zu prahlen, sie seien dem Zeitplan voraus. Sie hätten sich überlegt, dass sie den Freitag freinehmen und erst am Dienstag wieder an die Arbeit gehen würden. Dann könnten die Jungs ein langes Wochenende in Karelien verbringen, und auch er, Antti, hätte Gelegenheit, seiner Familie in Vantaa ein wenig länger zur Last zu fallen.

Ich stimmte zu, obwohl Antti Kiuru nicht um Erlaubnis gebeten hatte. Ungesagt blieb, dass die Familie nur aus Anttis Frau Olga bestand, denn Eino, der eine der beiden Kiuru-Söhne, hatte sich dem Drogenhandel verschrieben und war spurlos verschwunden, und sein Bruder Matti war inzwischen auch schon erwachsen, kam allein zurecht und leistete gerade seinen Wehrdienst ab.

Die Männer hatten als Erstes die Wohnung an der Südseite so weit fertiggestellt, dass sie dort schlafen konnten. Im Wohnwagen wurde es für vier Leute rasch ungemütlich. Es war doch etwas anderes, wenn man fließendes Wasser hatte, wenn einige Lampen brannten und die Küchenmaschinen funktionierten. In das Esszimmer hatten sie sogar einen alten rustikalen Esstisch mit zwei Bänken geschleppt. Immerhin waren die Fußböden sorgfältig mit Baupappe abgedeckt, sodass auf dem Parkett keine Spuren zurückbleiben würden.

»Die Sauna ist bald heiß und das Teewasser kocht auch gleich«, sagte Antti und richtete geschäftig ein Zimmer für mich ein. Ich holte meinen Schlafsack aus dem Wagen. Es war Ausschussware der schwedischen Armee, aus einem Schrottladen, der solche überzähligen Dinger verkaufte, und für die derzeitigen Temperaturen allzu mollig. Ich legte meinen Proviant auf den Tisch, Brot, Käse und Wurst sowie einige Tomaten, und forderte die Männer auf, sich meine bescheidenen Mitbringsel schmecken zu lassen. Dann schraubte ich eine Flasche Wodka auf, und nach zweimaliger Aufforderung goss Antti jedem ein Glas ein. Mehr zu trinken, erlaubten sich die Männer nicht.

Ich ging mit Antti in die Sauna. Die jüngeren Bauarbeiter sagten, sie würden erst nach uns baden. Sie scherzten miteinander und begannen, ihr eigenes Ding zu machen, nannten Antti Opa. Wir saßen schweigend auf der Schwitzbank. Antti Mihailowitsch war kein großer Schwätzer, und auch ich war mit meinen eigenen Gedanken beschäftigt.

Ich lag bäuchlings auf dem geöffneten Schlafsack und tippte auf dem Laptop. Ich hatte eine Abneigung gegen Computer, gegen ihre seltsamen Befehle, überraschend abstürzende Programme und das leise Rattern der Festplatte. Dennoch musste ich zugeben, dass ein tragbarer Rechner und ein drahtloser Breitbandanschluss für meine Bedürfnisse genau das Richtige waren. Auch jetzt hatte ich nur den Laptop aufgeklappt und das Klötzchen mit dem kurzen Kabelstummel in seine Buchse gesteckt, und schon konnte ich Bankangelegenheiten erledigen und meine Mails lesen.

Ich hatte es längst aufgegeben, mich über Spam zu wundern, obwohl mir nicht einleuchtete, warum man die Spermamenge vergrößern sollte. Soweit ich es verstand, steigerte es den Genuss der Beteiligten in keiner Weise, wenn ein ganzer Deziliter Samenflüssigkeit zum Einsatz kam. Wer zum Teufel glaubte daran, dass ein Penis durch Gymnastikgeräte zum Wachstum angeregt wurde? Und in St. Petersburg hatte ich genügend Apothekertätigkeit im Kleinformat gesehen, um keine Viagra-Tabletten im Internet zu bestellen. Im günstigsten Fall bestand die Lieferung aus blau gefärbten Kalktabletten.

Marja hatte mir eine Mail geschickt, deren Inhalt zur Gänze in die Re-Zeile passte. Ruf an, stand da, ohne Abmilderung oder Erklärung. Ich selbst hätte hinzugefügt, »wenn du Zeit hast« oder »nichts Dringendes«.

Mein Bekannter bei der Polizei, mein Beinahe-Freund Teppo Korhonen, hatte eine Rundmail verschickt, in der Schwule, Schweden und Tierschützer veräppelt wurden. In meiner Antwort dankte ich ihm dafür, dass er mein Vertrauen in die Toleranz und Vorurteilslosigkeit der finnischen Behörden gestärkt hatte. Außerdem äußerte ich die Vermutung, dass die Typen vom Datenschutz bei der Helsinkier Polizei mit großem Interesse verfolgten, was der Kriminalhauptmeister einem eingewanderten Geschäftsmann mitzuteilen hatte.

Nutze deine Dienstzeit, um zu arbeiten, Gruß, Ein unzufriedener Steuerzahler, schloss ich.

Ich musste lächeln. Korhonen würde meine Frotzelei genießen. Er würde mir den Ball zurückspielen mit der Frage, welche steuerähnlichen Zahlungen ich denn wohl entrichtete. Im letzten Steuerjahr habe er seines Wissens deutlich mehr ans Finanzamt abgeführt als ich. Wenn er richtig in Fahrt kam, würde er seine Verwunderung darüber zum Ausdruck bringen, dass er, ein von der Steuerbehörde als gut verdienend klassifizierter Staatsbeamter, in einer Sozialwohnung lebte und einen alten Renault fuhr, während ich, arm und mittellos, ein prächtiges Eigenheim und einen Mercedes besaß.

Ich trödelte herum, aber schließlich musste ich doch zu Hause anrufen. Ich wollte Annas Stimme hören, bevor die Kleine schlafen ging.

»Der Herr hat es mal wieder so eilig, dass er nicht dazu kommt, bei seiner Familie anzuklingeln«, begann Marja.

»Stimmt«, sagte ich und dachte, was hat dich daran gehindert, selbst anzurufen.

»Wahnsinnsstress in der Firma. Schon wieder zwei Mädchen krank. Ich musste ein Attest verlangen. Es geht doch nicht, dass die Mädchen einfach wegbleiben, wenn sie keine Lust auf Arbeit haben«, klagte Marja. »Könnte jemand in dem Heim in Mankkaa vorbeigucken … da ist eine Duschkabine kaputt. Der alte Rikkilä ist so tatterig, er hat es irgendwie geschafft, die Tür von der Duschkabine abzureißen.«

Ich versprach, gleich am nächsten Morgen in meiner Werkstatt anzurufen und einen meiner Männer vorbeizuschicken. Gab es sonst noch etwas?

»Es geht mir gut, danke der Nachfrage, Bussi-Bussi«, sagte Marja gehetzt.

»Schlafen die Kinder schon?«

»Die sind beim Abendbrot.«

»Gib mir mal Anna.«

»Dann beschmiert sie den Hörer mit Brei.«

»Na, wisch ihr halt das Gesicht ab. Nun gib sie mir schon.«

In der Küche waren Geklapper und gedämpfte Stimmen zu hören. In Gedanken sah ich Anna auf ihrem Hochstuhl sitzen, ein Lätzchen um den Hals. Mitunter hielt der Löffel vor dem geöffneten Mund an, weil die Kleine sich in ihren

Gedanken verlor und erst nach einer Weile plötzlich wieder zu sich kam. Das Telefon wurde angehoben, jemand pustete hinein.

»Ist das Erkki?«, neckte ich.

»Nein, ich bin Anna.«

»Ach was, du bist Erkki, das höre ich doch an deiner Stimme.«

»Nein, Anna«, gurrte das Mädchen.

»Anna klein, Schwämmelein, schläft jetzt gleich, warm und weich. Die Nacht ist leis wie Butterreis.«

»Mehr, Papi-i-i, mehr.«

»Kartoffelbrei, Honigei und Allerlei. Alles in den Kessel, dazu ein kleiner Sessel. Rafft die Segel, schaut nach dem Pegel. Die Ruder hoch, wir schlafen doch. Danke für das Essen.«

»Papi ist ganz plem-plem«, sagte Anna. Sie hatte offenbar genug, denn das Handy polterte auf den Tisch.

Gleich darauf war Marja wieder dran und schimpfte: »Musstest du die Kleine so aufdrehen? Was glaubst du, wie schwer es ist, sie zum Einschlafen zu kriegen! Und jetzt will Erkki dich auch noch sprechen.«

Ich wartete, bis ich wieder Atemgeräusche hörte.

»Na, großer Mann, was gibt's?«

»Nichts weiter.«

»In der Schule alles in Ordnung?«

Der Junge schwieg eine Weile. »Ein bisschen haben die mich wieder geärgert.« Der Seufzer blieb irgendwo über dem Küchentisch hängen.

»Verdammt«, sagte ich, um klarzustellen, dass ich die Sache ernst nahm. »Soll ich mit dem Lehrer sprechen? Oder mit irgendwem sonst in der Schule?«

»Nein.«

»Vielleicht würde das auch nichts helfen. Die dich da ärgern, sind einfach dumme Blödköpfe.«

»Genau«, sagte Erkki so überzeugend wie ein Abo-Werber. Sie sind uns als Kunde so wichtig, dass ich befugt bin, Ihnen ein Superangebot zu machen, Brigitte-Sabine-Küchenbiene plus Wunder der Technik sechs Monate lang für nur einmal zehn und drei Euro und ein praktisches Kehrblech gratis dazu.

»Na, versuch es durchzustehen. Und das schaffst du auch.« So, wie ich redete, hätte ich glatt Abo-Werber ausbilden können.

Marja meldete sich wieder zu Wort, sie klang etwas versöhnlicher. Ich erzählte ihr, dass ich nach Petrozawodsk fahren musste und mein Handy möglicherweise ein paar Tage lang keinen Empfang haben würde.

»Pass auf die beiden auf, und auf dich«, sagte ich zum Schluss.

»Du auch. Fahr vorsichtig.«

In den Worten schwang ein leises Echo, ein Hauch von der alten Marja mit.

Von dem Mädchen, das mich unter ihrer Mütze und dem dichten dunklen Haar angeschaut hatte wie ein Fuchsjunges. Inzwischen war sie wohl ein ausgewachsener Cityfuchs.

Meine Frau. Nun ja, verheiratet waren wir nicht. Meine Mitbewohnerin. Meine Freundin. Die Mutter meiner Tochter.

Ich probierte die Worte aus. Marja war einfach Marja, so war es am besten.

Aber sie hatte sich sehr verändert.

Schon gegen Ende ihres Studiums war sie irgendwie härter geworden. Sogar mit ihrer Familie hatte sie sich beinahe überworfen. Ich ahnte, dass ich daran nicht ganz unbeteiligt war. Einem Bauernpaar aus Südostfinnland fiel es nicht leicht zu akzeptieren, dass ein Rückwanderer mit der Tochter das Bett teilt. Marja hatte ihre Wahl verteidigen müssen. Oder ihre Selbstständigkeit, ihr Recht auf eigene Entscheidungen. Aber eine Mutter war eine Mutter und ein Vater war ein Vater, man konnte sie nicht einfach verstoßen.

Vor zwei Jahren hatte Marja eine Geschäftsidee entwickelt. Die Bevölkerung alterte, für alte Leute gab es nicht genug Helfer und nicht genug Einrichtungen, wo sie wenigstens halbwegs selbstständig leben konnten. Marja ließ sich von mir ein Reihenhaus in Espoo bauen, das den Normen für Pflegeheime entsprach, besorgte sich die Genehmigungen und Diplome, stellte Migrantinnen und zwei finnische Krankenschwestern ein und machte meine zuverlässige Sekretärin Oksana Pelkonen zur Assistentin.

Das Pflegeheim Abendstern war von Anfang an voll belegt, und auf der Warteliste standen weitere zahlungskräftige Senioren. Inzwischen betrieb Marja nach demselben Konzept bereits drei Wohnheime. Oder »Einheiten für ein Wohnen wie zu Hause«, wie sie es nannte.

So ähnlich empfand ich auch unser neues Haus. Meine alten Möbel waren mit unserem früheren Zuhause verbrannt, aber der Geschirrschrank aus Nussbaum oder der Sofatisch mit seinen Intarsien hätten vor Marjas Augen wohl ohnehin keine Gnade gefunden. Ganz gleich, in wie hohen Tönen ich den spiegelartigen Glanz des Schranks gepriesen hätte, und die reich verzierten Beine des Tischs, graziös wie die Tatzen einer Raubkatze. Marja wollte kühle Farben, helles Holz, seltsam glatte, einfarbige Tassen, Tischtücher mit großflächigen Mustern.

Auch mit Erkki war sie manchmal zu streng. Es war nicht Erkkis – oder eigentlich Sergejs – Schuld, dass er verstoßen, verwaist war. Ich musste für ihn sorgen, für meinen entfernten Verwandten, das war klar.

Eine schlechte Mutter liebt nur ihre eigenen Kinder, das hatte meine Mutter immer gesagt. Und sie hatte recht gehabt, fast immer und in fast allen Fragen.

Aber es war leicht für mich, Marja aus der Ferne Vorwürfe zu machen.

Ich goss mir den Rest aus der Wodkaflasche ein und studierte den Grundstücksmarkt an der Ostgrenze. Die Kommunen boten auf ihren Webseiten billiges Bauland an den Seeufern an wie Sauerbier.

3

Die Melkmaschinen der Kolchose brummen gleichmäßig, ich weiß, dass es Morgen ist. Aleksej und ich schlafen im breiten Bett, ich liege an der Wand, hinter dem Rücken meines großen Bruders. Gleich wird die Tür knarren, dann kommt Oma und sagt, na los Jungs, fangt mal an, euch zu lupfen. Ich weiß nicht, was lupfen bedeutet, kein anderer sagt das außer Oma, jeden Morgen, auf Finnisch, und jeden zweiten Morgen fügt sie seufzend hinzu, euer Schlafplatz ist so schön warm. Im Winter lächeln wir heimlich darüber, denn auf dem Wassereimer liegt oft eine Eisschicht.

Ich weiß, dass auch Mutter bald kommt, um von der Getreidesuppe zu essen, die Oma gekocht hat, und dass sie frisch gemolkene Milch mitbringt. Mutter ist Hauptbuchhalterin der Kolchose, und wir wohnen jetzt hier, in dem aus grauen Ziegeln gebauten Kolchosenheim. Wir haben noch kein Haus in der Stadt, aber ein Zimmer und eine eigene Küche und fließendes Wasser, und Vater ist mit seinem Regiment nach Norden abkommandiert. Im Herbst kommt er zwei Wochen auf Urlaub, und danach wird er vielleicht nach Sortavala versetzt. Fährt er dann mit dem Panzer zur Arbeit, überlege ich und merke, dass hier etwas schief ist und falsch, all die Menschen sind doch schon tot, außer Aleksej und mir.

Ich wachte auf und begriff, dass die Melkmaschine der Kompressor des Naglers war und dass nicht meine Oma durch die Tür spähte, sondern Antti Kiuru.

»*Dobroe utro*«, wünschte er mir einen guten Morgen. »Vom Wecken war keine Rede gewesen, aber ich habe mit den Jungs schon ein paar Stunden gearbeitet, und jetzt essen wir eine Kleinigkeit, also, wenn du frühstücken möchtest …«

Ich stand auf, reckte mich, ging auf die Toilette und wusch mir das Gesicht. Am Kinn schoben sich Bartstoppeln ans Licht, doch ich schob die Rasur hinaus. In Petrozawodsk musste ich mein Äußeres ohnehin in Ordnung bringen.

Früher hätte ich ein schlechtes Gewissen gehabt, wenn meine Männer früh aufstanden und arbeiteten, während ich noch eine Runde schlief und dann sauber gekleidet über die Baustelle stolzierte. Inzwischen war es mir egal. Die Männer erwarteten gar nicht, dass ich Mörtelsäcke schleppte.

Ich aß mit den Männern, wünschte ihnen schöne Tage, packte meine wenigen Sachen und fuhr ab.

Auf der finnischen Seite des Grenzübergangs schien immer noch alles voller Holz zu sein. Tausende Kubikmeter Fichtenstämme füllten ein provisorisches Lager, die Güterwagen waren bis an den Rand mit Birkenholz gefüllt, und ein Dutzend Holzlaster wartete auf die Zollabfertigung.

Nachdem der Grenzschützer einen flüchtigen Blick auf meine Papiere geworfen hatte, fuhr ich über eine offene Fläche zu der neuen Kontrollstelle auf der russischen Seite. Sie war aus rotem Backstein gemauert. Die Träger der Schutzdächer waren aus dunkelgrauem Stahl. Schwalben witschten in ihre Nester hoch oben in den Dachstühlen. Die blau-weißen Windsäcke hingen schlaff herab und demonstrierten die Windstille des ungewöhnlich heißen Tages.

Die Leutnantin fertigte die Wartenden ab, ohne sich zu hetzen. Sie war blond und schön, ein wenig zu stark geschminkt. Und sie hatte nichts unternommen, um ihrem

Arbeitsplatz hinter der Glasscheibe, einem sauberen, kargen Verschlag, ein wenig Gemütlichkeit zu verleihen. Auf dem Tisch stand ein neuer Computer, alle Firmenaufkleber noch an ihrem Platz, die Tastatur makellos rein. Die Leutnantin gab meine Personaldaten ein, überprüfte unter einem Leuchtgerät die Echtheit meines Passes und griff dann zum traditionellen Stempel. Feierlich drückte sie ihn auf meine Papiere und schrieb anschließend Namen und Zahlen auf Listen aus gelblichem Papier.

Früher hatte man sie gebraucht, all die Papiere und Bestätigungsvermerke. Oder zumindest lebte man in der Furcht, dass in den *bumagas* irgendeine Unterschrift fehlte oder der Stempelabdruck verwischt war. Diese Unruhe hatte mich lange begleitet. An der Kontrollstelle der Verkehrsmiliz oder im Hotelfoyer, wenn ein Mann in Lederjacke seinen Ausweis zückte und nach den Papieren fragte, hatte sie mich mit kalten Fingern im Nacken gepackt. Ich hatte mir befehlen müssen, meinen Namen in der finnischen Form anzugeben, Viktor Kärppä, nicht Gornostajew, und immer daran zu denken, dass ich mit einem finnischen Pass unterwegs war.

Die Grenzschutzoffizierin wünschte mir in russisch gefärbtem Finnisch einen schönen Tag. Ich bedankte mich auf Russisch bei der Genossin Leutnant. Dafür, dass ich die Sterne auf ihren Epauletten erkannt hatte, belohnte sie mich mit einem strahlenden Lächeln.

Draußen wartete eine finnische Reisegesellschaft neben ihrem Bus auf die Erlaubnis, die Grenzstation zu betreten. Die Leute wirkten wie Mitglieder einer Missionsgesellschaft oder eines wohltätigen Vereins, der gebrauchte Kleidung und Spielzeug für Karelien sammelt. Ich überlegte, ob sie sich überhaupt nicht darüber wunderten, dass ein Transporter nach dem anderen neue Pkw nach Russland brachte, während sie in ihrem alten Bus Gesangbücher und abgetragene Trainingsanzüge transportierten.

Zwei Kinder balancierten auf dem Rand der Plattform. Ich schätzte, dass sie Geschwister waren. Das kleinere Kind, ein ernst und entschlossen dreinblickendes Mädchen, versuchte, seinen großen Bruder aus dem Gleichgewicht zu bringen, und merkte nicht, dass der Junge sich hinter dem Rücken mit einer Hand am Pfosten festhielt.

»*Lastoschka*«, sagte ich zu dem Mädchen und zeigte auf die hin und her schießenden Vögel. »So heißt die Schwalbe auf Russisch.« Die Leute von der Reisegesellschaft drehten die Köpfe und starrten mich an, als wäre ich ein böser Onkel. Was fällt dem ein, mit fremden Kindern zu reden? Ich ging zu meinem Wagen und dachte, dass die Ausreise aus Finnland jedes Mal auch angenehm war.

Eine Heimkehr.

4

Die beiden Enden der Fliege des Kellners im Hotel Sewernaja hingen ebenso müde herab wie sein Schnurrbart. Der Mann wartete demütig, bis alle am Tisch ihr Besteck schräg auf den Teller gelegt hatten, zum Zeichen, dass sie mit der Vorspeise fertig waren. Dann begann er, die Teller auf seinem Arm zu stapeln, und gab seinen Kollegen mit einem Kopfnicken das Signal, die Hauptspeise aufzutragen.

»Die Aussichten sind vielversprechend, schlicht und einfach vielversprechend«, dröhnte Anatoli Koljukow, ohne einen Blick für den sorgfältig gedeckten Tisch. Er schob die Blumenvase beiseite, wobei sie die Butter streifte, die in kunstvollen Spiralen auf einem kleinen Teller angeordnet war. Dann öffnete er seine Aktentasche und holte eine Broschüre von der Größe einer Straßenkarte heraus, die auf Hochglanzpapier Phantombilder des Hotel- und Einkaufszentrums zeigte, das an der Andropow-Straße entstehen sollte.

Anatoli Michailowitsch Koljukow war einer meiner Geschäftsfreunde. In seinem Auftrag hatte ich in der Nähe von Käkisalmi zwei Ferienhäuser hochgezogen, so groß wie kleine Paläste, aber solider gebaut, und ich hatte Zubehör für die Fabrik in Wiborg besorgt, wo Koljukow Schutzbezüge für Autositze und Lenkradschoner aus Leder nähen ließ.

Mir war nicht klar, warum er mich zu seiner Geschäftsverhandlung eingeladen hatte. Mit seinen zigtausend Quadratmetern war der Auftrag viel zu groß für mich, und eine Verteilung auf Subunternehmer konnte in dieser Phase noch nicht vorgenommen werden. Auf der anderen Seite des Tisches saßen drei Männer, die sich auf dem Weg in die mittleren Jahre befanden, im korrekten Anzug, alle gleichermaßen ausdruckslos. Sie hörten schweigend zu, während Koljukow sein Projekt anpries. Bei der Begrüßung hatte ich ihre Namen nicht mitbekommen. Sie hatten leise gesprochen und jeden Blickkontakt vermieden. Ihre kurz geschnittenen Haare waren dunkel, ihre Haut hatte einen hellen Ton. Auf der Karte der ehemaligen Sowjetunion wusste ich sie nicht einzuordnen. Irgendwo aus dem Süden, schätzte ich.

»Ich erwarte, ich verspreche … nein, ich garantiere dreißig Prozent Rendite nach drei Geschäftsjahren«, kam Koljukow zum Höhepunkt seines Angebots. Die potenziellen Geldgeber saßen weiterhin schweigend da wie bei der Beerdigung des stummen Seduchow. Mit diesen Männern hätte ich auf dem Markt nicht um den Preis einer Arbuse gefeilscht, aber umso genauer aufgepasst, dass sie beim Abwiegen die Waagschale nicht mit dem Finger nach unten drückten.

Als Hauptgericht gab es lauwarmes, fades Rindersteak, dazu Bier, das dieselbe Temperatur hatte wie das Fleisch. Das Restaurant war fast leer. An einem langen Tisch an der Wand bestellte eine zehnköpfige Gruppe finnischer Männer Schnaps. Ich vermutete, dass es sich um Kriegstouristen handelte, die im Bus zu den alten Schlachtfeldern fuhren, in den Schützengräben herumkrochen und an den Gedenkstätten eine Schweigeminute einlegten.

Auf der Bühne standen Verstärker bereit, doch die überlaute Musik kam von der Platte. Eine Videoanlage warf Alla Pugatschowa in Riesengröße auf drei Leinwände. Als das Lied endete, wurde die Pugatschowa durch Fotos von südlichen Sandstränden ersetzt, und eine junge Frau erklomm die Bühne. Sie griff zum Saxophon und spielte zu Hintergrundmusik vom Band. Niemand im Restaurant hörte ihr zu, und sie schien es zu wissen. Sie spielte für sich selbst, durchaus gekonnt, aber so, als wiederhole sie eine Hausaufgabe.

»Viktor und ich gehen uns mal rasch die Nase pudern«, tönte Koljukow. Ich folgte ihm zur Toilette. Koljukow war ein großer Mann, in jede Richtung. Sein schwerer Brustkorb und der minenförmige Bauch stellten seine Hemdknöpfe auf eine harte Probe. Der feste Dauerknoten der Krawatte wurde vom Doppelkinn fast verdeckt.

Ich vergewisserte mich, dass alle Kabinen leer waren. Ein junger Mann, der sich gerade die Hände wusch, warf mir im Spiegel einen kurzen Blick zu. Ich lehnte mich an die Kachelwand und sagte, ich hielte zwar viel von Hygiene, doch jetzt sei es ratsam, mit dem Geplätscher aufzuhören und sich die Hände im Restaurant am Tischtuch zu trocknen. Der Mann verschwand blitzschnell. Wenn ihn jemand fragte, würde er behaupten, auf der Toilette niemanden gesehen zu haben.

»Was soll die Kacke?«, fragte ich, bevor Koljukow irgendetwas sagen konnte.

Mein Geschäftsfreund nahm ein Papierhandtuch und tupfte sich den Schweiß von der Stirn. Auch sein Kopf war rund, wie ein Basketball mit schwarzen Locken.

»Ich dachte, ich sollte über irgendeinen Auftrag passender Größe verhandeln. Für so einen Riesenklotz sind die großen Unternehmen zuständig, YIT oder Skanska. Unsereins würde verdammt nochmal ein halbes Jahr brauchen, allein um die Waschräume zu kacheln, selbst wenn alle meine Leute Überstunden machten«, fuhr ich fort.

»Naja, ich wollte bei den Verhandlungen jemanden bei mir haben, dem ich trauen kann«, gestand Koljukow.

»Zum Teufel mit dir! Einen stummen Gorilla wolltest du? Hättest du mir das gleich gesagt, dann hätte ich eine Sonnenbrille aufgesetzt und mir eine Möhre in die Hose gesteckt, damit sich was wölbt. Ich hab ja nicht mal eine Waffe.«

»Gefährlich ist es überhaupt nicht, aber du gibst der Sache einen guten Touch. Du bist repräsentabel und siehst finnisch aus und …«

»Dann hättest du besser gleich ein Fotomodell angeheuert«, schnaubte ich. »Was sind das eigentlich für Leute, deine prospektiven Kunden?«

Koljukows Miene war stets unternehmerhaft besorgt, doch nun breitete sich ein listig-hoffnungsvolles Lächeln auf seinem Gesicht aus.

»Große Burschen. Große Gelder«, flüsterte er. »Irgendwann wechselt die Macht, da lohnt es sich, auf das richtige Pferd zu setzen. Glaubst du etwa, die Petersburger Ponys halten über längere Strecken durch? Vollblüter kommen von anderswo.«

»Was für eine Scheiße redest du da? Wir sind hier nicht beim Trabrennen, und Fohlen kaufen wir auch keine.«

»Die haben Geld. Moskauer Geld. Und amerikanische Dollars. Internationales Business.«

Dann sah Koljukow sich um, als wolle er sich vergewissern, dass wir allein waren. Die letzten Worte sprach er nicht einmal mehr flüsternd, sondern formte sie nur mit den Lippen.

»Juden«, wiederholte ich in meiner Verwunderung laut, und Koljukow bedeutete mir nervös, still zu sein.

Nachdenklich saß ich auf dem Klodeckel. Ich hatte Koljukow an den Tisch zurückgeschickt, hatte ihm gesagt, ich bliebe noch, um mein richtiges Geschäft zu verrichten, und bräuchte dabei keinen Assistenten. Dann hatte ich die Tür verriegelt. Auf die graugrüne Fläche war ein Aufkleber der Unterhaltungskünstler von Luumäki gepappt, darunter hatte jemand eingeritzt: *Reiska was here*.

In was zum Teufel zog Koljukow mich hinein?

Ich hoffte, dass er mit den kleinen Petersburger Ponys die Geschäftsmänner der Petersburger Kasse gemeint hatte. Sie teilten das Gebiet und die lokale Geschäftstätigkeit untereinander auf. Jeder Anteilseigner finanzierte die Aktivitäten in seinem Revier und kassierte dort ab, bei legalen und illegalen Geschäften und allem, was dazwischen lag. Ihre Tätigkeit hatte nach meinen Maßstäben schwindelerregende Dimensionen, aber zu ihnen hatte ich Kontakte, bis an die Spitze. Und von diesem Spiel verstand ich genug, um abspringen zu können, wenn es zu wild wurde.

An die schlimmere Alternative wagte ich kaum zu denken. Mit den »Petersburgern« konnte auch die oberste Legion gemeint sein, die unter Putin aufgestiegene Gruppe, deren gemeinsamer Nenner ihre Vergangenheit in Leningrad und später St. Petersburg war, bei vielen auch die Tätigkeit im Sicherheitsdienst, in der Epoche des KGB oder des FSB.

Auch der Teddybär Medwedjew gehörte zu dieser Flut von Männern, die gegenseitig füreinander bürgten. Neuerdings schwoll sie an, floss von den obersten Etagen der Administration auch auf die unteren Ebenen und verdrängte diejenigen, die nicht dazugehörten.

Von diesem neuen Politbüro wollte ich mich fernhalten, in Deckung bleiben, mich unsichtbar machen.

Ich starrte auf die Toilettentür. Mein Gedächtnis katapultierte mich in das Jahr 1987, zur Parade zu Ehren der Revolution auf dem Roten Platz. Die Führung des Landes und der Partei auf dem Podest vor dem Mausoleum, in derselben Reihe die Vorsitzenden der Schwesterparteien und Präsidenten der sozialistischen Staaten, dampfender Atem im Frost. Und ich marschierte in den Reihen der jungen Sportler, ohne zu wissen und zu verstehen, unfähig, auch nur zu ahnen, dass die Schar, die dort oben winkte, bald fallen und die Sowjetunion nicht mehr existieren würde.

Verdammt. Das war auch schon mehr als zwanzig Jahre her.

Ich zwang mich, von der Kremlmauer nach Petrozawodsk zurückzukehren und an die Tischgesellschaft zu denken, die mich im Speisesaal des Sewernaja erwartete.

Es fiel mir schwer, zuzugeben, dass mich auch Koljukows jüdische Partner misstrauisch machten. Und was noch verwerflicher war: Ich misstraute ihnen und scheute vor ihnen zurück, gerade weil sie Juden waren.

Im Sowjetland wurden die Kinder in den Schmelzofen der Völker geworfen; in den Festreden und auf den Bildern arbeiteten alle Seite an Seite, mit den gleichen Chancen. Dennoch wusste jeder Finne, Deutsche, Armenier oder Este im Sowjetreich es besser. In den Papieren eines richtigen Sowjetbürgers stand als Nationalität Russisch. Bei der Tauglichkeit der anderen gab es graduelle Unterschiede, je nach der Zeit und der Situation, auch je nach Bedarf.

Die Juden waren immer ein Kapitel für sich gewesen. Man empfand sie als fremd, und doch spielten sie im Orchester die erste Geige, leiteten als Wissenschaftler Institute und spielten besser Schach als alle anderen.

Da musste irgendetwas faul sein.

Die Erinnerung an die Parade im Frost war so intensiv gewesen, dass es mir vorkam, als seien die Fenster beschlagen und auf dem Wasser im Klobecken liege eine Eisschicht. Jetzt musste ich jedoch voller Wärme lächeln. Ich erinnerte mich nämlich an eine alte Tante aus der Nachbarschaft, Olga Birjukowa, die bei all ihrer liebevollen Großmütterlichkeit die Hauptschuld an meiner Judenphobie trug.

Ich war bei Tante Olga gewissermaßen in Tagespflege gewesen, wenn Mutter mich nicht in den Kindergarten der Kolchose bringen wollte. Die Tante bewohnte ein Zimmer im Obergeschoss, wo ich den Tag verbrachte. Ich saß auf dem Bettrand, malte oder schnitt Pappfiguren aus, während Olga spann. Ihr Spinnrad surrte, verlockte einen beinahe, die Finger zwischen die Speichen zu stecken.

Einmal hatte Olga Besuch von einer Verwandten aus ihrer alten Heimat, der Ukraine, und beim Teetrinken wurde die Unterhaltung lebhaft. Zwischendurch erinnerten sich die beiden Tanten an meine Anwesenheit und senkten die Stimme. Ich spielte weiter, schnappte aber Worte und Sätze über betrügerische Menschen auf, über etwas Grausames und Hinterhältiges.

Zwi Migdal, hatte Olga gewispert, so getan, als spucke sie aus, pfui, um das lauernde Übel abzuwenden. So eine Organisation hat es gegeben, glaub mir, einen Geheimbund der Juden. In der alten Zeit haben sie junge Frauen aus den Bauerndörfern mit dem Versprechen auf eine lukrative Heirat angelockt, aber pah!, die Ärmsten wurden wer weiß wohin verfrachtet, als Freudenmädchen.

Ach Herrgottchen, die ukrainische Tante hatte die Hände über dem Kopf zusammengeschlagen und noch eins draufgesetzt. Man braucht gar nicht in den Erinnerungen zu kramen und den Staub der Geschichte aufzuschütteln. Odessa war seit jeher und ist auch in diesem gesegneten Moment in der Hand der Judengauner.

Am Abend konnte ich es kaum erwarten, meiner Mutter zu erzählen, was ich von Tante Olga und ihrem Besuch gehört hatte. Mutter wurde so wütend, dass sie mir die Rute zweimal über den nackten Hintern zog. Ich schämte mich und war zutiefst erschüttert. Wie konnte Mamutschka so etwas tun! Die Birkenrute lag doch nur zur Abschreckung auf dem Fensterbrett, als Mahnung. Zum Schlagen war sie nicht da. Und ich hatte nicht einmal fragen können, was ein Freudenmädchen war. Das Wort klang nicht traurig, aber ich ahnte dennoch Schlimmes.

Nachdem ich eine Weile geschluchzt hatte, streichelte Mutter mir den Rücken. Ihre Hände fühlten sich warm und schwer an. Die Juden sind ein wenig anders als wir, hatte Mutter gesagt, in einem Ton, der klarstellte, dass über das Thema nicht weiter gesprochen würde. Jetzt iss dein Abendbrot und dann ab ins Bett.

Die Tür zur Toilette ging, aus der Nebenkabine war Plätschern zu hören. Ich ließ die alten Geschichten ruhen. Doch ich wusste, dass unter den Neureichen viele Juden waren.

Ich korrigierte mich: Die Oligarchen hatten sich ihr Startkapital aus der Konkursmasse der Sowjetunion unter den Nagel gerissen, als Ölvorkommen, Gasfelder und Schmelzhütten privatisiert worden waren. Zwischenzeitlich hatte man sie nach altem Muster aus dem Weg geräumt, wegen Steuerhinterziehung angeklagt und in Lagern jenseits des Ural dahinvegetieren lassen. Oder bedrängt, bis sie ins Ausland zogen, wo sie in irgendeiner Fußballmannschaft mitspielen konnten.

Und fürchten mussten, dass jemand kam und sie umbrachte.

Ich stand auf und wusch mir das Gesicht mit kaltem Wasser. Es roch so stark nach Chlor, dass mir die Augen brannten. An der Tür zum Speisesaal schlugen mir die Töne des Saxophons entgegen. Ich ging ruhig zurück an unseren Tisch und wusste, dass mein Gesicht nichts verriet.

Aber ich hatte immer noch Angst.

5

Die Frau saß am Küchentisch, einen Laptop vor sich. Sie stützte die Ellbogen auf den Tisch, starrte ihre Berechnungen auf dem Bildschirm an, sprach ab und zu halblaut vor sich hin und tippte Korrekturen ein. Sie trug einen Rock und einen beinahe respektabel wirkenden Blazer. Die Pumps hatte sie abgestreift und hockte mit untergeschlagenen Beinen da wie ein kleines Mädchen auf der Schulbank.

Das Haus war neu, aber auf alt getrimmt, passend zu den Grundstücken, die sich im Labyrinth der Kieswege verbargen, zu den Gärten, in denen alte, schon zu Bäumen herangewachsene Fliederbüsche und kleine Fußballtore standen. Von außen ähnelte das Haus dem kleineren Gebäude, das früher an dieser Stelle gestanden hatte und von dem das Feuer nichts übrig gelassen hatte als einige verkohlte Balken, eine traurige Grube, die einmal ein Keller gewesen war, und zwei Öfen, die aus den Mauern geragt hatten wie schwarze Knorren.

Manchmal sehnte sich die Frau nach dem alten Haus, schmerzlich und schneidend wie nach anderen ehemaligen und unwiederbringlich verlorenen Dingen. Aber sie freute sich über die neue, helle Küche, die selbsttätig schließende Tür zum Kühlraum und den lauschigen Patio auf der Gartenseite.

Die Tür vom Esszimmer zum Garten stand offen. Die

Frau erhob sich, strich den Rock glatt und füllte ein Glas mit Weißwein aus der Schlauchpackung. Sie hätte auch eine Flasche aufmachen können, eine bessere Sorte. Ihr Mann, der Pfennigfuchser, war nicht da. Er tadelte sie zwar nicht ausdrücklich, guckte aber missbilligend.

Ich verdiene inzwischen genug, mehr als genug, um meine Getränke und was ich sonst noch konsumiere, selbst zu bezahlen, dachte die Frau und holte eine Schachtel Zigaretten aus der Handtasche. Sie ging hinaus. Die Rillen in den thermisch behandelten Planken des Patio drückten sich in ihre Fußsohlen. Mit leisem Lächeln versuchte sie, Ringe zu blasen. Das mag er auch nicht, der alte Sportler.

Die Frau drückte die Kippe aus, versteckte sie unter einem Stein an der Hecke und rieb die Finger an den Weißdornblättern ab, um den Geruch loszuwerden. Sie ging ins Haus, beugte sich über die Spüle und trank Wasser direkt aus dem Hahn, spülte den Mund aus. Dann trat sie leise an die Tür zum Kinderzimmer, spähte hinein und hielt den Atem an, damit der Zigarettengeruch den schlafenden Kindern nicht in die Nase stieg.

Anna schnaufte leise, sie lag auf dem Bauch im unteren Bett. Sie hatte nicht mehr im Gitterbettchen schlafen wollen, hatte darum gebettelt, mit Erkki ein Zimmer teilen zu dürfen, dabei hätte sie ein eigenes Zimmer bekommen können. Platz war ja genug.

Na, man fühlt sich beim Einschlafen eben sicherer, wenn man den Atem eines anderen hört, dachte die Frau, erinnerte sich an ihre kleine Schwester, die immer aufgeschreckt war, wenn die Birkenzweige im Wind geschaukelt hatten und Schatten über die Wände tanzten. »Und die Nacht strich am Fenster vorbei«, hatte ein Mann im Radio gesungen. Das hatte sich irgendwie bedrohlich angehört.

Anna dachte sicher, sie sei die kleine Schwester, obwohl Erkki nicht ihr Bruder war.

Aber was war Erkki eigentlich?, überlegte die Frau und betrachtete den kleinen Jungen im oberen Bett, der vor einem Jahr zu ihnen gekommen war. Zurückgeblieben, als seine Mutter verschwunden und auf Abwege geraten war. So hatte es ihr Mann jedenfalls vermutet, vielleicht sogar gewusst.

Das alles ist so ungeordnet, dachte die Frau. Erkki heißt eigentlich Sergej und ist nicht unser Sohn, aber dies hier ist sein Zuhause. Und obwohl es eigentlich dasselbe Zuhause war, sagte die Frau am Telefon immer, ich bin hier im neuen Haus. Und der Mann war zwar der alte, aber er war nicht ihr Ehemann. Annas Vater, das ja, aber was ist er eigentlich für mich?, überlegte die Frau. Ein alter Sportler, wiederholte sie in Gedanken. Oder ein ehemaliger. Mein ehemaliger Mann, der Gedanke schlich sich ein, und die Frau erschrak.

Sie setzte sich wieder an den Computer, überprüfte ihre Tabellen noch einmal und speicherte sie ab. Dann nahm sie das Handy und suchte nach der Nummer. Das Freizeichen surrte anders als in Finnland. Die Stimme des Mannes bat darum, eine Nachricht zu hinterlassen, und wiederholte dasselbe auf Finnisch. Die Frau unterbrach die Verbindung.

Das Glas war auf dem Gartentisch stehen geblieben. Die Frau holte es und füllte es mit kühlem Wein. Sie setzte sich an den Küchentisch und starrte auf ihr Handy. Ihre Finger zitterten ein wenig, als sie den Empfänger eingab und eine SMS tippte. *Hallo Liebling, hoffentlich piepe ich dich nicht zur falschen Zeit & am falschen Ort an. Wären morgen ein paar Drinks denkbar? Marja.*

Die Frau befahl sich, die Nachricht abzuschicken, bevor sie es sich anders überlegen konnte. Weg war sie, nicht mehr zurückzuholen.

Wie ein Gedanke. Wenn man ihn einmal gedacht hat, ist er eine bleibende, wahre, unwiderrufliche Tatsache.

Die Frau wusste, dass sie vor Aufregung lange wach liegen und unruhig schlafen würde.

6

Das Telefon vibrierte. *Marja ruft an*, stand auf dem Display. Ich steckte das Ding wieder in die Tasche.

»In Kontupohja haben wir das Krankenhaus renoviert. Da wurden 156 Klos eingebaut, in einem Rutsch. Von zwei Klempnern. Die haben gesagt, ab jetzt ist Gustavsberg für sie ein Schimpfwort. Wir haben ausschließlich Importware verwendet«, prahlte Koljukow. Er erinnerte mich an einen Nachbarn damals in Sortavala, der sein Grundstück abmaß und auf eine Stelle hinter dem schiefen Plumpsklo zeigte und jahrelang immer wieder erklärte, da zimmern wir vielleicht eine Sauna.

Koljukows dröhnende Stimme schallte durch das Restaurant. Er hatte darauf bestanden, dass wir nach dem Essen noch eine Flasche Schaumwein bestellten oder ein paar Hundert Gramm Wodka, falls der uns lieber wäre. Die jüdischen Geschäftsmänner waren einverstanden gewesen. Sie tranken vorsichtig, aber immerhin tranken sie mit, plauderten locker und waren angenehme Gesellschafter.

Der Angriff überraschte mich. Der Mann kam von hinten und machte mich rasch kampfunfähig, zog meinen rechten Arm hinter die Stuhllehne und fixierte ihn mit dem Knie an der Schmerzgrenze. Gleichzeitig würgte er mich. Mein linker Arm war frei, doch den Angreifer bekam ich damit nicht zu fassen. Zudem hatte auch er eine Hand frei, und in der hielt er vermutlich eine Waffe. Der Schluss lag mehr als nahe. Der Mann war ein Profi, bestens geschult.

»Vova, Vova«, säuselte eine heisere Stimme an meinem Ohr. »Du bist verweichlicht. Lässt dich von einem alten Mann so überraschen.« Die Stimme kam mir entfernt bekannt vor. Sie klang ein wenig schlaff und gedehnt. Als ich die Luft aus meiner Lunge entweichen ließ, lockerte der Angreifer seinen Griff.

Ich drehte den Kopf und sah ihn an. Er war kleiner als ich, wirkte fast schmächtig, trotz seines Kugelbauchs. Die schwarzen, bereits schütteren Haare waren glatt zurückgekämmt und fielen hinten über den Kragen. Im Gesicht hatte er Aknenarben, und die braunen Augen waren wässrig wie früher, vor fast zwanzig Jahren. Der Spitzbart war neu. Er ließ den Mann wie einen falsch gefärbten Doppelgänger Lenins aussehen.

»Arseni Kasimirow!« Nun erinnerte ich mich. Wir waren gemeinsam bei der Spezialausbildung gewesen, in derselben Einheit der zweiten separaten Speznaz-Brigade der 7. Armee im Militärbezirk Leningrad.

»Wronskij«, berichtigte mich Arseni.

»Was?«

»Ich nenne mich neuerdings Wronskij. Nur Wronskij. Tatsächlich ist das der Name meiner Familie. In der Sowjetzeit hatten wir einen russischeren Namen, weil wir Grusier nicht so beliebt waren. Na ja, populär sind wir heute ja auch nicht, in der Zeit Georgiens«, sagte er leise, freudlos.

Mein Geschäftspartner Koljukow klatschte entzückt in die Hände. »Die Welt ist klein! Ihr kennt euch? Wronskij war nämlich der Mittelsmann bei diesen Verhandlungen«, erklärte er hocherfreut.

Wronskij wandte sich an die Tischrunde und winkte wie ein Hofmarschall.

»Ich hatte mit meinen Partnern ein Treffen im Restaurant an der Uferpromenade und würde euch gern dazuholen. Inzwischen habt ihr genug ernste und langweilige Gespräche geführt. Und nun gibt es sogar noch einen weiteren Grund zum Feiern. Das Wiedersehen mit einem alten Freund. Viktor, long time no see. Gehen wir«, sagte Wronskij.

Die Abendsonne wärmte den Hügel, der zum Onegasee abfiel, und die Uferstraße war voll von Mädchen, die sich zur Schau stellten, von jugendlichen Cliquen, die einen Gitarrenspieler umringten, und von kleinen Jungs, die noch nichts begriffen.

Der Schwips summte angenehm in meinem Kopf. Dennoch befahl ich mir, weniger zu trinken. Ich war nicht gern betrunken, schon gar nicht in Gesellschaft von Leuten, denen ich nicht hundertprozentig traute.

Verstohlen musterte ich Wronskij. Er trug einen teuren Anzug und ein korrektes Hemd ohne Krawatte, doch sein Outfit ließ ihn nicht überzeugend oder stark erscheinen, zumindest in meinen Augen nicht.

Ich hatte schon bei der Armee eine gewisse Scheu vor Arseni gehabt. Er drängte sich auf, brauchte Hilfe, kam einem zu nahe. Bei Märschen und Geländeübungen konnte er nicht mithalten und bat die anderen, seine Ausrüstung zu tragen. Vor den Theorieprüfungen erbettelte er sich Vorlesungsmitschriften und Zusammenfassungen, unterwürfig, ohne sich für seine Schwäche zu entschuldigen.

Das stand im Widerspruch zum Geist der Spezialausbildung. Wir sollten härter sein als andere, allesamt gleichermaßen unzerbrechliche Steine. Mitunter fragten wir uns, wieso Arseni nicht zu einer normalen Infanteriedivision abkommandiert wurde.

Ich entdeckte noch einen zweiten Grund für mein Misstrauen. Und leicht geniert musste ich zugeben, dass es der schwerwiegendere Grund war, obwohl es eigentlich nicht so sein durfte. Arseni Kasimirow alias Wronskij war schwul. Ich hatte es geahnt, wegen seines übertrieben obszönen Geredes über Frauen und seiner verstohlenen, zu lange verweilenden Blicke in der Sauna. Bei unserer Fete zum Ende des Kursus hatte er sich, betrunken wie er war, zu eng an seine Stubenkameraden gedrängt, und Gerasimow hatte ihn verprügelt. Ich erinnerte mich immer noch daran, wie der große Mann Arseni mit harten Schlägen traktierte und ihn trat, als er bereits am Boden lag, darauf achtend, dass er ihm Schmerzen zufügte, aber keine Knochen brach. Arseni war zusammengebrochen, ohne sich zu wehren, beinahe als hätte er die Tortur genossen.

Wir anderen hatten Gerasimow Einhalt geboten, hatten dann vereinbart, dass über den Vorfall nicht gesprochen wurde und Arseni seine Ausbildung ehrenhaft beenden konnte. Nach der Abschlussfeier am nächsten Tag hatte ich ihn nicht mehr wiedergesehen.

»Na, Vova, ich habe gehört, dass du ein ansehnliches Business betreibst«, holte Wronskij mich aus der Vergangenheit zurück.

»Ich komme zurecht«, gab ich mich bescheiden. Man durfte nie prahlen, das Geld ströme zur Tür und zu den Fenstern herein. Im Übrigen zeigte meine geschäftliche Wetterprognose auch gar keine Sturmfluten dieser Art. »Und was machst du?«

Wronskij lächelte, rückte mir wieder eine Spur zu nahe, so kam es mir jedenfalls vor. »Ich bin zum Privatsektor übergewechselt. Sicherheitsservice, internationaler Handel. Bauprojektfinanzierung. Ich war lange in Tiflis, jetzt bin ich hauptsächlich in Moskau tätig«, erklärte er. »Wir könnten uns gegenseitig von Nutzen sein. Alte Bekannte sind doch etwas anderes als das neumodische Networking.«

Ich nickte mühsam.

Wronskij sah mich an, ein Lächeln auf den dünnen Lippen. »Viktor … immer noch wachsam und vorsichtig. Und da wir gerade von Vertrauenspersonen reden, hier kommen meine Partner. Das hier ist Julija Fedorowa, meine Assistentin.«

Die Frau war jung, blond, verlegen und schön. Sie gab mir die Hand, lächelte schüchtern.

»Und Bekari … Kaladze … Bekari ist mein Fahrer und … hilft bei Verhandlungen.« Wronskijs Worte verrieten mir, dass der Mann Georgier war und nur beim Vornamen genannt wurde.

Bekari war groß und kräftig. Er hatte starke Hände, deren Finger er knacken ließ, millimeterkurzes Haar und kalte, leere Augen.

Er roch nach Gefahr.

Wir verließen das Restaurant. Wronskij schlug einen Abstecher nach Kindaszero vor, ins Haus eines Bekannten, wo es eine hervorragende Sauna gebe. Nicht weit von hier, ein kleines Dorf bei Prääsä, auf Finnisch heißt es Kintasjärvi, erklärte er, als ich sagte, der Ort sei mir unbekannt.

Heißer Dampf und samtweiches Seewasser, dort könne man Staub und Hektik der Stadt bestens abspülen. Und Frauen ließen sich auch besorgen, fügte er augenzwinkernd hinzu. Ich erwiderte, bislang hätte ich es noch nicht nötig gehabt, käufliche Gesellschaft in Anspruch zu nehmen, und außerdem würde nur ein ausgemachter Dummkopf in Anwesenheit einer bezaubernden *djewuschka* über solche Dinge reden. Julija sah mich lange an, befremdet oder geniert.

Koljukow meldete sich als Erster zum Saunaausflug und meinte, vielleicht ergäben sich dabei neue gemeinsame geschäftliche Projekte. Auch ich sagte, na gut, wer hat es schon eilig in einer endlichen Welt. Allerdings bestand ich darauf, dass wir in meinem Wagen fuhren, denn ich wollte von dem Dorf aus direkt nach Hause fahren, eines Tages, wenn mir danach zumute war.

Wronskij beorderte Bekari ans Steuer, der, wie er sagte, erstens nüchtern und zweitens ein auf Gebirgsstraßen geschulter Fahrzeuglenker sei. Tatsächlich war mir aufgefallen, dass Bekari keinen Alkohol getrunken, sondern schweigend und ausdruckslos vor einem Glas Saft gesessen hatte. Wronskij sagte, seinen Jeep könne er später aus Petrozawodsk holen lassen. Und das Haus in Kindaszero diene ihm ohnehin als Stützpunkt, wenn er in dieser Gegend zu tun habe.

Koljukows Verhandlungspartner verabschiedeten sich höflich und erklärten, sie müssten am nächsten Morgen früh abreisen. Es blieb offen, wohin. Sie schüttelten Wronskij als Letztem die Hand, verbeugten sich höflich vor Julija und nickten Bekari zu.

Wir gingen die Uferpromenade entlang. An einer Bude konnte man mit Luftgewehren schießen, als Ziele dienten auf dem Wasser schwimmende Flaschen.

Ich packte den neben mir gehenden Wronskij, als wolle ich ihn umarmen, griff mir die Pistole, die hinten in seinem Hosenbund steckte, drehte mich um und schoss fünfmal schnell hintereinander. Vier Flaschen zersprangen klirrend. Das Geräusch der Schüsse verhallte über der breiten Bucht, ohne Echo.

Ich warf dem Budenbesitzer, der hinter seiner Theke erstarrt war, einen Geldschein hin. Er hob in Panik sein Luftgewehr, erschrak selbst über seine drohende Geste und warf sich zu Boden. Ich nahm einen der Teddybären, die als Preise ausgesetzt waren, und gab ihn Julija.

»Einer ging daneben«, brummte ich und reichte Wronskij seine Pistole.

Er starrte mich an. Dann zwang er sich zu grinsen. »Vitja, willst mir beweisen, dass du noch ganz der Alte bist. Wir könnten wirklich ins Geschäft kommen.«

Wir gaben uns die Hand. Wronskij hatte anbiedernd und schmeichlerisch geredet, doch ich wusste, dass er mich respektierte, und sei es nur aus Angst. Freundschaft hatte wenig Bedeutung. In geschäftlichen Angelegenheiten musste man auch mit Menschen zusammenarbeiten können, die einem weniger sympathisch waren. Und ich war von meinen engsten Vertrauten betrogen worden, eine bittere Lehre.

Eine Horde Motorradfahrer brauste die Otto-Ville-Kuusinen-Straße herunter, wendete am Ufer und donnerte den Abhang wieder hinauf. Die Nummernschilder waren finnisch. Auf den Lederwesten sah ich das Clubabzeichen, ein Wappenkreuz.

7

Ich war allein in der Sauna. Koljukow und Wronskij hatten es nur kurz in der Dampfstube ausgehalten, und Bekari hatte über das Ganze nur den Kopf geschüttelt. Wronskij hatte gesagt, er halte auch nicht so viel davon, in der Hitze zu schmoren. Er hatte eine Weile auf der untersten Bank gehockt, war dann schwimmen gegangen und nicht zurückgekehrt.

Koljukow wiederum hatte erklärt, er halte sich an das Prinzip, dass ein weißer Mann nicht zwischen Eisbrocken planscht. Im See könnten zudem allerlei Raubfische schwimmen, die sein Glied als delikaten Imbiss betrachten würden. Darauf hatte ich erwidert, sein Pimmel sei unter seinem Bauch doch überhaupt nicht zu sehen, außerdem würde von dem Schniepelchen ohnehin höchstens eine winzige Maräne satt. Koljukow hatte gutmütig gelacht, sich einen Eimer Wasser über den Kopf gegossen und gesagt, nun habe er die *banja* erprobt und für gut befunden, je länger er hier sitze, desto weniger Zeit bleibe ihm zum Saufen.

Jetzt saß ich also allein in der wohligen Hitze, begoss mich ab und zu mit Wasser und schlug mir Rücken und Beine mit einem frischen Birkenquast. In der Sauna konnte man kaum aufrecht stehen, und durch die Tür musste man fast kriechen. Das sowieso schon niedrige Gebäude war außerdem mit der Zeit immer tiefer in die Uferböschung gesackt. Die Brennnesseln, die an der Wand wuchsen, berührten die Dachrinne.

Die Gartenparzelle der Nachbarn war mit dicken, rostigen Stahlplatten umzäunt. Von der Startbahn eines deutschen Behelfsflugplatzes aus dem Krieg, hatte man mich aufgeklärt. Diese Platten fanden sich so ungefähr in jedem Haus.

Eine Brücke aus einigen Brettern führte zu einem kurzen Badesteg. Das Ufer schien flach zu sein, daher traute ich mich nicht, zu springen, sondern stieg vorsichtig ins Wasser. Doch meine Füße stießen erst auf den weichen Grund, als mir das Wasser bis fast ans Kinn reichte. Am Ende des Stegs lag ein Boot vertäut. Schwimmer und Ruderer hatten eine schmale Rinne durch das Schilfgras gebahnt. Ich schwamm langsam am Ufer entlang. Seerosen und Wasserfuß streiften meine Beine. Das Wasser war warm, es schmeckte und roch nach Erde und Schlamm.

Der See wuchs allmählich zu. Schneller als in der Sowjetzeit, dachte ich. Damals wurden nicht alle abgelegenen Feldstreifen bebaut und schon gar kein Dünger eingesetzt, dessen Nährstoffe nun von den Äckern ins Wasser rannen.

Ich hatte mir ein Handtuch um die Hüften gewickelt und saß auf der Bank draußen vor der Sauna, als Julija kam. Sie hatte ihre hochhackigen Schuhe ausgezogen, ließ sie an der Hand baumeln und scheuchte mit der anderen Hand die Mücken von ihren nackten Waden. Ein erfreulicher Anblick.

Während der Fahrt hatten wir uns ein wenig unterhalten. Koljukow als größter von uns hatte den Beifahrersitz eingenommen, hinten hatte Julija zwischen Wronskij und mir gesessen. Ihr Bein hatte sich an meins gedrückt, sodass ich seine Wärme spürte.

»Ist die Sauna schon frei?«, fragte Julija.

»Ich zieh mich schnell an, dann kannst du rein«, antwortete ich.

»Bleib ruhig sitzen.«

Julija schlüpfte in den kleinen Vorraum. Bald hörte ich den Ofen zischen. Ich trank mein Bier. Die Tür knarrte und Julija kam heraus, in ein Badetuch gewickelt, ging zum Steg, ließ das Tuch fallen und glitt ins Wasser. Sie war schön.

Julijas Haare lagen wie eine schwimmende Schleppe auf dem Wasser. Sie schwamm eine Runde, watete dann ins Flache und stemmte sich zurück auf den Steg, ohne sich zu genieren oder ihre Nacktheit zur Schau zu stellen. Sie drehte ihre Haare zu einem dicken Tau und drückte das Wasser heraus, das ihr über den Rücken auf die Pobacken lief. Ihre Hüften waren im Verhältnis zum Oberkörper und zur Taille ein wenig ausladend. Beim Shopping ärgerte sie sich vermutlich über ihren Hintern: In der Hose sehe ich furchtbar aus. Ihre Oberschenkel waren kräftig, ihre Knöchel ebenfalls. All das würzte ihre Schönheit mit anrührender Plumpheit.

Julija wickelte das Badetuch um sich und setzte sich neben mich. Sie trank einen Schluck von dem Bier, das ich ihr anbot. Ich wusste nicht, was ich sagen sollte. Es kam mir so natürlich vor, einfach nur still nebeneinanderzusitzen. Es fehlte nur noch ein Kuckuck, dessen Rufe uns die Anzahl der glücklichen Jahre, die Lebenszeit oder die Kinderzahl prophezeit hätte.

»Die Katze frisst Gras«, sagte Julija plötzlich. »Meine Oma hätte behauptet, das bedeutet, dass es morgen regnet.«

»Das hat meine Mutter auch immer gesagt. Allerdings war es bei ihr wohl ein Hund«, entgegnete ich und bereute meine Worte sofort. Meine verstorbene Mutter war sicher so alt wie ihre Oma, wenn nicht gar älter, und daraus ergab sich unausweichlich, dass Julija mich für uralt halten würde.

»Warst du schon mal in Finnland?«, versuchte ich mich durch einen Themenwechsel zu retten.

»Ja. Schon zweimal. Mit Wronskij und mit ein paar Freundinnen, zum Einkaufen bei Stockmann. Da hat man uns von oben herab behandelt, aber unser Geld war ihnen gut genug. Und am Abend in der Bar hat man uns alle möglichen Anträge gemacht. Zum Glück habe ich nicht alles verstanden. Halten die Finnen alle Russinnen für Huren?«

»Ziemlich viele denken so«, gab ich zu.

»Andererseits ist es hier auch nicht leicht, anständige Männer zu finden«, seufzte Julija und vermittelte mir erneut das Gefühl, ein harmloser Onkel zu sein. »Ich habe immerhin einen akademischen Abschluss und will arbeiten, statt irgendeinen versoffenen Kerl zu umsorgen, der am Wochenende zum Eislochangeln geht und erwartet, dass ich ihm Pasteten als Vorspeise und Kuchen zum Nachtisch backe.«

Ich brummte wieder etwas Zustimmendes, versuchte den Eindruck zu erwecken, dass ich ganz anders war, verständnisvoll und modern.

»Wronskij ist nur mein Arbeitgeber, sonst nichts.« Julija sah mir in die Augen, sprach langsam und mit Nachdruck, als sei diese Information wichtig für mich.

»Ich weiß. Über Wronskij weiß ich Bescheid.«

Aus der Nähe sah ich, dass Julija Sommersprossen auf der Nase hatte. Sie schmeckte gut.

8

Das Haus lag an einem kleinen Abhang. Man betrat es über eine schräge Brücke aus runden Bohlen. An der Giebelseite war das Gebäude zweistöckig. Oben befand sich ein offener, großer Raum, dem zwei schmale, schmutzige Fenster ein wenig Helligkeit gaben. An den Wänden war allerhand Krimskrams gelagert, alte Fischernetze, zerbrochene Schlitten, einzelne Skier, Plastikkanister und Bauholz.

Der Kuhstall war, wie in karelischen Bauernhäusern üblich, ebenerdig unter der Wohnstube. Durch die Ritzen zwischen den Bodenbrettern stieg warmer Kuhgeruch. In der Ecke, über dem Misthaufen, befand sich der Abort. Ich hielt ein wenig die Luft an, denn ich ahnte den stechenden Ammoniakgeruch schon von Weitem.

In der Stube hatte der Bauer inzwischen das Stadium der Sprechunfähigkeit erreicht. Er war bereits bei unserer Ankunft betrunken gewesen, hatte schwankend auf dem Hof gestanden und mit dem finnischen Traktor des Nachbarn geprahlt, mit dem gerade der Boden für einen neuen Kuhstall ausgehoben werde. Wir gießen einen Betonboden, da freuen sich die Kühe und geben so viel Milch, dass die Bäuerin mit dem Melken gar nicht nachkommt, hatte Iwan, der Bauer, gelallt.

Die Bäuerin war eine schlanke Frau. Sie brachte es fertig, das Gehabe ihres Mannes freundlich zu betrachten, als sei es unabänderlich, ein Naturgesetz. Und das war es in diesen Dörfern ja auch. Dennoch erklärte sie entschuldigend, Iwanka feiere seinen vierzigsten Geburtstag, das heißt, der große Tag sei eigentlich schon letzte Woche gewesen, aber der *prasnik* gehe immer noch weiter. Erneut fühlte ich mich beinahe reif für die Rente. Ich hatte den Mann mindestens auf Mitte fünfzig geschätzt.

Koljukow und Wronskij hatten bereits gegessen, saßen aber noch am Tisch, halbvolle Wodkagläser vor sich. Wie es um Bekaris Nahrungsaufnahme stand, wusste ich nicht. Er saß im Schaukelstuhl und starrte an die Wand wie ein Indianer, dem das Vergehen der Zeit gleichgültig ist, nichts weiter als das Vorrücken der Zeiger oder der Weg der Sonne von einem Himmelsrand zum anderen.

Es gab Salzfisch, Kartoffeln, Soße mit ein paar dünnen Streifen Fleisch, gebratenen Reis mit Pilzen, zu trinken Bier, Wein und Wodka sowie irgendeinen mit Beerensaft gemischten roten Schnaps. Dazu zwei Sorten Brot, als Aufstrich deutsche Margarine. Die Bäuerin forderte uns auf, zuzugreifen, sprach ein paar Worte Finnisch, als sie erfuhr, dass ich die Sprache beherrschte.

Ich grätschte über die Bank. Julija sagte, sie wolle die Mails kontrollieren, und ging in eine kleine Kammer, wo sie einen Laptop aufklappte. Ich lud mir den Teller voll und wunderte mich über meinen Appetit. Immerhin hatten wir im Hotel Sewernaja reichlich gegessen.

Bald kam auch Julija an den Tisch, beugte sich über Wronskij und erstattete ihm leise Bericht. Er nickte nur, sagte ihr nicht, was sie antworten sollte. Julija setzte sich graziös schräg auf die Bank und schmierte sich trotz des Drängens der Bäuerin nur ein Brot.

Ich trank zum Nachtisch Tee und kostete gerade von der Beerenpastete, als Wronskij sich neben mich setzte.

»Ich freue mich, dass ich dir begegnet bin. Ein schöner Zufall«, wiederholte er.

»Wahrhaftig ein Zufall«, erwiderte ich trocken.

»Na, na, Viktor. Glaub mir, du kannst profitieren. Wenn du klug bist. Schau, was Wirtschaft ist, das ist auch Politik. Und gerade die Politik ist Wirtschaft. Denk doch nur an die jetzige Gaunerregierung. Und daran, wie sie mit ihren kleinen Nachbarn umspringt, mit Georgien zum Beispiel«, flüsterte Wronskij.

»In die Politik mische ich mich nicht ein«, wehrte ich ab. »In Finnland bin ich zur Wahl gegangen, weil ich dachte, das gehört sich so. Aber die russische Politik … die fasse ich nicht mal mit der Kneifzange an.«

Wronskij legte den Kopf schräg und lächelte mich an, als sei ich ein unverständiges Kind. »Ein Geschäftsmann muss wissen, wem er trauen kann und wem nicht. Glaubst du, Putins Clique herrscht für immer und ewig?«

»Das weiß ich nicht. Aber Medwedjew hat doch einiges zustande gebracht, das Land floriert.«

»Medwedjew ist eine Marionette, die Putin tanzen lässt. Und der tanzt selbst nach der Pfeife der Businessmänner«, fauchte Wronskij.

Ich schwieg eine Weile. »Und wer lässt dich tanzen, Arseni?«, fragte ich dann, nannte ihn absichtlich bei seinem alten Namen.

Wronskijs Augen machten eine rasche, unsichere Bewegung zur Seite, wie bei fast allen Menschen, die sich anschicken, zu lügen oder zumindest die Wahrheit zu umgehen. »Viktor, Geld stinkt nicht. Noch nicht mal, wenn es sich um Rubel handelt. Du brauchst nicht auf der richtigen Seite zu stehen, solange du dich nicht den falschen Leuten widersetzt«, sagte er.

Wir starrten uns an. Wronskij verlor als Erster die Nerven.

»Viktor, der Sommer und die Frauen sind schön, wir wollen nicht länger über ernste, langweilige Dinge reden. *Nasdarowje.*« Er hob sein Weinglas. »Das ist Saperavia, aus Georgien. Und Schnaps ist auch genug da, Qualitätsware. Mitbringsel aus Moskau.«

Wir stießen an.

Ich wusste, dass Wronskij mir Schwierigkeiten bereiten würde.

Die Bäuerin hatte im verlassenen Nachbarhaus ein Nachtlager für mich bereitet. Im Krieg hat hier der finnische Schriftsteller Paavolainen gewohnt, sagte sie, und ich nickte scheinbar beeindruckt. Die angebliche Wohnstätte einer berühmten Persönlichkeit, wie sie in Fotoalben von Touristen dutzendweise verewigt waren. Auch ich hatte oft genug den Fremdenführer gespielt, um zu wissen, dass die Leute so etwas hören und mit gefalteten Händen seufzen wollen, als schwebte der Geist des Schriftstellers noch über einem schäbigen Bohlenhaufen oder in einer Steinruine.

Das Zimmer war sauber und kühl, das Bett mit frisch gewaschenen weißen Laken bezogen. An der Wand, fast unter der Decke, hing ein retuschiertes Foto von einem ernsten Mann mit schwarzen Augenbrauen und einer Frau mit Kopftuch. An die Tür war der auf Stoff gedruckte Baseball-Kalender von Zalgiris Kaunas aus dem Jahr 1985 genagelt, darauf ein ausgebleichter Arvidas Sabonis im Sprung, eben dabei, einen Punkt zu erzielen.

Ich war beinahe eingeschlafen, als das Knarren der Treppe mich aufschreckte. Wieder fluchte ich innerlich, weil ich nicht einmal eine Pistole bei mir hatte. Ich schloss die Augen und atmete tief wie ein Schlafender. Die Tür ging auf, der Ankömmling machte keinen Versuch, sich zu verstecken.

Julija trug nur einen Slip und ein kurzes Nachthemd mit besticktem Halsausschnitt.

»Ich mag nicht allein schlafen«, sagte sie. Ich schlug die Bettdecke zurück.

Sie schmeckte noch besser.

Julija wollte es und wusste, was sie tat. Ich gehorchte und war stolz, als wir fast gleichzeitig kamen.

Julija presste den Kopf auf das Kissen. Auf ihrer Wange waren Tränen.

»Warum bist du traurig, mein Vögelchen?«

Sie schüttelte den Kopf und flüsterte, frag nicht.

9

Die Sonne hatte sich für kurze Zeit versteckt. Der dunkle See lag still da und ließ dünne Nebelschwaden aufsteigen.

Auf dem Hof wechselte die hinkende Hündin ihren Schlafplatz. Sie drehte sich um sich selbst, probierte eine Stellung aus, rollte sich dann in einer anderen zusammen, legte schließlich den Schwanz wie ein Kissen unter sich und seufzte schwer. Als sie den feindlichen Geruch wahrnahm, richtete sie ein Ohr auf und öffnete die Augen zu einem schmalen Spalt.

Eine rotbraune Katze strich langsam über den Weg. Sie bemerkte die Hündin, plusterte den Schwanz auf, machte einen Buckel und fletschte die Zähne, eher aus Gewohnheit oder Stolz. Sie verspottete sie, ihre Hinfälligkeit und Harmlosigkeit, aber Mitleid brachte sie nicht auf. Ein Tier, eine Katze zumal, kennt dieses Gefühl nicht.

Die Katze setzte ihren Weg fort, langsam, demonstrierte ihre Überlegenheit und Geschmeidigkeit, ihre verborgene Schnelligkeit.

Die Hündin drehte das Ohr in eine andere Richtung. Aus dem Haus kam ein Mann, klein und stark. Er trug viele Gerüche an sich, an der Lederjacke haftete die Angst eines Tiers, das die Hündin nicht identifizieren konnte. Der Mann roch nach etwas Bösem und Unruhigem. Er ging zum Wagen. Es war ein fremdes Fahrzeug, nicht das vertraute Auto des

Bauern, in dem die Hündin vorn sitzen und ihre Schnauze auf das Lüftungsgitter legen durfte. Der Bauer schimpfte jedes Mal scherzhaft, wenn die Hundeschnauze Flecken an der Windschutzscheibe hinterließ.

Die Hündin beobachtete, wie der Mann zuerst eine Tür an der Stelle öffnete, wo die Menschen immer saßen, und dann eine zweite Tür weiter hinten. Im Auto des Bauern saß dort selten jemand, denn er und seine Frau hatten keine Jungen. Darüber wunderte sich die Hündin ein wenig. Sie selbst warf fast jedes Jahr sechs oder sieben kleine, jedes Mal anders gefärbte Welpen, pflegte und leckte und nährte sie, und dann verschwanden sie immer. Der Bauer brachte sie irgendwohin.

Wenn die Hündin ein Mensch gewesen wäre, hätte sie gesagt, sie sei traurig und wehmütig gestimmt. So aber lauschte sie nur einem schwachen Erinnerungsfetzen nach, an den Nabel eines ihrer Welpen und den Eiter in seinen Augen und den Milchgeruch an ihren Zitzen.

Die Hündin leckte sich das Maul und gähnte. Schläfrig beobachtete sie das Treiben des Mannes. Er suchte etwas, öffnete den kleinen Kasten hinter dem Sitz. Die Hündin erkannte einen Geruch. Das war damals, als ich in dieses Eisendings getreten bin und mir das Bein wehtat, so furchtbar weh. Der Bauer hat mich auf seinen Armen ins Auto getragen und dann in ein Haus gebracht, das nach Putzmitteln und noch Schlimmerem stank. Da gab es harte Fußböden, glatte Fliesen, auf denen die Krallen keinen Halt fanden, und es war ohnehin schwierig genug, auf drei Beinen zu humpeln.

In dem Haus war ein Mann in einem langen Kittel gewesen. Die Erinnerung an ihn löste immer noch kalte Schauder unter dem Nackenfell aus. Der Mann hatte keine Gerüche aus dem Heimatdorf an sich gehabt, hatte nicht nach Erde oder Stall gerochen, nicht einmal nach dem schwarzen Zeug, das unter das Auto tropft. Dieser Mensch hatte sie gedreht und gewendet, dann hatte die Hündin einen stechenden Schmerz verspürt, in ihrem Kopf hatte es merkwürdig gebrummt und sie war eingeschlafen. Als sie erwachte, war sie ganz benommen gewesen, hatte sich nicht auf den Beinen halten können, von denen zudem eins, das schmerzende, eingewickelt war, und um den Hals hatte man ihr einen Trichter gelegt, sodass sie ihre Wunden nicht selbst versorgen konnte.

Die Hündin war schon recht alt. Sie erinnerte sich nicht und begriff nicht, dass sie schon seit einigen Jahren keine Jungen mehr geworfen hatte. Aber an den Tierarzt erinnerte sie sich, einer von derselben Art war irgendwann ins Haus gekommen, um den Bauern zu behandeln, als der Schmerzen in der Brust hatte. Und dann war der Bauer in ein Auto gelegt worden, und da war wieder dieser Geruch gewesen. Nach Metall und Arznei, so war es. Aber das hier roch doch anders. Nicht nach dem Wald, nicht nach dem Haus, nicht nach diesem Dorf, wiederholte die Hündin.

Der Mann drückte die Wagentür leise zu und zündete sich eine Zigarette an. Eine andere Sorte als der Bauer, stellte die Hündin fest, verlor dann aber das Interesse am Treiben des Fremden.

Wenn ich aufwache, gehe ich zur Bäuerin, dachte die Hündin. Sie hat Schweineknochen im Ofen geröstet. Dem Tier lief der Speichel im Mund zusammen.

Es war immerhin Iwan Pawlows Hund.

10

Auf der Straße nach Petrozawodsk herrschte wüster Verkehr. Laster überholten sich gegenseitig, ohne Rücksicht auf entgegenkommende Fahrzeuge, und von Zeit zu Zeit zog ein an alte Zeiten erinnernder schwarzer Wolga oder ein neumodischer, stumpfsinniger Jeep über den Seitenstreifen an der Schlange vorbei. Am Straßenrand waren flache Werkhallen, Tankstellen in schreienden Farben und Autogeschäfte mit riesigen Leuchtreklamen entstanden. Die Strommasten waren immerhin noch so schief wie früher, und weiter weg, beim Onegasee, schimmerten die ewigen Wälder.

Julija fuhr bei mir mit. Das hatte Wronskij vorgeschlagen, wie ein Staatsmann hatte er gesagt, Julija solle seinen Aufenthalt in Helsinki vorbereiten. Sie hatte mir erklärt, Wronskij habe Geschäftliches zu erledigen, und das laufe glatter, wenn sie sich vorab mit den finnischen Juristen treffen und mit den Businesspartnern die Termine absprechen würde.

Julija war eine unkomplizierte Begleiterin. Ich brauchte nicht zu warten, weil sie noch packen oder ihr Make-up auffrischen musste. Sie kam einfach an, hievte ihren Koffer selbst in den Kofferraum und stieg ein, saß mit graziös schräg gestellten Beinen neben mir.

Von Prääsä in Richtung Sortavala fuhren wir auf neuem, glattem Asphalt. Die Straße war von soliden Stahlplanken flankiert, und auch die Fahrbahn war präzise markiert. Julija wunderte sich über die breite Straße inmitten einer menschenleeren Einöde und gab mir so Gelegenheit, wie ein Reiseführer von den kleinen Dörfern zu erzählen, die hinter den Kiefernwäldern lagen.

Julija schien interessiert zuzuhören, stellte sogar Fragen, und ich ließ mich lang und breit über die Stadt Sortavala und den Rest Kareliens aus. Julija erzählte mir von ihrer Kindheit in Taschkent und von Schulzeit und Studium in Moskau. Ihr Vater war Kybernetiker und Experte für Datenverarbeitung gewesen, kein Akademiemitglied, aber doch ein anerkannter Spezialist. Er hatte im Labor des berühmten Babajan arbeiten dürfen, wo der Elbrus-Computer entwickelt wurde. Ich nickte respektvoll, denn ich wusste, dass diese Institute in Moskau, Kiew und Penza supergeheime Einrichtungen gewesen waren, in denen es vor allem um die Entwicklung von Lenksystemen und Rechenanlagen für moderne Waffen und Raumfahrttechnik ging.

In Nuosjärvi hielt ich an einem Laden, den ich kannte, und sagte, ich wolle etwas zu trinken kaufen. Julija blieb im Wagen. Ein Auto fuhr vor, dem eine Horde verschwitzter junger Männer entstieg. Einige trugen Fußballschuhe. Im Schatten an der Giebelwand hockten drei betrunkene Männer, und eine alte Frau schlief ihren Rausch aus, lang hingestreckt, mit dem Kopf beinahe in einer Regenpfütze. Ich verriegelte die Autotüren mit der Fernbedienung und nickte Julija zu. Eine Sekunde lang quälte ich mich mit der eifersüchtigen Überlegung, ob sie die jungen Männer interessiert betrachtete.

Im Laden gab es die unterschiedlichsten Waren, aber von allem nur wenig. Zum Verkauf standen eine braune Sofagarnitur, zwei in Fernost zusammengebaute Fahrräder, Konserven, Mehl, in der kahlen Kühltheke lagen blasse Würste und ein Stück Schweinerippe. Ich kaufte einige Dosen Limonade und Kekse.

Wir veranstalteten kein Picknick vor dem Laden, sondern setzten unsere Fahrt fort. Bald passierten wir die Schlachtfelder des Winterkriegs. Bei Koirinoja verringerte ich das Tempo, als wir das Trauerkreuzdenkmal erreichten. Julija fragte nach dem finnischen Winterkrieg, der in ihren Geschichtsbüchern nicht separat behandelt worden war. Ich erklärte ihr, dass der Große Vaterländische Krieg sich in der Geschichtsschreibung der Gegenseite ganz anders darstellte und dass man in Finnland nach wie vor über die Deutungen debattierte.

Die Straße führte schnurgerade durch ebene Kiefernwälder. In der Ferne sah ich Sonnenlicht, das von einem Autofenster reflektiert wurde. Ich fuhr langsamer, und als wir näher herangekommen waren, entdeckte ich einen dunkelblauen Lada, der mit zersprungener Windschutzscheibe und eingedrücktem Bug am Straßenrand stand. Ich ging noch weiter vom Gas, behielt aber den Waldrand auf beiden Seiten im Auge. Der Unfall konnte von Räubern fingiert worden sein, die hilfsbereiten Fahrern Geld und Handys abnahmen.

Hinter dem Wagen stand eine alte Frau, die eine Kuh am Strick hielt. Im Graben lag eine zweite rotbraune Kuh, blutüberströmt, mit gestreckten Läufen. Der Fahrer saß im Auto und sprach am Handy.

Julija stieß einen Laut des Entsetzens aus. Ich sagte, wir könnten nichts mehr tun. Die alte Frau hatte ihre Kuh und die Kuh ihr Leben verloren, wir brauchten das Tier also nicht von seinem Leid zu erlösen. Und der Autofahrer schien unverletzt davongekommen zu sein.

»Es war nur ein so trauriger Anblick«, meinte Julija, und ich fand, das hatte sie schön gesagt.

Wir machten keinen Abstecher nach Sortavala, sondern

fuhren direkt weiter in Richtung Värtsilä. Besuche in meinem leeren Elternhaus oder Begegnungen mit alten Verwandten stimmten mich nur traurig, das wusste ich inzwischen. Julija war nicht der Grund für meine Eile. Ich hätte ohne Weiteres erklären oder unerklärt lassen können, wieso ich eine Frau bei mir hatte, und niemand hätte sich gewundert.

11

»Ganz schön scharfe Biene«, sagte mein Bruder leise. Er schielte zu Julija hinüber, die die Gesichtscremes im Kosmetikregal inspizierte. »Die *Joe Blascos* gibt's im Sonderangebot, ich habe eine größere Lieferung bekommen«, warb er laut. Julija lächelte und schenkte mir einen Blick, der mich bezauberte.

Mein Bruder Alexej hatte die Geschäftstätigkeit, die er in Helsinki in der Halle in Tattarisuo begonnen hatte, erweitert und ein Industriegebäude südlich von Lappeenranta gekauft, das er als Warenhaus bezeichnete. Der Laden war speziell für russische Kunden konzipiert. Der große Raum bestand aus Dutzenden von kioskartigen Abteilungen, auf den Angebotsschildern stand der russische Text zuoberst und in größerer Schrift als der finnische, und auf dem Dach des Gebäudes leuchtete grell die Lichtreklame *Alexej Gornostajew Jr.* In seiner alten Halle verkaufte mein Bruder weiterhin Autoersatzteile und Motoröl, Arbeitsmaschinen und Restposten diverser Chemikalien.

Ich musste zugeben, dass Alexej sich als Kaufmann erfolgreich behauptete. In der Sowjetunion war er ein auf Tribologie spezialisierter Ölingenieur gewesen, der sich bestens mit der Überwindung des Reibungswiderstands auskannte, aber nichts zu kaufen oder zu verkaufen brauchte. Im neuen Russland hatte er seine Arbeit fortgesetzt, nun im Dienst der privatisierten Ölindustrie. Ich vermutete, dass er immer noch von seinen alten Kontakten im Chemikaliengeschäft profitierte, auch wenn bei *Joe Blasco* wahrscheinlich keine ehemaligen Sowjetwissenschaftler Hautcreme entwickelten.

»Wie geht's zu Hause?« Alexej grinste anzüglich.

»Normal«, gab ich kurz angebunden zurück.

»Daher weht also der Wind. Nun ja, in der Welt gibt es Winde genug. Unsere Mutter hat uns zwar gelehrt, die Finnen zu schätzen, aber eine Russin ist und bleibt doch eine echte Frau. Sie kleidet sich gut, richtet sich die Frisur und trägt Parfüm auf. Die hiesigen Weiber gehen in flachen Sandalen und Trainingshosen zum Einkaufen«, schwadronierte Alexej. Er begann seine Irina zu preisen, eine ehemalige Mathematikerin, die im Geschäft aushalf, sich die Haare rot färbte und in jedem Frühjahr neue Joggingschuhe kaufte, um sich dann zu wundern, dass sie überhaupt nicht abnahm, obwohl die Treter im Schrank lagen.

»Etwas Berufliches«, unterbrach ich ihn und klopfte auf meine Uhr. »Das Sägewerk Kyllönen braucht Hilfe bei der Zollerklärung für Holzlieferungen. Ich habe versprochen, dass du ihnen unter die Arme greifst.«

»Geht in Ordnung«, sagte Alexej. »Wir geben an, dass es sich um weiterverarbeitete Ware handelt, mit entsprechendem Wert, aber im Gegensatz zum Rohholz zollfrei. Was tut man als Unternehmer nicht alles für die finnische Industrie.«

Ich bestätigte ihm, dass er den Auftrag richtig verstanden hatte.

Alexej begleitete uns zum Wagen.

»Eine tolle Frau. Allerdings ein bisschen zu jung für einen alten Knacker wie dich«, flüsterte er und zwinkerte mir zu.

»Behalt deine blöden Kommentare für dich«, fuhr ich ihn an und schlug die Tür zu.

Die Matrjoschkas, die ich als Souvenirs mitgebracht hatte, weckten zu Hause keine große Begeisterung. Ich führte vor, dass die äußerste Puppe Medwedjew darstellte, in dem ein kleinerer Putin steckte und so weiter, Führer Russlands und der Sowjetunion, bis hin zu Stalin und einem winzig kleinen Lenin. Ich witzelte darüber, dass Tschernenko und einige andere kurzzeitige Staatschefs fehlten, weil selbst der beste Tischler es nicht schaffe, sie alle unterzubringen. Marja lächelte nicht mal, und für Erkki und Anna waren die Figuren nur unbekannte Männchen.

Marja stellte den Beutel mit ihrer Matrjoschka ungeöffnet auf die Spüle. Anna schaffte es noch nicht, die Puppen zu öffnen, und Erkki nahm sie nur einmal auseinander, setzte sie wieder zusammen und vertiefte sich dann in sein Micky-Maus-Heft.

Ich wärmte mir etwas zu essen auf und erzählte von den Strapazen der Reise, von langwierigen Verhandlungen und widerwärtigen Restaurantabenden. Marja bereitete das Abendessen für die Kinder zu. Anna machte sich zufrieden über Brot und Pudding her, aber Erkki wollte zuerst nicht aus seinem Zimmer kommen und verlangte dann Brei oder Pfannkuchen oder irgendwas, bloß nicht immer denselben Mist.

»Setz dich sofort an den Tisch, Erkki!«, schrie Marja.

»Blöde Kuh!«, brüllte Erkki zurück und rannte türenknallend hinaus.

»Wo hat er das nur her?«, fragte Marja beleidigt.

»Er wird es auf dem Schulhof aufgeschnappt haben. Von den anderen«, beruhigte ich sie. »Vielleicht haben sie ihn wieder getriezt. Du solltest ihn nicht so anschreien, er ist doch noch ein kleiner Junge.«

»Du hast leicht reden, du Scheißkerl, treibst dich in Russland rum, rufst nicht an und gehst nicht ans Telefon!«

»Na, das hat aber nichts mit Erkki zu tun. Und fluch nicht vor den Kindern«, setzte ich zum Gegenangriff an.

»Mama darf nicht schreien. Papa ist der Beste. Spitze Mitze«, rief Anna und leckte ihren Löffel ab.

Marja schnaubte wütend und verschwand im Schlafzimmer. Bald kam sie zurück in die Küche, spitzte die frisch geschminkten Lippen. Sie hatte einen kurzen Rock angezogen und eine kleine Handtasche unter den Arm geklemmt.

»Wohin gehst du?«

»In die Stadt. Eine widerwärtige Besprechung. Anstrengende Verhandlungen. Kann spät werden. Wenn du gelegentlich deine SMS lesen würdest, wüsstest du es. Ciao.«

Marja küsste mich flüchtig auf die Wange und zauste Annas Locken. Dann ging sie, ohne sich umzusehen.

Ich brachte die Kinder zu Bett. Anna wollte immer aus demselben Buch vorgelesen bekommen. Darin wäscht sich eine langnasige Maus, zieht die Vorhänge zu und legt sich schließlich schlafen, nachdem sie den Panda gefunden hat. »Und nun gute Nacht, Eule«, wandelte ich den Text ab und rieb mein stoppliges Kinn an der Wange der Kleinen.

Anna wollte die Matrjoschka haben und schlief fast sofort ein, den lächelnden Medwedjew im Arm. Auch Erkki stellte sich schlafend, aber seine Lider zuckten und verrieten, dass er noch wach war.

»Na, Alter?«, fragte ich vorsichtig.

»Nichts«, murmelte Erkki.

»Na, was ist los? Spuck's aus.«

Erkki schluckte.

»Na, wenn einen alle beschimpfen. Das ist nicht leicht«, sagte er schließlich.

»Ja, das verstehe ich. Aber wir versuchen, dir zu helfen. Ehrlich. Und Marja kümmert sich auch um dich. Sie hat nur so viel Stress mit ihrer Arbeit. Und du solltest nicht solche hässlichen Sachen zu ihr sagen.«

»Nein. Aber sie ist nicht meine Mama.«

Mama, wiederholte er noch einmal in einem Ton, der alle weiteren Erklärungen überflüssig machte.

Ich rieb ihm die Schultern. »Nein, das ist sie nicht. Aber weißt du, ich habe auch keine Mutter mehr, und das ist genauso ein schlimmes Gefühl, obwohl ich schon ein großer Mann war, als meine Mutter gestorben ist.«

Erkki sah mich prüfend an. Ich wünschte ihm eine gute Nacht, und er murmelte eine Antwort, drehte sich dann auf die Seite.

Leise schloss ich die Tür zum Kinderzimmer. Ich holte ein Weinglas aus dem Schrank und suchte in der Kühlkammer nach der Weißweinpackung. Als ich sie in der Hand wog, stellte ich fest, dass Marja offenbar ziemlich viel davon getrunken hatte. Ich füllte mein Glas und setzte mich nach draußen. Eigentlich war ich zufrieden, dass Marja ausgegangen war. So blieb mir eine gezwungene Unterhaltung erspart.

Und auch ins Bett konnte ich allein gehen, brauchte nicht mit Marja zu schlafen. Das wäre mir falsch vorgekommen, gegenüber wem, wusste ich allerdings nicht genau.

Ich wünschte Julija per SMS eine gute Nacht. Bald darauf zeigte mein Handy ihre Antwort an.

12

Der Bursche sieht so normal aus, dass er eigentlich nach gar nichts aussieht, dachte Kriminalobermeister Teppo Korhonen. Er musterte Marko Varis, den Ermittler der Sicherheitspolizei, lächelnd, als sei die Einladung zu einem Gespräch im Hauptquartier der Supo in der Ratakatu das größte Vergnügen, das man sich an einem Sommertag vorstellen konnte. Korhonen hatte sich nicht groß beeilt, hatte unterwegs noch einen Abstecher zum Markt gemacht, ein Eis gegessen und eine Schachtel Erdbeeren gekauft. Varis hatte bereits im Konferenzzimmer gewartet, in seinen Papieren geblättert und durch sein Mienenspiel klargestellt, was er von Korhonens Verspätung hielt.

Korhonen steckte sich eine Erdbeere in den Mund und hielt Varis die Schachtel hin.

»Nein, danke«, sagte Varis.

Dann eben nicht, dachte Korhonen und nahm gleich noch eine Beere. Warum ich, etwa deshalb, weil ich die Ostkriminalität beobachte?, überlegte er.

»Wir haben dich hergebeten, Korhonen, weil du die Ostkriminalität verfolgst«, eröffnete Varis das Gespräch.

Korhonen brummte zustimmend und fuhr fort, Erdbeeren zu essen. Er hatte eine gewisse Abneigung gegen die Sicherheitspolizei, fürchtete sie auch ein wenig, doch das wollte er nicht zeigen.

»Also?«, half er Varis auf die Sprünge, betrachtete dabei aber die grauweißen Wände. In diesem Raum werden wohl keine Spione verhört, überlegte er. Eher werden hier Etatgespräche geführt, mit dem Overheadprojektor Organigramme an die Wand geworfen oder per Video Vorträge über ausländische Risikoprognosen gezeigt.

»Unsere Gefahrenanalyse hat geheimdienstliche Erkenntnisse erbracht, die möglicherweise Besorgnis erregen könnten«, sagte Varis und runzelte besorgt die Stirn. »Alles, was ich jetzt sage, ist höchst vertraulich«, fuhr er fort, sah Korhonen dabei streng in die Augen.

»Meine Lippen sind versiegelt«, beteuerte Korhonen und drückte die Lippen mit den Fingern zusammen.

»Das ist kein Witz«, wies Varis ihn zurecht. »Ich muss dir alles von Anfang an erzählen. Der neue russische Präsident kommt demnächst zum Antrittsbesuch nach Finnland. Er trifft unsere Präsidentin und den Ministerpräsidenten und wird offenbar Martti Ahtisaari irgendeine Anerkennung für seine Bemühungen um den Frieden im Kosovo überreichen. Russland ändert seine Taktik in dieser Frage. Über den Nobelpreis waren die Russen ja ganz schön pikiert, angeblich konnten sie Ahtisaari überhaupt nicht leiden. Aber von diesem politischen Aspekt weißt und sagst du nichts, Korhonen, zu niemandem, nicht mal im Schlaf.«

»Ach, weißt du, was da in Südostasien passiert ist, kapier ich sowieso nicht«, versicherte Korhonen und dachte bei sich, dass es in seinen Träumen um ganz andere Dinge ging als um weltpolitische Krisen.

Varis starrte ihn konsterniert an.

»Nur ein Witz«, sagte Korhonen. »Ich weiß, wo Kosovo liegt und dass Russland Serbien unterstützt hat. Aber über Diplomatie schweige ich.«

Varis ließ ein unsicheres Lächeln aufblitzen, eine Drittelsekunde lang.

»Jedenfalls trifft sich Medwedjew hier mit unserer kompletten Spitzengarde, und allem Anschein nach kommt er mit großem Gefolge.« Varis erhob sich, tigerte auf und ab, blieb dann stehen und stützte sich auf den Tisch. »Die Vorbereitungen haben gerade erst begonnen und sind psst-psst-geheim.«

Aha, die brauchen mich für irgendeine Observation oder als Bewacher, vielleicht soll ich mit einem Knopf im Ohr in der Finlandia-Halle umherlaufen, dachte Korhonen erleichtert. Er sprach immerhin ein wenig Russisch, das hatte nicht jeder Polizist zu bieten.

»Deine Russischkenntnisse sind natürlich ein Extrabonus. Durch unsere geheimdienstliche Zusammenarbeit haben wir den Hinweis erhalten, dass eventuell jemand versuchen wird, dieses Gipfeltreffen zu stören«, enthüllte Varis.

Eine Demonstration der Finnlandrussen, vermutete Korhonen. Oder eine Busladung Aktivisten der Putin-Jugend, die sich spontan entschlossen haben, auf das schwere Los der Russen in den Nachbarstaaten hinzuweisen.

»Und damit meine ich keine Transparentschwenker, sondern einen möglichen Terrorangriff, einen Anschlag. Auf ein hochrangiges Objekt, aber wir wissen nicht, auf wen«, fasste Varis die Sachlage zusammen.

Das geht nun allerdings an meiner Kernkompetenz vorbei, dachte Korhonen. Bei der Supo haben sie genug Russlandexperten. Er wollte es gerade laut aussprechen, ihm lag bereits ein Witz auf der Zunge, doch Varis kam ihm zuvor.

»Und unsere Quellen berichten, dass dein Kontaktmann Viktor Kärppä möglicherweise etwas über die Sache weiß.

Er hat sich mit verdächtigen Elementen getroffen und sogar eine dieser Personen nach Finnland gebracht.«

Korhonen war so überrascht, dass er beinahe seine Beerenschachtel hätte fallen lassen. Er vergaß seine Witze, wiederholte, was er gehört hatte, und nickte, er habe verstanden.

»Sind noch Erdbeeren übrig?«, fragte Varis und wirkte zufrieden.

13

Ich saß in meinem Büro in der Halle, als Matti Kiuru klopfte und auch gleich hereinstürmte.

»Na, Herr Rekrut«, grüßte ich ihn. Ich hatte Antti Kiurus jüngeren Sohn bei vielen Jobs hinzugezogen und plante, ihn zu meiner rechten Hand zu machen. Momentan war er bei der Armee.

»Auf Urlaub«, sagte Matti und setzte sich aufs Sofa, spielte mit seinen Händen. Ich arbeitete weiter, denn Matti saß oft lange schweigend da.

»Bist du in Eile?«, fragte er überraschend. »Ich brauch ein bisschen Hilfe. Einen Kumpel. Die Situation ist so, dass ich allein vielleicht nicht zurechtkomme.«

Ich war ein wenig verwundert, denn normalerweise bat nicht Matti mich um Unterstützung, sondern ich ihn. Ich sagte, so eilig hätte ich es nicht, und schaltete den Computer aus.

Wir fuhren in Mattis kleinem schwarzen Audi, dessen Kofferraum zur Hälfte mit Verstärkern und Basslautsprechern gefüllt war. Das Stampfen der Musik brachte den Herzschlag beinahe aus dem Takt. Matti fuhr nach Malmi und parkte unter der Bahnüberführung.

»Hast du eine Waffe bei dir?«, überraschte er mich schon wieder.

»Nee, zufällig habe ich keine dabei.«

Ich wunderte mich immer mehr.

»Nimm die.« Er holte eine Walther unter dem Sitz hervor.

»Was liegt denn eigentlich an?«, bremste ich ihn.

»Ein Typ schuldet mir Geld. Fünf Riesen. Wir erinnern ihn ans Zahlen. Keine Ballerei. Die Dinger nehmen wir nur vorsichtshalber mit, zur Abschreckung«, erklärte Matti. Er berichtete, der Bursche sitze im Nachtclub im Nebenhaus. Das wisse er genau, und die Klitsche habe auch schon geöffnet, obwohl erst Nachmittag war.

Eine Geldeintreibung schmeckte mir nicht recht. Ich wusste aber, dass es für Matti besser war, die Sache mit mir durchzuziehen als mit einem seiner nervenschwachen Freunde.

Das Lokal hatte die gedämpfte Melancholie einer Straße im Schneeregen. Die Fenster waren mit irgendetwas Schwarzem verklebt, und das Licht der Lampen fiel demütig auf die Knie. Der Teppichboden erinnerte an die Zeit, als in Kneipen noch geraucht werden durfte. Unter den penetranten Nikotingeruch mischte sich der Schweiß mitternächtlicher Stunden und der säuerliche Gestank von verschüttetem Bier.

An der Theke und an ein paar Tischen hockten Männer, bei denen sich nicht einschätzen ließ, ob sie Mitarbeiter, Besitzer, Freunde der Besitzer oder richtige, zahlende Kunden waren. Die meisten waren farbig oder sahen nach Türken oder Iranern aus. Ich wusste, dass das Lokal auch abends von vielen Migranten besucht wurde. Mehrmals in der Woche kam es zu Schlägereien, wenn finnische Miezen aus Jux und Dollerei die Gefühle ihrer Kavaliere in Wallung brachten.

Jetzt war nur eine einzige Frau anwesend. Sie sprach am Handy, in einem Tonfall, als beklage sie sich bei ihrem Friseur über ihr rot gefärbtes Haar oder den gestrigen Abend. Oder über beides.

Matti bedeutete mir mit einer Kopfbewegung, ihm zu folgen, und marschierte ans Ende der Theke. Er klopfte einem finnisch aussehenden Mann auf die Schulter. Der Mann drehte sich um. Matti beugte sich an sein Ohr und sagte etwas, ich hörte nicht, was. Der Mann zuckte die Achseln und ging los. Wir folgten ihm zur Toilette.

An einer Wand befand sich ein Pissbecken, an der zweiten zwei Kabinen und an der dritten zwei Waschbecken und ein Spiegel, vom zweiten waren nur noch die Halterungen vorhanden. Auf dem Fußboden häuften sich gebrauchte Papierhandtücher.

»Mike Makkonen«, sagte der Mann, sprach »Mike« tatsächlich so aus, wie man es schreibt, streckte mir die Hand hin. Ich gab keine Antwort, ließ die Arme hängen und blickte auf einen Punkt am Haaransatz des Mannes. Er war in meinem Alter, aber hoffnungslos jugendlich gekleidet.

Ich verdrängte den Gedanken an Julija und mich, an das Handyfoto, das uns Seite an Seite zeigte.

»Aha, so einer bist du«, sagte Makkonen. »Ein Russengorilla, wie? Du machst mir keine Angst, Vogelknabe«, wandte er sich an Matti.

»Du bist mit deiner Zahlung in Verzug, Makkonen«, erklärte Matti. Ich hörte ihm die Aufregung an, seine Stimme klang tief und heiser.

»Der Stoff war Scheiße. Der ist keine fünf Zwerge wert. Aber ich bin ein fairer Mann. Du kriegst einen Tausender.«

»Du hast einen Tag Zeit, mit der Knete rüberzukommen«, forderte Matti und ballte die Fäuste.

»Mann, ich hab Tage und Nächte Zeit. Verstehst du kein Finnisch, du Russenbengel? Du kannst warten, bis du schwarz wirst, aber fünf Mille kriegst du nicht.«

Ich zog die Pistole und trat vor Makkonen, drückte ihm

die Waffe an die Nase, hob sie an, sodass der Lauf die Nüstern dehnte. Makkonens Kopf hob sich ebenfalls.

»Matti ist ein fairer Kerl. Er gibt dir Zeit bis morgen. Ab dann läuft der Zins, und zwar schnell. Er sprintet wie Haile Gebreselassie, und wenn du nicht weißt, wer das ist, frag die Somalen da draußen. Ich empfehle dir zu zahlen«, sagte ich in ruhigem Ton.

In Actionfilmen starren die Leute seelenruhig auf einen Pistolenlauf, selbst wenn er auf ihr Gesicht gerichtet ist. Im wirklichen Leben reicht es, mit einem Luftgewehr zu drohen, und schon werfen sich selbst harte Kerle zu Boden. Allein die Vorstellung, dass eine kleine Kugel die Haut durchdringt oder sich ins Auge bohrt, ist schrecklich genug.

Makkonen war kein harter Kerl. Und er kannte sich mit Waffen aus, er wusste, dass das 22-Kaliber-Geschoss der Walther seine Bahn erst an den türkisen Wandfliesen beenden würde. Dazwischen aber befanden sich seine Nase, sein Gehirn und sein Hinterkopf.

Die Grundlagen der Ballistik schienen ihm bekannt zu sein. Er hob langsam die Hände, machte mit den Fingern eine Bewegung, die wohl beschwichtigend wirken sollte, als würde er einem Kind im Gitterbettchen zuwinken.

»Okay, okay, hol's dir morgen ab, Kiuru. Ich besorg die Kohle«, versprach er.

Die Tür ging auf. Ein magerer junger Schwarzer kam herein, zog schon den Reißverschluss auf.

»Verzieh dich, Kaffer«, befahl Matti. Der junge Mann sah die Pistole und trat den Rückzug an wie ein Beerensammler vor dem Bären. Allerdings pflücken Somalen wohl eher selten Preiselbeeren, dachte ich und hätte beinahe aufgelacht.

Im Wagen nahm ich Matti den Schlüssel aus der Hand.

»Wir müssen reden.«

»Worüber?« Matti schob die Unterlippe hoch, bis fast an die Nase. Dasselbe Gesicht zog Anna, wenn etwas, das wie eine Süßigkeit aussah, wider Erwarten bitter schmeckte.

»Hast du vergessen, wie es deinem Bruder ergangen ist? Drogenhandel ist idiotisch. Irgendwann wird man erwischt und hart bestraft«, sagte ich. Und es ist ohnehin kein angenehmes Geschäft, dachte ich. Und heutzutage nicht einmal besonders einträglich. »Du kannst weiter für mich arbeiten, bekommst allmählich auch wichtigere Aufgaben. Daran liegt mir viel. Aber mit dem Drogenhandel ist ab sofort Schluss.«

Matti starrte vor sich hin, er schien im Fahrersitz zu versinken.

»Na gut«, sagte er schließlich. »Aber ich muss doch auch selbst was unternehmen. Eigenständig und aktiv sein.«

»Mach mal erst deinen Wehrdienst. Und zwar ordentlich. Wann entscheidet es sich, ob du zur Offiziersausbildung kommst?«

»Ich versuch lieber, möglichst schnell da wegzukommen.«

Ich sah Matti verwundert an. In seiner ersten Zeit als Rekrut hatte er über die schlechte Kondition der anderen gelacht, über ihre Sehnsucht nach Computern. Er selbst hatte alle Tests und Prüfungen als einer der Besten bestanden. Ich wusste, dass es ein wenig hohl klingen würde, wenn ich, der in einer fremden Armee gedient hatte, ihm gut zuredete. Und wenn ich zu viel Druck machte, würde er erst recht halsstarrig werden.

»Na, überleg es dir wenigstens. Es könnte nützlich sein«, mahnte ich behutsam.

Matti nickte.

»Wieso zum Teufel hast du den Typen Kaffer genannt?«, wollte ich noch wissen.

»Na, das war doch ein Mokkapimmel«, sagte Matti.

»Scheiße, wir können es uns nicht leisten, Rassisten zu sein«, fauchte ich und dachte dabei an die jüdischen Geschäftsleute in dem Restaurant in Petrozawodsk und an mein Zurückschrecken, meine Ablehnung.

»Nee, wir nicht, aber die anderen schon. Bei der Armee haben sie alle aus der Ehrenkompanie entfernt, die die falsche Hautfarbe oder Herkunft haben. Mich auch«, sagte Matti.

Darauf wusste ich nichts zu erwidern.

14

Schnaufend rannte ich auf dem Joggingpfad um den Flugplatz von Malmi. Eine Frau im engen Lauftrikot überholte mich mit flachen Schritten. Sie hatte das Band eines Pulsmessers um die Brust und die Knöpfe eines MP3-Players in den Ohren. Ich war drauf und dran, dem knackigen Hinterteil zu folgen, begriff aber, dass ich in meiner jetzigen Kondition das Tempo nicht halten konnte. Es war weniger blamabel, schon jetzt zurückzufallen, so zu tun, als ob ich eine lange, langsame Runde drehte.

Würde ich mit Julija mithalten können? Zumindest hatte sie nichts von einer sportlichen Vergangenheit erzählt. Vielleicht trainierte sie in modischen Fitnesscentern, wo die Musik zu laut dröhnte und die Menschen in der Horde allein waren, sich darauf konzentrierten, mit wissenschaftlicher Genauigkeit erstellte Programme abzuarbeiten, die englische Namen trugen. Was war ein *Circuit training* schon anderes als ein Zirkellauf.

Am Ende der Geraden auf der Nordseite des Flugfelds sah ich einen großen Mann, dessen Rücken mir vage bekannt vorkam. Ich forcierte das Tempo und überholte den Kriminalbeamten Teppo Korhonen mit gespielter Leichtigkeit, lief dann langsamer, blickte gelassen auf die Uhr und unterdrückte das Schnaufen.

»Ich bin schon bei der dritten Runde«, keuchte Korhonen.

»Erzähl keinen Scheiß«, lachte ich.

Auch Korhonen kicherte.

»Nee, ich schaff bloß eine Runde, und auch das nur, wenn ich langsam vorwärtswabere, zum Teufel. Die Marlboro kommt mir hoch, die Hämorrhoiden scheuern, und die Prostata mag das Gerüttel auch nicht«, klagte er schwer atmend.

»Das sind nun allerdings Informationen, ohne die ich durchaus leben könnte«, sagte ich gestelzt.

»Was? Über Arschprobleme kann man ungeniert reden. So heißt es doch in irgendeiner Werbung, oder? Und denk mal daran, wie offen die Frauen über ihre Menstruation sprechen. Die natürlichste Sache der Welt, aber Männer werden rot, wenn die Blutungen verglichen werden, und oh je, mir tut alles weh. Aber weißt du was, das Alter kommt nicht allein. Wenn du erst mal in meinem Alter bist, werden wir ja sehen, ob du die Beine noch hochkriegst.«

Wir hielten an einer Fitness-Bucht. Die alten Gewichte aus imprägniertem Holz waren gegen neue Kraftsportgeräte aus Stahl ausgetauscht worden. Auf den blaugrauen Gestellen prangten große Aufkleber mit finnischen Firmennamen, aber der Text auf den kleinen Platten an den Trägern war chinesisch.

Korhonen machte fachmännische Dehnübungen, stemmte die Gewichte in Serie und legte noch ein paar Klimmzüge hin.

»Das ist doch gar nicht schlecht. Für dein Alter«, lobte ich. »Wie ich in der Zeitung lesen konnte, hat ein alter Bekannter am Hochsprungwettkampf im Tiergartenstadion teilgenommen. In der Klasse M45, dritter Platz für Teppo Korhonen, Polizeisportverein Helsinki. Mit sage und schreibe 155 Zentimetern.«

»Verdammt nochmal, probier doch selbst, wie viel du im Rollstil schaffst. Dass die aber auch jeden Scheißdreck drucken müssen! Man kann sich nicht mal mehr unbehelligt blamieren.«

»Aber das ist doch kein schlechtes Ergebnis.«

»Ja, ja. Ich wollte es bloß mal versuchen. Und eine eigene Serie für Fünfzigjährige gab's nicht. Da dürfte ich jetzt gerade rein. Oder müsste. Aber vom Springen wird man auch bloß traurig. Im Alter schwindet die Spannkraft. Ich hätte mich aufs Hammerwerfen oder Kugelstoßen verlegen sollen, da sackt das Niveau nicht ganz so ab und man fühlt sich nicht so elend.«

Korhonen kramte Zigarettenschachtel und Streichhölzer aus der Tasche seiner Trainingshose und zündete sich eine Kippe an.

»Gehen wir ein bisschen zur Seite. Sonst flennt bald einer von diesen Aerobickern, dass seine Lunge sich verengt und ihn irgendwelche teuflischen Partikel in der Kehle kratzen. Dieselben Meckerfritzen rufen die Polizei, wenn irgendwer das Verbrechen begeht, im Saunaofen Abfall zu verbrennen.«

Ich meinte zustimmend, durch Rauchen die Luft zu verpesten stehe in einem gewissen Widerspruch zu sportlicher Betätigung. Insofern sei es verständlich, wenn sich jemand beschwerte. Korhonen trat die Zigarette aus und schnaubte verdrossen.

»Lass deine Gesundheitstipps mal beiseite. Dafür geb ich dir einen kleinen Tipp für dein Wohlergehen«, sagte er leise und blickte sich absichernd um. »Ich dürfte dir gar nichts davon erzählen. Aber ich glaube, dass du guten Glaubens dabei bist, bona fide, wie man so sagt, und damit ist nicht das Parkettöl gemeint. Guck den Rest im idiomatischen Wörterbuch nach.«

»Was?«

Ich begriff ganz und gar nicht, was Korhonen mir erzählte. Zwischen uns war nach und nach ein Abkommen über Zusammenarbeit und gegenseitige Hilfe entstanden. Korhonen fragte mich gelegentlich nach Informationen über Drogenhändler oder Zuhälter und warnte mich im Gegenzug, wenn meine grauen Geschäfte nach Ansicht der Behörden zu dunkel zu werden drohten. Aber so ernst hatte ich ihn lange nicht erlebt. Wenn überhaupt jemals.

»Die Supo beobachtet dich. Und mich haben sie auch eingespannt. Du bist in irgendeine fast terroristische Sache verwickelt. Hör zu, der bloße Verdacht reicht den Typen von der Supo, um dir das Fell abzuziehen. Das ist die reinste Inquisition. Schmeißen wir den Kerl ins Wasser, und wenn er oben bleibt, ist er bestimmt ein feindlicher Agent. Wenn er ertrinkt, na hoppla, dann war er wohl doch unschuldig«, quasselte Korhonen, doch sein Gesicht blieb ernst.

Misstrauisch sah er zu einem Mann hinüber, der seinen Hund ausführte und in Hörweite stehen blieb. »Mehr kann ich nicht sagen. Pass gut auf, wohin du deine Pfoten steckst, Wieselsohn«, flüsterte er und lief in Richtung Malmi. Nach Hause, wusste ich.

Und ich wusste auch, dass diese Sache irgendwie mit Wronskij und Koljukows Projekten und den jüdischen Geschäftsleuten zu tun hatte. Dessen war ich mir sicher.

Ich war in Afghanistan, obwohl ich mir sagte, dass ich ja gar nicht dorthin geraten war. Das nicht, aber du hattest solche Angst davor, dass es wahr geworden ist, erklärte jemand im Traum. Oder ich begriff es einfach, ohne Worte.

Ich trug eine hellbraune Uniform, unter der Jacke ein blauweiß gestreiftes Unterhemd und auf dem Kopf einen Steppenhut.

Wir marschierten im Gänsemarsch auf einem Pfad, der sich an einem Berg hochschlängelte. Der Pfad war steinig und zu beiden Seiten von niedrigem Gestrüpp gesäumt. Stellenweise wurde die Bergwand steiler und der Weg so schmal, dass man seitlich an den Fels streifte. Auf der anderen Seite klaffte der Abgrund.

Ich blickte mich um. Arseni Kasimirow ging hinter mir, hielt sich mit der Hand an meinem Tornister fest. Er lächelte entschuldigend. Auf seiner linken Brusttasche befand sich ein Namensschild. »Wronskij« stand darauf, mit gelben Buchstaben, auf schwarzem Grund.

»Arseni, versuch doch bitte, es allein zu schaffen. Ich kann dich nicht nach oben schleppen«, sagte ich.

»Ich hab dich nur vorsichtshalber … festgehalten. Es sah so aus, als ob du strauchelst«, erklärte Arseni. Bald würde er seine Ausrede selbst für wahr halten.

Ich kletterte weiter. Der Pfad wurde wieder schmaler, ich passte genau auf, wohin ich meinen Fuß setzte.

»Und ich heiße Wronskij«, hörte ich ein Flüstern, dann spürte ich einen Stoß im Rücken, so heftig, dass mein Kopf zurückflog und der Lauf des Sturmgewehrs, das mir vor der Brust hing, gegen mein Kinn stieß.

Ich fiel langsam, mit gestrecktem Körper. Die vor mir gingen, drehten sich um, rissen entsetzt den Mund auf. Ich sah Julija und Marja und die kleine Anna und Sergej.

Ich fiel, lange.

»Du hast geschrien«, sagte Marja und boxte mir gegen die Schulter. Ich murmelte etwas von einem schlimmen Traum und drehte meine schweißnasse Decke andersherum.

Marja blieb nahe bei mir. Sie atmete gleichmäßig, hatte die Augen geschlossen. Nach einer Weile nahm sie meine Hand und führte sie an ihr Becken, fordernd. Sie war feucht.

Ich begann sie zu streicheln, langsam zuerst, dann heftiger, aber als sie warnend meine Hand festhielt, bemühte ich mich, daran zu denken, sanft zu sein, als ob ich eine empfindliche Blüte liebkoste. Staubfäden und Blütenstempel, schoss mir durch den Kopf, und der Gedanke schien mir fehl am Platz.

Marja drehte sich um und zog mich an den Schultern.

»Lass uns einfach so sein. Ich kann jetzt nicht«, flüsterte ich und machte mit den Fingern weiter.

Marja konzentrierte sich mit geschlossenen Augen. Bald begann ihr Becken zu zittern, dann heulte sie dumpf auf, schob meine Hand tiefer in sich hinein, erbebte noch ein paar Mal.

Ich stand auf und ging auf die Toilette. Draußen war es bereits hell, und durch die offenen Fenster drang das Morgenkonzert der Vögel.

Vorsichtig legte ich mich wieder ins Bett. Marja schnarchte leise, kaum lauter, als eine Katze schnurrt. Ich wartete auf den Schlaf, lange.

Am Morgen wehten die Vorhänge im Wind, und im Zimmer war es kühl. Ich hatte Schmerzen in der Seite, als hätte sich ein Muskel vor Müdigkeit versteift, durch ständige Anstrengung verkrampft.

Marja kam an die Tür.

»Tschüss, ich muss jetzt los. Die Kinder haben schon gefrühstückt. Irina kommt und guckt nach ihnen«, sagte sie und wollte schon gehen, drehte sich aber noch einmal um und drückte mir einen hartlippigen Kuss auf den Mund.

Ich muss auch bald los, wollte ich sagen, doch die Tür fiel bereits zu.

Na, dann hinterlasse ich eben einen Zettel an der Kühlschranktür, dachte ich. Bin irgendwann zurück, VK.

15

Der Autohändler Ruuskanen stand an der Tür seines Büros im Schatten. Er hob grüßend seine mollige Hand, als ich im Mercedes vorfuhr. Ich parkte mit dem Bug zur Wand, ein paar Meter vor dem Eingang zum Büro.

Die Kipptore der Halle waren einladend geöffnet. Die Aromamischung bestand aus Plüschreiniger, Reifenschwärzer und Silicon-Aerosol. Die Lichtreklamen auf dem Dach waren schon wieder ausgewechselt worden. Ursprünglich hatte die Firma Qualitäts-Auto-Ruuskanen geheißen und nicht mit Neonglanz geprotzt. Ruuskanen hatte seine Fahrzeuge auf einem ungenutzten Grundstück an der Umgehungsstraße verkauft, der Firmenname stand auf einer Sperrholzplatte, und die Ratenverträge wurden in einer dunklen Holzbude ausgefertigt, in der es nach Zigaretten und abgestandenem Kaffee roch.

In Tuusula war das Unternehmen auf den Namen Global-Auto-Ruuskanen getauft worden, und die Handelsware umfasste vorwiegend Mercedes und BMW, die aus halb Europa herangekarrt wurden. Gelegentlich waren in der Halle auch gestohlene Wagen auseinandergenommen, stückweise auf Laster verladen und zum Zusammenbau in den Osten transportiert worden.

Nun gab es zwei Schilder: *Öko-Auto-Ruuskanen* und *Grüne Wärme*.

»Hast du dein Unternehmen wieder mal in den Konkurs getrieben? Wer ist diesmal dein Strohmann?«, grüßte ich Ruuskanen.

»Man muss das Bisiness weiterentwickeln«, lächelte der verschwitzte Händler im längs gestreiften Marimekko-Hemd, zu dem die schräg gestreifte Krawatte passte wie ein Bibelspruch an die Wand eines Freudenhauses. »Weißtu, alles Grüne ist jetzt total poperlär, ganz klopal. Und meine liebe Alte ist auf den Umweltfirlefanz voll abgefahren. Ich hatte erst an ›Bio-Auto-Ruuskanen‹ oder ›Green-Car-Ruuskanen‹ gedacht, aber dann hab ich mich für das hier entschieden. Und unser zweiter Geschäftsbereich ist die naturschonende Heizwärme und Energie. Wärmepumpen und Sonnenkollektoren und Windräder …«, zählte Ruuskanen wohlgemut auf.

Ich erinnerte ihn an den Autohandel, von dem wir gesprochen hatten. »Du willst den Mercedes hoffentlich noch? Du hattest versprochen, ihn zu nehmen, wenn du einen passenden Abnehmer findest«, vergewisserte ich mich.

Ich hatte den aus Deutschland eingeschifften Mercedes bei Ruuskanen gekauft, wie auch die beiden Autos davor. Ich hatte Ruuskanen mit den Papieren für die Ausfuhr nach Russland geholfen und den Dolmetscher gespielt, wenn er internationale Kundschaft aus dem Osten hatte. Als Gegenleistung hatte ich zuverlässige Wagen zu günstigen Preisen bekommen, falls es so etwas im Autohandel überhaupt gibt. Nun war mir von meinem ehemaligen Geschäftsführer ein geleaster Citroën geblieben, und ich hatte mir überlegt, sparsam zu sein, den überflüssigen Citroën selbst zu fahren und den Mercedes zu verkaufen. Und zwar an Ruuskanen.

»Bei denen gibt's leicht Rostprobleme. Und manuelle Gangschaltung … o je, schwer loszuwerden, ohne Automatik.« Ruuskanen umrundete den Wagen, und auf seinen runden Wangen breitete sich eine missbilligende Röte aus, die so rasch aufzog wie eine Gewitterwolke.

»Red keinen Quatsch«, bremste ich ihn. »Wenn er Automatik hätte, würdest du sagen, o je, da werden die Reparaturen so teuer. Und du selbst hast mir die Kiste als Augapfel eines alten Opas verkauft, sie hat angeblich jeden Winter in der Garage gestanden, und das Serviceheft ist voller Stempel. Aber die waren vermutlich von der Südbayrischen Meierei.«

»Na ja, der Tachostand ist ja ganz okay«, lenkte Ruuskanen ein. »Sagen wir mal ... zwanzig.« Es klang, als biete er mir Kronjuwelen an.

»Du hattest dreißig geschätzt«, erinnerte ich ihn.

»Na gut, zwanzig und den sportlichen Opel Vectra da drüben als Dreingabe, neue Reifen und frisch inspiziert. Und als Fairnessbonus eine Ultimate-Wärmepumpe. Da sparst du Heizöl.«

»Ich heize mit Erdwärme.« Ich blieb hart. »Achtundzwanzigtausend, und du darfst mich weiterhin um Hilfe bitten, wenn du Papiere für Russland brauchst.«

Ruuskanen blickte finster drein wie ein Bauer, der den Familienhof aufgeben muss, mitsamt dem schweren, seitlich ausziehbaren Holzsofa.

»Na gut, schlagen wir ein«, sagte er schließlich und hielt mir seine Pranke hin.

Wir schlossen den Handel ab, und ich gab Ruuskanen den Kfz-Schein.

»Ich ruf Matti an, dass er mich abholt. Der hat schon wieder Urlaub. Die Armee ist heutzutage der reinste Kindergarten.«

Ruuskanen fing sofort an, mir einen Vortrag über seinen Wehrdienst als Pionier in Keuruu zu halten. Ich brachte es noch über mich, ihm zuzuhören, solange er über den Bau von

Behelfsbrücken aus Pontonwagen sprach. Zur Vertiefung des Themas erging er sich in Erinnerungen an die Lastwagen aus sowjetischer Herstellung, die einen Benzin-V8 hatten und lärmten wie ein Propellerflugzeug. Als er sich in die Feinheiten des Verminens vertiefte, stellte ich das Zuhören ein.

Ich begann, das Handschuhfach und den Kofferraum zu leeren, sammelte CDs und Münzen, Parkscheibe, Schneebesen und Abschleppseil in den mitgebrachten Karton, baute die Innenheizung ab und wählte Werkzeug aus. Schließlich sah ich noch unter den Sitzen nach, ob irgendwelche wichtigen Papiere daruntergerutscht waren. Ich fand ein paar Stifte und einen sauberen Kamm und packte auch sie ein.

Da erinnerte ich mich an die Verbandtasche. Sie lag auf der Ablage am Rückfenster.

Die kann ich in den Citroën legen, dachte ich.

Ruuskanen hatte seine Armeegeschichte unterbrochen und war im Büro verschwunden. Nun kam er zurück und schwenkte die Papiere. Ich hielt den Vertrag über die Besitzübertragung an die Wand und unterschrieb.

»Auf einen Citroën steigst du also um. Ein Franzose. Die fahren sich bequem, aber es sind halt Wagen von Baskenmützen-Ingenieuren«, urteilte Ruuskanen. Die Klassifizierung erinnerte mich mit unangenehmer Deutlichkeit an den Geschäftsführer, den ich gefeuert hatte, Ingenieur Jaatinen. Pardon, Diplomingenieur. Das hatte Jaatinen noch nach seiner Entlassung betont, als ich ihm sein Zeugnis geschrieben hatte.

»Allerhand kleine Macken haben die. Und auch größere«, sagte Ruuskanen. »Die Citroëns.«

Ich hatte schon gedacht, die Menschen.

16

Ich schickte Julija eine SMS. Sie hatte nach Russland zurückkehren müssen, weil Wronskij sie dringend brauchte. Wir sehen uns, hatte sie versprochen, war zu den Sammeltaxis am Tennispalast geeilt, die gleich reihenweise nach St. Petersburg fuhren, alle zum selben Preis von ein paar Zehneuroscheinchen.

Ich wartete auf Antwort. Obwohl die Vibration eingeschaltet war, sah ich alle paar Minuten auf mein Handy, vergewisserte mich, dass der Akku aufgeladen war und die Netzabdeckung reichte.

Das Handy vibrierte. *Hektik. Ich sehne mich. J.*

Ich las die SMS immer wieder, bevor ich es über mich brachte, sie zu löschen. Schon bald ärgerte ich mich über Julijas knappe Antwort. Sie hätte sich ruhig ein wenig ausführlicher äußern können.

Ich versuchte, über mich selbst zu lächeln: ein erwachsener Mann und ungeduldig wie ein Teenager.

Als das Handy klingelte, hoffte ich, es sei Julija, so voller Sehnsucht, dass sie einfach mit mir sprechen musste. Doch der Anruf kam von dem Pornofilmproduzenten Rauno Härkönen. Er war in Nöten.

»Verdammt, die sprechen überhaupt keine Fremdsprache. Die Reiberei in der ersten Szene haben wir in den Kasten gekriegt, nachdem ich ihnen eigenhändig gezeigt hab, was sie tun sollen, aber jetzt müssten sie lutschen und dann zum eigentlichen Horizontalmambo übergehen, und das schnallen sie einfach nicht«, dröhnte er.

Als ich fragte, warum der große Filmmogul sich bei mir über seine Kommunikationsschwierigkeiten beklagte, ließ Härkönen sich dazu herab, mich um Hilfe zu bitten. Er flehte mich an, zu kommen und die Höhepunkte und Regieanweisungen des Films zu übersetzen.

Ich versprach, zu dolmetschen, und erklärte, ich hätte allerdings nicht lange Zeit. Ich könne aber die Szenen kurz schriftlich zusammenfassen, sodass die Schauspieler die Anweisungen nachlesen konnten.

»Eine tiefsinnige Synopsis dürfte wohl nicht nötig sein«, meinte ich.

Härkönen stimmte bereitwillig zu. Er spielte sich auch sonst nicht als Tarkowski auf, auch wenn er seine künstlerische Tätigkeit als Regisseur unter dem Namen David Bullman ausübte. Am Drehort stand er selbst hinter der Kamera, regulierte den Ton und richtete die Beleuchtung aus. Der ganze Film war das Werk von Härkönen-Bullman und einem Gehilfen. Außerdem wurden natürlich Charakterdarsteller gebraucht. Und da sie aus Russland kamen, musste ich als Regieassistent einspringen.

»Dann kannst du auch gleich die Miete für diesen Dreh bezahlen«, schlug ich vor. Die Kreditfähigkeit von Härkönens Unternehmen hatte den Immobilienbesitzer nicht überzeugt, daher hatte ich die Räume an der Giebelseite des Geschäftsgebäudes in Konala auf den Namen meiner Firma gemietet und vermietete sie an Härkönen weiter, ohne Papiere und Quittungen.

Ich vermutete, dass Härkönen alle Gagen über ein steuerlich angenehmes und zuverlässiges Land oder eine entsprechende autonome Insel laufen ließ. Er meinte, möglicherweise könne er Bargeld auftreiben.

Die gemietete Räumlichkeit hatte eine Doppeltür, durch die ein Fahrzeug gepasst hätte. Ein kleines Schild informierte darüber, dass Ristos Telefonreparaturwerkstatt nach Pitäjänmäki umgezogen war. Die Telefonnummer gehörte zu einem Festnetzanschluss, und ich nahm an, dass es sinnlos war, dort anzurufen, wenn man Handyprobleme hatte.

Die Tür war nicht verriegelt. Ich ging hinein.

Auf dem Betonfußboden lag helles Laminat. Tapezierte Spanplatten stellten zwei Wände dar. Sie wurden hinten von einem Träger aus Vierkantholz gestützt. Wer das Ding gebaut hatte, war mit Sicherheit kein Tischler. Die Kulisse wurde durch ein Regal vervollständigt, in dem ein Fernseher stand, in dem Fickfilme liefen. Auf der Fußbodenparzelle stand ein Sofa und auf dem Sofa der Schwanz eines jungen Mannes. Der Mann selbst lag auf dem Rücken und wartete offensichtlich auf seine Filmpartnerin. Ab und zu fingerte er an seinem Glied herum, damit es für die nächste Szene wach blieb. Meine Ankunft schien ihn nicht zu stören.

Härkönen, der gerade seine Kamera einstellte, begrüßte mich fröhlich. Er war etwa fünfzig, trug eine Cargohose und ein schwarzes T-Shirt, eine Brille mit runden Gläsern hing ihm an einem Band um den Hals. Die ergrauten langen Haare hatte er zum Pferdeschwanz gebunden.

Der Kameraassistent sprang vom Barhocker und gab mir die Hand.

»Hopponen«, stellte er sich vor, und ich hätte ihn beinahe für seine gute Erziehung gelobt. Er hatte eine Schirmmütze verkehrt herum auf dem Kopf und trug einen schwarzen Rolli, obwohl es auch drinnen reichlich warm war.

Härkönen gab mir das drei Seiten umfassende Drehbuch und erklärte, die ersten drei Szenen seien bereits gedreht, präzisierte dann, er verwende Berufsslang und Metaphern. Im digitalen Zeitalter drehe sich in der Kamera natürlich keine Filmrolle mehr.

Ich schrieb kurze Übersetzungen der nächsten Szenen und fügte auf Härkönens Bitte hinzu, wenn der Regisseur sage »Stopp – noch mal«, meine er, dass man genau dasselbe noch einmal tun solle, die Kamera werde nur umgestellt.

»So ist das, bei kleinem Budget«, sagte Härkönen entschuldigend, deutete an, dass er auch für Multikameraproduktionen qualifiziert wäre.

Er holte die Schauspieler und bat mich, ihnen die Sache auch noch mündlich zu erklären. Die Darstellerin des weiblichen Parts tapste in Pantoffeln und einem kurzen Morgenmantel zum Sofa. Sie hätte als Hausfrau aus irgendeiner Vorstadtsiedlung von St. Petersburg durchgehen können, wäre die Tätowierung am Oberschenkel nicht gewesen. Die Frau grüßte mich freundlich, sagte, sie heiße Tereza, ließ den Vatersnamen fort. Das konnte ich gut verstehen.

Als ich Härkönens Wünsche erklärte, nickten Tereza und der schweigend dahingefläzte junge Mann, sie hätten verstanden. Ich wünschte ihnen Erfolg bei den Aufnahmen.

Dann ging ich zur Tür. Härkönen folgte mir, holte ein Bündel Geldscheine aus der Tasche und entnahm ihm ein paar Hunderter. »Den Rest kriegst du nächste Woche«, sagte er. Ich wusste, dass er sein Versprechen halten würde.

»Wie heißt der Streifen übrigens?«, fragte ich zum Abschied.

»Busty Mature Gives a Lesson of Love«, gab Härkönen Auskunft, erfreut über mein Interesse. »Wenn er gut läuft, machen wir eine vierteilige Trilogie daraus«, lachte er heiser.

Der alte Mann stand am Erkerfenster und sah auf den Marktplatz von Töölö hinab. Der einzige Markthändler war ein Kartoffelverkäufer, der sich auf die geöffnete Rückklappe seines kleinen Lastwagens stützte. Der alte Mann wandte sich Wronskij zu, taperte einige Schritte vor und zurück, die Hände auf den Rücken gelegt. Er trug einen dreiteiligen Anzug mit weißem Hemd und Krawatte.

»Wronskij, ist diese Wohnung klug gewählt?«

In der Frage des alten Mannes lag bereits die Antwort. Auch seine Stimme rumpelte vor Missbilligung und Zweifel wie ein Stück Eisen, das man aus einem Schrotthaufen zieht. Die rostig scharfe Rauheit stand im Widerspruch zu dem opahaften, beinahe behäbigen Erscheinungsbild des Mannes.

»Damit meine ich nicht die Kosten, sondern die Sicherheit. In Vororten wie Vuosaari oder Itäkeskus ist jeder Dritte Ausländer. Da würde sich niemand erinnern, dich je gesehen zu haben«, schnaubte der Mann unzufrieden, schmatzte mit den Lippen und beugte sich zu Wronskij hinab.

Wronskij saß auf seinem Stuhl, hielt die Hände unter der Tischplatte und versuchte, ausdruckslos auf die gegenüberliegende Wand des geräumigen Zimmers zu blicken, irgendwo anders hin als in die vorwurfsvollen Augen des Alten und auf die Haare, die ihm aus der Nase wuchsen. Sie störten Wronskij, waren eine Prophezeiung seines eigenen Alterns und erinnerten ihn an seinen bereits verstorbenen Vater. Die Wohnung war ebenfalls ein Relikt aus der Vergangenheit, komplett möbliert, seit Jahrzehnten schon. Die Sofas und Tische und die Stühle am Esstisch vertraten alle die gleiche, noch weitaus ältere Stilrichtung. Mit gedrechselten Beinen, zierlich und wertvoll, aber ohne Sitzkomfort.

Selbst der Staub auf den ornamentalen Wandlampen und

den Rahmen der Landschaftsgemälde schmeckte nach den 60er-Jahren. Aber mehr als der alte Staub störte Wronskij der alte Mann, der immer noch neben ihm stand, wortlos auf eine Erklärung wartend. Der Alte verunsicherte ihn, jagte ihm beinahe Furcht ein.

Und er kannte nicht einmal seinen Namen. Der Mann war einfach gekommen, zur angekündigten Zeit und an den vereinbarten Ort, hatte alles gewusst und begonnen, Fragen und Forderungen zu stellen. Es war Wronskij klar, dass er sich fügen musste. Eine andere Möglichkeit gab es nicht.

»Ich habe die Wohnung von einem Geschäftspartner gemietet. Preiswert. Im Vertrauen. Und in diesem Haus wohnen ausländische Wissenschaftler, Gäste der Universität. Es ist ganz alltäglich, dass man im Aufzug exotischen und häufig wechselnden Bewohnern begegnet«, verteidigte sich Wronskij.

Der Alte umrundete den Tisch, blieb hinter Julija und Bekari stehen, die auf der anderen Seite saßen, und räusperte sich vorwurfsvoll.

»Und der … Stoff? Wo ist der?«, knurrte er.

»An einem sicheren Ort. Ein Typ hat ihn über die Grenze gebracht. Ohne es zu wissen. Aber der Transport stand die ganze Zeit unter Beobachtung.«

Wronskij bemühte sich, unterwürfig zu sprechen.

»Der beste Agent ist einer, der nicht einmal weiß, dass er eine Aufgabe erfüllt«, zitierte er dennoch eine Weisheit, die man ihm bei der Spezialausbildung eingetrichtert hatte, bereute seinen belehrenden Ton aber sofort.

»Ach wirklich?«, spottete der alte Mann. »Ich war schon im Dienst, als du noch dein Gitterbettchen beschmiert hast, in Rustav oder Tskhinval oder wie die Kaffs in Grusien heißen … pardon, in Georgien.«

»Ich bin in Moskau geboren und aufgewachsen«, berichtigte ihn Wronskij.

»Dein Stammbaum interessiert mich nicht!«, brüllte der Alte.

Er trat wieder an das Erkerfenster. Sein Gang war eine seltsame Kombination von heftigem Ausschreiten und flachen Trippelschritten. Bekari sah dem Alten nach, lächelte dünn und ungeniert. Wronskij bedachte ihn mit einem wütenden Blick. Bekari hob kaum merklich die Schultern, schloss die Augen und schien einzunicken.

»Es ist ein Finne, genauer gesagt, er hat einen finnischen Pass. Und wir haben einen speziellen Kontakt zu ihm. Auf verschiedenen Ebenen.« Wronskij brachte es fertig, die Worte zweideutig klingen zu lassen, und Julijas Schultern bebten.

Der alte Mann starrte zum Fenster hinaus.

»Mich und uns … deine Auftraggeber interessiert lediglich, ob die Operation in jeder Hinsicht solide läuft«, sagte er, den Rücken zum Zimmer gewandt. Er erriet, dass Wronskij erneut zu Beteuerungen ansetzte, und stoppte ihn, indem er die Hand hob. »Du wirst beobachtet, Wronskij, die ganze Zeit. Wir beobachten dich. Und auch der FSB ahnt etwas. Das heißt, die verdächtigen ja grundsätzlich jeden, von Amts wegen. Und die Finnen tun wohl ebenfalls ihr Bestes.«

Der Alte baute sich wieder vor Wronskij auf.

»Du wirst beobachtet«, wiederholte er noch einmal und ging.

Als er die Tür öffnete, drang der schachtartige Hall des Treppenhauses in die Wohnung. Und dann wurde es wieder still.

17

Vor der Werkhalle in Suutarila dröhnten Motorräder. Ich spähte durch die Jalousie und sah ein halbes Dutzend Männer auf Harley-Davidsons. Sie stellten ihre Maschinen ab, nahmen die Helme vom Kopf und erinnerten mit ihren Stirnbändern an Seeräuber. Dann rollte noch ein mattgrüner Yankee-Jeep mit übergroßen Reifen auf den asphaltierten Hof.

In früheren Jahren hatte ich mit Motorradgangs zu tun gehabt. Diese Begegnungen waren für beide Seiten unergiebig gewesen. Die Leute dort draußen gehörten jedoch zu einer anderen Bande. Die Abzeichen auf den Rücken der Lederjacken und Westen zeigten eine Art gotisches Kreuz. Ich erinnerte mich, etwas über diese Motorradfreunde gelesen zu haben; es hieß, dass auch sie einen Anteil an den Geschäften wollten, die bisher die etablierten Gangs unter sich aufgeteilt hatten.

Und sie waren sicher nicht gekommen, um mir ein einträgliches Projekt anzubieten, sondern um Forderungen zu stellen.

Ich ging aus meinem Büro in die eigentliche Halle. Nachdem ich mehrere Schlüssel ausprobiert hatte, bekam ich endlich das Vorhängeschloss an dem stählernen Container auf und holte ein abgesägtes Schrotgewehr heraus, das ich einem Bekifften abgenommen hatte, der damit am Ende noch jemanden verletzt hätte, und wenn nur sich selbst. Ich kippte die Doppelläufe herunter und lud sie mit Patronen. Eine alte, zuverlässige Baikal. So eine hatten wir zu Hause gehabt, obwohl Vater kein großer Jäger gewesen war. Ich erinnerte mich, wie ich das glatte Holz des Stutzens und die eingravierten Hasen an den Metallteilen bewundert hatte.

Ich legte meine Jacke so über den Arm, dass sie die Flinte zwar verdeckte, die Motorradtypen aber erkennen konnten, dass ich bewaffnet war. Dann ging ich durch den unteren Vorraum nach draußen.

Ich grüßte als Erster.

»Das Übungsgelände für Motorräder ist in Tattarisuo. Ihr solltet an die Umwelt denken, so eine Riesenherde und jeder mit dem eigenen Fahrzeug!«

Die Motorradmänner standen mit verschränkten Armen und düsteren Mienen da. Mein ökologischer Ansatz überzeugte sie nicht.

»Oder seid ihr auf dem Weg zum Logopäden? Ausgewachsene Männer, die das Maul nicht aufkriegen, nicht mal Guten Tag könnt ihr sagen.«

»Guten Tag, Direktor Kärppä«, ertönte es vom Auto her. Die Beifahrertür stand offen, und ein Mann – etwa in meinem Alter, untersetzt, dunkler Anzug – kam auf mich zu.

»Ich bin Sepe, der juristische Berater unserer Gruppe«, sagte der Mann und hielt mir die Hand hin. Ich nahm Jacke und Flinte von der Rechten in die Linke, dann begrüßten wir uns.

»Können wir drinnen verhandeln?«, schlug Sepe vor.

»Hier draußen ist auch schönes Wetter. Für kurze Gespräche«, beendete ich die Höflichkeiten, bevor sie angefangen hatten.

Sepe zuckte die Achseln. Auf seinem kahl geschorenen

Kopf standen Schweißtropfen. Er holte eine Sonnenbrille aus der Brusttasche. Das gefiel mir nicht. Hinter den dunklen Gläsern verschwanden der Blick und die Bewegungen der Augen.

»Dann will ich unser beider wertvolle Zeit nicht verschwenden«, sagte der Mann fast würdevoll, ohne beleidigt zu sein. »Wir haben die Absicht, Verbindungen nach Russland aufzubauen. Dort entsteht gerade ein großes Potenzial an Motorradbegeisterung. Und auch unsere verschiedenen Geschäftstätigkeiten und karitativen Aktivitäten eignen sich hervorragend für eine Expansion Richtung Osten.«

Er redete wie ein verbindlich lächelnder Geschäftsmann, wie ein wohltätiger Spendensammler oder wie ein Wahlkampagnenfinanzierer, der sich seinen Platz im Bebauungsplan sichern will.

»Und du, Viktor, hast gute Kontakte und Verbindungen und Geschäfte in Russland. Wir möchten, dass du uns hilfst, Zusammenkünfte in St. Petersburg zu organisieren, uns vielleicht Empfehlungen gibst … Wir würden deine Hilfe nicht vergessen …« Sepe ging zum Du über. Ich wusste, wie der unausgesprochene Teil des Vorschlags lautete. Auch meine eventuelle Weigerung, zu helfen, würde nicht vergessen werden.

Ich stand reglos da, mit leerem Gesicht, und wartete.

Der Trupp ließ sich von der Flaute nicht beeindrucken. Die Männer wechselten nicht einmal das Standbein. Das Einzige, was sich bewegte, war ein Schweißtropfen, der Sepe von der Stirn auf die Nase fiel.

»Wir können dich ja noch einmal besuchen. Gern auch zu Hause. Du hast zwei Kinder, nicht wahr? Eins davon als Leihgabe«, bezog sich der juristische Berater auf das Familienrecht.

Ich durfte keine Furcht zeigen. Also drehte ich ihm den Rücken zu und tat, als wollte ich in die Halle zurückgehen. »Ich habe euch früher schon gesehen. Es tut mir immer noch leid um die schönen Harleys, die sich damals in Schrott verwandelt haben«, sagte ich zur grauen Wand des Gebäudes.

»Versteh mich nicht falsch. Es geht hier nicht um Drohungen. Ein Unternehmer spricht mit einem anderen über Geschäfte. Es wird so viel Mist über uns erzählt. Dabei sind wir Stützen der Gesellschaft, werden von Ministern zum Geburtstag eingeladen und fahren Veteranen spazieren.« Ein Lächeln lag in Sepes Stimme.

Ich drehte mich um, zögerte die Antwort aber noch einen Moment hinaus.

»Okay, ich rede mit den Petersburgern und berichte ihnen von eurem Interesse. Ich werde euch weder empfehlen noch behaupten, euch zu kennen. Ich übermittle nur eure Bitte um Kontaktaufnahme. Wie seid ihr zu erreichen?«

»Visitenkarten brauchen wir nicht. Wir fragen bei dir nach.«

»Komm nächstes Mal allein. Ich mag es nicht, wenn der ganze Trupp auf meinen Hof donnert.«

»Gut, einverstanden«, sagte Sepe beinahe zufrieden. Er ging zu seinem Wagen und blieb davor stehen. »Gehört der Citroën dir?«

Ich nickte.

»Ein Schwulenauto. Das Blech rostet. Die Elektronik ist für den Arsch. Dazu alle möglichen anderen kleinen Macken, oder aber große.«

Sepe wusste, wie man einen Mann kleinkriegt. Er schlug die Tür zu, der Jeep kurvte mit jaulenden Reifen über den Asphalt, und die Motorräder röhrten der Reihe nach hinter ihm her.

Ich schloss den Waffencontainer und merkte, dass jemand an der Tür stand.

»Da hattest du ja gerade eine etwas größere Kundenschar. Haben die ein neues Bad für ihren Clubraum oder einen Anbau für ihre Werkstatt bestellt?«, erkundigte sich Korhonen.

Ich ließ das Vorhängeschloss an seinen Platz gleiten. »Nein«, antwortete ich.

»Oder habt ihr Waffenhandel getrieben? Die Citykaninchenpopulation bedroht wohl die Blumenbeete der Mopojungs. Für die Entenjagd ist es ein bisschen kurz, dein Schrotgewehr. Ich hab's zufällig gesehen.«

»Aha.«

Korhonen ging weiter in die Halle hinein. Er nahm einzelne Werkzeuge in die Hand, legte sie wieder weg, schaltete die Kreissäge ein und sprang in gespieltem Entsetzen zurück, da der Strom eingeschaltet war und das Sägeblatt aufheulte. »Ich möchte dir ernsthaft davon abraten, dir neue Probleme aufzuhalsen. Du hast schon einen ganzen Batzen alte Schwierigkeiten«, erinnerte er mich unnötigerweise.

Ich hatte mir über Korhonens Gerede von der Sicherheitspolizei den Kopf zerbrochen, es mit den jüdischen Geschäftsmännern in Petrozawodsk in Verbindung gebracht, mit Wronskij und sogar mit Julija. Doch ein solides Gedankengebäude wollte dabei nicht herauskommen.

Ich erklärte Korhonen, die Motorradfreunde hätten mich um Hilfe bei ihren Ostkontakten gebeten, doch ich hätte ihnen nicht mehr versprochen als ein einziges Telefonat. Und über die alten Probleme könne ich mir keine Sorgen machen, weil ich gar nicht wisse, ob es sich dabei nicht um Gequassel der Polizei handele.

Korhonen sagte, sein Vertrauen zu mir sei so unverrückbar

wie eine Ladung Sand auf einem Kipplaster. Er steckte sich eine Zigarette an. Ich riet ihm, vorsichtig zu sein, denn auf dem Tisch befanden sich Terpentinflaschen und Putzlumpen, die möglicherweise mit leicht entflammbaren Lösungsmitteln getränkt waren. Korhonen schnippte sein Streichholz betont sorglos in die Luft.

»Erinnerst du dich, wie ich die neuen Themenschwerpunkte für das aktuelle A-Studio im Fernsehen entwickelt habe? Eine Sendung über die Symbiose zwischen Insekten und Vögeln – A-Meise. Die nächste könnte A-Pril heißen und die Machenschaften in der Spülmittelindustrie unter die Lupe nehmen. Und danach noch A-Libido, eine freudianische Annäherung an sexuelle Probleme«, lachte er.

Ich erwiderte, dass ich mich sehr wohl erinnerte und über diesen Witz bereits die obligatorischen drei Sekunden gelacht hätte.

Davon ließ Korhonen sich nicht entmutigen. »Mein Humor steht in schönster Blüte. Ali Baba und die vierzig Räuber wurden eines Verbrechens verdächtigt. Aber sie hatten sich zur Tatzeit mit dem vielseitig orientierten Ali Bi vergnügt. Seither kennt man den Begriff Alibi.«

Ich dankte ihm für diese erhebende kulturelle Erfahrung und sagte, ich könne es kaum erwarten, dass er sich dem B zuwende.

Korhonen drückte seine Zigarette aus, suchte nach einer geeigneten Dose und warf die Kippe schließlich in einen leeren Farbeimer.

»Halt mich über die Feuerstuhlburschen auf dem Laufenden«, sagte er, nun wieder ernst. »Mit den alten Gangs kommen wir allmählich zurecht, aber dieser neue Trupp bezieht seine Anweisungen via Schweden aus irgendeinem anderen europäischen Land und hat einen genau ausgetüftelten Plan, wie er zum King der Unterwelt wird. Und über Finnland soll es in den Osten gehen.«

Ich wiederholte, ich sei kein Sympathisant der Motoristen. Ich hätte nur versprochen, die Nachricht zu übermitteln, weil ich geglaubt hatte, es sei für mich am ungefährlichsten, den Botenjungen zu spielen.

»Der Kurier des Zaren … die Serie lief im Fernsehen, als ich klein war. Aber du in deinem Sortavala hast ja bloß Filme über den ersten Lehrer und erotisch gewagte Streifen über das sexuelle Erwachen eines Kolchosenmädchens gesehen«, schwadronierte Korhonen.

Ich riet ihm dringend, nach Hause zu fahren und seine Frau zu unterhalten. Frauen schätzten diese Art von Humor, erklärte ich, vor allem aus Männermund. Zudem hätte ich versprochen, Marja, deren Wagen in der Werkstatt war, von der Arbeit abzuholen. Korhonen bestellte ihr Grüße und ging, blieb an der Tür aber noch einmal stehen.

»Ich dürfte und sollte es dir nicht sagen. Aber ich vertraue dir trotz allem, Viktor. Deshalb warne ich dich, wieder und erneut. Von der Supo kam die Information, dass ein verdächtiges Subjekt aus Russland eingereist ist. Das heißt, ursprünglich war der Mann wohl Georgier. Vielleicht ist er es immer noch. Und er hat irgendeine Verbindung zu dir. Verwendet den Namen Wronskij. Also verbrenn dir nicht die Finger.«

Korhonen ging, ohne meine Antwort abzuwarten. Und ich hätte auch nichts zu sagen gewusst. Ich wunderte mich nur, weshalb er sich solche Sorgen machte. Um mich.

18

Die Putzfrauen machten Kaffeepause. Sie saßen am Gartentisch, hatten die Köpfe zusammengesteckt und lösten ein russisches Kreuzworträtsel. Sie grüßten mich freundlich, eine junge Frau, die so viele Ringe am Ohr hatte wie ein Spiralheft am Rücken, und eine etwas ältere adrette Dame, deren blondierte Haare dunkel nachwuchsen. Die jüngere machte ihrer Zigarette den Garaus, dann kehrten die beiden an ihre Arbeit zurück.

Marjas Pflegeheimbusiness war rasch in Schwung gekommen. Zudem hatte sie die Chance entdeckt, ihr Tätigkeitsfeld auf andere Arbeiten auszudehnen, mit denen auch Ausländer zurechtkamen. Oder besser gesagt, bei denen sie vom Auftraggeber akzeptiert wurden, es ging eher darum als um das Können. Marja hatte einen Putz- und Haushaltsservice gegründet, der ihre eigenen Räumlichkeiten reinigte, aber auch in Privatwohnungen putzte und alten Leuten, die sich noch allein zu Hause durchschlugen, bei ihren alltäglichen Verrichtungen half.

Die Frauen aus Russland, Estland und Bulgarien bekamen Arbeit, die alten, einsamen Leute Hilfe und Marja einen netten Profit.

Ich war gekommen, um Marja im Pflegeheim »Abendstern« abzuholen. Das war ein sechs Einzimmerwohnungen umfassendes Reihenhaus im Espooer Ortsteil Tapiola. An der

Giebelwand befanden sich die gemeinschaftlichen Wasch- und Aufenthaltsräume sowie ein kleines Personalzimmer. Dort klopfte ich an und trat ein. Marja saß am Schreibtisch und telefonierte. Meine ehemalige Sekretärin Oksana Pelkonen, nunmehr Marjas Geschäftsassistentin, lächelte mich an wie ein kleiner Fink, formte mit den Lippen einen lautlosen Gruß und einen Kuss.

Oksana war finnischer Abstammung und schon vor einem halben Jahrzehnt mit einer Fuhre Mädchen aus Russland gekommen, doch für das Sexgeschäft hatte sie nicht getaugt. Sie war lieb und sympathisch, aber so sexy wie die Strumpfhose einer Oma, und zwar die wollene für den Winter. Oksana hatte für meinen früheren Partner verschiedene Arbeiten verrichtet. Als meine geschäftliche Tätigkeit expandierte, hatte ich sie als Sekretärin eingestellt. Sie hatte eine alte Mutter, um die sie sich kümmerte, und einen ehrbaren finnischen Ehemann namens Esko, den sie konsequent unter ihrem hübschen Pantoffel hielt.

Marja beendete ihr Gespräch. »Schön, dass du da bist«, sagte sie. Vergeblich versuchte ich herauszuhören, ob sich hinter den Worten etwas anderes verbarg als alltägliche Freude. Marja sammelte ihre Papiere ein, steckte einen Teil in ihre Tasche und reichte ein paar Stapel an Oksana weiter.

»Fahren wir beim Büro in Hakaniemi vorbei«, schlug sie vor. Ich sagte, das sei mir recht, denn auch ich hätte etwas in meinem alten Büro zu erledigen. Ich hatte es zusammen mit Oksana an Marja abgetreten.

Während der Fahrt lobte Marja den leisen Motor meines neuen Wagens. Als sie an der Sonnenblende einen beleuchteten Spiegel entdeckte, lächelte sie zufrieden.

Oksana klappte die Armstütze auf der Rückbank herunter und suchte nach einer bequemen Position.

»Na, aber der Mercedes war immerhin ein Mercedes. Esko sagt auch immer, diese Franzosen, die sind unzugelassig. Esko fährt einen Nissan«, sagte Oksana.

»Zu-ver-lässig«, korrigierte ich nicht nur den sprachlichen Fehler.

»Un-zu-vergelässig«, wiederholte Oksana und wunderte sich dann über die neuen Gebäude in Ruoholahti, ganz aus Stahl und Glas, die Menschen arbeiteten dort wie im Treibhaus. Ich ließ die Sprachpflege auf sich beruhen.

Das Büro in Hakaniemi war rührend vertraut. Die Türfeder quietschte wie früher, die Luft roch nach einer Mischung aus Putzmitteln und dem warmen Staub in einem geschlossenen Raum. Die schwarzen Spuren auf dem Linoleum erinnerten an Besucher, die zu meiner Zeit gekommen waren, und auch an noch frühere. Sogar meine aus zweiter Hand erstandenen Büromöbel waren Marja gut genug gewesen. Sie hatte erklärt, man dürfe nicht zu erfolgreich wirken. Man müsse immer sagen, es ist schwierig, aber wenn ich die Stunden nicht rechne, schaffe ich es so gerade, an den roten Zahlen vorbeizuschrammen. So ist das Unternehmerleben. Und der potenzielle Kunde war zufrieden, wenn es im Pflegeheim sauber war und die Kacheln im Bad sogar ein wenig luxuriös wirkten, während das Büro der Besitzerin alltäglich und bescheiden aussah.

Oksana schlüpfte auf ihren üblichen Platz hinter dem Wandschirm, las die eingegangenen Mails und schlitzte Briefumschläge auf. Marja blätterte in ihren Vertragsordnern und erkundigte sich telefonisch nach Möglichkeiten, die Wäsche in Estland waschen zu lassen. Auch das sparte ein wenig Kosten.

Ich hatte noch zwei Stahlschränke im Büro. Es wäre sinnlos gewesen, die alten Steuerbescheide und Quittungen in die neue Halle zu karren, zumal ich einige meiner früheren Firmen stillgelegt hatte, um sie im Bedarfsfall später wieder zu nutzen. In den Schränken befanden sich außerdem Dinge, die meiner Einschätzung nach hier besser geschützt waren, falls jemand sie vermissen und suchen würde.

Ich ruckelte den schweren Schrank ein Stück von der Wand ab. An der Rückseite klebten flache braune Briefumschläge. Früher hatte ich darin meine Rücklagen aufbewahrt, doch jetzt befanden sich in dem Versteck nur zwei alte Notizbücher, ein russischer Pass, ausgestellt auf den in Wologda geborenen Igor Sergejewitsch Semjonow, aber mit meinem Foto versehen, dazu Quittungen einer Bank in St. Petersburg und andere in der Brieftasche zerknitterte Papiere, mit deren Hilfe ich mich als echter Einwohner Russlands ausgeben konnte.

Ich löste einen der Briefumschläge vom Schrank, nahm den kleinen schwarzen Kalender heraus und blätterte im Adressverzeichnis. Nachdem ich das Gesuchte gefunden hatte, schrieb ich »Onkels« Nummer auf einen gelben Klebezettel. Onkel war nicht mit mir verwandt, und wenn ich die Nummer eintippte, würde ich nur eine automatische Ansage hören: »Kein Anschluss unter dieser Nummer.« Ich hatte die Nummer nach meinem eigenen Code verschlüsselt und in Gruppen von jeweils vier Ziffern aufgeschrieben, die an sich in der richtigen Reihenfolge standen, nur musste man jede Vierergruppe von hinten lesen. Onkel wiederum war der Vizechef der Petersburger Kasse und über alles informiert, was im kriminellen und legalen Business in der Stadt und der näheren Umgebung ablief.

Die zweite Nummer, die ich suchte, stand im selben Kalender unter »Taxi«. Ich schrieb auch sie ab.

Aus dem Büro würde ich nicht anrufen, überhaupt von keinem mir gehörenden Telefon oder Anschluss.

Der Abend zu Hause verlief geruhsam, fast angenehm. Die Situation war irgendwie klarer, da Julija weit weg war. Auch Marja verhielt sich freundlich, die Kinder spielten für sich und schliefen nach der Sauna bald ein.

Marja saß bis spätabends draußen, trank Weißwein, und auch ich gönnte mir zwei Wodka. Wir gingen wie auf Verabredung ins Bett und zogen uns aus. Vorsichtig berührte ich Marjas Brust und spürte, wie sehr sie auf mich wartete.

Beim Lieben gab Marja die vertrauten Geräusche von sich, die wie das schüchterne Bellen eines kleinen Hundes klangen, biss sich dann auf die Fingerknöchel und kam, wie immer mit geschlossenen Augen, auf sich selbst konzentriert, als sei sie ganz woanders und es stehe mir nicht zu, nach dem Wo zu fragen.

Dennoch war ich zufrieden. Ich hatte eine erwartete und geschätzte Mannespflicht erfüllt, war fähig gewesen, Befriedigung zu schenken.

Marja wandte mir den Rücken zu, zog sich die Decke über die Ohren und fand die richtige Position. Nach wenigen Minuten schlief sie ein.

Ich wartete auf den Schlaf. Gerade sank ich in graue Tiefen, als ein gestochen scharfes Bild von Karpow mich aufschreckte. Wir waren zusammen aufgewachsen, als beste Freunde, und für meinen besten Freund hatte ich ihn auch später gehalten. Doch er hatte mich betrogen.

Ich wusste, dass Karpow, meine Jugendliebe Lena, mein toter Arbeitgeber Ryschkow, meine Mutter … alle Menschen, die sich schmerzhaft aus meinem Leben entfernt hatten, in der Nacht kommen würden, als ungebetene Gäste. Und ich fürchtete, dass im selben Traum auch Wronskij und Julija erscheinen könnten.

Nein, ich wusste, dass sie ebenfalls kommen würden, mit Sicherheit.

Ich stand leise auf, schlich mich in die Küche und goss mir noch einen Wodka ein.

Auf der Straße oberhalb des Hauses glitt langsam ein Wagen vorbei. War es ein VW Golf? Ich prägte mir das Fahrzeug ein. Sicherheitshalber. Ich hatte gelernt, dass es kein überflüssiges Wissen gibt.

19

Marko Varis bemühte sich, noch unauffälliger zu wirken als gewöhnlich. Er merkte, dass er sogar flach atmete, damit nur ja kein Hauch zu hören war. Der Ermittler der Sicherheitspolizei fühlte sich in der russischen Botschaft in der Tehtaankatu nicht heimisch und sicher. Obwohl er auf Einladung und dienstlich dort war.

Zum Glück brauche ich nichts zu sagen, dachte Varis, seufzte und erschrak, weil er ein paar Schallwellen ausgestoßen hatte. Er spürte, wie seine Achselhöhlen feucht wurden, ahnte den stechenden Schweißgeruch und stellte sich gleich darauf vor, peinlich süßen Deodorantduft zu verströmen.

Der Saal befand sich im Erdgeschoss des alten Hauptgebäudes der Botschaft, gleich hinter der Sicherheitspforte am Eingang. Die hellgrauen Vorhänge fielen in dicken Falten bis fast auf den Boden und dämpften die mittägliche Helligkeit. Der Fußboden war mit Riemenparkett belegt, in V-förmigen Zweierreihen. Wie der Abdruck eines Traktorreifens im Schnee, dachte Varis, obwohl er kein Bauernsohn war.

Zum Teufel, Korhonen hätte darüber bestimmt einen Witz vom Stapel gelassen, ging ihm durch den Kopf. Er war froh, dass der Kripomann nicht zu dieser Besprechung eingeladen war.

Hier sitzen ohnehin mehr als genug Leute, und ich habe mich auch nicht aufgedrängt, mitzukommen, überlegte Varis.

Die Einladung hatte in der Supo-Zentrale einen riesigen Wirbel und endlose Beratungen verursacht. Der Chef der Supo und die Leiter der Helsinkier Polizei hatten zuerst den erweiterten Führungsstab der Operation einberufen, dann die Hälfte der Leute weggeschickt und neue herbeizitiert.

Die Sicherheitsvorkehrungen anlässlich des Staatsbesuchs haben höchste Priorität, alles muss reibungslos ablaufen, hatte der Chef betont. Wir müssen unsere Effektivität und Kompetenz unter Beweis stellen, gegenüber der politischen Führung unserer Republik, und wir müssen auch den Nachbarn zeigen, dass es sinnlos ist, hier irgendwelche Aktionen zu starten, denn wir verstehen unser Handwerk.

Heute, morgen und in alle Ewigkeit. Wieder atmete Varis tief ein. Er sah verstohlen zu dem dunkelhaarigen Mann hin, der ihm gegenübersaß. Der Mann fing seinen Blick auf, lächelte seelenruhig, und Varis blickte nach unten auf den Tisch, auf das Heft, in dem er die Überschrift *Besprechung Staatsbesuch, Tehtaankatu* zweimal unterstrichen hatte. Weiter stand nichts auf dem Papier.

Die Finnen saßen alle an derselben Seite des langen Tischs. Der Chef hatte auf die Teilnahme verzichtet, mit der Begründung, die Teilnehmer sollten auf derselben Rangebene stehen wie die Russen, allenfalls ein wenig höher. Er würde wie ein Laufbursche wirken, wenn er bei jeder Beratung dabei wäre. Freilich hatte er den Leiter der Terrorismusabwehr, der Sicherheitsabteilung und der Gegenspionage geschickt. Dazu natürlich die Chefs der Ordnungspolizei, ein paar kleinere Bosse und einige Männer von der Basis.

Unter anderem mich, dachte Varis und malte in seinem Heft die Kästchen schwarz aus.

»Das hört sich alles sehr gut an«, lobte einer der Russen, der sich als Vizesicherheitschef vorgestellt hatte. Seinen Namen hatte er nicht genannt, doch Varis hatte ihn erkannt. Bei der Supo wurde er Berlusconi genannt, wahrscheinlich wegen seiner gut sitzenden Anzüge und der glatt zurückgekämmten dunklen Haare. Varis erinnerte sich an den richtigen Namen des Mannes, Telepnew, und an die Vermutung, dass er der höchste Vertreter des russischen Sicherheitsdienstes FSB in Finnland war.

»Wir danken verbindlich für diese Informationen«, sagte Telepnew mit einer angedeuteten Verbeugung. Er sprach akzentfrei Finnisch, nur ein wenig langsam. Bei Wortwahl und Aussprache war er übertrieben sorgfältig, sah mitunter fragend in die Runde, wenn er einen altertümlich und steif klingenden Ausdruck verwendete.

»Greifen Sie zu, wenn Sie noch etwas trinken möchten. Ansonsten stellen wir fest, dass die Sitzung beendet ist. Das heißt, dies war ja keine offizielle Sitzung, sondern ein Informationsabgleich, eine Beratung unter Freunden, Kollegen«, sagte Telepnew als Hausherr, deutete auf die Limonadeflaschen und Obstschalen auf dem Tisch.

Die anderen Russen, die während der Sitzung geschwiegen hatten, sammelten ihre Papiere ein.

Nokkala, der Chef der Antiterroreinheit, erholte sich als Erster von der Überraschung und traute sich, das Wort zu ergreifen.

»Bei allem Respekt. Wir haben Ihnen über unsere Vorbereitungen, über eventuelle Bedrohungen und Sicherheitsvorkehrungen berichtet … Und über die geheimdienstliche Information, die wir erhalten haben, wonach irgendein Anschlag geplant ist«, zählte er auf. »Informationsabgleich … Sie müssen uns schon auch etwas berichten.«

Telepnew lächelte huldvoll und sprach noch langsamer. »Wir sind sehr zufrieden mit den Vorkehrungen. Wenn wir etwas Genaueres über diesen … Störungsverdacht erfahren, informieren wir Sie selbstverständlich. Wir beobachten die estnischen Hooligans sehr genau. Von ihnen darf man tatsächlich irgendeine naive Kundgebung erwarten. Im Übrigen werden Sie verstehen, dass wir für Staatsbesuche unseres Präsidenten unsere eigenen Sicherheitsroutinen haben, die ich natürlich nicht enthüllen kann.«

»Wie viele Sicherheitskräfte werden aus Russland kommen?«, fragte Björklund, der Leiter der Gegenspionage.

»Ach … genügend. Der Präsident hat natürlich ein großes Gefolge. Und der Außenminister ebenfalls. Es ist eine vielköpfige Delegation.« Telepnew blieb katzenfreundlich.

»Wie viele Sicherheitskräfte?«, beharrte Björklund.

»Na, vielleicht 150. Grob geschätzt …«, lächelte Telepnew. »Wenn das alles war …«

Er verbeugte sich und ging. Die anderen Russen erhoben sich und stellten sich in einer schrägen, zur Tür führenden Reihe auf, wie Kuhhirten, die das Vieh auf eine neue Weide lenken.

Nokkala und Björklund übernahmen die Rolle der Leitkühe und führten die Herde hinaus. Im Vorraum nahm ein junger Soldat Haltung an. Er sah jedem der finnischen Polizisten ausdruckslos, aber genau ins Gesicht, knallte die Hacken zusammen und notierte in seinen Papieren, dass die Kopfzahl stimmte. In der Wand befand sich ein verspiegeltes Fenster, hinter dem der Schatten eines zweiten Wächters vorbeihuschte.

Scheppernd öffnete sich das von einem Elektromotor angetriebene Tor zur Straße. Der Kommissar der Helsinkier Polizei winkte einem dunkelblauen Volvo, der bei der katholischen Kirche gewartet hatte und nun vorfuhr.

»Wir gehen zu Fuß«, sagte Nokkala statt einer Verabschiedung. »Eine Scheißbesprechung war das«, schnaubte er dann. »Aber es war ja nicht anders zu erwarten. Die Russkis saugen uns alle Informationen aus der Nase und erklären anschließend, besten Dank auch, wir haben alles im Griff. Ihr Jungs könnt den Verkehr lenken.«

»Nicht hier«, warnte Björklund von der Spionageabwehr und deutete mit dem Kopf auf das Botschaftsgebäude. »Kann sein, dass die Abhöranlagen haben. Und die Kameras nehmen uns auf. Sie können also notfalls von den Lippen ablesen, was wir sagen. Übrigens ist es bei den Amis genau dieselbe Show. Die bringen alles mit, sogar die Cornflakes. Unser Müsli verschmähen sie.«

Die Supo-Männer gingen los. Auf dem schmalen Bürgersteig kamen sie nur im Gänsemarsch voran. Der Ermittler Marko Varis übernahm die Nachhut. Er überlegte, dachte angestrengt nach. War der dunkelhaarige Mann, der ihm gegenübergesessen hatte, unachtsam gewesen wie ein Anfänger? Oder hatte er das Papier absichtlich falsch herum auf den Tisch gelegt? Den Text hatte Varis nicht lesen können, aber er hatte auf dem Bogen drei Fotos nebeneinander gesehen, zwei Männer und eine Frau, und am unteren Rand noch ein weiteres Gesicht. Das von Viktor Kärppä.

Sollte ich das zur Sprache bringen?, überlegte Varis. Kärppäs Name war bereits in der Hintergrundermittlung aufgetaucht, die aufgrund des Hinweises an die Supo angestellt worden war. Doch wer den Tipp gegeben hatte, wusste Varis nicht. Womöglich war es der Mann aus der Botschaft gewesen. Von dort drangen gelegentlich Informationen nach draußen, meistens absichtlich gestreut.

Na, zumindest rede ich mit Korhonen, der beobachtet Kärppä ja sowieso, beschloss Varis.

20

Ich legte die Prepaidkarte in ein altes Handy ein, das nie auf meinen Namen registriert worden war, und lud es am Zigarettenanzünder auf, während ich auf der Autobahn in Richtung Lahti fuhr. Nicht einmal eine Wabe des Telefonnetzes oder ein Sendemast sollte einen Hinweis auf mich liefern.

Petersburg meldete sich sofort.

»Aloo?«

»Ist Onkel zu sprechen?«

»Wer fragt?«

»Sag Onkel, es ist Viktor, aus Finnland.«

»Ich habe mir gleich gedacht, das könnte Vitjuha sein, der gute Junge«, jubelte Onkel, aufrichtig erfreut. Ich wusste, dass er mich mochte.

»Haben sie dich in die Telefonzentrale versetzt, oder wieso meldest du dich selbst? Ich hatte erwartet, dass irgendeine Nägel feilende Blondine in ihren Stöckelschuhen lostrippelt und dich holt«, wunderte ich mich.

Eine Weile zog reine Leere durch den Äther.

»Die Zeiten haben sich geändert«, sagte Onkel schließlich. Seine Stimme klang müde, beinahe resigniert.

Ich bereute meine Frotzelei. Onkel war schon über sechzig, rechnete ich mir aus. In seinem Geschäft war es eine Seltenheit, dass jemand in dem Alter noch arbeitete oder überhaupt noch lebte. Es sei denn, man stand ganz oben. Die Organisation wurde häufig *Kryscha* genannt, denn sie bedeckte und schützte wie ein Dach. In der Tamborskaja, wo die *Kryscha* ihr Domizil hatte, saß Onkel hoch oben, fast unter der Decke. Er war der Berater des Chefs.

»Aha«, brachte ich heraus.

»Im Büro wurde Personal abgebaut. Effektivität. Kostensenkung. Ich war zufällig gerade hier. Ich bin noch in Brot und Stellung. Allerdings hat Kuznezow neue Männer in den engsten Kreis geholt, fast noch Kinder. Sie verstehen sich auf Computer und alles Neue.« Onkels Stimme gewann ihre alte Festigkeit zurück. »Aber ich bin nicht abgeschrieben. Nur sind die Dinge nicht mehr wie früher.«

Wir erkundigten uns höflich nach dem gegenseitigen Befinden, sprachen über Familienfeste, die Ballettstunden der Enkel, die quälend langwierige Grippe im Frühjahr.

»Ich hätte ein Anliegen, oder eigentlich zwei«, sagte ich bei passender Gelegenheit.

»Erzähl.«

Ich berichtete vom Besuch der Motorradbande und erklärte, ich könne nichts Gutes über sie sagen, aber bisher hätten sie meine Geschäftstätigkeit nicht direkt gestört. Dabei bleibe es hoffentlich auch in Zukunft, selbst wenn sich die Petersburger zur Zusammenarbeit mit dem Trupp entschließen sollten.

»Tjaa-a«, sagte Onkel gedehnt. »Wir haben schon darüber gesprochen, eine Zusammenarbeit zu erproben, und der Boss hat auch konkrete Pläne. Aber umsonst lassen wir sie natürlich nicht in unser Revier, um sich ein Stück vom Kuchen abzuschneiden … Ich leite die Sache weiter. Und bei Bedarf läuft der Kontakt über dich?«

»Das habe ich ihnen versprochen.«

»Und die zweite Angelegenheit?«, erinnerte Onkel.

Nun war es an mir, still zu sein.

»Es geht um eine etwas seltsame, undurchsichtige Geschichte«, begann ich zögernd. »Ich habe einige Geschäftsleute kennengelernt, Juden. Angeblich haben sie viel Geld und Macht im Rücken. Und jetzt deutet die hiesige Polizei an, ich wäre in irgendwelche politischen Machenschaften verwickelt.«

»Aha«, sagte Onkel mit Nachdruck.

Ich nannte ihm die Namen der Geschäftsleute, die ich in Petrozawodsk getroffen hatte, und glaubte zu hören, wie er sie notierte, mit seinem alten, abgenagten Bleistift.

»Ich mache mich schlau«, versprach Onkel.

»Und sie haben irgendetwas mit meinem alten Bekannten Arseni Kasimirow zu tun. Er nennt sich mittlerweile Wronskij und ist Georgier.« Julija erwähnte ich nicht.

»Den Namen habe ich schon gehört. Ich mache mich kundig. Bis bald«, beendete Onkel das Gespräch.

Vorsichtig fuhr ich im Rückwärtsgang unter das Dach des Carports. Der Citroën piepte warnend, als die Stoßstange sich der Wand näherte. Da ich die Abmessungen des Wagens noch nicht richtig kannte, musste ich aussteigen und nachsehen, wie viel Platz tatsächlich noch bleibt, wenn der Monitor unnachgiebig Halt schreit.

Drinnen roch es nach einem verschlossenen Haus, einem leeren Heim. Marja war in ihrem Büro oder auf Kundenbesuch, Erkki in der Schule und Anna mit dem Kindermädchen Natascha auf dem Spielplatz. Ich kochte Tee, schmierte mir zwei Brote und setzte mich an den Tisch, um zu essen und dabei das Sudoku in der Zeitung zu lösen. Da bemerkte ich am Rand meines Blickfelds eine Bewegung.

Der Mann war kein Profi. Statt durch Langsamkeit mit

der Umgebung zu verschmelzen, verriet er sich durch schnelles, geducktes Laufen. Er rannte gebückt von der Ecke des Schutzdachs hinter eine Birke, dann in den Schatten des Fliederbusches und kroch schließlich auf allen vieren zur Terrasse.

Ich schob mich an der Wand entlang zur Tür, versuchte, mich dünn zu machen, sodass der Türrahmen mich verdeckte. Der Unbekannte kroch bereits über die Terrassenplanken, schob sich ans Fenster und richtete sich vorsichtig auf. Ich stieß ihm die Tür vor die Nase. Der Mann heulte auf, schwankte und fiel auf den Hintern.

»Zum Teufel, was krabbelst du da rum? Komm rein.«

Es war der »Skiläufer«. Ich drehte eine Runde auf der Terrasse und blickte mich um. In den Gärten und auf der Straße war niemand zu sehen. Der Skiläufer klopfte sich die Hose ab und ging ins Haus, ich folgte ihm und schloss die Tür hinter uns.

Ich zog einen Stuhl zurück. »Setz dich. Tee biete ich dir nicht an. Was willst du?«

»Ja, also, grüß dich, ist lange her«, murmelte der Skiläufer. Hätte er seine Schirmmütze abgenommen, dann hätte er sie vermutlich unsicher in den Händen gedreht.

»Hut ab in geschlossenen Räumen«, befahl ich.

Der Skiläufer nahm eilig seine Schirmmütze ab und drehte sie wie ein Lenkrad.

»Ein bisschen Benimm muss sein. Und sich so anzuschleichen ist auch nicht gerade höflich. Also, was willst du?«, fragte ich erneut.

»Viki, bei mir ist das ganze Frühjahr beschissen gelaufen, so'n komischer Überanstrengungszustand und die Magnesiumwerte total durcheinander, ständig hatte ich Krämpfe. Ich konnte nicht trainieren, und wenn ich's doch getan hab, ging's mir nur noch schlechter. Mein Einkommen hängt davon ab, und nicht nur meins … ich muss einfach fit werden, bevor es wieder schneit, damit ich dann richtig loslegen kann. Du kennst mich doch«, erklärte der Skiläufer aufgeregt.

Tatsächlich kannte ich den Skiläufer und seinen übergroßen Trainingseifer. Ich wusste auch, worauf er aus war.

»Und?«, spielte ich den Begriffsstutzigen. »Meine Lehren sind allmählich veraltet. Ich bin nicht der richtige Trainer für dich.«

»Mann Gottes, Viktor! Du verstehst schon. Ich brauche ein bisschen Extrahilfe … Besorg mir Darpe … Darpeboti … Scheiße, wie heißt das Zeug, du weißt es doch.«

»Darbepoetin?«

Der Skiläufer nickte.

Ich schüttelte den Kopf. Die Medizinköfferchen der Skisportler wollte ich nicht mal mit der Spitze eines Skistocks berühren. Der Skiverband hatte vor Jahren russische Trainer und Ärzte um Konsultation gebeten. Ich hatte die Kontakte vermittelt und gedolmetscht. Die Ergebnisse vieler Labortests und Hämoglobinmessungen waren von meiner Hand aufgezeichnet worden, und die Übersetzung des gesamten pharmakologischen Programms des Verbandes stammte von mir. Als der Dopingskandal untersucht wurde, hatte man meinen Namen oder meine Initialen auf peinlich vielen Papieren gefunden.

Aber Hormone hatte ich nicht besorgt, und damit hatte sich auch die Polizei zufriedengeben müssen.

Der Skiläufer schien bereit zu sein, erneut niederzuknien, diesmal flehend.

»Warum reicht dir Epo nicht? Darbepoetin ist doch viel länger im Urin nachzuweisen«, fragte ich und bereute meine Klugscheißerei sofort. Ich wollte nicht als Experte auftreten, und schon gar nicht als Dosierungen berechnender Quacksalber.

»Das ist ein neuer Stoff. Sehr wirksam. Er wird langsamer abgebaut, aber dafür wirkt er länger«, erklärte der Skiläufer eifrig, betete die Informationen herunter, die flüsternd und nur in kleinen Kreisen verbreitet wurden. Erkenntnisse, die den Analysen der Dopingtester stets einen Schritt voraus zu sein schienen.

»Ich bin keine Reiseapotheke«, wehrte ich ab. »Und jetzt wird obendrein der alte Fall wieder aufgerollt. Kyrö redet wie ein Wasserfall, und die Reporter rennen ihm nach.«

»Viktor, du hast mir schon mal geholfen. Und ich tu alles für dich. Wenn du mir bloß was organisieren könntest«, flehte der Skiläufer.

Ich überlegte. Der Mann hatte mich in den vergangenen Jahren anständig behandelt, hatte mit mir geredet, wie man eben mit Menschen spricht, statt mich als Russen abzuqualifizieren. Das konnte man nicht von jedem Helden der Loipe sagen.

»Okay«, gab ich nach. »Aber ich verkaufe dir nichts. Ich stelle nur den Kontakt her. Und du hältst den Mund. Wenn du bei der finnischen Meisterschaft überraschend eine Medaille gewinnst, lässt du dich darüber aus, wie Forstarbeit und Sumpflauf dir eine eiserne Kondition verschafft haben.«

Die besorgte Miene des Skiläufers wich einem glücklichen Lächeln.

»Geh jetzt«, kommandierte ich. »Durch die Vordertür. Und zwar aufrecht.«

21

Ich wartete im Café im Citymarkt auf Taxi. Der Mann hatte auch einen Namen, doch den kannte ich nicht, und in meinem Telefonbüchlein hieß der Halter des Anschlusses, den ich vor langer Zeit notiert hatte, »Taxi«. Dahinter steckte keine geheimnisvolle Symbolik. Taxi war Taxifahrer, auch wenn er sein eigentliches Gehalt von der russischen Botschaft bezog.

Ich saß Kaffee trinkend an einem Wandtisch. Das Café war zum Gang des Kaufhauses hin offen. Am mittleren Tisch saßen einige Männer, die den ewigen Vormittag des Frührentners totschlugen. Ich sah sie dort so oft, dass ich mir angewöhnt hatte, ihnen grüßend zuzunicken.

»Heute ist mein einziger freier Tag in der Woche.« Taxi setzte sich an meinen Tisch und sah auf die Uhr, als hätte er es eilig. Wenn er arbeitete, fuhr er in der Umgebung des Parlaments und beim Sitz des Arbeitgeberverbandes herum, manchmal auch bei Nokia oder anderen Großunternehmen, und wartete, bis ein Taxi zu einer passenden Adresse bestellt wurde. Er begrüßte die Fahrgäste brummend mit seinen sechs Worten Finnisch, worauf die Leute im Fond unbefangen, da der Fahrer sie ja nicht verstand, über Politik sprachen, über andere hohe Tiere klatschten, die Bestellungen der Koreaner oder neue Prozessoren im finnischen Silicon Valley durchhechelten.

Taxi verstand tatsächlich nichts von dem, was die Fahrgäste sorglos ausplauderten. Er nahm die Passagiere lediglich an Bord, schaltete mit dem Taxameter automatisch ein Aufnahmegerät ein, das alle Gespräche auf einer Festplatte speicherte, und fuhr los, notierte zum Schluss die gefahrene Strecke und die Kennzeichen der Fahrgäste. Den Namen des zahlenden Kunden fand er problemlos heraus, denn fast alle zahlten mit Kreditkarte.

Ein- oder zweimal pro Woche kamen die Männer der Botschaft in die Garage, erhielten Taxis Kundenbuchführung und luden die Abhördatei zur Auswertung auf ihren Computer.

»Na, was gibt's? Du rufst ja auch nur alle fünf Jahre mal an«, drängte Taxi.

Ich blickte mich um. An den Nachbartischen schien man sich über das Russisch sprechende Duo nicht weiter zu wundern.

»Ich habe einen Tipp für dich. Keine Fahrt. Ich bitte die Botschaft nicht so schnell um Hilfe, und die Leute, die jetzt dort arbeiten, kenne ich nicht. Aber dich kenne ich seit Jahren. Allerdings ist die Sache vielleicht ein paar Nummern zu groß für einen Mann auf deiner Ebene«, rief ich Taxi seine Position vor Augen.

Er setzte eine respektvoll ernste Miene auf. Wahrscheinlich malte er sich bereits aus, dass man ihn belobigen und zum dritten Kulturattaché in einem wärmeren Land befördern würde.

»Sprich. Zeit gibt es genug auf der Welt«, versicherte Taxi und knöpfte seine Lederjacke auf. Darunter trug er ein Hemd, das selbst auf Hawaii zu bunt gewesen wäre.

Ich wiederholte die Geschichte, die ich Onkel erzählt hatte, allerdings etwas langsamer und vereinfacht. Als Taxi eifrig einen kleinen Kalender aus der Tasche zog, reichte ich ihm einen Zettel, auf den ich die Namen geschrieben hatte.

»*Charascho*«, sagte Taxi, faltete das Papier sorgfältig zusammen und legte es in seinen Taschenkalender. »Ich mache mich sofort auf den Weg.«

Erkki stand in einer Ecke des Schulhofs, an die rote Wand des alten Transformatorenhäuschens gelehnt. Dorthin hatte er sich gleich zu Beginn der Pause verdrückt, in die Lücke zwischen dem kleinen Backsteingebäude und dem Bretterzaun.

Die Pause ist zu lang, dachte Erkki. Er sah auf die Uhr, die Kärppä ihm geschenkt hatte.

Scheiße, keiner hat eine Uhr, die Zeit kann man auf dem Handy ablesen. Aber als die Schule anfing, hatte Viktor gesagt, ein Mann braucht eine Uhr, ein Handy kriegst du später. Er hatte in seinen Schubladen gekramt und ein schweres, von Hand aufzuziehendes hässliches Trumm hervorgeholt, auf dessen schwarzem Zifferblatt sich das Bild eines Bombers befand. Angeblich eine Pilotenuhr. Erkki schnaubte. Das Lederarmband stank, und das blöde Ding war in Russland gemacht.

Sowjet, Russki, Iwan, Slobo … Erkkis Kopf war angefüllt mit den abfälligen Bezeichnungen, die seine Quälgeister ihm nachriefen.

Veeti stand plötzlich an der Ecke des Transformatorenhäuschens, als hätte Erkki ihn heraufbeschworen.

»Guckt mal, Sergej holt sich einen runter!«, schrie er.

»Der Russki wichst«, stimmte Edu ein.

Erkki senkte den Blick. Aus den Augenwinkeln sah er, dass Veeti und Edu zwei weitere Jungen aus seiner Klasse mitgebracht hatten. Und Jasmin. Sie saß im Unterricht neben Erkki, so nah, dass er wusste, wie sie roch und welche Stifte sie in ihrem Federmäppchen hatte.

»Der wichst sich keinen ab«, widersprach Jasmin, und Erkki seufzte leise, vor Dankbarkeit und Bewunderung. »Dem steht er noch nicht. Und Haare hat er da unten auch keine. Ein richtiges Baby«, verkündete sie mit der Selbstsicherheit, die manche frühreifen Mädchen entwickeln. »Mein Vati sagt, die Slobos stinken. Oma und Opa hatten früher einen Lada, und Vati sagt, das ganze Auto hat nach Russen gestunken.«

»Lada-Sergej«, krähte Veeti. »Ist das ein Lada da auf deinem Hemd? Das ist ein total beknacktes Teil, voll krank. Und es stiiinkt …«

Erkki schluckte die Tränen herunter. Er wusste, dass es sinnlos war, zu protestieren, auf dem Hemd seien das Mercedes-Symbol und ein alter Rennwagen. Ebenso dumm wäre es, zu sagen, dass auch Marja und Viktor das Hemd wegwerfen oder als Putzlumpen verwenden wollten, weil es nicht einmal mehr für die Kleidersammlung taugte. Und am schlimmsten wäre es, zu erklären, dass dieses Hemd das letzte Kleidungsstück war, das seine Mutter ihm gekauft hatte. Das einzige, das noch passte und ganz war.

Das konnte Erkki keinem erzählen. Niemand würde es verstehen.

Erkki wischte sich über das Gesicht, vergewisserte sich, dass keine Tränen zu sehen waren. Dann warf er sich auf Veeti, schlug ihn mit der Faust zu Boden und stieß ihm die Stirn gegen die Schläfe. Er wollte seinem Gegner gerade einen Fußtritt versetzen, als ihn von hinten jemand packte und festhielt.

»Was geht hier vor?«, fragte ein junger Lehrer. Er trug die Weste der Pausenaufsicht und hatte eine allzu männliche Stimme. »Aha, Sergej spielt mal wieder den wilden Mann. Das gibt eine Verwarnung.«

22

Wronskij drückte auf den Summer und klopfte, kam aber sofort herein, ohne auf Antwort zu warten. Er wirkte nicht unbedingt eilig, sondern eher unruhig oder erschrocken.

Ich warf den Stift auf den Schreibtisch und zog die oberste Schublade so weit auf, dass die Pistole nur wenige Zentimeter von meiner Hand entfernt war.

»Hör mal, Viktor, ich hatte etwas in deinem Wagen. Wo ist er?«

»Willkommen in Finnland. Bist du gut über die Grenze gekommen? Wie war das Wetter?«, schindete ich Zeit heraus. Gleichzeitig überlegte ich, was zum Teufel ich unwissentlich über die Grenze gebracht hatte. Drogen? Geld? Waffen?

»Ich hatte etwas in deinem Wagen. Wo ist er?«, wiederholte Wronskij. Seine Angst grenzte unverkennbar an Verzweiflung.

Ich erkundigte mich verwundert, was denn aus dem Süßholzgeraspel von Vernetzung und für beide Seiten nützlicher Geschäftspartnerschaft geworden sei. Wronskij trommelte ungeduldig mit den Fingerspitzen auf den Hosenbeinen.

»Wo ist dein Auto?« Er gab mir keine Erklärung, seine Stimme wurde nahezu schrill.

»Verkauft.«

»Was?«, schrie Wronskij auf.

»Ich habe es verkauft. Das Auto«, erklärte ich langsam, als hätte ich es mit einem begriffsstutzigen Schüler zu tun.

»Ist das wahr?«

»Ich fahre jetzt einen Citroën. Du hast ihn draußen sicher gesehen.«

»Ach, der metallicbraune? Irgendein Franzose. Ist es wirklich wahr, dass du den Mercedes verkauft hast?«

Ich suchte das Papier heraus und zeigte es ihm. Eine Kopie des Kraftfahrzeugscheins hatte ich nicht, aber ich hatte mir von Ruuskanen eine Abtretungsbescheinigung unterschreiben lassen. Der Autohändler pfuschte mitunter beim Export, und ich wollte sicherstellen, dass meine Versicherungspflicht erlosch und Strafgebühren für Falschparken oder Ähnliches nicht an meine Adresse gingen. Wronskij griff nach dem Papier. Ich verdeckte den Namen des Käufers mit dem Daumen.

»Was war da drin?«, fragte ich.

»Eine Ware.«

»Wo hattest du sie versteckt?«

Wronskij gab keine Antwort. »An wen hast du den Wagen verkauft?«, fiepte er.

»An einen Zwischenhändler. Was war in dem Wagen?«

»Na, diese eine kleine Ware. Im Erste-Hilfe-Kasten.« Trotz seiner Bedrängnis lächelte Wronskij über seine List. »Bekari hat sie da versteckt, als du anderweitig beschäftigt warst.« Er ließ die Überschreibungsurkunde los.

Das Herz und alle anderen inneren Organe schienen mir in die Kehle steigen zu wollen. Ich zwang mich, unbeeindruckt dreinzublicken. »Aha. Und du hast es nicht für nötig gehalten, mir davon zu erzählen.«

»Es war besser, dass du nichts davon wusstest«, quiekte Wronskij wie ein Katzenjunges, das man zu fest drückt. Er drehte sich um und ging, überlegte bereits, wie er das Auto aufspüren könnte, wusste, dass er von mir nichts erfahren würde.

Ich wiederum wusste, dass ich unvernünftig war. Verrückt. Und das war mir fremd. Ich hätte mich um meine Sicherheit sorgen und herausfinden müssen, in was ich da hineingezogen worden war, doch ich dachte nur an Julija. War sie in die Aktion eingeweiht gewesen, hatte sie mich betrogen und irregeführt?

Ich wollte mir nicht an dem Citroën zu schaffen machen, solange er vor der Halle stand, sondern fuhr nach Hause. Erkkis Fahrrad lag unter dem Carport. Ich hob es auf und drückte das verbogene Schutzblech gerade, damit es nicht an den Reifen scheuerte. Auch Annas Rad mit den kleinen Stützrädern stand in der Ecke und wartete demütig darauf, dass seine Besitzerin groß genug war, es auszuprobieren.

Ich fuhr den Citroën nur halb hinein, damit der Kofferraum sich öffnen ließ. Der Erste-Hilfe-Koffer, den ich aus dem Mercedes mitgenommen hatte, lag dort hinten, in einer Einbuchtung der Seitenverkleidung. Ich befühlte ihn zuerst von außen, spürte durch die Plastikhülle etwas Hartes, ein wenig Schweres. Ich öffnete den Verschluss.

Es waren vier Metallröhren, mit Plastikklemmen verbunden. Die Röhren waren glatt, etwas länger und dicker als ein Finger, erinnerten an die Münzenbehälter von Markthändlern oder Schaffnern.

Ich konnte das Metall nicht identifizieren und wusste nicht, ob die Hülse oder der Inhalt schwerer war. Brutto und Netto und Tara, mir schossen Wörter durch den Kopf, die ich irgendwann einmal gelernt hatte. Steuerbord und Backbord. Oder war es Backerbord? Liespfund, Zentner, Tonne.

Ich war kein Bootsfahrer und kein Schauermann, aber meine Gedanken wollten um etwas anderes kreisen als um den unheimlichen Gegenstand in meiner Hand.

Die Enden der Röhren waren verstöpselt. Ich strich mit dem Finger über die glatte, kaum zu erkennende Fuge, probierte aber nicht aus, ob die Verschlüsse sich einfach herausschieben ließen oder ein Gewinde hatten.

Vorsichtig stellte ich das Gebilde senkrecht an die Wand.

Alexej kam innerhalb von zehn Minuten.

»Da siehst du es, Ingenieurswissen ist immer wieder gefragt«, machte er sich wichtig. Er hielt einen kleinen Holzkoffer in der Hand. »Na, dann wollen wir mal sehen, was wir hier haben«, sagte er wie ein Arzt bei der Morgenvisite: Hatten wir heute schon Stuhlgang?

Alexej drehte die Röhren in der Hand.

»Teufel auch. Wo hast du die her?«

»Sind völlig überraschend und ungebeten aufgetaucht.«

Ich berichtete kurz, dass ich unwissentlich zum Schmuggler gemacht und in wer weiß welche finsteren Pläne hineingezogen worden war. »Und du hältst die Schnauze«, sicherte ich mich ab.

»Ja, ja, klar. Du kannst dich auf mich verlassen, das weißt du doch«, sagte Alexej ohne Zögern. »Meine Lippen sind versiegelt. Sealed with a fish, wie es in dem schönen Lied heißt. Ich tratsche sowieso nicht groß über die Angelegenheiten maskuliner Männer. Auch von der flotten Biene habe ich nur meinen allerbesten Kumpels erzählt.«

»Verdammt nochmal, Aljoscha!«

»Ha, du bist mir auf den Leim gegangen. Jetzt weiß ich, dass da was läuft«, lachte Alexej, wurde dann aber wieder ernst. Er wog die Röhren in der Hand, schüttelte sie vorsichtig, lauschte auf Geräusche, die ihm etwas über die Bewegung und das Wesen des Inhalts verraten konnten, doch die Röhren schienen eine einzige Masse zu sein.

»Da kann alles Mögliche drinstecken. Kartoffelmehl. Pülverchen für Skisportler. Kokain. Heroin. Milzbrandbakterien. Irgendeine unbekannte Kombination aus Feigwarze und Negerschankerbasilikum. Pardon, heute heißt es wohl afroamerikanischer Schanker«, zählte Alexej auf.

»Verdammt nochmal, Aljoscha!«

Alexej schüttelte missbilligend den Kopf.

»Dein Wortschatz ist ärmlich. Sowohl aktiv als auch passiv. Erinnerst du dich nicht an das uralte finnische Medizinbuch, das wir zu Hause hatten? Als Kinder haben wir uns die Bilder von Geschlechtskrankheiten angeguckt. Ein Wunder, dass sich meine Sexualität trotzdem so gesund entwickelt hat. Ja, ja, schon gut, krieg dich ein.«

Er merkte, dass ich allmählich wirklich wütend wurde, und bemühte sich um einen sachlichen Ton.

»Also irgendeine Bakterie. Oder Nervengas. Blausäure, Sarin. Sehr effektiv, wurde damals in Japan verwendet.«

Er dachte laut über die Alternativen nach.

»Aber wenn ich raten müsste … Solche Dinger habe ich schon gesehen, beim Studium … im Kerntechniklabor. Die Metallhülse würde sich für einen radioaktiven Stoff eignen. Polonium zum Beispiel. Ein paar Milligramm strahlendes Material, ein doppelter Bleimantel, dann noch eine Stahlröhre. Andernfalls wären wir jetzt schon in Lebensgefahr. Aber vielleicht sind wir es doch. Hast du bei dir Haarausfall festgestellt? Von deinen Geheimratsecken mal abgesehen?«, fragte Alexej und sah nicht aus, als mache er Witze. Sein immer leicht gerötetes Gesicht war blassgrau geworden.

Er ging zu seinem Wagen. Als er zurückkam, trug er eine Schürze wie eine Röntgenschwester.

»Die hab ich vorsichtshalber mitgebracht. Ich spüre fast, wie die Spermien in den Eiern leiden«, sagte er gewollt forsch.

Dann öffnete er seinen Holzkoffer. Ich war daran gewöhnt, in solchen Behältern Präzisionsinstrumente oder Optik aus der Sowjetzeit zu sehen, doch Alexej nahm ein graues, längliches Messinstrument heraus. Es bestand aus einem Plastikgriff, einer runden Messanzeige und einigen roten Schaltern an den Seiten. Alexej befestigte das Gerät mit einem Lederband am Arm, fasste es am Griff und zog mit der anderen Hand eine Metallstange heraus, die durch ein Spiralkabel mit dem Hauptteil verbunden war.

»Es gibt inzwischen modernere Modelle, mit Digitalanzeige und allem Drum und Dran. Aber der tut's auch. Das ist ein Strahlungsmesser«, erklärte mein Bruder. »Ist in deiner Ausbildung wohl nicht vorgekommen. Na, ich bin ja eher ein Vertreter der Reibungslehre, ein Tribologe, aber von den primitiven, auf der Elektronenröhre von Geiger-Müller beruhenden Messgeräten verstehe ich trotzdem etwas.« Aljoscha genoss es, mit fremdländischen Termini und Namen um sich zu werfen.

Er schaltete das Gerät ein, legte Schalter um und richtete den Stab auf die Metallröhren. Das Messgerät rasselte gedämpft, Alexej legte den Stab auf die Röhren und ließ ihn über das Metall und die Verschlüsse wandern. Das Gerät knackte einige Male, ließ aber nicht das unablässige Rattern ertönen, das ich ängstlich erwartete.

»Unmöglich zu sagen. In der Natur fliegen ja immer einige von diesen Teilchen herum. Und wenn jemand Radon in seinem Brunnen hat, dann knattert es ganz anders«, meinte Alexej. »Aber das bedeutet noch lange nicht, dass da nicht doch Polonium drin sein könnte. Jedenfalls hat jemand Wert darauf gelegt, das Zeug gut zu verpacken. Ich würde dir also nicht empfehlen, die Röhren zu öffnen.«

Ich dankte ihm und sagte, ich würde die Dinger verwahren oder sorgsam vernichten.

»Schmeiß sie ins Meer. Da ist Platz genug«, zitierte mein Bruder die sowjetische Umweltdoktrin. Ich hatte selbst bereits an diese Art der Endlagerung gedacht. Alternativ konnte ich die Röhren auch in das frisch gegossene Fundament eines Gebäudes werfen. Beton hält ewig, dachte ich und wusste gleichzeitig, dass die Redewendung irgendwie anders lautete.

Aber wo sollte ich die Dinger zwischenlagern? In einer Schublade? Im Safe meiner Firma? Unter der Kartoffelkiste im Erdkeller?

Ich ging nach drinnen, ins Kinderzimmer. Anna hatte gerade ein neues Bett bekommen. Sie hatte es selbst ausgesucht, die kleine Krabbe, hatte auf einem Metallbett bestanden, dessen Messingbeine säulenartig aufragten wie in der Kammer einer modernen Prinzessin. Ich drehte den Knauf am oberen Ende ab und ließ die Metallröhren eine nach der anderen in den hohlen Bettpfosten fallen.

Marja würde sich herzlich bedanken, wenn sie davon wüsste.

Der weiße Škoda fuhr durch die schmale Gasse zwischen den Holzhäusern. Deren Bewohner hatten sich gegen die Asphaltierung der Straße gewehrt, weil sie fürchteten, die Autofahrer würden schneller vorbeirasen, wenn sie den von den Pfützen gegrabenen Löchern nicht mehr auszuweichen brauchten. Doch das Straßenbauamt und der zuständige Architekt hatten ihren Willen und ihren Plan durchgesetzt. Die Bordsteinkanten waren erhöht, die Fahrbahn war mit

Asphalt überzogen worden. Im Abstand von einigen Metern hatte man Bremsschwellen angebracht. An einer von ihnen blieb der Škoda beinahe mit der Stoßstange hängen.

Der Wagen hielt vor dem alten Gebäude des Sportvereins. Der Fahrer und der Beifahrer stiegen aus, ließen den Motor jedoch laufen. Beide waren mittelgroß und wirkten fit, nicht nur dank ihrer Trainingsanzüge.

»Schichtwechsel. Ihr könnt jetzt Kaffee trinken«, sagte der einen Zentimeter Größere der beiden zu den Männern, die sich dem Škoda näherten. Dieses Zweiergespann trug blaugraue Overalls und Jacken in der gleichen Farbe, auf deren Brust das Wappen der Stadt prangte.

»Die Kamera ist am Pfosten befestigt und schon eingestellt. Und die Leiter lehnt am Mast«, sagte einer der beiden. »Wir haben die Lampe ein halbes Dutzend mal ab- und wieder angeschraubt und ein paar lose Kabel herausstehen lassen. Wir kommen dann zurück und arbeiten weiter. Joggt ein paar Stunden um den Block. Hier ist der Auslöser für die Kamera.« Er hielt der Ablösung ein kleines schwarzes Ding hin, das aussah wie die Fernbedienung eines Autos.

»Habt ihr irgendwas Besonderes gesehen?«

»Der Bruder war da, in einer langen Gummischürze wie ein Metzger. Irgendwas haben sie im Carport gemacht. Was genau, konnten wir nicht sehen, und die Kamera hat es sicher auch nicht erfasst. Jedenfalls haben sie bestimmt niemanden umgebracht oder dergleichen. Auf der Schürze waren keine Spritzer.«

Der Stimme des Mannes war nicht zu entnehmen, ob er sich darüber ärgerte oder nur flapsig sein wollte.

»Aber der große Bruder ist schon wieder weg. Und Viktor hockt in seinem Bau.«

23

Zwei Tage später rief Ruuskanen an.

»Verdammt nochmal, Viktor! Was für eine heiße Karre hast du mir da angedreht? Einen ehrbaren Geschäftsmann so zu betrügen …«

»Halt mal die Luft an, Mauri«, unterbrach ich und erinnerte ihn daran, dass es auch an der Tätigkeit seiner eigenen Firmen allerhand auszusetzen gab. Eine ganze Reihe Verkaufsabschlüsse war vor Gericht erörtert worden, und Mauri Ruuskanen war nicht etwa der Kläger gewesen.

»Ja aber, ja aber …« Ruuskanen war immer noch so aufgebracht, dass er keinen vernünftigen Satz hervorbrachte. Ich kam zu dem Schluss, dass sein Schock in erster Linie dem Verdacht geschuldet war, dass ein Kunde ihn überlistet und es irgendwie geschafft hatte, ihn übers Ohr zu hauen.

»Beruhige dich. Erzähl mir ganz langsam und in deinen eigenen Worten, was passiert ist.«

Ruuskanen keuchte ein paar Mal, dann ging sein Atem wieder gleichmäßig und er begann zu erklären. Die Geschichte wirkte anfangs verworren, doch nach und nach begriff ich. In die Werkstatt von Öko-Auto-Ruuskanen war eingebrochen worden, eine Räuberbande hatte sich im Dunkel der Nacht mit einer Brechstange Einlass verschafft, dabei die teuren Aluminiumlamellen am Tor kaputt gemacht, und auch die Elektromotoren des Hebemechanismus waren beschädigt …

Wieder unterbrach ich Ruuskanen und wies ihn darauf hin, dass die Sommernächte selbst auf der Höhe von Tuusula allenfalls halbdunkel waren. Die mickrigen Schlösser der Hallentür ließen sich mit einem Bolzenschneider oder Geißfuß überwinden, und um derartiges Werkzeug anzuschleppen, brauchte man keine ganze Bande.

»Red dich nicht raus, zum Teufel!« Ruuskanen war wirklich wütend. »Was hast du da ausgekocht, du Gauner? Ich begreife das überhaupt nicht. Du kriegst doch nicht mal Geld von der Versicherung. Oder hattest du ein Zweitexemplar vom Kraftfahrzeugschein? Das geht nicht durch, auf keinen Fall. Ich versteh nicht …«

Aus Ruuskanens Schnauben war eine leise Hoffnung herauszuhören, gespeist aus der Vermutung, es handle sich um einen genialen Trick, mit dem ich die Versicherungsgesellschaft betrügen wollte. Das hätte so problemlos in Ruuskanens Moralkodex gepasst wie fettfreie Milch in den Kaffee eines Figurbewussten.

»Nun erzähl mir mal bis zum Schluss, was passiert ist. Ich bin total ahnungslos«, forderte ich noch einmal.

»Na, irgendwelche beschissenen Banditen sind in die Halle eingebrochen und haben einen Wagen in tausend verdammte Stücke zerlegt. So fein sortiert, sag ich dir, dass der Kram anstandslos zum Recycling kann, verdammt nochmal, Plastik und Metall säuberlich getrennt. Das Einzige, was heil geblieben ist, sind der Stern und die Matten.«

Ruuskanen kam wieder ins Schnaufen, fuhr aber mit seinen Übertreibungen fort.

»Daran hab ich ihn erkannt. Deinen Mercedes, du Arsch, für den du mir ein Wahnsinnsgeld abgeluchst hast.«

Jemand war in meinem Haus gewesen. Das gefiel mir nicht. Genauer gesagt, es machte mir Angst, doch die Furcht lähmte mich nicht. Im Gegenteil, ich wusste, dass ich effizient und kühl handeln und meinen Gegner, selbst wenn er stärker war, angreifen würde. Das hatte ich schon öfter getan, und entsprechend lautete auch der Vermerk in meinen Papieren aus der Spezialausbildung.

Ist fähig, unter Stress zu handeln. Steigert unter extremem Druck sogar seine Leistung. Zeigt seine Furcht nicht, hieß es in dem von Oberst Wikulow unterschriebenen Gutachten.

Dennoch fürchtete ich mich.

Ich setzte mich an den Computer und stellte die Verbindung zur Festplatte der Kameras her. Mein Bekannter Ponomarjow, der Videos und Fernseher reparierte und Antennen installierte, hatte mir zum Freundschaftspreis ein System aufgebaut, das in Abständen von einigen Sekunden Aufnahmen im Haus und draußen speicherte. Es gab drei Kameras. Eine lauerte neben dem Haupteingang, die zweite filmte mit Weitwinkeloptik Wohnzimmer und Küche, die dritte spähte auf die Terrasse.

Marja hatte an dem Überwachungssystem keinen Gefallen gefunden. Das hier ist doch die sicherste Wohngegend der Welt, hatte sie argumentiert und vor meinem dezenten Hinweis, dass unser voriges Haus immerhin abgefackelt worden war, die Ohren verschlossen. Sie hatte ihre Zunge noch spitzer zugefeilt und hinzugefügt, wenn sie Lust hätte, vor der Kamera zu stehen, wäre sie nach Hollywood gegangen oder wenigstens in irgendeine Reality-TV-Show, in den BB-Container, wo man seine Titten zeigt und Dildos im Whirlpool schwimmen lässt.

Aber meine Fliegenklatschen interessieren ja sowieso keinen mehr, hatte sie gegiftet.

Ich hatte ihre Redekunst schweigend bewundert. Es wäre sinnlos gewesen, mich an dem Wortgefecht zu beteiligen. Wenn ich ihre Brüste gepriesen hätte, prall und fest, wie große Äpfel, hätte Marja mein Lob mit der Bemerkung quittiert, ich sei ein primitives Geschöpf, das sich für die Ausmaße und das Hüpfen von Ausbuchtungen interessierte, die zum Stillen vorgesehen waren.

Die Bilder der Überwachungskameras zogen über den Bildschirm, der Tag wich halbdunkler Nacht und brach erneut an. Ich nahm die zappelnde Bewegung menschlicher Gestalten wahr, hielt das Bild an und spulte zurück.

Bekari war leicht zu erkennen, er bewegte sich zielstrebig wie ein rabiater Verteidiger in einem englischen Fußballstadion, und hinter ihm ging noch jemand, dunkel und klein. Wronskij, vermutete ich. Dann war auch Wronskij deutlich zu sehen, er stand an der Tür und gestikulierte, gab offenbar Befehle.

Ich wechselte die Datei und wählte unter den Aufzeichnungen der zweiten Kamera dieselben Zeitcodes. Bekari suchte systematisch, nahm sich jeweils einen Schrank oder eine Schublade vor, holte die Sachen sorgsam heraus und legte sie ebenso exakt zurück. Auch Wronskij beteiligte sich an der Suche, war aber weniger penibel, zerknüllte die Kleider und stopfte sie unordentlich zurück.

Das genügte mir. Wronskij und Bekari waren in mein Haus eingebrochen und hatten nach den Metallröhren gesucht, sie aber nicht gefunden.

Ich hatte Menschen, bei denen eingebrochen worden war, klagen gehört, sie fühlten sich beschmutzt. Auch ich fand es widerlich, dass Wronskij in Marjas Unterwäsche gewühlt hatte.

Zum Schluss holte ich noch die Aufnahmen der Terrassenkamera auf den Bildschirm. Hinter der Hecke waren Lichtstreifen vorbeifahrender Autos zu sehen, und ein einsamer Igel eilte über den Rasen. Ich lächelte über sein langsames Getrippel, auch wenn er auf dem Bildschirm mit jeder Aufnahme mehrere Zentimeter vorwärtshüpfte.

Eine Gestalt in heller Kleidung und mit hellem Haar erschien auf der Terrasse, stand da, als wolle sie Zeit totschlagen. Ich erkannte den Rücken und den Schwung der Hüften. Auch die Haltung war mir längst vertraut geworden, die Hände hinter dem Rücken, das Gewicht auf einem Bein, während der andere Fuß einen Bogen beschreibt, wie der Stift an einem Zirkel.

Es war Julija, auch wenn ich es nicht glauben wollte.

24

Ich trainierte mit der Kugelhantel, als Korhonen in den Garten schneite.

»Sechsundachtzig, siebenundachtzig, achtundachtzig, nee, neun und für zehn Pfennig Sirup«, versuchte er mein Zählen durcheinanderzubringen und zündete sich eine Zigarette an.

»Zwanzig. Die dritte Serie«, keuchte ich beim letzten Schwung, legte die Kugel auf die Erde und streckte den Rücken.

Korhonen rauchte schweigend.

»Na, fragst du gar nicht, was das ist?«, wunderte ich mich.

»Eine Kugelhantel. Kettlebell. Auf Russisch girya. Hat den Vorteil, dass sie nicht so leicht kaputtgeht. Hält den Kraftsportlern von Krasnojarsk oder sonst wo about fünftausend Jahre stand.« Korhonen überraschte mich mit seinen Kenntnissen. »Wir haben im Fitnesscenter auch so welche. Warum nicht, ein vielseitiges Gerät. Und die Yuppies sind ganz wild darauf. Die Dinger sind superheiß, um nicht zu sagen hot.«

»Genau«, nickte ich. »Ich habe alte Bekannte in Petrozawodsk, Gießer aus der ehemaligen Kanonen- und Traktorenfabrik. Die können Alexej und mich damit beliefern. Wir verkaufen sie im Internet. Erhältlich in allen Modefarben.«

»Der gute Kärppä plant in aller Ruhe neue Geschäfte,

obwohl er Feuer unterm Arsch hat«, tadelte Korhonen mich und spuckte aus, als hätte er Krümel im Mund.

Dann versuchte er, Ringe zu blasen. Er musste lachen, bekam den Qualm in die falsche Kehle und hustete krampfhaft.

»Was meinst du als Migranten-Hottentotte: Wenn Tanja Totti-Karpela einen Neger heiraten würde, wäre sie dann Hottentotti-Karpela?«

Ich sagte, dieser Witz hinke noch mehr als seine bisherigen. Wenn ich sein Gerede aufnehmen und der Öffentlichkeit zuspielen würde, säße er bis zu seiner Pensionierung im Fundbüro, wo er Handyladegeräte und Schirme sortieren müsste.

»Unter Kumpels brauchen wir uns doch nicht um politische Korrektheit zu scheren. Aber weißt du, das ist schon ein seltener Vogel, der Buntspecht«, brachte Korhonen sich erneut in Fahrt. »Nicht zu verwechseln mit dem Schluckspecht, schon gar nicht mit dem tollen Hecht. Ich kenn mich in der Vogelwelt aus, meine Beobachtungen bringen alle Raritätenkomitees zum Staunen.«

Ich begann eine neue Serie und erlaubte Korhonen, ungestört seine Gedanken galoppieren zu lassen. Ich machte die Bewegungen langsam, demonstrierte, wie leicht das Eisen war. Korhonen kehrte zum Thema zurück, tadelte mich, weil ich eine geschäftliche Expansion vorbereitete, obwohl ich meine Risikoanalysen besser in einer ganz anderen Richtung anstellen sollte.

»Man muss die Dinge nicht schlimmer machen, als sie sind. Ich habe eine Familie zu ernähren. Soll die etwa hungern und frieren?«, fragte ich.

»Na klar, der Gutsherr ist so arm wie seine hundert Diener. Begreif endlich, dass du schwer in der Pisse steckst. Und womöglich reißt du mich mit rein, dann schwimmen wir beide im selben Pissoir. Erklärte der Chefredakteur der Lappischen Volkszeitung und fuhr fort. Verdammt nochmal, ich hab dich geschützt. Und du hast mir Gegendienste geleistet, ich will nicht undankbar sein. Aber jetzt schwärzen sich die Polizisten gegenseitig an, wegen allem möglichen Pipikram. Man darf Informanten nicht mehr belohnen. Die Zentralkripo und die Helsinkier Polizei auf dem Kriegsfuß, zum Teufel. Und die Kollegen in der Nachbarstadt lachen sich ins Fäustchen.«

Ich sah Korhonen prüfend an. Er rauchte seine Zigarette auf, fast bis zum Filter.

»Soll das heißen, dass auch mein Name und meine Daten im Polizeisafe liegen, auf einer Spitzelliste?«, fragte ich.

Korhonen betrachtete die Baumkronen.

Es schmeckte mir nicht, dass ich als Spitzel registriert war, dass es Aufzeichnungen darüber gab, welche Tipps ich der Polizei gegeben hatte und was man mir hatte durchgehen lassen.

Generell wollte ich möglichst wenig Spuren hinterlassen. Ich legte mir keine Stammkunden- oder Bonuskarten zu. Am liebsten zahlte ich bar, und meine Handyanschlüsse wechselte ich häufig. Dennoch gab es in allzu vielen Registern Informationen über mich, in meinem früheren und auch in meinem jetzigen Heimatland. Und ich konnte mir vorstellen, welche Kombinationen sich daraus konstruieren ließen.

Korhonen sah mich an.

»Ich will dir nur sagen, dass du es dir nicht leisten kannst, dich in irgendetwas verwickeln zu lassen. Die Supo überwacht dich. Auch ich habe dich observieren müssen. Das Vertrauen ist ziemlich minimal. Und du bist an irgendeiner verdammt schlimmen Sache beteiligt. Also versuch dich zu retten. Dann komme ich vielleicht auch klar. Wenn du etwas weißt, erzählst du es mir. Aber du redest auf keinen Fall mit der Botschaft, du gehst nicht mal zum Essen ins Restaurant Schaschlik, kapiert? Die Russlandkontakte sind absolut finito.«

Korhonen ging, ohne meine Antwort abzuwarten. Ich hatte ihn selten so ernst erlebt.

Matti Kiuru hatte schon wieder frei. Er versuchte, die Sache herunterzuspielen, gab aber schließlich zu, dass er wegen seiner guten Kondition ein paar Tage Sonderurlaub bekommen hatte. Ich bemühte mich, ihn nicht zu überschwänglich zu loben, und sagte, ich hätte vielleicht einen kleinen Job für ihn, eine Badezimmerrenovierung, die er im eigenen Namen machen könne, ohne Quittungen, oder über die Firma, falls die Kundin die Kosten von der Steuer absetzen wollte. Matti stimmte zu, meinte, Geld könne er immer gebrauchen. Er werde die Arbeit im Urlaub erledigen, und wenn es eilte, auch an den freien Abenden nach dem Dienst.

Ich frotzelte wieder einmal über die Verweichlichung des Militärs. In der Sowjetunion durfte man während des Wehrdienstes einmal jährlich nach Hause, allerdings nicht ganz so oft, wenn man am anderen Ende des Landes stationiert war. Und es blieb einem auch erspart, freie Abende in irgendwelchen Kneipen zu verbringen.

Matti wies mich darauf hin, dass ich meinen eigenen Worten zufolge nicht einmal drei Jahre bei der Roten Armee hatte dienen müssen und zudem den größten Teil davon in warmen Klassenzimmern und Sporthallen verbracht hatte statt in Holzkasernen mit Erdfußboden.

Der Auftrag, den ich Matti angeboten hatte, betraf eine Wohnung im Zentrum, in einem dekorativen alten Haus am

Bulevardi. Teija, die Besitzerin und Bewohnerin des Zweizimmerapartments, war eine Berufsbekanntschaft von Marja. Als städtische Beamtin hatte sie darüber zu wachen, dass die alten Leute in den Pflegeheimen auch etwas anderes in den Mund bekamen als einen leeren Löffel, dass sie regelmäßig gewaschen wurden und dass die Heimleitung nicht allzu sehr mit den Windeln geizte.

Ich hatte Teija bei uns zu Hause kennengelernt, auf einer Party, bei der ich mich widerstrebend bemüht hatte, mit Marjas Freunden und Geschäftspartnern und unseren Nachbarn zu plaudern. Beim Einsammeln der Weingläser nach dem Fest hatte ich trotz meiner Bemühungen von Marja einen Tadel bekommen, weil ich mich isoliert hatte, statt lockeren Smalltalk zu treiben, an den Wänden entlang nach draußen geschlichen war. Damit gefährde ich das Pflegeheimgeschäft, ob mir das denn nicht klar sei, hatte Marja mir gepredigt. Und es hatte mir gar nichts geholfen, mich darauf zu berufen, dass ich nicht zu dieser Kirchengemeinde gehörte.

Teija hatte mir am Telefon versichert, sie würde zu Hause sein, Joga habe sie erst am Donnerstagabend, und der Italienischkurs sei verschoben worden. Auf mein Klingeln öffnete sie sofort. Sie hatte karottenrotes Haar, trug Crocs in der gleichen Farbe, eine hellgrüne Hose und eine Art grobmaschiges Netz als Schultertuch. Die Frau sah aus wie eine riesenhaft aufgeblasene Figur aus einem Zeichentrickfilm für Kleinkinder.

»Wie schön, dich wiederzusehen, Vau«, begrüßte mich Teija fröhlich. Einer der Partygäste war auf die Idee gekommen, mich Vau zu nennen. Marjas warnendes Zwinkern hatte mich veranlasst, lammfromm zu lächeln, obwohl ich eher Lust gehabt hätte, dem Betreffenden leicht aufs Kinn zu klopfen.

»Hallo«, sagte ich freundlich und stellte ihr Matti vor, erklärte, der Fliesenleger sei zwar noch recht jung, verstehe aber sein Metier. Ein Hauch von Enttäuschung flog über Teijas Gesicht. Ich hegte den Verdacht, dass sie sich schon ausgemalt hatte, wie in ihrer Wohnung kräftige Bauarbeiter zu Gange wären, gestandene Männer, in Latzhosen, aber ohne Hemd.

»Ich komme natürlich auch helfen«, tröstete ich sie, als hätte ich nichts gemerkt.

Teija bat uns herein. Wir zogen brav die Schuhe aus und traten auf Strümpfen ein.

Die Wohnung bestand aus einem kleinen Schlafzimmer, einer noch kleineren Küche und einem Wohnzimmer, das mehr Höhe als Breite aufwies. In dieser Lage musste sie dennoch so viel kosten wie mein ganzes Haus. Die Frau hatte die Wohnung entweder in günstigeren Zeiten gekauft oder geerbt.

»Die Fußböden habe ich schleifen und die Wände streichen lassen, als ich die Wohnung gekauft habe. Vor drei Jahren, gleich nach meiner Scheidung«, bemerkte Teija und entzog meinen Vermutungen die Grundlage. »Aber das Bad habe ich damals nicht renovieren lassen.«

Sie öffnete die Tür zum Badezimmer. Es war ein schmaler Schlauch, in dem das Waschbecken sich beinahe über die Toilette schob. Auf der anderen Seite befand sich eine Duschecke.

»Ich dachte mir, vielleicht ließe sich mit Kacheln eine Art griechische Atmosphäre oder Spa-Stimmung schaffen. Marja meint, du könntest mir die Kacheln preiswert besorgen. Ich habe mir im Internet schon verschiedene Kollektionen angesehen«, erklärte Teija und illustrierte ihre innenarchitektonischen Ideen mit ausgreifenden Armbewegungen.

Ich betrachtete die fahlen, vergilbten Wände, den abgetretenen Bodenbelag und das hoffnungslos verschmutzte Lüftungsgitter unter der Decke. Glücklicherweise meldete meine Nase weder Schimmelgeruch noch miefige Feuchtigkeit.

»Tja. Das kriegen wir schon hin. Wie wäre es mit etwas mehr Spiegelfläche ... das macht das Bad optisch weitläufiger. Es ist ja nicht besonders groß«, schlug ich vorsichtig vor.

»Spiegel sind herrlich. Im Schlafzimmer habe ich große Spiegel an zwei Wänden. Und an der Decke«, lächelte Teija.

Matti schauderte unwillkürlich und sah aus, als wäre er am liebsten weggerannt.

Wir fuhren über Pasila zurück. Ich erklärte Matti, dass wir rasch eine Baustelle besuchen würden, auf der Bekannte arbeiteten. Sie hatten mich angerufen, und ich hatte versprochen, vorbeizuschauen, obwohl ich an dem Projekt nicht beteiligt war.

An der Kreuzung neben dem Polizeipräsidium und dem Hauptgebäude der Fernsehanstalt Yle suchte ich eine Weile nach der Baustellenzufahrt. Ich umrundete zweimal den Kreisverkehr, bevor ich den Kiesweg entdeckte, der auf das schmale Grundstück zwischen den Gebäuden des Senders und den Bahngleisen führte.

Man hatte ein komplettes neues Geschäftsviertel auf die Parzelle gezwängt. Das erste Gebäude von der Straße aus wirkte bereits bezugsfertig. Hinter den großen Glasflächen waren Bürolandschaften und Konferenzräume zu sehen, vollständig eingerichtet, die Leuchtröhren an den Decken brannten und auf den Schreibtischen standen die Computer bereit. Nur die Menschen fehlten, als hätte man sie mitten am Arbeitstag evakuiert. Ich wich einem Betonlaster aus und parkte neben den Baustellenbaracken.

Gennadi Kukkonens Mannschaft arbeitete im letzten Gebäude, das sich erst im Rohbaustadium befand. Die Männer, ein halbes Dutzend, gossen den Zwischenboden, standen mit ihren Gummistiefeln im Betonbrei. Gennadi watete zu mir, zog die Handschuhe aus und begrüßte mich. Ich nickte zwei Russen zu, die ich kannte. Die anderen kämen aus Bulgarien, sagte Gennadi.

»Und jetzt schickt man sie gleich wieder zurück. Sie haben viel Geld für den Flug bezahlt. Man hatte ihnen Arbeit für ein halbes Jahr versprochen. Aber auf einmal schmeißt man sie raus«, beschwerte sich Kukkonen. Er war in meinem Alter, wohnte bei seiner alten Mutter und wirkte stets traurig und schmuddelig.

»Aber das Haus ist doch noch lange nicht fertig«, wunderte ich mich.

»Nee, aber der Bauunternehmer hat Hunderte von Männern, die werden hierher verlegt. Unsere Arbeit hat man in Subkontrakte von jeweils zwei Wochen aufgeteilt. Und natürlich wird den Ausländern zuerst gekündigt«, erklärte Kukkonen.

»Was gibt's denn hier zu schwatzen? Schmeißt den Rüttler an, bevor der Schlamm hart wird«, tönte es hinter mir. Ein junger Mann in sauberer Arbeitsjacke und hellem Helm stand an der Tür.

»Bist du hier der Polier?«, fragte ich.

»Ja.«

»Aha. Die Jungs sagen, sie wären gekündigt worden. Darüber haben wir uns gerade unterhalten.«

»Das stimmt leider«, sagte der Vorarbeiter. Es klang tatsächlich bedauernd. »Lässt sich nicht ändern. Die Bautätigkeit ist schlagartig zum Stillstand gekommen. Es gibt keine neuen Aufträge, und wir versuchen, unsere eigenen Leute zu halten. Obwohl wir auch da kürzen müssen. Aber die Mietarbeiter gehen als Erste«, verteidigte er sich.

Er beobachtete prüfend, wie der Beton verstrichen wurde, und beorderte einige der Männer in die nächste Halle, wo bald eine neue Ladung Beton eintreffen würde. Kukkonen wiederholte die Anordnung auf Russisch.

»Du bist nicht von der Gewerkschaft«, mutmaßte der Vorarbeiter.

»Nein. Ich habe selbst eine kleine Firma. Ich kenne die Männer.«

»Spielt auch keine Rolle. Wir haben die Sache mit den Funktionären besprochen. Das ist alles ganz legal. Und diese Leute hier sind ja gar nicht bei uns angestellt. Wir haben sie für die Gussarbeiten über eine zweite Firma eingekauft. Oder über eine dritte«, versicherte der junge Mann. »Was sein muss, muss sein. Wenn es keine Arbeit gibt, dann gibt es keine.«

Ich stimmte ihm zu und sagte, auch in meiner Firma hätte ich festgestellt, dass es stiller wurde.

»Während der letzten Rezession habe ich noch auf der Schulbank gesessen«, gestand der Mann, überraschte mich mit seiner Offenheit. Ich ahnte, dass es ihm schwerfiel, Kündigungen zu übermitteln. Und ich vermutete, dass er sich auch um seine eigene Situation Sorgen machte, um den Wohnungskredit, den neuen Wagen, die versprochene Reise nach Thailand und den Flachbildfernseher.

»Ohne Passierschein darf sich hier eigentlich keiner aufhalten. Die Firma nimmt es damit ziemlich genau. Könntet ihr …«, bat der Vorarbeiter.

Ich sagte, wir würden sofort gehen, rief Gennadi einen Abschiedsgruß zu und versprach ihm, anzurufen, wenn es Arbeit gäbe.

»Egal was«, betonte Gennadi Kukkonen.

Auf der Tuusulantie fuhren drei Motorräder hinter mir her. Sie bildeten eine zentimetergenaue Formation, wie eine MiG-Troika beim Schaufliegen. Kurz bevor ich die Autobahn verließ, um zu meiner Halle zu gelangen, schwenkten die Maschinen auf die Überholspur. Als sie auf meiner Höhe waren, blickten die Männer in den Wagen, sahen mich an, glitten dann vorbei. Ich hörte das tiefe Brummen, als sie Gas gaben und die Räder davonschossen. Die Männer trugen mattschwarze Helme, und auf ihren Lederjacken prangte das bekannte Symbol, das an ein eisernes Kreuz erinnerte .

»Kennst du die?«, fragte Matti.

Ich nickte und sah in den Rückspiegel.

»Du kannst auch gleich jemanden verfolgen«, ordnete ich an. »Da hinten kommt ein weißer Škoda. Mir scheint, dass ich ihn in letzter Zeit zu oft gesehen habe. Ich bleibe in der Halle, während du rumfährst und nachguckst, ob der Wagen irgendwo in der Nähe parkt. Schreib dir das Kennzeichen auf und häng dich vorsichtig dran, falls er wegfährt.«

»Gebongt«, sagte Matti, ohne nach den Gründen zu fragen.

25

Taxi, mein alter, beinahe vergessener Kontakt, den ich nun wieder angesprochen hatte, rief an und wollte sich möglichst bald mit mir treffen. Das heißt, jemand anderes wolle mich treffen, stammelte er, aber er solle den Termin für diesen Jemand vereinbaren.

Taxi erklärte ein wenig zu viel. Ich befahl ihm, sich zu beruhigen und mir zu sagen, in wessen Namen er anrief. Taxi war freudig erregt und zugleich verlegen, er wiederholte, es handle sich um eine große Sache und er sei mir dankbar, dass ich an ihn gedacht hatte. Ich dürfe gewiss sein, dass er mir seinerseits helfen …

Ich dämmte seine Redeflut, bevor sie sich in neue Seitenarme ergoss, und wiederholte meine Frage, in wessen Auftrag er spreche. Taxi erklärte verlegen, die Angelegenheit sei sofort nach oben weitergeleitet worden. Nach ganz oben, fügte er zum besseren Verständnis hinzu.

Ich sagte, ich sei zu Hause und gegebenenfalls auch sofort zu einem Treffen bereit. Die letzten Laute von Taxis spasibo waren nicht mehr zu hören. Ich ahnte, dass er unverzüglich die nächste Nummer eintippte.

Eine halbe Stunde später fuhr ein metallicbrauner Volvo vor, offen als Diplomatenfahrzeug gekennzeichnet. Der untersetzte Chauffeur ging um den Wagen herum, um die Tür zum Fond zu öffnen. Vor dreißig Jahren war er sicher

Gewichtheber gewesen, in derselben Gewichtsklasse wie Wasili Alexejew. Sein Körper strotzte immer noch vor Kraft, obwohl seine X-Beine unter dem waschmaschinengroßen Oberkörper spindeldürr wirkten.

Der Passagier wartete in aller Ruhe, bis ihm der Schlag geöffnet wurde. Er war gut fünfzig, trug einen dunkelblauen Anzug und eine silbergraue Krawatte. Er erinnerte an einen italienischen Geschäftsmann oder Politiker, an einen Kriminellen auf jeden Fall. Seine Hände waren leer, er hatte keinen Aktenkoffer und keine Tasche, keine Mappe, nicht einmal einen Stapel Papiere. Nur eine Uhr mit Lederarmband, einen goldenen Ring und Macht.

Ich gab dem Mann die Hand und bat ihn ins Haus. Der Chauffeur blieb draußen, erwartete vielleicht, dass eine Zofe ihm eine Tasse Tee und eine warme Pirogge brachte. Doch ich war allein zu Hause, und Marja hätte Gästen aus der russischen Botschaft nicht einmal ein Glas Wasser angeboten. Sie verabscheute alle meine beruflichen Besprechungen, meckerte über den Zigarettengeruch, über den Schmutz, der aufs Parkett getragen wurde, und darüber, dass den Kindern die falschen Worte zu Ohren kamen.

»Wir können hier doch ungestört sprechen?«, vergewisserte sich der Mann, nachdem er auf dem Sofa im Wohnzimmer Platz genommen hatte. Ich setzte mich in den Sessel auf der anderen Seite des niedrigen Tisches.

»Ja.«

Der Mann sah mich lange an, strich sich über die kurzen, eng am Kopf anliegenden Haare und kam endlich zu dem Schluss, dass ich nicht die Absicht hatte, die Stereoanlage aufzudrehen oder Wasser laufen zu lassen.

»Mein Name ist Konstantin Maximowitsch Telepnew. Ich bin zweiter Legationssekretär. Oberst«, informierte er mich über seine beiden Positionen, die öffentlich sichtbare und die eigentliche.

Ich gab ihm mit einem Nicken zu verstehen, dass ich verstanden hatte.

»Ich weiß es sehr zu schätzen, Viktor Nikolajewitsch, dass Sie uns Ihr Wissen oder Ihren Verdacht zur Kenntnis gebracht haben. So handelt ein wahrer Patriot«, sagte Telepnew, unterstrich seine hehren Worte, indem er sich ein wenig vorbeugte. Er legte die Hände auf die Knie und nickte beifällig. Ich überlegte, welches Vaterland er meinte.

»Ich will Ihre kostbare Zeit nicht unnötig in Anspruch nehmen, aber ich hoffe, dass Sie möglichst bald nach Moskau reisen können. Die Angelegenheit wurde sofort auf eine höhere Ebene weitergeleitet. An die Spitze.« Telepnew sprach immer langsamer. »Teilen Sie mir mit, wann Sie reisen können. Möglichst bald, hoffe ich. Jemand wird sich mit Ihnen treffen.«

Telepnew erhob sich und reichte mir eine Visitenkarte, auf der nur sein Name und eine Telefonnummer standen.

»Wer spricht mit mir?«, fragte ich.

»Sein Name ist Dolgich. Mehr brauchen Sie nicht zu wissen. Er erkennt Sie, Viktor Nikolajewitsch. Und nochmals besten Dank.«

Telepnew deutete eine knappe Verbeugung an und ging.

Das Handy klingelte. Onkel rief an.

»Mein Junge, wie ist das Wetter in Helsinki? Hier verwöhnt uns der Schöpfer mit Sonnenschein, es ist fast zu heiß«, eröffnete er das Gespräch, wartete meine Klagen über den Regen jedoch nicht ab. »Du kannst die Wünsche des Motorradclubs vergessen. Oder dir merken, dass die Leute dir etwas schuldig sind. Wir nehmen probeweise die Zusammenarbeit auf. Ich selbst mag ihre Sitten nicht recht. Oder ihre Unsitten«, wendete Onkel seine Sätze. »Aber wir wollen uns modernisieren und vernetzen. Mal sehen, wie es funktioniert. Wir haben uns direkt mit ihnen in Verbindung gesetzt, du brauchst dich also nicht mehr um sie zu kümmern. Ich hatte es so verstanden, dass du nicht einbezogen werden möchtest.«

Ich bestätigte ihm, dass er mich ganz richtig verstanden hatte. Es sei mir ohnehin gegen den Strich gegangen, den Laufburschen zu spielen. Onkel lachte, wurde aber sogleich wieder ernst.

»Deine zweite Angelegenheit. Das scheint tatsächlich ein Problem zu sein. Ein großes Problem. Ich habe mich bei unseren eigenen Kontakten in der Administration erkundigt und auch die Solnzewskaja Bratwa um Vermittlung gebeten …«

Ich wartete und hörte zu. Onkel hatte sämtliche Verbindungen spielen lassen, sowohl zu den Behörden als auch zur größten kriminellen Bruderschaft in Moskau. Onkel räusperte sich, legte dann offenbar die Hand über den Hörer. Bald darauf sprach er weiter.

»Alle wurden sehr ernst, als ich deine Informationen erwähnte. Sie wollen dich treffen, möglichst bald.«

»Hier in Helsinki? Oder in St. Petersburg?«

»Nein, Viktor. Im Zentrum. In Moskau. Möglichst bald. Sag mir Bescheid, wann du fahren kannst. Du hast eine Audienz.«

»Bei wem?«

»Der Kontaktmann heißt Dolgich. Keine weiteren Fragen, bitte.«

Marja kam früh von der Arbeit, ging schnüffelnd durchs Haus, fing den Geruch eines fremden Rasierwassers auf. »Du hattest wieder einen deiner Geschäftsfreunde zu Besuch«, sagte sie tadelnd und fügte hinzu, sie gehe gleich aus. Mit ein paar Freundinnen schwofen, ich hätte doch versprochen, auf die Kinder aufzupassen. Damit verschwand sie im Badezimmer.

Die Dusche rauschte. Marjas Handy lag neben ihrem Schlüsselbund auf dem Küchentisch. Das flache Gerät glitzerte auffordernd in der Sonne. Ich schlich zum Tisch, lauschte noch einmal, ob Marja auch bestimmt nicht kam. Dann öffnete ich die Tastensperre und sah mir die eingegangenen und getätigten Anrufe an. Unbekannte Ziffernreihen, Durchwahlnummern der städtischen Sozialbehörde, Oksana … und dann ein gewisser ›Ari‹.

Ich ging die Textmitteilungen durch. Sehnsucht … komm bald, hatte Ari vor einer Stunde geschrieben. Derselbe Ari hatte mindestens einmal täglich gesimst. Er bedankte sich für die Gesellschaft beim Mittagessen, für den schönen Abend, beklagte sich kurz über häusliche Probleme, aber genug davon, Schatz, und vier Ausrufezeichen. Ari schimpfte auch über einen ungenannten Kollegen, der sich bei einer Sitzung idiotisch benommen habe.

Ich mochte Leute nicht, die drei oder gar vier Ausrufezeichen verwendeten.

Ich mochte die SMS nicht.

Und schon gar nicht mochte ich es, dass Marja per Telefon mit irgendeinem Ari herumscharwenzelte.

Ich mochte die Vorstellung nicht, dass sie sich mit einem Mann traf.

Die Kränkung mischte sich mit Schuldgefühl. Ich fühlte mich schuldig, weil ich nicht ordentlich, feurig und von Herzen eifersüchtig war, sondern allenfalls düster wie ein grauer Oktobertag. Außerdem hatte ich ein schlechtes Gewissen, ich wusste, dass ich selbst auch etwas Falsches tat. Vor einer

Stunde hatte ich mich mit der Frage gequält, warum Julija so selten von sich hören ließ.

Ich hatte Julija bombardiert, sie angerufen und ihr eine SMS nach der anderen geschickt. Sie hatte geantwortet, sie sei gerade in einer sehr schwierigen Situation, ob ich, ihr Liebster, nicht abwarten könne, bald würde sie mir alles erklären. Auf keinen Fall dürfe ich sie anrufen, denn damit brächte ich sie in Gefahr.

Meine Sehnsucht nach Julija war absurd, aber so überwältigend, dass ich sie beinahe genoss. Und nun verdarb mir Marja mit ihrem Ari meine masochistische Qual.

Dennoch wusste ich, was ich tun würde, sobald Marja das Haus verlassen hatte. Ich würde Stepan anrufen, einen zuverlässigen Mann, den ich gelegentlich als Kurier einsetzte, und ihm auftragen, am Hauptbahnhof auf den Vorortzug zu warten. Er sollte beobachten, mit wem Marja sich traf und was sie tat. Ich würde Stepan schwören lassen, dass er den Mund hielt, über diesen Auftrag durfte er nur mit mir sprechen.

Ich beschloss, ein lasterhafter Vater zu sein, und versprach den Kindern Pizza zum Abendessen. Anna sagte, sie wolle Schinken-Champion. Sergej überlegte lange, als ginge es um das Menü in einem Drei-Sterne-Restaurant, und entschied sich dann für die Kombination Salami-Ananas-Blauschimmelkäse. Matti Kiuru schaute vorbei, er sagte, er habe Abendurlaub. Auch er ließ sich zu einer Pizza überreden, als ich erklärte, ich würde mich über die Gesellschaft eines erwachsenen Mannes freuen.

Ich fügte hinzu, ich hätte momentan die Nase voll von zänkischen Frauen. Dann erkundigte ich mich nach dem Fortschritt der Renovierungsarbeiten in dem griechisch angehauchten Kabuff. Matti wirkte genervt, er sagte, die Dichtungsarbeiten seien fertig, am Wochenende werde er fliesen. Nur müsse die Lady des Hauses sich zuerst entscheiden, welche Farbtöne ihr genehm seien. Auf jeden Fall würde er es mit einem Mosaikpuzzle aus zentimeterkleinen Steinchen zu tun haben.

Ich verbiss mir ein Grinsen, bestellte telefonisch die Pizzas und sagte, ich würde sie abholen.

Matti begleitete mich. Die Pizzeria war nur einige Hundert Meter von unserem Haus entfernt, am Fuß der Bahnüberführung, neben dem Kiosk. Sie wurde von einem langnasigen Kurden geführt. Er begrüßte mich namentlich und bat mich, ein paar Minuten zu warten, die Pizzas seien noch im Ofen. Ich sagte, inzwischen könne ich ja schon bezahlen. Der Wirt gab mir Rabatt und forderte mich auf, gratis eine große Flasche Limonade mitzunehmen.

Im Hinterzimmer knetete ein jüngerer, untersetzter Bursche Pizzateig. Ein kleiner älterer Mann, der für die Auslieferung zuständig war, kam mit betrübter Miene herein und begann aufgeregt zu reden. Ich verstand kein Wort, begriff aber, dass er Schwierigkeiten hatte. Der Langnasige zog sich hinter die Theke zurück, hörte zu und versuchte, den Boten zu beruhigen.

»Was ist los?«, fragte ich, als der Restaurantbesitzer an die Kasse zurückkehrte.

»Verdammt, der Nachbar macht Problem. Immer derselbe Mann, immer dieselbe Klage. Dass unser Auto am falschen Platz ist«, machte sich Langnase Luft. »Die Hausverwaltung hat erlaubt. Unser Auto darf abends auf dem Platz vom Buchhaltungsbüro stehen. Und der eine Mann immer beschwert sich und versperrt den Weg, dass wir nicht fahren können. Massoud muss die Schachteln weiten Weg tragen.

Und immer schimpft. Jetzt steht er wieder da und raucht und lauert. Ist so schon schwer genug. Arbeiten langen Tag, Mehl wird teurer, Käse wird teurer, Pizza wird nicht teurer … und dieser eine Scheißmann keift.«

Der Pizzeria-Besitzer breitete die Arme aus, ließ den Kopf hängen und sah aus, als wolle er den Schieber gleich in die Ecke werfen. Das Duo in der Küche betrachtete seinen Chef ebenso niedergeschlagen.

Ich stand auf und winkte Matti, mitzukommen. Wir marschierten durch den schmalen Gang zwischen Ofen und Backtisch zu den Kühlschränken am Ende des Hinterzimmers. Die Türen zum Hinterhof standen weit offen. An einem Türflügel hing ein Zettel: Abends abschließen.

Der Mann stand auf dem Parkplatz, an einen alten toten Golf gelehnt, und zog an seiner Zigarette. Das Auto ragte halb aus der letzten Parkbucht in der Reihe, sodass es die Durchfahrt zu dem länglichen Asphaltstreifen vor der Tür versperrte. Der Mann betrachtete uns neugierig, überlegte offenbar, ob er uns kannte, grüßte vorsichtshalber.

»Hallo«, erwiderte ich den Gruß und baute mich dreißig Zentimeter vor dem Mann auf. Er trat seine Zigarette aus und streckte sich, musste aber trotzdem zu mir aufschauen.

»Unsere Freunde in der Pizzeria sagen, irgendein Idiot hätte hier schlecht geparkt. Wir schieben das Auto beiseite. Bestimmt ist der Gang eingelegt und die Handbremse angezogen und all das. Wir müssen ihn wegschaukeln. Matti, hilf mir mal.«

Matti und ich gingen an je einem Hinterreifen in Hebestellung. Ich sagte Hii-opp, und wir streckten die Beine durch. Das Heck des Golfs hob sich vergleichsweise leicht auf einen Meter Höhe.

»Du weißt nicht zufällig, wem die Karre gehört? Am

Ende kippt sie um, und es ist verdammt unangenehm, am Morgen zur Arbeit zu fahren, wenn der Wagen auf der Seite liegt«, laberte ich los und bemühte mich, nicht unter der Last zu ächzen. »Und so ein Ding rollt ja auch schnell mal aufs Dach. Ist schon merkwürdig, die Physik. Schwerpunkt und Momente und so weiter. Die Begriffe vergess ich immer, aber das lässt sich durch Kraft wettmachen.«

Der Golfbesitzer zappelte unruhig, trat vor und zurück und zur Seite. »Nicht, Jungs. Ich setze ihn zurück, so schlimm ist es doch nicht«, flehte er.

Ich sah Matti an und nickte. Wir ließen den Wagen fallen. Er ging heftig in die Knie und schaukelte noch eine Weile nach.

»Der Mann vom TÜV wird womöglich was zu meckern haben. Die Stoßdämpfer sind nämlich nicht im besten Zustand. Und ich weiß nicht, ob sich das Fahrgestell verzogen hat. Kann sein, dass er ein bisschen ausschert oder dass die Türen klemmen«, prophezeite ich und wischte mir die Finger sauber. »Aber einigen wir uns darauf, dass der Wagen der Pizzajungs ruhig hier stehen darf und du keinen Stunk mehr machst. Wenn du es doch tust, kommen wir zu Besuch, schmeißen dann aber nicht deinen Wagen um, sondern dich vom Balkon. Und zwar aus dem dritten Stock.«

»Ich wohne im ersten«, winselte der Mann und merkte sofort, dass er einen Fehler gemacht hatte.

»Und wenn du deine Bude im Keller hättest, das ist uns scheißegal. Kapiert, du Arsch?«

»Ja«, sagte der Mann leise.

Wir gingen zurück ins Restaurant. Das Kurdentrio hatte das Schauspiel von der Tür aus verfolgt und machte nun bereitwillig Platz.

»Die haben auf dem Ofen gestanden, dass sie warm bleiben. Wenn sie doch kalt, bringt Massoud neue«, erklärte der Langnasige dankbar.

Wir machten uns mit den Pizzaschachteln auf den Rückweg.

»Du nimmst wohl die falschen Medikamente «, wagte Matti zu sagen, mit leisem Tadel.

»Nur ein bisschen Erziehung zur Internationalität«, erwiderte ich. »Hast du die Limoflasche mitgenommen?«

Anna und Erkki schliefen bereits. Ich spähte ins Kinderzimmer, lauschte den gleichmäßigen Atemzügen und Annas kleinen Fiepsern und dem Ploppen ihres Schnullers. Leise zog ich die Tür bis auf einen kleinen Spalt zu, goss mir Wodka ein und ging nach draußen.

Der Mond war fast voll. Ich überlegte, wie er in Julijas Augen aussah und ob sie überhaupt zum Himmel aufsah. Ich war unruhig wegen Julija und auch wegen Marja, obwohl ich sie noch nicht zurückerwartete.

Ich nippte an meinem Glas und drehte mich um, wollte wieder ins Haus. Auf der Straße gingen zwei Männer mittleren Alters und mittlerer Größe in Windjacken vorbei.

Sie sahen so unauffällig aus, dass sie mir auffielen. Ich wusste, dass ich sie irgendwo schon einmal gesehen hatte.

26

Im Hotelfoyer saßen zwei japanische Geschäftsleute. Die Sofas waren zu einem offenen Quadrat gruppiert, in der Mitte lag ein roter Teppich. Ich setzte mich so auf das hinterste Sofa, dass ich den Eingang und die Aufzüge im Blick hatte. Das Sofa war zu niedrig und zu tief. Ein Mensch mit Rückenproblemen würde sich auf allen vieren auf den Fußboden begeben müssen, um wieder hochzukommen. An der Wand befand sich ein gläserner Verschlag mit einem Schreibtisch, auf dem ein einsamer Computer stand. Ein Schild wies ihn als Business Center aus.

Wronskij, Bekari und Julija kamen über die Treppe hinter mir.

»Wir waren essen«, erklärte Wronskij, deutete auf das Restaurant in der oberen Etage.

»Hat es geschmeckt? Ist das Bäuchlein voll?«, fragte ich und erdolchte Julija mit meinen Blicken. Ihre Augen wanderten ausweichend über die dunklen Wände und ihrem Mund entfuhr ein lautloser Seufzer. Angewidert, müde oder verzweifelt.

Ich versuchte, mich auf Wronskij zu konzentrieren. Bekari guckte zehn Sekunden lang in eine Richtung, schwenkte dann weiter und kontrollierte den nächsten Sektor.

»Du hast um dieses Treffen gebeten. Also red schon«, forderte ich Wronskij auf.

»Ich möchte mich für das Durcheinander entschuldigen. Und ich will dir nicht noch mehr Schwierigkeiten machen. Deshalb habe ich dieses Treffen vorgeschlagen … auf neutralem Boden«, sagte Wronskij in dem Versuch, Vertrauen aufzubauen. Er überdachte seine Worte, schien zufrieden und fuhr fort. »Viktor, wir brauchen die Röhren. Ich weiß, dass du sie hast, und du brauchst sie nicht. Im Gegenteil, sie sind sehr gefährlich. Eine Gefahr für dich. Entschuldige, dass ich dich da hineingezogen habe, aber du bist aus allem raus, wenn du sie mir gibst«, er versuchte, die Vernunft sprechen zu lassen.

Ich schüttelte den Kopf und lächelte. Wronskij rieb sich die Finger, knackte mit den Gelenken.

»Hör damit auf, das ist widerlich«, rügte Julija. Ich hätte beinahe gesagt, ich wüsste allerlei andere, noch widerwärtigere Dinge, die ein Mensch tun konnte. Weggehen, schweigen, nicht auf SMS antworten. Betrügen.

Erneut bemühte ich mich, meine Gedanken und meine Sinne auf Wronskij zu konzentrieren, auf diese Gefahrenlage.

»Du steckst in der Scheiße«, berichtigte ich ihn. »Ich versuche die ganze Zeit, auch nur einen einzigen Grund zu finden, weshalb ich verhindern sollte, dass man euch schnappt.«

Wronskijs Augen verengten sich, im Unterlid zuckte ein Nerv. Ich steigerte den Druck.

»Da draußen wartet bestimmt ein halbes Dutzend Supo-Leute, finnische Männer. Und ein Fähnlein von der russischen Botschaft, offiziell Mitarbeiter der Wissenschafts- und Kulturabteilung, aber wenn du sie fragst, was ein Derivat ist oder das Gesetz des Archimedes, sagen sie, von Letzterem habe ich schon mal gehört, das hat irgendwas mit Außenbordmotoren zu tun. Und Rimski-Korsakow halten sie für einen Stabhochspringer. Na ja, stimmt nicht ganz, natürlich hat man sie darauf getrimmt, das alles zu wissen. Aber man hat ihnen auch beigebracht, Typen wie dich zu schnappen, und zwar so, dass du es gar nicht mitkriegst, wenn du plötzlich einen Gummihandschuh im Arsch hast. Und erst nachdem sie mit beiden Händen gewühlt haben, fragen sie dich freundlich, was hattest du denn im Sinn, Arseni Kasimirow. Denen brauchst du mit deinen Wronskij-Erklärungen gar nicht erst zu kommen.«

Wronskij hörte schweigend zu, wies mich dann aber darauf hin, dass er über Lehrfächer und Kenntnisse von Sicherheitskräften informiert war. Bekari überwachte das Foyer mit erhöhter Konzentration. Misstrauisch betrachtete er die Japaner, musterte die Angestellten an der Rezeption und die Passanten jenseits der Glastüren. Julija bearbeitete den Teppich mit der Schuhspitze, als wolle sie ein schwarzes Loch hineinbohren und in eine andere Dimension entgleiten.

»Wronskij, erklär mir, was los ist«, drängte ich.

Er betrachtete seine Hände.

»Worum geht es? Sag es mir«, bat ich erneut.

»Ich kann nicht«, antwortete Wronskij leise.

Wir saßen einige Minuten schweigend da. Die Japaner standen auf und gingen hinaus. Die junge Frau an der Rezeption blätterte in ihren Papieren und verglich die Eintragungen mit den Daten im Computer.

»Verdammt noch mal, so kommen wir nicht zu Potte. Was planst du? Wer ist dein Arbeitgeber? Oder dein Befehlshaber? Oder machst du es für Geld?«, setzte ich ihm zu, bemühte mich aber, leise zu sprechen.

Wronskij blickte auf.

»Es tut mir leid. Ich kann es dir nicht sagen«, erklärte er ruhig und fest. »Glaub mir, Viktor. Ich kann nicht. Und für dich ist es auch besser, dass du nichts weißt. Aber in erster Linie schütze ich mich selbst.«

Die Aufzugtür öffnete sich. Ein altes Ehepaar kam heraus, der Mann hatte eine Kamera um den Hals und eine Karte in der Hand. Teppo Korhonen stand in der Kabine, sah geradewegs zu mir hin und vergewisserte sich, dass auch ich ihn sah. Dann glitten die Türen leise zu. Das rote Pfeildreieck zeigte an, dass der Lift nach unten in die Parkhalle fuhr.

»Zeit zu gehen«, sagte ich und überlegte gleichzeitig, wer gehen sollte und wohin. Und auf welchem Weg.

»Gibst du mir die Röhren?«, versuchte Wronskij es noch einmal.

»Nein.«

»Dann stecke ich in der Scheiße«, stellte Wronskij sachlich fest, ruhig und resigniert. »Aber vielleicht stände ich mit den Röhren auch nicht besser da.«

Ich erinnerte mich, blitzartig und deutlich, an einen Marsch während der Spezialausbildung. Wir stapften durch einen Sumpf. Arseni war schwer erschöpft, er schwankte und trat in einen Moortümpel, in dem er stecken blieb. Wir mussten ihn herausziehen, ihm Lasten abnehmen, bis er schließlich nur noch seine nassen Kleider zu tragen hatte. Sogar seine Kalaschnikow schleppte ich.

Ich hatte Arseni vor zwanzig Jahren nicht im Sumpf versinken lassen können, und ich konnte ihn jetzt nicht der Polizei und den Botschaftsspionen ausliefern. Nicht Wronskij. Und nicht Julija.

»Wartet hier!«, befahl ich. Dann folgte ich dem Touristenpaar zum Ausgang und versteckte mich hinter den Pfeilern, die das Vordach trugen. Ich wartete einen Moment, bückte mich und spähte auf Taillenhöhe an dem Pfeiler vorbei, ohne den Kopf zu bewegen. Meine Schläfe ragte nur einige Zentimeter über den Pfeiler hinaus.

Über den Bürgersteig vor dem Hotel gingen nur normale,

eilige Helsinkier. Aber an der nächsten Hausecke, hinter dem Zebrastreifen und der Ampel, standen vier kräftige Männer. Sie trugen Anzughosen und Blousons, einer rauchte. Ich hätte meinen Platz im Himmel darauf verwetten können, dass sie Russen waren, aber ich bin nicht gläubig. Außerdem war mein Sündensack so schwer, dass mich wahrscheinlich eine andere Ewigkeit erwartete.

Die Männer der Sicherheitspolizei musste ich ein wenig länger suchen. Dann ging mir auf, dass der Mann, der gerade in Richtung Hauptpost vorbeigeeilt war, auf der anderen Straßenseite zurückkam. Er hatte einen Kopfhörer mit Handykabel am Ohr. Fünfzig Meter hinter dem Hoteleingang drehte der Mann sich um und marschierte erneut die Straße hinunter. Dabei blickte er eine Spur zu lange zu der Elchstatue vor dem Zoologischen Museum hinüber. Ich wartete. Hinter der Statue lauerten zwei dunkle Gestalten.

Ich schlüpfte zurück ins Foyer. Die japanischen Geschäftsleute waren offenbar in ihre Zimmer zurückgekehrt, aber Wronskij, Julija und Bekari standen da, wo ich sie zurückgelassen hatte. Die Rezeptionistinnen sahen mich an, lächelten unsicher. Ich nickte ihnen fröhlich zu und ging wieder hinaus.

Diesmal zeigte ich mich offen, wie ein Mann, der für alle Fälle seinen Fluchtweg überprüft, aber eigentlich nicht glaubt, dass ihm tatsächlich eine Gefahr droht. Ich starrte das Botschaftsquartett an. Die Männer wandten sich langsam ab, lachten laut, wir unterhalten uns nett miteinander und bald steigen wir ins Sammeltaxi und fahren nach St. Petersburg. Ich spazierte einige Meter hin und her und sah mich um.

Die Supo-Männer am Zoologischen Museum blieben in ihrem Versteck. Ein Stück weiter weg entdeckte ich zwei VW Golf am Straßenrand, einen weißen und einen roten. Beide hatten eine Antenne zu viel.

Ich wiederholte mein Absicherungsmanöver in aller Schnelle und kehrte ins Foyer zurück, mit zuversichtlicher Miene, wie ich hoffte.

»Gehen wir«, sagte ich zu Wronskij. »Julija und Bekari, ihr kommt auch mit. Am Vorderausgang werden wir erwartet, in der Parkhalle vermutlich auch. Versuchen wir es hintenherum.«

Ich wusste, dass der Nachtclub des Hotels sich im Souterrain befand, denn ich hatte einige Freudenmädchen hingeleitet, auf den richtigen Markt, und gelegentlich russische Geschäftsleute dort bewirtet. Für die Hotelgäste gab es im Foyer einen Zugang zu der Treppe, die in den Nachtclub führte.

Die innere Tür war offen. Dahinter befanden sich ein Verkaufsschalter für die Eintrittskarten und eine stabile Tür mit einem kleinen Guckfenster, durch das der Portier die Warteschlange draußen im Auge behalten und aufpassen konnte, ob irgendein wichtiger Partygänger auftauchte, der bevorzugt einzulassen war.

Ich blieb stehen und sah Wronskij, Bekari und Julija der Reihe nach an. Dann sagte ich, ich würde die Sache nur einmal erklären und es sei ratsam, dass sie mir glaubten und sich jedes Wort einprägten. Ich trug ihnen auf, an der Hauswand entlang unauffällig zum Narinkkaplatz und von dort weiter ins Einkaufszentrum Forum zu gehen, wo sie mit dem Lift in die Tiefgarage fahren sollten. In der Bucht 676 warte ein Auto samt Fahrer. Sie bräuchten nichts zu sagen, zu fragen oder zu verhandeln. Sie müssten nur in den Wagen einsteigen, der sie in eine sichere Wohnung bringen würde.

»Parkbucht 676. Forum«, wiederholte ich. Wronskij versicherte, er habe verstanden.

Die Tür war abgeschlossen, wies aber die grüne Plastikabdeckung für Notausgänge auf, unter der sich die Entriegelung befand. Ich sah durch die Pförtnerluke hinaus, wartete, bis ein Laster den Botschaftsmännern die Sicht verdeckte, dann öffnete ich die Tür einen Spaltbreit.

Wronskij stürmte als Erster hinaus, Bekari folgte und hielt Julijas Arm.

»Sei vorsichtig«, wisperte Julija.

Ich blickte ihnen nach. Wronskij ging mit flachen, eiligen Schritten. Bekari führte Julija wie ein Kind. Sie musste immer wieder einige schnelle Trippelschritte machen, um zu ihm aufzuschließen. Die dichten blonden Haare fielen ihr über die Schultern.

27

Ich fuhr meinen Wagen aus der Hotelgarage. Das heißt, ich versuchte es. Ein dunkelblauer Kleintransporter schoss quer vor die Ausfahrtsrampe und versperrte mir den Weg. Ich zog die Handbremse und stellte den Motor ab. Dann stieg ich langsam und mit erhobenen Armen aus.

»Halt, stehen bleiben!«, rief jemand hinter der steinernen Brüstung. Ein behelmter Polizist richtete sich so weit auf, dass seine obere Hälfte sichtbar wurde. Seine schusssichere Weste wölbte sich wie eine daunengefütterte schwarze Winterjacke ohne Ärmel. Der Polizist hatte eine kurze Maschinenpistole in der Hand. Eine Heckler-Koch MP5, stellte ich fest.

Vier in gleicher Weise gerüstete Polizisten liefen die Rampe herunter, zwei auf jeder Seite. Die Springerstiefel schlugen den Takt wie ein Sambaorchester. Der Polizist, der oben geblieben war, befahl mir, mich flach auf den Boden zu legen. Folgsam streckte ich mich auf dem Bauch aus und legte die Arme brav auf den Rücken. Ein Kabelbinder schlang sich um meine Handgelenke und wurde zu eng festgezurrt. Ich hörte, wie die Türen meines Wagens geöffnet und wieder zugeschlagen wurden. Dann packte man mich an beiden Seiten unter den Armen und stellte mich auf die Füße.

»Wo sind deine Freunde?«, fragte ein Mann mittleren Alters und mittlerer Größe, in einem mittelgrauen Anzug ohne Krawatte.

»Tja, das ist eine gute Frage. Unternehmer führen ein einsames Leben.«

»Lass den Quatsch, Kärppä! Wo sind Wronskij, Kaladze und Fedorowa?«

Ich hatte Bekaris Nachnamen schon fast vergessen. Und Fedorowa klang, als müsse man ein »Fräulein« voranstellen.

»Die sind oben im Hotel geblieben. Ob sie da wohnen, weiß ich nicht.«

Das Gesicht des grauen Mannes lief rot an. Er beugte sich vor, kam mir so nahe, dass die Gischt seiner Worte als Tröpfchen auf meinen Wangen landete. »Spiel nicht den Klugscheißer! Du hast ihnen zur Flucht verholfen. Dafür landest du im Knast. Oder wirst in dein liebes Vaterland ausgewiesen. Und da werden sie sicher auch keinen roten Teppich für den verlorenen Sohn ausrollen.«

»Für den schlachtet man ein Kalb.« Korhonen trat vor. »Für den verlorenen Sohn. Warst du nicht in der Sonntagsschule, Ala-Duschko, oder wenigstens im Jugendclub der Gemeinde?«

»Scheiß-Korhonen. Ich heiße Ala-Huusko.« Die Gesichtsfarbe des Anzugträgers näherte sich einem dunklen Violett.

»Hab ich doch gesagt. Ala-Huschko. Und wieso nennst du mich Scheiß-Korhonen? Mein Vorname ist Teppo, offiziell Terho. Kannst mich gern duzen, ich bin ja ein Stück älter als du«, redete Korhonen gemütlich weiter, als plaudere er über das Wetter, kaum zu glauben, dass es immer nur regnet.

Vom Himmel fielen die ersten Tropfen.

»Hier werden wir nass. Wenn sonst nichts anliegt, müsste ich allmählich nach Hause trippeln. Meine Frau setzt gerade die Kartoffeln auf«, sagte ich.

»Jetzt hör mir mal zu. Sag uns, was du weißt. Das ist das Beste für dich«, versuchte Ala-Huusko noch einmal sein Glück.

»Hör du mir mal zu. Wenn ihr noch Fragen habt, schickt ein höheres Tier, und zwar ohne Blaulicht. Mein Verhältnis zur Supo ist einwandfrei. Und zu Russland erst recht.«

»Aha, du gibst also zu, dass du Russlandkontakte hast«, triumphierte Ala-Huusko.

»Na, verdammt nochmal, ihr habt hier doch selbst eine gemeinsame Operation mit den Russen.«

Ala-Huusko wurde verlegen. »Wie kommst du darauf?«, entfuhr es ihm.

»Na so was, habt ihr die russischen Agenten etwa nicht bemerkt? Von denen hat da draußen ein halbes Dutzend gelauert. Und so was nennt sich Geheimpolizei. Hoffentlich habt ihr wenigstens nachgezählt, ob eure eigenen Männer noch alle da sind«, höhnte ich.

»Die Operation ist beendet«, erklärte Korhonen. »Schnipsel mal den Kabelbinder durch«, wies er den Polizisten in der Kugelweste an.

Ala-Huusko nickte. Die Polizisten zogen ab, stiegen in ihren Kleintransporter, ohne die Ausrüstung abzulegen.

»Wir sprechen uns noch«, sagte Ala-Huusko und ging rückwärts die Rampe hinunter. »Auch du wirst überwacht, Korhonen«, rief er noch, bevor er sich umdrehte.

Korhonen und ich blieben allein zurück.

»Du stapfst ziemlich allein durch diese Kacke, Viktor, und der Pegel steigt«, sagte Korhonen ohne drohenden Unterton. »Ich kann dir vielleicht einen Rettungsring zuwerfen. Andere Helfer kann ich dir nicht empfehlen. Ich kapier überhaupt nicht, worum es geht. Die Supo veranstaltet einen Riesenzirkus, aber mir traut sie nicht, obwohl sie mich selbst angeworben hat.«

»Heul nicht«, erwiderte ich. »Ich weiß auch nichts. Aber ich finde es raus.«

Über den Bürgersteig strömten Leute in Schüben, als wäre irgendwo weiter oben ein Dammtor, das in unregelmäßigen Abständen jeweils eine Gruppe von Passanten durchließ. Ich starrte auf den Strom, die wenigen, die in die Gegenrichtung marschierten, wirkten unnatürlich.

Wie die Lachse, die schwimmen auch gegen den Strom, dachte ich, doch dabei schob sich mir das Bild von Julija an Bekaris Arm vor die Augen. Ich wusste, dass ich diesen Anblick nicht so bald vergessen würde.

»Wie steht es sonst? Mit dem Leben? Mit den Frauen?« Korhonen schoss ins Blaue und traf.

»Ziemlich chaotisch«, gab ich zu.

»Na, falls es dich tröstet, bei mir auch. Verdammt nochmal, alles ist in Ordnung, und trotzdem schmeckt alles fad«, sagte Korhonen überraschend. »Ich habe eine Psychologin zu Hause, aber mit der kann ich doch nicht darüber reden. Klagen, wenn es nichts zu klagen gibt. Und wehe, du gehst zum Betriebsarzt und sagst, du wärst deprimiert. Das spricht sich sofort rum, und der kleine Teppo darf nur noch Büroarbeit machen. Man traut sich höchstens noch zum Zahnarzt.«

»Ich war privat beim Arzt. Der hat mir irgendeine Serotoninkur verschrieben. Das Zeug hat bloß bewirkt, dass mein Schwanz streikt und mein Mund ständig trocken ist. Der Doktor hat gesagt, probieren wir das mal ein paar Monate lang. Verdammter Quacksalber, hört mir fünf Minuten zu und drückt mir ein Rezept für ein halbes Jahr in die Hand.«

»Aha. Tut mir leid. Ehrlich«, setzte ich hinzu, als ich merkte, dass meine Worte arg förmlich klangen. Und auf einmal wusste ich, dass ich mit keinem über Julija sprechen konnte. Nicht einmal mit Korhonen, obwohl ich mir verwundert eingestand, dass ich ihm mehr vertraute als irgendwem sonst. Nicht als Polizist, aber als Mann, fast als Freund.

Ich ging zu meinem Wagen.

»Du selbst und allerlein willst rausfinden, was los ist?«, fragte Korhonen.

»Ich selbst und ganz allein.«

Korhonen schüttelte den Kopf, lächelte müde. »Gott will ich lassen raten«, begann er zu singen, drehte sich um und ging.

»Trotzdem vielen Dank«, sagte ich zu seinem Rücken. Der Kripomann quittierte meine Worte mit einem Winken.

»Mein Leib und meine Seele in dein' Händ' ich befehle«, drang sein klangvoller Gesang leise an mein Ohr.

28

Ich wartete vor dem Tor zur Garnison von Santahamina auf Matti. Die Wächter hielten jeden Wagen an, der durchfahren wollte, und überprüften den Passierschein. Als Mattis Audi neben meinen Citroën rollte, stieg ich um. Matti trug einen Tarnanzug. Auch darüber hatte ich mich schon bei früheren Gelegenheiten gewundert. Die Ausgehuniform hätte doch sauber und repräsentativ sein müssen, scharfe Bügelfalten an der Hose und auf dem Kopf eine Uniformmütze.

Ich hatte Matti erklärt, dass ich auch am Rücken scharfe Augen brauchte. Und dass es nichts schaden könne, in einem unbekannten Fahrzeug unterwegs zu sein. Es hätte mich nicht gewundert, wenn sich unter dem Trittbrett oder auf der Innenseite der Stoßstange meines Citroën ein Ortungssender befunden hätte. Die Supo und sogar Korhonen schienen genauestens über meine Bewegungen informiert zu sein.

»Fahr nach Punavuori.«

Matti wusste von den beiden Wohnungen, die ich früher über ein paar nur auf dem Papier existierende Strohmänner an den Geschäftsmann Frolow vermietet hatte, als Quartier für seine Freudenmädchen. Der Russe hatte die Wohnungen nebenbei als Drogenumschlagplatz genutzt, und ich hatte mich gezwungen gesehen, das Spiel abzupfeifen, ein wenig zu laut. Jetzt stand die eine Wohnung leer, in der anderen waren einige von Marjas Putzfrauen untergebracht.

In der Pursimiehenkatu setzte Matti den Wagen geschickt rückwärts in eine kleine Lücke. Ich klingelte, schloss dann aber mit meinem eigenen Schlüssel auf. »Ich bin's«, rief ich beruhigend.

Wronskij, Julija und Bekari saßen im Halbdunkel am Küchentisch. Julija hatte ein Wasserglas vor sich stehen.

Im Wohnzimmer hockte der Autohändler Ruuskanen bequem im Sessel und las »Die Welt der Technik«. Er trug wieder ein enges Marimekko-Hemd, das sich über seinem Bauch spannte, diesmal blau-weiß gestreift, dazu eine gelbgrau karierte Krawatte.

»Grüß dich, sagt der eine hübsche Junge zum anderen«, begann Ruuskanen. »Hier sitzen wir im Frieden des Herrn. Das Telefon hat nicht geklingelt, und niemand hat an die Tür geklopft. Die Gemeinde sitzt da wie Helen Keller bei der Leseprüfung.«

»Seid ihr verfolgt worden?«

»Ich glaube nicht. Ich bin ein paar Umwege gefahren … zuerst nach Ruoholahti, dann kurz nach Lauttasaari und zurück. Mir ist nichts Besonderes aufgefallen«, erklärte Ruuskanen eifrig. Er hatte sich gefreut, als ich ihn um Hilfe gebeten hatte, und gesagt, er werde die Firmentür sofort schließen und diese logistische Aufgabe diskret und professionell erledigen.

»Gut. Schreib's auf die Rechnung«, sagte ich.

Ruuskanen wirkte noch erfreuter, rechnete sich offenbar aus, dass ich die Einbruchsschäden doppelt ersetzen würde, zusätzlich zu der Entschädigung von der Versicherung.

»Über die Summe sprechen wir später«, fügte ich hinzu und deutete damit an, dass das Resultat seiner Rechenoperationen nicht unverschämt ausfallen durfte. »Erst mal wechseln wir das Quartier. Diese Wohnung ist nicht unbedingt sicher. Sie wird bald überprüft und womöglich jetzt schon observiert«, erklärte ich und spähte aus dem Küchenfenster auf die Straße. Matti fuhr seinen Audi auf den Innenhof, direkt vor die Hintertür. Ich wartete, bis das Licht im Treppenhaus sich abschaltete, dann gingen Matti und ich zweimal raus und rein und schlugen die Autotüren geräuschvoll zu. Die Abendsonne schien ein wenig schwächer, dennoch war es zu hell. Wenn wir von einer der Wohnungen aus beobachtet wurden, war unser Bluff wertlos. Auf der Straße würde man dagegen nicht unbedingt erkennen können, ob Passagiere im Wagen saßen, denn Matti hatte die Fenster des Audis mit dunklen, spiegelnden Folien beklebt.

Matti ließ den Motor aufheulen und brauste davon. Ich beobachtete ihn durch die Glastür. Ein blauer Škoda folgte ihm. Er konnte der Polizei gehören, ebenso gut aber auch einem zivilen Freund tschechischer Autos.

Ich ging zurück in die Wohnung, hütete mich aber, Licht zu machen. Oben sagte ich zu Ruuskanen, er solle seinen Wagen holen, sich dabei aber Zeit lassen. Unterwegs könne er ruhig am Kiosk halten und Zigarillos und die neueste Auto-Bild kaufen.

»Die hab ich abonniert. Und mit dem Rauchen habe ich schon vor zwei Jahren aufgehört«, verkündete er stolz.

»Deshalb hast du also zugenommen«, frotzelte ich. Meiner Erinnerung nach war Ruuskanen immer schon rundlich gewesen.

»Na ja, ein paar Kilo habe ich zugelegt, obwohl ich mich bemüht habe, Sport zu treiben«, gestand Ruuskanen.

Ich erklärte, mich nicht brennend für seine Diät oder das Duell zwischen gutem und schlechtem Cholesterin zu interessieren. Ich hätte ihm nur zu verstehen geben wollen, dass er möglichst locker wirken sollte, wenn er den Wagen holte, und dass es nicht schaden würde, unterwegs irgendwo anzuhalten. Beim Kiosk oder sonst wo.

Ruuskanen versprach, zehn Minuten zu brauchen.

Wir warteten in der Wohnung und gingen dann nach unten.

Nach exakt zehn Minuten fuhr dröhnend ein Auto vor. Es sah alt aus, war leicht gerundet, doch das ursprüngliche Äußere war unter den verbreiterten Kotflügeln und breiten Aluminiumfelgen nur zu erahnen. Die Grundfarbe des Wagens war weiß, aber er hatte auffällige blaue Streifen und an den Seiten Quadrate für die Startnummer.

Wir zwängten uns hinein. Wronskij, Bekari und Julija saßen hinten fast aufeinander, denn die Überrollbügel verkleinerten den Innenraum. Ich ließ mich auf dem schüsselförmigen Beifahrersitz nieder und legte den Vierpunktsicherheitsgurt an.

»Hübsch unauffällig, die Karre«, wandte ich mich an Ruuskanen.

»Ein RS Escort, Baujahr 1978. Und zwar kein normales Zweilitermodell. Aus England hab ich den Motorblock von einem Rennwagen gekriegt, und in Joensuu haben sie mir dann den Rest des Motors gebaut. Zwei oben liegende Nockenwellen, zwei Doppelwebervergaser und Tuningfilter. Kein leidiger Luftmangel. Bei Historic-Rallyes ist der unschlagbar. 240 Pferdchen unter der Haube, weißt du? Der dreht in allen Gängen voll auf, sogar auf Asphalt«, pries Ruuskanen seine Kutsche.

Ich erkundigte mich, wie der alte, getunte Wagen sich mit dem Image von Öko-Auto-Ruuskanen vertrug. Der Autohändler beteuerte, bei den Rallyes verbreite er Umweltschutzideologie, verteile kompostierbare Müllsäcke und schließe Vorverträge über Wärmepumpenbestellungen.

»Für meine Alte musste ich die Wahrheit ein bisschen schönfärben. Ich habe ihr gesagt, ich nehme an Ökorallyes teil. Aber jetzt nix wie weg, sagt die Made im Speck.«

Schon bevor wir die Ausfallstraße erreichten, hatte Ruuskanen bewiesen, dass die Bodenhaftung beim Beschleunigen zumindest in den drei niedrigsten Gängen versagte. Die drei auf der Rückbank hielten sich an den Vorderlehnen und Überrollbügeln fest, schaukelten aber dennoch wie ein übereifriges Schunkelmusiktrio. Ruuskanen ließ den Wagen in weiten Bögen schlingern und schien das Quietschen der Reifen zu genießen.

Ich hatte Angst, musste aber gleichzeitig daran denken, dass Julijas Oberschenkel sich jetzt an Bekaris Bein drückte.

Die Tür des Reihenhauses in Hakunila ging auf, bevor ich den Finger auf den Klingelknopf gelegt hatte.

»Du liebes Göttchen, kommt herein, tretet naher«, echauffierte sich Oksana Pelkonen, schlug die Hände zusammen, als sei hoher Besuch eingetroffen. »Ich habe Tee gekocht und Piroggen aus dem Gefrierschrank geholt, ich war ja nicht vorbereitet …«

»Oksanka, meine Gute, du sollst kein großes Dinner richten. Denk dran, was wir am Telefon abgemacht haben«, versuchte ich sie zu bremsen. Ich hatte meine ehemalige Sekretärin angerufen und sie um ein sicheres Quartier für drei Menschen gebeten, die sich ein paar Tage verstecken mussten. Sie solle lieber nicht fragen, weshalb.

Ich scheuchte die Leute ins Haus und bat auch Ruuskanen herein. Er ging gerade um den Wagen und befühlte die Felgen. »Ich hatte das Gefühl, dass eine der Bremsen klemmt. Aber es ist nichts überhitzt«, erklärte Ruuskanen und begrüßte Oksana wie eine alte Bekannte.

Ich zog die Tür hinter mir zu.

»Wo ist Esko?«, fragte ich. Auf dem Wohnzimmertisch war ein Büfett aufgebaut, das für die Bewirtung bei einer mittelgroßen Beerdigung gereicht hätte.

»Ich habe ihn einkaufen geschickt. Aufschnitt und frisches Brot und Obst. Obwohl jetzt eine schlechte Jahreszeit dafür ist. Ich habe gesagt, bring Erdbeeren, aber guck zu, dass sie gut sind. Ich habe gerade selbst welche gekauft, wässriges Zeug, pfui.« Oksana tat, als spucke sie aus.

Die Tür ging. Oksanas Mann kam mit zwei schweren Einkaufstüten herein, nickte den Gästen im Wohnzimmer zu und schleppte die Einkäufe in die Küche. Ich bedeutete Oksana, mitzukommen.

Esko räumte die Lebensmittel in den Kühlschrank, ohne ein Wort. Er war nur wenig größer als Oksana und hatte um die Taille Fett angesetzt. Ich stellte mir vor, wie die beiden zum Nordic Walking aufbrachen, in Freizeitanzügen, die vor einigen Jahren topmodisch gewesen waren. Und nach der Runde servierte Oksana Tee und einen kleinen Imbiss, den sie guten Gewissens verspeisten, denn sie hatten ja gerade Kalorien verbrannt …

Ich entschuldigte mich bei Esko. Natürlich hätte ich ihn, den Hausherrn, fragen müssen. Aber ich hätte es eilig gehabt und sei in Bedrängnis gewesen, und ich wisse, dass Oksana nichts versprechen würde, ohne sicher zu sein, dass es auch Esko recht wäre. Ich sei schon im Voraus ungeheuer dankbar für seine Hilfe.

Oksana stand daneben wie ein Schulmädchen, das seine Hausaufgaben vergessen hat.

Esko schloss die Kühlschranktür, zerknüllte die Plastiktüten in der Faust und stopfte sie in eine größere Tüte, die im Besenschrank hing.

»Ist doch selbstverständlich«, sagte er. Oksana entfuhr ein Seufzer.

Ich schüttelte Esko die Hand und bedankte mich noch einmal. Dann unterstrich ich, dass es um eine ernste Sache ging. Von außen dürfe man nicht sehen, dass sich Gäste in der Wohnung befänden. Kauft ein wenig weiter weg ein, in verschiedenen Läden, und hütet eure Zunge, riet ich.

Esko sagte, er verstehe. »Du hast Oksana geholfen, bist gut zu ihr gewesen. Du hast sie wie einen Menschen behandelt«, sagte er ernst.

»Oksanka ist eine gute Frau, Esko. Sie hat dich verdient.«

»Stimmt. Und ich versuche, gut zu ihr zu sein«, bestätigte Esko.

Oksana schluchzte auf und sah ihn glücklich an.

Wieder packten mich Schuldgefühle.

Ich wies Ruuskanen an, mich ein gutes Stück vor der Brücke nach Santahamina aussteigen zu lassen. Den Rest des Weges würde ich zu Fuß zurücklegen, denn ich hatte keine Lust, eventuellen Beobachtern den historischen Rennwagen vorzuführen. Ich hegte den Verdacht, dass man meinen inzwischen auf dem Besucherparkplatz der Garnison ausfindig gemacht hatte.

»Verstanden«, bestätigte Ruuskanen, wendete den Escort mit einer Hand und mampfte gleichzeitig eine Zimtschnecke. Ich hatte ihn zum Aufbruch gedrängt, bevor Oksanas Teestündchen begann, und er hatte sehnsüchtig nach den aufgetischten Speisen geschielt. Als Oksana ihm eine Tüte Gebäck aufdrängte, hatte er sich nur zum Schein geziert, hatte ohne große Begeisterung gemurmelt, zu Hause erwarte ihn Feta-Spinat-Pastete.

Ich blieb auf der Brücke stehen und bewunderte die

Aussicht auf das Zentrum von Helsinki und die Insel Suomenlinna. Wenn man die Uferlinie aus dieser Entfernung betrachtete, wirkten nicht einmal die großen Passagierschiffe störend. Ohne den Kopf zu drehen, blickte ich über das Brückengeländer und zählte die Wagen, die gegenüber dem Wachhäuschen auf dem Parkplatz standen.

Ich schätzte, dass der weiße Toyota Avensis ein Polizeifahrzeug war.

»Aha«, sagte Marja, als ich ihr beim Schlafengehen mitteilte, ich würde am nächsten Tag nach Moskau fahren.

»Aha.« Sie fragte nicht einmal, warum. Machte keine bissigen Bemerkungen über die Mitreisenden oder über obligatorische Besuche in Freudenhäusern, um die Ware vor dem Kauf zu testen.

Ich hatte keine zärtlichen Abschiedsworte erwartet, kein »oh, wie werde ich dich vermissen«. Oder »sei vorsichtig, Schatz, und nimm kein illegales Taxi«.

Aber gar nichts! Nur ein kaltes »Aha«. Und dazu ein kurzer Blick, gerade so, als hätte sie ganz hinten im Kühlschrank eine Schüssel mit einem vergessenen Essensrest entdeckt, auf dem es grünlich sprießte.

Ich drehte mich auf die Seite und wartete auf den Schlaf.

Ich musste lange warten. Marja schlief fast sofort ein, wieder einmal.

Im Traum befand ich mich in einem Gebäude, auf einem breiten Gang an der Fensterseite. Wie in einem Krankenhaus oder einer alten Schule reihten sich am anderen Rand des Flurs die Zimmer aneinander. Der Fußboden war dunkelgrau, die Wände waren weiß und die Treppengeländer aus Holz. Die Heizkörper strahlten eine solche Hitze aus, dass man bei Gegenlicht Staubkörnchen in der Luft gesehen hätte.

Onkel von der Petersburger Kasse kam und sagte, es sei ein schlimmer Tag gewesen. Mein Bruder sei tödlich mit dem Motorrad verunglückt und Marja habe Brustkrebs. Sie sei wegen eines Knotens zum Arzt gegangen, der ihr sofort die Brust amputiert habe.

Plötzlich war ich auf der Autobahn nach Tuusula. Ruuskanen fuhr, der Tacho zeigte hundertsechzig und er zog sein gestreiftes Hemd über den Kopf, ohne die Knöpfe zu öffnen. Ich hatte Angst, weil er blind lenkte. Am Straßenrand lag eine Kuh. Ein Motorrad war auf sie geprallt und lag nun ein Stück weiter weg umgekippt im Graben. Das Vorderrad drehte sich leise surrend. Der Motorradfahrer saß auf der Böschung, den Kälberstrick in der Hand. Er trug einen verkratzten Helm, der oben weiß war, über den Ohren aber schwarz-weiß kariert. Seine Schutzbrille war altmodisch und schwarz wie eine Schweißerbrille.

Ich schreckte hoch, lag wach und horchte auf die Stille.

29

Ein betrunken wirkender Mann schwankte über den Bahnsteig. Er hatte einen großen, hässlichen Kopf, und auch sein Körper sah aus, als sei er irgendwie lieblos zusammengestoppelt worden, mit Armen und Beinen, die nicht zusammengehörten. Sein schwankender Gang unterstrich die Giraffenähnlichkeit seiner Bewegungen. Der Mann trug ein weißes Eishockeyhemd, auf dem Rücken stand in blauen Buchstaben BURE.

Als der Mann mich sah, ging er plötzlich manierlich.

»Grüß dich, Stepan.«

»Viktor Nikolajewitsch«, erwiderte er höflich. Wir schüttelten uns die Hand.

Stepan war nicht so gut wie Pavel Bure, aber auch er hatte als Profi Eishockey gespielt. In der ersten russischen Division hatte er es zum Torschützenkönig gebracht, doch vor dem Aufstieg in die oberste Liga war seine Karriere ins Stocken geraten. Daraufhin war Stepan nach Finnland gereist und hatte sich der Mannschaft SaiPa in Lappeenranta angeboten. Ich war als Dolmetscher dabei gewesen. Der Vorstand und die Trainer der SaiPa hatten im Café der Eishalle zunächst mir die Hand gereicht, weil sie mich für den Spieler hielten. Ich hatte mich über ihren Irrtum nicht gewundert, denn auf den ersten Blick sah Stepan nicht wie ein Mittelstürmer aus.

Auch bei näherem Hinsehen waren einige Zweifel an Stepans Spielerqualitäten aufgekommen. Stepan machte keine Anstalten, sich dem geradlinigen finnischen Eishockey anzupassen. Er wollte den Puck behalten, kurvte mit ihm über das Eis, notfalls auch auf das eigene Tor zu, anstatt die schwarze Scheibe gegen die gegnerische Endbande zu schießen, wo man sie aus wildem Gedränge fischte.

Der Abpfiff kam durch eine Armverletzung. Stepan brach sich die Speiche und kehrte stillschweigend nach Russland zurück, die Entschädigung der Versicherung in der Tasche. Ich hörte, dass er dort einen auf Pornos spezialisierten Videoverleih betrieb und zu saufen begonnen hatte, doch dann tauchte er plötzlich wieder in Finnland auf. Nun verrichtete er in Helsinki kleinere Dienste für russische Gauner und Geschäftsleute. Häufig hielt er sich am Hauptbahnhof auf. Dort stromerte er herum, eine Schnapsflasche in der Jackentasche, bettelte um Geld und Zigaretten und klaute unvorsichtigen Reisenden das Handy oder den Laptop.

Ich vermutete, dass Stepan auch auf Bestellung Handys stahl, im Auftrag der russischen Botschaft oder russischer Businessmänner. Aber ich hatte ihn engagiert, meiner Frau nachzuspionieren.

»Was hast du gesehen?«, fragte ich ohne Umschweife.

»Na, deine Frau ist angekommen, sie wurde erwartet, und dann sind sie in ein Restaurant gegangen.« Stepan bewegte sich vorsichtig über das Spielfeld und machte an der Torlinie halt.

»Ja. Wer hat sie abgeholt. Haben sie sich umarmt? Geküsst?«, drängte ich ihn voran.

»Ein Mann. So ein normaler Finne. Kleiner als du. Vielleicht auch jünger. Gepflegt. Nicht irgendwie fein, ich meine, Kleidung und so«, wand sich Stepan. »Sie haben sich umarmt und geküsst. Aber nicht leidenschaftlich! Deine Frau hat sich sogar ein bisschen gewehrt«, checkte er die Lage ab, als er den Verdacht erkannte, der mir ins Gesicht geschrieben stand.

»Und dann?«

»Ja, also, das mit dem Küssen kam dann später, auch mehr. Am Bahnhof war es nur so eine freundschaftliche Begrüßung. Oder ein bisschen mehr. Aber nicht direkt ein Ablecken«, fuhr Stepan fort, als ich ihn fordernd ansah.

»Und?«

»Sie haben gegessen. Ich habe draußen gewartet, ein bisschen weiter weg. Aber ich habe sie die ganze Zeit im Auge behalten, damit sie mir nicht entkommen. Sie haben zwei Flaschen Wein getrunken. Roten. Deine Frau hat bezahlt.« Über dieses Detail schien Stepan sich zu wundern. »Dann sind sie zum Taxistand gegangen, haben sich unterwegs eine Weile im Esplanadenpark geküsst. Bei der Statue.«

»Sind sie zusammen weggefahren?«

»Nein. Der Typ hat deine Frau zum Taxi gebracht. Ein Volvo. Das Kennzeichen habe ich mir notiert. Also, sie sind nirgendwo hingefahren, um zu vögeln … miteinander zu schlafen. Ich meine … es ist nichts weiter passiert. Der Mann ist zu Fuß Richtung Töölö gegangen. Ich bin ihm bis zum Parlamentsgebäude gefolgt, aber dann habe ich kehrtgemacht. Weil wir weiter nichts abgesprochen hatten.«

Stepan sah mich besorgt an, ungewiss, ob sein Bericht mich zufriedenstellte oder nicht.

Das wusste ich selbst auch nicht.

»In Ordnung. Du hast ganz richtig gehandelt. Hier, eine kleine Entschädigung für deine Mühe.« Ich gab ihm vier Fünfziger, die er zusammenrollte und in die Jeanstasche steckte.

»Willst du verreisen?« Stepan zeigte auf meinen Koffer.

»Nach Moskau.«

Die Waggonschaffnerin des nach Tolstoj benannten Zuges hieß mich willkommen. Angesichts ihrer Waden war ihr Rock ein wenig zu kurz, doch sie machte einen freundlichen Eindruck und sprach mich automatisch auf Russisch an.

Im Abteil breitete ich meine Sachen aus, ließ die Schuhe auf den Fußboden fallen und legte mich auf eines der beiden mit blauen Decken versehenen Betten. Der Wagen war modern. Ich fummelte eine Weile an dem Fernseher herum, bekam aber kein Bild auf die Mattscheibe und begnügte mich schließlich damit, die Zeitung zu lesen.

Als wir Lahti passiert hatten, ging ich in den Speisewagen. Er glich der Bar des einzigen Hotels in einer Kleinstadt. Die Inneneinrichtung wollte elegant sein, doch der Raum wirkte eng und altmodisch. Die roten Gardinen schmückten sich mit dem wappenartigen Kennzeichen der Bahngesellschaft, mit Rüschen und Schnüren, die in einem Quast ausliefen.

Die finnischen Passagiere tranken Bier, aßen allenfalls ein Käsebrot.

Ich bestellte mir bei dem mürrischen Kellner eine Suppe. Er trug eine schwarze Weste und eine rote Fliege. Von vorn war er kahlköpfig, aber als er sich umdrehte, sah ich, dass er die Nackenhaare zu einem dünnen Zopf geflochten hatte. Auf meine Suppe musste ich bis hinter Kouvola warten. Erst dann brachte der Kellner die Schüssel und einige Scheiben dunkles Brot, brummte ein »Požaluista«.

Als im Speisewagen zum ersten Mal angekündigt wurde, man werde für die Zeit des Grenzübergangs schließen, kehrte ich in mein Abteil zurück.

In Vainikkala stiegen noch einige Passagiere zu. Die Russin, die als Letzte einstieg, hatte ein halbes Dutzend Bündel und Tüten bei sich. Ein Zöllner half ihr, die Einkäufe in den Zug zu bugsieren.

Ruckelnd setzte sich der Zug in Bewegung. Eine Weile sah ich nur rostige Chemikalienwaggons, dann überquerten wir die Grenze. Der Waggon schien stärker zu schaukeln und lauter zu rattern als auf der finnischen Seite. Die Strecke führte durch einen Wald und in ein Tal, neben den Gleisen schlängelte sich ein kleiner Fluss. Am Hang hatte ein Waldbrand gewütet. Die verkohlten Bäume ragten schwarz in die Höhe. Dann wurde das Gelände flacher, neben den Gleisen tauchten kleine Felder und einige Siedlungen auf. Die meisten der schäbigen Hütten waren schief, bei einer hatte man das Dach mit einer grellbunten Platte geflickt.

Vor Wyborg wurden die Häuser größer, standen enger beieinander, bildeten Dörfer. Dazwischen stachen neu gebaute Fabrikhallen ins Auge, mit hellen Wandelementen, auf dem Hof neue Kleintransporter.

Ich versuchte, nicht an Julija zu denken. Auf meinem Handy ging eine SMS ein, die mir jedoch nur mitteilte, dass der Netzbetreiber gewechselt hatte. Er hieß jetzt Megafon.

Wieder in Russland. Zu Hause, seufzte ich.

30

Die Endstation in Moskau trug immer noch den Namen Leningrader Bahnhof. Die Bahnsteige endeten in einer langen Wartehalle, die voll von Reisenden und den Gerüchen russischen Gedränges war. In den Duft fettiger Pasteten und frischer Früchte mischte sich schwerer, fast süßlicher Abortgestank, dann eroberte eine dichte Parfümwolke den Luftraum.

Draußen schlängelte ich mich durch die Kioskzone. Vor dem Bahnhof hingen Bier trinkende Müßiggänger herum, kleine Männer in Lederjacken boten Fahrdienste an. Ich schüttelte den Kopf und ging hinunter zur Metro.

Ich traf eine Viertelstunde zu früh beim »National« ein. Vor dem Hotel parkten schwarze Wagen in doppelter Reihe. In früheren Jahren waren es Wolgas und Tschaikas gewesen, jetzt Audis und Mercedes. Auch die Chauffeure trugen andere Uniformen als früher. In schwarzen oder dunkelgrauen Anzügen lehnten sie sich an die Kotflügel und rauchten.

Der Portier trug einen Zylinder und einen langen grünen Umhang. Er hieß mich höflich willkommen. Ich erklärte ihm, ich sei nur wegen einer Verabredung zum Frühstück hier, und fragte, ob ich meinen Koffer zur Aufbewahrung abgeben könne. Der Türsteher sagte, aus Sicherheitsgründen sei es eigentlich nicht erlaubt, Gepäckstücke von Passanten anzunehmen, aber ich sei ihm angekündigt worden. Er nahm meinen Koffer und brachte ihn in eine gläserne Kabine neben dem Eingang, gab mir keine Quittung und lehnte das Geld ab, das ich ihm anbot.

Ich schlug einige Minuten auf der Toilette tot. Im Spiegel starrte mich ein müde aussehender Viktor an, dabei war die Nacht ruhig verlaufen. Ich hatte fest geschlafen und war nicht einmal wach geworden, als der Zug in St. Petersburg und Twer hielt.

Das Restaurant lag im ersten Stock, am Ende langer, mit weichen Teppichen ausgelegter Gänge. An den Wänden hingen Fotografien von Politikern und Unterhaltungskünstlern, die im Hotel übernachtet hatten. In einer Art Foyer wurde eine Marketingveranstaltung vorbereitet. Junge Frauen in topflappengroßen Röcken balancierten auf schwindelerregend hohen Absätzen Weingläser zu den Tischen.

Der Oberkellner führte mich ungefragt an einen Tisch auf der Raucherseite. Der große Raum war leer bis auf einen jungen Kellner, der Teller und Tassen vom Nebentisch abräumte.

Ich wartete. Durch das wandbreite Fenster sah man über die Straße und den Platz hinweg auf die roten Backsteinmauern des Kremls und das Auferstehungstor, hinter dem sich der Rote Platz abzeichnete. Die Putzbrigade am Grab des Unbekannten Soldaten verlieh dem Bild eine altvertraute Färbung. Das Trüppchen der Omas und Opas in grauer Arbeitskleidung fegte ohne jede Eile, aber sorgfältig, die verwelkten Blumen zusammen, trug den Inhalt der Abfalleimer zu einem kleinen Gaz und kippte ihn auf dessen noch kleinere Ladefläche.

»*Dobroe utro*«, unterbrach eine tiefe Stimme meinen nostalgischen Moment.

Es waren drei Männer. Derjenige, der mich angesprochen hatte, war eher klein und schlank, erst um die dreißig.

Mir war bereits aufgefallen, dass ich eine Abneigung gegen Machthaber und Entscheidungsträger hatte, die jünger waren als ich. Ich versuchte, mir klarzumachen, dass ich selbst eben älter wurde. In wichtige Positionen stiegen ebenso wichtige Leute auf wie früher. Auch dass der Mann so klein war, gab mir zu denken. War geringe Körpergröße im heutigen Russland ein Vorteil? Medwedjew und Putin, bei denen Mutter Natur mit den Zentimetern gegeizt hatte, empfanden es womöglich als peinlich, von langen Kerls umgeben zu sein.

Ich behielt meine Schlussfolgerungen für mich und erwiderte den Gruß.

»Ich bin Dolgich«, sagte der Mann, nannte weder Vor- noch Vatersnamen. »Und Sie sind Viktor Gornostajew. Sie gestatten?«

Die Männer, die neben Dolgich standen, warteten meine Zustimmung nicht ab, sondern stellten sich links und rechts von mir in Positur und klopften mich sachkundig ab. Dann traten sie synchron zurück, nickten und entfernten sich.

»Ich habe keine Waffe«, lächelte ich.

»Das wusste ich«, sagte Dolgich freundlich. »Wir wollten uns nur vergewissern, dass du auch sonst nichts Schädliches an dir trägst. Aber jetzt wollen wir das Frühstück genießen. Es gibt hier ein vorzügliches Büfett, sehr zu empfehlen. Warme Pasteten und anderes Gebäck. Hervorragenden Speck. Kartoffelgratin. Würstchen. Pilze. Und der Junge presst frischen Fruchtsaft. Bitte sehr, Viktor Nikolajewitsch.«

Ich sagte, ich sei tatsächlich hungrig. Das entsprach der Wahrheit. Außerdem wollte ich zeigen, dass ich nicht etwa vor Angst den Appetit verloren hatte.

Wir aßen. Nach seiner zweiten Tasse Kaffee zündete sich Dolgich eine Zigarette an.

»Ich arbeite in der Administration. Erzähl mir alles.«

Ich betrachtete die Teekrümel, die sich auf dem Boden meiner Tasse sammelten. Auch sie verrieten mir nicht, welcher Administration Dolgich diente. Dem Kreml? Einem Ministerium? Der Armee? Oder war sein Arbeitgeber die *Federalnaja služba bezopasnosti*, allgemein bekannt als FSB?

Erzähl mir alles. Dolgich fragte nicht und befahl nicht, er verkündete eine Tatsache.

Vor Teppo Korhonen, der finnischen Zentralkripo oder der Supo konnte ich lächeln und schweigen oder mir aussuchen, was ich sagen wollte. Aber Dolgich war ein Kontakt, um den ich selbst gebeten hatte. Seine Zeit durfte ich nicht verschwenden, indem ich zauderte oder lavierte.

Und wenn nun alles nur ein Missverständnis oder eine Überreaktion ist?, dachte ich plötzlich erschrocken. Vielleicht hatte Wronskij in meinem Wagen nur eine kleine Drogenlieferung oder Schmuck versteckt. Dolgich würde mich auslachen und die ganze Kette büßen lassen, bis hin zur Petersburger Kasse und Onkel und der Botschaft. Und in dieser Kette wäre ich das letzte und schwächste Glied, man würde mich ausscheiden, ohne Publikumsabstimmung und für immer.

»Alles begann im Juni in Petrozawodsk«, sagte ich. »Oder eigentlich … vor zwanzig Jahren. Ich kannte den Genossen Wronskij schon damals. Wir waren zusammen bei der Armee. Und damals hieß er Kasimirow. Arseni Kasimirow.«

Dolgich zündete sich die nächste Zigarette an. Er schien keine Eile zu haben. Plötzlich war ich mir meiner Geschichte sicher und wusste, dass sie ihn interessierte.

»Erzähl mir alles. In aller Ruhe. Wir können zwischendurch noch eine Runde essen«, lächelte Dolgich.

Ich saß auf dem Fensterbrett im vierzehnten Stock des Hotels »Vega«. Unten befanden sich ein Busparkplatz, ein flaches

Einkaufszentrum und eine Metrostation, vor der Sammeltaxis Passagiere einluden.

Das Hotel war dereinst für die Moskauer Olympiade gebaut worden, neben drei gleich großen Komplexen im Stadtteil Izmailowo. Es war kürzlich renoviert worden. Man hatte die alte Konstruktion stehen lassen, aber mit neuen Oberflächen überzogen, innen und außen, und das Resultat wirkte überraschend sauber.

Dolgich hatte sich ein wenig gewundert, weil ich nicht im »National« bleiben wollte. Er hatte zu verstehen gegeben, dass er die Übernachtung bezahlen würde, doch ich hatte gesagt, ich hätte bereits anderswo ein Zimmer reserviert. Wenn man die Mühe auf sich nehme, zehn Minuten mit der Metro zu fahren, zahle man nur einen Bruchteil dessen, was die teuren Hotels im Zentrum verlangten. Dolgich hatte Verständnis gezeigt, sowohl für meine Sparsamkeit als auch für meinen Wunsch, die Dankesschuld möglichst gering zu halten.

Überhaupt war er mir mit Anerkennung und Wohlwollen begegnet. Er betonte mehrfach, dass ich ihm und seinen Leuten einen großen Dienst erwiesen habe, und meinem Vaterland ebenfalls. Meinem ehemaligen, korrigierte ich. Dolgich sah mich lange an, in den noch glatten Augenwinkeln bildeten sich kleine Lachfältchen. Ich betrachtete sein Lächeln als Zeichen des Respekts vor meiner Kühnheit.

»Sorge dafür, dass Wronskij den Finnen nicht in die Hände fällt, und liefere die Röhren an die Leute von der Botschaft. Wronskij darf nicht gefasst werden. Das genügt«, sagte Dolgich beinahe befehlend. »Du brauchst ihn nicht zu töten, ich weiß, dass du so etwas nicht tust.« Er war über die Berichte in den Akten aus meiner Spezialausbildung informiert, kannte meine Psyche vermutlich besser als ich selbst.

Ich nickte. Harmlos, scheinbar beiläufig, fragte ich, was

mit den anderen sei. Was sollte ich mit Bekari und Julija, Wronskijs Helfern, tun? Dolgich sah mich wissend an und meinte, das dürfe ich selbst entscheiden.

Unser Frühstück dauerte fast zwei Stunden. Dann faltete Dolgich seine handtuchgroße Serviette sorgfältig zusammen, ohne nervösen Blick auf die Uhr, nickte zum Abschied und ging.

Ich wusste, dass er mich engagieren würde. Jederzeit. Und zwar ohne zu fragen, ob es mir recht sei.

Mir war auch klar, dass Dolgich mir keine neuen Informationen gegeben hatte. Ich wusste nichts über Wronskij, seine Operation oder seine Hintermänner. Ich konnte nicht sicher sein, ob das Projekt überhaupt existierte oder ob es nur ein Probeschuss war, um die eigenen Leute zu testen oder die Wachsamkeit der Finnen zu erkunden. Wenn Wronskij tatsächlich einen Anschlag plante, wusste ich nicht, wer sein Auftraggeber war.

Im Hintergrund konnten die jüdischen Geschäftsleute stehen. Möglicherweise war Wronskij ehrlich überzeugt, dass es sich so verhielt. Aber genauso gut konnte es sich bei den wahren Auftraggebern um Ikonen küssende Oligarchen, verwilderte Privatunternehmer aus dem Sicherheitsdienst oder ernste Männer aus dem Schatten der Zwiebeltürme des Kreml handeln. Womöglich gehörte Wronskij zur *Urpo*-Abteilung des FSB, die sich auf organisierte Kriminalität und Terrorismus konzentrierte. Offiziell war diese Abteilung aufgelöst worden, aber in irgendeiner Form arbeitete sie weiter, da war ich mir sicher.

In Russland gab es genug Intriganten, so war es immer schon gewesen. Und niemand hielt es für nötig, mir zu sagen, ob diese spezielle Intrige echt war und wer die Kette von der Rolle gelassen hatte.

Außerdem kam mir Dolgichs als Bitte um Hilfe getarnter Befehl durchaus gelegen. Er war eindeutig, ich brauchte – vielleicht – nichts allzu Kriminelles zu tun, und würde mit halbwegs trockenen Füßen aus der Schlammpfütze herauskommen. Vielleicht.

Ein paar Vielleichts zu viel.

Unten starteten Busse und fuhren qualmend ab. Die freien Flächen zwischen den Hotels wurden renoviert, zwei Pflasterer hockten auf den Knien und klopften die Platten fest. In der Mitte des Pflasters war eine Grasfläche angelegt, die in märchenhaft zartem Grün sprießte. Am Eingang zur Metro entdeckte ich mehrere Milizionäre. Sie hielten Leute an, überprüften bei Menschen, die dem Aussehen nach aus Kaukasien oder Fernost stammten, die Papiere, suchten nach illegal Beschäftigten, die sich ohne Genehmigung in Moskau niedergelassen hatten.

Noch an diesem Abend oder spätestens am nächsten Morgen wollte ich ins Marktviertel gehen. Dort fand sich vielleicht Importware für Alexej oder mich. Kartentaschen sowjetischer Offiziere, alte Gasmasken, Kokarden, Ordenszeichen, Karten aus der Kriegszeit … für alles gab es Abnehmer, interessierte Sammler.

Und morgen, bevor mein Zug abfuhr, würde ich wie ein Tourist auf den Roten Platz gehen und mich in ein Straßencafé vor dem alten Warenhaus Gum setzen. Ich würde ein Glas unverschämt teuren italienischen Weißweins trinken und mich wundern.

Ich würde daran zurückdenken, wie ich bei der Parade zur Feier der Revolution auf diesem Platz gefroren hatte.

Lenin würde ich allerdings keinen Besuch abstatten.

Ich mochte keine Toten, auch dann nicht, wenn sie einbalsamiert waren.

31

Der Overall des Mannes war aus dunklem, glattem Stoff. Obwohl der Mann sich kaum von dem schwarzen Blechdach des Präsidentenpalastes abhob, tat er sein Bestes, sich gebückt und unauffällig zu bewegen. Er kroch ein Stück vorwärts, hielt an, überprüfte die Durchführungen der Ventilationsröhren, richtete den Strahl seiner Stablampe in alte Schornsteine und betrachtete mit einem Spiegel, der an einem Stock befestigt war, die Unterseite der Regenrinnen.

Zum Abschluss seiner Mission setzte sich der Mann auf die Dachleiter und ließ den Blick von der Esplanade zur Uferstraße und über den Markt wandern. Er winkte zur Hauptgeschäftsstelle des Konzerns Stora Enso hinüber. Auf dem flachen Dach des an einen riesigen Zuckerwürfel erinnernden Gebäudes erhob sich eine ähnliche dunkle Gestalt und winkte zurück.

Der Mann nahm seine Schirmmütze ab, auf der in weißer Schrift POLIZEI stand, und wischte sich den Schweiß vom Haaransatz. »Prävention erledigt. Das Palastdach und das Enso-Haus sind gecheckt. Wir kommen runter«, meldete er per Funk und stieg über die Leiter in den Innenhof des Präsidentenpalastes.

Der Supo-Ermittler Marko Varis und Kriminalhauptmeister Teppo Korhonen standen untätig an der zur Mariankatu gelegenen Seite des Gebäudes, neben der Hauptwache.

»Guck mal, die Gegend scheint bei Hundebesitzern sehr beliebt zu sein«, frotzelte Korhonen, als zwei Polizisten, die er kannte, in Zivilkleidung und mit einem Golden Retriever an der Leine vorbeischlenderten. Korhonen flüsterte Varis gut vernehmlich zu, die Jungs seien wirklich hübsch. Sie würden glatt als schwules Pärchen durchgehen, das seinen Köter mit Wauwau oder Baby anredet.

Varis befahl Korhonen, den Mund nicht so weit aufzureißen. Korhonen nickte wissend, zeigte dann mit dem Finger auf einen Fotografen, bei dem es sich um einen Kollegen von Varis handelte. »Für welche Zeitung mag der wohl arbeiten?«, fragte Korhonen unschuldig.

Der Fotograf richtete seine Kamera auf die von einem Schutzgitter zurückgehaltenen Demonstranten. Die Gruppe war aus Estland angereist, um gegen die Unterdrückung der dortigen russischen Minderheit zu protestieren, und auch aus Russland war eine Busladung nationalistisch gesinnter *Naŝi*-Jugendlicher gekommen. Varis wusste, dass unter den Demonstranten auch Finnlandrussen waren, machte aber keine Anstalten, Korhonen über die Sachlage aufzuklären.

»Warum hängen wir eigentlich hier herum?«, fragte Korhonen gelangweilt.

»Sei still. Er kommt«, zischelte Varis. Der dunkelhaarige Mann, der ihm bei der Besprechung in der Botschaft gegenübergesessen hatte, kam vom Marktplatz her und lächelte strahlend. Allein, stellte Varis fest. Der Mann gab beiden die Hand, wandte sich dann auf Russisch an Korhonen.

»Was sagt er? Woher weiß er, dass du Russisch kannst?«, fragte Varis.

Korhonen brachte ihn mit einer Handbewegung zum Schweigen, hörte zu und nickte zu den Worten des Russen.

Der Mann kam zum Ende, gab den beiden Finnen erneut die Hand und ging.

»Na?«, drängte Varis.

»Was na? Er hat mir eine Adresse in Hakunila genannt. Er sagt, Kärppä und Wronskij und dieser Kraftprotz und die Tussi sind da, alle miteinander.«

»Verdammt! Dann aber los. Die schnappen wir uns.« Vor Aufregung wurde Varis' Stimme heiser. »Meine Fresse, Korhonen, du bist ganz schön leichtgläubig. Hast deinem Viktor glatt abgekauft, dass er in Russland ist.«

»Vielleicht war er ja dort«, sagte Korhonen eher nachdenklich als streithaft.

Varis bestellte bereits einen Wagen, der sie abholen sollte, und organisierte Verstärkung.

»Mach dir nicht in die Hose«, dämpfte Korhonen seinen Eifer.

Leichtgläubig?, überlegte er. Das bist du selbst, mein lieber Varis, du fragst dich überhaupt nicht, warum die Russen uns da hinschicken. Leichtgläubig, ha! Außerdem ist es ganz und gar nicht leicht, gläubig zu sein. Nur Unglaube ist noch schwieriger.

Es waren eine ganze Menge Reihenhäuser, in strenger Formation, als hätte ein Riese Streichholzschachteln auf die Erde gestellt und mit einem Lineal die exakten Abstände bemessen. Das Gelände unter dem Hügel war schattig, eher eine feuchte Senke als ein sanftes Tal. Die Bewohner hoben immer wieder lobend hervor, wie friedlich es in der Siedlung war. Hier versoff keiner die Sozialhilfe, und der Verkehrslärm von der Umgehungsstraße zog hoch über den flachen Häusern seine Bahn.

Die mit Schutzhelmen und kugelsicheren Westen ausgerüsteten Polizisten waren an der Giebelseite des letzten Hauses ausgeschwärmt. Zwei bewachten den Eingang und zwei weitere Zweiertrupps hockten in den Büschen.

Varis und Korhonen warteten hinter der überdachten Parkbucht. Der Leiter des Einsatzkommandos kam zu ihnen. »Sie sitzen auf der Terrasse. Drei Männer und eine Frau«, berichtete er.

»Kärppä, Wronskij und die beiden anderen …«, krächzte Varis heiser und räusperte sich.

»Bekari Kaladze und Julija Fedorowa. Die Anzahl stimmt«, ergänzte Korhonen.

»Okay, wie gehen wir vor? Normale Festnahme oder Sturmangriff?«, fragte der Einsatzleiter in alltäglichem Ton, ohne Angriffslust.

Korhonen setzte sich in Bewegung, ging auf das Reihenhaus zu.

Varis sprang ihm ein paar Schritte nach. »Verdammt noch mal, geh da nicht hin«, versuchte er den Kripomann zurückzuhalten.

»Ich guck bloß mal nach«, sagte Korhonen, ohne sich umzudrehen, und spazierte gemächlich weiter, als wäre er auf dem Saunapfad. Er blieb stehen und steckte sich übertrieben langsam eine Zigarette an. Aus der Nähe hätte man gesehen, dass seine Hände zitterten. Korhonen machte einige Lungenzüge, ging dann weiter zur Hecke und spähte in den kleinen Garten, der dahinterlag. Varis hatte den Eindruck, dass er etwas sagte. Dann drehte Korhonen sich um und winkte Varis herbei.

»Hüpf mal her, Varis, und guck dir das an. Da tagt ein Kaffeekränzchen«, sagte Korhonen. Als Varis sich näherte, zwängte sich Korhonen durch eine Lücke in der Weißdornhecke.

Der kleine Rasen war akkurat geschnitten, wie mit der Schere. Auf den Holzplatten der Terrasse standen eine Sitzgarnitur aus Plastik in Rattan-Optik, ein hölzerner Gartentisch und ein blauer Sonnenschirm. Der Tisch war mit Kaffeetassen, Butterbroten und Hefeteilchen gedeckt.

Korhonen pfiff ein paar Takte aus einem russischen Volkslied. »Der Club der Weisen«, begann er dann mit der Vorstellung. »Oksana Pelkonen und ihr Mann Esko, das Streifenhemd ist der Autohändler Ruuskanen, und der junge Mann hier ist der jüngste der Vogelsöhne, Matti Kiuru. Alte Bekannte allesamt.«

Varis sah das Grüppchen entgeistert an. Matti Kiuru trommelte mit den Fingern auf den Rand seines leeren Tellers, wie ein Formel-I-Fahrer, der auf das Startsignal wartet, auf sein Lenkrad klopft. Ruuskanen saß auf dem zweiten Stuhl und lächelte sein süßliches Autohändlerlächeln. Auf dem Sofa drückte Oksana Pelkonen die Finger ihres Mannes und bemühte sich, ihre Angst zu verbergen.

»Geh mal ins Haus, Kaisa, und guck nach, ob sich im Schlafzimmer Untermieter aufhalten. Aber die Wandverkleidung brauchst du nicht abzureißen. Kaum anzunehmen, dass Kärppä sich dahinter verkrochen hat«, schnaubte Korhonen. »Scheiße, hab ich nicht gleich gesagt, dass Kärppä als alter Partisan sich durch den Wald absetzt und längst verschwunden ist? Wir haben am falschen Bau gelauert.«

»Komm mir nicht schon wieder mit deiner Bewunderung für diesen Russen. Und wann merkst du Kohlkopf dir endlich, dass ich Marko heiße? Ich verstehe ja Spaß, aber musst du verdammt noch mal vor aller Ohren …« Varis' Gesicht war zornrot.

Korhonen pfiff erneut, brach aber mitten im Takt ab. Sein Lächeln wirkte beinahe grausam.

»Du hast einen ostbottnischen Humor. Erst sitzt man eine Stunde schweigend da, und dann sagt einer, der Ylä-Filppula ist in den Brunnen gefallen. Wollen wir morgen hin und ihn rausholen, wenn wir mit der Heuernte fertig sind? Und dann lachen alle boshaft. Woher kommst du eigentlich, Varis?«

Varis verzog den Mund. Er gab keine Antwort.

»Offenbar *classified information*. Lass mich raten. Aus Helsinki?«, hakte Korhonen nach.

»Aus Espoo.«

»Nicht zu fassen! Ein gebürtiger Espooer«, sagte Korhonen staunend, als habe er einen seltenen behaarten Wurm entdeckt.

Matti Kiuru zeigte auf.

»Ich wollte gerade zur Kaserne, mein Urlaub ist zu Ende«, erklärte er. »Kann ich gehen? Tante Oksana muss morgen auch früh aufstehen. Da darf es sowieso nicht zu spät werden. Ruuskanen setzt mich in Santahamina ab und bringt meinen Audi dann zur Inspektion in seine Werkstatt.«

Korhonen lachte schallend.

»Hast du das Gedicht im Integrationskurs für Rückwanderer gelernt? Tante Oksana und Onkel Ruuskanen, über eure Familienforschung lachen ja die Hühner! Eine innige Teestunde in Hakunila. Wo habt ihr denn den Samowar gelassen?«

»Korhonen!«, brüllte Varis und stürmte durch die Weißdornhecke. Man hörte, wie er den Polizisten zurief, der Einsatz sei beendet.

Zwei kleine Jungen erschienen hinter der Hecke wie Trollzwillinge.

»Voll cool. Warum haben die Gewehre? Sind das da Verbrecher? Warum verhaftet ihr die nicht? Warum hat der eine dich angebrüllt?«, fragte der kleinere Junge mit heiserer Stimme, ohne eine Antwort abzuwarten. Er stopfte sich Bonbons aus einer Plastiktüte in den Mund, eins nach dem anderen, als füttere er eine gierige Maschine.

»Die Onkels haben nur ein bisschen geplaudert«, sagte Korhonen. »Verzieht euch, ihr Prachtknaben. Hier gibt's nichts mehr zu sehen.«

»Scheiße, der Typ ist total daneben«, sagte der Heisere zu seinem Freund, der ein wenig älter wirkte und ein Skateboard trug.

»Komm, Eetu, gehen wir«, meinte der Ältere.

»Ein löblicher Vorschlag. Und es würde auch nichts schaden, wenn ihr nicht ganz so unflätig reden würdet«, tadelte Korhonen und unterdrückte ein Lächeln.

Die Jungen schlurften langsam auf den Hügel zu, wo graue Hochhäuser aufragten.

»Lass dir die Mähne wachsen und geh zum Hippie-Pipi-Festival«, rief der Kleinere zum Abschied.

»Ja, verpiss dich. Das kannst du besser, als uns zu verkackeiern!«, stimmte der Skateboardträger zu.

Korhonen sah den Jungen fast bewundernd nach und wandte sich dann an das Trüppchen auf der Terrasse.

»Mal ganz unter uns: Wo ist Kärppä? Und die Russentroika? Oder die Abchasen, Grusier oder was auch immer«, fragte er harmlos, als wolle er sich nur ein bisschen Milch ausborgen.

Ruuskanen sprach als Erster. »Du weißt ja, Korhonen, dass ich ein ganz normaler, ehrlicher Geschäftsmann bin«, erklärte er und stützte die Hände auf die Knie. »Man hat mich gekidnappt und zu wer weiß was gezwungen …«

Matti Kiurus giftiger Blick brachte den Autohändler zum Schweigen.

»Ist noch was? Wir fahren jetzt los. Und die Gastgeber wollen schlafen gehen«, sagte Matti.

Korhonen schüttelte den Kopf, wünschte eine gute Nacht und ging zum Parkplatz vor dem oberen Reihenhaus. Er trällerte den Saarenmaa-Walzer.

»Doch wo steht mein Auto, auf welchem der Höfe …«, sang er mit Georg-Ots-Stimme.

32

Ich saß auf dem Bretterzaun hinter dem Hügel in Hakunila, im Start- und Zielbereich der Loipen des Sportparks. Das Gelände war mir bekannt, ich war schon zum Skilaufen hier gewesen. Allerdings hatte ich in den letzten, extrem schneearmen Wintern von der einzigen Loipe, die man mit künstlichem Schnee gerettet hatte, genug bekommen und es vorgezogen, auf den längeren Strecken zu joggen. Die Steigungen waren hier natürlicher als auf den Laufpfaden in Helsinki.

Das Gras im Skistadion wuchs in Büscheln wie auf einer Naturwiese. An die winterlichen Wettkämpfe erinnerten nur die verblichene Skiwachsreklame an der Sprecherkabine und das abgebrochene Blatt eines Eishockeyschlägers. Jetzt war auf dem sandigen Spielfeld, das im Winter zur Eisbahn wurde, gerade ein lärmendes Fußballspiel der untersten Liga zu Ende gegangen, und die Tore zum Leichtathletikbereich wurden mit Ketten verschlossen.

Ich sah auf die Uhr. Bald mussten sie kommen.

Langsam und sorgfältig musterte ich die Umgebung. Der Sportpark versank in abendlicher Ruhe. Weiter weg, auf der Weide des Reitstalls, entdeckte ich zwei Pferde, und von den Skaterampen hinter dem Bach, der die offene Fläche durchschnitt, hallten hohle Rollgeräusche herüber.

Ich spähte über das jeweilige Objekt hinweg und an ihm vorbei, versuchte, den empfindlichen Zellen der Augen die

Chance zu geben, eine unerwartete Bewegung einzufangen. Das winzige Schwanken eines Menschen, der die Position wechselt. Den Rauchkringel von jemandem, der in seinem Versteck pafft. Das überraschende Auffliegen von Vögeln aus einem Gebüsch.

Nichts. Auch keine Männergruppen, die in aller Öffentlichkeit und ohne Eile ihre Dehnübungen machten. Der Parkplatz hatte sich geleert, und kein Hubschrauber knatterte über dem Gelände.

Die drei erreichten den Pfad, der an dem birkenbewachsenen Abhang entlangführte, ein wenig weiter südlich als geplant. Zuerst gingen sie im Gänsemarsch, aber auf der freien Fläche fanden sie nebeneinander Platz.

Wir hatten in Oksanas und Eskos Kleiderschränken nach passender Sportkleidung gesucht, damit Wronskij nicht im Anzug und Julija in Rock und Pumps ihre Kondition trainieren mussten. Bekaris Jeans und Anorak taugten für einen Abendspaziergang im Wald. Julija hatte im Spiegel überprüft, ob der Windanzug gut saß und die Joggingschuhe farblich passten, hatte dann schweigend zugehört, als ich sie anfuhr, für das Freiluftpublikum in Hakunila sei ihr Outfit gut genug.

Wronskij ging in der Mitte, mit wuseligen, kurzen Schritten. Bekari musste immer wieder innehalten und langsamer gehen, damit die beiden anderen nachkamen. Und Julija schritt an der anderen Seite dahin, den Kopf ein wenig gesenkt, als überprüfe sie den Boden vor sich. Ich hatte sie noch nie aus so großer Entfernung betrachtet, die Brust wurde mir eng, als ich dachte, sie ist auch von Weitem schön.

Sie war schön, präzisierte ich, um mich zur Konzentration zu zwingen. Ich musste handlungsfähig bleiben, Gefahren erkennen und richtig reagieren.

Ich sprang vom Zaun. Wronskij reichte mir das Navigationsgerät, bedankte sich nicht für die Leihgabe.

Ich hatte ihnen die Strecke auf der Karte im Telefonbuch gezeigt und im Garten hinter Oksanas und Eskos Haus auf die Stelle gedeutet, wo sie anfing. »Von da über den Weg an den Schrebergärten vorbei, dann den Hügel hinauf in den Wald und zum Joggingpfad, ihr schlagt einen großen Bogen und kommt schließlich hinter dem Reitstall auf den Pfad zurück. Die Pferde erkennt ihr schon am Geruch«, hatte ich erklärt.

»Ich bin nicht zum ersten Mal im Gelände unterwegs«, hatte Wronskij bemerkt, dann aber doch das Navigationsgerät angenommen, das ich ihm aufgedrängt hatte, als Ersatz für Kompass und Landkarte.

Wir gingen zu meinem Wagen. Ich hätte Konversation treiben können, mich erkundigen, ob die drei im Wald verdächtige Gestalten gesehen hatten und ob Matti und Ruuskanen wie vereinbart zum Kaffee gekommen waren. Doch ich blieb stumm.

Wir setzten uns in den Citroën. Ich drehte den Schlüssel um, das Vorglühsignal erlosch, und ich startete. Der Startmotor rotierte energisch, aber ansonsten tat sich nichts. Ich schaltete den Strom aus und wieder ein. Auf dem Armaturenbrett erschienen schreiend rote Alarmzeichen und Anweisungen. Ich verstand sie nicht und verfluchte in Gedanken die französischen Ingenieure und meine rudimentären Englischkenntnisse.

»Was ist los?«, fragte Wronskij erschrocken.

Ich stieg aus, verriegelte mit der Fernbedienung die Türen und öffnete sie nach einer Weile wieder.

»Computertricks«, sagte ich und machte einen neuen Versuch. Ein paar Sekunden Vorglühen, dann starten. Der Motor begann gleichmäßig zu tuckern.

Wronskij atmete erleichtert auf. Im Rückspiegel sah ich, dass Bekari ausdruckslos nach draußen starrte. Julijas dunkle Augen streiften mich, doch dann senkte sie den Kopf, sodass ich sie nicht mehr sehen konnte.

»Auf geht's«, sagte ich unnötigerweise.

Im Radio verlas ein Mann mit tiefer Stimme eine Nachricht über die Ankunft von Präsident Medwedjew.

»Soll ich Tee kochen?«, erkundigte sich Jelena Kolomainen, die Nachtschwester im Pflegeheim Abendstern, als frage sie einen sterbenden Patienten nach seinem letzten Wunsch. Sie war eine Kinderärztin aus Petrozawodsk, die Oksana an Marja vermittelt hatte. Nun pflegte Jelena alte Leute, nahm aber nebenbei Sprachunterricht und besuchte die Ergänzungskurse der medizinischen Fakultät, um auch in Finnland als Ärztin zugelassen zu werden.

Ich lehnte das Angebot dankend ab und sagte, wir wollten nur ein paar Stunden schlafen und dann weiterfahren. Vielleicht würden wir am Morgen in der Personalküche eine Tasse Tee trinken und ein Butterbrot essen.

»Weck uns rechtzeitig«, bat ich und fügte hinzu, schlafende Gäste im Aufenthalts- und Speisezimmer des Pflegeheims könnten die Bewohner und das Tagespersonal stören.

Jelena lachte so herzhaft, dass ihr goldener Backenzahn aufblitzte. Die alten Leute würden sich über Besucher freuen, und einige von ihnen würden mittags schon nicht mehr wissen, dass am Morgen Fremde im Haus gewesen waren, beruhigte sie mich. Und Oksana habe die Pflegerinnen vorgewarnt, alles zuverlässige Leute. Unsrige, betonte Jelena. Ich vergaß nicht, mich höflich zu erkundigen, ob sie Neuigkeiten von ihren Verwandten in Petrozawodsk hatte und wie es ihrer Mutter Nasti ging.

Wronskij legte sich aufs Sofa und schien gleich einzuschlafen. Julija und Bekari wechselten leise einige Worte, Julija fauchte etwas, und Bekari antwortete mit tiefer, strenger Stimme. Dann legte er sich dicht an der Wand auf den Fußboden und begann tief und gleichmäßig zu atmen. Ich dachte an meinen Vater. Ich nehme mein Ohr als Kissen und den Gürtel als Decke, hatte er gesagt, wenn er zu Hause auf der Holzbank ein Nickerchen gemacht hatte.

Julija wickelte sich auf dem zweiten Sofa in eine Decke. Ich stellte mir vor, wie sie eingerollt unter der Decke lag, niedlich wie ein Katzenjunges, und wieder drückte es mir das Herz zusammen.

Ich legte mir zwei Kissen ins Kreuz und beschloss, mich ein paar Stunden auszuruhen.

Im Moment konnte ich nichts tun. Unruhe und Nervosität, Grübeleien über die Zukunft halfen nichts.

Zudem wollte ich am nächsten Tag schlagkräftig sein, hellwach.

Und dafür genügte auch ein kurzer Tiefschlaf.

Oder ununterbrochenes Wachen. Das schärfte die Sinne, wusste ich dank meiner Ausbildung und aus Erfahrung.

Jedenfalls werde ich morgen in Bestform sein, beschloss ich. Es ging nicht anders.

Im Lauf der Nacht verwirrten sich meine Gedanken. Ich glitt in gnädige Unwissenheit, schrak inmitten des sanften Falls auf und rutschte dann weiter in den surrenden, leeren Schlaf.

»Was zum Teufel soll das?«, wetterte Marja.

Sie lehnte sich an die Spüle in der Personalküche, legte den Kopf schräg und versuchte, spöttisch und übertrieben verwundert auszusehen.

»Ich bin ja allerhand von dir gewöhnt, aber das geht zu weit. Du missbrauchst mein Pflegeheim als Absteige für eine Horde von irgendwelchen … irgendwelchen … seltsamen Typen!«

Wronskij hobelte sich eine Scheibe ab und beobachtete dabei verstohlen Marjas Getue. Bekari aß in aller Ruhe das zweite Brötchen, und Julija knabberte an einem winzigen Stück Brot, sah verwundert und schläfrig schön aus.

»Wir verschwinden gleich. Mach nicht so einen Aufstand«, sagte ich kühl.

»Ach nee, soll ich etwa vor Freude aus dem Häuschen sein? Wie fein, dass du Besucher mitbringst! Was macht es schon, dass wir frühen Morgen haben und das hier ein Pflegeheim ist und Pflegeheime kontrolliert werden und sich an die Vorschriften halten müssen. Scheiße, Viktor, du bist ein hoffnungsloser Fall«, ereiferte sich Marja.

Ich goss mir aus der Thermoskanne Kaffee nach und bot auch den anderen davon an. Oksana, die mit Marja gekommen war, hielt mir ihren Becher hin.

»Oksana Pelkonen!« Bei Marja fiel der Groschen. »Steckst du etwa auch mit drin? Aber natürlich!«

Oksana versuchte, unwissend und überrascht dreinzublicken, wirkte dadurch aber erst recht schuldbewusst.

»Viktor hat um Hilfe gebeten. Natürlich helfe ich, ich helfe. Frau Marja hat davon keinen Schaden. Immer repariert Viktor, transportiert, holt Waren. Was macht schon aus, ein paar alte Brotchen und ein bisschen Tee. Kein schmutziges Laken, nichts extra«, spielte Oksana die Sache herunter. »Ich höre mir das Gebrüllen nicht mehr an. Viktor stellt mich wieder ein. Ist der Weg auch kurzer. Zweimal die Woche hier nach Espoo, ans Ende vom Arsch. Oder wie heißt das? Wo die Welt dem Fuchs Gute Nacht sagt?«

»Am Ende der Welt oder am Arsch der Welt, beides geht«, warf ich ein. Marja sah mich an wie einen Vater, der zu spät zur Geburtstagsfeier seines Kindes erscheint.

»Egal ob Ende oder Arsch. Zwei Büsse, Zug, Zeit vergeht und ich kann nicht lesen oder stricken, immer sitzt daneben wer, der stinkt. Oder ich muss betteln, nimm mich im Auto mit, Frau Marja.« Nun ging Oksana von der Verteidigung zum Angriff über.

»Ich biete dir doch jedes Mal an, mitzufahren, und freue mich über deine Gesellschaft«, lenkte Marja ein. Sie merkte, dass Oksana weit über die Frontlinie vorgeprescht war. »Ich entlasse dich doch nicht. Aber du hast falsch gehandelt.«

»Herrin ist Herrin und Arbeiterin ist Arbeiterin. Aber ich habe auch mein Recht. Wenn ich wegwill, ich gehe weg.« Oksana hielt an ihrem gekränkten Stolz fest.

Ich stand auf.

»Lasst die Arbeitsmarktverhandlungen ruhen. Niemand kündigt oder wechselt den Arbeitsplatz. Marja, kommst du mal raus, ich muss mit dir reden.«

Es nieselte. Ich wartete unter dem Schutzdach vor der Tür. Marja kam bald nach, zog die Strickjacke enger um sich.

»Ich leihe mir deinen Golf. Der Citroën steht da vorn, ungefähr zweihundert Meter weiter. Hier ist der Schlüssel. Ich bringe deinen Wagen zurück, so schnell es geht«, erklärte ich.

»Der Citroën ist so schwer zu fahren. Zu groß«, wandte Marja ein.

»Der passt schon auf die Straße. Hör zu, ich mach das nicht aus Jux und Dollerei. Ich tue es nicht mal meinetwegen.«

Marja sah mich ernst an und spöttelte nicht.

»Wohin fährst du? Was ist eigentlich los?«

»Ich bringe die Leute in Sicherheit. Irgendwann erkläre ich dir alles, Ehrenwort.«

Marja forderte keine nähere Erklärung und fragte auch nicht, vor wem ich die drei schützte. Es wäre mir schwergefallen, diese Frage zu beantworten.

»Du erzählst nicht viel«, sagte Marja.

»Na, du doch genauso wenig. Du hast doch auch allerhand am Laufen.«

»Am Laufen? Was denn?«

»Mit diesem Ari. Zum Beispiel.«

Ich wusste, dass ich besser gesagt hätte, reden wir später darüber. Ich hätte mich darauf konzentrieren müssen, Wronskij in Sicherheit zu bringen, hätte meine ganze Energie und Aufmerksamkeit auf diese Aufgabe richten müssen.

So hatte man es mir beigebracht, aber ich schaffte es nicht. Und jetzt war die Katze aus dem Sack.

Marja holte eine Schachtel aus der Tasche ihrer Strickjacke und zündete sich eine Zigarette an. Mit einem Feuerzeug, registrierte ich.

»Du hast angefangen zu rauchen.«

»Ja. Das ist sicher meine größte Sünde«, schnaubte Marja.

»Nach größeren wage ich nicht zu fragen.«

Der Rauch versank in der feuchten Luft. Der Regen war tropfenlos dünn, zugleich aber dicht, als fiele Nebel vom Himmel.

»Wir haben nichts getan«, sagte Marja leise.

Noch nicht, hätte ich beinahe hinzugefügt, doch ich schwieg.

»Ich weiß nicht, was passiert, wenn es so weitergeht«, fuhr sie sachlich fort.

Sie schluchzte nicht, bebte nicht, aber sie weinte. Das war nicht ihre Art. Ganz und gar nicht.

»Weil du dir gar nichts aus mir machst«, sagte Marja, immer noch mit fester Stimme, doch sie musste sich die Nase putzen.

»Scheißdreck, ich hab dich doch lieb.«

Ich nahm Marja die Zigarette aus der Hand, warf sie unter die tropfende Dachrinne und versprach, sie gleich aufzuheben und ordnungsgemäß in den Mülleimer zu werfen. Dann umarmte ich Marja, fest und lange, küsste sie auf die Stirn und die nassen Wangen, sagte, du schmeckst nach Marlboro, küsste sie aber auch auf den Mund.

»Ich muss gehen«, sagte ich schließlich.

Marja nickte, trötete noch einmal ins Taschentuch.

»Wer ist die Frau?«, fragte sie.

Ich wartete eine Weile, als müsste ich überlegen, wen sie meinte.

»Ach, Julija. Die Assistentin von Wronskij.«

Und die Geliebte des anderen Mannes, Bekaris, hätte ich hinzufügen und Marja damit von dem aufkeimenden Misstrauen befreien können. Aber ich brachte die Worte nicht über die Lippen.

Marja sah mich an. Ich war sicher, dass sie wusste oder ahnte, was in meinem Kopf vor sich ging, dass sie es an meiner zu unschuldigen Stimme hörte, irgendeinen Geruch aufgeschnappt hatte oder eine winzige Bewegung meiner Finger zu der Anderen hin, einen Blick, der eine Hundertstelsekunde zu lange verweilte und von dem ich hoffte, dass ihn niemand bemerkte.

Ich küsste Marja noch einmal auf die Stirn und ging.

33

Ich fuhr einen Bogen über die Umgehungsstraße. Auf dem letzten Teil der Strecke hielt ich einige Minuten vor dem Baugroßmarkt in Suutarila, doch alle, die uns folgten, entpuppten sich als normale Mörtelkäufer. Ich fuhr kreuz und quer durch das Industriegebiet, und auf der letzten Straße ließ ich den Wagen an meiner Straße vorbeirollen und vergewisserte mich, dass in der Umgebung keine Aufpasser zu sehen waren. Am Tor der Farbfabrik wendete ich, befahl meinen Passagieren, sich zu ducken, und fuhr ruhig und langsam auf mein eigenes Grundstück.

Vor dem großen Tor zur Werkstatt hielt ich an und stieg aus, las ein wenig Abfall von der Erde auf und warf ihn in den Ascheneimer, tat, als überprüfte ich die Befestigung der Dachrinne und drückte erst dann auf den Knopf, der den Hebemechanismus des Tors in Bewegung setzte. Ich lenkte den Golf hinein.

In der Werkstatt arbeiteten nur zwei Männer. Sie sägten am anderen Ende der Halle Bretter, aus denen sie anschließend Gartenhäuschen bauen würden. Der Absatz war nicht überwältigend, aber ich wollte die beiden nicht entlassen, noch nicht. Ich winkte ihnen zu, befahl Wronskij und Bekari, zu warten, und führte Julija die Treppe hinauf ins Büro.

»Ich bin eine Weile weg. Ich lasse Wronskij in der Halle, Bekari kommt mit mir«, sagte ich.

Julija zuckte zusammen und sah mich furchtsam an.

»Mach dir keine Sorgen«, beruhigte ich sie. »Ich brauche nur ein bisschen Hilfe. Bekari kommt zurück, und dann helfe ich euch, das Land zu verlassen.«

Ich legte eine Hand auf Julijas Schulter, drückte sie, als wollte ich eine schmerzende Stelle massieren. Ich schwieg, dabei hätte ich am liebsten gerufen: »Weib, du bist verrückt. Was siehst du bloß in diesem tumben Analphabeten? Du bringst dich nur in Schwierigkeiten, schadest dir selbst.«

»Entschuldigung, Viktor. Ich bin verrückt. Ich kann nicht anders«, antwortete Julija auf meine unausgesprochene Frage.

»Aha.«

Ich ließ ihre Schulter los und ging. Die Bürotür schloss ich hinter mir ab, in einer Aufwallung von Misstrauen, das mich im nächsten Moment an meinen Computer denken ließ. Ich hatte keinen Klebezettel mit den Passwörtern am Bildschirm befestigt, aber Julija war möglicherweise fähig, sie zu umgehen. Doch ich sagte mir, dass sich auf meinem Rechner keine Staatsgeheimnisse befanden, und ging hinunter in die Halle.

Wronskij hatte die Hände auf den Rücken gelegt und marschierte auf und ab. Bekari saß auf dem Vordersitz des Wagens, die Beine hatte er nach draußen gestreckt.

Ich nahm mein Schlüsselbund aus der Tasche und öffnete das Vorhängeschloss an dem Container, der an der Rückwand der Halle stand. Dann zog ich die Luke auf und erklärte Wronskij, er dürfe eine Weile in diesem Zimmer hausen. Ich holte eine große Handlampe vom Werkzeugtisch und vergewisserte mich, dass sie funktionierte. Im Abfallkorb fand ich eine relativ saubere Limonadenflasche, schnüffelte daran und sagte, jedenfalls habe niemand hineingepinkelt. Ich spülte die Flasche unter dem Wasserhahn aus und füllte sie mit Wasser.

»Rein mit dir«, befahl ich Wronskij. »Da drin kannst du es aushalten, während Bekari und ich etwas erledigen. Hier hast du Wasser und eine Lampe, aber sei sparsam mit der Batterie.«

Wronskij kletterte widerstrebend in den Container, murmelte, enge Räume und Dunkelheit möge er überhaupt nicht. Ich schlug die Luke zu und schloss ab.

»Desensibilisierungstherapie«, sagte ich und ging zu meinem Wagen.

Ich öffnete die Tür zu meinem Haus.

»Du kennst dich ja aus, warst schon mal hier.«

Bekari machte sich nicht die Mühe, zu antworten. Ich wusste, dass er verstand, was ich sagte, obwohl er nicht gut Russisch konnte und es ungern sprach. Wahrscheinlich war er auch auf Georgisch nicht besonders redegewandt. Aber irgendwie hatte er Julija … Ich unterbrach den Gedanken gewaltsam.

Das Haus war leer. Ich bedeutete Bekari, mir ins Kinderzimmer zu folgen. Dort drehte ich den Knauf auf dem Fuß von Annas Prinzessinnenbett ab und schickte Bekari ans andere Ende. Gemeinsam drehten wir das Bett um.

Die Metallröhren polterten auf den Fußboden, rollten in alle Richtungen davon wie die Kugeln in irgendeinem Spiel.

Wir stellten das Bett wieder auf die Beine. Ich suchte die Röhren, zählte zwei drei vier nach, ob ich auch wirklich alle hatte. Dann steckte ich drei der Röhren in die Tasche und drehte die vierte in der Hand.

»Vielleicht solltest du eine davon essen? Wenn du kräftig schluckst, landet sie im Magen. Und vielleicht kommt sie auch wieder raus«, sagte ich zu Bekari. Ich versuchte, auf seinem Gesicht Anzeichen von Furcht zu entdecken. Seine

Augen flackerten kurz, doch seine Miene blieb so gelangweilt wie zuvor.

Beinahe wünschte ich mir, dass Bekari mich beschimpft oder versucht hätte, mich zu schlagen. Dass er mich provoziert und mir Gelegenheit gegeben hätte, meine Wut an ihm auszulassen, meine neidische Eifersucht.

Aber das würde ja auch nichts ändern. Und im schlimmsten Fall würde Bekari mich besiegen.

Also steckte ich auch die vierte Röhre in die Tasche. Die Dinger waren schwer.

Ich gab Befehl zum Aufbruch.

Vor dem Haus kam uns Erkki entgegen. Die Träger seines Rucksacks waren ihm von den schmalen Schultern auf die Oberarme gerutscht. Unsere Haushaltshilfe Nina, eine Verwandte von Oksana Pelkonen, schob Anna in der Sportkarre hinter ihm her. Anna jubelte, als sie mich sah, ließ sich von Nina aus dem Wagen heben, kam hüpfend und stapsend zu mir und warf sich an mein Bein.

Ich hob sie hoch, und wir rieben die Nasenspitzen aneinander. Kichernd verneinte sie meine Frage, ob es schon Zeit für den Mittagsschlaf sei. Ich zählte singend auf, zuerst das Gesicht waschen, dann spielen, bald gibt's Essen und dann wird tuut-tuut geschlafen. Das Lied von der kleinen Lokomotive sang ich täglich, verdrehte jedes Mal die Worte, und Anna legte mir die Hand auf den Mund und kreischte: »Falsch, falsch.« Schließlich legte ich den Mund auf ihren Bauch und pustete wie in eine Trompete. Die Haut und die Wärme und der Kleinmädchengeruch waren durch das Hemd hindurch zu spüren. Ich setzte Anna ab, und Nina brachte sie ins Haus.

Erkki war an der Vortreppe stehen geblieben.

»Gehst du jetzt erst zur Schule?«

»Ja. Fängt heute erst um elf an. Wir waren einkaufen. Ich dachte eigentlich, ich bleibe dann gleich in der Schule, aber es war noch zu früh. Noch keiner von meinen Freunden auf dem Hof«, erklärte Erkki.

»Es gibt also keine größeren Probleme?«

»Nein.« Es klang echt.

»Nur so generell blöd? Und zu viele Hausaufgaben?«

»Nein. Und das Essen ist ganz okay, und in letzter Zeit hat mich keiner gemobbt und der Computer funktioniert und ich hab auch Geld, falls Mutter mir erlaubt, zum Kiosk zu gehen«, nahm Erkki meine Fragen vorweg und grinste.

»Alles klar. Hast du heute Training?«

»Nee, aber ein Spiel.«

»Dann schießt du mindestens drei Tore.«

»Der Trainer stellt mich als Verteidiger auf.«

Ich hielt die Litanei zurück, die sich wie von selbst abspulen wollte: Man müsse auf den Trainer hören und ihn respektieren und in der Position spielen, die einem zugewiesen wird. »Serjoscha«, sagte ich liebevoll. Bei dem russischen Namen horchte Bekari auf, und ich wechselte rasch zum Finnischen über. »Dann kämpfst du dich nach vorn und schießt zwei.«

»Ja. Aber wer ist der Mann da?«, fragte Erkki.

»Ein Geschäftspartner. Oder Kunde. Na, irgendein Mann eben.«

»Aha.«

Erkki trat gegen ein Grasbüschel. Ich wollte es ihm schon verbieten, schwieg aber und wartete.

»Mutter bringt mich sicher zum Spiel. Sie hat gesagt, sie kommt zugucken, wenn sie es schafft«, sagte Erkki.

Ich hörte den versteckten Vorwurf heraus.

»Ich bin jetzt ein paar Tage beschäftigt. Aber dann komme

ich auch zu deinen Spielen. Und zum Training. Als Hilfstrainer. Dann sage ich zu eurem Coach, jetzt trainieren wir mal das Physische, Kraft und Schnelligkeit. Und kommen Sie mir nicht damit, die Jungs wären zu klein«, sagte ich. Ich fand einen Vorwand, auch Erkki ein paar Mal mit durchgestreckten Armen hochzustemmen, ihn scheinbar fallen zu lassen und beim Auffangen an mich zu drücken.

Erkki kämpfte sich frei, sagte lachend, er müsse jetzt los.

Erst im Auto fiel mir auf, dass er Marja Mutter genannt hatte, zweimal.

Ich fuhr den Golf wieder tief in die Halle hinein. An der Tür standen zwei Reisetaschen, die der Autohändler Ruuskanen gebracht hatte. Als ich die eine öffnete, sah ich Frauenkleidung und einen Schminkbeutel. Ich dachte an Julija im spitzenbesetzten Slip. Abrupt schloss ich die Tasche und befahl Bekari, zu warten.

Julija saß in meinem Büro auf dem Sofa, die Beine züchtig geschlossen und schräg gestellt.

»Hier sind deine Sachen. Du hast fünf Minuten Zeit, dir was Ordentliches anzuziehen, das Gesicht zu bemalen und runterzukommen. Dann geht ihr. Du und Bekari«, präzisierte ich.

Ich lief die Treppe wieder hinunter. An der Wand hing eine Lochplatte mit Werkzeug und leeren Haken. Von einem der Haken schnappte ich mir einen Autoschlüssel. Als Schlüsselanhänger diente ein gut zehn Zentimeter langes Stück Sperrholz mit der Aufschrift Hiace.

Der alte Toyota-Kleintransporter stand hinter der Halle. Er hockte auf seinen schlappen Reifen, als würde er gleich im Asphalt versinken. Ich musste den Dieselmotor lange vorglühen lassen, doch dann sprang er brav an. Anfangs produzierte er blauschwarze, dicke Abgaswolken, aber nach einer Weile erholte er sich und lief sauberer.

Ich legte den Gang ein. Die Kupplung ruckelte und das Lenkrad war schief, die Streben zeigten auf halb zwei, wenn der Wagen geradeaus fuhr. Ich lenkte auch den Kleintransporter in die Halle, zog die Seitentür auf und befahl Bekari, mir beim Ausräumen zu helfen. Im Laderaum lagen Überreste von irgendeinem Renovierungsauftrag. Wir holten fast leere Mörtelsäcke heraus, zwei angebrochene Packungen Kacheln, fast ausgemistetes Werkzeug, Handschuhe, denen das Gegenstück fehlte, und eine funkelnagelneue Schaufel.

Ich sagte zu Bekari, jetzt sei der Wagen sauber genug. Wieder spielte ich mit einer der Röhren herum und überlegte laut, ob ich sie vielleicht in den Benzintank werfen solle. Bekari kaute auf den Lippen, sah aber immer noch gelangweilt aus.

Julija kam. Sie hatte Oksanas Sportanzug gegen einen dunklen Hosenanzug getauscht und es geschafft, mit wenig Aufwand gepflegt zu wirken.

»Hier ist ein Auto für die Herrschaften. Es hält bis zum Hafen durch und auch noch eine kleine Strecke auf der anderen Seite, in Tallinn. Ihr braucht es nicht zurückzugeben. Und hier habt ihr fünfhundert Euro.« Ich wandte mich an beide, gab das Geld aber Julija.

»Ihr fahrt direkt zum Anleger von Tallink. Da fahren alle naselang Schiffe ab. Ihr müsstet ohne Probleme nach Estland kommen. Sie suchen Wronskij, nicht euch.«

Julija machte eine Bewegung, als wolle sie auf mich zugehen. Ich wandte mich ab und suchte in den Sachen, die wir ausgeräumt hatten, nach Brauchbarem, prüfte das Blatt einer Eisensäge und klopfte Mörtelreste aus einem Eimer. Die Türen des alten Toyota schlugen zu, der Motor sprang an und der Wagen fuhr rückwärts aus der Halle, hinterließ wieder ein bläuliches Wölkchen.

Ich ging nicht ans Tor, um ihm nachzublicken. Ich wollte weder Julijas Winken sehen noch Bekaris Arm auf ihrer Schulter.

Mit einem einzigen Anruf hätte ich dafür sorgen können, dass sie in Estland gefasst wurden und Schwierigkeiten bekamen. Gegebenenfalls nur Bekari.

Doch ich ließ sie gehen. Großartig fühlte ich mich dennoch nicht.

Ich klopfte an den Stahlcontainer.

»Ja?«, wagte Wronskij nach einer Weile zu fragen.

»Ich bin's. Bekari und Julija sind weg. Ich besorge dir jetzt Papiere und Geld. Du wartest hier, ohne Mucks. Wenn du irgendwas hörst, keine Angst, das sind bloß Ratten«, foppte ich.

Im Container war es eine Weile still.

»Besorg mir auch eine Waffe«, bat Wronskij dann.

»Wird gemacht«, versprach ich.

34

Eines Tages werden die Spuren auf dem Fußboden jemandem auffallen, dachte ich besorgt, als ich den Aktenschrank im Büro in Hakaniemi wieder von der Wand rückte. Ich sollte meine Papiere anderswo verstecken. Ich riss den an der Rückseite angeklebten Umschlag ab, öffnete ihn und wählte einen auf den Namen Vadim Baikow ausgestellten russischen Pass. Mir blieb keine Zeit, in Atelierarbeit einen eigenen Ausweis für Wronskij anfertigen zu lassen. Baikows Alter kam hin, und das Foto war so verblichen, dass Wronskij mit diesem Pass ins Flugzeug kommen würde, jedenfalls wenn er eine Brille aufsetzte. Und danach war er auf sich selbst gestellt oder würde von anderen Hilfe bekommen.

Ich schaltete den Computer ein. Der Virenschutz klapperte langsam die Dateien ab und ließ Körnchen durch eine Sanduhr rinnen. Ich sah auf die Uhr. Erst halb eins. Also hatte ich keine Eile. Ich wollte Wronskijs und meinen Abflug in die Stoßzeit der Geschäftsreisenden legen, auf den frühen Abend.

Korhonen hatte mir eine Mail geschickt, unter seiner privaten Adresse. Er teilte mir mit, er sei sehr, sehr besorgt, und zwar nicht nur um mich. Es bestehe die Gefahr, dass auch er selbst sich den Arsch verbrenne. Die Supo lasse ihn bereits über den Saunaofen hängen, sodass ihm der zischende Dampf zwischen die Pobacken fahre. Normalerweise hätte ich über Korhonens Metaphern gegrinst und in meiner Antwort angedeutet, sie zeugten von latenten homosexuellen Neigungen oder davon, dass seine Entwicklung in der Analphase stehen geblieben sei. Doch ich wusste, dass er es diesmal ernst meinte und Angst hatte.

Die Sache wird erledigt, antwortete ich und wusste, dass der Trost anorektisch war.

Im Internet kaufte ich ein Ticket nach Stockholm, Abflug 18.10 Uhr. Wenn die Buchungen kontrolliert wurden, würde man mir schnell auf die Spur kommen. Aber mich durfte man finden, das spielte keine Rolle.

22 Minuten später war ich wieder in der Halle. Korhonen saß auf der Werkbank und säuberte sich mit einem Messer die Nägel. Dann wollte er es an die Wand werfen, sodass es mit der Spitze stecken blieb, aber es traf mit dem Griff voran auf und fiel polternd zu Boden.

»Musst du alles kaputt machen? Das gibt hässliche Spuren auf der Platte«, motzte ich, hob dann aber das Messer auf und zeigte Korhonen, wie es ging. »Man muss den Arm gerade nach unten halten«, dozierte ich. »Den Griff zwischen den Fingern und die Klinge am Handgelenk entlang nach oben. Ein gleichmäßiger Schwung von unten herauf, bis der Arm gerade ausgestreckt ist, das Messer dreht sich im Flug und landet mit der Klinge voran im Ziel.«

»Weiß ich doch. Bei der Armee haben wir andauernd Messer in die Bäume geworfen«, beteuerte Korhonen, unternahm noch ein halbes Dutzend Versuche und schaffte es endlich. Er drehte sich um und sah mich forschend an.

»Ich bin mal kurz vorbeigekommen, für den Fall, dass sich die Spione blicken lassen.«

»Ich sehe keine«, antwortete ich.

Korhonen nahm eine kleine Zimmermannsaxt vom Tisch und tat, als wolle er nun damit werfen. Ich seufzte und schüttelte den Kopf. Daraufhin begnügte Korhonen sich damit, das Beil in der Luft rotieren zu lassen, packte es am Griff und warf es erneut hoch. Ich äußerte die Befürchtung, dieser akrobatische Trick könne böse Folgen haben, für Korhonen selbst oder für den Fußboden und die sorgfältig geschmiedete Klinge.

»Das sind kleine Risiken«, hielt Korhonen dagegen, legte die Axt aber weg. »Schwer zu sagen, wer tiefer in der Scheiße steckt, du oder ich.«

»Ich habe deine Mail gelesen. Aber Wronskij ist nicht hier. Also kann ich ihn dir nicht aushändigen«, sagte ich und gab zu verstehen, dass es keinen Grund für längere Verhandlungen gab.

Korhonen schwieg, stützte sich mit gestrecktem Körper an der Werkbank ab und dehnte sorgfältig die Wadenmuskeln. Er hielt sich immer noch gerade und wirkte kräftig, wie ein ehemaliger Schwimmer oder Turner. Seine Muskeln waren nicht durch Gewichtheben aufgepumpt, sondern einem Training zu verdanken, das auf Körperbeherrschung abzielte. Das Gesicht sah allerdings nicht aus, als sei es durch Bodenturnen oder durch Butterflys im Schwimmbecken erfrischt. Die Haut dunkelte ins Graue, und die Lachfältchen hatten sich zu besorgten Tränensäcken gedehnt. Korhonen schien in ein paar Monaten um Jahre gealtert zu sein.

Ich hätte gern gesagt, ganz ruhig, Teppo, alles geht gut aus. Das Gipfeltreffen ist bald vorbei, dann rotiert auch die Supo nicht mehr so heftig. Und ich erledige die Sache so, dass alle zufrieden sein können.

Ich schwieg.

Korhonen schüttelte den Kopf. »Die setzen mich raus.

Neue Zeiten wehen. Man darf keine Scheinkäufe von Drogen mehr tätigen oder Ganoven zu einer Tat aufstacheln. Damit man sie nur ja nicht mit unfairen Mitteln schnappt. Und Informanten darf man nicht mehr bezahlen, weder in Geld noch in Naturalien.«

»Du schaffst das schon«, versicherte ich wenig überzeugend.

»Ja, ja. Ein fünfzigjähriger, zu Depressionen neigender Mann, spezielle Begabung Fraternisieren mit Ganoven und rudimentäres Russisch. Singt einen halben Ton zu tief. Sonstiges: passabler Hochspringer, in Klammern Rollstil. Bei Rekrutierungsmessen wetteifern die Firmen nicht unbedingt um unsereins. Um das Glück perfekt zu machen, ist die Wohnung noch nicht abbezahlt, meine Frau arbeitet als Therapeutin im öffentlichen Gesundheitswesen, und die Kinder stehen auf Tattoos und künstlerische Berufe.«

Korhonen rieb sich mit beiden Händen das Gesicht, schnaubte prustend und marschierte hinaus. An der Tür blieb er plötzlich stehen.

»Du bekommst Besuch. Denk an Jesus, behalte die Hose oben und lass die finnische Fahne wehen«, rief er und wirkte auf einmal frischer. *»In Stadt und Land, ihr Arbeitsleute, wir sind die stärkste der Partei'n. Die Müßiggänger schiebt beiseite! Diese Welt muss unser sein*«, sang er im Hinausgehen fröhlich, dann rief er draußen den Neuankömmlingen einen Gruß zu.

Konstantin Telepnew, der zweite Gesandtschaftssekretär, schritt würdevoll in die Halle.

»Ein wenig seltsam, der Polizist, der gerade hier herausgekommen ist«, charakterisierte er Korhonen, ohne fragenden Unterton. Ich verzichtete darauf, Korhonens Gemütslage und sein Verhalten zu analysieren.

Diesmal hatte der Oberst einen leichten hellgrauen Anzug

gewählt. Seine Krawatte war hellviolett, und das Einstecktuch griff die Farbe eine Nuance dunkler auf.

»Alles in Ordnung«, vermutete Telepnew, wieder ohne Fragezeichen.

»Ja«, bestätigte ich, erklärte nichts.

Telepnew kaute auf seiner Unterlippe und brummte nachdenklich vor sich hin.

»Wir möchten trotzdem helfen und sicherstellen, dass Wronskij das Land ohne Schwierigkeiten verlassen kann. Natürlich hätten wir die Sache selbst erledigen können, aber es ist besser, wenn wir nicht offen involviert sind. Wir haben einige Papiere und sonstiges Zubehör mitgebracht. Zur Unterstützung«, erklärte Telepnew und nickte seinem Fahrer zu.

Als Chauffeur fungierte diesmal ein blonder junger Mann in dunkler Hose, aber ohne Jackett, mit aufgerollten Hemdsärmeln. Er reichte mir einen beutelförmigen braunen Umschlag. Am Arm hatte er eine kleine, saubere Tätowierung, die, wenn mich meine Augen nicht täuschten, Putin darstellte. Mit Rücksicht auf die Haut des jungen Mannes hoffte ich, dass es in Russland nicht allzu bald zu radikalen Neueinschätzungen der zeitgeschichtlichen Ereignisse kam.

Ich leerte den Umschlag auf die Werkbank. Ein französischer Pass, mit Wronskijs Konterfei, aber auf den Namen René Dessel. Eine Kreditkarte auf denselben Namen. Eine Brille mit breitem Gestell, die Gläser vermutlich Stärke null. Quittungen aus Finnland. Einige Visitenkarten von Helsinkier Firmen. Notizzettel, in irgendeiner Brief- oder Jackentasche zerknittert. Ein Handy.

»Darauf sind französische Nummern gespeichert«, sagte Telepnew.

Ich brachte es über mich, nicht zu witzeln, die Ziffern als solche seien arabisch. Stattdessen dankte ich dem Oberst für seine sorgfältige Arbeit. Ich sagte, ich hätte mich auch schon selbst darauf eingestellt, Wronskij mit einer neuen Identität auszustatten, aber diese Papiere seien besser.

»Spricht er Französisch?«, fragte ich.

»Ja.« Telepnews Mundwinkel hoben sich um etwa drei Millimeter. Das angedeutete Lächeln besagte, ihr wisst nicht alles voneinander, aber wir wissen es. Telepnew verabschiedete sich mit einer kleinen, ruckartigen Verbeugung.

»Du gehst zum Schalter einer Fluggesellschaft und kaufst ein Ticket für irgendein Ziel in Europa. Meinethalben mit Rückflug, aber du kommst nicht zurück. Du kannst fliegen, wohin du willst, auf keinen Fall aber gegen sechs Uhr nach Schweden. Und um fünf treffen wir uns neben dem Schlipsladen«, instruierte ich Wronskij noch einmal.

Er nickte. »Und die Waffe?«, erkundigte er sich beinahe fordernd. Beim ersten Mal hatte seine Bitte gleichzeitig bedingungslos und flehentlich geklungen.

Ich versicherte ihm, darum würde ich mich als Nächstes kümmern. Wronskij drückte die Tür des Wagens zu und ging durch die automatisch aufgleitenden Türen ins Flughafengebäude. Er sah aus wie ein Berufsreisender, ein moderner europäischer Handelsvertreter oder Beamter, der immer einen korrekten Anzug trägt und sein kleines Gepäck mit an Bord nimmt.

Ich fuhr aus der Kurzzeitparkbucht vor der Abflughalle, drehte eine Runde, bis ich erneut an die Einfahrt zum Flughafen gelangte, und wählte das Parkhaus P3. Dort parkte ich den Wagen auf einem der für Hertz reservierten Stellplätze und ging in die Nähe der Glasröhre, in der sich die Rolltreppe befand. Vadim Tschernow erwartete mich bereits, klopfte bedeutungsvoll auf sein Handgelenk.

»Du bist pünktlich, gut. Ich darf die Zigarettenpause nicht zu lange ausdehnen«, sagte er.

»Du bist doch Nichtraucher.«

»Ja. Aber der Vorarbeiter weiß das nicht mehr oder denkt nicht darüber nach. Der passt nur auf, wie viele Minuten ich Pause mache«, erklärte Tschernow leicht verbittert.

In der Arbeitskleidung der Putzfirma glich er einem traurigen Clown. Er war fast sechzig, hatte an der Moskauer Universität Marxismus-Leninismus studiert, auf der reinsten theoretischen Ebene. Weder in Russland noch in Finnland war dieses Expertenwissen gefragt.

»So ist es im Kapitalismus«, seufzte Tschernow, als habe er meine Gedanken gelesen.

Ich gab ihm die kleine, in Stoff gewickelte FN-Pistole und wiederholte noch einmal, wo er sie verstecken sollte. Dann bot ich ihm fünfhundert Euro an, doch Tschernow sagte, ich solle ihn später bezahlen.

»Wenn ich erwischt werde, ist es besser, keine solchen Summen in der Tasche zu haben«, erklärte er.

»Du vertraust mir.«

»Ja.«

»Denk dran, dass du mich jederzeit um Hilfe bitten kannst.«

Tschernow überlegte kurz. »Vielleicht könntest du mir tatsächlich helfen. Ich bin beim Autokauf übers Ohr gehauen worden. Wenn du mir einen kleinen Preisnachlass aushandeln würdest. Eine angemessene Summe, ich will niemanden berauben.«

Ich meinte, es werde mir sicher gelingen, einen Vergleichsvorschlag zu erarbeiten, den jeder ehrbare Händler gern annehmen würde. Und ein unehrenhafter hätte keine andere Wahl, als zuzustimmen. Vorausgesetzt, Tschernow habe den

Wagen nicht bei Ruuskanen gekauft. Nein, versicherte er, der betrügerische Händler habe kein breit gestreiftes Hemd mit bunter Krawatte getragen und auch nicht unter seiner Leibesfülle geächzt. Das fragliche Geschäft befinde sich an der äußeren Umgehungsstraße in Voutila. Ein Leichtbaubüro, das Grundstück dahinter voller Autos, der Verkäufer ein geschniegelter junger Bursche. Ich versprach, mir die genauen Koordinaten und Kennzeichen später zu notieren.

»Wie bringst du die Waffe eigentlich durch die Sicherheitskontrolle?«, fragte ich noch.

Tschernow zuckte mit den Achseln. »Ich lege sie in die Bohnermaschine. Auf uns achten die nicht«, sagte er, wieder in diesem traurigen Ton.

35

Ich sah auf die Uhr. Erst halb drei. Der Tagesplan war mir sehr voll erschienen. Zu viele Aufgaben für einen einzigen Tag. Aber manchmal führte Zeitdruck zu manischer Geschäftigkeit und Handlungszwang. Dann klappte alles.

Jetzt hatte ich zwei Stunden freie Zeit. Ich hatte nicht vor, das Tempo zu drosseln, Mittagsschlaf zu halten oder gemütlich Kaffee zu trinken. Von der Halle und meinem Büro hielt ich mich besser fern. Aber Marjas Wagen könnte ich zurückbringen.

Marja. Und ihr Freund. Ari. Der Scheißkerl. *Gowno.*

Ari würde gleich Besuch bekommen.

Ich fand die Firma in Pitäjänmäki. Sie residierte in einem neuen Gebäude mit reichlich Glas und Stahlträgern. Ich parkte den Golf gut sichtbar auf einem Platz, der für den Wagen mit dem Kennzeichen VOY-736 reserviert war. Der Empfangsschalter befand sich am Ende einer hektargroßen leeren Fläche. Ich sagte zu der jungen Frau, die dort saß, ich würde gern mit Ari Heinonen sprechen. Sie gab mir ein Formular, auf dem ich die Uhrzeit und den Namen M. Takala eintrug, Marjas Namen. Die Frau griff zum Telefon, Besuch für dich, Ari … Takala … okay, danke.

»Wenn Sie einen Moment warten«, sagte die junge Frau und vergaß mich mitten im Satz.

Der gläserne Aufzug brachte einen Mann nach unten. Ich

erriet, dass er Ari war, und schätzte ihn als relativ klein ein. Die Taillengegend wirkte schlaff, sein Nacken war so kräftig, dass der Hemdkragen spannte. Der breite Schlips schob sich unter dem Kinn hervor wie ein Hanfseil. Die dunklen Haare waren über der Stirn hochgekämmt und mit Gel fixiert.

Ari kam mit energischen Schritten näher, wurde aber langsamer, als er mich sah und begriff. Wir gaben uns die Hand. Er roch ein wenig zu süßlich und sauber, nach einem Duft, wie man ihn auf der Männertoilette eines Luxushotels antrifft.

»So sieht der Romeo also aus«, sagte ich.

»Viktor, es klingt vielleicht abgedroschen, aber die Sache ist nicht ganz so, wie sie aussieht«, beteuerte Ari und schwenkte sein Handy. Ich schnappte es mir und brach die Abdeckung ab.

»Dieses Telefönchen schweigt jetzt, ist das klar?« Ich warf die Handyteile hin, sie schlidderten über die glatten Bodenfliesen. Ari sah mir in die Augen, nicht erschrocken, sondern eher enttäuscht. Er verschränkte die Arme vor der Brust. Sie wirkten kraftvoll, und auf den Handrücken traten die Adern hervor.

Er betreibt Kraftsport, dachte ich. Aber in einer anderen Riege als ich. Die Gewichte in Leningrad waren schwerer als die hiesigen, ich putschte meinen Adrenalinspiegel in die Höhe.

Quer durch die Eingangshalle gingen zwei eilige Männer. Der eine stakste, als fürchte er, auf seinen Ledersohlen auszurutschen. Die beiden sahen Ari und mich ein wenig zu lange an.

Endlich entschloss sich der eine, besorgt zu sein. »Etwas nicht in Ordnung?«

»Ein kleines Eifersuchtsdrama. Ari ist mein Liebster, er gehört keinem anderen«, sagte ich und kraulte Ari im Nacken.

Aris ruhige Gelassenheit blieb, er schickte die Männer weg, sagte, es handle sich nur um eine kleine Frotzelei.

»Wenn du dich da mal nicht täuschst«, verschärfte ich den Ton und ließ weitere Drohungen vom Stapel. »Warte nur ab, bis ich die Geschichte richtig in Umlauf bringe. Die Leute begreifen gar nicht, was für eine praktische Einrichtung zum Beispiel Facebook ist. Es ist ein Kinderspiel, dein Konto zu knacken. Oder das von einem deiner Freunde. Dann setze ich dir Gruppenmitgliedschaften und Horden von Freunden rein, dass die Gay Pride Parade im Vergleich dazu ein Bibelkreis ist. Deine Kumpels sagen, toll, Mann, dass du dich so mutig geoutet hast. Aber zum Bier laden sie dich nicht mehr ein. Und im Winter fragt dich keiner, ob du zum Skilaufen mitkommst.«

Ich stand so dicht vor Ari, dass ich jede einzelne seiner schwarzen Wimpern sehen konnte. Er schüttelte langsam den Kopf.

»Du verstehst es nicht. Okay, du kannst mir drohen, aber das Ganze ist Marjas Sache. Ihre und deine, vor allem.«

Er machte eine kleine Pause, sprach dann weiter wie zu einem Begriffsstutzigen.

»Es ist Marjas ureigene Sache, sie entscheidet. Ich will mich nicht rechtfertigen, ich sage es nur, damit du es weißt: Ich bin Marja ein Freund gewesen. Einer, der zuhört, der spricht.«

Ari schüttelte mich ab, sagte Tschüss, sammelte seine Handyhälften und ging.

Die erste Niederlage an diesem Tag, dachte ich. Ich musste sie akzeptieren.

Zu meiner Überraschung stand der Citroën im Carport. Marja saß am Küchentisch, warf mir über die Schulter einen Blick zu und blätterte dann weiter in ihren Papieren. Oksana stand auf und füllte ihr Glas mit Wasser, machte ein übertrieben entsetztes Gesicht und zeigte mit dem Finger auf Marja, hielt die andere Hand ans Ohr wie ein Telefon.

»Schneid keine Grimassen, Oksana«, sagte Marja, ohne sich umzublicken.

Oksana setzte sich hastig hin und machte sich klein.

»Ich habe diesen Ari besucht«, sagte ich. »Scheint ein anständiger Kerl zu sein.«

Ich überlegte, was schlimmer gewesen wäre – dass Marjas Freund sich als toller Typ mit dem Aussehen von George Clooney entpuppt hätte oder als albern lachendes Pickelgesicht.

»Ich weiß«, gab Marja zurück. »Dass du dort den Höhlenmenschen gespielt hast und dass er ein anständiger Kerl ist. Mein lieber Freund, sprich mit mir, wenn du was auf dem Herzen hast, aber lass Unschuldige aus dem Spiel.«

»Na, so ganz unschuldig ist er nicht«, entfuhr es mir.

»Nein. Aber du auch nicht.«

Ich bemühte mich, ruhig zu bleiben.

»Wir alle sind Sünder.«

»Sagte der Atheist. Im Brustton der Erfahrung.«

»Sünde ist ein Wort der normalen Alltagssprache.«

»Schau an, der Migrant lehrt die gebürtige Finnin Finnisch.«

Ich wartete schweigend. Die Uhr an der Wand tickte die Sekunden ab. Die Tür zur Terrasse stand offen. Das Auto, das auf der Straße vorbeifuhr, war eher zu ahnen, als zu hören. Oksana schniefte.

»Marja, ich möchte nicht, dass du mit einem anderen

zusammen bist«, versuchte ich sie milder zu stimmen, einen samtweichen Stimmenteppich zu knüpfen.

»Aha. Natürlich willst du das nicht.«

»Marja, ich möchte, dass wir die Sache klären. Alles. Du und ich. Und du musst auch reden. Mir sagen, was du willst. Sprich mit mir. Reden ist wichtig, für beide«, drängte ich.

Marja sah mich ernst an, doch ihr Blick war voller Wärme. Wie bei einem Fuchsjungen.

»Reden ist Gold, Schweigen ist Silber«, sagte Oksana und betrachtete uns liebevoll, den Kopf schräg gelegt.

»So heißt das nicht …«, riefen wir beide gleichzeitig.

Marja musste lachen.

»Jetzt ist die ganze schöne Wut für die Katz«, prustete sie, wischte sich mit dem Handrücken die Tränen vom Gesicht.

Ich zog Marja hoch und umarmte sie, atmete den Geruch ihrer kräftigen schwarzen Haare ein.

»Ich muss los«, sagte ich.

Marja nickte.

»Dein Wagen steht vor dem Haus. Ich fahre mit dem Taxi zum Flughafen. Morgen bin ich wieder hier. Falls etwas dazwischenkommt, melde ich mich.«

Ich holte eine Schultertasche aus dem Schrank im Flur und stopfte ein paar Socken und Unterhosen, Zahnbürste und Rasierzeug hinein. Dann gab ich Marja den Schlüssel zu ihrem Golf.

»Ich stecke ein bisschen in der Klemme. Nein, nein, ich habe nichts Böses getan«, beteuerte ich hastig, als ich sah, dass Marja die Lippen streng aufeinanderpresste. »Aber ich muss ein paar Leuten helfen. Wenn du nichts von mir hörst, frag Korhonen. Den verrückten Polizisten.«

Marja nickte. Oksana zwinkerte mir unter Einbeziehung der ganzen Gesichtshälfte zu und hob den Daumen.

Ich bestellte ein Taxi und überlegte mir, dass es gut war, allein zu sein, wenn auch nur für einen Tag in Stockholm. Um darüber nachzudenken, ob ich mich nach jemandem sehnte. Und nach wem.

Wronskij stand vor dem Krawattenladen und betrachtete die Schlipse und Tücher. Mit der Brille sah er immerhin ein wenig verändert aus. Als ich an ihm vorbeiging, wandte er sich langsam um und folgte mir. Ich ging auf die Behindertentoilette und verriegelte die Tür. Eine halbe Minute später wurde angeklopft. Ich ließ Wronskij ein.

»So können wir uns nicht länger treffen«, witzelte er. Auf seiner Stirn standen Schweißtropfen.

Ich dachte bei mir, dass ich neuerdings viel zu oft am Waschbecken Verhandlungen führte. Vielleicht sollte ich mein Büro gleich in eine halbwegs gelüftete Herrentoilette verlegen.

Unter Wronskijs aufmerksamem Blick drehte ich den Spülknopf am Wasserkasten des Klos ab und hob den Deckel. Das Stoffbündel war mit Tesafilm an der Innenseite befestigt. Ich löste es ab und gab Wronskij die Pistole, meinte entschuldigend, es sei nur eine Zweiundzwanziger, doch sie müsse genügen. Wronskij sagte, er wisse die Waffe und meine Hilfe zu schätzen, er wolle nicht undankbar sein.

Er nahm meine Hand, drückte sie lange, umarmte mich dann und küsste mich auf beide Wangen. Ich erwiderte die Küsse, sagte mir dabei halb amüsiert, na verdammt, da umarmst du einen Schwulen auf der Toilette.

»Du bist ein Freund«, erklärte Wronskij.

Ich schüttelte den Kopf. »Nein. Aber ich konnte dich nicht im Stich lassen.«

Wronskij lächelte. »Immer noch der Alte. Du wärst ein

guter Vorzeigearbeiter geworden. Wenn du ein bisschen älter wärst, hättest du dich bestimmt zum Bau der BAM gemeldet.«

Ich erzählte ihm nicht, dass ich die Komsomolzen beneidet hatte, die auserwählt worden waren, die Gleise der Baikal-Amur-Magistrale zu verlegen. Die Bilder in den Nachrichten waren mir atemberaubend feierlich erschienen. Die Arbeitsbrigaden von Bondar und Warsawskij trafen aufeinander, und das Gleisjoch, das den östlichen und den westlichen Bauabschnitt verband, wurde mit goldenen Nägeln befestigt. Und ich erinnerte mich auch daran, wie meine Mutter spöttisch geschnaubt hatte, die ganze Bahn mitsamt den Zügen werde im Sumpf versinken, wenn der gefrorene Boden auftaue.

»Vielleicht hätte ich tatsächlich mitgemacht. Irgendwer muss es ja tun, immer«, lächelte ich zurück.

Wir gingen hinaus. Der Mann im Rollstuhl, der vor der Toilette wartete, zuckte zusammen, als er sah, dass wir zu zweit waren. Ich ging zum Gate für die Maschine nach Stockholm, blickte nicht zurück.

Martti Ahtisaari saß im Sessel und las die Financial Times. Er hatte die pelzgefütterten Pantoffeln abgestreift und die Füße auf den Hocker gelegt. Der Expräsident zog seine Zehen zusammen und erforschte sein Gemüt.

Ziemlich wenig Beachtung hat sie gefunden, die Ehrung durch die Russen, dachte er verärgert. Aber irgendein Kolumnist in Finnland und eine internationale Wochenzeitschrift werden demnächst sicher ausführlicher darüber berichten, dämpfte er seinen Unwillen. Sie werden die Auszeichnung richtig zu deuten wissen, als Ausdruck einer Neuorientierung der russischen Politik. Obendrein ist sie eine stillschweigende Anerkennung des Kosovo-Friedensvertrags. Und es gibt mehr als einen Hinweis auf baldige Friedenssondierungen im Georgien-Konflikt.

»Na, wir werden sehen, woher der Wind weht«, sagte er leise, und das »S« pfiff wie ein Wasserkessel.

Und in der Weltpolitik ist nichts persönlich. Obwohl es einen fuchst. »Sogar als Nobelpreisträger«, murmelte er.

»Was hast du gesagt, Martti?« Eeva Ahtisaari spähte aus der Küche zu ihm hinüber.

»Ach, nichts. Medwedjew scheint ein ganz netter Mann zu sein.« Beinahe hätte Ahtisaari den russischen Präsidenten als »Jungen« bezeichnet. »Ich habe auf Russisch mit ihm gescherzt, mich für die Souvenirs aus Moskau bedankt. Vor Jahren bin ich ihm ja schon einmal begegnet, aber ich habe vorgegeben, mich nicht daran zu erinnern. Manchmal muss man das diplomatische Spiel auch andersherum spielen«, erklärte er und nahm die nächste Zeitung vom Stapel.

Die finnische Presse beweihräucherte den uneingeschränkten Erfolg des Staatsbesuchs. Die Gasleitung durch die Ostsee macht Fortschritte. Die Lösung der Zollfrage beim Holzimport verzögert sich, aber im Moment scheint Finnland mit seinem eigenen Holz auszukommen. Rezession, Rezession … Ahtisaari war das ständige Gerede über die Ökonomie satt. Ich habe zu Vanhanen und Halonen gesagt, ich habe das Fundament gelegt, jetzt macht ihr weiter, so tat er die langweilige Innenpolitik ab. Die einen tun, die anderen sagen, was zu tun ist. Und ich bin eher ein Kosmopolit, gestand er sich ein, war einen Moment lang beinahe gerührt über seine Demut.

»Alle Konflikte sind lösbar«, sagte er zusammenfassend, sprach schon wieder, ohne es zu wollen, seine Gedanken laut aus. »Hör mal, Eeva …«, sagte er dann, wollte seiner Frau von dem lächerlichen Geschwätz der Sicherheitspolizei erzählen.

Man hatte ihn vor einem Agenten gewarnt und vor einem drohenden Anschlag, der sich möglicherweise gegen einen der Teilnehmer an dem Gipfeltreffen in der Finlandia-Halle richtete. Gegen Medwedjew. Oder gegen ihn, Ahtisaari selbst. Die Vorstellung war erschreckend und zugleich schmeichelhaft.

Ach was, Eeva würde sich nur unnötig aufregen, dachte er.

»Ja, Martti?« Eeva Ahtisaari kam aus der Küche, trocknete sich die Hände.

»Ich denke gerade an diese verflixte Aceh-Reise.«

»Aha. Na, bis dahin ist ja noch Zeit«, beschwichtigte die Frau, spürte die Spannung in der Stimme ihres Mannes. So war er immer vor wichtigen Verhandlungen und Treffen. »Marko hat angerufen«, sagte sie, um ihn abzulenken.

»Marko? Wie geht's ihm?«

36

Ich wurde unmittelbar hinter der Passkontrolle erwartet. Das überraschte mich nicht. Als der Grenzschützer in seiner grünen Uniform erstarrte und mich anstierte, obwohl ich noch meterweit vom Kontrollpunkt entfernt war, wusste ich, dass das Empfangskomitee nicht weit war. Der Mann war völlig durcheinander, er hieß mich willkommen, bevor er auch nur einen Blick auf meinen Ausweis geworfen hatte.

Die Polizisten standen in schräger Reihe hinter den Glaskäfigen der Grenzbeamten, die Hände im Schritt verschränkt wie Fußballer in der Freistoßmauer. Anfang und Ende der Kette bildeten Marko Varis von der Supo und Teppo Korhonen von der Kriminalpolizei. Zwischen ihnen hatten sich zwei schlanke Männer postiert, die ich als Supo-Leute einschätzte.

»Wie, nur vier? Was macht ihr denn, wenn ich mich zur Wehr setze?«, lächelte ich die Garde an und gab den Männern der Reihe nach die Hand, sagte Guten Tag und bestellte Grüße aus Stockholm, stellte mich den beiden jungen Beamten vor. Der eine schüttelte mir stumm und mit versteinertem Gesicht die Hand, der andere murmelte verlegen, er heiße Kolehmainen.

Varis wies mit ausgestreckter Hand die Richtung und erklärte, wir würden leihweise die Räumlichkeiten des Zolls benutzen.

»Keinen Zirkus, bitte. Wir müssen dich kontrollieren, gründlich. Und dein Gepäck auch«, sagte Varis leise.

Im Nebenraum standen zwei Stühle und ein flacher, mit Laminat beschichteter Tisch, auf dem ich meine Schultertasche und die Plastiktüte abstellte.

»Ich habe den Kindern ein bisschen Toblerone mitgebracht. Welche magst du übrigens lieber, die Standardversion oder die Sorte, wo Nüsse und Beeren drin sind?«, fragte ich Kolehmainen, der zögernd meine Tasche öffnete. »Und Leberauflauf mit oder ohne Rosinen? Ich persönlich bevorzuge die Rosinen ohne Leberauflauf. Aber im Hefezopf kann ich Rosinen nicht ausstehen. Die Geschmäcker sind eben verschieden«, quasselte ich.

»Ausziehen!«, befahl Varis.

»Alles?«

»Ja.«

»Verdammt nochmal, das ist nicht nötig. Ich hab nichts. Die Fummelei mit den Gummihandschuhen ist total überflüssig«, protestierte ich.

»Wir fummeln dir nicht im Arsch rum. Visuelle Untersuchung, und dann haben wir noch den Metalldetektor. Der wird uns verraten, ob du was verschluckt oder am anderen Ende reingesteckt hast«, erklärte Varis wie ein Wohltäter.

Ich zog mich aus und stand nackt da, während Kolehmainen langsam meine Achseln und meinen Schritt inspizierte. »Aus rein hygienischen Gründen«, meinte er verlegen, als ich missbilligend auf seine Latexhandschuhe deutete.

Korhonen saß auf dem Tisch und schlenkerte mit den Beinen. »Pass auf, dass du dich nicht hinreißen lässt«, kicherte er, als Kolehmainen mit einem Stift mein Glied anhob.

»Na, ich muss doch nachsehen, ob er da was angeklebt hat«, empörte sich Kolehmainen.

»Ich meine ja auch Kärppä. Ich habe mir immer schon Gedanken über seine wahre Orientierung gemacht. Er ist so sensibel«, frotzelte Korhonen. Varis befahl ihm, das Maul nicht so weit aufzureißen oder am besten gleich ganz zu halten.

Kolehmainen nahm ein längliches gelbes Messgerät, schickte die anderen in die entfernteste Ecke des Zimmers und legte selbst den Gürtel, die Uhr und schließlich auch die Hose ab. »Ich habe das Ding so kalibriert, dass es auch winzige Metallmengen aufspürt. An meiner Jeans sind Metallnieten … da fängt das Gerät an zu rattern«, erklärte er leicht verschämt, als er in Socken und Unterhose vor mir stand.

Der junge Polizist ließ das Messgerät langsam über meinen Körper wandern. Schon beim Gesicht piepste es. Kolehmainen meinte, das könne an den Plomben liegen, doch er beließ es nicht bei der Vermutung, sondern prüfte die Sache nach. Er befahl mir, den Mund aufzumachen, hob meine Lippen an und dehnte meine Kiefer wie ein Pferdebeschauer. An meiner linken Wade gab das Gerät erneut Laut. Ich bat darum, mir doch bitte nicht das Knie aufzuschneiden, das ein sowjetischer Sportarzt mit einem Geflecht aus Stahlfasern verstärkt habe. Korhonen bestätigte, diese Geschichte schon vor ewigen Zeiten gehört zu haben, und fügte hinzu, ich hätte sogar eine Rostschutzplakette am Hintern.

»Sauber«, verkündete Kolehmainen und packte das Messgerät sorgfältig in einen Stoffbeutel. Erst dann zog er sich wieder an.

»Ein Profi«, sagte ich anerkennend zu Varis und riet ihm, den Jungen zu befördern. Varis schien mein Lob beinahe zu schätzen.

»Im Gepäck ist auch nichts.« Der zweite junge Polizist,

der bisher geschwiegen hatte, packte meine Kleider und die süßen Mitbringsel in die Plastiktüte und die Schultertasche zurück.

»Du hast deine Sache auch gut gemacht«, verteilte ich mein Lob gleichmäßig, wie man es bei Kindern tut. »Na, ich geh dann mal. Reisen macht müde.«

Varis schüttelte den Kopf. »Nicht so hastig, wir haben ziemlich viel zu bereden.«

Ich erinnerte ihn an meine mickrigen Menschenrechte und daran, dass mir, wenn ich mich nicht täuschte, keine kriminellen Handlungen vorgeworfen wurden. Jedenfalls habe man mir davon nichts gesagt. Stattdessen habe man es eilig gehabt, meine Körperhöhlungen einer Tiefenbohrung zu unterziehen.

Varis sagte, ich bräuchte gar nicht erst die Paragraphen zu bemühen, denn der Schutz meiner individuellen Rechte sei so garantiert wie der eines Citykaninchens. Wir hätten eine lange Vernehmung vor uns. Ich nickte versöhnlich, dann unterhalten wir uns eben, warum nicht. Aber vielleicht sei es nicht nötig, dass die ganze Kompanie teure Überstunden machte. Auch Benzin könnten wir sparen. Das Plauderstündchen müsse ja nicht unbedingt in den Räumen der Supo stattfinden, und es genüge wohl, wenn die Polizei durch Varis und Korhonen vertreten werde. Letzterer lasse sich ja ohnehin nicht wegschicken.

Varis lachte nicht, stimmte aber zu. »Also fahren wir zu dir nach Hause.«

»Lieber ins Büro. Da habe ich was für euch«, versprach ich.

Varis nickte. Wir gingen hinaus. Im Parkverbot standen ein Škoda und ein kleiner Toyota, würfelförmig wie ein aufgeblasenes Haushaltsgerät. Beide hatten ein abnehmbares Blaulicht auf dem Dach und ein Schild auf dem Armaturenbrett, das bezeugte, dass es sich um Polizeifahrzeuge im Einsatz handelte.

Korhonen setzte sich ans Steuer des Toyotas, und ich nahm ohne Aufforderung auf der Rückbank Platz. Varis zwängte sich auf den Beifahrersitz. Der Wagen roch wie das verhältnismäßig neue Fahrzeug einer Mittelschichtsmutter. Nur der Krimskrams in den Vertiefungen der Mittelkonsole fehlte, und auf dem Fußboden flogen keine von den Kindern plattgedrückten Saftpackungen oder Bonbonpapierchen herum.

Ich legte die Arme auf die Rücklehne und streckte mich. Korhonen fluchte über ein Taxi, das sich vor ihn zwängte, und dehnte sein negatives Urteil auf die gesamte finnische Straßenverkehrskultur aus. Varis bedachte Korhonen und durch den Rückspiegel auch mich mit bösen Blicken.

Ich hatte mir zurechtgelegt, was ich erzählen würde. Ich wollte damit anfangen, dass in Petrozawodsk ein Mann zu mir gesagt hatte, er heiße Wronskij, dass ich ihn aber von früher kannte, das war Jahre her, und er trug einen anderen Namen.

»Und wenn sie nicht gestorben sind …« Korhonen kommentierte meine Geschichte als Erster. Varis hatte konzentriert zugehört, und auch Korhonen hatte es überraschend gut geschafft, den Mund zu halten.

Varis stand auf und tigerte in meinem Büro auf und ab, dehnte dabei den Rücken. Auch ich hievte mich vom Sofa, umrundete den Schreibtisch und eroberte meinen Direktorenledersessel zurück. Er war aufdringlich warm, nachdem Varis darauf gebrütet hatte.

»Schwerer Landesverrat. Spionage. Verrat geheimer Sicherheitsvorkehrungen. Landesverräterische Zusammenarbeit. Obendrein noch die normalen Tatbestände aus dem

Bereich der Gewaltverbrechen«, wiederholte Varis seine Liste. »Dafür könntest du lange sitzen.«

»Ja-a«, sagte ich gedehnt. »Aber ich setze mich höchstens auf einen Schaukelstuhl. Niemand ist verletzt worden, es ist nichts passiert. Ich habe euch Geschichten erzählt, aber ihr habt keinen blassen Schimmer, wie es sich wirklich zugetragen hat. Keine Beweise. Und von den anderen erzählt euch keiner so viel wie ich. Oder wie habt ihr die Zusammenarbeit mit FSB, GRU und den Kollegen von der russischen Botschaft erlebt?«

»Glaubst du etwa, du kommst einfach so davon, Kärppä?«, krächzte Varis.

»Genau das glaube ich«, sagte ich.

Auf dem Schreibtisch stand eine Schale mit harten Lutschbonbons. Ich kippte die Süßigkeiten auf die Schreibunterlage und nahm die vier Metallröhren, die unter den Bonbons gelegen hatten, in die Hand. Sie füllten die Handfläche, fühlten sich fest und schwer, sogar warm an. Ich ließ sie hüpfen. Varis und Korhonen hielten den Blick auf meine Hand geheftet, als wäre ich ein Tischtennisspieler, der sich anschickt, zum Satzball im olympischen Finale aufzuschlagen.

»Ich bin ein netter Mann. Man muss immer etwas anzubieten haben, falls zum Beispiel Kinder zu Besuch kommen. Vielleicht könnte ich eins von diesen Dingern der Supo geben, damit sie sich nicht grämt. Oder auch nicht.«

Ich warf Korhonen eine Röhre zu.

»Korhonen und ich brauchen jedenfalls eine Lebensversicherung. Oder eine Arbeitsplatzgarantie«, sagte ich.

Korhonen fing die Röhre im Flug auf, schloss die Hand darum, pustete auf die geschlossene Faust und öffnete sie. Die Röhre war verschwunden.

»It's magic«, sagte er mit übertrieben verblüffter Miene.

Varis rannte auf Korhonen zu wie ein Kind, das beim Ballspiel übergangen wurde. Korhonen schüttelte die Metallröhre aus dem Ärmel und warf sie zu mir zurück. Ich steckte sie kurzerhand in die Tasche.

Stotternd setzte Varis zu neuen Drohungen an, doch ich stoppte ihn, indem ich wiederholte, die Supo habe nichts in der Hand, nicht den kleinsten Stummel eines stichhaltigen Falles. Und von meiner Seite aus sei das Bild fertig gezeichnet, der Stift ins Mäppchen gelegt und das Zeichenblatt in den Papierkorb geworfen. Wenn die Supo mir weiterhin zusetze, werde sich bestimmt ein Reporter finden, der für eine Sensationsstory zu haben sei. ›Supo vertuscht Attentatsplan.‹ ›Anschlag auf Präsident Medwedjew.‹ Oder auf Ahtisaari, wer weiß das so genau, aber Schlagzeilen dieser Art könne ich mir vorstellen.

Varis schmollte stumm wie ein kleiner Junge, der Schimpfe bekommt. Dann schob er sich näher heran, stützte sich mit beiden Händen auf meinen Schreibtisch.

»Aber auch du hast keine Beweise für die ganze Sache. Irgendwelche komischen Röhren, die du auf einem Schrotthaufen gefunden hast«, sagte er wegwerfend. »Die Supo vertritt offiziell den Standpunkt, dass nichts vorgefallen ist. Derartiges bringen wir nie an die Öffentlichkeit. Wenn Reporter anfragen, sagen wir ihnen, dass psychisch gestörte Menschen alle möglichen Fantasien entwickeln. Die überprüfen wir und vergewissern uns, dass nichts dahintersteckt, das ist ganz normale Routine.« Varis wurde direkt fröhlich, weil er wieder ein kleiner Herr der Lage war und die üblichen Floskeln herunterbeten konnte.

Auch ich stand auf und stützte mich auf die Tischplatte. Ich schob mein Gesicht ganz nah an Varis' Antlitz heran. »Ich wiederhole: Eine der Röhren behalte ich zu meiner

Sicherheit. Und dieses Gespräch. Jedes Wort ist aufgezeichnet.«

Varis zwinkerte ungläubig, sah sich dann im Raum um, als suche er nach versteckten Mikrofonen.

Ich nickte.

»Ja. Mein Freund Ponomarjow hat eine Abhöranlage installiert. Heutzutage gibt es richtig praktische Geräte. Mit drahtloser Verbindung. Du kannst nicht herausfinden, wo die Aufzeichnung ist.«

Korhonen, der immer noch auf dem Sofa saß, räusperte sich. »Das kann stimmen. Ich kenne den Typen. Hat eine Fernsehreparatur in Pihlajamäki. Der ist wirklich geschickt. Repariert sogar alte Videogeräte. Als mein Panasonic kaputt war, hat Ponomarjow irgendwelche kleinen Plastikspulen ausgewechselt. Der Importeur hatte mir gesagt, nee, das repariert Ihnen keiner, dafür gibt's gar keine Ersatzteile mehr. Aber dieser Ponomarjow hatte Ersatzteile für zig Modelle auf Lager«, meinte er lobend.

»Korhonen, verdammt!«, schnauzte Varis ihn an.

Der Türsummer ertönte und das Signallicht auf dem Schreibtisch leuchtete auf. Wir sahen uns an.

37

Ich überlegte mir, wie der Gesandtschaftssekretär Oberst Konstantin Telepnew morgens die Kleidung für den Tag zusammenstellte. Wählte er zuerst das Hemd und den passenden Schlips und dann Farbe und Schnitt von Hose und Jackett? Fragen wollte ich ihn nicht.

Heute hatte Telepnew sich für einen dunkelblauen Anzug mit haarfeinen gelben Streifen entschieden. Er trat mit einer höflichen Verbeugung ein und wunderte sich nicht über die Anwesenheit von Varis und Korhonen, sondern beeilte sich, die beiden zu begrüßen, und stellte sich vor, auf Finnisch. Varis murmelte seinen Namen. Korhonen dagegen erklärte dröhnend, er sei der Teppo Korhonen, und fügte auf Russisch hinzu, er sei sehr erfreut über die Bekanntschaft.

Hinter Telepnew folgte ein jüngerer Mann, der an der Tür stehen blieb und sich damit begnügte, einen guten Abend zu wünschen. Meiner Einschätzung nach war er kein einfacher Chauffeur, sondern stand in der Hierarchie einige Stufen höher. Er trug einen dunkelblauen Anzug und eine Aktentasche, hatte einen kleinen Spitzbart und sein Schädel war blank rasiert.

»Ich möchte nicht stören. Sie hatten ein interessantes Gesprächnis oder Besprechung«, formulierte Telepnew.

Ich sagte, wir hätten den ernsten Teil der Unterredung gerade beendet.

»Na dann … kommen wir direkt zur Sache. Die sind wohl für uns. Wenn Sie gestatten«, sagte Telepnew und streckte die Hand nach den Röhren aus. Varis packte ihn mit beiden Händen am Arm. Der Russe sah den Supo-Mann an, signalisierte Verwunderung und Entrüstung, indem er die Augenbrauen eine Spur anhob.

Varis hing stur an seinem Arm. »Moment, Moment mal. Entschuldigen Sie, Herr Telepnew«, protestierte er.

»Oberst Telepnew«, sagte der Russe in einem Tonfall, der die Raumtemperatur um zwei Grad sinken ließ.

»Diese Röhren bekommen die finnischen Behörden«, beharrte Varis mit überraschender Hartnäckigkeit und Kühnheit. Sein Kinn unterstrich seine Weigerung mit einem heftigen Schwung von links nach rechts, so wie ein Kind im Trotzalter, das seinen Brei nicht essen will.

»Röhren … ich verstehe nicht«, kühlte Telepnew die Atmosphäre weiter ab und löste sich aus Varis' Griff. Er schnappte die Röhren und reichte sie seinem Assistenten, der sie in seiner Aktentasche verstaute. »Es gibt keine Röhren.« Telepnew breitete die Arme aus. »Wenn Sie irgendwelche Forderungen haben, empfehle ich die normale Kooperation, ein Schreiben an die Botschaft, vielleicht eine diplomatische Note … ah, das kostet Zeit, macht Mühe, bringt aber kein Ergebnis.« Er setzte ein fast mitleidsvolles Lächeln auf.

Dann wandte er sich an mich. »Eine fehlt«, sagte er barsch auf Russisch.

»Die habe ich. Aber sie ist eine Garantie, eine Versicherung. Gegen die finnische Polizei«, erklärte ich.

Varis starrte uns verständnislos an. Korhonen verengte die Augen, als könne er so besser hören und verstehen. Telepnew legte mir einen Arm um die Schulter und führte mich ans

Fenster. Auf dem asphaltierten Hof standen der Wagen der Polizei und der Volvo der Botschaft.

»Das kann ich nicht empfehlen. Es ist … wirklich gefährlich. Für die Gesundheit, meine ich«, erklärte Telepnew.

»Polonium?«, fragte ich und bemühte mich, das Wort so auszusprechen, dass es in Varis' Ohren unbekannt klang.

»Wir wollen nicht ins Detail gehen. Ich bin kein Chemiker, kein Physiker. Es ist ein gefährlicher, strahlender Stoff. Genug, um … viele Menschen zu töten«, sagte Telepnew. »Du gibst das Ding mir. Und die finnische Sicherheitspolizei braucht nichts davon zu wissen.«

Ich überlegte. Ich dachte an die Metallzigarre in meiner Hosentasche, gleich neben den Hoden. An Annas unschuldigen Schlaf und die strahlende Röhre im Fuß ihres Betts. An Alexejs erschrockene Reaktion, trotz des beruhigend geringen Ausschlags seines Geigerzählers. Weder ich noch die Supo brauchten den tatsächlichen Sachverhalt oder die Wahrheit zu kennen, es genügte, uns in dem Glauben zu lassen.

Eine gute Lüge ist besser als eine schlechte Wahrheit. Diese Weisheit stammte allerdings nicht von meiner Mutter.

Ich steckte die Hand sorglos in die Hosentasche und schloss sie um die furchterregende Röhre. Nach einigen nichtssagenden Floskeln schüttelte ich Telepnew die Hand und ließ die Röhre auf seine Handfläche gleiten. Telepnew steckte sie ebenso unauffällig in die Tasche.

»Ah, Viktor ist ein harter Unterhändler.« Nun sprach Telepnew wieder Finnisch. »Ich spreche theoretisch: Wenn es eine Röhre gäbe, befände sie sich im Besitz des Bürgers Gornostajew. Unsere Buchführung sagt, sie ist bei uns, weil wir dem Bürger Gornostajew vertrauen«, schloss er.

Varis sah ihn misstrauisch an. Ich wusste, dass er gleichzeitig versuchte, zu begreifen, was Telepnew tat und wollte, und sich zurechtlegte, was er selbst bei der Supo über den Fall berichten sollte. Meiner Vermutung nach würde er bald zu der Einsicht gelangen, dass niemand zu Schaden gekommen war; der Angriff war abgewehrt worden oder man war ihm ausgewichen. Nun galt es, nach vorn zu schauen. Die Kontakte und die Dankesschuld konnten nützlich sein.

»Na gut. Aber vielleicht können wir auch in Zukunft vertrauensvoll miteinander reden.« Varis sah abwechselnd Oberst Telepnew und mich an.

»Natürlich, natürlich, Freunden helfe ich immer«, versicherte Telepnew. »Und Viktor auch.«

Ich helfe Freunden, schmeckte ich den Gedanken ab.

»Wie geht es Wronskij?«, fragte ich.

Telepnew wandte mir das Gesicht zu. Sein Lächeln reichte nur bis zu den Backenknochen.

»Er ist in Sicherheit«, sagte er vieldeutig. Ich wusste, dass weitere Fragen fruchtlos waren.

Ich öffnete die längliche Schatulle aus dunklem Holz. Der Orden lag auf dunkelrotem Stoff. Ein fünfzackiger Stern, überraschend klein. Das Metall glänzte in sattem, dunklem Gelb. Das Band war rot, weiß und blau gestreift.

Telepnew hatte mich überrascht. Er hatte mit feierlicher Miene verkündet, jetzt sei der richtige Moment für eine kleine Feier, hatte dann korrigierend hinzugefügt, die Auszeichnung sei allerdings nicht klein. Der Chauffeur hatte seine Aktentasche geöffnet, und Telepnew hatte ihr eine mit einem Band verschlossene Urkundenmappe und die Ordensschatulle entnommen.

»Russland dankt.« Oberst Konstantin Telepnew, seines Zeichens zweiter Gesandtschaftssekretär, schlug die Hacken seiner italienischen Schuhe zusammen und überreichte mir die Mappe und die Schatulle. Wir umarmten uns und tauschten Wangenküsse. Über die Schulter des Obersten sah ich, dass auch Korhonen ehrfurchtsvoll ernst war und seine spöttische Ader vergaß. Varis sah mich an, wie eine alte Mutter ihren verkaterten Sohn ansieht, tadelnd und verzeihend zugleich.

Am oberen Rand der Urkunde stand handschriftlich, in dekorativen Buchstaben: *Viktor Nikolajewitsch Gornostajew*. Die gedruckten Zeilen darunter bestätigten, dass mir der Orden Nummer 969 eines Helden der Russischen Föderation verliehen worden war.

Die Unterschrift war präzise und leserlich. Fedor Ladygin, General. Zuunterst folgte das runde Symbol des militärischen Aufklärungsdienstes GRU, eine schwarze Fledermaus auf blauem Grund, und die Auflösung der Abkürzung: *Glawnoje Razwedywatelnoje Uprawlenje*.

Ich holte eine Flasche Standard Platinum und ein Tablett mit einigen kleinen Gläsern aus dem Aktenschrank und goss den Wodka ein.

»*Nasdarowje*. Zum Wohl.«

Telepnew, Korhonen und selbst Varis erwiderten den Trinkspruch. Wir stießen an. Der Wodka biss in der Speiseröhre wie ein junger Hund, der einem im Vorbeilaufen nach den Waden schnappt.

Telepnew brachte den nächsten Toast aus: »Um ein altes Gedicht zu zitieren: ›oh du kräftiger, guter Recke, oh du ruhmreicher, heiligrussischer Held‹.«

»Amen«, sagte Korhonen.

Ich goss nach, wir tranken.

Ich dachte bei mir, dass auch Varis gar nicht so übel war.

»Viktor ist ein Kraftpaket. Und wir beide, Kaisa und ich,

sind auch nicht schlecht«, prahlte Korhonen beinahe gerührt. »Als kleiner Polizist hat man selten Gelegenheit, einen internationalen Attentatsplan zu vereiteln.«

»Scheiß-Korhonen!«, rief Varis aufgebracht.

Ich befahl den Jungs, zu schweigen.

Jetzt war ich an der Reihe, zu verbieten und zu kommandieren. Immerhin war ich der Hausherr.

Ich wusste, dass der Heldenorden die höchste Auszeichnung in Russland war und dass er nur an russische Staatsbürger verliehen wurde.

Oberst Telepnew lächelte huldvoll. Auch er wusste es.

38

Manchmal wünschte ich mir, ich wäre Raucher. Meine Warterei hätte unverfänglicher gewirkt, wenn ich mir eine Zigarette angesteckt und in aller Ruhe gepafft hätte. Ich stand auf dem Parkplatz hinter der Neste-Tankstelle in Tohmajärvi, an die Motorhaube des Citroën gelehnt, und fand mich zu auffällig: Worauf wartet der Kerl eigentlich?

Die Kassiererin, die zusammengepresste Pappkartons zum Container brachte, warf mir allerdings nur einen kurzen Blick zu. Ich sah auf die Uhr. Ich war zu früh dran, einige Minuten vor dem Zeitpunkt, den ich mit dem Skiläufer vereinbart hatte.

Mein Handy vibrierte. *Gleich da*, teilte der Skiläufer mit. Kurz darauf kurvte ein modischer City-Jeep auf den Parkplatz, kam einen Meter vor mir und der Stoßstange meines Wagens nickend zum Stehen.

Der Skiläufer stieg aus, ließ den Motor aber laufen. Er trug eine weite, wadenlange Hose, ein enges T-Shirt und eine gelbliche Sonnenbrille, die er hochgeschoben hatte.

»Überflüssige SMS. Schick mir doch gleich noch eine, hallo, ich steh vor dir«, begrüßte ich ihn barsch.

Der Skiläufer nahm die Sonnenbrille ab, kaute auf dem Bügel herum und wirkte verlegen. »Na, hast du das Zeug?«, fragte er. Unter der städtischen Sprechweise schimmerte ein ländlicher Dialekt durch.

»Nein. Es ist unterwegs.«

Der Skiläufer kletterte in seinen Wagen und stellte den Motor ab. Er trank Wasser aus einer Plastikflasche, ließ sich von seinem hohen Sitz herab und warf die leere Flasche in einen metallenen Müllcontainer, an dessen Vorderseite *Sondermüll* stand. Ich merkte an, das ökologische Gleichgewicht in Tohmajärvi komme jetzt erheblich ins Schwanken, zumindest werde es Störungen beim Recycling geben. Eine Plastikflasche sei energetischer Abfall, das müsse er doch wissen. Der Skiläufer sah mich unsicher an, suchte in meinem Gesicht nach unterdrücktem Lachen oder wenigstens einem kleinen Lächeln als Signal dafür, dass ich einen Witz gemacht hatte. Ich blieb ernst.

Ein alter weißer Mercedes-Kleintransporter erlöste den Skiläufer von seinem grünen Schuldgefühl. Der Motor lief stotternd. Mit großem Kraftaufwand rollte der Fahrer das Fenster herunter. Ich dachte mir, dass es leichter wäre, die Tür zu öffnen und einfach auszusteigen. Doch ich behielt den guten Rat für mich.

»Viktor Nikolajewitsch?«, fragte der Mercedesfahrer, ein bereits ergrauter, untersetzter Mann mit Wurstfingern. Seine Miene war müde und irgendwie im Voraus enttäuscht, als sorge er sich bereits jetzt über die Probleme des morgigen Tages oder den Nachtfrost im nächsten Frühjahr.

Ich bestätigte, der sei ich. Dann winkte ich den Skiläufer heran und sagte auf Finnisch und Russisch, der Bote habe vielleicht eine Ware für diesen Mann. Ich wollte das Zeug nicht anfassen, ich war kein Zwischenhändler.

Der Mann im Kleintransporter nahm eine Packung in der Größe einer Pralinenschachtel vom Boden. Sie war in durchsichtige Plastikfolie gepackt und enthielt acht kleinere Pappschachteln.

»Und das ist also dieses … Darbepoietin?«, vergewisserte sich der Skiläufer. Er wirkte übereifrig, als könne er es kaum erwarten, sich die erste Spritze zu setzen.

»Na, das steht jedenfalls drauf«, sagte ich barsch. Ich mochte weder den Skiläufer noch den Hormonhandel. »Das Geld«, mahnte ich.

»Ach ja, richtig.« Der Skiläufer erwachte aus seiner Verzückung. Er trug die Packung zu seinem Wagen, legte sie auf die Rückbank, überlegte es sich dann aber anders und versteckte die Hormone in einem herausziehbaren Kasten unter dem Fahrersitz.

»Hier.« Er hielt mir einen Umschlag hin.

»Nicht an mich«, erinnerte ich ihn, und er gab dem Fahrer des Kleintransporters den Umschlag. Der Grauhaarige rollte das Fenster hoch und setzte sorgsam zurück, nahm am Kreisverkehr die Straße zur Grenze.

Ich riet dem Skiläufer, ebenfalls gleich abzufahren, aber in eine andere Richtung. »Und achte auf die richtige Dosierung«, spielte ich den Pharmazeuten.

»Ja, ja. Er hat das Geld gar nicht nachgezählt«, wunderte sich der Skiläufer.

»Nein. Wenn etwas fehlt, kommt er es sich holen. Nun fahr schon los, ich will hier nicht länger rumstehen. Und ruf mich nicht mehr an. Abgemacht.« Es war kein Vorschlag, sondern ein Befehl.

»Okay, okay … danke. Und tschüss.«

Der Skiläufer verzog sich in seinen Wagen und brauste forsch davon.

Ich wartete noch eine Weile. Eine Zigarettenlänge, dachte ich wieder.

Auf dem Parkplatz hielt ein Wagen. Ein Mann mittleren Alters stieg aus und ging in das Tankstellengebäude. Die

Frau blieb sitzen. Sie war dunkelhaarig und schön und deutlich jünger als der Mann. Eine nach Tohmajärvi verheiratete Russin, dachte ich und spürte ein Stechen in der Brust, als ich mich an Julija erinnerte. Und an Bekari. Die Frau musterte mich prüfend, blätterte dann weiter in ihrer Illustrierten.

Bald darauf kam der Mann mit Pizzakartons zurück. Er grüßte mich, als wären wir alte Bekannte.

»Schönes Wetter. Morgen soll es sogar fast heiß werden. Aber die Nächte sind schon ziemlich kühl«, sagte er.

Ich stimmte ihm zu.

»Wie macht sich der Citroën? Es heißt ja, dass die ziemlich störanfällig sind. Gerade ist ein neues Modell herausgekommen, sieht ganz schön tückisch aus«, plapperte der Mann weiter.

Ich sagte, ich hätte keine Probleme mit dem Wagen, bisher jedenfalls nicht. Der Mann wünschte noch einen schönen Tag, erklärte, die Pizza werde kalt, als müsste er sich entschuldigen, weil er kein längeres Gespräch mit mir führte. Die Frau hielt es nicht für nötig, mich noch einmal anzusehen.

Mein Handy vibrierte erneut. Ich dachte, der Skiläufer wolle mir berichten, er sei schon fünf Kilometer gefahren und komme immer besser voran. Doch die SMS kam von Matti Kiuru.

Renovierung bei Teija fertig. Den Richtfestkaffee muss ich noch mit ihr trinken, sagt sie. Ich tue … Ach ja, ich gehe zur Offiziersschule.

Ich lächelte und tippte eine Antwort. *Ein Mann muss tun, was ein Mann tun muss. Eine Frau darf man nicht im Stich lassen. Und ihren Hunger nicht ungestillt. Major VK gratuliert.*

Dann setzte ich mich ins Auto. Ich dachte daran, wie

Mutter uns als Kinder zu Hause in Sortavala zum Waschen schickte, gerade um diese Uhrzeit, an einem Abend wie diesem. Auf der Treppe vor dem Haus stand eine Schüssel mit Wasser, das in der Wärme des Tages lauwarm geworden war. Zuerst wuschen wir uns das Gesicht und die Arme, und zum Schluss schrubbten wir die beim Spielen schwarz gewordenen Füße sauber. Das Handtuch war hart und glatt, und in der Stube standen Beeren mit Milch und Roggenbrot bereit.

An der Kreuzung musste ich warten. Ein halbes Dutzend Motorräder fuhr nach Osten, auf dem Rücken der Lederwesten prangte das Wappenkreuz. Von der Grenze her kamen ein bis oben mit Holz beladener Laster und zwei leere, scheppernde Autotransporter.

Ich dachte daran, dass ich in zwei Stunden in Sortavala sein könnte, auf Mutters alten weißen Laken, in der kühlen Schlafkammer. Dort war schließlich mein Zuhause.

In Helsinki waren Marja und Anna und Sergej. Und das Haus und die Werkhalle.

Ich bog ab, folgte den Lastern. Sollte ich noch anrufen? Schliefen die Kinder schon?

Ich rief mir das Liedchen in Erinnerung, das ich für Anna gereimt hatte. Sie würde vor Vergnügen glucksen. Oder das Handy auf den Tisch legen und sich wichtigeren Dingen widmen.

Ich stellte das Radio aus und sang halblaut.

Das kleine Kätzchen
leckt sich das Tätzchen,
fängt eine Laus,
dann eine Maus
und läuft ganz stolz durchs Haus.

Die Schiffskatz
frisst eine Ratz
mit lautem Schmatz,
von Kopf bis Zeh.
Der Bauch tut ihr so weh,
oh je, oh je.

Wie ein angefahrener Hase das Leben eines gelangweilten Journalisten zum Guten wendet ...

Arto Paasilinna
DAS JAHR DES HASEN
Roman
Aus dem Finnischen
240 Seiten
ISBN 978-3-404-17071-5

Seine Arbeit ödet ihn an, seine Ehe ist schon seit Jahren eine Qual – der Journalist Vatanen schleppt sich von einem Tag zum nächsten. Bis ihm auf der Heimfahrt von einem seiner üblichen langweiligen Pressetermine ein junger Hase vors Auto hoppelt ... und Vatanen ehemals so hübsch geordnetes Leben zum Abenteuer wird, das ihn quer durch Finnland führt.
Ein wunderbar erzählter Roman in bester Paasilinna-Manier, todernst und urkomisch zugleich.

Bastei Lübbe

»Das überwältigende Bedürfnis, das ans Licht zu bringen, was verborgen oder vergessen war, ließ ihm keine Ruhe«

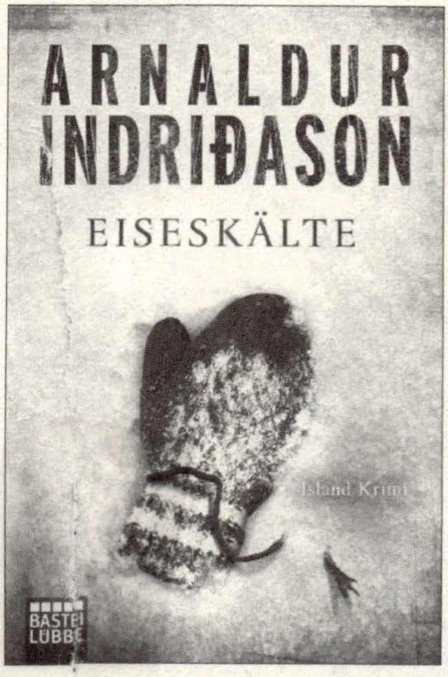

Arnaldur Indriðason
EISESKÄLTE
Island-Krimi
Kommissar Erlendur,
Fall 11
Aus dem Isländischen
von Coletta Bürling
400 Seiten
ISBN 978-3-404-16983-2

Ohne Abschied zu nehmen, ist Kommissar Erlendur in die Ostfjorde gereist, dorthin, wo er seine Kindheit verbracht und seinen kleinen Bruder im Schneesturm verloren hat. Jahrzehnte zuvor hatten sich in dieser Gegend dramatische Szenen abgespielt: Ein Trupp englischer Soldaten geriet auf einem Höhenpfad in ein tödliches Unwetter. In derselben Nacht verschwand eine junge Frau, deren Leiche aber nie gefunden wurde. Das Schicksal dieser Frau zieht Erlendur in seinen Bann: Er will unbedingt herausfinden, was sich damals zugetragen hat – so schmerzlich es für ihn auch sein mag, Ereignisse aus dieser Zeit ans Licht zu bringen ...

Bastei Lübbe

BASTEI LÜBBE
www.luebbe.de